光阴童话

上册

艾小图 —————— 著

青岛出版社
QINGDAO PUBLISHING HOUSE

图书在版编目（CIP）数据

光阴童话 / 艾小图著. — 青岛 ：青岛出版社，
2020.8
ISBN 978-7-5552-8570-0

Ⅰ．①光… Ⅱ．①艾… Ⅲ．①言情小说－中国－当代
Ⅳ．①I247.5

中国版本图书馆CIP数据核字(2020)第001318号

书　　名	光阴童话
著　　者	艾小图
出版发行	青岛出版社
社　　址	青岛市海尔路182号（266061）
本社网址	http://www.qdpub.com
邮购电话	18613853563　13335059110
	0532-85814750（传真）　0532-68068026
责任编辑	李文峰
特约编辑	崔　悦　田　宇
校　　对	张会卜
装帧设计	蒋　晴
照　　排	李红艳
印　　刷	三河市良远印务有限公司
出版日期	2020年8月第1版　2020年8月第1次印刷
开　　本	32开（880mm×1230mm）
印　　张	18.5
字　　数	334千
书　　号	ISBN 978-7-5552-8570-0
定　　价	59.80元（全二册）

编校印装质量、盗版监督服务电话　4006532017　0532-68068638
建议陈列类别:畅销·青春文学

CONTENTS

目 录 上册

CONTENTS

目 录 <small>下册</small>

第一章
午夜迷墙

1990 年，池怀音保送上了研究生。

她报到那天，辅导员忍不住调侃："教授天天掰着手指算开学的日子，生怕你后悔了不来报到！"

本科的时候，全系只有她一个女生，读研究生了，依旧只有她一个女生。也难怪教授都怕她不读了，万绿丛中好歹也要有一点红吧。

傍晚 6 点，学校的广播准时响起，一首《燃烧吧！火炬》引得路过的莘莘学子都跟着激动地哼唱。宿舍楼下的草坪上坐着一对对青涩又美好的校园情侣，他们有的微笑着聊天，有的坐在一起吃饭，有的练习着口语。

池怀音拿着盛着饭菜的白色搪瓷碗回宿舍，室友都还没回来，录音机也没有关，带着电波杂音的广播声从喇叭中传来："第十一届亚运会于中国北京顺利闭幕。这是我国举办的第一次综合性的国际体育大赛，亚奥理事会成员中的三十七个国家和地区的体育代表团，共六千五百七十八人参加了这届亚运会。中国派出六百三十六名运动员参加了全部二十七个项目和两个表演项目的比赛……"

池怀音放下饭碗，关掉了录音机。

对于保送，池怀音倒是没有太意外。

她读的是冶金物理化学系，研究方向是冶金电化学和固体电化学，通俗地说，就是研究电池的。在那个年代，这还是很新的概念，他们也算是开创新世纪的一代。

全国也没有几个学校有这个学科，每天蹲在实验室，研究环境也不怎么样，又苦又累，哪有女孩愿意学？所以女孩学这个专业，最大的好处是啥？众星捧月啊。

甭管长得美还是丑，在"僧多粥少"的系里，是个女的就是娇花。

以上言论都是池怀音的室友江甜发表的。她是学教育的，班里女生居多，总以为工科女的世界肯定不一样。

池怀音不想打破她的幻想。事实上系里虽然"僧多粥少"，但是她身份特殊，真没几个人敢追她，追她的也多是不怀好意——谁让她是院长的独生女呢？

在自家古板父亲眼皮底下读书，别说谈恋爱了，就是有人给她写个信什么的，都有别的同学、老师去告密，池怀音觉得自己人生最后悔的事儿就是读了森城大学。

江甜是海城人，父母新潮时髦，虽然只生育了三姐妹，但是都把她们往最好的方向培养，完全没有重男轻女的思想，这在那个年代算是少见的。

江甜是他们家老三，自小受宠，最受挫的事儿便是本科的时候谈了好几年的男朋友甩了她，她因此自尊心大受打击，才考研考到了森城。

四个人的研究生宿舍里，池怀音和江甜关系最好，除了上课几乎形影不离，比起从农村和小城市来的同学，她们的家境较优越，用度差得不远，自然聊得来些。

江甜回宿舍晚了些，她又不吃晚饭，说是这样能保持身材。她一回宿舍就拿着小镜子照个不停，头也不抬地对池怀音说："第三食堂今天晚上有舞会，我们海城老乡会组织的，你一起去哦？"

池怀音咽下嘴里的饭，皱了皱眉问："你也说是海城老乡会了，我去干吗？"

江甜终于放下镜子，走到池怀音身边，嫌弃地用白皙细长的手指点了点她的太阳穴："你一个本地人，老乡会都没成立，不跟着我去玩，回宿舍发霉啊！"

为了证明森城不抱团不排外，学校没有批准成立森城老乡会。

话虽如此，池怀音还是很抗拒："我不想……"

池怀音"去"字还没说出来，江甜已经一锤定音："就这么说定了！"

池怀音为难地看着江甜："你有所不知，其实我跳舞……同手同脚。"

"谁真是为了去跳舞啊？！读研究生了还没对象，也不知道着急！"江甜一个白眼翻上天，"侬（你）脑子瓦特（坏掉）啦？！"

池怀音："好吧。"

森城大学男生宿舍七栋 208 在整层楼都挺出名的。

一整栋楼就这么一间杂货铺，供上了香烟、散装啤酒和各种闲书，颇受同学们的欢迎。

208 本来住着四个人，后来有一个兄弟实在受不了这宿舍乌烟瘴气的氛围，开学两周，紧急打了报告换了宿舍。

据说他临走的时候说："真让人难以置信，那几个垃圾也能考得上研究生。"

剩下的三个人：赵一洋，杂货铺的老板；季时禹，杂货铺的供货商；陆浔，一个老实巴交的好学生。

之前那个兄弟走了以后，赵一洋曾和季时禹打赌："陆浔肯定会搬走，但你别说，这孙子还挺坚强，这都开学好一阵子了，还没转宿舍，住得还挺好的。"

赵一洋坐在陆浔的床上，好奇地问他："你不怕我们俩啊？居然住得下去？"

原本双手插兜、一直置身事外的季时禹听到这里，轻轻哂笑，踢了赵一洋一脚："老子又不是恶霸。"

赵一洋鄙视着季时禹，虽说他长得唇红齿白，一副正义凛然的模样，但谁不知道他骨子里坏透了。

陆浔的眼睛终于从书里移开，看了赵一洋和季时禹一眼，他温和地说："我觉得你们俩都对我挺好的。"

赵一洋震惊极了："真的假的？你觉得我们俩好啊？"

"难道你们不好？"

赵一洋立刻喜滋滋地说："好！当然好！"

"我以前读省重点，我们老师说大学是最好的地方，之前我在北科大，不如老师说的那样好，所以又努力考到老师的母校森大了，这里总归是老师说的样子了吧？"

赵一洋好奇地凑过去："你们老师说啥了？"

陆浔认真回答："第一，学校里到处是在草坪上读英语的长发长裙的女孩；第二，自由恋爱，看上哪个就可以追哪个；第三，爹妈管不到，可以瞎胡闹。"陆浔合上了书，轻叹了一口气，"北科大冶金系一个女的都没有，没想到森大也就你们专业有一个。"

说到这里，赵一洋也跟着叹了一口气，拍了拍陆浔的肩膀："兄弟，你的失望，我懂。"他跷起二郎腿，还不住地抖腿，一副小流氓的姿态，"不过咱好歹也读这么多年书了，要懂得变通，我们系没有，别的系不是很多吗？"

说完，他下巴抬了抬，点向季时禹："这个你问季时禹，他最有经验了。"

一直在看着体育杂志的季时禹听到自己名字被提及，终于抬起头，眼眸中不带任何情绪："没空儿。"

赵一洋从陆浔床上跳了起来，瞬间用结实的胳膊圈住季时禹的脖子："今晚有舞会，为了陆浔下半生的幸福，我们必须去！"

陆浔没想到赵一洋这么热心，脸上立刻露出感激涕零的表情："我替我的下半生谢谢你们了。"

一直被赵一洋箍住脖子的季时禹眉头紧皱："放手。"

他不过说了两个字，却极有气势，让人胆寒。

赵一洋放开了季时禹，目的却没忘："要去肯定一起啊，'三剑客'好办事。"

季时禹冷冷地看了赵一洋一眼："和你组'三剑客'，感觉我也变蠢了。"

"季时禹！！！"

赵一洋从本科起就是舞会的常客，甭管什么舞会都参加。

那个年代也没什么娱乐活动，能合理地让年轻男女放开了混在一起的也就舞会这一项活动。赵一洋又怎会错过？

虽然季时禹很嫌弃，但赵一洋这个人就是有让人就范的能力，硬是把人从床上拉起来了。

陆浔和赵一洋是完全不一样的人，本科的时候就是个书呆子，对这一切都不熟悉，以前他可是完全不参加任何课外活动的。

就这样，赵一洋倒也真强拉硬凑地组出了"三剑客"。

赵一洋吊儿郎当地搭着陆浔的肩膀，走了几步，又伸长了脖子往后看了一眼，号了一嗓子："老季，你能不能走快点？长地上了？"

不远处的人终于闲庭信步地跟了上来。

他双手插在裤兜里，视线一直落在别处，明显心不在焉的模样。

但是往报告厅里走的那些姑娘却有意无意地走慢了些，时不时回头看他一眼。

赵一洋见此情景，酸溜溜地说："靠着张小白脸，走到哪儿都吃香。"

季时禹听到赵一洋的话，毫不客气地踢了他一脚。赵一洋身子一闪，躲开了。

他们走入舞池，里面已经满满都是人了。舞会开始一会儿了，录音机里放着欢快的舞曲，已经有人在舞池中跳起了舞。专注地跳舞的都是些练家子，就和公孔雀开屏，用漂亮的尾巴吸引雌孔雀一样，舞跳得好的男生也是很受欢迎的。但是像赵一洋这种纯粹来交友的，哪有工夫跳舞？一进场就双眼放光、四处寻觅。

他搭着陆浔的肩膀在舞池周围转着，穿行在来往的人流里，倾囊相授着自己的经验："混舞会最要紧的是要精通很多语言。"

陆浔瞪大了眼睛："啊？这么难吗？我英语比较一般，别的完全不会啊。"

赵一洋一只手捶在陆浔脑袋上："猪啊，我是说方言！"

"啊？"

赵一洋扯着陆浔往女孩多的地方走去，一边走一边说："比如说今晚的舞会是鹤南的老乡会办的，我们必须入乡随俗，要和人家套近乎。"

"怎么套啊？"陆浔虚心地问。

赵一洋觉得面对陆浔这种新手，还是言传身教最实际，于是赵一洋拍了拍他的肩膀："跟着我，我实践给你看。"

和陆浔说完，赵一洋便向身边两个姑娘走去。

他转了一圈，就那俩长得漂亮点。

"学着点。"赵一洋小声对陆浔说。

森城四季温差不大，10月底天气也没有太冷。池怀音选衣服的时候还是选择了单衫。

加大的温莎领，底衬浅蓝色小碎花的衬衫，搭配掐腰白色长裙，长及小腿，裙子腰线上有三颗竖着连起来的纽扣，看上去秀气又时髦。池怀音照了照镜子，又找出去年生日时池父送的樱花胸针，别在胸前。

江甜一袭红裙，还抹了点口红，看上去比池怀音更惹眼，看来是下了决心要去找对象了。

海城老乡会办的舞会和学校其他舞会也没什么区别，都是为了同学之间互相联谊。池怀音唯一感觉到不同的是现场本科生居多，虽说那个年代很多人耽误多年才考大学，但她们的年纪在其中也不算小了。

江甜有些失望："我不喜欢比我小的，还不如参加研究生的英语角。"

池怀音对此倒是没什么反应，欣喜地说："那要不咱先回宿舍？"

江甜看看现场的状况，想了想，叹了口气："好吧。"

两人刚一转身，江甜身前就站了个男的。

那距离近得让江甜差点撞到他怀里。

江甜气得瞪大了眼睛，抬起头刚看清那个愣子，就听见他耸着肩抖着腿，嬉皮笑脸地说："妮儿，跟老乡跳个舞不？"

一口的鹤南方言，他说完，还向不远处使了使眼色。

池怀音顺着那人的目光望去，才发现那边还站着两个男生。

一个男生明显局促不安，低着头满脸涨红。而另一个，从表情到神态都像不是身处在这环境里一般。

报告厅的灯上被学生干事罩上了各色剪成流苏状的纸，让舞池的光影看上去破碎而变幻莫测。那人穿着一件干净有气质的衬衫，白色底色，浅蓝色格纹，他微微眯起眼，似笑非笑，俊朗的面容笼罩在这光亮中。

池怀音愣怔了几秒。

耳边是江甜毫不客气的声音，她双手叉腰，拔高了嗓门道："看清楚点。"

说完她指了指报告厅上挂着的横幅，上面清清楚楚地写着：海城老乡会。

那个嬉皮笑脸的男生看清了条幅，倒是一点儿都不觉得尴尬，立刻换了海城方言，笑眯眯地说："侬好啊，老乡。"

江甜终于服了："这瘪三，脑子瓦特了。"

说着她拉着池怀音就往外走："今天出门应该看看黄历，这些本科生真的不像样。"

池怀音被她拽着走，可以感受到她的愤怒，但是想想又觉得有些好笑，掩嘴小声道："他们是研究生。"

江甜骤然停下，皱着眉看着池怀音："你认识？"

"认识那个穿格子衫的。"

说到那个穿格子衫的男生，江甜倒是来了几分兴趣："那个长得最好的？"

池怀音回想那人的模样，竟有几分不想认同："那个人叫季时禹，从矿冶学院考过来的，以前是我高中同学。"

江甜摸了摸下巴："你这个同学倒是和搭话那个瘪三不一样。"

池怀音皱了皱眉："物以类聚，怎么会不一样？"

"嗯？"

"季时禹这个人，以前在我们学校挺出名的……"

"因为长得好？"江甜抢话道。

池怀音摇摇头："因为他是个出名的……臭流氓。"

池怀音话音刚落，就感觉到肩膀被人轻拍了两下。

她下意识地回头，就见到刚刚私下议论的"臭流氓"正淡定自若地站在她身后。

距离那样近，让池怀音不寒而栗。

"什……什么事儿？"

来人不紧不慢地摊开手心，上面赫然是池怀音的那枚樱花胸针。

池怀音这才发现自己的胸针不知道什么时候掉了。她慌忙之中伸手要去拿，他的手却往回收了收，让池怀音扑了个空。

池怀音心里咯噔一跳，心想来人莫不是听见她的话来算账了？正想着怎么解释，他的手又伸了过来。

池怀音翘着手指，十分忐忑地拿走了自己的胸针。

"那……我们先走了……"

"嗯。"

池怀音见他没有纠缠之意，赶紧拉了江甜就要跑。

"池怀音，你可要小心点了。"身后的声音不疾不徐，掷地有声。

听到他又叫自己的名字，池怀音后背一僵，艰难地回头。

"你……你想怎么样？"

他眼睛微微眯着，稍显细长，看上去像只老狐狸，浑身上下透着一股子狡猾劲儿。池怀音越怕，他的表情越是愉悦。

他指了指池怀音脚下，一脸绅士的模样："我是说，脚下台阶，小心点。"

池怀音循声看了一眼脚下，离台阶还有四五米远，哪摔得下去？她深想一番，更觉得某人那是在威胁恐吓。

虽然已经回了宿舍，池怀音还是觉得有点心神不宁。

她撩开蚊帐，见江甜还没睡觉，也不知道又买了什么东西往脸上抹，香气扑鼻。

江甜听见声响，见池怀音也还醒着，立刻兴奋地八卦起来："话说起来，你那个同学好绅士，你还说人家是臭流氓，你见过流氓长得那么好看的？"

池怀音没想到江甜会这么说，微微皱起了眉头，很不服气："你没觉得他最后那句话是在威胁我吗？"

江甜对此嗤之以鼻："你心理多阴暗，人家是关心你好吗？人家长得那么好，至于威胁你吗？"

池怀音终于绷不住了："长得好就代表一定是好人吗？"

"当然啦。"江甜放下涂抹的东西，回过头来，她的脸上油光光的，几缕头发粘连在饱满的额头上，笑得有些荡漾，"长得好的脸吧，做坏事都让人觉得很美好。"

话已至此，池怀音放弃对话，气呼呼地撩上了蚊帐："江甜，你真的是一个很肤浅的女人。"

池怀音明明是个无神论者，却梦了一夜鬼怪神魔，闹得她早上起来后两个大大的黑眼圈挂在脸上。

江甜中午要去图书馆还书，把饭菜票给了池怀音，池怀音带着自己和江甜的饭缸，一下课就奔去了食堂。

森大是南方最好的大学，毕业包分配，生活上有国家补贴，每个月给学生发饭票和菜票。男生比较能吃，而吃得少的女生每个月都会剩下五六斤饭票和一些菜票，所以但凡到了月底，食堂里总有些皮糙肉厚的男生见到瘦骨嶙峋的女孩就上去"乞讨"，企图蹭些米饭。

江甜的嘴刁，点名让池怀音打一些今儿个食堂供应的蛤蜊豆腐汤。

池怀音规划了一下，最后决定一个饭缸用来打两个人的饭菜，另一个则专门盛汤。在食堂工作的那些阿姨平时偶尔能见到池院长带着池怀音吃饭，都认得她，每次打饭菜都给她加量，这也导致她的饭缸盛满后简直重如铅球。

一手举着一个饭缸，腋下还夹着上午的课本，池怀音挤在人群里有些吃力。

她刚走出几步，就差点撞上排队的年轻小伙儿。

"池怀音！"兴奋的男声在耳边响起。

池怀音抬头一看，那个笑容朴实的男孩是她的同班同学。

"哎，我先走了。"池怀音手上实在太重了，赶着走，不想和他搭话，赶紧转到另一个方向。

池怀音发誓，这是她这辈子走过的最后悔的方向。

季时禹和他的狐朋狗党个个儿人高马大，如同人墙一样，直挺挺地挡在池怀音面前。她瞬间感觉到一股热腾腾的压迫感自脚底涌上头顶。

"……"

"我们班的池怀音啊？"

"哎呀，月底了还能打这么多饭菜，奢侈啊。"

"池怀音，你饭票还有没有剩啊……"

池怀音被吓得往后退了半步，手上两人份的汤满得要溢出来了。

"别闹。"

打断嬉闹的是一个拥有沉稳磁性的声音的人——季时禹。

只见他一只手很随意地搭在身边男生的肩膀上，仗着个儿高拿人当拐杖，一副小流氓的姿态。

池怀音有些怕他，低下头，想要换条路走。谁知道她往左，季时禹就往左，她往右，季时禹也往右。

池怀音这下终于明白了，这人是找碴儿来了。

池怀音狼狈地动了动手臂，腋下的书也往下滑了几分。

想了几秒，池怀音终于服软，可怜巴巴地抬起头，诚恳地看着季时禹说："饭菜有点重，我拿不稳了，能不能让我过一下？"

她声音小小的，带着点祈求之意。

季时禹高了池怀音近一个头，那身高与北方人比也不逊色，像严严实实的一堵墙横在池怀音面前。

听完池怀音的话，他嘴角轻轻扯动。

"这样啊？"他若有所思。

随后，池怀音听见衣料窸窣的声音，季时禹低下头来。

在池怀音还没反应过来的时候，他的嘴已经碰到了池怀音的饭缸。池怀音几乎全程瞪大着眼睛，看着季时禹一口气把她的蛤蜊豆腐汤喝了大半。

周围那么多人围观，任谁也想不到季时禹会这么为难一个姑娘，一时都愣住了，四周瞬间鸦雀无声。

季时禹随手拿了旁人的帕子擦了擦嘴，又给人塞回口袋。再看向池怀音时，他的眸子微微眯着，唇角的笑意若有似无，淡淡的嗓音宛如天籁："现在拿得稳了吧？"

池怀音终于确定他当时那句"小心点"是认真地让她"小心点"。

虽然被季时禹这个恶霸气得牙痒痒，但她也不敢和季时禹正面冲突，好几次被他"欺负"也只是气得脸面涨红，完全没有还手之力。

之后除了上课和做实验这种因为同班不得不和季时禹见面的场合，池怀音几乎是见着季时禹就跑的。

周末，学校团委为研究生组织了外出实习劳动，这次是和森城理工大一起的活动，有几分联谊性质。

二十世纪八九十年代，学校都很流行各种劳动活动，让学生们走出课堂，锻炼出比较强的劳动和生活能力。

系里好些刚考到森城的新生兴奋得不得了，在森大熬了一学期，以为终于有机会看到女孩了。作为本科就在森大的过来人，池怀音实在不想提醒他们，校名都叫"理工大"了，那帮狼崽子还能有女孩给他们剩的？

池怀音本来是不想去的，毕竟这种劳动活动是自愿报名参加的，她可不想好不容易休息还要面对季时禹。

但是团委那边亲自派人去她宿舍动员，说得那叫一个声泪俱下。

"怀音，你必须得去啊，你是系里的灵魂人物啊！"

"没有你，我们的队伍就是一盘散沙！"

"你不去，人家理工大肯定会觉得我们没诚意，一个女生都不带，只想着拐人家的女同学！"

所以最后一句才是重点吧。

唉，池怀音无奈地妥协了。

周末的早晨，因为宿舍里的姑娘都和她不同系，没人早起，导致池怀音睡久了些。等池怀音急匆匆地赶到校门口的时候，大巴前已经不见上车的队伍了。

远看没注意，近看才发现车上竟然挤得那样满，池怀音被吓了一跳，他们系里何时有这么多人了？分明是好些工学院的单身汉都挤一起了。

停了十年高考，好多人本科毕业，工作几年，再考上研究生的时候早已经拖家带口了。所以同学之间年龄差异很大，上下差到十几岁都是很正常的。

已婚的一派心如止水，而那些未婚又没对象的，真是五湖四海，甭管什么专业都臭味相投地混到一起。

池怀音站在车门前有些迟疑，站在门边的团委干事艰难地从人缝儿里探出头来："别看了，快上车吧！都等你呢！"

干事话音一落，大巴里的同学纷纷从车窗探出头来，那么多道视线齐刷刷地落在池怀音身上，她觉得尴尬极了，赶紧钻进了门口的人肉堆里。

车门艰难地关闭以后，团委的干事还没放过她，他又号了一嗓子。

"咋回事儿啊，快给我们系的独苗让座啊。"说完他想起了什么，又补了一句，"那个售票特座谁坐着呢？让给池怀音坐！"

干事话音一落，原本挤在车门处的人流渐渐分开。

池怀音还没来得及找到可以钻的地缝，车门处一根铁杠围起来的专座已经显山露水，现出原本的样子。

在池怀音眼睛的余光里，最先出现的是两条男生的长腿的侧面，大大咧咧地敞开着，以一种很不像样的姿势坐在那个专座上。

他背靠着车窗，面朝着车厢里，双手抄在裤子口袋中，将他身上松松垮垮的牛仔服外套带出几条褶子。牛仔服随着他的姿势右偏，露出锁骨窝，浅浅的一道阴影投射其中。衣服的袖口被他将到手臂中间，细瘦的手臂上乍现结实的肌肉纹理，隐隐透出暗色的血管和微凸的青筋。

"季时禹，起来起来。"

听到自己的名字，一直慵懒地歪坐着的人微微睁开了眼。他没有动，只是视线向池怀音的方向缓缓扫过来。

不过淡淡的一眼，池怀音竟然忍不住一抖。

真巧，又是季时禹。

池怀音的尴尬达到了顶点，她像被蒸熟了一样，从头到脚指头几乎都染上了一层绯红。她躲季时禹都来不及，哪敢让他让座？

"大家……我真的……不用了。"她又对季时禹说，"我可以站着的，你坐你的，千万别客气。"

池怀音准备往后走，想着离季时禹远些，众人也就不会再闹了。

此情此景，倒是让池怀音想起一件极其尴尬的往事。

那时候池怀音还在宜城读高中，每天骑自行车去学校，有一天她的车胎破了，再加上来了月事，腹痛难忍，最后选择了坐公交车去学校。

和她坐同一条公交线的季时禹那阵子骨折，打着石膏，也骑不了车。

两人在公交车上相遇，虽然不同班，互相看着还是有些眼熟。

当时车上有个阿姨见季时禹打着石膏，拄着拐杖，就好心让了个座，可是因为池怀音离那个阿姨更近，再加上她腹痛难忍，没多想，就直接坐了上去。

然后她一个恍惚就坐到了季时禹大腿上……

那件事之后，池怀音碰到季时禹都是背过身走的，能躲多远躲多远。

高考后，他进了矿冶学院，她读了森城大学，却不想他居然考上了曹教授的研究生，又和她成了同学，且最近还不小心结了点仇。

池怀音侥幸地想：他应该也不记得那么一件婴儿小拇指盖儿一样小的事儿了吧？

见季时禹未动，车上别的同学开始编派他，系里就池怀音一根独苗，大家自然爱护得紧。

"老季，赶紧起来，让我们系花坐。"

"人家是娇弱的女孩，要坐特座，赶紧滚一边去。"

嬉闹叫嚷声中，季时禹抬手，懒懒地捋了捋头发，然后收起了随意安放的长腿，整个人往后坐了坐。从衣兜里抽出右手，撑在售票座前的铁杠上，他以一贯吊儿郎当的挑衅眼神看着池怀音，那样桀骜不驯。

"不用让了。"在一片嘘声中，他突然拍了拍自己的大腿，表情懒洋洋的，吐字却无比清晰。

"她就喜欢坐我腿上。"见池怀音不说话，他又挑眉，尾音上扬，"又不是没坐过。"

不巧，他不仅记得这么一件婴儿小拇指盖儿一样小的事儿，还故意拿这事儿让池怀音难堪。

就是佛也有脾气，忍了这么久，池怀音终于忍无可忍了。

她气到极点，却仍旧斯文，声音不大，却坚定有力："季时禹，你到底要怎么样？"

阳光透过车窗照射进来，洒在季时禹短短的头发上。

他轻笑低首，眉目淡然。

"要让臭流氓的形象更加深入人心。"

池怀音从小到大都是乖乖女，没有太多和痞子小流氓打交道的经验。

"你神经病！"池怀音此刻的嘴笨拙极了，憋得脸都要热炸了，也没想出一句抨击季时禹这臭痞子的话，连骂他的气势上都输了一大截。

脏话这东西真是正当用时方恨少。

被池怀音骂了，季时禹也丝毫没觉得尴尬，依旧是那副自得慵懒的模样。

他这个人的五官有些肖似电影明星，浓眉大眼，唇红齿白，骨子里透着一股子正气。但他偏偏有着与他的长相南辕北辙的性格，从高中开始就是宜城有名的臭流氓、小痞子，良家的女孩碰到他都是要绕着道走的。

偏偏这么一个坏男孩的学习成绩却一直是全年级第一，那时候池怀音怎么认真都超不过他，忍不住观察了他一阵。

后来她坐了他大腿，避之唯恐不及，就再也不敢多看他了，生怕他对她印象太深。

毕竟他也不是什么好人。

令池怀音更想不到的是，她居然会惹上这个她应该一辈子也没什么机会深交的人。以池怀音匮乏的人生经验来说，这可真的让她有些不知所措。

她那一脸的惊惶都撞进了季时禹的瞳孔里。

她越是瑟缩、害怕、紧张，他越是满意。

季时禹身边站着的、坐着的好几个人都是他的好哥们儿，工学院其他系的人平素和他鬼混最多。

离他最近的赵一洋见他又在欺负池怀音，近来频率实在有些高，忍不住替池怀音出头："季时禹，你能别老逗人家姑娘吗？再这么闹不怕被误会你看上人家了？"

池怀音听到赵一洋的话，忍不住呼吸一窒。

另一个男生听了这话，哈哈大笑起来："得了，他啊，是个女的就能看上。狗发情见过吗？"

话音方落，就听见一声不屑的轻笑，还是一贯地漫不经心。

季时禹懒洋洋地跷起了二郎腿，看都没看池怀音。

"放狗屁。"他说。

也不知道他驳斥的是"看上池怀音"还是"是个女的就能看上"。

在同学们的帮助下，池怀音后来还是坐下了，不过是在最后一排。

好些别的系的男生都围着她聊天，那种万众瞩目的待遇让她有些紧张。

她往里移了移，错开了膝盖与旁人的触碰，双手捏着自己的裙子。

大家热络地说着话，她却忍不住偷偷往前门瞟了一眼。

季时禹没有到最后排来，和几个男生聊着篮球、排球，他还是和高中时候一样，爱在男生堆里混，也因此在男生里极有威望，一呼百应。

池怀音看了他一会儿，才突然一个激灵反应了过来。

她看他做什么？疯了吗？嫌被欺负得不够？

车开到市图书馆就停下了，这是他们这次校外劳动活动的目的地。

市图书馆是一座公益图书馆，完全免费向全市开放，所配备的工作人员人手不够，所以各所学校轮流过来帮忙。

在馆外分配任务时，团委的干事照顾池怀音是系里唯一的女孩，只分了一根鸡毛掸子给她，让她随便跟着掸掸灰就好，但池怀音一贯不愿意被特殊照顾，也做不出这等偷懒的事儿，坚持要了块抹布，跟着理工大少得可怜的女生队伍去休息区擦桌子了。

图书馆里还有来看书的人，大家干活都很安静，聊天的声音都很小。

池怀音一个人擦了好几张桌子，身边才终于走过来一个人。

一个短发的姑娘拿着块抹布在擦池怀音对面的桌子。那个短发姑娘皮肤白皙，模样可爱，挺自来熟的，上来就自我介绍："我叫周梅。"说完，她又压低声音说，"其实我是本科的，我表哥带我来玩的。"

本来也只是校外学生活动，没那么严肃，他们队伍里也有不少混进来的。

池怀音回以善意的笑容。

"其实你是我的学姐，我们都是宜城一中的。"

池怀音对此倒是有些意外："你怎么知道我是宜城一中的？"

姑娘凑近池怀音，笑眯眯地说："我入校的时候学姐刚好毕业，你的照片和名字都挂在光荣榜上呢。"

池怀音毕业后就没有回过高中的学校，倒不知道还有这一档子事儿，有些尴尬地笑笑："没想到森大也挂，我以为只有考上庆大和北大的才挂。"北大和庆大才是国内首屈一指的学府，当年池怀音嫌冷不想去北方，就选了南方最好的森大。

"怎么可能不挂？当年学姐可是那一届第二名呢。"说着，她猛地想起什么，睁大了圆溜溜的眼睛，一脸好奇的表情，"对了，学姐，你们那届第一名的学长，听说是因为被记过大过，所以学校没给挂光荣榜，是这样吗？"

那一届的第一名？光是想起这个人，她就有点肝疼。

没注意到池怀音脸色的变化，那姑娘还在喋喋不休地说着："听说那个学长是个传奇人物，学习成绩超好，却不在重点班，因为重点班要多上一节晚课，耽误他放学去打篮球。"

"我还听说那个学长长得怪好看的。不知道考去哪里了？学姐你认识那个学长吗？"

看着身旁的姑娘饱满的脸蛋上那双期待的眼睛，池怀音低头看向自己的手指。

"不认识。"

听到这个答案，那个姑娘好生失望，忍不住一连说了好几句："真的吗？那真的太遗憾了，我一直很想知道一个这么有个性的人会长什么样子，生活中会不会特别酷，会不会……"

池怀音终于听不下去了，忍不住打断了那姑娘："两个人擦一张桌子效率太低了，我去那边擦了……"

不迷信的池怀音真的忍不住又一次问自己，她这到底是惹到了哪路神仙，怎么季时禹就在她的生活中无处不在呢？

她跟着理工大的女生过来擦桌子，就是想要杜绝一切可能和季时禹打交道的机会，结果随便碰上一个姑娘，还是句句不离季时禹。

她池怀音上辈子是刨了他家祖坟吗？怎么就这么阴魂不散呢？

池怀音想了想，最近这一切倒霉事儿都是因她当初那一句不知死活的"臭流氓"而起，而她为什么会对"季时禹等于臭流氓"这件事儿有如此根深蒂固的印象呢？

这一说起来，就不得不提到当初在宜城一中读书的事儿了。

那时候季时禹在宜城一中非常有名，上下三届或多或少都听过一些他的传说。

——著名的校霸、流氓，学校很多女生都被他欺负过。

不巧，池怀音也曾是其中的一名，那时候她还没坐过季时禹的大腿。

大约是高二下学期、升高三的那段时间，季时禹和他的那些狐朋狗党不上课，跑去录像厅看录像，被他们班主任抓了个正着，班主任要求他们留校罚抄校训，他什么时候下班，他们什么时候才可以回家。季时禹的班主任是个单身汉，每天都在学校工作到关电闸才回家，是整个年级最有名的"拼命三郎"。

学校的门房每天都回家吃饭，晚上10点过来守夜的时候顺便关电闸，也就是说季时禹最早也要等到10点才能回家。

听说这事儿的时候池怀音还觉得挺大快人心的，毕竟季时禹做过的坏事儿也算罄竹难书了，大家说起他都是同仇敌忾的模样。看他倒霉，哪怕不相干的人也忍不住鼓掌。

令池怀音想不到的是，人若是倒霉起来喝水都要塞牙缝儿。明明和她完全无关的事儿最后却扯上了她。

那天晚上池怀音留校出黑板报，完成以后，她一个人去还板报书，路过配电房时听到里面还有声响，就下意识从半掩的门缝儿里看了一眼。

这一眼可真让池怀音吓了一跳。

配电房里有人，这个人不是学校的门房，而是本该在教室里罚抄校规的季时禹。

配电房里没开灯，只有一扇很小的天窗，银白的月影从小小的天窗投射在季时禹的头顶上，映得他短而竖立的头发根根分明。他一手举着蜡烛，踩着电工平时拿来坐的板凳，捣鼓着电闸。

他轻车熟路地找到了总闸的闸刀，想也不想就直接往下一推。

只听吧嗒一声，池怀音眼前突然就黑了。

他关掉了电闸，在还不到8点的时候。

池怀音怎么也想不到这世上居然有这么大胆的人。

啪，池怀音手里的板报书掉到地上，那声响在安静的环境里格外清晰。季时禹回过头来，脸部轮廓似乎披着月亮的清辉。他的一双眸子不带一丝惊惶，看到池怀音只是微微勾起了嘴唇……

池怀音也曾挣扎过的。

奈何敌方太强大，季时禹比她高出一个头，又长期运动，浑身都是肌肉，块块隆起。他拎着她的后领子，就把她拎到了楼道间。而她全程不敢反抗，像被淋了冷水的鸟，扑棱着也飞不动。

学校里安静极了，学生放学了，老师下班了，除了留校的和办板报的学生干部，根本没什么人，这楼梯的背面更是不可能被人发现。

黑暗的环境，又背着光，池怀音只能就着月光分辨出季时禹的人影。宽宽的肩膀，夹克的肩袖接缝儿直挺挺的，衬得他格外挺拔，也让她格外害怕。

他的呼吸声很近，即使低着头，池怀音也能感觉到那是让人不安的距离。

"老师太敬业了，不停电他不回宿舍，做学生的谁不心疼？"

季时禹漫不经心地放下卷着的袖口，又像个好学生一样把袖口扣起来。

"你刚才都看到了？"他声音沉静，听不出什么用意。

池怀音有点蒙，下意识点了点头。

季时禹虽然没有说话，可是某一瞬间发出的气音让池怀音觉得他似乎笑了。

池怀音正在思索着，他微微低头凑近，温热的呼吸落在她的额头上，把她吓得直往后退，差点撞到楼梯的台阶。

"我从来不打女人，但是我有很多让女人生不如死的办法。"

黑暗中她看不清他说话的表情，可是那声音竟然带着几分诡异的婉转缠绵。

说着，他霸道地伸手，一把勾住池怀音的纤腰，轻轻一捞，以绝对的力量优势迫使池怀音靠近他。

"你真香。"

他似乎心不在焉，只是轻佻地挑开了池怀音衬衫的第一颗纽扣，让她一直被紧紧包裹的脖子露了出来。

如凝脂一般的皮肤，即便在那样黑的环境里也白得亮眼。

背着光，池怀音从他下巴的角度能感觉到他是低着头的，那么此刻他的视线……

池怀音想到这里，脸色瞬间红了又白。

"真白。"说着，他作势还要解第二颗。

池怀音整个人都在发抖，已经被吓得脸色惨白。

她一把抓住自己的衣领，哆哆嗦嗦地说："刚才突然停电了……我……我什么都没看见……"

"很好。"季时禹没有放开池怀音，只是微微一笑，修长的手指顺着她细瘦的脖颈儿摸索过去，将他解开的扣子又扣了回去。然后他放开了池怀音的衣领，在她头发上揉了一下，像安抚一只因为受惊而忐忑不安的小奶猫。

"乖。"

就凭季时禹当年做的那些事儿，池怀音还能对他老人家有什么好印象吗？

面对他，她从心眼儿里发怵。在她看来，没有什么事儿是这小流氓干不出来的，他简直比洪水猛兽还可怕。

当年季时禹的爸妈在宜城开杂货铺，那时开店的少，没什么竞争，生意挺好，算是家境殷实。

但是那时候大家都是以能成为工人和干部为荣，个体户是比较被人瞧不起的，所以季家对季时禹的学习成绩相当重视。只要他肯读书，他怎么胡闹，家里人都是睁一只眼闭一只眼。

为了得到最大的自由，季时禹常年保持着全校第一的成绩，这也是老师们都拿他没办法的原因。

而池怀音和季时禹算是八竿子都打不着的人。她出身好，学习成绩好，人又乖巧，是学校里的模范生。

高中毕业后，她本来以为脱离了魔掌，却不想如今重回狼爪之下，真是世事难料。

因为季时禹的存在，乖乖女池怀音都不爱上学了。好在这一学期最后还是相安无事地结束了，不然她羞愤之下真的想退学了。

　　过年的时候池怀音回老家宜城玩，笨手笨脚地摔到水塘里，骨折了，打了快一个月的石膏。

　　那段时间她倒是过得和皇太后一样，走到哪儿都有人搀着扶着。

　　寒假因为脚伤几乎全废了，她刚拆了石膏，还没撒欢儿就要返校了，真可谓人间惨剧。

　　池母正给池怀音收拾着行李，一贯地手脚麻利。

　　池怀音的脚跷得高高的，搁在椅子上，她一边啃着苹果，一边看着那台家里费尽千辛万苦才买到的牡丹牌彩电。而不远处坐在太师椅上的池父正闷着头看报纸。

　　此情此景让池怀音更加留恋，她坐起身来对父母撒娇道："要不我晚点回学校吧？我脚也没好利索呢。"

　　她回学校了还要和季时禹那个臭痞子一起上课做实验，想想都要折寿。

　　一直闷不吭声的池父这时候倒是回答得神速："不行。"

　　池母白了一眼池父，拔高了嗓音说："你爸这个人老顽固一个。都这样了晚点返校怎么了？"她的脸面向着池怀音，实际上却是说给池父听的，"女孩读什么研究生，读完都多大了？本来就难找人，再把腿给弄坏了，真在家里一辈子啊？"

　　池父头也不抬，语气一贯地严肃刻板："不管男女，都该好好学习。没文化的人能有什么魅力？"

　　池怀音没想到本来好好的，池父又引战了。

　　果不其然，行李收拾了一半的池母一听到池父的话就炸毛了，衣服一丢，活也不干了，两步奔到池父面前，双手叉着腰就开始咒骂。

　　"你什么意思？没文化怎么了？你有文化你老冷嘲热讽的，你想想你当初做的事儿！要我在孩子面前说吗？小刘那个话咋说的来着，仗义每多屠狗辈，负心多是读书人！"

池父一副懒得看她的样子："你看看你在孩子面前的样子！"

池母依旧得意："我在孩子面前的样子美得很！"

池怀音很后悔身处风暴中心，原本不想返校的她几乎是从椅子上弹起来，赶紧给自己收拾行李。

"得了得了，爸妈你们快别吵了，我现在就收拾行李滚蛋，一分钟都不多留还不成吗？！"

她真是脑子被驴踢了才会留恋家里。

除了都来自宜城，她的父母真的没有任何共通点。池父一辈子读书搞研究，是那个年代有名的先驱科研工作者之一；池母中学都没读完就辍学了，当初因为帮池家奶奶洗了一年衣裳，打动了老人家，老人家硬是把在大学里当教员的儿子叫回宜城，娶了这个看上去和他完全不匹配的女人。

除了长相漂亮，池母好像也没有什么突出的才能。池父不喜欢泼辣的池母，池怀音一直都知道。

当年池怀音之所以会被送回宜城一中读书，也是因为家庭危机。

那年池父不满四十岁，因为突出的学术贡献被森大选中，作为访问学者去德国学习两年。当时和他同去德国的是一个未婚的青年女教师，以前是池父的学生，因为仰慕池父，年满三十仍然未婚。

学校里关于他们的风言风语传得绘声绘色，一贯泼辣的池母在这件事上却表现出了前所未有的淡定。

池怀音仍然记得那年暑假，有一天晚上池父又待在实验室不愿回家。池母抱着池怀音，蜷缩在女儿的那张小床上，把已然熟睡的池怀音哭醒了。

咸涩的眼泪沾了池怀音一脸，一贯强横霸道的母亲竟然会有这么脆弱的一面，这让池怀音有些害怕。

"妈……你怎么了？"

池母见池怀音醒了，赶紧擦了擦眼泪，笑着给池怀音打扇。

黑暗的房间格外空荡，池母难得温柔地和池怀音说："怀音，如果妈和你爸分开了，你愿意跟妈回宜城生活吗？"

不等池怀音回答，她又自嘲地说："瞧我说什么胡话，你跟着我能过什么好生活？"

"妈，你是不是和我爸吵架了？"池怀音毕竟十几岁了，心思还细腻，"我不要你们分开，我要我们一家三口在一起。"

池母眼中一闪而过的悲伤让池怀音怀疑她也许是看错了。

她温柔地摸了摸池怀音的头，那样郑重地劝告着："怀音，你记住，这世界上好东西太多了，但是有些东西喜欢不见得一定要得到。尤其是男人，他若是不喜欢你，你一定要知道进退，不要走了妈的错路。"

那晚以后，池怀音本以为父母会离婚，毕竟当时的事儿闹得很大，很多人都在背后议论。谁知事情却又峰回路转了。泼辣的池母又做出了惊人之举，她一个人大闹了校长办公室，要求校长批准池父带夫人出访。

整个学校里都是斯文人，哪里见过池母那样的泼妇？自然只能妥协。

池怀音被送回宜城老家读书，池母跟着池父去了德国，两年多后，他们一同回了国。而那个据说喜欢池父的女教师最后留在了德国。

池父和池母吵吵闹闹大半生，却没有真正分开。

虽然外人评价池母泼辣、没文化、没教养，但在池怀音眼里，池母精明能干，做事胆大心细，把他们父女俩照顾得无微不至。

也只有池母在被人指着脊梁骂"脸皮厚""不像个女人""没教养，大闹学校"的时候，敢一盆水泼过去。

池怀音在性格上更像父亲，如果她能有母亲百分之一的胆量和魄力，早把季时禹那个臭痞子打变形了。

还没正式开始上课，返校的学生倒也不无聊，各种学生活动将新学期的开始填得满满的。

刚开学没几天，学校公告栏里就多了一条全校通报批评。

原来，季时禹他们宿舍卖烟卖酒卖闲书，被校领导视察的时候抓了个正着，因为情节恶劣，被通报了。

池怀音和江甜路过看到公告的时候，池怀音忍不住驻足了好久，几乎都要把那通报批评给背下来了。

江甜看着池怀音一脸的嫌弃，道："季时禹和赵一洋被通报批评，你有这么高兴吗？这关你什么事儿啊？"

池怀音这才意识到自己的表情实在太明显了，赶紧扯了扯自己上扬的嘴角，故作严肃地说："没有啊，我只是觉得学校就是应该打击这种歪风邪气。有些人就是该被通报一下，这才大快人心！"

江甜狐疑地看着池怀音："你和他们宿舍有仇啊？"

"没有啊！"池怀音笑得意味深长，"怎么会呢？"

季时禹他们宿舍住的都是工院研究生，他们被全校通报批评自然是工院之耻。开周五例会的时候，季时禹和赵一洋一起被请上了报告厅的讲台。

按照以前的惯例，开学第一次例会是由院长主持的。

池父在学生面前的时候表现得还是十分公正严肃的，当着上百名研究生的面，他愣是眉头都没有松一下。

听说这次查封季时禹他们宿舍的"黑店"没收了很多东西，全是些乌七八糟的。

池父对季时禹和赵一洋实在无语，因为没拿通报批评的字条，连他们的名字都记不住，但是他想到他们在学校做的事儿，就觉得痛心疾首，批评他们的时候都忍不住有些激动："你们是未来的工程师、科研工作者，不好好学习、搞研究，在宿舍里搞些什么乱七八糟的玩意儿？自己的脸丢了，还给学院抹黑。你们若是能把这心思放到学习中，能发多少论文？不是一样有奖金？还能为中国的科研技术进步做贡献！为学校争光！"

池父越说越激动，最后面红耳赤。池怀音在台下都有点担心自己的爸爸会不会被季时禹和赵一洋气晕过去。

批评教育了一通，池父以他们二人作为反面教材又把大伙儿说教了一通，终于大赦了他们。

"你们的事儿就说到这里，赶紧下去，别在这儿丢人了。"

赵一洋和季时禹开始往台下走，赵一洋垂头丧气，季时禹心不在焉。

池父盯着二人的背影，皱了皱眉，手里拿着一封《北都有色金属》刊物寄来的信和一笔奖金的兑票，又继续对大家说道："读研究生还是要走正道。"他说着，脸上的表情终于开始回暖，儒雅地对大家扬了扬手里的东西，"上学期我们学校的同学都获得了很不错的研究成果。尤其是我们曹教授手下的研究生，他发表的论文被业内最权威的刊物《北都有色金属》刊登了，被收进了国家论文库。"

"我手里拿着的是《北都有色金属》寄来的录用凭证，还有北都有色金属总院寄过来的奖金。"池父的嘴角慈祥地扬起，脸上满满的骄傲，"现在我亲自将这些奖励交给这位同学。"

说着，他把信封翻了过来，大声念出了信封上收件人的名字——

"季时禹同学，恭喜你，请你上台。"

扑哧——

听到这个名字，台下众人立刻忍不住哄堂大笑。

池父是教冶金科学与工程的，对于冶金物理化学系的同学并不是很熟，见大家都笑起来，且笑得前仰后合，他一头雾水。

"怎么了？我念错名字了吗？"

池父正诧异着，刚被训斥成孙子的季时禹又转了头，回到池父身边。

池父见本应下台的人又回来了，自然一脸不高兴。

他板着一张脸，瞪着季时禹道："怎么，不服气？"

季时禹耸了耸肩，一脸无辜："不是您让我上台的吗？"

池父被气坏了："我什么时候让你上台了？！"

季时禹右边的眉毛微微一挑，一贯吊儿郎当的模样。

"院长，我是季时禹。"

第二章
错有错招

季时禹成功地让院长尴尬了一回。

院长嘴都气歪了，半天说不出一句话的样子惹得台下的学生都忍笑到不行。

大家甚至怀疑，要不是那么多同学在场，院长是不是已经把那些奖励都撕了。

所以，一返校就出尽风头的后果是什么？

是被院长加重处罚，分配去扫厕所，一整栋男生宿舍的男厕所。

赵一洋拿着笤帚在地上胡乱比画，发泄着不满。

"老季，你不觉得这事儿都怨你吗？"

季时禹懒得动嘴，拿着笤帚，也不管那东西扫过什么，直接一笤帚要刷过去。

赵一洋灵活地躲了一波，有理有据地说："你说你，要么就好好当个小流氓，要么就专心演个好学生。可偏偏你两头都要沾，让院长丢了面子，现在好了，我们两个一起倒霉。"

说着，赵一洋不服气地在地上唰唰一番乱扫："这院长也是狠心，都扫厕所了，好歹让我们扫女厕所啊！"

一直在旁边认真帮忙的陆浔终于忍无可忍地提醒道："别闹了，赶紧扫吧，还有好几层楼呢。"

赵一洋听见陆浔的声音，立刻过去搭住陆浔的肩膀："还是你够兄弟。"赵一洋笑嘻嘻的，一脸不正经，"我以后要是喜欢男人了，我第一个就找你。"

陆浔听到这句话，敬谢不敏，嫌弃地挪开了赵一洋的胳膊："大哥，你何苦恩将仇报啊！"

一直没什么表情的季时禹听到陆浔的抱怨，嘴角也勾起了浅浅的弧度。

空荡荡的男厕所里，三人的笤帚声唰唰地响着，伴随着赵一洋时不时的"比试武功"，气氛倒是还挺轻松。

赵一洋谈及最近的生活，话题又跑到季时禹身上了。

"别怪做兄弟的不提醒你，你啊，以后还是少招惹池怀音。"

一个寒假过去，许久没听到池怀音的名字，季时禹还觉得有点陌生了。

"怎么了？"

"我要不是和你熟，都有点怀疑你居心不良。像池怀音那种没见过什么世面的小姑娘，惹不得，小心惹上了甩不掉。"

季时禹听到这句话也有点莫名其妙了："我怎么惹她了？"

"你老欺负她，小心反效果。"

"反效果？"

"小心她喜欢上你。"

一开始还以为赵一洋要说什么有建设性的话，听到这里，季时禹终于忍不住笑骂他："池怀音有病吗？有好人不喜欢，去喜欢欺负她的人？"

"哎，你别不信！"说着，赵一洋的手臂就要搭上季时禹。

季时禹嫌弃地将他推开："扫你的，再偷懒把你按粪坑里。"

"嚯，不听老人言，吃亏在眼前。"

"滚！"

赵一洋的宿舍小卖部被查封以后，他手头就开始紧了。

小肚鸡肠的赵一洋同志咽不下这口恶气，扬言一定要报复池院长。

本来季时禹也没把赵一洋的话放在心上，毕竟就赵一洋那狗德行，能把池院长怎么样？胳膊还能拧得过大腿？

但季时禹怎么也没想到赵一洋是那么用心专注地要"报复"池院长。

做完实验回到宿舍，季时禹已经很累了。他刚拿着搪瓷盆要去水房，就被赵一洋拦住了："我们应该采取一些措施，厕所不能白扫。"

季时禹无语极了："少发神经了。"

大晚上的，赵一洋脚也不洗，抱着一本也不知从哪里找来的森城黄页电话簿，笑容意味深长，十分猥琐："我想到了好办法！"

季时禹有些困了，皱着眉看着赵一洋："什么馊主意？"

赵一洋捶了季时禹一拳："怎么就是馊主意了？"说着，他把黄页电话簿往桌上一摊，厚厚一本，摔上去带起哐哐的声音。

"你看，我在黄页里找到池院长家里的电话了，以后我每天晚上用学校外面的公用电话给他家打电话，他岂不是要烦死了？哈哈哈。"

看赵一洋笑得扬扬自得，季时禹摇了摇头。

"你真的很无聊。"

更令季时禹想不到的是，赵一洋有这个想法以后还真就这么做了。

他每天打完篮球，都要偷偷摸摸跑到校外去给池院长家里打骚扰电话，每天变个声，阴阳怪气的，完全是大变态行径。

季时禹对他实在嗤之以鼻。

赵一洋自己胡闹就算了，还拉着季时禹和他一起发疯。

看着他绕着电话线在那儿装女人、装孩子，甚至装狗，季时禹真的有点怀疑这人的精神状态可能有点不正常。

一连好几天，季时禹终于忍无可忍了，指着公用电话义正词严地说道："你再带我来搞这种事儿，我就把你打得你妈都不认识。"

赵一洋玩了一周，什么气也消得差不多了，拿起电话递给季时禹："这样吧，今天最后一次，你来打吧。"

季时禹想都不想直接拒绝："我吃多了？"

"得证明我们同仇敌忾。"

"神经病。"

赵一洋举起电话："是不是兄弟？"

季时禹认真打量起赵一洋，最后郑重其事地回答："不是。"

赵一洋眼珠子转啊转，拿起话筒，手指伸进号码孔里，一个一个转拨着电话号码。

季时禹双手交叉，一脸不耐烦。

"通了通了！"赵一洋指着话筒小声说着。

"一条船上的，要死一起死！"

赵一洋说完这句就跑了。

在季时禹毫无防备的情况下，赵一洋以迅雷不及掩耳之势直接将话筒扔到了季时禹身上，季时禹交叉的两只胳膊正好架住了话筒……

1991年的春节比往年晚了些，这也导致新学期开学没多久天气就迅速转暖。池怀音衣服带得太厚，每天都陷入穿错衣服的死循环中，好不容易熬到周末，她终于可以回家拿衣服了。

周末本地学生都可以回家，所以每到这时候江甜就羡慕得不行。

"早知道当初我就不该来外地读书，好想我妈做的红烧肉。"

池怀音把自己的被子叠好了，放平。

"你跟我一起回去吧，我让我妈给你做。"

江甜又想去又犹豫："算了算了，每周都去，你妈该觉得你招上个厚脸皮的蹭饭精了。"

江甜总是自己创造各种词语，逗得池怀音忍俊不禁。

江甜拆了一颗家里寄过来的巧克力球，又递给池怀音一颗。

"听说你们班那个季时禹还有那个赵……赵……"

"赵一洋。"

"对，就是这人。"江甜对于赵一洋的事儿并不在意，继续说着，"听说他们被池院长罚扫厕所了？"

池怀音对于小痞子的事儿没什么兴趣，整个学校里也就他们几颗老鼠屎，也不知道大家怎么想的，老讨论他们。

江甜欢快地过来，坐在池怀音床上，低声问道："那个季时禹，你们是一个班的，你应该知道他有没有女朋友吧？"

提到季时禹，池怀音的太阳穴就突突直跳："我怎么知道？"

"他要是没有女朋友，我觉得你可以和他处处。"江甜一时天马行空，开始乱点鸳鸯了。

听到江甜开始没有底线地鬼扯，池怀音忍不住打断："你喜欢你自己怎么不去和他处？"

"我爸妈肯定不会让我嫁给外地人的，我们海城就是这个风俗，必须找本地的。"说完，她锲而不舍地继续，"你看看，你们俩都是搞电池的，他长得帅，你吧，虽然比我差点，但是也很漂亮了。仔细看看，还是很登对的……"

见池怀音一声不吭，江甜恨铁不成钢，点了点池怀音的额头："你怎么这么不知道着急，就不怕嫁不出去啊？"

池怀音仔细想想嫁给季时禹这个可能性，很认真地说："我觉得嫁不出去都比嫁给他好。"

池怀音逃离江甜的碎碎念后终于安全回家了。

池怀音的春秋装都被池母收进箱子放在暗楼了，这会儿池怀音要衣服，池母爬上去找了半天。

身上沾了些灰尘，池母也顾不得清，擦了把手就开始给池怀音整理衣服。

她一贯如此，家务从不假手于人。

池母一边给池怀音叠衣服，一边抱怨："你爸不知道是不是又批评了哪个学生，最近家里骚扰电话又不停了。"

对于这种情况，池怀音也不陌生了："当初千辛万苦报装电话，真不知道为了什么。"

池母叹了口气："你有空儿还是要劝劝你爸，也不是每个学生都能成为好孩子，有些孩子天生就是坏，别指望感化了。"

池怀音笑了："你自己怎么不劝？"

"我？"池母头也不抬，只是自嘲地笑笑，"他会听我的才怪。"

似乎不愿意继续这个话题，池母转身进了房里："对了，我给你买了新衬衫，我去拿。"

丁零零……丁零零……

池母刚一进屋，家里的电话就响了起来。

池母在房间里号了一嗓子："估计是捣乱的，每天都是这个时候，别理了！"

丁零零……丁零零……

池怀音听着这电话铃声，眉头皱了皱，犹豫了一会儿，还是将电话接了起来。

"喂。"

电话那端先是一阵嘈杂，然后就是一阵安静，没有人说话，只听见一段呼吸声。

"喂？"池怀音重复了一次。

电话那端终于传来人声。

"……不好意思，打错了。"

传进耳朵里的声音，音色干净而低沉，气息平稳，这哪里是打错电话的人？分明就是故意捣乱的。

关键这声音怎么这么熟悉？

握紧了手上的电话听筒，池怀音眉头皱得更紧了。

"季时禹。"

这名字一报出来，电话那端的人立刻沉默了。

"池怀音？"

一种不可名状的尴尬在电波之间传递。

池怀音听说池父罚季时禹和赵一洋扫厕所了，没想到他会怀恨在心，做出这么无聊的事儿。

"季时禹，"她顿了顿，虽然生气，还是保持着知识分子的风度，"你的声音很好认。"

"你是院长的女儿？"

池怀音咬了咬嘴唇，没耐心与他闲聊，略带威慑地说道："不要再给我家打电话了，不然我会告诉池院长。"

电话那端的季时禹呼吸平稳，安静了几秒，他突然轻蔑地一笑，问道："你觉得一直给你家打骚扰电话的是我？"

池怀音对季时禹这种被抓个正着还死不承认的行为有些不齿。

"我觉得，敢做敢当才算真男儿。"

在季时禹的印象中，池怀音一直是那种很柔弱的女孩，没想到也是有脾性的，这电话说挂就挂了。季时禹手上还握着听筒，许久，他微微蹙眉。

赵一洋在小卖部里买了瓶汽水，一边喝一边向季时禹走过来。

他见季时禹表情不对劲儿，也跟着有些慌了："老季，你这表情怎么回事儿？是不是暴露了，院长知道是我们了？！"

季时禹若有所思，问赵一洋："池怀音，她是院长的女儿？"

赵一洋听季时禹这么问有些惊到了："别告诉我你不知道池怀音是

院长的女儿。"

季时禹沉默片刻："她和院长一点儿都不像。"

赵一洋仿佛听了天大的笑话一样："这事儿我们系谁不知道？你平时都在干什么？"

他哈哈笑着，嗓门儿洪亮地调笑道："怎么样，现在知道池怀音是院长的女儿了有没有改变主意？别欺负池怀音了，去追她得了，你给院长当乘龙快婿，我们的小生意就可以继续了。"

季时禹嫌弃地乜了赵一洋一眼："就你赚那么点儿破钱还想要我卖身？"

"趁还有小白脸儿赶紧卖，等人老珠黄了想卖都没戏。"

季时禹的笑容带着刺骨的冷意："你骨头痒了吗？"

赵一洋立刻怂了："刚才我是鬼上身，你当我在放屁。"

季时禹懒得和赵一洋臭贫，自顾自地走着。

对于池怀音最后说的话，季时禹还有些耿耿于怀。

他突然回过头来，皱着眉问赵一洋："我是真男人吗？"

赵一洋被他吓了一大跳，思考着季时禹的问题，半天才支支吾吾地回答："上次去洗澡，看你该有的都有啊，应该是真男人吧？"

季时禹表情瞬间凝固。

"滚——"

骚扰电话事件之后，季时禹倒是没有再做什么出格的事儿。

新学期课外活动减少，大家都比较忙，在学校也是教室、实验室、宿舍三点一线，池怀音和季时禹那帮人也算相安无事。

周末，池怀音要去做家教，给一个高三的男生补习英语和数学，那孩子是她本科老师的小孩，所以池怀音从未收取过任何家教费用。老师也感激她，每次都一定要留她吃饭。

老师打心眼儿里喜欢池怀音，若不是自家儿子才高三，她恨不得把池怀音留在自己儿子身边。

"听你爸说你现在跟着曹国儒教授？"

池怀音秀气地咀嚼着菜根，抿着唇点了点头。

"曹教授每年都有给北都那边推荐人才的名额，你应该知道吧？"

"嗯，大概听说过。"

"那你努努力，池院长对你的学习很上心，一直指望着你成才。北都总院机会多。"

池怀音咽了嘴里的饭菜，笑笑说："我不想去北都。"

池怀音这个答案让老师很意外："为什么？多好的机会。"

"听说北都的冬天都有零下十几摄氏度，我怕冷。"

老师哭笑不得："胡闹。"

池怀音笑嘻嘻地给老师夹了点菜："老师，您就别操心我了，我觉得森城挺好的。"

老师皱眉："哪里好？"

池怀音摸着下巴，认真回答："沿海城市，海鲜便宜还好吃。"

"孩子气。"老师终于笑了，敲了敲池怀音面前的碗，"不说工作了，你的个人问题呢？准备多久解决？"

池怀音最不喜欢和人谈论这个，低着头瓮声瓮气地说："我爸说不着急。"

说到池怀音的爸爸，老师也跟着叹了一口气："池院长当然这么说，他这辈子就是被他那个爱人耽误了。"说完这句，她意识到自己失言了，赶紧和池怀音解释道，"不是说你妈不好，就是……"

"我明白。"对于自己家里的情况，池怀音是最明白的，也不愿意多提。

"你以后找对象还是要找个学识和你相匹配的。"

池怀音看着碗里的米一粒一粒，白白胖胖地挤在一处，她抓紧了手上的筷子。

许久，她才抬起头，微笑着对老师说："我想找的那个人，他可以什么都不是，只要我喜欢他就好。"

　　从老师家里出来，天已经黑了。

　　池怀音推着自行车，迈着轻快的步子，看着自己和自行车的影子随着路灯的远近拉长又变短。

　　走过马路，池怀音确定了路线，刚准备骑车回家，一抬头就看见一行男生从巷子里的小餐馆里走了出来。

　　黑暗的巷子里只有那家店门口有一盏路灯，围绕着路灯的几只飞蛾的影子落在墙上、地上，扑闪而过。几个人勾肩搭背从黑巷子里走出来，喝得酣畅淋漓的样子，个个儿面红耳赤，嗓门儿拔高，又唱又跳。有的解开了衣服扣子，有的手上还拿着没喝完的酒瓶子，有的毫无形象地打着酒嗝，有的干脆扶着墙在吐……

　　总之，那场面一塌糊涂。

　　池怀音皱着眉看了一眼，竟发现那群人里有一个人影十分眼熟。他走在最边上，个子却是其中最高的，黑暗中的轮廓都十分显眼。

　　池怀音又盯着那人看了一眼，那人正好从阴影中走了出来，路灯昏黄的光亮描绘出他的面目。

　　正在这时，那人抬起头来，远远地，和池怀音的目光相接，沉默而安定。

　　——阴魂不散，季时禹。

　　池怀音吓得呼吸都要停止了，赶紧骑上车，蹬着踏板要走人，生怕自己多留几秒那群人就会跟上来。

　　这城市也挺大的，怎么有种比宜城还小的感觉呢，走到哪儿都能遇到季时禹？

　　看看和季时禹混在一起的那帮男的，一个个看着就面目不善。

　　想想也是，能和他混到一起的肯定都是小混混。

　　池怀音腹诽着，脚下蹬得极其用力。

　　但是墨菲定律就是这么神奇，她越是想快点溜掉，却越是溜不掉。

因为她蹬得太用力，一脚直接把车链子给蹬了下来。

哐当，是她连人带车摔了个狗啃泥的声音……

季时禹也挺忙的，这一学期曹教授给了他一个任务：实验和记录钕电解的电极反应。他的实验上学期就已经完成了，数据都采集好了，就是论文曹教授还不满意，多次打下来让他继续修改。

本来周末也挺忙的，但是矿冶学院那帮同学找他出去聚聚，他也不好拒绝，毕竟以前在学校的时候关系都还不错。

在矿冶学院学他们专业的人毕业后都是按原籍直接包分配的，工作也不错，不是分到研究所就是分到各大学校。

以前这里的森城本地人也不多，如今仅剩的几根苗苗时不时就会出来一聚。

季时禹是他们当中唯一考上研究生的，那帮同学都说季时禹是最有出息的。

上班不比在学校，生活压力摆在那里，再加上年龄问题，家里还要担心个人问题，这可愁坏了一帮生活单一的工科男。老同学重聚，成了诉苦大会，季时禹也插不上什么话。

诉苦诉完了，大家坐在一起，你一言我一语地分析了一下目前的就业趋势。

其中一个同学剥了一颗花生，边嚼边说："目前咱们专业国内行情不好，森城根本没什么好单位可去，我当初想留校没留住。但是听说北都的大学生已经开始不包分配了，想想我们还算走运的。"

另一个同学听到这里，不住地点头，拍拍季时禹的肩膀说："你考研太对了，曹教授每年都有往北都有色金属研究总院推荐名额的资格，你务努力，就是你的了。"

季时禹拿起了面前的啤酒瓶，喝了一口，淡淡地说道："我没准备去北都。"

"为什么？"大家都被他这个想法震惊了，毕竟北都的有色金属研究总院算是他们专业的圣堂了。

季时禹抬起头，目光从左移到右，又从右移到左，最后很欠扁地说："太冷。"

"干！"一句话引起众人的不满，对他一顿逼酒，"是人你就把桌上的酒都给喝了！"

一巡酒过，醉意酣畅，一个颇受相亲之苦的同学问季时禹："对了，森大的姑娘怎么样啊？有你看上眼的吗？"说着他笑了笑，"你知道吗，我们哥儿几个都特别好奇你以后会娶一个什么样的人。"

季时禹很认真地思考了以后回答："娶一个女人。"

"滚！"

一个对季时禹底细比较了解的男生这时候插了一句："我记得老季好像有喜欢的姑娘，据说以前是他同学。大三那会儿，有一回他偷偷摸摸跑到火车站去接人，被咱系里一哥们儿给碰上了。"

这样的重磅八卦砸到酒桌上，大家自然是欢畅地开始讨论。

"真的假的？"

"谁啊？"

爆出这事儿的男生努力回想着："那哥们儿说人家姑娘好像是森大的。"

季时禹周围的几个人没再客气的，拳头打在季时禹肩膀上："是不是兄弟啊，有女人都不和大伙儿说！"

"怪不得考到森大去，敢情不是学术的召唤，是姑娘的召唤！"

"什么时候带出来见见？不见揍死你！"

"天哪——季时禹人长得最帅，学历最高，还最先有女朋友！还让不让我们凡人活了？"

在各种刺激、夹攻之下，大家终于忍无可忍，用开瓶器又开了几瓶啤酒，誓死要把季时禹灌趴下，这一夜闹得厉害。

从餐馆出来，夜风拂过，季时禹感觉到身上有一瞬间起了些鸡皮疙瘩，走了两步才回暖。

同来的几个男生喝多了，一个个放浪形骸，他拦也拦不住，就站在一旁看笑话。

他倒是没有想到，这么晚了还会在街上碰到池怀音。

毕竟在他的印象里，她是那种天一黑就一定会回家的乖乖女。

她扶着车站在巷子口，像看垃圾一样看着他们一行人，一脸嫌弃，不加掩饰。

若不是看到他，也许她不会慌不择路乱骑一通。

她到底是有多怕他？他不过看了她一眼，她就像被追杀了一样。

看着她摔倒在地的狼狈相，季时禹忍不住笑出了声。

身旁的同学看到季时禹笑了，视线也跟着看向巷子口。

"谁啊这是？女朋友啊？"

季时禹清了清嗓子，想也不想地斥道："去你的。"

池怀音坐在地上，揉着自己有些痛的脚腕，膝盖和小腿上都有被水泥地面剐伤的痕迹，皮破了，血痕一道一道的。

和他一起喝酒的人都被他轰跑了，那些人走的时候还一路调笑，让她恨不得拿块布把脸蒙起来。

她不敢抬头，电话里还敢和季时禹理论，现实中看到他就有些害怕。

光影交错，地上现出身旁的影子。她看着影子里，自己的自行车被扶了起来，一个高个子的男人蹲在自行车旁，手扶着自行车的脚蹬子。他一个齿轮一个齿轮地套着车链，机械扣合，一声一声，咔嗒、咔嗒。

尴尬的沉默里，突闻季时禹扑哧一笑，池怀音几乎本能地抬起头与他视线相交。

月亮和路灯的光打在他身上，周身带着暗黄的剪影，微弱而柔和。

"池怀音，我有个秘密要告诉你。"

他如往常一样说着话，低沉的嗓音带着几分撕裂一般的喑哑，在这光影斑驳的寂静之夜格外深邃入耳。也不知道怎么的，她竟起了一身鸡皮疙瘩。

"其实我喜欢吃人。"他压低了嗓音，凑近池怀音，笑得有些邪恶，"尤其是那些……胆子小的女人。"

季时禹的凑近让池怀音忍不住往后仰了几分。

池怀音的心跳扑通、扑通、扑通，跳得比平时快了许多，脸上更是瞬间就发烫起来。

见池怀音露出害怕的表情，季时禹扑哧一声就笑了起来。

"池怀音，你到底有多怕我？"

"谁怕你了？"明白被戏弄了，池怀音也有点小脾气了，立刻打肿脸充胖子，"我……我是怕你太关注我……"

"你有本事看着我的眼睛说话。"

池怀音耳根都红了，艰难地抬起头看着季时禹的眼睛。

他浓眉大眼，瞳孔那么黑，仿佛有魔力一般。

她鼓起勇气看着他的眼睛，他却浅笑着移开了视线。

"不要这么含情脉脉地看着我，没结果的。"他"遗憾"地摇摇头，低下头专注地修着车，"我对你没有兴趣。"

"什么……意思？"

他抬起头来，眉毛轻佻地动了动，然后目光扫向池怀音胸前。

一番打量以后，季时禹夸张地在胸前比了比："我只喜欢大的。"

今天池怀音穿了一件鸡心领的长袖连衣裙，脖子和锁骨的骨窝都暴露在空气之中，见季时禹目光如此赤裸裸，池怀音的一腔血瞬间涌上头顶。

"你流氓！"

"想哪儿去了？"季时禹一脸正直，"我是说胆子大的。"

"你……"池怀音知道被他耍了，扑棱着就从地上跳了起来。

季时禹的手转动着自行车的车蹬子，车链已经套好，垫高的车轮随着车蹬子转动。

就在谈笑之间，他已经修好了。

拍了拍沾了黑色机油的手，季时禹站了起来，高大的身材如同一道黑影，将池怀音笼罩于其中。

"走吧，送你回家。"

池怀音对此又惊又怕，赶紧拒绝："不用了……"

"你别乱想，我不是要干什么。"池怀音还没说什么，他就开始撇清，"同学一场，怕你遭遇不测，仅此而已。"

季时禹难得"发扬风度"，非常自我，不理会池怀音的拒绝，强行抢走了她的自行车，完全是流氓小痞子做派，对于她的想法置若罔闻。

他推着她的车走在左前方。她慢吞吞地跟着他，视线始终盯着他的后脑勺儿，浓密的黑发里几乎看不见头皮，只是隐隐能看见头顶的旋涡，现出原本的肤色，十分白皙。

这世界上为什么会有这样的男生呢？简直比天气还难以捉摸。

从不循规蹈矩，把离经叛道当作个性，和她真的完全不一样。

虽然讨厌他，她却又忍不住有些羡慕他。

做人如果可以完全放飞自我，肆意表达自己，那一定是一种很爽的感觉吧？

至少她不敢。

"喂，池怀音。"

池怀音正想得入神，他突然回头喊了她一声："你怎么走得那么慢？没吃饭吗？"

池怀音小跑两步追上了他。

两人并排走在路上，中间隔着池怀音的自行车，车轮跟着他们的方向转动，发出机械的声音，在这条无人的路上回荡。

这一路说远也远，说近也近。一路不说话也很奇怪。池怀音正想着要不要找点话题和季时禹说点什么，季时禹已经开腔，打破了沉默。

"曹教授这学期给你布置了什么任务？"

"不同添加剂对铝电解阳极炭材料氧化速度的作用。"

季时禹有些奇怪："这不是曹教授两三年前的研究吗？"

说到这个，池怀音也有些沮丧。她知道季时禹接的任务是曹教授去年和今年的重点课题，而她却在重复曹教授已经发表的研究。

季时禹看了池怀音一眼，见她不说话，淡淡一笑。

"我记得碱金属碳酸盐对碳有较明显的催化作用，是什么有抑制作用来着？"

听闻季时禹对这个研究几乎信手拈来，想来平时也是很认真的，她轻松地回答："硼化物和稀土氧化物。"

"嗯。"季时禹点了点头，"看来你没有混日子。"

池怀音这才意识到他是在故意考自己，对此有些不服气了："似乎我上学期的排名在你前面。"

季时禹不以为然："那是因为你操行比我高。"

说起这事儿，池怀音便想起系里传说的事儿："曹教授手里有个课题被选中作为'八五'计划重点攻关项目，这学期曹教授肯定会把我们分组。"

"所以？"

池怀音挺发愁的，心想也不能和他说——我是怕被分到和你一组啊！

想了想，她只好说："我就是觉得任务重大，还是很担心的。"

两人一路这么走回来，竟然不知不觉就到家了。

"我到了。"池怀音从季时禹手上接过自己的自行车，想了想，还是低声说了一句，"谢谢。"

季时禹抬起头看着池怀音家住着的小楼，离学校不远，应该是学校给教师统一修建的家属楼。六层的楼房，白砖墙面，外墙上爬了半墙爬山虎。

季时禹抬起头四处打量了一番："原来池院长住这里。"

他这不知何意的一句话让池怀音有了一些警觉，她狐疑地看了他一眼："你非要送我就是为了摸清我家在哪儿？"

季时禹也跟着皱眉："我摸清你家在哪儿干什么？"

"之前我爸惩罚你扫厕所……"

终于听懂了池怀音的意思，季时禹一脸不屑地看了她一眼。

"呵。"

留下一声冷笑，再见都没说，他头也不回就走了。

池怀音见他有些生气，一时也有些内疚，难道自己错怪他了？

他见天色晚了，一路把她送回家，想来应该也不是一个坏人……吧？

季时禹有点想不通，池怀音这女人的脑子怎么长的？总不吝啬以最坏的想法来揣测他，要不是看她是个女的，他的拳头早忍不住了。

等他回宿舍的时候时间已经很晚了，没想到舍友们不仅没睡觉，宿舍里还挤满了很多其他宿舍的人。

季时禹将外套脱下，随手搭在椅子上，推了推人堆儿，终于走了进去。

整个宿舍里乌烟瘴气的，走道里搭了张破桌子，四个人围着桌子在打牌，旁边都是围观的，什么观牌不语都是瞎扯的，看牌的比打牌的还激动。

季时禹找到赵一洋，将他从人堆儿里拎出来，拉到走廊里。

赵一洋被拽了一通，瘫软着靠着墙，手上举着一瓶啤酒，身上也有几分酒气。

"怎么回事儿？"季时禹紧皱着眉头。

赵一洋嘿嘿一笑："院长有张良计，我有过墙梯。"他指了指宿舍里，"以后周末我们宿舍可以提供给同学们消遣。不存货了，每次都当天消耗干净，总不能再抓我了吧？"

"消遣？"季时禹想到宿舍里那乌烟瘴气的样子，"你要开赌摊啊？"

"别说得这么难听啊，这不是让同学们有更多机会切磋吗？"

季时禹眼神如刀："几点了，老子要睡觉，赶紧散了。"

"你以后周末就去约会啊，回宿舍干吗？"赵一洋知道季时禹的性格，立刻开始耍无赖，"我要找对象，我这不是手里缺些票子吗？得自己赚啊！"

季时禹不太相信赵一洋的鬼话，用怀疑的目光看向他："你上哪儿找对象？"

说起这事儿，赵一洋的表情立刻变得放荡起来，他一脸兴奋地开始讲述起来："今天有话剧表演，我去早了，正好碰到池怀音的那个室友江甜，她练完舞出来，好像是五四会演她要上台。"

"哎哟，你可是没看到哟，江甜穿着跳舞的那个民族服饰，漂亮，真漂亮啊，那白皮肤、细胳膊，那小腰……"赵一洋仿佛在回味，眼睛里有光，说起那一幕，嘴角都是略带猥琐的笑意，"你都不知道，那帮男的看到江甜一走出来都快流口水了！"

"所以你也流了？"

"笑话！我比他们厉害多了！"赵一洋一脸得意扬扬，"我憋得住啊！"

"……"

赵一洋说起这事儿，表情就谄媚了许多："我这回可是要追海城姑娘，你也知道的，海城姑娘漂亮又洋气，没票子怎么追？"

季时禹嫌弃地瞥了赵一洋一眼："滚蛋滚蛋！"

虽然也知道赵一洋这个人不靠谱，但是毕竟兄弟一场，好不容易让他看上一个姑娘，季时禹不可能不帮。

季时禹和江甜不熟，人家姑娘不是工学院的，但是她和池怀音是室友，平时和池怀音除了上课外几乎形影不离。赵一洋自从要追江甜开始，就视池怀音为眼中钉，完全没有同学之谊。

实验做完，赵一洋跨小组跑到季时禹这边来，火急火燎的，跟火烧屁股似的。

"你说池怀音怎么回事儿，她难道没有一点儿个人生活吗？一天吃饭时间就那么点，她们俩上厕所都要一起去！"赵一洋又气愤又克制，虚着声音跳脚的样子实在太好笑了。

赵一洋往四周看了看，压低声音对季时禹说："我不管，你得帮我。"

季时禹正在收拾实验台，头也不回："我怎么帮？把池怀音打昏吗？"

赵一洋眼睛放光："这主意不错啊。"

季时禹一记"眼刀"丢了过来。

"要不这样，你帮我去拖住池怀音。"赵一洋双手合十，一副祈求的姿态，"兄弟的幸福生活就靠你了！你也不想每天看到我吧？我谈恋爱以后肯定最后一个回宿舍。"

"……"季时禹仔细考虑了以后，觉得赵一洋描绘的这个蓝图似乎还不错，想了想点点头，"我试试吧。"

池怀音最近其实比较清闲，教授交代的工作都做完了。新课题还没有分组，她每天在实验室里晃一圈，也就没什么事儿了。

她最近在实验室也碰到过季时禹，不过两人完全没有交流。不知是不是因为上次的事儿她又不小心得罪了他，他之后就有些爱搭不理的。

所有人都喜欢聪明人，大部分人都慕强，池怀音也不例外。她发现自己偶尔会不自觉地找寻季时禹的身影。

很奇怪，这小痞子在实验室里的样子和平日吊儿郎当的形象完全不一样。每次曹教授来开会，说到比较难的课题关键点时，即便是再爱出风头的同学也不敢轻易接话，只有季时禹总是能轻描淡写地说出答案。

他不再烦她也好，至少不会再欺负她了。

收好了自己的笔记本和笔，池怀音重新绑了一下有些松散的头发，最后回头看了眼季时禹，他在收拾实验台，大约也准备走了。

晚上江甜说想去校外吃小炒，池怀音看了眼时间，刚准备走，就听见身后有人叫着自己的名字。

"池怀音。"

池怀音一回头，就看见季时禹收拾完实验台，这会儿正靠着桌子闲适地站着，身上还穿着做实验时穿的袍子，上面印着森城大学的校徽和文字。

他微微偏着头，对她挥挥手。

池怀音一头雾水。

平时一个无意的眼神对视他都要躲开，这会儿又是要干什么？

"有事儿吗？"

池怀音站在他面前，能感觉到他的视线若有似无，不知道为什么，池怀音总觉得他是不是在谋划什么，有种没来由的不自在。

看了一眼实验室的时钟，她抿了抿唇。

"我约了室友去吃小炒，没事的话，我就走了。"

季时禹淡淡的眼风扫过来，他平静而缓慢地问她："你周末有空儿吗？"

池怀音看着季时禹，他的目光没有闪躲。

"嗯？"

"我们计划周末去海边，你可以带上你的室友。"

"啊？"池怀音见他若无其事地说着这些，还以为自己的耳朵出毛病了，"你不会是要我们和你们一起去海边吧？"

季时禹嘴角微微勾起一个弧度："不可以？"

季时禹这反常的姿态让池怀音不由得怀疑起他的目的。

他们并不熟，最近又有些结怨，她还被他欺负过，同学的关系都很勉强，朋友那更是谈不上。

他为什么要这么做？

池怀音仔细想想，自从季时禹发现她是院长的女儿后就各种不一样了，上次送她回家，这次又……简直诡异。

"我发现，自从你知道我是院长的女儿以后就不正常了，各种献殷勤什么的。"攥着手指，想了许久，她还是忍不住道，"我想告诉你，池院长这个人公私分明，从小到大没有怎么照顾过我，我在森城大学读

了这么多年书，他连跟我一起回家和返校都不愿意，所以……你要有什
么想法，对我下手也没有用……"

　　池怀音这句话一下子戳中了季时禹的雷区。

　　季时禹目光笃定地盯着池怀音，嘴角的弧度让人觉得后背发凉。

　　"池怀音，我就好奇了，在你心里我到底能小人到什么地步？"

　　池怀音被他盯得有些害怕。

　　"那个……"

　　季时禹也有些不耐烦了："去不去？一句话。"

　　池怀音咽了一口口水。

　　"好吧……"

第三章

高温派对

除了学校活动，池怀音并没有和男生出去玩的经验。

季时禹说的海边是森城下辖的一个海滨小岛——情人岛。去那里玩，要先坐两小时的公交车，再转一小时的渡轮。渡轮每天只有固定班次，票需要提前买，当天去基本上是买不到的。

因为名字和自然风光都很美，很多人去那里游玩，尤其是年轻的情侣和新婚的夫妻。

虽然是森城人，池怀音却从来没去那里玩过。这次季时禹约在这个地方，她心里其实也觉得有些奇怪。

因为路程太长，他们早上5点40分就要出发，赶第一班公交车。

江甜一贯爱漂亮，去旅行自然要打扮一番，加上本来就长得漂亮，随便穿什么都很亮眼。

池怀音也起得很早，开着衣柜的门，想了许久，最后拿出了妈妈给她新买的衬衫，棉纺质地，袖子上有木耳边，质感好，又带着几分清纯，搭配了一条红色长裙，长及脚踝，看上去大方得体，也不会过于妖艳。

江甜见池怀音这一身打扮，眼前一亮，立刻很热心地给池怀音找饰品，选来选去，最后给池怀音配上了一顶防晒的草帽。

"池怀音，我发现你打扮打扮还是蛮好看的呀。"她摸了摸自己的下巴，突然意味深长地盯着池怀音道，"咦，可疑了啊，怎么和季时禹他们出去玩你就这么认真打扮？你这是看上季时禹还是他那个室友了？"

池怀音听到江甜这么揣测，脸瞬间就热了，有些羞恼。

"怎么可能啊！就是随便穿穿，那我去换掉。"

"哎呀，开玩笑的，看把你急的。"江甜笑嘻嘻地阻止她，"就这么穿，多好看呀。"

早上5点多，天还没亮透。

车站里只有零星几个早起上班的人，没有风，没有人声喧哗，一切都那么安静。

昨天夜里下了场小雨，给花草树木刷上了清亮的颜色，让一切都有种焕然一新的感觉。鸡鸣鸟叫，路边的店铺一间间开了起来，睡眼惺忪的人们开始支起五颜六色的棚子，路边渐渐有了各式油光光的桌子凳子，洗洗刷刷，又一天开始了……

池怀音和江甜到的时候，季时禹和赵一洋已经等候一会儿了。

一见她们到来，原本大大咧咧叉着腰的赵一洋立刻换了个很规矩的站姿，笑得很谄媚："你们到了。"

江甜不太看得上赵一洋那个小痞子，敷衍地嗯了一声。

相比赵一洋的热情，一旁的季时禹就显得有些置身事外了。

他双手插兜，也不知道在看哪里，眉头微微蹙着，似乎有些不耐烦。

四个人还没怎么说上话，头班车就来了。

时间太早了，车上几乎没什么人。江甜坐下以后，赵一洋立刻厚脸皮地坐到了江甜身边，嬉皮笑脸地道："两个大男人坐在一起有什么好聊的，分开坐才有新话题。"

"不要！我要跟怀音一起！"江甜说着要推开赵一洋，但赵一洋就像被钉在凳子上一样，怎么推都岿然不动。

池怀音见眼前的情景，笑了笑，对江甜摆摆手："没事没事，我坐你们后面。"

说着，她钻进了江甜后面一排的靠窗位置。

最后一个上车的季时禹直挺挺地站着，居高临下地看了一下眼前的状况，皱了皱眉。

赵一洋推了他一把："坐啊，站着干吗？"

季时禹意味深长地看了池怀音一眼，用不高不低的声音揶揄："我可不敢挨着她坐，她老以为我接近她是有不可告人的目的。"

池怀音："……"

虽然季时禹有些不悦，但还是被赵一洋按坐下。

赵一洋从背包里拿了副扑克牌出来，两个小时的车程，四个人便开始打牌混时间。

因为有四个人，赵一洋就介绍了一种新玩法：二人组队打对家，哪一队牌都跑完就算赢。

赵一洋的书包搁在后一排当椅子，他和江甜都从椅子缝隙里往后出牌。

环境"艰苦"，但大家还是玩得很开心。

赵一洋一直斜眼看江甜的牌，江甜忍不住恼了，啐他道："你要不要脸啊！一直偷窥我的牌！"

赵一洋一脸恨铁不成钢的表情，也顾不得伪装斯文了。

"老子和你是一队的！"

"那更不能作弊啊！"江甜嫌弃地瞪了赵一洋一眼。

赵一洋无语地吸了一口气，忍不住抱怨："笨死了，一直给你放牌，你就是不懂，顺子要那么长干吗，你以为扎辫子啊？该拆要拆啊！"

"我要自己打！"江甜也有些不服气，"不要你管我！"

江甜是文科生，数理化比较一般，打牌又没心眼儿，赵一洋身为队友，着急也正常。毕竟在场的三个工科生都是算牌高手。

　　池怀音看了看打下来的牌，大概算了一下还没打下来的大牌，准备先把季时禹放走，打了一对儿三下去。

　　她微微抬眸看了季时禹一眼。

　　季时禹手指修长，看了一眼池怀音打下去的对儿三，微微一笑，将牌收了起来。

　　"要不起。"

　　池怀音原本胜券在握的表情消失了，她愣愣地看了季时禹一眼，心想，他是不是疯了，给对家放牌？

　　然而这只是一个开始，后面季时禹的牌路才叫人难以捉摸。

　　小牌通通不要，大牌通通不救，他硬是把完全不算牌、胡乱打一通的江甜都放跑了。

　　池怀音捏着一把牌，忍无可忍地问："你这是什么意思？"

　　季时禹往后一靠，嘴角浮起一丝笑意，眼神直勾勾地盯着池怀音。

　　"我要得罪院长的女儿，好让她不要胡思乱想。"

　　池怀音气得恨不得把牌甩他脸上。

　　周末，情人岛的游客比往常要多。下渡轮的时候实在挤得没边，池怀音也没想到竟然会那么倒霉，还没开始游玩，就和江甜他们走散了。

　　原本她是想离季时禹远一点儿，却不想最后剩给她的只有季时禹了。

　　池怀音不知道的是，这场"走散"也是赵一洋事先计划好的，都到情人岛了，怎么可能还四个人一起玩，那怎么增进感情呢？

　　但是不带池怀音，江甜不可能答应他的邀约，所以最后他只能出此下策。

　　乘客都下了船，渡轮的船员还在固定着绳子，有工作人员拎着扫把上去，随后关闭了上下船的铁闸门。

　　远眺过去，前方是一望无际的大海，天海相接，太阳冉冉升起。码头被海浪冲击着，唰唰作响。

　　海鸥和白鹭在天空中无拘无束地飞翔，时而停歇。海风咸腥，又带了一丝朝阳升起的温暖。

池怀音回过头看了一眼渡轮，再看看不远处站着的季时禹，内心无比纠结。

季时禹双手插兜，靠在岗亭侧边，偶尔会看池怀音一眼。池怀音和他隔着不远不近的距离，也不知道该怎么办，只能尴尬地站在原地，无助地捏着自己的手心。

许久，海风吹动了季时禹额前的头发，他看了一眼池怀音，皱了皱眉头。

"走不走？"

池怀音想想眼下的情况，站在这里也不是办法，只能不情不愿地向季时禹走去。

"我们现在去哪儿？"池怀音也有些泄气，本来想过来好好玩的，现在估计玩不成了。

"在岛上四处找找，看看能不能碰到他们。"

"岛这么大，上哪儿找去？"

"我们坐一班船，晚上肯定都要回码头。"

"嗯？"

季时禹低头看向池怀音，声音低沉，仿佛在风中低吟。

"现在先将就一下。"

情人岛从 20 世纪 80 年代初期开始发展旅游，这些年来已经初具规模。

唯一麻烦的是买了地图也没什么用，各种线条太纷乱了，看不懂。按图索骥在情人岛很难实现，岛上的规划就是很随性自由的。走在路上，永远都想不到下一个转弯会走到哪里去。

两人乱转了几个小时，午饭也没吃，见池怀音还要往前走，季时禹终于有些不耐烦了。

"前面走过去是个环线，又会走回来的。"

"你怎么知道？"

季时禹扯了扯嘴角，冷冷一笑："我看得懂地图。"

池怀音皱了皱鼻子，不满地拉了拉自己的书包带，也不知是不是狗胆上身："要不我们分开走吧。"道不同不相为谋嘛。

季时禹听到她这么说，意味深长地看了她一眼。

就在池怀音以为季时禹是不是要上来揍她的时候，他却冷哼了一声。

"行。"

说完，他转身就走，毫不留恋。

池怀音和季时禹分开后，身上的每个毛孔都舒张开了，仿佛重获新生一般。

一个人顺着那条路走下去，繁茂的树荫处越来越少。幽静无人的道路上渐渐可以看到游客和小贩，喧嚣的人群越来越近，她不知不觉就走进了商品街。

池怀音以前也没什么机会四处旅游，这会儿一路逛一路买，渴了在路边喝一杯梅子汁，饿了就买一碗路边多汁的鱼丸，好不惬意。

不知不觉地，她的手上就拎满了各式各样的盒子和袋子。

果然江甜说得没错，女人天生就爱买东西。

池怀音一边吃着糖串儿一边看着路边的商品，迎面而来的一对情侣在路上笑闹，两边都没注意，那个微胖的男生就和池怀音撞了个满怀。

池怀音身材纤瘦，被那人撞得人仰马翻，东西掉了一地，头上戴得好好的帽子也不知道飞到哪里去了，狼狈极了。

"不好意思，不好意思。"池怀音本能地道歉，然后低头捡着自己买的那些小玩意儿。

本来两边都没看清人，都有错，但那个男生身上粘了池怀音的糖串儿，顿时火大起来，粗着嗓子骂道："你走路没长眼睛啊？这路也不窄，怎么就撞到人身上了？你吃的这什么东西，粘得我满身都是！"

池怀音刚捡起自己的东西，这才注意到糖串儿粘到别人身上了，也顾不得被人吼了，想上去帮他清理。

那男的见池怀音好欺负，更是不依不饶："一个人出来旅什么游？又瞎又蠢的。"

路过的游客不明所以，纷纷驻足围观。

池怀音从小到大没见过这么不讲理的人，被那人吼得头皮发麻，也有点蒙了。她身上那股子知识分子加乖乖女的弊端又显现出来了，她不会吵架，没办法用嗓门儿战胜别人。

眼前的男人面目不善地搓着自己的衣服，嘴里还在骂骂咧咧。

围观的人越来越多，耳边都是路人的窃窃私语。

池怀音只觉得口干舌燥。

"喂，池怀音。"

池怀音觉得有一瞬间好像产生了幻觉，怎么会听见季时禹的声音？

她几乎下意识地开始四下搜寻。

然后她看到一个高大的男生双手交叉在胸前，带着一脸揶揄的笑意站在人群中间。

那身影既熟悉又陌生。

他推开了看热闹的人群，一步一步向她走来。

她的眼睛好像失焦了，周围的人全都虚化了，化成五彩斑斓的光点，唯有季时禹的身影格外清晰。

他走了两步，然后弯下腰，把她掉落在地上的帽子捡了起来，随手拍了拍上面的落灰和脚印，还是一贯地散漫不羁，走到她身边。

"你是猪吗？谁都可以欺负？"语气中带着轻嘲。

然后，季时禹轻飘飘地睨了对面那个男人一眼。

"谁告诉你她一个人来的？"他的声音不高不低，震慑力却十足，"你是蠢还是瞎？"

他比那个吼池怀音的男人高出半个头，加上长期运动，身强力壮，那男人见此情景，瞬间不作声了。

那男人的女朋友也觉得再闹下去不好，赶紧趁机扯了扯："别闹了，人家也不是有意的，走吧走吧。"

季时禹冷冷地看着他们离开的背影，他们吓得头都不敢回。

那对情侣走后，围观的人群也渐渐散去。

只有季时禹还在探究地看着池怀音，以一种居高临下的姿态。

明明他的表情带着嘲笑，可奇怪的是，池怀音一颗不知道悬在哪里的心却因为他的出现落回了原处。

软绵绵的脚底仿佛也有了力量。

池怀音抬起头，目光灼灼地看着他。

不等她说感谢的话，季时禹已经很粗鲁地把池怀音的遮阳草帽盖在了她头上。

"笨死了。"

池怀音要感谢此刻有一顶帽子盖住了她通红的脸庞，以及鼓噪的心跳。

走在前面的男人依旧是那副什么都不放在眼里的张狂样子，连走路的样子都不像一个正经人。

可不知道为什么，她却越看越顺眼了。

"喂，池怀音。"

他在叫她名字之前总喜欢加一声"喂"，见池怀音一直没跟上，皱着眉回头催促："走不走了？"

夕阳温暖的光线镀在他周身，带着一圈暖黄的颜色。他的身影看上去那么柔和，连不耐烦的样子都比一般人好看，像暖风般撩动池怀音的心弦。

"走。"池怀音按了按自己的帽子，低着头跟了上去。

岛上建起的各式各样的小别墅各有特色，让人留恋。花木扶疏，也不知是哪种植物的味道香气扑鼻，一切都美好得刚刚好。

季时禹看地图的能力果然比池怀音强，他带着池怀音东穿西走，总算离开了那条环线。他们顺着一个小坡走下去，到了画廊一条街。这是一条寂静的小路，一侧是画廊，另一侧是一排看不到头的院墙。古老的榕树垂着长长的树枝伸到墙外，红砖的缝隙里仿佛都有故事一般。

"几点了？"季时禹走着走着回头问道。

池怀音戴着手表，低头看了一眼，回答："5点14。"

池怀音这才发现原来一天就这样过去了，和季时禹在一块儿，好像时间也没有那么难混的样子。

　　"现在太阳落得这么早吗？"季时禹有些疑惑，抬头看了一眼已经暗下去的天空，"现在往码头走吧，估计他们也差不多到了。"

　　"好。"

　　等池怀音他们到了码头，那里早已经没有船了。运行了一天的渡轮都入港检修加油去了。

　　海风微凉，海鸥停息在栏杆上，时而发出悠长的叫声。

　　售票窗口已经关闭，挂在墙上的时钟显示的时间是7点半，而他们的船票是6点的。

　　池怀音再低头看自己的手表，指针竟然还指在5点14分那里。

　　她怯生生地抬起头看着季时禹："抱歉，我的手表好像停了。"

　　季时禹沉默地看了一下眼前的状况，很难得没有发脾气。他转过身来问池怀音："最早也是明天才能走了，你打算今天怎么办？"

　　池怀音眨巴着眼睛，有些错愕："我？不是我们吗？难道你打算跟我分开走？"

　　这岛上就这么一个离岛的交通方式，难不成他准备游回去？

　　季时禹浓密的眉毛此刻紧蹙成一团，早上他身上的钱都被赵一洋那个重色轻友的搜刮一空了。赵一洋为了追江甜，要把钱包装厚一点儿，于是只留了块儿八毛的给他吃饭，他当时想着，船票已经买好了，留点钱吃饭也够了，哪里能想到还有错过时间这种可能？

　　这会儿只能指望池怀音了，毕竟是院长的千金，手头肯定比较宽松。于是他难得地表现出脾气好的样子，一点儿都没有对她凶。他可不想在海岛上露宿街头，那会很冷。

　　"今晚我们只能住在这里了，住店可能不便宜。"

　　听到季时禹这么说，池怀音倒是没有太担忧。

　　"这倒没事，我带了钱。"说着她把手往包里一掏，摸到有些瘪的钱包，不由得吸了一口凉气。

　　她这才恍然想起，今天买各种小礼物好像把钱花得差不多了……

　　她一想到这里，表情立刻变得窘迫了。

她该怎么开口找季时禹借钱?

"那个……"池怀音不好意思地挥了挥手上的那些礼品盒, "我突然想起来, 我今天买了太多东西, 好像把钱花光了……"

为了证明自己没说谎, 她赶紧把钱包打开, 展示给季时禹看, 里面真的只有毛票了。

季时禹听她这么说, 脸上阴郁顿生。

"你都买了些什么? ! "

池怀音赶紧打开各种礼盒解释道: "都是些手工艺品, 纯手工制作的价格肯定要贵些……"

季时禹黑着脸看向礼盒中的东西, 随手拈起一个来: "这哪里是手工制品, 分明是批量生产的, 你是猪吗池怀音? "

池怀音拿过来一看, 发现做工似乎确实略粗糙了一些: "真的吗……那怎么办, 能退吗? "

"……"季时禹无语地看向她, "我就有块儿八毛的, 还吃了饭。"

池怀音这才明白季时禹从刚才开始耐着性子说了半天的用意, 敢情他也没钱, 指望她呢。

"那怎么办? "池怀音的脸瞬间愁成苦瓜。

"我怎么知道? ! "

两人商量了一番, 决定在岛上先找个地方休息一晚。可他们不仅住店没钱, 连第二天买船票回去的钱都没有。合计一番, 他们决定先试着和别人商量商量, 毕竟社会还是很淳朴的, 好心人又那么多。

岛上的民宿倒是也不少, 他们随便走进了一家。

低矮的民房全是木头搭建的, 四处都种着花草树木, 小小的庭院收拾得非常干净, 倒也别有一番情趣。

老板娘烫着一头鬈发, 看上去十分利落, 见季时禹和池怀音进来, 立刻热情地招待。

"晚上好啊, 住店吗? "

池怀音心虚地一笑。

季时禹还算镇定，问道："请问住一晚多少钱？"

老板娘热情地回答："通铺四块，单独床位十块。"

池怀音环顾了下四周，努力微笑着说："老板，是这样的，我们错过了回城的船，手里没钱了，能不能先赊账住着……除了住店，我们还想借十块钱买船票。您放心，我们都是学生，明天我们回城以后，一定会送钱来。"

老板娘脸上的笑容从听到"赊账"两个字开始就消失了。

"你们闹着玩的吧？"

一直沉默的季时禹说："我们都是学生，确实遇到了点状况。"

见老板娘的脸开始黑了，池怀音赶紧以最快的速度解下了自己手腕上的手表，虽然停了，价值还在。

"那您看，我押我的表给您可以吗？我们只住一晚，再借十块钱买船票回城。"

老板娘狐疑地看了他俩一眼，再拿起池怀音的表细细打量："哟，梅花的啊？怎么停了？"

"可能出了点故障。"池怀音说，"我爸从德国给我带回来的，当时就要六百呢。"

这年头的学生都没什么钱，季时禹要有东西肯定不会指望她。池怀音想想身上也就这块池父带回来的表值点钱，这会儿事急从权，亏也没办法了。

老板娘心里也大概知道这表不便宜，怎么算都是赚了，于是点了点头："那行吧，给你们一间好点的房吧！"

池怀音一听"一间房"，吓坏了，也顾不得保持女孩的气质了，立刻拔高了嗓音："两间！两间！"

站在她身后一直没说话的季时禹见池怀音一副吓破胆的样子，知道她肯定又胡思乱想以为他要怎么样了，他斜睨一眼，冷哼一声："喊。"

民宿本就不大，并没有什么环境很好的单间给他们。

老板娘带着他们爬上二楼，这栋楼并不是标准的层高，比一般的暗楼只高一点儿。"人"字形屋檐，楼梯很窄，上楼都要低着头。池怀音的裙子太长了，她上楼梯的时候一直踩到自己的裙子。

二楼是一个逼仄的通间，放着两张床。池怀音一看这布置吓了一跳，赶紧回头找老板娘："老板娘，我们不是那种关系……能不能把我们分开？"

老板娘笑眯眯地看了二人一眼，走到两张床中间，那里垂着一道布帘。她大大咧咧地拉起了布帘，两张床就被布帘分开了。

"喏，这是两间。"

池怀音看看眼前的环境，再看看季时禹一脸不悦的表情，咽了口口水："好吧。"

老板娘笑眯眯的："好好休息，我走了。"

二楼这个小房间，因为屋檐是斜面的，所以两边都特别低矮，就中间梁柱之处可以让人直立站着。除了屋顶上的一小块天窗外，连通风口都没有，浓浓的潮味儿让池怀音非常不能适应。

但是最让她不能适应的，是她今晚要和季时禹在一帘之隔的地方睡觉，想想都要羞愤致死了。尤其老板娘下楼之后，整个房间里的气氛更让人尴尬了。

一直弓着背站在门口的季时禹终于走了进来。脚踏在木质的楼板上嘎吱作响。他走到中间才勉强能站立，他居高临下地看着池怀音，眼神意味深长。

"你睡哪边？"

池怀音小心翼翼地打量着季时禹，心底还是有些忐忑，她指了指近处的那一张床："那……这个？"

季时禹冷哼了一声，直接走向另一张床，看都不看池怀音，用力地把布帘扯开，将两张床完全挡死。

听见季时禹躺上床的声音，池怀音才松了一口气。

她连袜子都不敢脱，小心翼翼地不敢发出太大的声音，也躺在了床上。

季时禹长这么大第一次和一个女孩在一帘之隔的地方睡觉，也有些失眠。

他随手打开床头柜，里面有几本杂志，这让季时禹大喜过望。

总算能让他分散些注意力，不然他一直在想象帘子那一侧的情景，也是有些难熬。

果然男人到了一定的年龄就该结婚，这事儿还是有道理的。

季时禹没想到，他随手翻开的杂志内容就让他大吃一惊。

杂志里收录了一些"报告文学"，讲述如何"扫黄"，那些内容的尺度和黄书也差不多。

这民宿怎么会提供这种书？

季时禹平时虽然也看过一些闲书，但是面对宿舍里那帮臭男人，倒也没什么可激动的，可是此刻，一帘之隔的那边是活生生一个大姑娘。

他听声音，池怀音似乎也没有睡着，一直翻来覆去的。床随着她翻身嘎吱嘎吱地响，这对季时禹来说可真是身心煎熬……

池怀音平躺在床上，眼睛盯着低矮屋顶上一根一根的房梁，正着数了一轮，又倒着数了一轮，还是毫无睡意。

脑子里有些乱，池怀音在想，这么休息一晚是不是比露宿街头更好？

她从小就比别人聪明，池父把她当男孩培养，四岁半就让她读了小学，一路读到研究生，都是全班最小的学生。

她没有谈过恋爱，没有和男生单独出去过，连别人给她写的情书都会老老实实地交给老师或者父母。从小到大都循规蹈矩，从来没有夜不归宿的经验。

虽然她并没有那么讨厌季时禹，可是毕竟男女有别，这样总归是不太好。她从小到大受的教育都是女孩子要文静、矜持、自爱。

布帘拉上了，房间的灯要在季时禹那一边关，她也不敢叫季时禹。灯亮着，她毫无睡意。

和她一帘之隔的季时禹似乎也没有睡意，他一会儿一个翻身，床也随着他翻身而嘎吱作响。

池怀音侧躺着，听见他拉动抽屉的声音，再过一会儿，就听见翻动书页的声音。

池怀音想起他那边似乎有一个床头柜，八成是那里面的书。她隐隐有些羡慕，她也睡不着，这时候要是有本书看就好了。

她正寻思着要怎么开口找季时禹要本书看，帘子的那一头就传来了啪的一声，是狠狠合上书的声音。

"喂，池怀音！"

那么安静的环境，季时禹突然出声，池怀音被吓了一跳，赶紧在被子里缩了缩。

"嗯……嗯？"她的声音软软的，小小的。

帘子那边的人呼吸更加急促，说话的声音明显有些躁了。

"你呼吸的声音能不能纯洁点？"

池怀音忍不住缩了缩身子，抓紧了手里的被子。心里有些莫名其妙，她这又是怎么惹到季时禹了？

"我呼吸的声音怎么不纯洁了？"

帘子另一边的人干脆从床上坐了起来，唰的一声，他把中间挂着的帘子给拉开了。

逼仄的空间里摆着两张床，本就拥挤。这会儿季时禹站在那儿，居高临下地盯着池怀音，让她感觉压迫感十足。

池怀音吓得几乎是从床上弹了起来，本能地用被子捂紧了胸口。

"你……你要干吗？！"

季时禹简直有些气急败坏，他胡乱揉了揉自己的头发，双眼血红。

"正常呼吸应该是这样，呼——吸——，呼——吸——"他很粗鲁地示范着，"哪像你，有气无力，听着就很不正经。"

池怀音觉得季时禹像是故意找碴儿似的，紧皱着眉头，试探性地问："你没事吧？"

季时禹上下打量着池怀音，脸上有些红。半晌，视线瞥向别处。

"认床睡不好，出去转转。"

原本孤男寡女共处一室，两个人都有些尴尬，这会儿季时禹出去了，池怀音倒是轻松了一些。

房间的灯没关，她起身，趿拉着鞋子走到季时禹方才睡过的一边准备关灯。

她的手还没拉到灯绳，视线就被被子底下露出的一点点儿书角吸引了。

她被这么闹了一通，也有些睡不着，这会儿看到有本书，倒是有些欣喜，心想可以看看书打发下时间。

她刚把书抽出来，还没看清楚是什么书，就听见一阵咚咚咚的脚步声。

声音从房间外的楼道传来，脚步之急促，仿佛要把房子拆了一样。季时禹喘着粗气又折了回来，两步跨到床边，啪的一下把被子掀了起来。

他整个动作快到池怀音都有点没反应过来。

"里面的书呢？"季时禹突然发出一声质问，气势之可怕，把池怀音都整蒙了。

"你是说这本吗？"池怀音本能地扬了扬手里的书。

唰——季时禹想都不想，直接把那本书从池怀音手里抢了过去，表情活像个恶霸。

季时禹神色警惕："你干吗？"

池怀音无辜地站定，有些不解，不过一本书，他干吗这么凶？

"我也有点睡不着，看见有本书，就想借来看看……"

季时禹瞪了她一眼。

"不准看书。老实睡觉！"

说着，季时禹把池怀音往床上一按，谁知她太瘦弱，他一推她就倒下去了。他手上失去了支撑，也跟着一起倒了下去。

池怀音的双手按在季时禹的胸口上，而季时禹的手撑在她耳侧的枕巾上，温热的呼吸扫在她的脸上。

两人以那么近的距离对视，连彼此脸上的毛孔都能看得一清二楚。那种男性独有的荷尔蒙气息瞬间冲击了她的大脑，她屏住了呼吸。

安静低矮的屋子里只剩下季时禹有些粗重的喘息声。他黑白分明的眸子里有一瞬间闪过一丝混浊，但是很快他又清醒了过来。

季时禹从床上跳了起来，将那本花花绿绿的书卷了起来，塞进怀里："我走了。"

池怀音脸上热得简直可以烫熟鸡蛋，恨不得用被子把自己的脑袋盖住……

空气里潮味儿重，又很闷热，池怀音很浅地睡了一觉以后又醒了过来。

房间里太黑，她抬头看一眼小小的天窗，天还黑着，看来这一夜还没过去。旁边的床上一点儿声音都没有，池怀音这才发现季时禹好像还没有回来。

她穿上自己的鞋子，蹑手蹑脚地从那个狭窄的楼梯下去，穿过一个已经没有人的小小的接待窗口，走到了民宿的小庭院里。

夜里也不知是什么虫在低低鸣叫，夹杂着风吹动树木的声音，静中有动。

刚进入黑暗的环境，池怀音的眼睛还有些不适应，隐隐看到院子里有个人影，不知道在挥舞什么。

她倚着墙，轻言细语地唤了一声："季时禹？"

只见一直用力消耗着体力的人手上的动作骤然停住，他并拢了双腿，直直站定："你怎么跑出来了？"

池怀音看季时禹大汗淋漓的，有些疑惑："你在这里干吗？"

"睡不着，打打军体拳。"

"……"军体拳？池怀音这是听错了吗？大半夜不睡觉在这里打军体拳？

"是不是因为我，你不好意思去睡觉？"池怀音觉得他可能是因为自己在房间里才不睡，想想也有点不好意思，"那要不你去睡，反正我已经睡了一觉了，可以在外面转转。"

"不用。"

池怀音从小到大最怕给人带来麻烦："那要不你上去打吧？不然别

人看到你一个人在这儿，还以为是我欺负你，把你赶出来了……"

海风悠悠而过，季时禹移开了视线，还是一贯跩跩的口气："睡你的，不要多管闲事儿。"

"什么？"

季时禹走了两步，来到池怀音身边。他双手插进了口袋，半倾着身子，凑近池怀音。

池怀音因为他的靠近，踮起脚往墙根儿缩了缩，但始终退无可退。

季时禹的嘴唇轻柔地扫过池怀音的耳郭，温暖而柔软。池怀音脸色一红，心脏瞬间仿佛要跳出嗓子眼儿。

"我劝你赶紧上去睡觉。"他的声音低沉，语气自然得仿佛天经地义，"不然我就要好好想一想，一男一女在床上的军体拳怎么打。"

"晚安！"

池怀音一阵风一样跑了。

季时禹一只手撑在墙上，像看戏一样看着池怀音掩面逃走的糗态，嘴角不觉地带了一丝笑容。

一套拳打完，他身上流了些汗。凉凉的海风拂面，终于让季时禹的脑子清醒了。

他闭上眼睛，鼻端仿佛还留有池怀音身上的气息。

季时禹有些疑惑，都是在外逛了一天，她身上怎么一点儿汗味儿都没有，还是那么香？

那是什么香味儿？

栀子还是茉莉？

女人都这样吗？

季时禹觉得下腹又是一阵燥热，看来还要再打一套军体拳。

虽然过程有些坎坷，但是好在他们第二天还是顺利地回了学校。

池怀音安全地回到宿舍的时候，江甜两个眼睛的黑眼圈都要掉到地上了。

一看到池怀音好好地回来了，江甜恨不得把她抱在怀里哭，声音中都带着劫后余生的哭腔。

"我的姆妈呀，你总算是回来了，我这一晚上都没敢睡觉，都不知道怎么跟院长交代，我刚还在做思想斗争，准备一会儿就去找院长坦白了。"

池怀音看到江甜这么牵挂自己，还是挺感动的："我没事，昨天错过了最后一班船，不得不在岛上滞留了一夜。"

池怀音在外面睡不惯，也有些累了，拿着自己的脸盆准备去水房。

江甜跟在她身后，还有些不放心，问东问西的："话说，你和季时禹怎么回来的？昨天晚上没有发生什么吧？"

说起昨天，池怀音的脑子里瞬间出现两人脸对脸，还有季时禹说什么两个人打的军体拳的画面，面上微微有些红。

见池怀音不说话，江甜以为真的出了什么事儿，一双漂亮的眼睛都要瞪得掉出来了："我的天，你该不会真被他欺负了吧？"

"没有没有！"眼看着江甜要开始胡乱联想，池怀音赶紧解释，"他没有你想的那么坏。"

"嗯？"听到池怀音这么说，江甜有些错愕，"这话怎么听着这么奇怪？你该不会真的被……"

她说着就要去扒池怀音的衣领子检查，池怀音羞赧地躲开："真的什么事儿都没有……"

池怀音觉得脸颊有些烫，抱着脸盆走了："不说了，我去洗头洗脸。"

水房里很多人在洗衣服，和平时一样热闹。

有的姑娘一边洗一边聊天，有的姑娘发着呆等接水，没人注意到池怀音的异样，哗哗的水声掩盖了她此刻的慌乱。

池怀音觉得自己有点奇怪，脑子里不断回想起今早回来的情景。

他们坐渡轮回城后，还要坐两个多小时的公交。

那时候时间尚早，车上也没什么人，有很多空位供他们选择。

季时禹还是一如既往，跩跩的。一晚上他都没有回房间，早上再见时他已经恢复了平时的模样。一双黑白分明的瞳眸直勾勾盯着她，压迫感十足。

"你坐哪边？"

池怀音脸红红地选了靠窗的位置，细瘦的手指抓着前面座位的椅背。

"和我一起坐你肯定不自在。"说着，他选择了另一边靠窗的位置，虽然和池怀音同一排，中间却隔了两个空位。

两个多小时的车程，中间那两个位置的人上了下、下了上。

树和行人在窗外不停变换着，所有的建筑都在后退。

公交车的颠簸让人昏昏欲睡，车厢里很安静。时间太早了，大家都还没有彻底苏醒。

快到站了，他们中间没有人上下了，视线没有了阻隔。

池怀音的双手放在膝盖上，左右搓了搓，然后她偷偷看向最左边季时禹坐的方向。

此刻，他闭着眼睛，似乎睡着了。

清晨那一抹金色的阳光落在他脸上，将他的侧面轮廓勾勒得那么柔和。

他长长的睫毛，高挺的鼻子，以及薄而绯红的嘴唇，竟像一幅画一样，那么好看。

池怀音就这么定定地看着季时禹，谁知道这时候他的眼睛突然缓慢地睁开了，睫毛那么长，阴影投射在他的眼窝里，让他的眼眸更显深邃。

她来不及收回视线，两人冷不防四目相对。

他清浅一笑，那笑容漫不经心，又意味深长。嘴角的笑窝若隐若现，她片刻间有些愣神。

公交要进站了，两人一起站了起来，一前一后走到下车门边。

车上摇摇晃晃，两个人都没有说话。他们一个抓着比较高的横扶手，一个抓着竖扶手，一高一矮，安静地站在车门前。

耳边万物的喧嚣好像都停止了。池怀音耳郭红红的，羞赧地低着头，只用眼角余光看到身旁的人懒散地抓着扶手，他似乎很自在的样子，和她的局促完全不同。两人以一样的频率轻轻晃动，好奇怪，那种同步都让池怀音生出一种异样的感觉。

"喂，池怀音。"

"嗯？"

她心跳骤然加速，扑通、扑通、扑通。

只见他懒懒地向她的方向靠近，低声道："狗胆不大，色胆不小，都敢偷看男人了？"

想到季时禹那调笑的表情，池怀音觉得用一盆冷水洗头都不足以浇灭她的尴尬。

她当时到底在想什么？为什么要看他？

难道真的是季时禹说的那样，女人也会好色？

与女生宿舍那边有人一夜未归，整个寝室都跟着慌乱的状况相比，对于季时禹一晚上没回来，男生宿舍就淡定太多了。

淡定到他推门进宿舍，里面两个家伙自顾自吃着饭，连看都没看他一眼。

季时禹将书包放在凳子上，吃完饭的陆浔才拿起了自己的瓷饭缸走过来，笑嘻嘻地揶揄："哥，你已经学会夜不归宿了啊？"

另一边的赵一洋也抬起了头，一脸不满："你昨天把池姑娘拐到哪里去了？你知不知道江甜差点把老子骂死了？本来是想加分的，这次出游倒被减到负分了。"

"不孝子。"季时禹一脚踢中赵一洋，也不想想是因为谁才去情人岛，重色轻友还掏光他的钱，"错过了船，困在岛上一晚上。"

"那你就在情人岛睡的？"赵一洋想到池怀音也一夜未回，脸上的表情立刻变得猥琐起来，"可以啊，你这进展神速了啊。"

季时禹懒得理他，冷冷地瞥了他一眼。

"一个晚上，你该不会什么都没做吧？"赵一洋意味深长地打量着季时禹，"好歹自己来一发啊。"说着，他很猥琐地在身下比画了几下，

"祖传的手艺不能丢。"

"不对啊。"赵一洋乱七八糟说了一大圈，这才找到重点，"你哪儿来的钱住旅馆啊？"说着，他一下子想到症结，"池怀音的？"

他见季时禹不说话，一副默认的样子，立刻啧啧感叹："小白脸儿就是好啊，上旅馆也有女人掏钱。"

"……"季时禹经赵一洋提示，才意识到好像确实欠了池怀音一次，"生活费打来了还给她。"

赵一洋虽然平时爱开玩笑，关键的事儿还是拎得清的："话说，你要真对人家姑娘怎么样了，你不能就这样算了啊。池怀音那姑娘虽然看着有点闷，人家毕竟是好姑娘啊，你要么别招惹，招惹了那得负责啊。"

季时禹不想听赵一洋再胡说下去，摆了摆手。

"滚。"

到月底了，大家都陷入了极度贫困之中。尤其是那帮男生，饭菜票吃得差不多了，钱也是不够用的。

别的系男女平衡，男生还能找女生借，他们系就池怀音一个女孩，家庭环境再怎么优越也不够借的，于是大家伙儿的主意纷纷打到各自的老乡那里去了。

中午，教授提早放了人，池怀音一个人先去了食堂。

这会儿还没到饭点，平时人满为患的食堂这会儿只有零星几个人，还都是她的同学。

她拿着自己的饭碗在窗口前遛了一圈，随便打了些饭菜，正要往回走，就看见季时禹和赵一洋还有几个同学一齐向她走过来，几个人有说有笑，还是一贯的小痞子模样。

不知道为什么，她现在看他们一点儿都不觉得害怕了。

他们见食堂没人，一拥而上，挤在菜最好吃的几个窗口边。

"我要土豆。"

"我要炒海瓜子。"

"我要菜心。"

池怀音站在旁边，偷偷注视着他们，尤其是人群中最高的那个人。他明明也没穿什么特别时髦的衣服，可就是比谁都气质出众。

他站在窗口前考虑了一会儿，最后只打了四两米饭和一点点儿菜。

池怀音想到他人高马大的，又爱运动，只打这么点菜，想必是菜票不够了。

他买完菜，一回身看到池怀音，眉眼间依然轻佻："打饭呢？"他低头看了一眼池怀音的碗，"啧啧，不愧是院长的女儿，月底了还能吃这么好。"

他说着，视线落在池怀音胸口："就是该长的地方不长肉。"

池怀音没听出他的揶揄，只是单纯想帮帮他，小声道："我这个月饭菜票还剩下很多，我也吃不完，你要是不够吃，我的可以……"

季时禹本来是逗池怀音玩的，没想到她会突然这么说，他嘴角抽了抽，最后指了指自己的脸，不悦地问："我像小白脸儿？"

池怀音被他严肃的样子吓住了，想了很久才小心翼翼地回答："……好像确实不黑……"

季时禹冷哼一声，低头瞥向池怀音。

池怀音原本以为他会拒绝，没想到他双手一伸，无赖地说："我们都没票了，你说到做到！"

那之后的几天，池怀音都十分拮据。

究其原因，就是季时禹太黑了。池怀音本来是要把吃不完的饭菜票给他，结果他跟抢劫一样，全拿走了。

等她后悔的时候，季时禹那个小流氓已经拿着她的饭菜票挥霍去了。

唉，人果然还是不能太好心。

池怀音本科四年都没有找过池院长使用任何特权，这次心理建设了许久才终于向院长开口求助。

池院长带她去职工食堂吃饭，周围都是院里的教授、老师，来往都会和池院长打招呼。

对于这样的阵仗，其实池怀音并不是很适应，她和那些老师在学校里一贯接触得很少。

"这个月是不是吃得太奢侈了，饭菜票居然都用完了？"

池怀音低头吃着米饭，低声回答："请同学吃了几次。"

对此，池院长倒是没有责怪："和同学还是要搞好关系。"

池院长抬头打量了自家女儿一眼，见她手腕空空的，疑惑地问道："我从德国给你带回来的手表呢？怎么不见你戴了？"

池怀音听到父亲提到手表，心里咯噔一跳，随后摸了摸自己的手腕道："放寝室了，做实验不方便。"

池院长对此倒也没有怀疑，从包里拿了些饭票菜票给了池怀音："我不能给你搞特权多发，这是我的，你这几天就在职工食堂里吃。"

"好。"

气氛有些微尴尬，池父叹了口气，顿了顿："要是有合适的男孩子，也可以处处看，免得你妈老说我用学术害你。"

"嗯。"

想到池怀音班上那些人，池父又有些不放心："不过也不是什么男孩子都要接触，你们班那个季什么的，那种小痞子还是少接触。"

想到某人之前对池院长做的事儿，她真的是忍耐力极好才能不笑出来，清了清嗓子，还是一贯地乖巧："知道了。"

季时禹其实也很少穷成这样，他家里干个体户干得早，等个体户开始普及的时候，季家的杂货铺已经经过了好几次扩建加盖，初具一个小超市的规模。在大城市可能不值得一提，在小城市已算是家境殷实。

要不是赵一洋，他不至于沦落到抢池怀音的饭菜票。

赵一洋知道季时禹拿了池怀音的饭菜票，一边抨击季时禹不要脸，一边跟着季时禹蹭吃蹭喝，真的很没有底线。

"我怎么觉得池怀音那姑娘好像看上你了？"赵一洋吃饱喝足，坐在椅子上剔牙，"怎么你说什么她就听什么？"

季时禹皱眉，对赵一洋的说法十分不齿："她好像很怕我，每次见到我都恨不得发抖，估计怕我找她麻烦吧。"

"这说起来你也有错啊，人家一个乖乖女好姑娘，你老为难人家干吗？"

季时禹乜了他一眼："要不是你要追她室友，我和她本来并没有什么交集，谢谢。"

一说到心上人江甜，赵一洋无赖的面孔又出现了。

"那你还是要继续让池怀音怕你，这样我们下手更方便。"

"滚——"

艰难的一个月终于过去了，学校发了新的饭票和菜票，每人定量。

这一天，食堂的人都比往常多了。

下午阳光明媚，同学们已经早早在实验室就位。

池怀音作为班上唯一的女生，开学就担任了生活委员，从老师那儿拿了这个月寄来的信和汇款单，最后一个到了实验室。

她将各个同学的信和汇款单分发到位，最后走到了季时禹和赵一洋身边。

"你们的。"说着，她将汇款单递上。

赵一洋拿到汇款单，第一反应就是恨不得飞出实验室去拿钱，要知道他月底超支，已经靠找别的同学东借西借度日很久了，兜里就剩了三块钱。

和赵一洋的雀跃相比，季时禹倒是很淡定。

拿到了汇款单，季时禹随手揣进口袋里，视线又落回到桌上的实验材料上。

池怀音站在他身边，有些紧张地咬了咬嘴唇。

本以为他会和她说几句话，结果他那么专注地做着自己的事情，这让她不由得有些失落。

"那我走了。"她轻声说。

"嗯。"

季时禹头也没抬，黑而浓密的头发盖住了他的表情。

那之后，除了上课做实验，池怀音几乎看不到季时禹那帮人。

据说男生拿了生活费都会荒唐一阵，也难怪一到月底就一个赛一个地穷。

真奇怪，她以前走在路上看见季时禹，都恨不得扭头就跑，如今偶遇不上，她竟然还觉得有些遗憾。

这种柔肠百结的感觉，池怀音十分陌生，也非常不习惯。

晚上江甜有晚课，别的室友也要去图书馆，池怀音晚饭就随便对付了一下。寝室里一个人都没有，她不想胡思乱想，打算早些睡，结果刚一躺下，寝室的门就突然被敲响了。

池怀音爬起来开门一看，竟然是个完全不认识的女孩。

"你是 304 的池怀音吗？"

"我是。"池怀音觉得有些莫名其妙，"你是？"

"楼下有个人叫你下去。"

池怀音有些诧异："谁啊？"

"不认识。"那女孩说，"他就让我帮忙叫一下 304 的池怀音。"说完她又低声道，"长得怪好看的一男的。"

池怀音披了件外套下楼。

她还没走出宿舍楼，就看见不远处出现了一道熟悉的身影。纠结了几天，本想让自己冷静下来，这下又冷静不了了。

银白的月光淡淡的，通过枝叶罅隙照下来，斑驳的光影都落在他身上。

夜风微凉，撩起他额前的碎发，露出他有神的眉眼。他就那么看着她的方向，害她忍不住紧张起来，恨不得走路都要同手同脚。

池怀音感觉到心脏好像失序的琴键，开始乱弹一通。

"季时禹？你……你找我？"

季时禹站在女生宿舍门口的老榕树下面，那画面看着一点儿都不真实。他看了池怀音一眼，微微挑眉，将一个冰冰凉的东西粗鲁地丢到她身上。

池怀音险险地接住，低头再一看，那块停了的梅花手表赫然出现。

手表抵给情人岛那个民宿老板娘了，上次池父问到的时候，池怀音原本打算去赎回来的，可是情人岛很远，她一直没机会去。

没想到……怪不得季时禹今天都没有去实验室。

其实这块表对她并没有什么特殊意义，即便它比较贵，但对池怀音来说，那不过是身外之物，要不是怕池父念叨，她根本不想去赎。

此刻，风吹得树叶沙沙响。季时禹就那么站在她面前，月光洒下，他的影子有一半落在她身上。好奇怪，明明没有接触，她却有一种很亲昵的错觉。

他的表情坦荡得很，依旧痞痞的。

"上个月的饭菜票，谢了。"

他转身离开，临走时嘱咐她道：

"以后不要随便拿表抵押，现在这块表增值了，值七百了。"

夜灯朦胧，将那人的背影描摹得格外柔和。

池怀音凝视着他离开的方向，甚至忘记了呼吸。

他刚拿了生活费，居然花了一百去赎她的手表？值得吗？

那种酥麻的悸动像春天的花骨朵，忽而一夜绽放在她心底最柔软的地方。

在没有手机、电脑的年代，天黑后大家都会干什么？

沉下心写日记算一个吧？

池怀音一直觉得写日记是一个极好的与自己对话的方式。每天睡前她都会伏案记录下一天的心情。

她活了二十一年，日记里第一次出现了一个男生的名字。

因为羞怯，她甚至不敢写他的全名。

——JSY。

她写下这三个字母的时候，内心翻涌着一股又甜又酸的感觉，整个胸腔都被填得满满的。

这是文人墨客描述的爱情吗？

一个人的感觉也算吗？

那一夜，她是枕着自己的日记本睡觉的，那个冒着粉红泡泡的小秘密，她悄然带进了梦里。

江甜不是一个细腻的人，一贯大大咧咧。她不知道池怀音和季时禹发生了什么，第二天放学，只是见池怀音的手表又回来了，她就随口问了一句："你不是说这表抵押给民宿老板娘了吗？你去拿回来了？"

池怀音缩了缩自己的手，点了点头，不愿多说："嗯。"

"怎么不叫我陪你去？你现在真的越来越神出鬼没了。"

"我看你这学期好像上课比较忙。"

一声痛苦的叹息响起。"别提了，听说我们教授最近家里发生了变故，每天都臭着一张脸来学校，我们都被他折磨死了。"说起这个话题，江甜就有吐不完的苦水，她瘫软在池怀音身上，"今天我们去学校外面吃吧，最近真的太苦太苦了，好歹要吃好点。"

森大门口也有几家小馆子，江甜最喜欢的是江南吴越特色的这家，背井离乡在外读书，也只有美食能让她解一解思乡之苦。

她俩一人点了一碗黄鱼面，黄鱼提前炸过，外面又酥又软，浸入浓郁的汤底，回味无穷，鲜得眉毛都要掉了。

江甜大快朵颐，大约是饿了，也顾不上美女形象，不一会儿就吃完了。倒是池怀音吃饭的样子格外秀气，细嚼慢咽的。

江甜擦了擦嘴，等着池怀音的工夫随口和她聊着天。

"话说，你们班那个季时禹有女朋友吗？"

池怀音听到江甜冷不防提到季时禹，握着筷子的手顿了一下。

"怎么又说起他了？"池怀音努力让声音保持平静，偷偷低下头去，害怕自己露出什么破绽。

江甜一脸神秘的表情："你猜我为什么说起他？"

池怀音心跳不由得加速，心想，难道她的秘密被发现了？

江甜对池怀音勾了勾手指，然后在她耳边低声说："你往后看一看，自然一点儿，别太刻意啊。"

池怀音有些丈二和尚摸不着头脑，下意识地往后看了一眼。

这不看还好，一看眼睛都要钉在身后了。

"快转过来。"江甜压低声音说，"别被发现了。"

池怀音不情不愿地转过身来，脑海里却怎么都忘不了刚才看见的一幕。

季时禹和一个女孩在吃饭，旁边没有别人，只有他和一个女孩。

虽然他背对着她们，可是那背影池怀音还是一眼就认了出来。

那女孩低着头吃着小菜，一头及腰长发披散着，额头上的刘海用黑色发夹别在侧面，衣着简单，气质清清淡淡的，从五官轮廓来看，是个非常漂亮的女孩。

池怀音突然觉得眼前这碗没吃完的面条变得索然无味。

耳朵开始越来越红，大脑也开始有点发涨的感觉。

她耳边是江甜聒噪的声音："这女的哪个学院的？怎么没见过啊？是女朋友吗？如果是的话，他上次不会跟我们去情人岛吧？是最近处的吗？"

池怀音尴尬地扯动着嘴角，努力假装着事不关己的样子。

任江甜说什么，她只是低着头看着眼前的面条，抓紧了手上的筷子。

也不知道怎么了，她整个人仿佛掉进深渊，胸口闷得慌，好像喘不过气一样。

季时禹回寝室的时候，时间尚早。赵一洋看见他手上打包的食物，瞬间翻了个白眼。

"每个月拿了生活费就上赶着去上供，也只有你了。"

季时禹我行我素，把带回来的东西搁在宿舍的桌上："爱吃不吃。"

赵一洋对季时禹的事儿习以为常了，懒得多说，大大咧咧地坐在桌前，一边解袋子，一边说起自己的事儿："这周五有舞会，我听说江甜很喜欢跳舞。我邀请她一个人，她肯定不好意思，我把池怀音也叫上了。我准备了一肚子的稿子，想着她要是拒绝我该怎么死缠烂打，结果她立刻就答应了，还挺没成就感的。"

说着，他抄起筷子对季时禹和陆浔说："你们俩也得去啊，轮流陪池怀音，务必把她给我稳住，为我和江甜制造机会。"

季时禹对于赵一洋的厚颜无耻已经无话可说了，他理都懒得理，直接坐到桌前，打开了还没看完的书。

相对于季时禹的淡定，陆浔就有些紧张了："又是舞会？上次整得有点丢人吧？这次还去啊？"

"喀喀。"赵一洋尴尬地轻咳，"马有失蹄，人有失手，这次哥一定挽回面子。"

季时禹分了个神，干净利落地拒绝："我不去。"

赵一洋听见季时禹不去，立刻饭都不吃了，过来就抱着季时禹的腿。

"我下半生的幸福就靠你们了，你们也知道的，我最近生意也没的做，要是女人再跑了，我就不想活了！"

其实舞会这东西不过是用来打发时间的。

江甜一贯喜欢跳舞，本科的时候就有海大教育学院 Dancing Queen（舞后）的美誉，读研以后没交到那么多朋友，也就赶上了上回那么一会儿，也算是憋了一阵。

以往去参加舞会或者活动，江甜都会特别打扮一番，但是今天她连衣服都没换，直接从教室里赶来。

想来她应该是真的对赵一洋没兴趣，甚至都不想打扮打扮来吸引他。

池怀音从进入舞池开始就有些魂不守舍，眼神一直不自觉地在搜寻别处。

如果她早知道之后会碰到季时禹和别的女孩吃饭，一定不会答应赵一洋的邀约，如今陷入这么尴尬的局面，也全是她自找的。

一想到那个长发的女孩，池怀音就觉得自己胸口一窒。

江甜来了舞会就不歇着，拉着池怀音进入舞池中间，活力满满。夹杂在跳舞的男男女女之中，她笑眯眯地说："我们俩跳，不理他们寝室那几个傻子了。"

池怀音有些局促地看着江甜："我跳舞是真的同手同脚。"

江甜不以为意："笑话，我是谁？我教你。"

舞池里彩灯闪烁，忽明忽暗，学生乐队正在台上卖力地演奏。

江甜拉着池怀音直接进了舞池，这让赵一洋有点巧妇难为无米之炊的意思。他好不容易把人叫出来了，却不想一支舞都跳不到，这可怎么办？

他当机立断，拉着季时禹也进入舞池，低声说道："你先陪我跳一会儿，然后我们跳到她们俩身边交换舞伴。"

季时禹不愿意跟着赵一洋胡闹，皱着眉头说："你等陆浔来了，让陆浔跟你去疯。"

说着，他转身就要出舞池。

谁知季时禹还没走，赵一洋已经以舞蹈准备姿态抓住了季时禹。

季时禹简直快被恶心死了，几乎是咬牙切齿地说："赵一洋，你再抓我的腰，我就把你丢出去。"

赵一洋也不乐意和一个大男人跳舞，这不是事急从权吗？谁让陆浔今天临时调了课要晚来。谁有任劳任怨的牛不用，要去惹一只疯狗啊？

"不抓你腰抓你头发啊？你以为我想跟你跳，这不就是让你帮帮忙吗？来都来了，不能白来啊。"

说着，他拽着季时禹就往江甜她们身边挤去……

池怀音是真的没什么跳舞天分。江甜和她跳了一小段以后，就很后悔刚才说大话了。

教人跳舞，前提是"人"，猪的话，那真的是有难度的。

"我真没想到，一个学习成绩那么好的女孩，小脑居然发育不全。"被踩了好几脚以后，江甜忍不住抱怨道。

池怀音也有些不好意思，刚想说干脆不跳了，身体就被人推了一下。

顺着推挤的方向，池怀音一抬头，猝不及防地就看见赵一洋那张嬉笑的脸。

"交换舞伴。"他的声音轻快，动作也很果断。

说着，他就以迅雷不及掩耳之势将江甜从她手中抢去了。

然后在池怀音还没反应过来的时候，她已经被赵一洋顺手一推，推进了一个硬挺的怀抱里。

熟悉的气息，熟悉的高度，带着几分清冽的气息。那人本能地接住了池怀音，带着几分招牌式的不耐烦。

悠扬的舞曲响起，整个舞池被浅金色的灯光笼罩着，优雅的华尔兹舞步纷纷起势。大家在并不大的舞池里起舞，衣袖摩擦，裙裾飞扬。

池怀音呆愣愣地站在他面前，对着突然发生的状况有些手足无措。她仰着头看着季时禹，结结巴巴说不好话。

"我……我去找江甜换回来。"

"回来。"

季时禹长臂一伸，将她拉了回来。他看了一眼赵一洋和江甜，轻轻喟叹。随后目光重新回到池怀音身上。

他一只手扶在她腰后，一只手寻到她的手，摆出了标准的舞蹈姿势。

骤然以这么近的距离接触，池怀音只觉得整个人像被风吹过的火星，瞬间又要烧起来了。

"干……干吗？"她的声音带着几分紧绷。

季时禹眉头仍旧紧蹙着，语气十分理所当然："跳舞。"

他温热的呼吸因为极近的距离拂在池怀音脸上，让她越发沉沦。她的手被季时禹抓住，腰间也被桎梏着，她想退也退不开，竟觉得有几分委屈。

"你女朋友不介意你和别的女孩跳舞吗？"这句话几乎是脱口而出，她说完又觉得失言，可是话也收不回去了。

季时禹看了池怀音一眼，眉头微挑："等有了再说。"

原本还有些思绪混乱的池怀音一听到这句话，大脑突然通畅了。

他这话的意思是不是没有女朋友？那女孩不是他的女朋友？

是吧？

一瞬间，她身体里的那些消沉似乎都挥散了，一种无穷的力量又回来了。

见池怀音实在抗拒，季时禹也不再强求。

"你实在不想跳就算了。"

就在季时禹要放手的瞬间，池怀音的手却抬了起来，轻轻搭在了他的肩膀上。

她仰起小脸，呼吸清浅，略带笑意。

"我跳。"

华尔兹的舞曲悠扬，舞步翩翩，连空气中仿佛都带着甜。

如果能忽略掉池怀音连连踩到季时禹的话，这气氛是十分美妙的。

池怀音一直同手同脚，每隔半分钟到一分钟就一脚踩上季时禹的脚。一直努力保持着风度的季时禹终于绷不住了。

他眉头微微皱着，好看的眉眼带着几分不悦。

"报复？"

池怀音本来就跳得不好，也有些压力，这会儿冷不防被这么问了一句，缩了缩脖子："不敢。"

说着，季时禹又被踩了一脚。轻抽了一口气后，季时禹终于忍无可忍："抓好我的手，扶着我的肩膀，身体不要往后靠。"他顿了顿，最后几乎一字一顿地说道，"看着我。"

"嗯？"

季时禹眉头中间的沟壑越来越深。

"我要教会你跳舞！在你把我踩死之前！"

这一切好像"辛德瑞拉"的魔法。绚丽的灯光洒下，落在季时禹的头上、肩上，让池怀音觉得眼前的画面带着几分不真实感。

她听着季时禹简单的口令，眼睛始终看着他。他的表情有些严肃，薄薄的嘴唇一张一合，凸起的喉结时而滚动，带着十足的荷尔蒙气息。

舞步牵动着衣角，长发也跟着摆动。

不再关注脚下的舞步以后，池怀音反而不容易出错了。

她脑中放空，眼睛只是看着眼前的男人，仿佛全世界只剩下他一个人。

他的眉眼哪怕带着几分不耐烦，依然有着让她心动的坚毅。

心跳复位，灵魂回归，仿佛这才是她的归宿。

一曲方罢，舞池中的人纷纷停下休息。

池怀音的手还搭在季时禹肩上，漫天滋生的暧昧像疯长的藤蔓在她心间缠绕。

不远处，一个男生风风火火地赶了过来，停在两人面前。

季时禹的手放下，池怀音也羞赧地放开了他，往后退了一步。

陆浔晚上被调了课，临时赶过来时有些气喘吁吁。

季时禹看到陆浔，如遇救星："你来得真晚。"

陆浔四处张望了一下，最后看见池怀音以后，和季时禹交换了个眼神。

季时禹下巴微仰："你带她跳吧。"

说着，他如获大赦一般要离开舞池。

见季时禹要走，池怀音也不知道那一刻脑子里在想什么。

她的手先于她的理智一把抓住了季时禹的衣角。

她的一个小动作让在场的三个人，包括她自己，都愣住了。

季时禹定着没动，低着头看着抓住自己衣角的那只白皙的小手，有些诧异。

他低头扫了池怀音一眼。

"我室友陪你跳，他比较耐踩。"

池怀音仰着头，定定地看着他。

"不行。"

季时禹清浅一笑，似乎有些不敢相信："为什么？"

池怀音咬了咬左边的嘴唇，鼓起了勇气说道："你刚才说要教我，不能说话不算话。"

他低头看着池怀音，半晌，季时禹戏谑地一笑："怎么，只想跟我跳舞啊？"

很多年后，回想起这一幕，池怀音仍然觉得不可思议。

从小到大，她是所有人眼中的乖乖女，文静、听话，遇事不争不抢，有些认生和害羞。生于那个含蓄的年代，她从来都是和所有的女孩一样，不懂得为自己表达，也不能为自己表达。

可是那天，面对旁人的目光，面对季时禹的调笑，她也不知道哪里来的勇气，定定地看着他，仿佛使出了毕生的力气，无比坚定地说出了那个字。

"是。"

第四章

谁最勇敢

新的舞曲温柔地奏响，装点舞池的炫目灯光也开始闪烁。

时间好像停住了，恍然间，他们都没有做出反应。

他们三个人面面相觑的样子，引来旁人探究的目光。

正在池怀音整个蒙住，不知如何收场的时候，陆浔率先打破了这种无声的尴尬。

他并不是一个善于言辞的人，可是池怀音还是感谢那一刻他给了她一个台阶下。他笑了笑，眉眼和善。

"老季确实比较会跳，还是让他教你吧。"

他把池怀音拉住季时禹的行为以一种很简单的方式盖过去了，也免去了池怀音的尴尬。

池怀音感激地看了陆浔一眼，然后松开了季时禹的衣服。季时禹脸上调笑的表情也跟着收了起来。对于眼前的一切，他一直没有表态，只是若有所思地看了池怀音一眼，最后在陆浔的推搡之下，带着池怀音又进入舞池跳了一曲。

这一次，两个人全程都没有看对方的眼睛，即便他们仍然保持着很亲昵的姿势。

池怀音见季时禹没有什么异样，还是很坦然的样子，一边松了一口气，觉得自己的危机解除了，毕竟她很少会冲动，冲动过后还是会后悔，另一边又觉得失落，她的意思要解释也能有很多说法，他是真的没懂她的意思，还是不愿意回应而装不懂呢？

舞会结束，男生们回了宿舍。录音机里放着夜间的广播栏目，主持人用温柔磁性的声音念着听友的来信，时不时穿插一首别人点的歌。栏目没什么特色，说的是男生不太感兴趣的情感话题。

可是今天，赵一洋和陆浔却都坐到了桌边，认真地听起了广播。

一贯聒噪的赵一洋收起了平日的嘻嘻哈哈："以后我自己约江甜，不能老拉着池怀音，把你们都掺和进来，怕她误会了。"

说起池怀音，陆浔也十分感慨。

毕竟今天发生的事儿，他也算是直接参与了。

他要是还看不出来怎么回事儿，也就白长那么大了，都要照顾面子，谁愿意让一个乖巧害羞的姑娘难堪。

陆浔拨弄着录音机，半晌，他试探性地说道："我觉得池怀音这个姑娘吧，还是挺可爱的，人也挺热心。"

"喀喀。"赵一洋清了清嗓子，也跟着说道，"我觉得吧，人要珍惜眼前人，人家姑娘多好，性格温柔，看着就好欺负。一个专业的，学习成绩又好。关键人家爸爸还是我们工学院的院长。"

听着室友们开始旁敲侧击地碎碎念，季时禹并不领情。

"你们能不能不要是个女孩就拉来跟我凑对，那我忙得过来吗？"说着，他翻身上床，用冰冷的后背对着他们，冷冷地道，"你们喜欢就去追。"

一句话噎得两个苦口婆心的人都无话可说了。

话说到这分儿上，季时禹还是不接招。赵一洋最讨厌他那副什么都不放在眼里的嘴脸，直接抓了一把桌上吃过的花生壳，砸在了季时禹床上。

"喊！人姑娘配你就是一朵鲜花插牛屎，你一坨牛屎跩个屁啊！"

季时禹并不擅长处理这种细腻的男女感情问题。想到池怀音，他也有些莫名其妙地暴躁。一颗一颗地捡起花生壳又砸了回去，也是一脸不爽又很懊恼的样子。

"老子又没求她！"

那场舞会之后，季时禹再也不用奉命去陪伴池怀音了。

208宿舍的男生处理事情的方式比想象中更杀伐果决。

赵一洋自己出击了，他深情的表白被江甜毫不留情地拒绝了。

江甜对于赵一洋的小痞子行径以及不成熟的性格完全没有兴趣，甚至有些不耐烦。

当赵一洋认真表白完以后，江甜叉着腰皱着眉，看着他说道："看了你以后，我才发现原来我只喜欢比我大的成熟男人。"

江甜的话说得还不够直接，赵一洋也不放弃："你再过几年会发现，成熟男人的钱和阅历以后你自己都会拥有的，但是真挚纯粹的爱情只有同龄人才能给。"

赵一洋恬不知耻的一番真情表白终于把江甜逼急了。

她嘴角抽了抽，半晌只回答了他两个字。

"我呸！"

拒绝了赵一洋以后，江甜就直接回了宿舍。一进宿舍的门，她就开始对着池怀音数落赵一洋："赵一洋那个瘪三说喜欢我，要跟我谈恋爱，他凭什么？"

池怀音听到这事儿还有些意外。一直以来她的焦点都落到季时禹身上去了，她竟然都没有发现其他的事情。

"他在追你吗？"池怀音问。

江甜也没什么心眼儿，极其不屑地回答："谁稀罕！"

确定了这件事以后，池怀音突然就想通了很多事儿。

如果事情是这样，那么季时禹之前的一切诡异行为都可以解释了。

比如为什么他们会邀请她们去情人岛，为什么他们会邀请她们去舞会……

原来这一切的症结是因为赵一洋要追江甜，而季时禹，他并不是主角，而是陪跑的。

想到这一点，池怀音只觉得整个人像掉进了冰窖里，从头到脚指甲都麻了，眼前好像都失去焦点了，谁的话都听不进去了，只是感觉到五脏六腑都有些震颤。

好奇怪，她为什么感觉那么失落，甚至是心痛？

"我也是蠢，看他们老是约我们，还以为是季时禹看上你了，毕竟你们是一个专业的，以前又是高中同学。"江甜想想就觉得尴尬，"我还准备撮合你们，要不然我根本不会跟他们出去玩，每次还要忍受和赵一洋那个瘪三待在一起。"

池怀音不愿意再听下去，误会的又何止江甜？

她自作多情地解读了很多季时禹的举动。良久，她硬扯出了一个笑容，努力装作没事的样子："也许你可以考虑一下赵一洋。"

"我疯了？考虑他？瘪三一个。"

"也还是有优点的吧？"池怀音说着，嘴角露出一丝自嘲，"至少他的人品还行吧，朋友为他两肋插刀，什么事儿都能做。"

季时禹可真是够义气，什么都能做，甚至和另一个不喜欢的女孩混在一起，只为了给兄弟制造机会。

如果池怀音不是那个女孩，她也许会觉得很感动。

可偏偏池怀音就是那个女孩，这是老天爷在跟她开玩笑吗？

池怀音发现自己并不是一个很能释然的人，当发现季时禹接近她的用意之后，她整个人就有点被击垮了的感觉。

即使她很认真地装作自己没事，可还是偶尔会流露出几分悲伤。

从前她和江甜无话不说，可是这感情上丢脸的事儿，她却一句都说不出口。

就这么心事重重地过了几天，其间她都在刻意避免见到季时禹，甚至希望自己能生一场大病，这样就能不去实验室了。

这学期的校际篮球赛在这时候开始了。

因为池怀音是系里唯一的女孩，从预选赛打到半决赛，每场比赛她都必须到场，有时候江甜也会跟她一起去看。因为他们系有季时禹和赵一洋这两个黄金搭档，一路几乎打得别人毫无还手之力，也因此吸引了很多别的专业和学院的人的注意。

大家追着比赛看，跟着叫好。

而对池怀音来说，被迫去关注季时禹的感觉实在煎熬极了。

这天江甜又过来看球了，这场是池怀音他们系打音教系。

音教系已经是学院里比较强的球队了，也是一路赢比赛打过来的。这场"王者之战"把本科生、研究生，本系的、非本系的人都吸引来了，他们把整个篮球场围得水泄不通。

篮球场的周边是学生自发地用书包和书堆起来的边缘线，看起来好不壮观。

可惜这场球打得并没有什么悬念，季时禹和赵一洋的身体素质占优势，配合也默契，一开场就呈现碾压态势，完全把音教系的节奏打乱了。最后，比赛以极大的比分差异结束了。

池怀音坐在场外，前面都是激动得抻长了脖子的人。她个子没有多高，抱着膝盖坐着，其实视线是被挡了大半的。她一直在告诫自己不可以，可是视线还是忍不住从人群的缝隙中落到球场上，不自觉地找寻着球场上那个穿着一号球衣的男人。

一场球打完，众人渐渐离开，大家还在议论着球赛中的精彩瞬间，不亦乐乎。

池怀音和江甜都没动，只是静静地坐着，让别人先退场。

球赛结束，季时禹早已大汗淋漓，头发濡湿，此刻根根倒竖，像刺猬一样。

白皙的皮肤在出汗之后呈现一种微粉的状态，令他看上去更加唇红齿白。他虽然长相秀气，身材却男人味儿十足，身上隆起的肌肉随着他的喘息一动一动，运动之后更为明显。

场上的季时禹随手擦了擦汗，见音教系的人开始退场，小跑着到了音教系的观众席那边。

一路逆着人流而行，他终于在退场人群的夹攻之中找到了一个长头发的女孩。他背对着池怀音，站在那个女孩面前。

远远地，池怀音一眼就看到了人群中的他，也不知道他在和那女孩说什么，那女孩清浅地笑了笑。

池怀音仔细看了两眼，这才发现那个女孩不就是那天和他一起吃饭的女孩吗？

赵一洋打完篮球，第一时间跑到她们这边来，大大咧咧地坐在了江甜身边。

球赛结束，走到心仪的女孩身边，也许这是男生的本能反应吧。

这个想法让池怀音的心情瞬间就降到了冰点。

"你怎么跑过来了？"江甜往池怀音的方向挪了一些，"臭死了。"

赵一洋对此倒也不尴尬："谁打完球还是香的？"说着，他对江甜挑了挑眉头，"怎么样，我打球的时候是不是还挺帅的？"

"喊。"江甜嫌弃地翻了个白眼，她此刻对赵一洋并没有什么兴趣，而是和池怀音一样，看到了季时禹和一个女生说着话。

江甜自然也认出了那个女孩。

用下巴点了点季时禹的方向，她一脸八卦地问："季时禹谈恋爱了？"

赵一洋顺着江甜指的方向看去，见季时禹打完篮球就到音教系的观众席那儿去了，瞬间出现一脸恨铁不成钢的表情。

"这小子就不能长进一点儿？"说完，赵一洋和她们二人说起季时禹的事儿来。他不自觉地看了池怀音一眼，池怀音一句话都没有说，看起来似乎有些心事。

"那女的叫钟笙，是季时禹追了不知道多少年，还坚持拒绝他的女人。"

"他不喜欢读书，当年本来准备读中专，中专毕业能直接上班，还给干部编制，是这女的说要读高中，他才去考高中，结果这女的却跑去读中专了；本来以他的成绩完全可以读庆大，他听说这女的一边工作一边备考，要考森城音乐学院，他就考到了音乐学院对面的矿冶学院，结果这女的耽误了几年，却考到森大去了。"

江甜本能地接了一句："所以他读研考到了森大？"

"对啊。"

说起那个女孩，赵一洋脸上是不加掩饰的不喜欢："一个女人要是对他有心能这样吗？这女的和他一点儿都不合适，他早晚会后悔的。"

"啧啧，看不出来，季时禹还是个长情的。"

赵一洋对这一点却并不赞同："也不是长情吧，就是没见过什么世面。"

本科的时候系里一个女的都没有，读研了就池怀音一根独苗，系里的男生没有互相消化就不错了，哪里能指望谈上恋爱？

所以从前的感情线也被拉得特别长，毕竟对象是个女的。

系里好些和季时禹差不多情况的男生至今还在给初高中的女同学写信。

撇了撇嘴，赵一洋说："反正我们寝室的人都很讨厌那女的。"

江甜冷冷地乜了他一眼："关你什么事儿啊？"

赵一洋和江甜又斗起嘴来，两个人聒噪得很，在身边闹闹嚷嚷。

池怀音坐着没动，脑中始终回想着赵一洋说的话，只觉得灰心极了。

原来季时禹真的没有女朋友，可是他有心上人。

怎么办呢？池怀音有些不知所措了。

球赛之后，池怀音一直在想着怎么才能避开和季时禹的接触。

每天卡着教授到的时间去实验室，坐在离季时禹最远的地方。她努力克制，甚至不准自己抬起头多看季时禹一眼。

她用军事化的方式管理着自己的心，可是命运又跟她开了一个玩笑。

赵一洋不再制造机会让她更加沉沦了，曹教授却又来火上浇油。

"八五"计划的课题分组出来了，看着贴在实验室外的名单，池怀音几乎有种想要把自己的名字从季时禹旁边抠下来的冲动。

站在实验室外，池怀音几乎要哭出来了。

她站在那里许久，久到每天吊儿郎当卡着最后一刻才来实验室的季时禹都来了。

自舞会之后，他们再也没有私下单独说过话。

季时禹看着课题分组的名单，发现教授给他安排的组员此刻正站在身前。她愁眉苦脸地看着那名单，似乎很不情愿的模样。

想了想，他以一种玩笑的方式打断了那种死一般的沉默和尴尬。

"怎么了，池怀音，我这种优秀学生带你，你还不满意啊？"

池怀音眼角的余光早就看到季时禹来了。

他身上还穿着便服，一件松松垮垮的外套也没有正经穿好。不知道从哪儿赶过来的，头发有些乱了。

那眉眼还是一贯的小痞子模样，也说不上哪里好，就是让她没出息地悸动起来。

她没有动，也没有抬眼。半晌，她只是用低低的声音说道：

"离我远点，不然别怪我喜欢你。"

原本一句挺严肃的话，却不知怎的把季时禹给逗笑了。

他看着池怀音，像是逗弄小孩一般摸了摸她的下巴："你这威胁还是有点震慑力的。"

说着，他往后退了一步："要离你多远？这么远够不够？"

季时禹似乎总是这副模样，不置可否又痞里痞气，好像这世上的事儿都不在他眼里，他永远都不会慌乱，不会纠结，不会痛苦。

或者是她在他眼里无足轻重，所以她说什么他都当玩笑一样应对。

这么想想，池怀音也有些泄气了，什么都没有再说，直接进了实验室。

晚上六七点，曹教授看时间已经不早了，就放了人。大家都是放鸭子一样跑了，只有池怀音还抱着自己的书。她思前想后，还是单独去找了曹教授。

曹教授是池父的同事，和池家住在一个院子里十年了，两家人感情深厚，没什么隔阂，说话方便。

"怀音？"曹教授摘下眼镜，按了按鼻梁，又戴了上去，"找我有事儿？"

池怀音低头看了一眼自己的脚下，咬了咬嘴唇，最后还是说了出来："我想问问能不能换个组。"

"换组？"曹教授以为池怀音是不想做目前的分组实验，"是觉得高温比较艰苦吗？"

"不不……"池怀音摇头，"就是想问问能不能换个组员。"

"这样啊。"人员是曹教授亲自安排的，他自然知道池怀音要换掉谁，想了想，他语重心长地说，"这次的分组我是经过深思熟虑的，目前你们的小组负责的是整个课题最重要的部分。"

他见池怀音愁眉苦脸的，以为她可能对季时禹有点误会，所以有些抗拒，于是解释道："之前我没有让你参与新实验，而是叫你去做已经完成的研究，你没有抱怨，还是认真地完成和复核，踏实又勤奋。其实那是我在考验你，考验你够不够资格做最重要的部分。"

提起这事儿，曹教授不由得有些得意扬扬："你和季时禹是我手下最得意的门生，性格上又互补。他胆大敢想，应变能力强，不需要我推动，他能想到我都想不到的东西；而你细心钻研，对数据的掌控和记录非常精确。我把你们安排在一起，是因为我对你们抱有很高的期待。"

"可是……"池怀音想说什么，却又难以启齿。

"其实季时禹没有你想的那么糟糕，平时看着吊儿郎当，做起事情来其实很靠谱。他只是比较有个性，年轻人嘛，有点个性是好事儿。"

"……"

从曹教授那里下手算是失败了，无功而返的池怀音垂头丧气地回了宿舍。

她一路低垂着头，长长的睫毛像一把扇子一样盖住了她略带青黑的眼睑。

人与人的联系是很奇怪的，在知道那个叫钟笙的女孩以前，池怀音似乎从来没有在学校里见过她。据说那女孩现在在本科部读大四，马上就要毕业了，和池怀音同校好几年了，可是池怀音对她一无所知。

而自打知道了这个人的存在以后，池怀音碰到她的概率就变高了。

　　她走进宿舍门口，才发现原来钟笙和她住在一栋楼里。这是一栋双子楼，宿舍门在正中间，共用一个大堂，只是楼梯分布在两边，池怀音在左，钟笙在右。

　　池怀音到宿舍的门口的时候，钟笙正和一个男生一起走回来。

　　那男生池怀音倒是有点印象，他的名字叫杨园，森城本地人，和池怀音在初中曾经同班过一段时间，后来好像因为学习成绩比较差留过级。

　　不过这人是高干家庭出身，家世在本地算是比较显赫的，一般同校的人多少都听说过他，没想到钟笙还认识他。

　　两人在门口停下，杨园对钟笙倒是很体贴的样子，和池怀音印象中的在学生时代那种暴躁爱闯祸的样子有些不同。

　　池怀音站的地方离他们有些距离，她听不见他们说了什么，只是看见杨园从书包里把一本崭新的书拿出来递给了钟笙，钟笙看了他一眼，似乎犹豫了一刻，还是把那本书收下了。

　　钟笙进大堂的时候，完全没有注意到站在角落里一直暗暗观察着她的池怀音。

　　钟笙上楼以后，池怀音才意识到自己的行为有多好笑。

　　别人都不认识她，也许也不屑于知道她是谁，她却把人家当成假想敌。

　　人家和谁来往，和哪个男生有什么暧昧，和她又有什么关系？

　　钟笙是季时禹的心上人，钟笙没有错；季时禹有心上人，季时禹也没有罪。

　　错的是她。

　　是她不该单方面喜欢季时禹，如果她能控制得住自己的话。

　　女生宿舍又停水了。天气一热，学校就经常停水，这可苦了一个个如花似玉的大姑娘，要从别处提水上楼，那也是个体力活。

　　平时女生用饭票接济男生，到了这时候就显出作用了，受了恩惠的男生都会来帮忙提水上楼。

平时女生宿舍的宿管火眼金睛，看守严格，恨不得公蚊子都不放上楼，也只有停水的时候能让他们进来"长长见识"。

学校多停几次水，男生多给女生提几次水，女生多给男生几次饭票，一来二去，就以身相许了。

这春天果然是适合恋爱的季节，学校里成双成对的身影又多了不少。

前几次停水，江甜和池怀音的水都是赵一洋提的。

别说，赵一洋对江甜还真的挺痴心的，这一追也有一段时间了，甭管江甜怎么揶揄讽刺，就是没见赵一洋打退堂鼓。

看来越是看着不正经的人，对感情越是认真。季时禹不也这样吗？看着跟无赖似的，对心上人倒是长情得很。

池怀音都忍不住替赵一洋说话："我觉得赵一洋这人还不错，同学一场，没见过他对什么事儿能认真成这样，你别老是鄙视他了，他也是对你有意思才能任你这么踩他。"

江甜撇撇嘴，仍是一副高傲女王的姿态："那是他长了张狗脸，怎么骂都不走，不怪我。"

话虽是这样说，可她对他明显没有最初那种厌恶的情绪了。

看来这是有苗头了。

赵一洋的付出没白费。

近来经常停水，据说有几个男生无聊得很，拎桶水就混进女生宿舍乱搞。学校要求宿管加强管理，所以现在男生但凡拎水上楼，一定要有女生带上去。

这天停水，本来是江甜去领人，结果她临时被同学通知去找教授，只好派池怀音去把赵一洋领进寝室。

池怀音和赵一洋近来交道也算打得多，倒也没有多想什么就去了。

食堂用来洗碗的那一排水池前现在挤满了排队打水的人。

地上都是水渍，看着湿漉漉的。

池怀音找了半天也没找到赵一洋，正要回去，就听见嘈杂纷乱的声音中，有一个清冽的男声响起。

"池怀音。"

池怀音应声回头，叫她的人不是赵一洋，而是季时禹。

他穿了一件普通款式的衬衫，搭配休闲裤，肩上系着一件开司米毛衫，看上去随意却很时髦。

他不远不近地看着池怀音，眉峰英气十足，配上那双黑白分明的瞳眸，分外深邃。鼻梁和嘴唇的线条形成一个很美的弧度，侧看像叠起的山峦一般。

季时禹站在池怀音身后，手上拿了两桶水，表情也有些疑惑。

"你看到江甜了吗？"他顿了顿，说道，"赵一洋被留在实验室了，他让我给江甜拎两桶水。"

这话一出，池怀音赶紧往左右一看。果然，季时禹拎着的水桶上一个写着江甜的名字，一个写着池怀音的名字，一时也有些尴尬了。

她脚上穿着凉鞋，因为跑得太急，鞋里进了些地上的水，沾在脚上有种又热又湿的奇怪感觉，竟和她的心情一样复杂。

想了想，她最后讷讷地说："江甜被同学叫走了，让我来领赵一洋上楼。"

话一说完，两个人都懂了，于是沉默而尴尬地一起向女生宿舍走去。

这是孽缘吧？

不管池怀音怎么逃避，命运却总是把他们缠绕在一起。

上课做实验和他一个组，好不容易放学了透口气，拎个水也是他来。

这叫池怀音怎么能好好梳理自己的心情呢？

她一路心不在焉，连已经走到女生的寝室了都不知道。

她的视线始终落在脚尖上，脚趾缝儿间有些脏水的痕迹，她一会儿上楼了要好好洗一洗，噢，还有这双鞋，最近还是不适合穿凉鞋，再热一点儿再拿出来吧……

池怀音正胡思乱想着，就听见头顶传来季时禹说话的声音，淡淡的嗓音宛如天籁。

"你要再往前就到我怀里了。"

池怀音原本还有些混沌，听了这句话突然停住。她再一抬头，发现自己和季时禹的距离已经近到再往前一步就直接撞到他怀里的地步。

看着他近在咫尺的胸膛，她浑身一颤，竟然瞬间惊出一身冷汗。

"你你……你停下来站着干吗？"

季时禹深邃的眸子微微一眯，唇边带着一丝弧度："你看看到哪儿了？"

"嗯？"池怀音一抬头，才发现他们已经进了大堂，怪不得她觉得眼前好像没有正午那种刺眼的阳光了。

"有我在就可以直接上楼的。"

"我当然知道可以上楼。"季时禹皱了皱眉，"问题是，你们宿舍是往哪边走？"

面前有左右两个楼梯，左边是唯一一栋研究生宿舍楼，右边是本科部的最后一栋宿舍楼。

池怀音听他这么说，有些诧异了："右边是本科的宿舍楼，你不知道吗？"

季时禹被池怀音的问题问笑了："这是女生宿舍，我该知道吗？"

池怀音的话并不是季时禹理解的那个意思。

她是想，如果季时禹追求钟笙多年，不可能不知道右边这栋楼是本科生的宿舍，左边才是研究生宿舍。

这么想着，她又试探性地问了一句："你以前没有来过女生宿舍吗？"

"我又不是变态。"季时禹忍不住皱起了眉头。

"不是……我还以为你给别的女生提过水什么的……"

"没人找我帮忙。"

季时禹的表情很坦然，他没多想就往左边的楼梯走去。

他没有来过女生宿舍，这是不是说明他没有给钟笙拎过水？

这个答案让池怀音近来一直沉重的心情好了起来。

两人一同往楼上走着，那一级一级的阶梯突然变得很漫长。

抑或是池怀音希望这一路更漫长一些。

她的视线始终落在季时禹的手上，虽然那水桶是江甜给赵一洋的，可是此刻，他右手拎着的水桶上确确实实写着她池怀音的名字，冥冥之中好像为他们建立了一种特殊的联系。

这种联系带着九分的温柔和一分的暧昧，像一泓清泉从她的心底流过。

贼心死不了，贼心是永远也死不了的。

接到新课题以后，池怀音和季时禹都进入了忙碌的工作状态。

和曹教授说的一样，季时禹进入工作状态的样子和平时完全不一样。池怀音不愿意输给他，也加倍地认真起来。

曹教授对这个课题十分看重，几乎每天都会过来看他们的实验进度。

现行的铝电解法生产金属铝的最大缺点是能耗高、污染大，操作条件恶劣。在当今能源普遍短缺的情况下，他们研究这个课题最大的目的是大幅度降低能耗，所以需要找寻更好的惰性电极材料，设计新型电解槽。

一连好几天，实验并没有什么进展。

池怀音精神高度紧张的同时也有些微的沮丧。这个课题对目前的材料学绝对是一种挑战。

倒是季时禹，明明没进展，却不急不躁的样子，还安慰池怀音："我们要找的惰性阳极材料必须能抗高温氟化物盐和氧的腐蚀，同时还能导电。本来就很艰难，但是只要我们不断地实验，总能找到最好的。"

两人正在寻思还能试验什么材料，曹教授就过来了。

"这次的课题难度比较高，北都有色金属研究总院愿意为我们提供帮助。"曹教授说，"那边的科研条件比我们好，所以我们可能需要过去一段时间。"

"去北都？我们整个课题组吗？"

"我带你们两个去，你们是实验材料的小组，是最核心的组员。"

"这……"这个突如其来的消息让池怀音有些惊讶，她几乎下意识地看向季时禹。

季时禹大约也没想到需要去北都，本能地问了一句："要去多久？"

"一个多月的样子吧。"

一个多月，只有池怀音和季时禹去北都，这让池怀音的心情有些复杂。正当她还在犹豫的时候，季时禹已经先于她做出了回应。

"那我回去准备一下。"

系里为他们买车票还需要时间，曹教授提前放他们回去了。这两天不需要去实验室了，他们回去准备行装，等着去北都。

池怀音不知道是该高兴还是难过，去北都一个多月，没有家人朋友，以后的日子就是抬头是季时禹，低头也是季时禹。

她心事重重地走回了宿舍楼。

宿舍楼下有一些男生在等着女朋友。有的男生刚来，就对着宿舍的窗户吼一嗓子女朋友的名字。

杨园在那些男生里并没有多么显眼，可是池怀音还是一眼就看到了他。她一脸狐疑地走进宿舍楼的大堂，果然没等多久，就看到钟笙正好从楼道下来。

池怀音的心情更复杂了。

季时禹为什么会喜欢这样的姑娘呢？

季时禹不喜欢北方，而且森城在南方，坐火车去北都的时间实在太长。但是他从来没有去过北都，这次趁着研究课题的机会，倒也能长长见识了。

季时禹去北都之前，钟笙提出请他吃饭，这不仅让季时禹有些意外，连季时禹整个寝室的室友都震惊了。

他去赴约的时候还有些疑惑。

考虑到钟笙的家庭状况，季时禹有些吃不准钟笙的用意，点菜的时候只点了一些饺子。

"你哪儿来的钱？"季时禹问。

钟笙穿着一条白色的连衣裙，看上去素净又有气质。她难得地对季时禹笑一笑，淡淡地说："我没钱也能请你吃个饭，感谢一下这么久以来你对我的照顾。"

听到钟笙这话，季时禹嘴角扯动，微微勾起一个弧度："我期待的感谢可不是这样。"

对于季时禹的"暗示"，钟笙已然驾轻就熟，很快就转移了话题："你还有两年就毕业了，你之后有什么打算？"

季时禹拿起一旁的味碟倒了一小盘醋，夹了一些姜丝置于其中，慢慢搅拌。

"我知道你毕业了要回原籍。"

季时禹的话让钟笙原本轻松随意的表情变得有些僵。

钟笙还有一个多月就要毕业了，按照现在的毕业分配制度，她一定会被分配回原籍工作，所以毕业后她必须回宜城。

这是钟笙不太愿意聊的话题，季时禹这么冷不防点出来，她的表情有些尴尬。许久，她挪开了视线，抿着唇笑了笑："到时候再说。"

季时禹对钟笙的这种态度也有些厌倦了，这么多年了，他也等得够久了。

世上没有无怨无悔的付出，人都是自私的。

"我毕业后可以自由选择，你应该是知道的。"

钟笙看了他一眼，嗯了一声。

"所以钟笙，你打算拖我拖到什么时候？"见钟笙仍旧不说话，一直低着头，季时禹也有些失望。

"我没有强迫你等我。"

季时禹想想这么多年做的傻事，忍不住笑了笑："我其实一直很好奇，在你心里，我和那些送你礼物、帮你打水的男生有什么不同。"他想了想，又自嘲地补了一句，"多一层初中同学和老乡的关系？"

不等钟笙回应什么、解释什么，季时禹第一次不再无条件地迁就她。

"钟笙，这个答案我已经等太久了。"他放下筷子，站了起来，"我要去北都，一个多月后回森城。"

临走前，他一字一顿地说："你同意的话，我毕业就回宜城。"

饺子还没有上，桌旁就只剩钟笙一个人了。

她白皙漂亮的双手紧紧捏着筷子，指节几乎见骨的白。

赵一洋的舅舅来森城出差，顺便到学校来看了看他，给了他一些钱，除了赵一洋妈妈托舅舅带来的一些，还有舅舅自己贴的一部分。这笔钱让赵一洋手头一下子就宽松了。

赵一洋这人一贯嘚瑟，他手头一宽松，就决定请江甜去吃西餐。江甜一个人自然是不肯去的，最后赵一洋干脆叫上季时禹、陆浔、池怀音一起去热闹热闹。20世纪90年代初，西餐价格昂贵，大部分穷学生都没有吃过。季时禹想叫上钟笙，让她也尝一尝。虽然赵一洋嗤之以鼻，但是想想三男两女也很尴尬，就同意了。

森城的西餐厅当时多是外国人或者留洋回来的人开的，装潢华丽，环境优美。因为很多食材完全依赖进口，所以价格昂贵。一行人除了江甜和池怀音，都是第一次来，大家都有些拘束。

餐厅的服务员都穿着漂亮精致的西服，衣料上乘，看上去光鲜体面。这让平时话很多的几个人都紧张了起来。

服务员将他们带入座，三个女生坐在一排。因为赵一洋请客，大家默契地让赵一洋和江甜坐在中间，面对面坐着。这倒让池怀音免去了和钟笙挨着的尴尬。

除了刚来时季时禹随口介绍了一下，她们几乎没什么交流。

赵一洋其实对于吃西餐也是大姑娘上花轿——头一回，但是他也不能在江甜面前露怯。桌上就两本菜单，他大大方方地将自己面前的一本随手递给了江甜，自己则打开了另一本放在女生们面前的菜单。

他看着看着就疑惑了："这菜单怎么没价格？"

江甜偷笑了起来："你给我的菜单上才有价格。"

赵一洋听了有些不悦了："这餐厅咋回事儿，怎么一本菜单有价格，一本没有呢？"

江甜撇撇嘴，笑着说："土包子，这是西洋礼仪，给男士的菜单有价格，给女士的没有，让男士可以发扬绅士风度。"

赵一洋也没吃过西餐，哪里知道吃个西餐还有这么多门道？这么被江甜鄙视了一顿，也有些没面子。近来他和江甜相处得多，两人虽然天天斗嘴，却也磨合出了点特殊的相处之道。

赵一洋把菜单一丢，大大咧咧地往椅背上一靠："你洋气，你来点。"

江甜接过另一本菜单，递给了池怀音，自己继续翻着，恶狠狠地道："看我不把你点破产了！"

赵一洋知道江甜有分寸，嘴上却故意接了一句："老子没钱付就把你留在这儿洗碗！"

两人欢喜冤家的样子逗得一桌人都忍俊不禁。原本有些尴尬的气氛倒是很快就缓解了。大家都是年轻人，聊天的话题也差不多，不一会儿就热络了起来。

池怀音从见到钟笙开始就有些尴尬。

到餐厅的时候大家就开始分座，赵一洋和江甜坐在最中间，面对面，池怀音和钟笙一左一右夹住了江甜，然后是男生入座。

季时禹选择了钟笙对面的位置。她得承认，陆浔小心翼翼坐到她对面的时候，她是很失落的。

池怀音很感激赵一洋不会点菜，江甜把菜单递过来的时候，她如获至宝。

西餐厅的菜单大，至少能挡住她此刻很不自然的表情。

在询问了大家的口味以后，池怀音和江甜点完了菜。

整体一算，价格确实昂贵，连池怀音和江甜都有些咋舌。两人交换了下眼神，准备一会儿结账的时候给赵一洋补贴一些。

西餐厅的服务在细节上都显得很贴心和周到，连赠送的白水里面都有柠檬片和薄荷，这让赵一洋不断感慨："一分钱一分货啊！"

一直没怎么说话的陆浔笑呵呵地说："要不是靠着老赵，我怕是工作以后才有机会来开荤了。"

季时禹其实也没吃过，他斜着眼看了看桌上，皱了皱鼻子："吃个饭这么多名堂，看着都累，照我说还不如去海鲜排档。"

赵一洋习惯了怼季时禹："那你出去啊，少一个人我少付点钱。"

"呵呵，你请客，多不好吃我也吃双份。"

坐在季时禹对面的钟笙做完自我介绍之后就没有说过话。

说实话，她是有些不习惯的，以前虽然也跟着季时禹和他两个室友吃过饭，但是带别的女孩，还是头一次。

看着他们一个系的工科生坐在一块儿自然地聊天，她内心有些复杂的感觉。

这么多年，她一直自卑又自傲，高傲和冷漠是她的保护伞。

在座所有的人都比她出身好，家境优越，性格开朗。明明同龄，他们在读研，她却要靠自己工作存钱、找机会，经济独立以后才考了大学，如今还没本科毕业。

这感觉让她无力又难过，就像当年，她的同学只要想读书就可以去读高中，而她被家里逼着改了志愿，去读中专，只因为中专毕业能早些就业，不再找家里要钱。

她不懂，家里两个哥哥可以读大学，可以追求最好的生活，而她是女孩，就注定要过低人一等的生活吗？

她很感激，因为那时中国还没有进入市场经济，大家对金钱的渴望没那么大。当年外婆给宜城的小提琴老师送了一张床单，老师就教了她那么多年，这才让她有了一技之长。

中专毕业后，她在宜城歌舞团工作了四年多。虽然并不喜欢这个工作，可是她还是很努力地工作和学习，在宜城歌舞团也是最刻苦的小提琴手。之后宜城歌舞团开放了政策，让她们也能参加高考。靠着努力，她第一年就考上了，可是领导不肯放人，她不放弃，第二年又考上了，领导见她坚持，终于让她去了森城。

森城很早就被划成了经济特区，当时的政策是让沿海地区先富起来，所以森城的发展是很快速的。钟笙来了森城，就不想再回去了，因为对她来说，宜城就是一个炼狱一样的地方。

服务员开始给大家上餐。

钟笙其实也没有吃过西餐，但是她看书的时候看到过，知道应该右手拿刀，左手拿叉，可毕竟没吃过，心里还是有些紧张，怕出错闹笑话。

于是她偷偷看了看身旁的江甜。她来自海城，家境又优越，对吃西餐驾轻就熟，自然地拿起了刀叉。

钟笙见自己的操作没错，不由得松了一口气，开始秀气地切起了牛排。

一桌人里会用刀叉的只有江甜和池怀音，其余的几个男生简直人仰马翻，一副乡下人进城的样子，一会儿拿着刀叉，一会儿拿着勺，看着面前的汤啊牛排啊面包啊什么的，简直不知道先吃什么了。

钟笙见对面的季时禹也是一副一头雾水，不知从哪里开始的样子。

季时禹家里虽然不缺钱，却也比不上人家那些高干家庭。

他和钟笙一样，只能循着社会的大规则继续过自己的人生。

上菜以后，池怀音才算是见识到了什么叫一团混乱。

江甜一开始还切了几块，后来看到赵一洋受不了那么切啊尝啊的，直接拿起叉子，把一整块牛排叉起来吃，她简直要笑到肚子疼了，她不住地拍着桌子，毫无形象可言。

陆浔有些拘谨，也有些手足无措。季时禹则是一脸不耐烦，完全拒绝的表情。

原本聚餐是件挺开心的事儿，如果因为所谓的"礼仪"，让大家都不自在，尴尬至极，这就失去了聚餐的乐趣。

吃饭原本应该是一件让人自在又幸福的事儿。

池怀音放下刀叉，温柔地举起了手。

"服务员。"

她的声音响起时，有个人与她异口同声。

池怀音有些诧异，看向声音的来源，竟然是季时禹。

两人坐在六人桌旁距离最远的对角，因为异口同声地叫了服务员，他们的视线本能地在空中相交了一秒，随后又很快各自移开。

服务员很快就过来了，脸上带着温和的笑意。

"请问有什么需要帮助的吗？"

两人都以为对方会让自己先说，同时回答了服务员。

"请给我一双筷子。"

他们又一次异口同声地说。

西餐厅里原本不提供筷子，但是西式服务的原则是多无理的要求也尽可能满足，所以服务员最后还是给他们找了两双筷子。

经过季时禹和池怀音这么一番"闹腾"以后，所有的人都自在了。

不会用刀叉算什么呢？总比要筷子的强。

于是大家都不像之前那么拘谨了，很正常地开始了第一次吃西餐的摸索。

比起大家的自在，钟笙却有种如坐针毡的感觉。在这样尴尬的情况下，他们都能轻易化解，那么自在，而她却要在乎会不会被人瞧不起，这样看，她的小心翼翼都变得可笑起来。

她甚至后悔应邀。季时禹邀请她的时候说得很随意，就是一场普通聚餐，可对钟笙来说，这场聚餐一点儿也不普通。

在他们面前，她始终有种低人一等的感觉，这感觉熄灭了她的骄傲，让她感到难受至极。

那场让人不舒服的饭局过后，时间很快就进入6月毕业季。

钟笙的分配通知猝不及防地发下来了，果然是回原籍。

在分配通知书下来之前，有学长、学姐说过，以前也有学生在森城找到工作就能留在森城的先例，但是如果分配通知书已经下来了，情况就会很棘手，因为改派书只有就业处才能下发，已经不是学校可以操作的了。

回宜城的分配通知书让钟笙陷入恐慌，她多次找到学校的老师求情，一开始老师还给钟笙讲一些安抚的空话，后来老师也不耐烦了，直截了当地说："分配政策是为了全国各地都有人才去建设，而不是为了给学生一个保障，不要想错了国家培养大学生、制定分配政策的初衷。分配政策是很严格的，如果随便就可以不回原籍，那么小城市、小地方岂不是越发没有人了？人往高处走，谁辛辛苦苦读完大学不想留在建设得更好的大城市？可是我们国家现在处在发展的关键时期，大学生肩膀上的责任很重，回去建设家乡就是对国家最好的回报！"

"……"

老师严厉的批评让钟笙无言以对。如果最后还是要回宜城，当初她努力来森城又有什么意义？

原来她不管多么努力也无法摆脱命运的安排，这结局真的残忍到了极点。

她第一次感觉到社会大规则之下如蝼蚁平民的无力。

这种无力比当年她不得不去读中专更甚。

现实中的北都和池怀音想象中的北都完全不一样，除了那些热门的古迹彰显着这座城市有着几千年的历史沉淀以外，其他方面的发展也已经领先于其他城市十几二十年。

北都有色金属研究总院的科研人员，甚至在这里学习的研究生，都是全国各地顶级的人才，很多季时禹和池怀音想不通的东西，别人不过轻轻点拨就明白了。

在北都一个多月，连轴地开会、科研探讨，让池怀音见识了很多业内顶级的专家，也让她意识到自己曾获得的那么一点儿小成就在别人面前是多么不值一提。

池怀音终于明白为什么森大的学生都希望能得到曹教授的推荐名额了。这种工作环境确实完全不一样。

这种认知让季时禹和池怀音都进入了百分之百专注的工作状态，比起那些男女感情的小事儿，他们还有更有意义的事情要做。

一个多月的时间很快就过去了，要离开的时候池怀音甚至有些不舍，虽然压力很大，但是她实在很爱这种大家都心无旁骛的工作环境。

北都很大，火车站离北都有色金属研究总院很远，曹教授怕误车，给他们安排了火车站附近的招待所住下。

大约是因为赶上了周五晚上，火车站附近的招待所都住满了。他们找了许久，最后找到的环境最好的是那种单间鸽子房。一个小房间里大概可以放下一张单人床和一张小桌子，环境破旧，屋顶低矮，十分压抑。

池怀音进去的时候其实是有些不适感的。将自己的布包放在床头，池怀音给自己做心理建设做了许久，才让自己在那张看起来不是很干净的床上躺下。

看看那扇破旧的门，池怀音不敢关灯，就这么和衣而睡。

不知是不是最近太累，人产生了幻觉，池怀音觉得耳边一直传来吱吱的声音，也不知是哪里来的，实在吵得睡不着，池怀音辗转翻了个身。

这一翻身还好，一翻身就见自己枕头边有一只黑黢黢的老鼠，这只老鼠又大又肥，身上长着黑灰色的毛，尾巴很长，搭在她的枕头上，尖尖的耳朵挺立着，一双绿豆一样的小眼睛盯着池怀音。

池怀音全身的汗毛瞬间就竖了起来，鸡皮疙瘩起了一身，连天灵盖都开始发麻，几乎是触电一样，倏地就从床上跳了起来。

"啊——"一声难以自控的尖叫脱口而出。

虽然这种鸽子房条件不是很好，但季时禹一个大男人倒是可以将就。只是这床铺很窄，屋子就这么点儿大，翻个身都怕掉到地上。

曹教授住的那一间在楼上，楼下只有他和池怀音。

他正要睡觉，就听见外面一声尖叫，之后就传来隐隐的哭声，像春天的小雨淅淅沥沥下个不停。那声音他越听越觉得熟悉。

最后季时禹还是皱了皱眉，决定起身出去瞧瞧。

咚咚咚。

池怀音缩在房间的墙角，整个人已经有些蒙了。

房门被敲响的时候，她甚至都没反应过来，半天才想起来去开门。

破旧的房门随着嘎吱一声被拉开，门口靠的男人高大健壮，肩膀很宽，他的影子就能将池怀音笼罩于其中，让人看着就很有安全感。

季时禹倚着门框，低头看见池怀音满脸狼狈的泪痕，微微皱眉："怎么回事儿？"

池怀音必须承认，在自己最脆弱的时刻，季时禹的出现如同救命稻草，她几乎要不顾一切地扑进他怀里。

要不是走道的穿堂风有些凉，吹得她清醒了几分，也许她真的会做出那样没有分寸的事儿。

池怀音狼狈地用手背擦掉眼泪，委屈巴巴地说："屋里有老鼠。"

池怀音可怜兮兮地告状的样子逗乐了季时禹，他低头看了一眼池怀音，像看着一个小孩一样。

"老鼠就把你吓成这样了？"

"不是一般的老鼠，是很大的老鼠。"说着，怕季时禹不相信，池怀音用手比了比，"有这么长！"

季时禹走进屋内，在床上和床底检查了一下："大概是从床底刨洞进屋的。"

这房间实在太小，又很低矮，季时禹进来以后，转个身都几乎碰到池怀音，头顶一直会碰到屋顶吊下来的灯泡，时而遮挡住那昏黄的光源，让房间里的光影忽明忽暗。

虽然有些尴尬，可是池怀音还是很害怕，不希望他离开。

"你能不能在这里坐一下？我一个人害怕。"

季时禹觉得池怀音的反应有些好玩，但是想想池怀音毕竟是个女孩，害怕也正常，于是大大咧咧地在她那张床铺上坐了下来。

屋内太小，季时禹坐下以后，整个房间也没有太多空间了。

池怀音看了季时禹一眼，仍然心有余悸。

"我能不能挨着你坐？"

季时禹轻轻笑了笑，拍了拍他身边的床沿："过来吧。"

昏黄的小屋里，此刻只有池怀音和季时禹两个人。

明明没有挨在一起，中间留了五六厘米的距离，可是池怀音还是感觉到季时禹半边身子那温热的体温，好像他离她很近，不知是不是错觉。

他身材很大，即使坐着，池怀音也能感觉到那种身高差。但很奇怪，这不再是一种压迫感，而是一种安全感。

也许男人和女人天生就不一样吧。

池怀音偷偷抬眸看向季时禹，他也正好低头看向她。

两人冷不防这么对视了一眼，都有些尴尬，又将视线转向别处。

房内安静了许久，一种奇怪的暧昧在房内的空气中流动。池怀音有些羞赧，也许该找些话题来聊一聊，不然一男一女在这么逼仄的环境里共处，实在有些奇怪。

池怀音想到今天临走前曹教授找她谈了话，抠了抠手心，低声问道："曹教授今天有找你谈话吗？"

"嗯？"季时禹愣怔了一会儿，才意识到池怀音在问话，点了点头，"嗯。"

"他说他手里有两个名额，可以推荐我们两个到北都来工作。"池怀音没有抬头，始终盯着自己的膝盖，"你想来北都吗？"

池怀音得承认，她问这话的时候心里是有几分期待的。

森城和北都，一南一北，如果季时禹愿意来北都，也许故事又会不一样。

季时禹的表情很自然，嘴角勾了勾："北都太远，没想过。"

他回答得坦然，池怀音有些微失望。

"研究生毕业后你有什么打算？"

季时禹身体往前一躬，双手的手肘随意地搁在大腿上："可能会回宜城吧。"

季时禹是研究生，学的又是国内目前人才很稀缺的科研专业，属于高级人才，毕业后一般都可以留校，或者去森城的研究所，甚至可以去北都。他有那么多选择，无论哪一条都是人人艳羡的康庄大道，他却说要回宜城。宜城是南省辖下一个很普通的县级市，发展比森城差得远，能给他什么好的工作环境？

听说钟笙毕业后要回宜城，想必季时禹也是为了她才要回去的吧。

这么一想，池怀音又觉得心里抓心挠肝一样难受。

自己明明知道答案的不是吗？为什么她还抱着不可能的希望？傻，真的太傻了。

三十几个小时的火车，舟车劳顿，他们终于回到了森城。

不得不说，空气中那股子海腥味道让池怀音觉得踏实了许多。

下了火车，学校派了人来接他们，一路直接开回了森大。

她本来准备先回家一趟，但是都回校了，就决定先回宿舍。

季时禹倒算是有风度，见池怀音的布包不轻，帮她一路拎到了宿舍楼下。

两人一路也没有聊什么，就是很安静地走在校园的小路上，一路上盛夏繁荫，花木扶疏。

池怀音一直用眼角的余光看着季时禹的侧脸，从额头到下颌，线条起伏，英气坚毅。虽然他平时痞里痞气的，但是仔细想想，自从再次成为同学，他便没再做过什么出格的事儿，甚至总是在帮助她。

从高中到研究生，这么多年他成长了许多，从当年那个人人害怕的小痞子成长为一个肩膀可以扛起担子的男人。

而她对他，也从害怕变成了喜欢。

谁说这世事不是阴错阳差呢？

季时禹不能上楼，最后一段路池怀音自己扛包上去了。

回到宿舍，池怀音气喘吁吁地将包随手放了桌子上。

别的室友去图书馆了，那两人一贯神出鬼没，宿舍里只剩江甜，看上去形单影只。她见池怀音回来了，就跟见了组织一样，就差眼泪汪汪了。

用一番黏腻的言语表达了对池怀音的思念之情后，她就开始自然地翻起了池怀音的行李。

"你给我带礼物了吗？北都好玩吗？北都总院有没有长得帅的？有没有……"

一连串的问题和机关枪一样，池怀音哪里回答得过来？她转身拿了茶杯，从江甜的开水瓶里给自己倒了一杯水。

"给你带了一个很漂亮的相框，还有一些北都的糕点。"

江甜听说自己有礼物，立刻表现出一副满足的样子。

江甜从包里拿出相框，摆弄了一下，随手放在床头，然后又拿出了糕点，拆了就开始吃。

"对了，你知道吗？你走了以后倒是发生了一件大事儿。"

池怀音喝了一口水："什么事儿？"

"还记得上次和我们一起吃西餐那个女的吗？叫钟笙的那个，季时禹追的那个。"

说起钟笙，池怀音的表情有些尴尬："她怎么了？"

"你知道我们教育学院有个还挺出名的高干子弟叫杨园的吗？钟笙和杨园结婚了。"说起八卦，江甜立刻跟竹筒倒豆子一样，说个没完，"前几天杨园家里派了好几辆车过来给钟笙搬宿舍，那排场，真的把我们一栋楼的女孩都惊到了。

"听说钟笙本来毕业了要分配回原籍，杨园家里直接给她弄了改派书，现在她被安排到教育局工作了。"江甜说到这里啧啧感慨，"所以说啊，结婚就是女人的第二次生命，还是得擦亮眼睛！"

江甜说了半天，一直不见池怀音有反应，诧异地撇过头来看向池怀音。

"喂，池怀音，你怎么笑成这样？你和钟笙很熟吗？她结婚，你至于为她高兴成这样吗？"

钟笙结婚的消息来得突然，赵一洋高兴归高兴，也还是有些担心告诉季时禹以后他会接受不了。虽然之前季时禹没有表现得对钟笙多志在必得，但是这么多年习惯性地在照顾她也是事实。

在季时禹回森城之前，赵一洋和陆浔划拳，最后陆浔输了，所以由他来告诉季时禹这个消息。

陆浔在告知季时禹之前戴上了家里传下来的护身玉、护身红绳，就差为自己去庙里烧香了。他磕磕巴巴、非常委婉地告诉季时禹后，季时禹的反应让他们都有些吃惊。

因为……他实在表现得太淡定了，好像一点儿都不伤心一样。

季时禹只是微微垂眸，点了点头，说了三个字："知道了。"

那之后，宿舍的两人一直在认真观察季时禹，他的表现一切正常，和以前没什么两样。

赵一洋对此十分不解，毕竟喜欢了好多年，怎么可能真的没事呢？于是他跑到图书馆借了本心理学的书来看，他坚持认为季时禹这是巨大的打击之下的伪装。

然后他特意攒了一个局，找个机会让季时禹宣泄出来。

学校外的小馆里，一顿放浪形骸的酒没让季时禹宣泄出来，倒是把几个作陪的男孩子喝大了。他们一个个人仰马翻，喝得不知今夕是何年，毫无形象可言。

相比之下，季时禹就清醒多了，喝完酒还能想起来忘了锁实验室的门，跟跟跄跄地又往实验室走去。

池怀音觉得季时禹这人还是有些不靠谱的，又逃课不知道去哪里了。一个下午的工作都是她一个人做的，害得她晚饭都没吃，一直被困在实验室里。

季时禹和池怀音的课题组实验项目不同，曹教授就把实验室里原来一直弃用的杂物房给收拾了出来，供他们使用。池怀音一个人待到这么晚，也还是有些害怕的。

她整理好了小实验室，把实验报告全部收起来放好，拿起放在柜子里的锁，正准备回寝室，一个走路都走不稳的身影出现在门口。

他大大咧咧地一脚把实验室的木门给踢开了，一身扑鼻的酒气差点把池怀音给熏死。

池怀音手上拿着实验室的门锁，抬起头，皱了皱眉："你喝酒了？"

她突然想到钟笙结婚的事儿，难道他是因为太伤心了，所以去酗酒疗伤了？

池怀音一想到这个可能，心情就沉了沉。

酒精的劲儿慢慢发出来，季时禹这一路跌跌撞撞地走来，最后几乎是循着本能才找到实验室。

他摇摇晃晃地走到池怀音身边，那一身酒臭的味道直冲进池怀音的鼻腔，池怀音几乎要大退一步。

不想理他，池怀音随手关掉了实验室的灯，眼前瞬间黑了下去。

"出去，我要锁门了。"池怀音一想到他是为了别的女孩变成这样，就没什么好态度对他了。

季时禹醉醺醺地辨认着池怀音的样子，半晌，舌头打结一样，含含糊糊地唤了一声："池怀音？"

原本懒得理他的池怀音听见他的声音，见他醉成这样还能把她认出来，心里一下柔软了，有了几分不舍。

池怀音轻叹了一口气，走上去把歪歪斜斜的人扶正。他喝醉了，脚下已经开始打晃，真不知道他是怎么走到实验室的。

"喝成这样，不回宿舍，来实验室干吗？"

"锁门。"

他这个答案真是让池怀音有些哭笑不得。

季时禹个儿高，体重自然不轻，池怀音力气不够，她觉得扛一头死猪也不过如此，只是下个楼，她已经气喘吁吁了，最后不得不把他丢在台阶上，自己先休息一下。

两人就这么安静地坐在黑暗的楼道里，一左一右，坐在同一级阶梯上。彼此看不清对方的表情，池怀音反而觉得自在了许多。

空气中满是季时禹身上的酒味，池怀音觉得自己似乎也有些醉了。

她定定地望向季时禹，在黑暗中努力辨认着他的面部轮廓，看他这副又颓废又邋遢的样子，心情也有些复杂。

半晌，她低声讷讷地问道："其实如果感觉到痛苦，发泄出来也是很不错的。"

她原本以为季时禹醉糊涂了，不想他靠着台阶的身体动了动。过了一会儿，他慢慢睁开了眼睛，眸中略带迷蒙："怎么发泄？"

池怀音搜肠刮肚地想着方法，最后试探性地问："要不，你倾诉倾诉？"

黑暗中，季时禹轻笑的声音格外清晰。他淡淡地看向池怀音，懒洋洋地说着："我没有想倾诉的，只想说脏话。"

"说脏话也行。"

季时禹喝醉的时候整个人比平时还撩人，他嘴角带着一丝笑意，更衬得他眉目如画。

"那不行。"他笑道，"我的脏话会吓着你。"

"没关系。"池怀音赶紧说，"我生气的时候也会说脏话的，吓不着我。"

"哦？"季时禹的一声拉长的变调听起来格外缠绵，喝醉的他说起话来声音也特别有磁性，"你这样的乖乖女还会说脏话？"他笑笑，看向她，"比如？"

其实池怀音不是真的会说脏话，她只是安慰季时禹而已，这会儿话头到了她身上，倒是有些不知所措了。她又是一番搜肠刮肚，想了想自己匮乏的词汇库里用来骂人的词语。

"王八蛋？"

三个字就把季时禹逗笑了。

他调整了姿势，靠在楼梯的护栏上，整个人已经有了一些困意。

"你这哪里是脏话？分明是情话。"

在酒精的作用下，他的最后一丝清醒也消失了。

季时禹靠着护栏就睡着了，呼吸清浅，侧脸深邃，像默片里的定格画面。

黑暗中的沉默被拉长，纷乱的心绪仿佛找到了归宿。

"王八蛋，我喜欢你。"

那一夜，风都带着几分难言的缱绻。

第五章

温柔杀手

第二天，曹教授找池怀音和季时禹开会。

季时禹身上的酒味儿经过一夜依然刺鼻。

曹教授没想到自己的得意门生能胡闹到这个地步，被气坏了，正事儿都不说了，厉声批评了季时禹四十几分钟，愣是一句话都没重样的。

池怀音站在一旁一言不发，算是理解了什么叫爱之深责之切。

从办公楼出来，两人已经错过了中午的广播。

季时禹整个人还有些宿醉过后的萎靡，烦躁地撸了撸自己的头发。半晌，低着头问池怀音："昨天晚上，听说是你把我扶回宿舍的？"

想到昨天扛死猪的经历，池怀音也有些佩服自己："铆足了一股劲儿，就把你给扶回去了，还好你也算配合，迷迷糊糊地还能半走半拖。"

"想不到你这么个小身板，力气还挺大。"季时禹自然知道自己和池怀音的身高差和体重差。

池怀音心想，力气不大能怎么办，总不能让他醉死在外吧？

季时禹的表情有些复杂，他沉默半晌，轻轻开口："谢谢。"

两人也不知道该说什么了，各自闭嘴，一起走回了实验室。

他们最近的任务是继续研究两种不同温度的电解质体系，高温体系电解温度为九百六十摄氏度，低温体系也有八百摄氏度。他们每天守着控温炉，往加料管里添加材料，观察阳极试样。

这种实验过程极其枯燥、烦琐，却又要异常细心。

季时禹一个男人都觉得挺艰苦，池怀音一个秀秀气气的姑娘却从来不抱怨。

在季时禹的成长过程中，他接触过的女孩并不多，与钟笙那一类看起来很高傲、实际上很懂得示弱和求助的女孩相比，池怀音是完全相反的，她看上去柔弱胆小，却很少找人帮忙，小小的身体似乎蕴藏着惊人的力量，在这个都是男生的系里，她从来没给过别人表现的机会。

下午大约 3 点钟的样子，一贯平静祥和的校园里突然响起了刺耳的警报声。

这声音让两个在小实验室里的人都有点蒙。

池怀音抬起头看着季时禹，紧张极了："什么情况？"

学校每个喇叭都响了起来，那声音震耳欲聋。

季时禹仔细听了听那警报声，片刻后反应过来。

"火警！"季时禹拔高了嗓门儿，"着火了！"

"什么？！"

火情来得猝不及防，让困在小实验室里的两个人都乱了手脚。

季时禹的第一反应是去关闭实验的双路直流电源，他努力让自己沉着下来，但是喇叭里巨大的警报声还是让他的脑子有些乱。

和季时禹相比，池怀音就有些慌了。火警警报都响了，她的第一反应居然是去抢救那些实验报告。

隔着控温炉，季时禹错愕地瞪大了眼睛。

"池怀音！你是不是傻？！"

季时禹的一声大喝把池怀音吓到了，她手上还抓着部分实验报告，一抬头，脑袋就撞在了眼前的柜门上。

她白皙的额头上立刻撞出一大片通红。

这一下撞得太重了，在令人烦躁的警报声中，池怀音眼冒金星，整个人都有点晕乎了。

她一手抓着那些实验报告，另一只手扶着柜子，可是眼前依然天旋地转。

就在她快站不稳的时候，面前突然出现了一个男人焦急的身影。

根本不等她反应，那人已经将她背到了背上。她的胸口压在那人的背上，甚至有几分喘不过气。

池怀音的手几乎是本能地抱住了那人的脖子，发黑的眼睛终于恢复了一些清明。

季时禹的体温似乎比这火情更让池怀音焦灼，她用手捂了捂脑袋，整个人都有些不知所措。

整个实验楼里已经没什么人了，他们所在的是最里面的一间实验室，又耽误了一些时间，季时禹意识到情况的严重性，脚下跑得极快，也顾不上背上的人会不会因为这一路的颠簸而难受了。

在生死攸关的时刻，能活着出来就是最大的幸运了。

到了这一刻，池怀音终于有了一丝害怕。

"到底哪里失火了？"她的声音带了一丝哭腔，"我们不会死在这里吧？"

季时禹背着池怀音争分夺秒地往楼下跑，头顶不断冒出不知是因为紧张还是背着池怀音跑出来的汗，顺着脸颊滑到了颈部，濡湿了池怀音的手臂。

他的声音虽然在努力克制，却还是能听出几分紧张。

"别怕，我跑步很快，我不会让你死的。"

他一字一顿，每一个字都很清晰，仿佛一剂强心针，让池怀音不再那么害怕了。她甚至不自觉地将头靠向他的后背，她胸腔里失控的心跳，不知是因为这突发的火情，还是因为这个对她说"别怕"的男人。

最后两级台阶，季时禹一步跨下去，百米冲刺一样冲出了实验楼，终于安全了。

两个人都有些蒙，看了一下眼前的状况。

楼下全是疏散的学生，大家稀稀拉拉地站着，脸上没有一丝慌乱，三两成群地聊着天，闲散得和平日跑操没什么区别。

季时禹背着池怀音从楼上跑下来，两个人此刻看上去都狼狈极了。

原本轻松的氛围似乎被他们的出现打断了，大家都好奇地看着他们俩。

一直在和别人聊天的赵一洋看见他们这么万众瞩目地降临，从人群里钻了出来，一脸震惊地看着他们二人。

"我 ×，不过是个消防演习，你们搞得和真的一样啊！"

池怀音后来才知道，那天中午学校广播里通知了下午有消防演习，而他们两个被曹教授叫去开会，错过了。

两人闹出来的笑话在工院算是出了名，什么"生死同学情""逃命组合"，总之，有一段时间他们走到哪里都被人笑话。

池怀音的名字也因此和季时禹捆绑了一阵，说不上为什么，她竟然还有几分这就是命运的感觉，池怀音要感谢发生了那么一个插曲，让她彻底认清了自己的内心。

这么多年，也不是没有男生追过她，只是没有一个能让她的心情这样忽上忽下。她见不到他会想，见到了又患得患失。

人的一生会遇到喜欢自己的人和自己喜欢的人。池怀音也想顺着自己的心意一次。

如果钟笙结婚是上天给她的机会，那么她想把握住这个机会。

一转眼，1991年的第一学期结束了，暑假来临了。

那一年，森城开始掀起全民炒股的热潮。刚开学，大家关注着苏联的局势，每天吃饭都要聊一聊。广播站开始循环播放Beyond的曲目，很多同学不是南省本地人，也用荒腔走板的方言唱着歌。

……

永定贼有残留地鬼嚎（今天只有残留的躯壳），

迎击光非岁玉（迎接光辉岁月）；

风雨总剖干既有（风雨中抱紧自由），

呀僧跟过彷徨地增杂（一生经过彷徨地挣扎），

贼僧好百比没来（自信可改变未来）

……

9月2日，森城大学迎来了新学期的开学……

熟悉的校园里，同学们来了走，走了来。学长学姐走在路上，看到那些新入学的新鲜面孔，还是有些感慨。

进入研究生阶段的最后一年，有的同学已经开始着急，马上要踏入社会了，以后不会再像现在这样做任何事都那么纯粹了。当然也有一些完全不知道着急的，比如男生宿舍208的诸位。

赵一洋的狐朋狗党又挤满了并不大的寝室，平日里扑克、麻将的倒是也打出了一些情分。

对于赵一洋追了大半年还没有搞定江甜这件事儿，大家有不同的意见。

一个戴眼镜的男生说："我们这些理工科的专业里女生少，不包分配女朋友，这有点不科学。"

另一个男生不赞成这种丧气的想法，说道："照我说，老赵应该提高写作能力。我本科的时候和女朋友一天一封信，写了四年，文学造诣提升了很多，感情也很加温。"

一个知情的男生立刻掀老底儿："前女友好吗，写了四年，文学造诟提升那么多，还不是分手了？"

其中一个家境最好的男生终于看不下去了，拍了拍赵一洋的肩膀："我说吧，那些虚头巴脑的都别搞了，搞点实在的，真正打动女孩才是最重要的，像我，当初为了追我女朋友，每周都送她回家，你看，我们异地恋两年多了，也还在一块儿，她就等我回去娶她了。"

赵一洋嘴角抽了抽，鄙视地说："你开奥迪100去送，能不打动吗？我们能有个自行车接送就不错了。"

最后，在大家一致同意下，他们决定主动做点什么解决这种困境，一个平日里比较活跃的男生发起了"联谊活动"，由他来联系女孩周末一起出去玩。单身的男生都可以参加，包括赵一洋这种久追不成的。一条路走不通，就应该打通新思路，这就是当代大学生灵活变通的思想。

这边聊得热火朝天，那边的季时禹还躺在床上，背对着大家，也不知道在看什么书。真是佩服他，宿舍里人这么多，吵成这样，他还能看得下去书。

赵一洋走过去捶了捶季时禹的床铺，脆弱的床板被他几拳捶得嘎吱直响。

季时禹皱着眉，一脸不耐烦地放下手里的书。

"喂，季时禹，你好歹参与一下我们的话题好吗？钟笙结婚了，还有一片大森林呢，不要表现得对女人没了兴趣一样。"赵一洋往后退了退，欲言又止，"你这样我们都会很害怕，怕你以后会不会喜欢我们……"

"你想得倒是美。"

赵一洋这狗嘴真是吐不出象牙，季时禹看了调笑的众人一眼，最后咬牙切齿道："不就是出去玩？我去！"

池怀音从实验室回宿舍的时候，江甜正坐在桌边吃零食。

录音机里播放着音乐节目，整个宿舍里都充斥着很悲伤的歌曲。

见池怀音回来了，江甜气鼓鼓地把她拉了出去。

两个人站在无人的天台上，蚊子一直嗡嗡嗡地围绕着她们，池怀音被咬了好几个包。

一定是 O 型血比较吸引蚊子，不然怎么江甜好像一点儿事儿都没有，一直闷着一动不动，也不说话？

"甜甜，你是不是遇到什么事儿了？"被咬得受不了了，池怀音忍不住问了一句。

"你说，男人的话能信吗？"江甜问。

"怎么了？"

江甜说起来就一脸气愤："赵一洋那个瘪三还说什么喜欢我，要一直等我，结果他今天说，我要是还不答应他，他就放弃了，还说周末一个兄弟约了很多女孩子，让他也去。"

"你不是不喜欢他吗？"赵一洋也追了这么久了，江甜一直和他针锋相对，应该是不喜欢吧？

池怀音的问题把江甜噎住了，江甜憋了半天才说道："我就是不喜欢他，讨厌死他了。他太恶心了，还说多喜欢我，也就追了半年多就放弃了，一点儿毅力都没有！哎呀，人又土，人家男生追女孩送香奈儿的香水，他说夏天来了送我一瓶花露水！乡巴佬儿，土老帽儿，长得还难看，一个大男人还有美人尖，还单眼皮，我最讨厌单眼皮了，我恨死单眼皮了！"

听着江甜这一通数落，池怀音总算是找到事情的症结了，有些哭笑不得："甜甜，我看，你这是喜欢上他了吧？"

"放屁！"

江甜本能地反驳之后就陷入了一阵沉默，皱着眉想了一会儿，倏地转身就跑了。

"我出去一会儿！"

池怀音抻着脖子喊江甜："这么晚了，你要去哪儿啊？"

"我去找赵一洋算账！"

池怀音无奈地摇了摇头。

这两个冤家。

江甜很晚才回寝室，冲回来的时候，双颊通红，一脸娇羞，一看就是发生什么了。要不是宿舍里另外两人都睡了，以江甜的倾诉欲恐怕是要说一晚上了。

那一晚那么热，江甜睡觉还要蒙被子，一直翻来覆去，坐也不是，躺也不是，最诡异的是，也不知道她想到什么了，睡得好好的，突然嘻嘻嘻笑几声，要多可怕有多可怕。

第二天早晨，池怀音在那儿刷牙，江甜围着她转了几圈，最后很扭捏地说："我和赵一洋好了。"

池怀音点了点头："看得出来。"

江甜震惊："这也看得出来？"

"你的样子实在太浪了，看不出来才稀奇。"

"去。"江甜的表情一看就是坠入爱河的样子，她一脸的粉红泡泡，"周末你有空哦？"

"周末要做家教，你知道的啊。"

"那算了。"江甜说，"周末我要跟着赵一洋他们去联谊，我要看看赵一洋那帮狐朋狗党准备给他介绍什么样的姑娘！"她说着说着就忍不住咬牙切齿，"我看了下，赵一洋身边一个好东西都没有，以前觉得那个季时禹还不错，结果他也是个鬼混的，也要一起去联谊！"

江甜还在耳边碎碎念，池怀音已经反应了过来。

"我周末好像是有空儿的。"池怀音转了话题。

"嗯？"

"我跟你一起去，我也很久没出去玩过了。"

"你刚不是还说要做家教？"

"记错了，突然想起来我的学生已经参加完高考了。"

"不是有新的学生吗？"

"可以没有的。"

赵一洋现在在男生宿舍三楼都已经被人打入黑名单了。

和他说话一定要有技巧，如果听到他说"我和你说件事儿"一定要赶紧跑，不然他准会春心荡漾，说一遍他和江甜确定关系，以及亲上了的故事。

季时禹实在受不了他现在这个疯疯癫癫的状态，忍不住啐道："你能不能正常一点儿？！"

赵一洋站在镜子前一丝不苟地整理着自己的发型："你这种单身汉，不懂我们有家有口的幸福。"

说着，他拍了拍陆浔的肩膀，把正在写报告的陆浔拍得一笔把信纸戳破了。

"陆浔，你加把油，下一个就是你了。"说着，他睨了季时禹一眼，"你还是有希望的，不像某些人，注定要孤独终生了，看谁都羡慕嫉妒恨。"

季时禹不屑地嗤了一声。

"哎呀，你嗤也没用啊，你谈过恋爱吗？你牵过女孩的小手吗？你亲过女孩的小嘴吗？你都没有，但是你的兄弟我，都、做、过、了。"赵一洋最后捋了捋自己的袖口，"不说了，我去约会了，再见了各位！"

"疯子！"

他关上门后，季时禹和陆浔异口同声道。

最近赵一洋谈恋爱了，这是尽人皆知的事儿，本来大家以为周末的联谊活动他肯定不会参加了，结果没想到他不仅参加了，还拖家带口，不仅带了女朋友，还带上了女朋友的室友。虽然两个姑娘确实都长得挺水灵，但是毕竟破坏了原本的计划，让大家都有几分尴尬。

这让攒局的哥们儿有些为难，本来算好了人数，减去赵一洋，男女都是一对一的，结果现在平白无故多出一个女孩，那约的另一边的姑娘该怎么想？

他正焦急着，音乐学院的那帮姑娘已经到了，一个个青春靓丽的，自成一道风景线。此情此景，他只能硬着头皮迎上去。

森城的中山公园是年轻人周末约会的好去处，公园的中心湖很大，上面都是划船的人。那么大个湖，划到湖中心去了，还不是任男孩子为所欲为？所以一般他们约会都会选中山公园。

一行人虽然对江甜和池怀音的到来有些意外，但是也很快打成一片，都是年轻人，本就没什么隔阂。直到大家走到了游船中心，才意识到人数不对的尴尬。

一艘船两个人，一男一女，原本是安排好的，现在多了一个姑娘，那怎么安排呢？

前面有几对聊得不错的男女先上船了，赵一洋和江甜是一对，自然也上船了。

最后现场只剩下攒局的和季时禹两个男生了，气氛一时有些尴尬。

季时禹看了一眼眼下的状况，沉默地踏上了船，他是男人，要先上去掌握平衡。

剩下三个女孩，确实有些棘手。

他扫了一眼岸上的人，最后抬起了手，低声道："谁先上？"

季时禹话音方落，岸上的三个女孩同时抬起了手。

季时禹没想到会这样，一时也愣住了。

三个姑娘同时抬起了手，本来都有些尴尬，但是这会儿缩回去更尴尬，所以最后都没有动，等着季时禹的选择。

季时禹原本也不是真的来找对象的，要不是被赵一洋激了一下，他也不会浪费时间来游什么湖。

其实看到池怀音也抬起手的时候，他是松了一口气的。

比起去应付不认识的姑娘，池怀音这种安静又乖巧的女孩好相处得多。

他果断地抬起手，一把抓住池怀音的手，将她扶上了船。

皮肤的接触，像过了电一样，两个人都愣怔了一秒。

池怀音上船后，季时禹淡淡地对岸上那个男生说："剩下的二位美女，就辛苦你了。"说着，他看了一眼船上另一头的池怀音，顿了顿，"池怀音是我同学，我来照顾吧。"

昨夜刚下了一场雨，园心湖的湖水不像平时那般清澈，微微泛起一丝淡黄色，但依旧温柔。风轻轻吹过，带起粼粼波光。

船离开码头，岸上的人渐行渐远，池怀音的视线里只有这辽阔的湖面，以及对面的年轻男人，这让她有些紧张。

船行至湖心，周围也没什么船只了，季时禹放下船桨，两人开始静静地欣赏风景。

虽然四周碧波荡漾，绿树环绕，但是池怀音心不在焉，眼角余光一直暗暗瞥向对面的人。

她手上紧紧攥着裙子，带着一丝汗意，还在回味他抓起她的手的那一刻。

其实她抬起手的时候就做好了他不会选她的准备，因为另外两个舞蹈专业的姑娘活泼开朗，人也主动，都比她更吸引男生的注意。

他站在船上，看了她一眼，没什么表情，突然抓起她的手，两个人其实都有些愣了。

仿佛那种选择是一种本能，这让她的心跳骤然加快。

此刻季时禹背靠着船沿，视线落在右前方，也不知道在看什么。

"你怎么会来？"季时禹的视线懒散地瞟过来，他淡淡地看了她一眼。

池怀音没有回答，只是反问了一句："那你呢？"

"我？"季时禹微微扯动嘴角，"看看有没有合适的姑娘。"

话题到这里戛然而止。

池怀音也觉得自己胆子太大了一些，但是眼下这种情形真的很容易让人冲动。

船行至湖心，除了水里的鱼，周围没有任何活着的动物来打扰。

风缓缓拂过湖面，把平静的湖面带起一丝丝波澜，它仿佛在鼓舞着她，说吧，这么好的机会，不要再等了。

钟笙结婚了，她不愿意再等出另一个钟笙。

如果季时禹要重新开始，为什么不可以是她？

仿佛鼓起了毕生的勇气，池怀音攥紧了自己的手心，彻底抛弃了从小到大老师和家长口中的"矜持"，深吸了一口气。

"你看我合适吗？"

"池怀音？"

"你先听我说。"池怀音的脸越涨越红，她却没有停下来的意思，"知道你喜欢钟笙的时候我很难过，但是现在钟笙结婚了，我不想再错过了。其实我今天是为了你来的。"

"季时禹，我喜欢你。"

池怀音半低着头，许久都没有听到季时禹的回应。

她还想说什么，可是又不知道能说什么，一张嘴就有种要咬到舌头的感觉。

池怀音就像等待宣判的犯人，有些心焦。半晌，才怯生生地抬起头。

"季时禹？"

只见他似笑非笑，淡淡地反问："谁会泡院长的女儿？疯了吗？"

这话仿佛一桶冷水，哗啦一声从池怀音的头顶骤然泼下，她甚至都不知道能说什么了。

"按照一般的情节发展，发生了这事儿，我们两个是不是应该有一个跳湖？"

季时禹冷不防的一句没头没脑的话瞬间把两个人之间那种低气压驱散了。

他见池怀音不说话，轻叹了一口气："我是男人，我来跳吧。"

"不！用！"

1991年夏天的尾巴，池怀音人生的第一次暗恋以告白失败告终，没有想象中那么难熬，她每天还是要忙碌地做实验、写报告。

中秋过后，冬天总是来得很快。

那年冬天，森城遭遇了几十年一遇的寒流。往年冬天平均十六摄氏度的森城，从 12 月开始，温度就跌破了十摄氏度。

"熔盐电解铝新型惰性阳极"课题的实验研究终于基本完成，论文在曹教授的指导之下已经成稿，之后就是等待上刊了。

池怀音和季时禹朝夕相处的日子终于过去了，其间她的表现一切正常，她都忍不住要表扬自己：演得真棒。

这几个月大家的生活都过得很平静，赵一洋谈恋爱以后就对学校的宿舍管理规定很不满。男生进女生宿舍楼，脚还没跨进门，已经被宿管大妈拦住了；女生进男生宿舍楼，宿管大爷基本上是睁一只眼闭一只眼。好些女生进男生宿舍推销袜子或者一些地摊货，基本上畅通无阻。

研二的第一学期过半，学校里很多准毕业生就开始实习了。总来赵一洋"赌摊"的一个学物理的男生，大四的，他们宿舍四人一间的屋子只住了他一个人，他也无聊，就总到赵一洋宿舍来打牌。他女朋友是法律系的，经常到他宿舍里玩。学校宿舍就那么大，天气热，他们鬼混的时候老开着窗，隔壁和上下楼宿舍的男生都能听见床响。

他每次到赵一洋这边来打牌，基本上都是一群人围攻他一个，以此警示他："在这个匮乏的时代，你吃肉归吃肉，不要吧唧嘴，太没道德了！"

有一阵子，赵一洋一度把这个比他小几岁的男生视为灵魂导师，每次这个男生来打牌，他都要拉着人家一通取经。

对于赵一洋这种目的不纯的行为，大家都很鄙视。

季时禹忍不住啐他："你最好每天少胡思乱想，小心江甜知道了，卸了你的腿。"

"是男人就会想。"赵一洋对此倒是不以为耻，"谁有女朋友了不想啊？"说着，他突然变了表情，戏谑一笑，"也是，你肯定没法想，毕竟你还是没有女朋友的雏鸡。"

"滚——"

"不服啊？要不咱打个赌，赌我们俩谁先当上真男人。"赵一洋阴险地一笑，"就以今年为时限吧。"

"……"一直沉默的陆浔终于听不下去了，插了一句嘴，"现在都已经 12 月 10 号了，老季女朋友都没有，上哪儿当男人？老赵，你这太欺负人了。"

赵一洋哈哈大笑起来，他本来也没有真打赌的意思，不过是借机挪揄一下季时禹。

"也是，人家说不定还在等钟笙离婚呢，我赢定了。"

说着，他转身要回自己的铺位，突然听到身后传来一个低沉的男声。

"赌什么？"

赵一洋没想到季时禹会接话，一时也来了兴致："你真要来啊？那行啊，真男人之争，谁输了谁穿内裤去操场上跑五圈。"

就像陆浔说的，都 12 月 10 号了，季时禹要翻身怎么可能？他就不同了，只要专心搞定江甜就行，于是大胆下了赌注。

赵一洋本以为季时禹不会同意，结果季时禹听了这话以后，眉头都没有皱一下，倒像带了几分赌气似的。

"就这么定了。"

女人谈恋爱以后都是重色轻友的动物，比如说这会儿，江甜好不容易回到寝室了，居然在织毛衣。

今年森城的冬天比往年冷些，她买了毛线从头开始学，怕她家赵一洋冻着了。

就赵一洋那人高马大、牛一样强壮的身体，池怀音觉得毛衣对他来说完全是多余的。

江甜一边织着毛衣一边和池怀音聊天。

"你知道吗？最近有个别的学校的女孩看上了季时禹，完全和母兽捕食一样，不达目的不罢休，那架势，怕是誓死也要把季时禹给睡了的意思。"

池怀音没想到课题结束以后，季时禹的生活居然这么"多姿多彩"，不由得心头一揪，十分不适。

"是吗，那他要谈吗？"

江甜头也没抬："可能会吧，听说他和老赵打赌了，说是今年结束以前一定要找到女朋友。"

池怀音皱了皱眉："他们很闲吗？"

"可不是吗？我还骂了老赵呢，人家有没有女朋友关他屁事儿？"

听江甜说完那事儿以后，没几天，池怀音就碰上了季时禹和一个陌生女孩在一块儿。

池怀音从学校回家拿衣服，顺路去她家后面的后街买点东西，就见到季时禹和一个女孩向她的方向走来。

两人似乎迷路了，季时禹看到池怀音，好像松了一口气的感觉，赶紧朝着她的方向走来，急匆匆地问道："你知道这附近有个招待所叫松鹤吗？"

"知道。"她说。

"怎么走？"

池怀音探究地看了二人一眼，想到他们要去那种地方，忍不住皱了皱眉。她打量了那女人几眼，心下越发鄙夷，沉默地指了指北面："这条路出去，然后左转，再右转，直走五百多米，再右转，就到了。"

"谢谢。"

池怀音买了东西回家，心想，等他们走到目的地，就知道她的良苦用心了。

她希望他们找到那家书店以后，能被知识点化，回头是岸，不要再乱搞了。

池怀音原本以为搅和了季时禹的"好事儿"，他就能死了那条心，却不想第二天在食堂，她又碰到季时禹和那个姑娘了。

他们和赵一洋、陆浔在一桌吃饭。那姑娘看上去性格很好的样子，和季时禹说着话，还很细心地给他整理袖口，时不时把餐盘里的肉分给季时禹。

一般男生有了对象，都会带着对象和整个宿舍的人吃饭，这一点大家都可以理解。

除了钟笙，季时禹没带过别的女孩和宿舍的人吃饭，如今带了这个姑娘，想必是认真的了。

比起当初说起钟笙就说坏话，这次他们对这个姑娘可谓和善包容。每个人都有说有笑的，聊得很开心的样子。

池怀音看着此情此景，就觉得有些心酸。

她一个人游魂一般走到窗口，随便买了个馒头，正准备回宿舍，就迎面撞上季时禹。

他如同一堵人墙一样，挡在池怀音面前。

"喂，池怀音。"他皱着眉，一副要算账的样子，"你什么意思？"

池怀音的手上拿着搪瓷碗，表情有些沮丧："什么？"

"昨天我找你问路，你干吗故意给我指反方向，一南一北，我就不信你住了几十年的地方还能搞错！"

池怀音也有些心虚，还是强装镇定的样子："是吗？我……我记错了吧……"

"记错了？！"季时禹气得扯了扯自己的外套，来回踱了两步，"你知不知道，昨天我和我堂姐因为你指错路，多走了两个小时才找到位置！"

食堂里人声鼎沸，只有池怀音的耳畔好像突然寂静了。

"堂姐？"

"池怀音，我看你长得乖巧，小心思还挺多。"说着，他皱着眉压低了声音道，"你是不是报复啊？"

"啊？啊！"池怀音有些震惊于季时禹的联想能力，"我不是……我是以为……"

"以为什么？"

"我以为……"想到自己的误会，池怀音也有些难以启齿。半晌，只从牙缝儿里挤出句浑话来："怕你亏了身体，以后不能继续进行科研工作了。毕竟身体是革命的本钱……"

"……"

季时禹皱着眉头回到座位，赵一洋见他去找池怀音说话了，问道："你和池怀音说什么了？"

季时禹黑着脸，有些不爽："没什么。"

"没什么，池怀音怎么在拿馒头砸自己的头？"

"嗯？"

季时禹顺着赵一洋指的方向看过去，果然看到池怀音一脸懊恼地飘出食堂，一路走一路拿馒头敲自己的头。也不知道她想到什么，突然胡乱抓了一把头发。

真是奇怪，他明明是对她恶意揣测、耍人很不爽的，为什么会觉得此刻的她看上去居然有那么几分可爱？

池怀音有胆子表白，这是季时禹想不到的，他当时其实有些措手不及，第一反应是拒绝她。

那时候他脑子里只有一个想法：是谁都可以，池怀音不行。

潜意识里，他觉得池怀音应该是被慎重对待的女孩。

他转过头来继续吃饭，筷子在米饭里戳了戳。

桌上的众人继续聊着天。

堂姐还在洗脑，明明说好是来找他玩的，结果一直耳提面命地唠叨。

家里催着季时禹找对象结婚，他们这一代就季时禹一根独苗，就跟种猪一样，是传续香火的重要人物。

扑哧。

季时禹突然的一声笑打断了桌上热闹的气氛。

堂姐不悦地扫了季时禹一眼。

"我跟你说正事儿呢，你笑屁啊？"

季时禹意识到自己的失态，轻轻咳了一声，清了清嗓子。

"你刚才说了什么？"

堂姐对于季时禹的心不在焉很是不满，也懒得和他说了，转过头问起赵一洋。

"刚才那个姑娘是你们同学啊？"

赵一洋点了点头。

堂姐有些犯嘀咕："这姑娘对我们时禹好像有点意见，昨天故意给我们指错路，让我们多走了两个多小时。"

"啊？"赵一洋对此有些不敢相信，"不能吧，池怀音是顶乖巧的姑娘。"

堂姐疑惑地皱了皱眉："那可能是我们误会了吧。"

一直坐在一旁的季时禹，人家和他说什么，他都跟听不见一样，这会儿不和他说了，他却是听得清楚。

"知人知面不知心，不懂？"

赵一洋疑惑地看了一眼季时禹："从没听你这么评价过哪个姑娘，这是发生什么了？"

季时禹清了清嗓子，半晌，淡淡地说了三个字。

"没什么。"

食堂里发生的事儿很快就通过赵一洋这个大嘴巴传到了女生宿舍，再结合以前发生的事儿，赵一洋就差添油加醋写一部小说了。

原本赵一洋和江甜一直想要撮合季时禹和池怀音，但是这么长时间，他们制造了那么多机会，真要来电，早就成了，也不至于越闹越僵。

圣诞节那天，江甜和赵一洋摆了顿和事酒，邀请了季时禹和池怀音。

森城"西洋风"正盛，一些教堂、百货公司、大饭店都有圣诞节活动，持续到 25 日晚上。他们算是最后一拨客人。

当时他们系里已经开展新课题了，平安夜大家都在实验室里加班。

第二天圣诞节，一个个都精神萎靡。

池怀音不知道自己和季时禹是这场和事酒的主角，到场的时候还处于严重缺觉的状态。

赵一洋开了几瓶啤酒，顺着圆桌分配到每个人手里。池怀音从来不喝酒，看到啤酒，忍不住皱了皱眉："我不会喝酒。"

赵一洋也不理会池怀音的拒绝，给她倒了一杯，然后又另拿了一瓶刚开的，直接递给了季时禹。

"人和人呢，是有缘分安排的。像我和甜甜，注定了要在一起，成夫妻。"说完，赵一洋龇着牙笑了笑，"但是有的吧，既然不能在一起，那也别当仇人。比如你们俩吧，是我们俩最好的朋友，我们原本特别想把你们凑一对，但是既然不成，那咱就当这事儿没发生过，到此为止了，谁也不提了，行吗？"

江甜赶紧趁机举起了酒杯："我们今天组这一局是希望当个和事佬，有什么误会都说开了好。"

"是是。"赵一洋说，"和事酒嘛，重点是酒，你一杯，我一杯，什么仇都散了。"

池怀音没睡好，脑子有些迟钝。

"我们有什么仇？"

"就你捉弄季时禹和他姐的事儿，肯定有什么误会。"赵一洋看了她一眼，压低了声音，"我原先误会你对老季有意思，没想到也是我搞错了，你多多包涵。"

池怀音没想到赵一洋在桌上这么直接地把这些话说了出来，只觉得脑子里轰一声就炸了，脸瞬间涨红。明明是冬天，这桌上的尴尬却硬是把她逼出了一层薄汗。

池怀音怕赵一洋再说下去更尴尬，赶紧举起了酒杯。

从来不喝酒的池怀音第一次接触啤酒，像喝药一样，想都不想地一口灌了下去。

那种小麦和酒精发酵出来的淡淡苦味，让她的舌头有些发麻。

"都是误会，我先干为敬！"

池怀音的豪爽让赵一洋和江甜都有些诧异。

这话还没怎么说呢，她怎么就喝上了？

大家的视线不由得都落在她对面的季时禹身上。

季时禹的表情始终漫不经心，视线淡淡地落在面前的桌上。半晌，他淡淡一笑。

"话可要说清楚。"他缓缓地抬起头来，定定地看着池怀音，"哪些事儿是误会？"

池怀音头皮越来越麻，脸上红得简直要滴出血来。

她真后悔去表白，被拒绝了已经够惨了，还被人捏了把柄，这会儿当着别人的面，也堵不住季时禹的嘴，只能认命地闭上眼睛。

只听季时禹音色低沉，不疾不徐地道："你捉弄我可不是误会。"

没想到他并没有提及表白的事儿，池怀音再睁开眼睛，视线与他在空中相交，他眸中带着几分意味深长的笑意，始终……始终让池怀音难以捉摸。

赵一洋见季时禹还在扯这事儿，赶紧又把酒给满上了。

"季时禹你是不是男人，一直为难人家姑娘有什么意思，不就多走两个小时吗，当锻炼身体不行啊？"

"就是啊。"江甜也赶紧为池怀音辩白，"我们怀音一贯不怎么认路，怎么可能是故意的？"

"以后你们就是同学关系，谁也别多想了成吗？"

"除此之外，互不干涉，也别捣乱。"

赵一洋和江甜你一言我一语的，完全不给他们插嘴的机会。

眼前这尴尬的场面让池怀音的手忍不住伸向了面前的酒瓶。

看来酒真是个好东西，在人无话可说的时候至少可以麻痹一下自己。

池怀音的手刚碰到桌上的酒瓶，对面的筷子已经不轻不重地敲在了池怀音的手背上。池怀音吃痛，本能地缩回了手。

她愤怒地看向对面的人，他却并没有回过头看向池怀音，只是专注地看着赵一洋和江甜的"双簧"。

池怀音心想，这么个快准狠的小动作，难不成是巧合？于是罪恶的小手又一次伸向酒瓶。

这一次她的手指头都还没碰到酒瓶，那双筷子又敲了过来，疼得池怀音几乎龇牙咧嘴。

赵一洋在说话，江甜在看着他，都没注意到另一边。

池怀音对面的男人的目光终于幽幽回转。

他用威吓的眼神瞪了她一眼，让她想要拿酒的手瞬间就缩了回去。

不是赵一洋请客吗？酒又不是他付钱，他这是什么意思？

那场诙谐又荒唐的和事酒终于结束了，大约是因为有赵一洋这个活宝在，倒是也没有那么煎熬。

大过节的，赵一洋倒是有心，做家教赚了点钱，给江甜买了一台爱华单放机，把江甜感动得眼眶红红。

热恋中的人，眼中是容不下别人的，和事酒结束后，他们就要去约自己的会了。

赵一洋轻咳两声，宣布道："为了证明你们已经和好了，就让老季护送怀音妹妹回学校吧。"

他完全没有给池怀音拒绝的机会。

从东门的饭店回学校要坐一个多小时的公交车，9点半已过，连最后一班车都发车了。

两人只能选择最原始的方式回学校——走路。

最初灌下去的啤酒，现在才开始发挥神威，从来没有喝过酒的池怀音只觉得脑袋有些重，脚下有些软绵绵的。

这种有些恍惚的状态，让池怀音有些陌生。

她用眼角余光偷偷看向身边的男人，粗糙、匪气，全身上下都带着几分小地方出来的莽撞，不讲道理，耍赖、流氓，毫不绅士。其实她自己也有些不理解，明明他和她的理想型差了十万八千里，为什么一颗心还会被他牵动？

想起被他拒绝的那几天，池怀音伤心得甚至不愿意把这件事写进日记。最难受的时候，她把日记本里所有出现"JSY"字眼的地方都用钢笔涂成了黑方块。

回忆起这些，池怀音忍不住有些鼻酸了。

她用力吸了吸鼻子，走在她身边的男人终于意识到她的不对劲，停下了脚步："是不是感冒了？很冷吗？"

从表白之后到现在的委屈，被他一句若无其事的问话全逼了出来，池怀音抬起头看着季时禹，第一次在他面前流露出脆弱的情绪。

"我知道，女孩子主动就是不会被珍惜。"

"什么？"

池怀音的控诉仍旧没有停止："可是我就是不想就这样算了，我想怎么也要试一试。没有努力过，怎么知道结果？"

季时禹眉头皱了皱："池怀音，你喝醉了。"

"对，我就是喝醉了。不喝醉了，我也不敢问。"酒壮怂人胆，池怀音突然拔高了嗓子，抬起那张温柔秀气的小脸蛋，恶狠狠地问道，"我就想问问你，为什么我不行呢？"

季时禹低着头看着池怀音，第一次，她勇敢地迎了上来，目光毫不闪躲。

夜风凛冽地吹过，时间过去了许久，季时禹都没有回应什么。

池怀音那双水光澄澈的眸子里最后的一点儿火苗也渐渐熄灭。

"我明白了。"她的表情难过极了，"就像赵一洋说的，以后我们就是同学，互不干涉，我也不会再捣乱了。对不起，那天我不是要故意整你，我以为那个女孩是你的女朋友，我不希望你们去招待所……"

作为一个女孩，池怀音把自己的自尊都拿出来踩在脚下。那些羞于启齿的话她一股脑儿都说了出来。

风像刀子一样刮在她湿漉漉的面颊上，她下意识地抬起手去擦，才发现自己竟然哭了。

酒精真是个可怕的东西，能把一个人变成另一个人。

也感谢酒精，能让她说出藏在心底的话。

"季时禹，"池怀音说，"我们分开走吧。"

池怀音刚要转身，就感觉到手臂被人骤然一拽。

一股大得出奇的力道将她拽了回去，还不等她反应过来，她已经被季时禹整个抱了起来。

那动作实在太恼人了。

季时禹把她悬空抱起，按在路边的电线杆上。她后背靠着电线杆，虽然不至于掉下来，可是也是非常难受且没有安全感的。

池怀音本能地扑腾了两下腿，可是力道始终敌不过他，最后只能放弃抵抗。

池怀音不足九十斤，季时禹抱她好像毫不费力一样。池怀音气得眼睛都要瞪出来了。

"你干吗？！"

"我还没说话，你要去哪儿？"

季时禹极少在人面前露出那么霸道的表情，威力十足。

池怀音受制于人，也无法反抗，只能听下去："行，那你说。"

"你知不知道，赵一洋为了撮合我们，和很多人说我们俩是一对？"季时禹用力钳制着池怀音，"以后我怕是找不到女朋友了。"

池怀音有些赌气，嘀咕："有什么了不起，我也找不到男朋友了。"

季时禹眉头蹙了蹙，眸中带着几分复杂。

"我和赵一洋打了赌，输了要穿着内裤去操场跑圈。"季时禹说，"老子输定了，你说气不气？"

季时禹突然凑近池怀音，第一次，池怀音从他一贯不把万事放在其中的瞳孔里看到了自己的影子。

两人以那么近的距离对视，季时禹精致的五官近在咫尺。他的睫毛那么长，长到似乎在勾引着池怀音去触碰。

带着酒气的温热呼吸都落在对方脸上，仿佛带着几分蛊惑。

池怀音的理智已经有些飘忽了，她直勾勾地盯着季时禹："你打赌找女朋友，我主动你都不要，我能怎么办？赵一洋要造谣也不是我指使的。"

"我们赌的不是找女朋友。"

"那是什么？"

"是第一次。"

池怀音呼吸一窒，脑中越来越混沌，眼前只有季时禹说话时张合的嘴唇。

也许就像季时禹说的那样，她就是那种狗胆不大、色胆不小的女孩。

下一刻，她一直在空中扑棱的双手突然抱住了季时禹的脖子。

"我赔给你总行了吧？"

说着，她低头吻住了季时禹的嘴唇。

两人口腔里全是酒精的味道。

第六章

喜欢你

池怀音回学校的时候整个人都是虚浮的，好像会飘一样。

头昏脑涨，断片儿一晚的记忆开始逐渐回到她的脑子里，但是想起那些乱七八糟的事儿，池怀音倒是希望不要恢复比较好。

中文真是博大精深，"第一次"可以指那么多东西，她怎么恰恰就想到最纯洁的那一种？

她躲了一上午，实在想不到什么应对之策，最后只能硬着头皮回学校。

时值中午，下课的学生多，来往的人群不过偶尔瞟到池怀音一眼，她都感到心虚，头皮发麻，呼吸急促，像做了亏心事儿一样，坐立难安。

她佝着背，低着头，以极快的速度往宿舍走，快到宿舍的时候，通往操场的小路上突然涌来大量的人流。

池怀音不知道发生了什么，她逆着人流，站在路的正中间，不断被往操场赶去的人撞到肩、踩到脚。

这场面把池怀音吓蒙了，完全不知所措。许久，她才想起拉住一个往操场跑去的同学："发生什么事儿了？怎么大家都往操场跑？"

那个同学模样年轻，声音中气十足，一脸爱国忧民新青年的悲壮。

"苏联正式解体了！操场有集会，是中国人都应该参加，尤其是我们大学生，咱们的肩膀上都是家国大任！社会主义的明天只有靠咱们了！"

"……"

操场上，学生中的领袖人物拿着小喇叭在那儿进行着慷慨激昂的发言。

池怀音艰难地挤进人群，见大家的关注点都是苏联解体，松了一口气。

她转身正要挤出去，就听见身后突然一阵骚动。

原本在操场集会的同学的注意力纷纷转移了过去，那些正高亢地唱着歌曲的同学也都停了下来。

"我的天，我看错了吗？"

"跑过来了，他向我们跑过来了！"

"妈呀，不冷吗？"

"苏联解体，这哥们儿都被刺激得不正常了！"

"……"

池怀音听到大家的讨论声，本能地回头，就从人群的缝隙里看到操场上有一个男人正顺着最外面的一条跑道跑着圈。

之所以那么多人看他，是因为他在那么冷的冬天，全身上下只穿了一条黑裤衩，那画面实在有些刺眼。

更让池怀音觉得刺眼的是，这个男人不是别人，正是她躲了一上午的季时禹。

南方沿海城市特有的咸腥海风吹得池怀音有些恍惚。

她站在人群里，就这么看着季时禹一步一步向她跑过来，好像电影里的特写镜头一样。

不知道他跑了几圈了，脸上带着薄汗，白皙的皮肤上带着几分绯红，那么多人围观，他竟然还能做到一副坦然的姿态。

学校操场上挤满了人，他跑过来，大家才勉强为他让了一条小道。原本挤在人群里的池怀音因为让道被人推挤到了最外围。

季时禹过来时，距离她不过一两米的距离。

耳边是嘈杂的议论声和嘲笑声，池怀音的视线却始终落在季时禹身上。

冬天难得的阳光落在他的肩头，温暖的金色温柔极了。他微微侧头，与池怀音视线相交。他高挺的鼻梁中间，鼻骨微微有一处凸起，在阳光下轮廓格外分明。

正当池怀音愣怔的时候，他却冷不防对她一笑，嘴角微微勾起一个浅浅的弧度，好看的眼睛微微眯着，脸上是那样温柔又戏谑的表情。

那一笑，好像春天的风拂面，让池怀音的心跳瞬间快了起来。

"社会主义万岁！"

他突然举起了右手，高喊一声，几步从池怀音身边跑过，甚至连头也没回。

群情激愤之中，他又跑进另一圈集会的人堆里，又带起一波错愕和震惊。

总之，那一天，学校里只有两件大事广为流传。

第一，苏联解体了。

第二，冶金系的研究生季时禹"裸奔"了。

回到宿舍，一个人都没有，那种安静的氛围很适合池怀音认真思考。她躺在床上，用被子蒙着头，双手按住自己剧烈起伏的胸脯。

真奇怪，池怀音觉得自己的气味有些不同以往。

回想昨夜，她仍然觉得荒唐。

她原本是准备走回学校，怎么最后改道去了那么不应该去的地方？

她的性格不适合，家教不允许，论她和季时禹的关系更是不该这么做。

可酒精是罪恶的，她甚至想不起到底是谁主动比较多，总之就是很荒唐地发生了。

那么浓烈的酒味，可偏偏脑子却清醒得很。

池怀音始终记得眼前的场景。

窗外树影摇曳，屋内没有开灯，只剩窗外透进来的月光，将屋内的气氛营造得更加暧昧。

皎洁的月光如同一层轻薄的纱，淡淡地笼罩着一切。

光影交错斑驳，错落有致，将季时禹原本就好看的五官勾勒得如梦似幻。

屋内很安静，床头的时钟规律地走动，嘀嗒、嘀嗒，清浅地回荡。

池怀音能听见自己失控的心跳，以及季时禹粗重的呼吸。

两个人稍微一动，不怎么结实的床就会跟着暧昧地一响，更是勾得人丧失理智，只是任由荷尔蒙支配行为。

时间倒流，池怀音突然想起高中的时候，他也是这样漫不经心地挑开她的衬衣纽扣。

如果当时的季时禹还只是小坏，那么如今的季时禹已经彻底坏透了。

池怀音还是和当年一样紧张，他的手却不似当年那样停下来。

一颗、两颗、三颗……

"让我看看，这是谁？"他的声音带着几分缠绵，低沉如钟，一下一下地敲进了池怀音的心里。

他以一种很温柔的力度耐心又细致地捋着池怀音的碎发。半晌，他突然低头吻了一下她的额头。

那种湿热的触觉让她全身都跟着战栗。

"原来是院长的女儿。"他的表情似笑非笑，"睡了院长的女儿会有什么后果？院长会把我开除吗？"

而她做了什么？

她勾住他的脖子，吻上了他的嘴唇，像花一样，为他绽放。

那一夜，剩下的全部回忆也许只有疼了。

池怀音想，如果注定是深渊，她选择与他共沉沦……

池怀音用被子蒙住脸，她想过，如果季时禹打赌赌赢了，会把这个结果告诉那帮臭男生，那么也许很多人会知道她池怀音喝醉了酒投怀送抱。

可是季时禹没有这么做，他以打赌输掉的方式自我惩罚。

他这又是什么意思呢？

在那个年代，女孩子没有过于离经叛道的，偶有比较开放的姑娘，都是大家议论的对象。

以池怀音的薄脸皮，她根本无法承受。

也许，他是在保护她？

季时禹穿着裤衩子跑操场的"英姿"成为很多保守女孩心中永恒的阴影。

自此，他"臭流氓"的名号算是响彻全校了。

还好他还有一年半就毕业了，不然不知道要被耻笑多少年。

回到宿舍，赵一洋仍然笑得前仰后合。

"妈呀，季时禹，你可真牛。"他眼角挂着笑出来的眼泪，"还有几天今年才结束，你怎么这么快就认输了？"

"哈哈哈哈哈哈哈！"赵一洋想想就乐得不行，"真没想到，我居然能有赢了你季时禹的时候，这感觉真的是难以言喻。"

季时禹此刻已经穿好了衣服，沉默地躺在床上，脑子里专注地想着自己的事儿，懒得理他。

赵一洋的嗓门儿大，说话还是一贯地直来直去："话说，我不是炫耀，我就是想告诉你，虽然你这次输了，但是不要放弃，找个好姑娘好好谈一场恋爱。"

季时禹皱了皱眉。

赵一洋还在聒噪地说着，嘴角带着一丝幸福的笑意："当有了自己的女人，那感觉真的很神奇。就是觉得这个世界上突然有了一样只属于我的东西，很新鲜，也很宝贝。每天都想看见她，想抱着她，想听她说话，想看她笑，哪怕她骂我也觉得满足。这辈子遇到一个这样的女人值了。"

不知道为什么，季时禹脑中突然有一个人影一闪而过。

太短暂了，他甚至没反应过来为什么会想到她。

"这种事儿对于男人和女人其实是一样的，都是一种促进，对女人来说，会让她们有归属感；对男人来说，会让他们有占有欲。尤其是第一次，那种想要独占的欲望会更为强烈。"

赵一洋发表完他的高见，以一副过来人的姿态拍了拍季时禹的肩膀。

"这些，等你成了真的男人，你就懂了。"

赵一洋话毕，许久没有等来季时禹的揶揄，还有些不习惯，再看向他，就听见他说了一个字。

"嗯。"

季时禹的一句赞同，让赵一洋错愕不已。

"我听错了吗？你这是赞同我了？"赵一洋瞪大了眼睛，"不是每次我放个屁你都要反对吗？你今天居然没有，你怎么了季时禹？是不是裸奔得精神分裂了？"

季时禹瞪了赵一洋一眼，翻了个身，再也没有理会他。

逃课半天，一夜失眠，池怀音好不容易熬到天亮，还得去实验室，一想到一会儿会看到季时禹，她就恨不得天崩地裂、地震、海啸随便来一个就好。

为了尽量避免和季时禹的接触，她甚至故意最后一个进实验室，还因为迟到被曹教授骂了一顿。

原本以为这样总能避开季时禹了，却不想曹教授批评了她以后，又带着一脸恨铁不成钢的表情说："去小实验室帮季时禹记录数据，他一个人人手不够。"

池怀音："……"

她忐忑地进入小实验室，发现季时禹不在里面，池怀音松了口气，随便找了张凳子坐。

各种电解实验装置发出平稳的嗡嗡声，让本就没睡好的池怀音有些昏昏欲睡。她刚闭上眼睛，准备养养神，耳畔就传来沉稳的脚步声。

一道高大的身影停在了她面前，像一道黑影，密密实实地挡住了她的光，她抬起头，微张着嘴唇，表情有些呆滞。

那人拿了把椅子坐到池怀音身边，双手随意地撑在桌上，姿势慵懒，也非常自然。

"你昨天下午怎么没来实验室？"

池怀音有些尴尬地看了那人一眼，讪讪地回答："有点事儿。"

"乖乖女也会逃学？"那人轻轻一笑，又加了一句，"哦，也是，乖乖女让人想不到的事情多了。"

他的表情那叫一个意味深长。

池怀音脸上瞬间爆红，她悄悄搬起自己的椅子，想往旁边挪一挪，她还是不习惯距离他那么近。

那人见池怀音这举动，嘴角露出一丝笑意。

"咳咳。"他清了清嗓子，"实验室就这么大，你要搬去哪里？"

"我没有……"池怀音本能地不承认，窘迫地低下头，"我是要去调整电流的电闸。"

季时禹挑了挑眉，双眼微眯，更显狭长。声音倒是一如既往地懒散，又带着几分嘲弄："电闸在这里。"说着，长长的手臂越过池怀音的后背，好像抱住了她一样，他随手拉掉了她身后不远的电闸。

这种骤然的凑近，让池怀音更加紧张，肩膀都收拢了一些。

正当池怀音尴尬得不知如何是好的时候，小实验室的门突然被推开。

曹教授带着一个中年男人走了进来。

池怀音抬起头看见那个中年男人，立刻像凳子上有钉子一样弹了起来。

来人是周叔叔，以前是池院长的同学，理工大的教授。

池怀音拘谨地站在墙角，生怕人家误会了，离季时禹远远的。

她越是刻意，反而越是容易被人看出端倪。

周叔叔常年和学生打交道，怎么会看不出年轻人的那些小动作？

他笑了笑，很开明地说："不用躲，我们是很开明的长辈，不反对年轻人谈恋爱。"

池怀音的脸瞬间就红了，她没想到自己的闪躲适得其反，只得解释："周叔叔，你误会了，他不是我的男朋友。"

说着，她小心翼翼地看了一眼季时禹的表情，怕他嫌她解释得不够，又补充了一句："我们只是同学，平时也不是很熟。"

许久，一直不说话的季时禹终于蹙了蹙眉。

他脸上的笑容有些僵，原本温柔的表情也冷了下去。

也不管有没有教授在，他抬起那双黑白分明的眸子直勾勾地盯着池怀音。

声音很低很低："池怀音，你确定？"

面对季时禹带着压力的眼神，池怀音咽了一口口水，反问道："难道同学都不能是了？"

季时禹冷笑了两声："是同学，没错。"

说完，他转身就出去了。

池怀音也不知道自己又说错了什么，总之周叔叔和他们聊完正事儿以后，季时禹依然板着一张脸，哪怕只是视线和她对视，都要立刻高昂着下巴，用一双鼻孔对着她。

周叔叔临走的时候拍了拍池怀音的肩膀，笑眯眯地说："小男朋友生气了，赶紧去哄一哄。"

虽然有些荒唐，但是酒醒之后，各自还有理智。抗战半年多没有结果，表白还被拒绝，池怀音还能怎么办？本来也是她主动的，总不能还强迫他给她当男朋友，他也有自己的意志。

池怀音有些不知所措，简直不知道做什么才对。

谁说男人的心思不难猜呢？

她收拾完自己的东西，从实验室出来，独自去食堂吃饭，走到半路才发现季时禹一直跟在她身后。

学校的路就那么宽，从实验室去食堂也就那么一条道。

冬天，路的两边落叶纷纷，颓败的画面看上去有几分萧瑟。

季时禹双手插在兜里，不紧不慢地跟着她的步伐，她也吃不准是巧合还是刻意。

到了食堂，她去打饭，他跟在身后；她在食堂随便找了张桌子，他也拿着餐盘坐到了她对面；她吃完饭洗了碗，准备回寝室，他还跟在她身后……

池怀音终于感觉到这种无言的压力，忍不住停下了脚步。她用手指拨了拨搪瓷碗的把手，小心翼翼地询问："你是不是对我有什么不满？"

两个人一前一后钻进了学校的小树林里，一人站在一棵树旁，都没有说话。

一般来讲，小树林都是谈恋爱的人才钻的，这会儿跟着季时禹过来，其实池怀音也有些不适应。

正午的太阳升至天空正中，晒得人有些热。

季时禹脱了厚厚的皮夹克，拿在手里，两条长腿叉开站着，仍然比池怀音高出一个头，带着十足的压迫感。

池怀音有些紧张，低着头看了一眼脚下的枯叶，绿色褪去，只剩脉络，踩上去咔嚓作响。

过了一会儿，池怀音才打破了沉默："这里没人，有什么话可以直说无妨。"

池怀音若无其事的模样惹得季时禹冷嗤了一声。

"喂，池怀音，"他皱着眉，一脸不爽，"你是不是失忆了？"

"嗯？"

"你不要告诉我，前天你醉得不记得发生了什么。"

池怀音有些尴尬，她本不愿意再去回忆那些出格的事儿，但是季时禹也是当事人，总堵不上他的嘴。她面上微热，声音小小的："记得。"

季时禹气势凌人："记得，你不准备和我交代点什么？"

池怀音茫然极了："要交代什么？"

季时禹气极了，原地来回踱步，一副誓死要收拾她又不知如何下手的表情。

他终于停下脚步，气鼓鼓地站在池怀音面前，指着她的鼻子道："发生了这种事儿，你还说我们只是同学？"他顿了顿，皱了皱眉，"池怀音，想不到你是这种人？！"

池怀音胆怯极了，想了半天，只说了一句："这种事儿我也强迫不了你啊……"

季时禹见她还敢顶嘴，冷飕飕地瞪了她一眼。

池怀音赶紧说："你放心，我不会强迫你负责，你就当没发生过也可以的。"

季时禹越听越生气，最后气得直接把手里的皮夹克向池怀音的方向抛过去。

皮夹克展开又落下，稳稳地盖在池怀音头上，将她的脑袋笼罩起来。

"嗯……"

池怀音本能地要去抓那件皮夹克，手还没抓到皮夹克的边缘，整个人已经被对面的人抱进了怀里。

这突然的变化让池怀音险些摔倒。

双手被钳制着，她动也不能动，头被迫靠在他滚烫的胸口上。

他的下巴搁在她头顶上，轻轻摩擦，然后手臂收得更紧了一些，仿佛要把她融在自己的骨血里一般。

池怀音甚至觉得，这种距离比他们发生那件事时更近了一些。

她的耳边是他心脏过快的跳动声，扑通、扑通、扑通，不知是生气，还是激动。

风冷飕飕地刮过，小树林里的落叶和光秃秃的分枝也跟着风的方向摆动，发出扫把扫在水泥地上一般的沙沙声。

许久，季时禹才开口说话。他的声音也带着几分紧张，那是她从来没有听过的一种语调。

"池怀音，你休想睡了不负责。"

他按了按她的头顶，不让她说话。

"学校分配的女朋友，我收了。"

池怀音眼前全是黑的，氧气也有些稀薄，整个人都有些迟钝。

"嗯？"

愣了几秒，池怀音终于听懂了他的意思。

这句话让她整颗心都鲜活了起来。

一丝奇妙的甜意从胸腔一路流淌至四肢百骸，她的人生好像突然绽放了七彩的颜色。

还不等池怀音回答什么，就听见耳边不耐烦的暴躁嗓音。

"臭丫头，你要是再给我装不懂，你就死定了！"

周三早上，学校要停电检修实验室。整个冶金系都不用上课也不用做实验，简直是天籁一般的好消息。

男生宿舍很平静，因为大家都在睡懒觉。

208宿舍的季时禹实在是个没什么公德心的人，大家都要睡懒觉，他居然一反常态地起了个大早，起早不是问题，他还在阳台那边乒乒乓乓地不知道搞什么，吵得整个宿舍不得安宁。

也不知道有什么好事儿让他那么高兴，居然还吹起了口哨。

赵一洋被吵醒了，他的起床气很大，直接一个枕头砸向从阳台走进宿舍的季时禹。

"搞什么？吵死了！"

被赵一洋的枕头砸了，季时禹也没有生气，他居然好心地帮赵一洋把枕头捡了起来，又放了回去。

赵一洋终于意识到事情的严重性，迷迷糊糊地从床上坐了起来。

"季时禹，今天不上课，你起这么早干吗？"说着，他揉了揉眼睛，再看了一眼季时禹，瞬间炸毛，"你身上穿的该不是我新买的夹克吧？"

季时禹不以为意，对着镜子捋了捋自己的头发："这件比较好看，借我穿一下。"

赵一洋不乐意了，立刻控诉起来："这是老子买来约会穿的！"

老子也是去约会的。

季时禹没有把这句话说出来，只是低着头换鞋。

"学期末了，我去图书馆。研究生最后一年了，天天睡懒觉像什么话？"

赵一洋被季时禹的话震到了："你说什么胡话呢？老子和你同学两三年，就没见过你去图书馆学习，看什么书都过目不忘，还需要去图书馆？"

季时禹仰了仰下巴："你管老子。"

看着季时禹离开的背影，赵一洋忍不住摇了摇头。

自从裸奔过以后，他就有点精神分裂了，去个图书馆而已，需要穿那么招摇吗？

池怀音其实有些不习惯做什么事情都多一个人在身边。

尤其是此刻，季时禹这么大大咧咧地坐在她对面，她都有点无法专心了。

不知道是不是裸奔之后季时禹的名气大了，自打他坐下来，周围嗡嗡嗡的议论声就不绝于耳。

池怀音是想专心看书的，但她一低下头去看书，季时禹的大手就伸过来捣乱，他五指伸开，盖在她的书上，把书上的内容盖个严严实实的。她无奈，挪开他的手，他又伸回来……

一个早上，这情形不知道重复了多少次，导致她的效率极其低下，根本没看几页。被她瞪了几眼之后，他倒是老实了，不阻止她看书了，又去玩她的铅笔盒，一脸不爽的表情。

池怀音终于被他打扰得没法再看下去，她抬起头看向他，有些无奈地说："马上要期末了，你也看看书吧，一直看着我做什么？"

季时禹右手手肘撑在桌上，一双黑白分明的眼睛直勾勾地盯着池怀音，说话的声音低沉而流转。

"你以前很喜欢看我，不让你看你还偷偷看，现在你只喜欢看书了。"还不等池怀音反驳，他就轻叹了一口气，继续说道，"是不是女人都是这样？只要得到了，就不会珍惜？"

他那副臭无赖的表情让池怀音实在哭笑不得。他说的那些话，完全是性别调换了，也就只有他能这么坦然地胡说八道了。

"季时禹，"她略带几分严肃，"别闹了，这里是图书馆。"

"书有什么好看的？"季时禹不以为意，"去看电影？"见池怀音还盯着他，他立刻笑眯眯地补了一句，"放心，是一般的电影，不分级的那种。"

池怀音想想也是无法学习了，两人收拾收拾就去戏院了。

也没上什么好电影，以前的几部经典重放，他们倒也看得津津有味。

他们从戏院出来，天已经黑了。

夜色之下，看城市里众生百态：晚归的行人匆匆而行；饭后散步者悠然自得；路边小贩一脸喜色地收摊；亮灯的餐馆送走最后一批客人，开始洗洗刷刷。

两人一路从戏院走回学校，明明也没聊什么，池怀音就是觉得胸口好像进了风，鼓得满满的。

其实池怀音有时候也有些做梦一般的感觉，事情的变化远远超出了她的想象，如今想来，她仍然觉得有些不可思议。

那天的那顿和事酒原本是用来终结他们这段纠结无果的关系，怎么最后的结果却是南辕北辙？

想来这世上的缘分就是奇妙的，不到真的发生的那一刻，谁也不知道最后是什么样子。

回学校的路并不远，可两个人走在一起，却好像没有尽头似的。

夜空之下，只剩昏暗的路灯，那种暗淡的光影将这条路装点得更为暧昧。

路两旁的树安静地矗立，随着他们的脚步一棵棵后退。

池怀音一贯害羞，并不宽的一条马路，她走在最左边，而季时禹走在右边，两人隔着三个人的距离并排走着，明明不是故意，脚步却出奇地一致。

季时禹对于这种奇怪的走法很是不满，其间他抓了她好几次，都没能把她抓到身边，到最后也有点生气了。

他静静地停住，幽幽地对池怀音勾了勾手指。

"过来。"

池怀音上下左右打量了一番，见没有认识的人，才很勉强地踱到季时禹身边。

季时禹一把抓住池怀音的肩膀，将她强行拽到自己怀里。

"我很丢人吗？"季时禹紧皱着眉头质问她，"你要离我这么远？"

池怀音脸上有些红，不习惯和季时禹这么靠近。

季时禹低着头看着她，眸色渐深。

"抬头，挺胸，看着我。"

他中气十足地指挥，池怀音本能地照做。

她刚抬起头，他突然低头吻上了她的嘴唇，缠绵用力，津液交缠，那种霸道的男性气息将她的理智和顾虑通通冲散了。

嘴唇上柔软的触觉让她目眩神迷，脚下虚软，仿佛只有靠着季时禹才能获得支撑。

一吻过后，他才终于放开手，视线始终落在她脸上。她安静地看着他，难得如此乖巧，蒙蒙的，也不会害羞了。

季时禹霸道地看着她，一字一顿地说："以后你再害羞我就亲你，直到你不害羞为止。"

"别胡闹了。"

理智逐渐恢复，池怀音面上开始发烫，她推了他一把，想要挣脱他的钳制，却被他搂得更紧。

"还有，你准备过多久告诉赵一洋和江甜？"季时禹皱了皱眉，"男未婚女未嫁，为什么要搞得像地下情一样？"

池怀音忸怩极了："让我想想先。"

她想到江甜那个聒噪的到时候不知道得怎么审问她，唉，想想就很头疼。

两人亲昵地搂靠在一起，在月光下漫步，好不浪漫，完全是热恋期才有的模样。

他们还没走出两步，池怀音的背后就传来一阵急促的脚步声，掩盖在风吹过树木的沙沙声里，很容易让人忽视。

"池——怀——音——"

冷静中透着愤怒、愤怒中透着震惊的一声召唤，让池怀音和季时禹同时回过头去。

"爸爸？"

"池院长？"

池院长毕竟是德高望重的学者，即便很生气，也没有当着季时禹的面表现出有失风度的样子，只是板着一张脸，严肃地把池怀音带回了家。

一路上池院长一句话都没有讲，这让池怀音更加忐忑了。

池怀音长这么大，这是池院长第一次惩罚她，把她锁在了屋子里。

从小到大，池院长从来都只给池怀音最好的，什么新奇给她买什么，去哪里都给她带礼物，手把手教她学习，一路将她培养成所有邻居口中的"别人家的孩子"，对他来说，这段婚姻给他唯一的安慰就是这个听话、优秀的女儿。

池怀音是他人生的骄傲。这么多年，他连重话都舍不得说她一句，这次能做出把她锁在房里的决定，可见他气成什么样了。

池怀音家里隔音效果一般，是按教授级别分的三房一厅老格局，老式木门，门外是父母激烈的吵架声，她越听越心慌。

"老周跟我说我们家姑娘谈恋爱了，是他们同班的学生，男孩子不错，年轻有为的小伙子。我想怀音也不小了，谈个恋爱也可以。"池教授气极了，说话的声音都带着难以自控的激动，"结果是和一个小痞子谈恋爱！我怎么和她说的，离小痞子远一点儿！她听了吗？"

池母听说女儿谈恋爱了，虽然也有些震惊，但是她想法开明，只要两个孩子真心相爱，也没什么可反对的："不是说是音音的同学吗？都是研究生，哪有差的？"

"他前天还在学校里裸奔，老师报到我这里来了，你说有多胡闹？丢不丢人？这姑娘就是家里保护得太好了，完全鬼迷心窍了！"

池母习惯了和池父作对，顿了顿，说："那倒也是真性情，说奔就奔也需要勇气。"

"你……"

池怀音有些心焦，家里本来就气氛不好，如今因为她的事儿父母吵成这样，她更是内疚不已。

她正六神无主，不知道该怎么办的时候，突然听见窗外传来咚咚的敲打声。

她还以为是幻觉，毕竟她家住三楼，怎么可能有人能敲窗户？

咚、咚、咚。

又是一阵敲打，池怀音终于确定是窗外传来的，心里咯噔一跳。

她壮着胆子走到窗户边上，犹豫许久，拉开了窗帘。

隔着有些雾蒙蒙的玻璃，窗外骤然出现的人让池怀音吓了一跳，险些叫出声来。

季时禹一只手扒住窗沿，一只手指了指窗户，示意池怀音开窗。

池怀音犹豫半晌，打开了一边的窗户，他顺着爬到打开的窗户前面，双手死死地扣住窗沿。

"你怎么上来的？"

季时禹满不在乎地笑笑："显而易见，爬上来的。"

池怀音本能地抓住季时禹的手，怕他掉下去。

季时禹的手大而有力，池怀音的手柔若无骨，覆在他的手上，软绵绵的，又带着几分温暖。季时禹只觉得身体都跟着酥酥的，若不是情况不允许，他真想把人抱到怀里去。

再看看姑娘一脸担心地看着自己，他更觉心猿意马。

原来谈恋爱是这种感觉，怪不得赵一洋每天回宿舍都跟修了仙一样。

"池院长很生气？"季时禹问。

池怀音苦笑："你说呢？都把我关屋里了。"

"池院长不喜欢我？"季时禹有些不解，"为什么？我不优秀？他还亲手给我发过学术奖金，他不记得了？"

"你还好意思说，那惊世骇俗的场面，他怎么可能忘得掉？"

两人正说着话，就听见门口传来开锁的声音。

池怀音吓坏了，赶紧对季时禹做了个"嘘"的动作，然后快速拉上了窗帘。

她刚一转身，池母已经推开门走了进来。

"你站在窗前做什么？"池母看了池怀音一眼，立刻紧张了起来，"你该不会是想跳楼吧？姑娘，别冲动啊，不就谈个恋爱，小事情啊！"

说着，她就要走到窗边来。

池怀音赶紧往屋内走："没有没有，我就是无聊，看看风景。"

听池怀音这么说，池母才放下心来，在池怀音的床沿坐下。

池母背对窗户，一脸语重心长地看着池怀音，温柔地握着池怀音的手。

"你不要怪你爸，他是爱之深、责之切。"池母轻叹了一口气，哪里还有平时的泼辣模样，"他一贯比较顽固，认准的事情，总是很难改变想法。"

池怀音有些心神不宁，既担心季时禹掉下去，又担心池母发现。

池母还在碎碎念："那个男孩子是哪里人？听说是你同学？我相信我姑娘的眼光，选的人肯定不会差。什么时候带回来给妈妈看看？"

池怀音下意识地瞟了一眼窗外，心想：这会儿就能带进来，就是怕你害怕。

"这几天你就在家里休息休息，你爸说要给你请几天假。"池母对此有些无语，"小孩子谈个恋爱，他闹得跟什么一样。"

交代完一切，池母顺手将池怀音的被子展开，铺好，手脚麻利。

"今天早点睡，不要想太多，只要你喜欢那个孩子，那个孩子也喜欢你，妈一定给你撑腰。"

池母离开了池怀音的房间，又顺手把门给锁上了。

池怀音听了一会儿声音，确定他们都回房了，才终于松了一口气。

她赶紧两步走到窗边，果然季时禹还在。

这个男人永远是这副离经叛道、天不怕地不怕的样子，他没有直接爬进来和池父池母对峙，已经要感恩他还有所顾忌了。

"我爸妈都睡了，你赶紧走吧。"池怀音说着就要关窗，被季时禹拦住。

"池院长要关你？"

池怀音压低了声音："等过阵子他会想通的。"

季时禹不置可否，好看的眉头微微皱起。

池怀音有些不放心，又嘱咐了一句："你千万别去找我爸胡说八道，他这人其实脾气挺拧的。"

"噢。"

两人互看了一眼，都没有再说话。

树影斑驳，家属院里已经没有人了，昏黄的路灯让外面的一切风景都变得朦胧。夜里的凉风凛冽，刮得窗户也跟着摇动，发出咔嗒咔嗒的声音。

池怀音担心季时禹这么一直挂着不太安全，开口赶他："你赶紧回学校吧，爬这么高，看着就害怕。"

季时禹笑了笑，表情带着几分不正经。

"就这么赶我走了？不表示点什么？"

"嗯？"

季时禹松了一只手，指了指自己的脸颊。

池怀音瞬间领悟他的意思，知道以他的性格，不满足他肯定不会走，只能小鸡啄米一样飞快地亲了一下。

季时禹终于挪开，池怀音赶紧把窗户关上了。

几分钟过后，季时禹还在窗外，隔着紧闭的窗户，池怀音又对他做了个"走"的动作。

季时禹嘴角勾起一丝淡淡的笑意，看向池怀音的表情又痞又温柔。

他低着头，在灰蒙蒙的外窗的角落，一笔一画地写着字。

隔着有些脏的外窗，他的轮廓像旧世纪的照片，朦胧而美好。

池怀音顺着他的动作看着灰尘堆积的窗户角落，几个字母顺着他的比画渐渐形成。

——JSY CHY 12 27。

看着粗枝大叶、小流氓一样的男生，对于仪式感倒是比谁都看重。

这是池怀音第一次谈恋爱，也是他的第一次。

也不知道为什么，她竟然有几分想哭。

有那么一刻，池怀音想，不论是什么原因，至少命运安排她和季时禹走到一起了。

谁说这不是缘分呢？

她再也不想和他计较什么过去，往事不可追忆，她只想把握未来。

季时禹很晚才回宿舍，他走到宿舍楼下才发现赵一洋的衣服被钩破了一个洞，估计是爬外墙的时候被什么东西钩到了。

本来都走到宿舍了，季时禹又转了方向，他找了好久才找到一个晚关门的杂货铺，给赵一洋买了一包烟。

赵一洋新买的夹克，还没在江甜面前显摆，就被钩破了一个洞。江甜是海城姑娘，对时装这些都极为敏感，穿个破衣裳在她面前晃，还不得被她嫌弃死？

赵一洋真是越想越心痛，这夹克可不便宜。他点了一根烟，表情还是很不爽："等你买新衣服了老子要先穿。"

季时禹笑了："好。"

赵一洋打开烟盒，将盒口对着季时禹，习惯性地询问："来一根？"

季时禹摆了摆手，见赵一洋开始抽烟，又往后退了一步。

赵一洋的脸抽了抽："你离那么远干吗？老子有狐臭啊？"

"狐臭也是有，"季时禹说，"烟味更大。"

赵一洋不屑地嗤了一声，忍不住揶揄："平时抽少了？还嫌烟有味？"

"不一样。"季时禹说这话的表情极为温柔，声音淡淡的，"她不喜欢。"

"她？"赵一洋就是再糙也听得出季时禹的语气不对，"男他女她还是动物它？"

"去你的。"季时禹一脚踹过去，被赵一洋躲了过去。

"谁啊？"赵一洋震惊极了，赶紧把烟掐灭了，"你这是和谁搞上了？"

季时禹神色自若，双手插兜，眼神带着几分跩："哥们儿谈恋爱了。"

赵一洋一脸的难以置信，差点把自己的舌头吞了："和谁啊？"

季时禹嘴角微微勾起，嘴唇动了动。

"池怀音。"

赵一洋想了很多可能，当他听到"池怀音"这个名字的时候，还以为自己听错了："怎么……不是前几天那顿和事酒之后就结束了吗？"

"噢，重新开始了。"

"……"这个消息让赵一洋有些难以消化。

毕竟池怀音是江甜的室友兼闺密，赵一洋也有些担心，万一真的闹出什么不好的事儿来，几个人的关系就算是毁了，想到这个可能，他的表情瞬间正经了很多。

"哎，你对池怀音到底是什么感觉啊？你是真的喜欢她了，还是受了钟笙的打击随便找个姑娘？"

听到赵一洋这么问，季时禹忍不住皱了皱眉："我没那么无聊。"

赵一洋想了想，纠结许久，还是说道："这半年来，哥们儿从来没有问过你有关钟笙的事儿，但是如今你谈恋爱了，又是和池怀音，哥们儿觉得有责任问一问。"他顿了顿，几乎一字一顿地问，"你确定你已经放下钟笙了吗？"

走廊里有穿堂风，比室外更冷，吹得人手脚发凉。

季时禹觉得自己此刻似乎比任何时候都要清醒。

"也许因为早有预料，她结婚的时候我并没有觉得很痛苦，反而感到解脱。"季时禹的视线落向远处，低沉的嗓音在走廊里回荡，"照顾钟笙已经成了一种习惯，从小到大，我没有见过比她过得更凄惨的女孩，缺吃短穿，还比谁都骄傲。我有时候也会误会自己是能解救她的英雄，后来发现自己想得太多了。"

"如果当初钟笙选择了你，你是不是就和她在一起了？"

"没有如果，她选择嫁给别人，在我这里就绝无可能了。"

季时禹说这话的表情带着他一贯的果断。

对于这一点，赵一洋倒是很相信。

季时禹虽然看着对什么事儿都不怎么放在心上，但是实际上原则性很强，性格之刚，熟悉他的人都知道。只要是兄弟，两肋插刀在所不辞，要是背叛他的，绝不原谅，下跪也不管用。

他对朋友兄弟尚且如此，对女人肯定更甚。

听他这么说，赵一洋也就放下心来了，又想到另一件事儿。

"但是我还是想不通啊，你怎么就突然喜欢上了池怀音呢？你怎么突然就和她好上了？完全没有预兆，解释不通啊！"

对于赵一洋的这个问题，其实季时禹自己也没法解释。

有时候命运的安排就是这么奇妙。

他当初第一反应是拒绝她，事后想想，要不是她还不放弃，岂不是就错过了？

想到这个可能，他竟然有几分后怕。

谁能想到一个乖乖女，看着胆小怕事儿，对感情的事儿却能执着成那样？

与其说他泡了院长的女儿，倒不如说他是被院长的女儿泡了。

想到这里，季时禹拍了拍赵一洋的肩膀，一脸过来人的深沉。

"小伙子，如果什么事情都可以解释得通，"他嘴唇动了动，认真地说道，"我就不是季时禹，而是爱因斯坦了。"

学期末，院里要统一处理最近两个月违纪的学生，别的学生都很好处理，就是季时禹裸奔这事儿闻所未闻、前所未有，老师们都觉得有点不好处理。

毕竟也没有哪个学校会在校规上写不能裸奔，那也太奇怪了。

而且说他耍流氓，他也穿了裤衩；说他没违反规定，他又确实在耍流氓。

季时禹到底算不算违反校纪？老师们都犯了难，把这个特殊情况报了上去，最后是院长亲自把季时禹的名字给加上了。

这次学期末的违纪劳动是刷化粪池。学校那一片要重修，原来的化粪池暂时废弃了，需要洗刷干净，不然沼气太重怕造成危险。

听说季时禹被院长钦点去刷化粪池，赵一洋和陆浔都惊到了。

季时禹人还没去，赵一洋已经捏上了鼻子："佩服你，有胆量泡院长的女儿！"

陆浔一贯不说话的，这时也有些忍不住："我的个妈，这岳父大人是真的有点可怕，我听着都想吐了，哕……"

可季时禹听说是院长亲自加了他的名字，一点儿也没有生气，反而摩拳擦掌，淡定地接招。

那个年代没有网络，若是有，那么对于"在学校受过最重的违纪处罚"这个问题，一定会有十几个森大学生要去回复——"刷化粪池"。

虽然化粪池里已经抽干了，但仍然有很多污秽之物残留。哪怕是冬天，那股子可怕的味道还是让人天旋地转，无法靠近。

虽然学校也给发了胶衣胶鞋、口罩脸罩，但那气味还是无孔不入，一同被惩罚的好几个学生都吐了。大家都是知识分子，再调皮，也是一路读书考上一流大学的天之骄子，体力活都不熟悉，更别说刷化粪池了。

和别人的可怕反应相比，季时禹倒是淡定多了，他一边拿着水管冲水，一边用力地拿长刷子刷洗。那认真干活的样子倒是把躲得远远的老师都感动了。

化粪池刷得差不多了，学院里的领导过来检查，池院长居然也不嫌臭，跟着一起过来了，把学院里的几个年轻老师都整得诚惶诚恐的。

那群违纪的学生在刷洗完化粪池以后，都呈现出快晕过去的姿态，一个个歪七扭八，蔫蔫儿地站成一排。

池院长皱着眉一顿说教，大家纷纷表示永生永世再也不敢违纪了。

学院里其余的领导都不敢靠那帮学生太近，实在太臭了，那味道令人作呕。可池院长却走近了那帮学生。

他从左至右，一个个批评、叮嘱。

走到最右边，他停在个头最高的季时禹面前。季时禹已经摘掉了头罩和口罩，他劳动了半天，虽然满头大汗，看着倒还是白白净净，脸色绯红，和那帮面色惨白的学生不一样。

池院长一脸严肃地瞪了季时禹一眼。

"你知道你的问题在哪里吗？！"

季时禹挺直了背脊，面上倒是喜滋滋的，也不知道有什么值得高兴的。

"那要看什么事儿。"季时禹一语双关,"若是情之所至,那就无法控制了。"

池院长气得嘴角抽了抽,要不是季时禹身上脏,真想敲他一顿。

"在学校里耍流氓裸奔,还情之所至?"池院长不接招,继续批评着,"一点儿知识分子的样子都没有。"

季时禹笑着,一点儿也不恼:"您批评得是,我努力改进。"

"笑什么笑?!"池院长一脸嫌弃地看着季时禹。半晌,几乎从牙缝儿里咬出来四个字,"糟心死了。"

说完,他气呼呼地拂袖而去。

在家里被关了好几天,池怀音觉得自己反应都变迟钝了。

晚上池父回家,一脸严肃。一家人坐下吃饭,气氛很不对劲,要不是池母在中间调和,感觉池父好像随时都要掀桌子的样子。

饭后,池怀音本来要回房,却被池父叫进了书房。

父女俩隔着书房那张条桌,池父坐着,池怀音站着,书房里的气氛有些紧绷。

许久,池父疲惫地揉了揉太阳穴,声音倒是平静:"马上研三了,毕业后有什么打算?"

"嗯?"池怀音还以为自己听错了,反应了一会儿才回答,"分配去哪里,就是哪里吧。"

池父一脸恨铁不成钢的表情,皱着眉头盯着她。半晌,又问她:"去不去日本?现在全世界电池行业发展最好的就是日本了,你的专业去那边合适,学校有委培名额。"

池父的话音还没落地,池怀音已经义正词严地拒绝了:"我觉得国内挺好的,我不去日本。"

池父被池怀音的果断拒绝气到了,他知道池怀音是为了那个小痞子,他气呼呼地一拍桌子:"要送肯定一起送,不会让你一个人去!"

池怀音原本以为这是池父拆散他们的手段，没想到他是打定了这样的主意，一时也有些内疚，她可真是小人之心了。

但是季时禹这个人，谁能替他拿主意？也不知道他毕业后是什么打算，她也不敢贸然答应。想了想，池怀音谨慎地回答道："我考虑考虑。"

第二天，池怀音的"反省"生活终于结束，池父给她解禁了。她重回学校，连那带着海风味道的空气都格外好闻。

她一连几天不来上学，室友们都着急死了，唯有江甜气鼓鼓的，等着别人问完了话才把池怀音拉到天台"审问"。

通过赵一洋，她已经知道了池怀音和季时禹的事儿，但是作为室友兼闺密，她不能接受最后一个知道这个消息，恨不得绝交才能解心头之恨。

靠着池怀音赔笑脸、道歉、哄人，江甜才原谅了她。

池怀音几天没有去实验室上课，池院长给她请的病假，曹教授以为她是真生病了，对她好一顿关心，还嘱咐季时禹多照顾她。

一个上午熬过去，他们终于从众人的眼皮底下获得了自由，钻到了个没人的小树林里说话。

季时禹的反应倒是直接，他根本不等池怀音说话，就直接把人抱在怀里，抱得池怀音都快喘不过气了。

季时禹自己都有些震惊，不过几天没见，思念就像野草一般疯长。

他原本有很多话想要和她说，看到她的那一刻，却一句话都说不出来了，只想紧紧地抱着她。她个子不高，一米六出头，在季时禹怀中缩成小小一团，又香又软，让他不愿放开。

好像故事里说的那样，夏娃是亚当的肋骨造成的人，只有把她抱在怀里，他才能完整。

从十几岁到二十几岁，他一直以为喜欢一个姑娘是像喜欢钟笙那样，见不得她过得不好，看到她穷困、狼狈，就想帮助她、保护她；以为喜欢一个人一定要有一个理由，是一见钟情，是命中注定……

他却从来没有想过，原来喜欢一个人是这样润物细无声的，一天比一天加深。

他认识池怀音的时间不比认识钟笙晚多少，从前，他从来没有关注过这个话不多的文静乖乖女，潜意识里，他总觉得池怀音和他不是一路的。

可是当她大胆地闯进他的世界时，他才有种豁然开朗的感觉，原来这世上还有这么特别的开始恋爱的方式。

他并不是一个善于表达情绪的人，对不喜欢的人，多肉麻的话都能当笑话一样说，可是面对真的喜欢的姑娘，他却觉得那些话好像说不出口似的。

大多数时候，他表现得火急火燎，像个急色鬼，但是他发誓，他面对池怀音的时候心中没有什么邪念，他只是想抱着她，想听她说话，想看她笑，连她脸红的样子都无比顺眼。

就像赵一洋当初说的，一个在这世上了无牵挂的人突然有了一样只属于他的东西，那感觉实在太好了。

池怀音被他抱得喘不过气，忍不住拿拳头捶了他胸口两下。

"放开，我快喘不过气了。"

听了池怀音的话，季时禹才后知后觉地松开了一些，他圈着她的后背，把她控制在手臂范围内。

池怀音抬起头，还没开口说话，季时禹已经低头亲了过来。

唇齿相碰，分外缠绵，原本要说的话也随着这深情的湿吻抛之于脑后，她只是抓着他的后背，依靠着他渡给她的空气过活。

许久，热恋中的人互诉衷肠之后，池怀音才终于想起正事儿，她心疼地摩挲着季时禹的脸颊，关切地问他："听说我爸罚你去刷化粪池了？"

季时禹对此倒是满不在乎："只要岳父大人高兴，要我上刀山、下油锅也行。"

季时禹低头亲了亲池怀音的额头、鼻尖,声音低低的:"这几天我才领悟了一句老话。"

"什么?"

季时禹叹息着回答:"一日不见,如隔三秋。"

时间飞逝,转眼进入研三。

一年多过去,两人仍然如胶似漆,池院长也没有再反对什么了,再怎么不满意,女儿喜欢,做父亲的又能有什么办法?他侧面打听了一下季时禹,听说他能力不错,也就作罢了。

1992年的"森城狂热年"过去,1993年1月到来,这学期又要结束了。

季时禹的父母希望季时禹把池怀音带回去看看,季时禹的奶奶身体越来越不行了,很想见见孙媳妇。

之前季时禹提出这个要求,池院长都不肯放池怀音去,如今松了口,想必也是认可他们的关系了。

季时禹提前一天就去排队买火车票了。那时火车是去往全国各地的主要交通工具,很多时候一票难求,尤其是春运票,只有靠彻夜排队才能买到。

池怀音舍不得季时禹一个人去,本来也要跟着,但是大冬天的,池怀音又瘦弱,季时禹怕她生病,不准她跟着,一个人偷偷先走了。

排了一夜,终于抢到了两张回宜城的车票,季时禹身心俱疲地回到宿舍,门一推开,赵一洋就把一个装得满满的搪瓷碗放在季时禹面前,磕得哐哐直响。

季时禹一夜没睡,眼底青黑,瘫坐在椅子上,低头看了一眼眼前的饭菜,随口说了一句:"赵一洋,你变孝顺了啊!"

赵一洋嫉妒地瞪了季时禹一眼:"池怀音说你回来前肯定没吃饭,怕你肚子饿,给你送了这么大一份。"

说着，赵一洋忍不住感慨："季时禹啊季时禹，你何德何能，能找到这么好的女人？"

季时禹得知面前的饭菜是池怀音送过来的，心头一暖，赶紧起身，准备去洗个手吃饭。

他刚站起来，宿舍的门就被敲响了，一个男生说楼下有个姑娘找季时禹，季时禹以为是池怀音来了，屁颠屁颠就跑下楼去了。

他到了楼下，才发现等着他的不是池怀音，而是钟笙。

许久不见，他再见到钟笙，看她的样貌没什么变化，只是眼神看着沧桑了很多，虽然还是一样清秀又美丽，却又觉得好像哪里都不一样了。

季时禹其实也有些想不到，有一天他们两个人可以这么平静地坐在一起说话。

还是当年那家饺子馆，只是两个人都有了新的生活。

他曾经以为的那种牵绊很彻底地断掉了。

钟笙记忆力极好，还是按照当年季时禹的喜好，点了一份三鲜饺子。白白胖胖的饺子上桌，还冒着热气，氤氲在两人中间升起，再看彼此，轮廓都有些模糊了。

一直没有说话的钟笙终于开口问道："你现在过得好吗？"

季时禹一动不动，也没有拿筷子，淡淡地点了点头："挺好。"

钟笙的表情有些复杂，漂亮的嘴唇轻启，她以一种怀念的口吻说着往昔。

"我记得我以前在宜城歌舞团的时候，你总是带些水果、糖果来看我，那时候我在练功拉琴，你就坐在角落里听。

"我来森城的时候你去火车站接我，当时你还挺震惊，因为我只有那么点行李。

"我过生日的时候你送了我一条裙子，你说没见过一个女孩一条裙子穿七八年。

"……"

　　季时禹不懂钟笙突然到访的用意，眼睛只是盯着面前的那一盘饺子，热气渐渐散去，原本湿润的面皮也渐渐开始有回生的迹象。

　　他突然想到池怀音送来的那一缸饭菜，想来她买的时候也没具体考虑他想吃什么，就像喂猪一样，觉得他人高马大吃得多，每样都来点儿，米饭打了快半斤。

　　想着这些，季时禹又低头看了一眼手腕上的手表。

　　这块表是他生日的时候，池怀音用存了半年的钱买来送给他的。

　　他听江甜说，那半年池怀音连一个新本子都没给自己买过。

　　他再抬头看一眼钟笙，结婚后她的吃穿用度看起来都和以前不一样了，明明她在说着和他的一些过往，他却觉得她的眼角眉梢尽是陌生。

　　季时禹突然发现，原来女人和女人也是不一样的。

　　季时禹的心不在焉落在钟笙眼里，她戛然而止，没有再说下去。

　　见他一直在看时间，钟笙有些失望。

　　"你一直在看时间，是有什么急事儿吗？"

　　季时禹终于抬起头看向钟笙，眼神坚定。

　　"我女朋友给我送了饭菜，我得先回去了。"

　　钟笙眼神复杂地看着季时禹，流转的眸中流露出以前季时禹无法抵挡的示弱。

　　"你女朋友送的饭菜这么久也凉了吧，这饺子还热着，吃了再回去吧。"

　　季时禹笑了笑，用很认真的表情说道："我喜欢吃凉的。"

第七章
天真的创伤

　　季时禹执意要走，钟笙也不能强留，付过钱以后，她一路小跑地跟着季时禹走到店外。

　　季时禹身材颀长，腿长步大，钟笙本能地想要去拉他，手刚触到他的手臂，他就本能地把人甩开了。

　　也许是他太敏感，当下就觉得应该和钟笙保持距离，用的力道太大，也没想到会打到人，季时禹明显听到自己夹克的金属袖扣打到钟笙手上，吧嗒一声，钟笙立刻疼得直抽凉气。

　　季时禹回过头，钟笙正握着自己的手腕，手肘弯曲，大衣的袖口向下滑了几寸，白皙的手腕上一片青紫。

　　季时禹有些错愕："我的袖子打到的？"

　　钟笙立刻紧张地将大衣的袖子往下撸，遮盖住了细瘦的手腕。

　　"我没事，是前几天蹭到的。"说着，她故作大方地对季时禹挥了挥手，"你走吧，我没事。"

季时禹看了钟笙一眼，也没有多想，转身就回宿舍了，心心念念只想回去吃碗冷饭。这么想想，他也是被自己"贱"到了。

季时禹回宿舍时，赵一洋正收拾一通，准备出门约会。他见季时禹这么快就回来了，调笑了一句："没和池姑娘缠绵一下？这么快就回了？"

季时禹坐回桌前，重新拿起筷子，想了想，回答："钟笙来找我，说了一堆以前的事儿。"

"啊！"说起钟笙的名字，赵一洋一阵厌恶，立刻指着季时禹的鼻子道，"季时禹，你可得给我把持住了，千万不要做出那种脚踏两只船的事儿。"

季时禹嫌弃地瞪了赵一洋一眼："你当我什么人啊？！"

他想想季时禹和池怀音在一起的这一年多，小两口蜜里调油一样，应该也是没什么可乘之机给钟笙了。

"钟笙这个女人也是莫名其妙得很，都结婚了还回来找你干吗？居心不良吧？"

季时禹低头吃饭，表情也没什么波澜。

"也许是和她爱人吵架了吧。"

真奇怪，再见钟笙，他居然一点儿纠结的感觉也没有，看她的状态，不像婚姻幸福的样子，但是他也没什么感觉，只觉得这都和他季时禹无关了。

"想想你也是可悲，人没结婚，当你是钱包；人结婚了，还要找你当垃圾桶。唉。"

对于钟笙，季时禹已经不愿多评价，毕竟也曾是一段青春回忆，过去便过去了。他抬起头看向赵一洋，难得诚恳地问道："这事儿要告诉怀音吗？我感觉钟笙来找我应该和她说一下，就是不知道怎么说，怕她误会。"

赵一洋瞪大了眼睛看着他："你是不是傻啊？哪有不吃醋的女人，回头给你生几天气，哄都哄不好，有你后悔的。也没发生什么，干吗给自己惹事儿？"

　　"可是……"

　　"可是什么？听兄弟的，没错。"

　　池怀音抱着脸盆去水房洗衣服，一起的江甜看到池怀音满满的一脸盆衣服，忍不住教训她。

　　"哪有你这样的，都没结婚呢，老是给他洗衣服？他没长手啊？"

　　听江甜这么说季时禹，池怀音赶紧解释："没有没有，昨天我冷，他脱给我穿的，我看有点脏，就一起洗了。"

　　江甜看池怀音那痴心又单纯的模样，有些于心不忍，思考了很久，她才艰难地说道："我有件事儿和你说，你先别难过。"

　　池怀音专注地搓着季时禹外套的袖口，衣料有些硬，也不知道他蹭哪里了，搓了半天没搓干净。

　　"嗯？"

　　江甜欲言又止，半晌，说道："素芬昨晚和我说她在学校外面碰到季时禹了。"

　　素芬是池怀音同宿舍的，也是江甜的同学，平时很少在宿舍，大部分时间在学习。

　　池怀音手上的动作顿了顿。

　　"发生什么事儿了？"

　　"钟笙昨天回学校找季时禹了。"江甜说起钟笙就不爽，语气都有些瞧不上的意思，"真的不懂那个女人怎么这么不要脸，都结婚了还要回来找别人的男朋友。"

　　江甜的猜测和讽刺池怀音已经听不进去了，手上的衣服也缓缓地掉进了脸盆。

　　那一刻，池怀音只觉得身体里最重要的一股精气神都被抽走了，原本还带着笑容的脸颊上瞬间有了一种又僵又酸的感觉。身上热腾腾，又似乎冷冰冰，那感觉实在煎熬，她甚至有些无法招架。

　　这一年多，也许是过得太幸福了，池怀音甚至有些忘记钟笙这个名字了，想想钟笙和季时禹那几年她不知道的过往，那股被遗忘的、熟悉的不自信又死灰复燃了。

　　江甜在一旁像一只鸟一样，叽叽喳喳个不停。

　　"音音，你要强势一点儿，不要总是这么柔柔弱弱，你要去问季时禹到底怎么回事儿，钟笙又死回来干吗？！找他有什么事儿？！"

　　"喂，池怀音，你到底有没有听我说话？"

　　背着江甜的谆谆教诲和支的着儿，带着对钟笙回来的好奇和怀疑，池怀音出门和季时禹约会了。

　　马上要放寒假了，季时禹约了几个同学打篮球，这学期最后一场，还是很有意义的。

　　冬天的篮球场上依然有很多穿着背心的小伙子，也不怕冷，运动过后大汗淋漓，肌肉隆起的手臂上油光闪亮，一个个在场上跑来跑去，精气神十足。

　　半场过后，大家可以去休息和喝水。

　　季时禹运动过后面上带着几分潮红，坚定地向池怀音的方向跑过来，脸上带着淡淡的笑意。

　　也不知道为什么，池怀音突然想起一两年前也曾有过一场球赛，也有过类似的场景，只是当时季时禹是跑向钟笙，而如今是跑向她。

　　这一年多也许是过得太幸福了，池怀音时常会有种患得患失的感觉。

　　不知道是不是所有恋爱的姑娘都会这样，抑或是因为她的主动才换得这段爱情，所以她患得患失的感觉格外明显。

　　她从来没有追问过季时禹的过去，也没有问过他为什么会选择和她在一起，更没有问过他是不是爱她，应该说是她不敢问，她害怕得到答案。

　　尤其是当钟笙这个名字冷不防又蹿出来时，她那种不安全感更明显了。

　　季时禹盘腿坐在池怀音身边，也不管他身上是不是大汗淋漓，就是要挨着池怀音坐，脏兮兮的汗都蹭在了池怀音的肩膀上。池怀音嫌弃地想推开他，他就更加耍赖，做出要抱她的动作，威胁她要是再推，他就直接抱她，把全身的汗都蹭到她身上。

池怀音知道季时禹这个人什么事儿都做得出来，只能牺牲半边肩膀了。

季时禹的表现和平时没有什么不同，黏黏糊糊的，不见任何异常。

池怀音甚至有点怀疑是不是素芬看花了眼。

她心不在焉、欲言又止的模样很快引起了季时禹的注意。

季时禹表情平静："是不是有什么事儿？"

他的主动追问给了池怀音几分勇气，她捏了捏手指，嗫嚅着说："我想问你件事儿。"

季时禹很坦诚地看向她："什么事儿？"

"你昨天是不是……"池怀音一抬头，正对上季时禹坦荡的目光，她好不容易鼓起了勇气，又说不出口了，"你昨天是不是又抽烟了？"

说着，池怀音故意皱了皱鼻子嗅了嗅："我怎么觉得有烟味？"

"真没有。"季时禹立刻撇清，压低声音说，"抽烟不让亲嘴，我又不傻，还抽什么烟？"

池怀音后悔自己选了个很惹事的话题，赶紧抬手把他那张没把门的嘴给堵上了。

不管钟笙为什么而来，季时禹不说，自然有他的原因。

他还在她身边，还对她好，这就够了。

一生一世一双人，总归是童话。

人还是不能贪心太多，池怀音这样对自己说。

寒假到来，池怀音跟着季时禹一起回了宜城。

池母过来送行，听说季时禹买了坐票，心疼得不得了，一个劲儿埋怨他。

"早点说，让音音爸爸给你们买票啊，学院里有票务的。"

池怀音对此倒是不以为意："没事的，我哪有这么娇生惯养？以前自己回老家还没有坐票呢。"

季时禹也心疼，池怀音瘦瘦弱弱的，坐十二个小时也不知受不受得了，但是春运真的一票难求，买到坐票已经很难得了，更别说卧铺了，本来票就少，公开发售的更少。

告别池母，两人拎着大包小包上了火车。

包里很多东西都是池母准备的小礼物，是送给季时禹家的，池母一贯细心，礼数也周到。

要坐十二个小时摇摇晃晃的火车，怕池怀音难受，季时禹全程用大腿给她当枕头，让她能靠着睡觉。

等到火车到站的时候，季时禹双腿发麻，差点站不起来。

见到这情景，池怀音觉得自己要是还胡思乱想，就有些对不起季时禹了。

季时禹在高中的时候家里是开杂货铺的，他的记忆中是租的一个国营厂子门口的门面，前后加起来不过七八平方米，但是在那个年代没什么竞争者，生意极好，再加上季时禹的父母勤劳又朴实的个性，多年过去，他家的铺子已经开了好几家，是宜城第一个有连锁店的个体户。

在宜城，季时禹家里还算有名，季家人都热情好客，和谁都能唠嗑。听说他家大城市的新媳妇回老家来了，街里街坊的都跑到他家凑热闹，把他家早早就建起来的两层小楼围了个水泄不通。

池怀音本来就有些内向，面对那么多亲戚朋友实在应接不暇，好在有季时禹给她挡着，不然她真是尴尬死了。

季时禹的爸妈和季时禹完全不一样，热情好客，一点儿长辈的架子都没有。

季家是爸爸做饭，妈妈跷着腿和他们聊天，时不时还要催两句。

这有趣的模式让池怀音好奇不已。

见池怀音不怎么说话，季妈妈立刻找话题说道："以后家里有什么活，你就让大禹干，他从小到大都不听话，找个媳妇回来治他才好。"

季时禹对此倒是不接招："家事都是女人干的，男人干像什么样子？是吧？"

说着，他长长的胳膊就搂上了池怀音的肩膀。

见有长辈在此，池怀音用手肘顶了顶季时禹的肋骨，示意他放开。

两人的一番小动作落在季妈妈眼里，嘴上是掩不住的笑意。

"看你们感情好，我就高兴，早点结婚，给我生个孙子抱。"

吃完晚饭，季时禹又带着池怀音去医院看了奶奶。

她已经病得很重了，老人家思想传统，一直想回家，认为在家里寿终正寝，魂魄才能归家。

但是她身体情况实在不好，回家了怕是又要发病，最后家人只能违背她的意愿，将她留在医院。

季奶奶知道要见未来孙媳妇，提前就把礼物准备好了，是一枚金戒指，还挺重，在那个年代已经是奢侈品了。

池怀音觉得太贵重，不敢收，最后季时禹拿过戒指，直接套在她的手指上，她才算是收下了。

"这是我们家的传统，我爸妈结婚的时候我奶奶也给了戒指，如今轮到我们了。"

池怀音转了转手上的戒指，内心感到暖暖的。

从医院出来要走一段路才能回季家。

天色渐渐暗沉，路上的灯盏盏亮起，也点亮了两旁的树。风吹过，树叶沙沙地摆动，影子落在地上，明暗斑驳。

两人顺着没什么人的路走着，好不惬意。

"你家里人都很好，我很喜欢。"池怀音由衷地说。

"我妈没见你就喜欢你了。"他揶揄道，"她听说你是我们院长的独生女，就直呼我嫁得好嫁得好，她这哪里是喜欢你这个人呀，分明是喜欢你的身份。"

对此，池怀音倒没有很介意："我本来就是院长的独生女，那你妈妈应该会一直喜欢我吧？"

听池怀音这么说，季时禹无奈地笑了笑："傻。"

两人步调一致，不紧不慢，季时禹搂着池怀音的肩膀，池怀音靠在他胸口上，两人一路散着步。

池怀音突然想起离开森城的时候池院长和她说的那些话，趁着现在气氛好，试探性地问了一句："对了，我听说我们学校有委培名额，可以去日本学习最新的电池技术，你想去吗？"

季时禹从小到大得到的任何成就都没有费什么心思，只要是他想要的，没有他得不到的，一个人太聪明反而会让他失去奋斗的动力。

对于去日本，他兴趣缺缺："小日本有什么好的？"他骨子里还有几分小愤青，"当年要不是他们侵略我们的国家，我们也不至于用这么多年休养生息。"

听他拒绝得很果断，池怀音也不好再坚持，她想了想，又问他："那你毕业后有什么打算吗？"

这个问题倒是季时禹想过的，他的嘴角勾起一丝淡笑，歪着头看向池怀音："有啊。"他抱着池怀音，认真地说道，"找一份能养活家庭的工作，然后和你结婚，生一个长得像你的女儿。"

关于1993年，如果问池怀音那一年究竟发生过什么事儿，她会如数家珍一样地和你讲：

奥黛丽·赫本逝世；

克林顿入主白宫；

她毕业了；

……

还有，她的初恋跟着毕业一起结束了。

有很长一段时间，对这个猝不及防的分手，池怀音一直难以释怀，就像用刀生割了自己身上的血肉一样，疼得她不能呼吸。

1993年6月30日，Beyond乐队的主唱黄家驹在日本录制节目的时候摔下舞台，不幸去世。

当时在日本的池怀音也跟着语言学校的同学上街，戴着白花悼念黄家驹的离世。

那些歌迷自发地唱着Beyond的成名作，每一曲都是家喻户晓。

当歌迷们手牵着手唱起《喜欢你》的时候，池怀音的眼泪终于掉了下来。

她的哭声掩盖在大家的低啜中，并没有多特别，这才让她能放肆地让自己哭出来。

那一年，卡拉 OK 才开始在森城流行没多久，因为价格昂贵，所以很多公园、广场都引进了一种卡拉 OK 机，只需要两块钱就可以放声高歌一曲，解一解唱卡拉 OK 的馋。

季时禹唱歌并没有多好，却偏要浪费钱，在广场众人围观的情况下点了一首《喜欢你》。

副歌只有两次，每每唱到"喜欢你"时，他一定要牵着池怀音的手，哪怕他并不擅长唱歌，依然每个字都唱得真挚。

那时候他们曾经那么好过。

可是他们都忽略了，《喜欢你》这首歌不似名字那么甜蜜。

那句深情的"喜欢你，那双眼动人，笑声更迷人"之后，是"愿再可，轻抚你，那可爱面容；挽手说梦话，像昨天，你共我……"。

也许当初就是有预兆的吧。

1993 年 5 月 10 日，冶金物理化学系所有研究生的毕业答辩都完成了，只等着毕业的众人都一身轻松。

季时禹和池怀音的分配结果也下来了，因为优异的成绩，他们都被分到了森城有色金属研究院，是北都总院的直属单位，国家编制。

那天答辩完，季时禹和池怀音一起去戏院看电影，看完电影一路散步回家。路过一家照相馆，老板正在拉铁闸门，季时禹突然说："我们好像从来没有拍过合影，拍一张纪念一下吧。"

那天照相馆的最后一对客人便是他们。

照相馆里除了单色幕布，有图的就是故宫、长城之类的，在照相馆老板的极力推荐之下，两人选择了故宫作为背景。老板看池怀音穿了一件浅紫色的衬衫，便拿来一盆浅紫色的假花放在一旁的桌上。

季时禹和池怀音并排坐着，两个人的表情都有些傻乎乎的，笑得眼睛都要没有了。

"一、二、三。"咔嚓。

相片十天后才能拿，两个人都有些期待照片的效果。

季时禹说他一定照得很帅，把池怀音比得黯然失色，话语间得意扬扬，幼稚得像个小孩。

到了池怀音宿舍楼下，季时禹依依不舍，抱着她许久才放开手。

季时禹和往常一样，送完池怀音便回了自己的宿舍。

季时禹刚走到楼下，面前突然冲出一个男的，个子虽然没有季时禹高，但是气势汹汹，倒也把季时禹吓了一跳。

季时禹定睛一看，才发现是钟笙和她爱人杨园。

季时禹对于这对不速之客的到来有些惊愕，皱着眉问："你们找我有事儿？"

钟笙的头发乱七八糟，衣服也被扯得歪七扭八，脸上青紫一片，整个人精神恍惚地站在杨园身后，看得季时禹有些触目惊心。

杨园紧抓着钟笙的手腕，一副兴师问罪的样子，指着季时禹的鼻尖。

"你们不是有过一段吗？是不是都挺遗憾的？老子现在成全你们！"

说着，他把钟笙往季时禹身上一甩，季时禹下意识扶住了摇摇欲坠的钟笙。

他的手刚碰到钟笙，杨园就和疯了一样，双眼血红，上来一拳就要打在季时禹脸上，季时禹头一偏，那一拳打在了他的锁骨上，力道之大，简直要把他的骨头都打碎了。

三个人的动静很快就引来了围观。

一栋楼的男生和路过的男男女女都停了下来。

杨园嘴里还在骂骂咧咧："你是不是想着他？老子现在就让你看个够！看看老子怎么把他打死！"

说着，他又要上来打季时禹，被钟笙一把抱住。

钟笙像一只濒死的母兽般跳到杨园身上，像要食人血肉一样凶狠地咬在杨园肩背之上。

　　杨园吃痛，一把甩开钟笙，转头又抓住钟笙的头发，还不等众人反应过来，啪啪啪几巴掌打在了钟笙的脸上。钟笙的鼻腔里立刻就见了血。

　　他嘴里还在骂骂咧咧："老子娶你回家，你怎么回报老子的？你结婚前就乱搞，是不是和这姓季的？臭不要脸的，老子对你不好？还是我们全家对你差了？你还要偷人？要不是我兄弟告诉我你跑学校里来找这姓季的，老子绿帽子是不是就戴实了？"

　　钟笙如同本能一般痛苦地否认："我没有！"

　　"还要骗我？！"杨园已经彻底失去理智，在众人面前羞辱钟笙，"血都没流的女人！还骗我说是第一次。婚前就乱搞，老子没有怪你，给你安排工作，给你买最好的，让你用最好的，你怎么回报我的？你偷人！"

　　也许是吵过太多次，也挨过太多次打，钟笙已经不愿意再解释什么，只是睁着一双死鱼一般的眼睛一字一顿地说："我跟你之前没有别的男人，信不信随你。"

　　说着，她抱歉而绝望地看向季时禹："我和季时禹没有任何私情，他有女朋友，也要结婚了，你要还有人性，就不要打扰别人。"

　　污言秽语之下，杨园又要对钟笙下毒手。那不是一个男人对待妻子的样子，他甚至连畜生都不如。

　　季时禹终于看不下去了，伸手去拦。

　　"她是你爱人，嫁给你不是让你随便打的！"

　　中国人从不缺正义感，可是中国也有一句没有道理却被众人默默遵守的老话："夫妻家事不要管"。即便知道打女人不对，可是大家也都没有上前去伸出援手。

　　季时禹不愿意再和钟笙有什么牵扯，可是此情此景，杨园下手那么重，他若不管，再打下去钟笙就危险了。

　　他用力抓住杨园打人的右手，杨园反应极快，左手一拳就挥了过来，打在季时禹的脸上，季时禹左眼一花，半天才缓过来。杨园还要挥第二拳，季时禹头一偏，躲了过去。

季时禹越是要制服杨园，杨园的情绪就越激动。

他手脚并用，要和季时禹拼命……

围观的人越来越多，听到消息的赵一洋几乎以闪电一般的速度从宿舍跑下来，连鞋都没穿。陆浔拎着赵一洋的鞋，也跟在赵一洋身后往下冲。

赵一洋挤入人群的时候正看到杨园在季时禹的身上招呼了两拳，一直隐忍着没发作的季时禹终于火了。

他血脉偾张，青筋暴起的拳头终于举了起来。

赵一洋知道季时禹打架的能力，别说杨园比他瘦小，就是杨园和北方人一样高大，也不一定是季时禹的对手。

他两步上去抓住季时禹举起的拳头，语气急切极了。

"不行，季时禹，你冷静点！"他摇着头，几乎用祈求的语气说道，"池怀音要是知道了一定会伤心死的，你是她的男朋友，你为了钟笙打架，你要她怎么想？"

季时禹已经失去理智，被打了好几拳，怒气已经从脚底冲上头顶。

"放手。"

"别人夫妻的事儿，你不要管了！你和钟笙早就没关系了！"

"放手！"

季时禹用力地甩开赵一洋的那一刻，他低沉的声音从齿缝儿中逸出："就是街上的陌生女人挨打，是个男人也没办法袖手旁观！"

池怀音刚换上拖鞋，还没坐下，宿舍外面就传来急促的脚步声。

池怀音宿舍的门猛地被人推开，来人火急火燎地说："池怀音，不好了！你男朋友在楼下和人打起来了！"

池怀音想都不想就冲下了楼，脚上的拖鞋不跟脚，一只跑掉了她也顾不得捡。

5 月的森城已经入夏，烈日灼人，空气闷热。

池怀音疯了一样赶到的时候，围观的人已经是里三层外三层。

有个别和她们一栋楼的女孩曾见过季时禹送池怀音，见池怀音到来，都开始你传我、我传她地议论。大家默默为她让出了一条道。

她一抬头就看到扭打成一团的季时禹和杨园。

在一旁披头散发的钟笙一直试图抓住杨园，有时候抓不住，就凑过去替季时禹挨拳头，那画面像一根针一样，扎得池怀音眼中要冒出血来……

周围的议论声渐渐大了起来，众人看向池怀音的表情充满同情。

"……"

"听说这女的结婚前，这男的追了挺多年的，后来她还是嫁给别人了。"

"听这女的爱人的意思，两个人以前就有一腿的，这女的新婚夜没有落红，应该是以前就厮混过了。"

"看得出来，不喜欢怎么可能为她打架？下手还真是狠，人家都结婚了，再不服气又能如何？"

"可怜这男的现在的女朋友，听说两个人也在一起挺久了。"

"心上人结婚了，也不可能守一辈子，总归是要再找个女孩的。"

"可怜，可怜……"

烈日当空，池怀音几度眼前发黑，有种要昏厥的感觉。

一种几乎要窒息的感觉从胸腔传到四肢百骸。那些好不容易建立起来的自信像被人用锤子一下一下都敲碎了一般，都不复存在了。

那件事之后，池怀音就生病了，感冒一直不好，池母把她接回家照顾。

其间，季时禹好几次去找池怀音，都被拒之门外。家里的电话线也被池怀音拔了，池母从来没见过自家乖巧没脾气的女儿生这么大的气。

她劝也不知道怎么劝，毕竟年轻人的事儿也不好插嘴，只能好言好语地把季时禹劝走。

季时禹本就是个无赖，见池怀音不见他，又使出无赖招数，爬到池怀音家的窗台上。

池怀音感冒之后，妈妈就没有关紧窗户，不通风怕她病情更重。

季时禹爬进池怀音房里的时候，池怀音正睡得迷迷糊糊的。

见她满头大汗，季时禹也有些心疼，拿起床边的芭蕉扇轻轻地给她打扇。

池怀音被丝丝凉风扇醒，身上的闷热缓解了一些，虚弱地叫了一声："水。"

水杯递过来，她的后背被一双大手扶着坐了起来，池怀音立刻感觉到这力道不对，不是池母，她警惕地睁开了眼睛。

她一抬头就看见季时禹那张青紫的脸，那些痕迹是他为别的女人打架的"勋章"。

这么想想，她就觉得几乎要喘不过气来了。

"你来做什么？"池怀音别过头去，不愿看他。

季时禹也知道这次池怀音是真的生气了，哄了这么久，还没哄好，完全没有以前那种善解人意的样子。

"这次的事儿是我不对，但是我发誓，我绝对没有别的意思，就是看到女人被打，见义勇为。"

池怀音对此却不买账："以前都不知道你这么有正义感。"

"现在知道也不晚。"

池怀音并不想和季时禹贫嘴，这个男人惹她生气，永远都是用痞里痞气的方式来解决问题。他总以为天大的事儿耍赖也能解决。

池怀音低垂着头，忍着心痛问他："你还爱她吗？"

"我以前是喜欢过钟笙，但那都是多少年前的事儿了？你现在来追究是不是太晚了？"季时禹越讲越觉得荒唐，"这是哪儿跟哪儿？多久的事儿？我还爱她就不会和你在一起这么多年。"

"你不爱她为什么要为她打架？"池怀音的声音都带了哭腔，"你有没有想过，你为别的女人打架我会有多难过？"

"我说了，我只是见义勇为。"季时禹哄了这么久也有些累了，语气也有些不耐烦，"池怀音，你怎么变得这么无理取闹了？你以前不是这个样子。"

"那你希望我是什么样子？"池怀音眼前水光模糊，"笑着看你为别的女人打架吗？还是你喜欢了那么久的女人，你觉得我心里能过得去吗？"

"你为什么就是不相信我？！"季时禹突然站了起来，双手叉着腰，气呼呼地来回踱步，"我们马上要结婚了，你这么不相信我，这日子怎么过下去？"

说起这事儿池怀音只觉得更难过："你也知道我们要结婚了？那你为什么还要为钟笙打架？"

季时禹不知道女人胡搅蛮缠起来是这么可怕。他也是人生中第一次谈恋爱，很多事情处理起来毫无经验。

池怀音眼眶都红了，却还是倔强地不让眼泪掉下来，她幽怨地看着季时禹。

"你愿意和我结婚是不是只是因为要对我负责任？"她说起这个话题就触到心底最深处的不安，"我不用你负责，当年都是你情我愿的。"

池怀音一说这句话，像往本来快要熄灭的火星里浇了汽油一样，季时禹几乎一点就燃。

"行！你都这么说了，那我就不负责任了！"

在 5 月的最后几天池怀音的病终于好了。

在学校打架那件事儿闹得太大，杨园是高干子弟，最后还是池院长出面调停事情才过去。

不仅池怀音有压力，连池院长也跟着脸上无光。

学校里的老师都知道季时禹是池院长的准女婿，他居然为了别的女孩打架，闹得尽人皆知的，池院长脸上也是被啪啪打了几巴掌似的难堪。

这件事儿发生了以后，池院长什么都没说。

池怀音病成那样，作为父亲，他不用问也知道她投入了多深的感情。

池院长不是那种善于表达的男人，他只是默默把签证资料准备好了，给了池怀音一个新的选择。

"你的专业，去日本最合适。"

和池怀音不欢而散之后，季时禹也颓废了好一阵子。

他每天在宿舍里喝得昏天黑地，从二楼东头喝到西头，把一层楼的男生宿舍的人喝得一见到他就害怕，赶紧关上门假装宿舍里没人。

赵一洋和陆浔见他那个死样子，也有些看不下去了，开口劝他："还是去求一下池怀音吧，池怀音那么温和的姑娘多哄一哄就好了。大男人的面子不是要在这里的，这么好的姑娘别弄丢了。"

季时禹躺在床上，一动不动："每次都是我哄她，我这次都哄了多少回了，她还是生气，还越来越来劲儿，就差挖我家祖坟看看我几辈子前是不是喜欢钟笙了。"

"女孩子都是没有安全感的，你以前喜欢钟笙那么长时间，她肯定会在意啊。"

"那就让她在意，我就不信我治不了她，就是因为我总哄她，都把她惯坏了。"季时禹也发了狠，"我这次就不哄了，我不能让她觉得她可以没有底线地无理取闹！"

他话音刚落，宿舍的门就被敲响了。

门口一个男生探头进来，拔着嗓子号了一声："池怀音来了，在楼下等你呢！"

听到"池怀音"的名字，季时禹几乎条件反射一样从床上弹起来。

赵一洋和陆浔要是还看不出来季时禹是怎么回事儿，就算是白在一起住那么久了。

"赶紧去好好哄哄，我们家江甜生气要我下跪我都得跪，更别说主动来找我了，也只有池怀音这么好，还肯主动来找你。"

季时禹喀喀两声清了清嗓子："我去看看什么情况。"

在递交签证之前，池怀音还是很犹豫。

虽然两个人吵了架，但是她还是舍不得就那样走了，也许爱着一个人就是这么卑微的。

两个人站在平时约会的小树林里。

天色渐暗，夕阳的颜色如火一般，带着一股悲壮而伤感的壮阔。

好几天没见，季时禹见池怀音瘦了好多，脸色也有些惨白，心疼得不得了。原本他还要跟她赌气，见到她以后，哪里还有什么气？他就只想把她抱到怀里，问问她怎么有这么大的气，气到这么久都不见面。

池怀音抬起头，细细打量着季时禹的样子。他看上去有些颓废，眼眶血红，黑眼圈都要掉到下巴上了，身上有很重的酒味，离得远远的也能闻到。

沉默了许久，池怀音才开口试探道："我准备去日本。"

季时禹没想到池怀音一来第一句话是说这个，震惊过后，满是气愤。

"你说什么？"

"日本的电池行业是全世界最发达的，我准备去日本。"

池怀音说这些其实是希望季时禹能开口留她。

她从来都不想去日本，这辈子她最想去的地方只有季时禹的心里。

可是将近两年过去，她才终于发现，如果季时禹不对她敞开心门，她再怎么懂事，再怎么认真，再怎么努力，也永远无法留住他。

带着几分幻想，她试探性地问道："我在准备签证了，去日本这个机会错过就没有了。"

季时禹瞪着眼睛，半天都讲不出一句话。

他低头看了池怀音一眼，嘴唇动了动。半晌，他气急败坏地问她："你来就是和我说这个？"

池怀音低着头，捏着自己的手指："嗯。"

"池怀音，你狠。"他原地踱了两步，才带着一副气极了的表情说道，

"你有本事你就去！"

池怀音知道季时禹是个要面子的人，她把话说成这样，不过是希望他能为了留下自己放弃他的那些自尊。

她太需要被他肯定了，肯定他爱她像她爱他一样。

可是他没有。

池怀音觉得失望极了。

因为此刻季时禹看她的目光仿佛在说她是全世界最无理取闹、最胡搅蛮缠的女人。

也许他的耐心已经耗尽了。

一开始就是她主动，他不过是那个被动接受她的人。

这一年多他对她不错，如果她不追求那么纯粹的爱情，也许他们会是很幸福的一对。

可是她骨子里像妈妈，她可以不要一切，只想要纯粹的爱情。

她在爱情里霸道的样子连她自己都害怕。

她最初明明只想要留在他身边，为什么最后发展成这样？

她想当他的唯一，当他的一切。

可她也知道那是不可能的。

他们吵了这么久，他说她变了，不再是当初那个温柔可心的人了。

她也知道她变了。

她一直在强行让他接受一些东西，她的无理取闹、胡搅蛮缠，她的狰狞、狼狈，她的不依不饶，她的不顾一切。

她从来没有问过他想不想要，她只知道，这些东西她从来不曾给过别人。

池怀音觉得胸口太疼太疼，连呼吸都快要没有力气了，却还是努力扯起一丝笑容。

"季时禹，我们打个赌吧。"池怀音的表情很轻松，"我们各走各的，从现在开始。"她笑得那么自然，连她自己都快信了，"谁先忍不住回头谁就输了。"

见池怀音满不在乎，季时禹更生气了，他拂袖转身，头也不回地走了。

初夏的蛙鸣随着日头落下渐渐响起，让人忍不住心烦意乱，踩在泥土地上的脚步有些飘。

季时禹越走远越觉得后悔。

他也许不该走，他也不想走。

他想回头去抱抱她，他觉得她也许不是看上去那么坚强。

可是脑子里另一个声音却在说着，不要回头，不要让她觉得他不会生气。

男人是要面子的，谁没有年轻气盛的时候？凭什么他道歉那么久，她还一副高高在上的样子？

看着季时禹越走越远的背影，池怀音终于脆弱地蹲了下去。

果然和她想象的一样，她太了解他了。

他好胜，绝不会允许自己输给她，所以走了就不会回头，说到底不过是不够爱她。

这个答案像万箭穿心一样，池怀音不愿意想，却止不住疼。

两个人决定转身的时候，其实池怀音一步都没有动。

小树林的树在初夏长得茂盛，绿意浓浓，遮挡住了最后的微弱光亮。

她终于撑不住，蹲在地上，抱紧了自己的膝盖。

疼得要喘不过气了，她努力压抑的一切全盘崩溃，连痛哭都没有声音。

那次大吵之后，他就再也没有池怀音的消息了，听赵一洋说，池怀音已经很久没有回女生宿舍了。

一个星期过去，季时禹终于坐不住了。

他劝自己，他是个男人，要是跟女人斤斤计较也不像话，女人都是比较娇气的，要哄。

两个人要过一辈子，总归会有些口角和波澜。

池怀音说要去日本，多半是说来气一气他。

　　她那么喜欢他，能为他做那么多事儿，怎么可能真的去日本？

　　这么想着，季时禹赶紧从床上爬起来，开始收拾自己，刚换好衣服，辅导员就来季时禹的宿舍了。

　　"季时禹，你赶紧去买票回家，你奶奶去世了，你家里电话打到学校里来了。"

　　"什么？！"

　　季时禹的奶奶身体不好已经很久了，虽然也有心理准备，但是消息真的传来，他还是感觉到有些手足无措，一股难以言喻的悲伤和委屈迅速侵蚀了他。

　　他赶着回去奔丧，却也记得不能这么没有交代地走。

　　他给池怀音家里打电话，电话还是占线状态，不知道是电话出了问题，还是池怀音还在生气，故意拔了电话线。

　　想了许久，他还是决定亲自去一趟。

　　他轻车熟路地爬上池怀音的窗台，敲了许久，都没人来开窗。

　　季时禹不能等了，于是他写了张字条，塞在池怀音窗台的缝隙里。

　　——千错万错，都是我的错，别生气了。奶奶去世了，我回去奔丧，等我回来，你想怎么发脾气都行。

　　池怀音从领事馆拿到了签证，和池母一起回了家。

　　一路上母女俩都没有说话，气氛很压抑。

　　池母对季时禹还是挺喜欢的，终于忍不住问池怀音："你确定要去日本吗？"

　　池怀音没有回答，悲伤的表情已经出卖了她。

　　回到家，池母将家里的电话线接了起来。

　　"我建议你再等一等，不要给自己留遗憾。"

　　池怀音看着重新接起来的电话线，心想，也许再等一周更好。

　　一周过去，季时禹没有来找她，再等一周，最后一周。

　　他还不来她就走了。

就像妈妈说的，女孩子在爱情里该有自己的尊严。

她也不想再继续这场单方面的深爱了。

她心情沉重地回了房间。

她有些心不在焉地拉开窗帘，外面阴天，看上去有些灰蒙蒙的，明明才下午两三点，看上去却像要天黑了一般。池怀音随手拉开插销，推开了窗户。

一张没被人发现的字条无声地随风掉落了下去。

第八章
每段路

1995 年 3 月底，在池母的强力召唤之下，池怀音回国了。

起因是 1 月的时候，日本重要的工业区阪神发生了 7.2 级强烈地震，当时池怀音正在公司的阪神厂区工作，她在地震中经历了一场生死逃脱；3 月中下旬，池怀音去东京出差，又恰逢日本奥姆真理教发动东京地铁沙林毒气攻击，造成十二人死亡，上百人受伤。虽然池怀音这次去没有坐地铁，但是池母还是坐不住了。

不管日本多好多发达，若是危险，她也是绝对不能让女儿继续待下去的。

池怀音刚回国的时候，池母有一段时间对她疼惜入骨，大约是她出国工作了几年，池母因思念之情爆发出来的母爱，这让池怀音过了一段很幸福的时光。然而好景不长，她不过在家歇了一个多月，池母的态度已经变了许多。

这天，池怀音一大早起床，还没吃早饭，池母的碎碎念已经开始了。

"你知道吗，隔壁老苏家里的狗昨天拉去配种了。"

池怀音近来被念多了，已经有些杯弓蛇影，她忐忑不安地抬头问池母："狗配种……应该和我没关系吧？"

池母一边抖着洗净的衣服准备晾晒，一边嫌弃地看向池怀音："狗都配种了，你还没结婚。"

"……"

"你爸当初非要早两年送你去上学，现在想想真是先见之明，知道你一定找不到对象，所以多给你点时间。你想想你都二十五岁了，连对象的影子都没有，你是准备混到三十岁，当走在这个时代最前列的不婚女性？"

池怀音认真地想了想，郑重其事地回答："也不是不可以啊。"

池母气得恨不得拿衣架子打她。

对女儿婚姻大事的过度关注让池母闲不下来，池怀音刚回国没多久，已经相了好几次亲，这不，好好的一个周五，池母又安排了一场相亲。

这次的对象是她小学的玩伴，两人也有很多年没见过面了，池母也不知道怎么找到了人家的联系方式，安排了这场饭局。

池母约在森城一家很高档的海鲜酒楼，想来是下了血本了。

席间，池母一直很主动，她一会儿自己站起来敬酒，一会儿催着池怀音起来敬酒。池母各种推销池怀音，似乎她不是在家被嫌弃的"滞销货"，而是20世纪最不能错过的"畅销品"，整得人家母子二人十分尴尬。

过了许久，人家母子二人终于坐不住了，见池母迟迟不表达真正的用意，人家妈妈主动出击，讪讪地说道："怀音妈妈，其实我儿子已经结婚了。"

一直积极推销的池母听到这个消息，脸色瞬间黑了："这么快？"

对方也有些尴尬："我儿子都二十七八了，已经结婚快三年了，年纪也到了啊……"

"那我约你吃饭，让你带儿子，你怎么不反对？"

对方苦笑连连："你没说是要相亲啊，我还以为是很久没见了，就一起吃个饭……"

池母被噎住了，心想，这不是潜规则吗？若不是给儿女相亲，谁聚餐丈夫都不带，只带儿女？

池母心痛至极地坐回原位。

池怀音见池母的表情那么痛苦，不得不摸了摸池母的后背，给她顺了顺气。

“别难过，妈。”池怀音压低了声音，“这个错过了，以后还有别的。”

池母摇摇头，用很小的声音说：“我心疼钱，这顿饭可贵了！”

池怀音：“……”

结完账，她们从高档的海鲜酒楼出来，池母还在心疼钱包，池怀音不得不说：“回去把钱给你，我这两年在日本也存了一些。你就别不开心了。”

池母嫌弃地瞥了池怀音一眼：“你给我找个女婿回来，我更开心。”

不等池怀音说什么，池母又说：“不行，下周五我再给你安排一个，再安排一定问清楚结婚没结婚。”

池怀音皱了皱眉，无奈地拒绝道：“下周不行的，厉大哥要回国。”

池母耳朵尖，听到“厉大哥”三个字，立刻两眼放光：“厉言修？”

“嗯。”

“哎呀，他也要回来了？他不是在日本工作得挺好的吗？怎么你一回来他就回了，是不是为了你回来的啊？”

“……”池怀音无语了，“妈，你能不能不要是个男的就跟我凑对？”

池母眨巴眼睛，噘着嘴说：“这不是你自己不着急吗？只好我替你着急了。”

池怀音表情有些不悦，撇了撇嘴：“人家有女朋友的。”

“不是说几年前就分手了吗？”

“我宁可一辈子不结婚，也绝对不会，”池怀音顿了顿，语气前所未有地坚决，“再和喜欢过别人的男人谈恋爱。”

5月1日以后，全国正式开始实行双休日制度。5月的第一个双休日，整个森城到处都是人，大家都休息了，商业自然更发展了。

1992 年，中央确定了建立"社会主义市场经济"体制的目标，在全国掀起了改革开放的创业新热潮。尤其是改革开放的重点城市——森城，人民创业的热情让整个城市都处于热血沸腾之中。

比起整座城市的沸腾，他们这帮被分配了工作、拥有国家编制的技术男在这股浪潮的冲击之下倒显得有些后进了。两年过去了，虽然工作很稳定，他们却总觉得缺了些什么。

周五下班后，森大帮聚在一起喝酒。

毕业后被分配到森城理工大学教书的赵一洋和季时禹的同事周继云最早到。周继云是季时禹他们的学弟，他刚进单位不足一年，通过季时禹和赵一洋相识，每次一见面就开始抱怨季时禹，真是相见恨晚。

不等季时禹到场，两人已经先喝上了。

"你知道吗？自从我进了济公的课题组，我妈就说我这是在夜总会上班了！"

赵一洋被他这个说法逗笑了，揶揄道："那不能，你这个长相，在夜总会上不了岗。"

周继云啐了一口："夜总会——夜里总开会！"

"哈哈哈哈！"

周继云一说到季时禹就停不下来："说了你都不相信，我就没见过这么爱工作的人，真不知道他每天困在实验室里干吗。做得好和做得一般拿的钱都一样，干吗这么拼命？"

赵一洋拍了拍周继云的肩膀说道："理解一下，他被初恋女朋友甩了以后就变成这样了。"

听到这里，周继云一副豁然开朗的表情，点头道："可以理解，可以理解。"

"是吧？男人感情失败，就只能醉心于工作了。"

"啧啧。"周继云摆摆手，"我是说可以理解他为什么被甩！"

"……"

季时禹毕业后就被分配到森城有色金属研究院 405 室工作，405 室致力于电极材料、光学镀膜材料制备等方向的研究。当初留学风盛行，院里那些人才削尖了脑袋都想出国。单位有公费名额，领导问他愿不愿意出国。

他只是说："留学是为了学习先进的技术，但是也要看领域，有些领域国外不见得有多先进。"

留学是好，但是回国的人又有多少？如果不回来，科研报国报的是哪一个国？

很多人不理解季时禹的选择，以他的科研水平，去北都总院也绰绰有余，他却选择了留在森城。他主持的碱性镍镉镍氢二次充电电池课题研究在当时的国内属于最前列的水平。虽然同事们都吐槽他没日没夜地拼命，但是也知道能跟着他工作是一件多么荣幸的事儿。

二十七岁的季时禹成为森城有色金属研究院最年轻的科级干部。

因为领导开会，季时禹到晚了一些，他走进餐馆的时候里面已经挤满了人。

全国第一个双休日，大家都兴奋极了，都出来吃饭庆祝，街上到处都是人。他们在森城这么多年，现在才真的意识到森城已经跻身全国一线城市。

赵一洋他们先到，都订好了位，季时禹就直接往包厢里走了。

那时，森城的饭店、餐厅都流行一种很奢华的装修风格，经济的高速发展让人们的生活水平迅速提升，人有钱了，如何享受就成了问题。饭店、餐厅装修得不豪华，吃饭都觉得没面子。

穿行在宽敞的走廊里，墙纸华丽，廊道两边都是样式繁复的欧式壁灯，光线并不明亮，色调暖黄，每隔几步就能看到一个植物架，上面放置着季时禹叫不上名字的绿植。

他走出两步，就远远地看见走廊尽头有一行人从另一侧楼梯上来，浩浩荡荡的一群，其中有几个男人说的还是日语，气氛好不热烈。

他一抬头就看见一个熟悉的身影不紧不慢地跟在队伍最后，也走上了楼。

——池怀音。

算起来，她已经走了两年。

不管谁劝，他都不肯离开森城，潜意识里，他总觉得只要自己在她家所在的城市工作和生活，总有一天他们还是会重逢。

这重逢比他想象中来得早了一些，他甚至没有做好心理准备。

他看到她的那一刻大脑就有些空白。

她穿了一身湖蓝的连衣裙，皮肤还是那么白皙，走在人群里好像会发光一样，让人一眼就看到她。头发长长了很多，并没有梳成发髻，而是用丝巾缠成一束单马尾，垂在胸前。

看着她，季时禹觉得时间好像没有过去很久，他不过是回宜城过了一个暑假。她和人说着话，微微低头，静静聆听，十分有礼貌，清浅一笑，眼角眉梢都带着他熟悉的温柔。

他甚至开始怀疑，他们分开过吗？

他好像只是去抽了根烟而已。

脚下如有千斤，喉间也有些干涩，滚动的喉结暴露了他，此刻他其实并不像面上看起来那么淡然。

季时禹抬起脚步，正准备继续向前，她身后突然有人叫住了她。

"怀音。"

叫她的男人声音温和，因为跑了两步，他的呼吸有些急促，说话的时候却还是保持着绅士的风度。

池怀音回头看向那个男人，目光温柔。

男人晃了晃自己的手："你的胸针又掉了。"

池怀音下意识地摸了摸自己的胸口，这才发现胸口已经空空如也。

"估计是别针松了，看来这枚胸针是不能戴了，一天掉了好几次。"说着，她接过了男人手里的胸针，顺手塞进了挎包里。

男人看着池怀音的目光深情而专注，他淡淡一笑，抬手摸了摸池怀音的后脑勺儿："走吧，进去了。"

季时禹还没来得及走过去，那一行人已经进了包房。

胡桃木色的门将里外隔绝成两个世界，饭店的隔音效果好极了，季时禹连笑声都听不见了。

季时禹正站在那扇门前愣怔，出来上厕所的周继云一眼就看见了他的身影。

他以为季时禹找不到包房，连拉带拽地把季时禹往另一边带。

季时禹回头看了好几眼，最后跟着周继云往相反的方向走去。

毕业后总归是和在学校里不一样，每个人都或多或少有一些变化。

赵一洋虽然看上去还是一样流里流气，却也有了很多现实的烦恼。

江甜为了和他在一起，不顾家人反对，留在了森城。

江甜是学教育的，那一年名额不够，森城将她派回了原籍。和当年钟笙的情况类似，江甜的分配通知是回海城的，那她就不可能留在森城，但是她不肯放弃，有三个多月的时间，她骑着自行车按照森城地图一个学校一个学校地找工作。那时候是森城最热的时候，毒辣的太阳把江甜晒黑了一圈，原本爱美又娇气的姑娘却连一句抱怨的话都没有说过。

皇天不负有心人，她终于在森城郊县的一所学校里找到了一份工作，得以留在森城。

虽然那个郊县后来改了行政区划，成为森城的经济开发区，但是和赵一洋所在的森城理工大还是一南一北。

江甜的父母对于江甜的选择简直痛心疾首，其间江甜曾试图带赵一洋回家，结果被父母拿着扫帚赶了出来。

赵一洋喝了一口啤酒，表情带着几分被现实磨砺后的沧桑："在理工大教书绝对是我这辈子做过的最无聊的事儿，但是在理工大工作满三年能分房子。"他苦笑连连，"这房子对我太重要了，没有这房子，江甜的爸妈怕是永生永世也不会给我们户口本让我们结婚了。"

季时禹一路看着赵一洋和江甜走过来，也知道他们的不易。以前他觉得江甜那姑娘霸道、刻薄、高傲，如今看来，真是个好女人。在这个时代，愿意跟着一个前途未卜的男人熬到二十七岁的姑娘能有几个？

"你好好对人家江甜，不然人家爸妈会杀到森城来把你砍了。"季时禹说。

赵一洋对此倒是信心满满，他拍着胸脯道："那必须的，江甜就是我的命，我怎么能把命给丢了？"

周继云贫嘴惯了，笑嘻嘻地说："回头你真的没和人过下去，是不是要说你是猫，因为猫有九条命？"

"去你的！"

聊了一会儿，季时禹起身去上厕所。

其实他心思不在上厕所，而是想去看看池怀音在的那间包房。

绕了一圈走过去，他发现那间包房已经空了。

他有些急切地去找服务员，才知道他们还没点菜就走了，貌似是因为他们一行人中好多是日本过来的，想要吃森城的本地菜，但是今天饭店生意很好，很多食材都缺少，不能提供，他们就换了饭店。

季时禹失望地站在走廊里，背靠着墙，思绪有些纷乱，好像刚才碰到的一切都是一场幻觉。

"济公，"周继云出来找到季时禹，一脸无赖相，"今天是不是济公请客？该请吧，你工资比我们都高！嘿嘿！"

季时禹一个单身汉，了无牵挂，级别又在那儿，工资收入比他们高，所以经常是他请客，他也习惯了。

周继云搭着季时禹的肩，两人往收银台方向走去。

季时禹刚拿出钱包，周继云就狗胆包天地把他的钱包抢了过去。

"每次都把钱包藏那么深，我倒要看看里面到底有什么秘密。"周继云的手刚要打开牛皮的钱包，季时禹就一把将钱包抢了回来，还顺手拿钱包打了一下周继云的头。

"堂堂领导，这么小气。"周继云揉着自己的脑袋抱怨道。

季时禹冷冷地瞪了他一眼，随手拿了几张钞票递给收银员。

季时禹一个人回到院里提供的单身宿舍，条件比大学里的宿舍好些，只有一个室友。室友又没回来，他准备结婚了，有时候会去未婚妻那里住。

和他同级别的都申请住房了，只有他没对象，暂时不具备资格。

躺回床上，他从上衣的内口袋里拿出钱包。

其实里面没有多少钱，他不愿意让人看到的只是里面的一张照片而已。这两年也许是拿出来看了太多次，那张照片泛黄得很快。

当年她走后，他收拾东西准备从学校搬走，从衣服的口袋里找到一张取照片的凭据，他才想起来那张合影还没有去拿。

她当年走得急，连毕业照都没有拍，那是他们唯一的一张合影。

照片中的她笑得那么灿烂，一张俏丽的脸蛋上满是幸福的表情。

有时候他也像做梦一样傻傻地想，他们曾经那么好过吗？

过去这么久，他仍然想不通。

她曾经那么爱他，为什么还是说走就走了？甚至连一句话都没有留给他。

厉言修这么快回国是池怀音没有想到的，毕竟他在日本发展得很好，池怀音一直以为他是打算在日本定居的。

池怀音和他是在日本租房子的时候认识的。大家都是中国人，在异国他乡总是格外团结。

尤其是最初她还没有入职，尚在语言学校学日语的时候，多亏了厉言修的陪伴，大事小事都靠他帮忙。

池怀音刚去日本的时候，厉言修已经和前任分手两年多了，大约是和池怀音朝夕相处久了，他生出了一些情愫，便向池怀音提出交往。

那时池怀音对感情的事儿已经绝望，就拒绝了。

她一直都把厉言修当大哥一样看待，也在失恋很痛苦的时候和他说过自己失败的初恋故事。

厉言修永远是个温柔的大哥，对于池怀音心底的痛苦他很尊重，也很疼惜。他不愿意她为难，每一件事儿都是。

之后，两个人恢复了朋友的关系，一处就是两年。

以前在日本都是厉言修关照她，如今他多年未回，对森城都很陌生了，轮到池怀音关照他了，也算是给了池怀音还人情的机会。

其实池怀音这次回国也有些仓促，从她心里来讲，她还没有做好准备。

这两年森城变化很大，当年谈恋爱的时候她最爱去的老戏院也拆除了，听说要盖摩天大楼。

很多她不肯抹去的记忆，这座城市都在替她抹去。

也许，她和季时禹本来就是没什么缘分的。

回国休息了两个月，池怀音终于决定开始进入正常的轨道生活。

在正式入职之前，她的相亲进程还没有停下来。

池母对于给她找对象这事儿真是乐此不疲。

周末，她原本计划去买件新衣服，给新同事一个好印象，结果又被安排了交友活动，真是防不胜防。

池母知道她很抗拒相亲，之后上班了也顺从不了几次，这次直接给她报名了一个"十分钟约会"，《森城日报》组织的，集结了大量适龄男女，以最高效的方式约会，一对一进行十分钟交流，过了时间就换下一个，以此类推。一天时间，能比一对一约会几个小时那种相亲多见至少几十个人。

她可真是用、心、良、苦、啊！

对于周继云不肯加班、每周请假一次的行为，季时禹终于忍不了了。

405 室本来人手就不足，周继云又是深度参与课题的科研员，他一不在，其余几个更难领导。

季时禹和周继云两个人坐在"十分钟约会"的桌上，真的有够瞩目的。

《森城日报》的主持人看到他们一个人报名，两个人来，也有些头痛。

周继云本来也不愿意相亲，也无所谓成不成，就随口说道："这是我哥，帮我过来参谋参谋的。"

主持人拿他们没办法，只得说："那你们现在去 6 号桌，这边因为主要是一对一，所以今天都换了二人桌，四人桌很少，你们先去那几张四人桌那里吧。"

两人并排往 6 号桌走去，周继云笑眯眯地说："领导，我没骗您吧，我是真的被爸妈安排来相亲，你都不知道，我这半年过的日子简直生不如死。你也希望我早点回去工作吧？这样吧，一会儿不管遇到哪个女的，我们就假装是一对，这样人家一看我们俩男的搞对象，吓都吓死了，再给我在相亲圈里传播一下，我爸妈就安排不了我了。"

季时禹对于他的馊主意简直嗤之以鼻："滚。"

他本来以为周继云是因为不肯加班而骗他，也没真想陪周继云相亲，他看了一眼手表，冷漠地说："我走了，还要回院里。"

季时禹说着就要走，脚还没动，就被周继云一把拉住。

6号桌离他们并不远，周继云两下就把季时禹给拽了过去。

季时禹的衬衫被扯得乱七八糟，他还来不及发火，一抬头就被对面坐着的人吸引了注意力。

池怀音？！

她不是有男朋友吗？怎么还来相亲？

所以……她没有男朋友？！

这个答案像一枚钉子一样将季时禹钉在了6号桌上。

池怀音有时候也觉得命运的安排是有些荒唐的。

比如此刻，季时禹坐在她对面，表情带着几分意味深长，让她只想逃。

两年，池怀音以为自己已经没事了。

可是再见到他的那一刻她仍然心情复杂。

尤其是她看到他手腕上还戴着当年她送的那块手表时那种复杂的感觉，好像无形中有一张织得密密实实的蜘蛛网从四面八方向她袭来，她被绑得呼吸都有些吃力。

他被他旁边的男人按在座位上以后，一度很不耐烦，可是现在他却稳稳地坐定了，完全没有要走的意思。

池怀音第一次听说这样的"十分钟"相亲，活动方式倒是有趣，她被安排在了一张四人桌上，她原本想着，四人桌更宽敞，如果来的男人每一个都很难忍，至少可以多叫些点心，吃一吃也可以打发时间，却不想点心还没上，先来了个重量级人物。

明明是一对一的"十分钟约会"，怎么会来两个人？

季时禹到底是来干吗的？

池怀音一肚子疑惑。

她强扯着嘴角，努力镇定地问："你们二位这是？"

坐在她斜对面的男人面目和善，他看了池怀音一眼，突然一把抓住了季时禹的手，十指紧扣，一副深情不悔的模样："其实我们是一对，是我爸妈要强行拆散我们，逼我来相亲，我带他来就是要抵抗这种安排，希望你理解我们！爱不分男女！"

池怀音吃惊地看了对面的男人一眼，整个人都有些蒙了。

不过两年，他竟然变化这么大？

难道是钟笙结婚对他打击实在太大，他连女人都不喜欢了？

池怀音想到钟笙对他的影响还是这么大，脸色不由得暗了几分。

"这……嗯……"

池怀音正不知道该说什么，就看见季时禹一副恶心极了的表情，将那个男人的手甩开。

季时禹也不解释什么，目光一动不动地盯着池怀音。池怀音觉得头皮有些发麻，眼神想要逃避，却又不知道该看哪里。

许久，他抿了一口茶，才缓缓将杯子放下，嫌弃地瞥了一眼身边的男人："我就算真喜欢男的了，也不会喜欢你这种类型。"

然后他嘴角微微一勾，还是记忆中痞里痞气的模样，定定地看向池怀音。

和很多年前一样，他上下打量一番，最后视线落在池怀音胸前，意有所指地说："你知道的，我只喜欢大的。"

他还是和当年差不多，对什么都表现出满不在乎的样子，什么玩笑都能开。

他不会紧张，不会难堪，更不会不知所措。

从头到尾都是她一个人的独角戏。

两年过去，他的招数没有升级，还是和当年一样。

如果是多年前的池怀音，也许她还会因为他耍流氓而脸红心跳。

不是有句老话吗？男人不坏，女人不爱。

她也不能免俗。

当初的她太青涩，对感情的追求也太纯粹，如今想来，会受伤也是自找的。

餐厅里氛围暧昧，年轻人多，来来往往中，也有些情愫暗生的牵手离去。

她往后靠了靠，终于放松下来。她瞅了季时禹一眼，又扫了一眼另外一个男人。

许久，她低头看看时间，面不改色地说道："十分钟到了，再见。"

十分钟铃响，丁零一声，男士纷纷起身。

新的人过来，季时禹不走也得走了。

池怀音全程甚至没有抬头看他一眼，她修长的手指执起银匙，将咖啡上的奶泡搅散了，那么决然。

她变了，不再是以前那个他说什么就听什么的乖巧姑娘，像猫一样也有了爪牙。

这没有让他死心，反而让他有了无穷的动力。

两人离开6号桌，确定距离远到那边听不见他们说话了，跟在季时禹身后的周继云才压低声音说道："领导，没想到你还有这么一面。"想到季时禹对人家姑娘那种臭不要脸的调戏，那种话是正常人说得出来的吗？周继云回忆一下都有些难以置信，"我还以为你只知道搞实验，原来你也知道要搞男女关系啊！"

季时禹眉头皱了皱："滚蛋！"

一直到活动结束季时禹都没有走。他寻了把椅子，坐在一个比较远的位置，刚好能看到和池怀音约会的每一个男人。不知道周继云相看了多少个姑娘，季时禹只盯着池怀音，两个小时，她居然和十个男人聊了天，最过分的是，其间有聊得来的男士，她居然还给了通信方式。

真是造反了。

季时禹全程黑着脸，好几次都有上去掀桌的冲动。

他胸口闷得慌，习惯性地从口袋中拿出烟盒，这两年他的烟瘾比以前更大了一些。他用右手食指轻轻一推，盒盖打开，手指轻敲烟盒，一根香烟就滑了出来。刚触到那根香烟，他突然意识到什么，又反手一扣，将烟盒的盖子扣了回去，连同那根滑出来的香烟……

池怀音其实并不抗拒相亲，相亲只是多交朋友的方式。她讨厌的是池母胡乱安排，经常安排出让她尴尬的相亲。

像今天这样比较有趣的活动，她并没有觉得难受，其中不乏聊得投缘的男士，互留一下通信方式，做不了夫妻，也能做个朋友。

如果不提活动上偶遇的旧人，池怀音会觉得这一天还是很完美的。

活动结束了，旧人还跟着她，这让她不由得皱了眉头。

热闹的街头，长长的路段，整齐划一的树木矗立在街面两旁。街面上摆摊的人、闲逛购物的人，以及匆匆来去的人，都一一擦肩而过。

唯独那一抹高大悠闲的身影始终不紧不慢地跟在她身后。虽然不适，却又不能说什么，路这么宽，人家要走什么方向她也管不着，只能硬着头皮加快脚步走到了车站。

森城经济腾飞以后，房地产业兴起，池父研究经济的老同学劝池父买套房子投资，他认为森城未来的房价会暴涨。

池父考虑到独生女儿的未来，拿出了毕生积蓄，在森城中心地段的新楼盘买了一套当时还比较少见的电梯楼，全家都从学校分配的老房里搬了出来。

到池家的公交车是那种两截式的加长公交车，走的线路比较长，路过的站点也多，人也多。

池怀音上车，季时禹也跟着上车。

她走到两截式公交车的中间，他也走到中间。

她终于忍不住了，与他对峙道："你什么意思？"

公交车上乘客很多，她不愿太引人注意，故意压低了声音。

季时禹个子很高，双手随意地搭在公交车的横扶手上，整个身体都很放松地挂着。

那一脸的痞子相，倒是多年不变。

池怀音有些生气，脸绷得紧紧的，他却是一副不以为意的样子。

他侧头看向池怀音，微微一挑眉，满脸无辜的表情："我怎么了？"

他明知故问的样子让池怀音不由得咬紧了后槽牙。

"你一直跟着我什么意思？"

他淡淡一笑，一副"就是不要脸，你能奈我何"的模样："公交是你家的？"

"……"池怀音深吸了一口气，把要说的话都憋了回去。

下了车，走到池怀音家所在的小区，季时禹还跟着，她终于不用再忍着了。

她也不往小区里走了，停下脚步，双手交叉在胸前，等着季时禹走到面前。

她也学着季时禹的表情，淡淡一笑，声音温和极了："你别跟我说，你也住这里。"

阳光刺眼，温度越来越高，连刮过的风都是黏黏糊糊的感觉。

池怀音站着没动，季时禹也没动。他被池怀音揶揄了，表情也不见尴尬，只是四处打量了一下，然后笑着说："反正也没事，散散步，认认门。"

他明显意有所指，有一瞬间确实让池怀音浮想联翩，但是她很快就清醒了过来。

当年分开，彼此都有些赌气，要说没有眷恋，那是不可能的，可是就算有再大的眷恋，随着时间的过去也被冲淡了。

池怀音如今再也不会因为季时禹随便说几句话就动摇了。

和季时禹分开之后，池怀音用了很长时间才想通，命运安排他们分开一定是因为他们真的不合适。有些问题不管是早爆发还是晚爆发，重点是一定会爆发。就是侥幸多给两年时间，最后也逃不过同样的结局。

他们之间最大的问题不是什么误会，不是互相不理解，而是她太爱他，而他却不能以同等的爱回应。一段不平等的关系注定不能长久。

所以她回森城也没有做过破镜重圆的梦，因为她明白，所谓破镜重圆不过是重蹈覆辙而已。

"不要再跟着我了，认了也没用。"池怀音目光坦荡，定定地看着季时禹，嘴角带着一丝揶揄的笑意，"我们家现在这高度，爬墙不合适。"

说着，她毫不留恋地转身离去。

看着她离去的背影，季时禹轻叹了一口气。

一贯天不怕地不怕、没有什么办不成的季时禹也有搞不定的事儿。

池怀音如今不管是说话，还是那种拒绝的姿态，都比以前厉害了不止十倍百倍。

日本真厉害，把他那个软糯糯、随便一逗就会脸红的姑娘教成了说话句句带刺的刺猬，棘手，实在棘手。

池怀音走后，季时禹往后退了退，认真地看了下整个小区林立的高楼，整体"海拔"明显高于附近的房子。他随便数了数，最矮的一栋住宅楼都有十二层。

爬墙那确实是不合适，爬完命都没了，以后他还是争取能走大门吧。

周一，季时禹准时到单位上班，刚一到办公室，就被院长点名叫去谈话。

偌大的会议室里就只有院长和季时禹两个人。

季时禹看看情况，觉得有些奇怪。

森城有色金属研究院的院长也是森大的校友，对森大帮的研究员都很照顾，平时也没什么架子，和季时禹说话总是开门见山。

"时禹啊，现在国内电池市场也不是很景气，你也知道的。资源又紧缺，为了更好地利用北疆的稀土资源，现在北疆那边和我们提出了合作，他们提供稀土资源，我们提供技术，一起搞新产品的开发。所以院里可能要和北疆有关方面一起成立一家新公司。"院长泡了一杯杭城龙井，香气扑鼻。他用杯盖点了点，慢慢品了一口，润了润嗓子，继续说道，"我们院里人员比较紧张，现在要抽调整个405室的研究员，你是405室的领导，所以院里决定任命你为新公司的总经理。你本科就开始研究电池，没有比你更合适的了。"

院长说了半天，季时禹还以为是有什么事儿，听明白来龙去脉，季时禹没什么意见。

"这个问题不大，北疆稀土资源丰富，能让我们的研究成果创造价值，相信同事们也不会有意见。"

　　"喀喀。"院长假意咳嗽两声，压低了声音，又说道，"还有个事儿要和你说。因为稀土资源很珍贵，北疆方面也有人员要进来，这要求我们也不好拒绝，而且他们用高薪挖了一个日本回来的电池专家，也确实不容易。"

　　听到这里季时禹眉头微动："所以？"

　　"所以，你们可能需要共事，听说对方是个美女工程师，你应该不会讨厌的。"

　　"只是共事，您不用这么拐弯抹角吧？"

　　"嘿。"老院长也有些不好意思地看了季时禹一眼，"实际上呢，别人希望他们的专家做总顾问。"

　　"权力在我之上？"季时禹终于听明白院长的意思，讽刺地一笑。

　　"那……你能接受吗？"

　　"不能。"季时禹拒绝得极快，对专业领域他是很自负的，"在我的领域我就是全国第一。我不能接受别人对我指手画脚，更不能接受一个女人对我指手画脚。电化学本来就是男人的天下。"

　　见季时禹转身就要出去，院长也着急了，赶紧放下了茶杯追了上去。

　　"哎，季时禹，你这个家伙咋这么倔呢，不就是一个挂名的总顾问吗？也不影响你工作啊。再说了，你和人见见面再看看愿不愿意啊，万一人家能力很强呢？"

　　见季时禹头也不回，连后脑勺儿都写着抗拒，院长也有些无奈。院里就这么一根顶尖的独苗，北都那边派人来挖了几次都没挖走，院里就靠他长脸了，所以他有点情绪院长也不能不照顾："我们也想主导啊，但是稀土资源不是我们的，这事儿我们也做不了主啊……"

　　季时禹刚要离开，会议室的门就被人推开了。

　　副院长带着一群身材高大的男人浩浩荡荡地进来了，他们每一个都是典型的北疆长相。北疆靠近苏联，虽然是游牧民族，人却一点儿都不黑，个个都生得又高大、皮肤又白皙。

夹在那群男人中间的还有一个身材娇小的女人。

她穿着一身白衬衫、白裤子，看上去气质干净又朴素。一张白皙的脸蛋，清丽无双，五官虽然不像北疆人那么深邃，但是带着南方人独特的温婉，让人一眼看去便移不开视线。

两人隔着十几张桌子拼成的长会议桌远远相对，视线相交，都有一刻愣怔。

但是很快她就恢复了正常的样子，挺直了背脊，姿态从容地微笑着，和院里的领导握手，打招呼。

季时禹站在原地没有动，他的视线锁定，一直盯着那个长袖善舞的女人……

副院长带着人进来了，他招待大家坐下，先偷看了季时禹一眼，又和院长使了使眼色。院长愁眉不展，也是先偷看了季时禹一眼，然后摇了摇头。

眼下这情况，两位院长都有些吃不准要如何继续下去，因为涉及整个 405 室的去向，所以他们叫来了 405 室所有研究员一起开会。

405 室课题组是全男人阵容，北疆方面过来的团队除了池怀音以外也是全男人阵容。

大家围着会议桌坐着，院长大致介绍了一下这次会议的目的和在场的人员以后，北疆方面就派出了池怀音上台讲话。

池怀音什么都没有带，轻装上阵，面对一大群男人也没有怯场的感觉。

她在日本也习惯了这样的工作环境，电化学本来就是男多女少的领域。

北疆方面过来的人都是负责采矿、开发稀土资源的，对电池并不了解，所以她以介绍电池开场。

"电池三要素相信大家都知道，正极、负极和电解质。想要提高电池的性能必须改善这三者。两个电极能够放出和接受大量电子，发电效率就会提高，或者可以通过充电补充电池内的电量，需要时再释放出电流，这样也能提高电池的效益。这是我们未来的研究工作需要努力的方向。

"稀土资源再生有多慢不需要我来解释了，我们要在提高电池效益的同时降低资源的损耗，这样才能获得长久的发展。

"我们目前研究的镍镉电池是最普遍的随身听充电电池，单个电池的标称电量为 1.25V……"

池怀音不紧不慢地发完言，405 室的众人已经彻底明白这次会议的用意了。

池怀音是北疆方面派来的专家，因为他们手里握有稀土资源，就把这位女专家空降过来，管理 405 室的一整个团队。

405 室的一众研究员都惊到了。

别说电化学业内男多女少，他们已经习惯了季时禹的领导，就光谈成就，放眼整个国内，他们的课题组都是顶尖的水平，连北都总院都要时不时派研究员过来学习。

现在让他们一群顶尖的研究员听令于一个也不知道什么来头的女人，这也太荒谬了。

大家的目光不由得转向季时禹。

毕竟季时禹是他们的老大，平日里最强势，说一不二，大男子主义，谁来了都是靠技术说话，怎么可能让一个女人过来当领导，压他一头？

这么一想，大家原本悬着的心就放下了。

季时禹肯定会反对的，他们只需要跟着季时禹反对就可以了。

和大家想法一样的还有他们的院长大人，想到和季时禹聊得那么不顺利，也猜到季时禹不可能同意被女人领导了。

但是这会儿北疆的人都在，他也不能当面驳人家的面子，只好硬着头皮尴尬地撇头，向着季时禹的方向："季时禹，这事儿……你怎么看……我知道你们课题组也很忙……"

院长的"实在忙不过来就算了"还没说出口，就听到安静的会议室里传来一声淡淡的回应。三个字像从空谷之中发出，还带着浅浅的回音。

"可以啊。"

院长的表情有些僵，眼神中满是质疑。

"你刚说什么？"

季时禹修长的手指把玩着周继云的钢笔，三根手指将钢笔转得花样频出。笔帽在桌上轻磕，发出很轻的声音。

嗒、嗒、嗒，好似钟表摆动的声音。

许久，他才缓缓地抬起了一直低着的头。

看他那状况外的模样，大家甚至都有些怀疑他到底有没有听清楚院长在说什么。

季时禹长了一双很幽邃的眼睛，眼窝很深，眉骨挺拔，看上去气质很卓然。他清亮的眸子动了动，目光迅速地瞟了池怀音一眼。

那墨黑的瞳孔里好像带了一丛零星的火苗，一下子就从桌子的这一边烧向了池怀音的方向。

他动了动嘴唇："我说，可以。"

院长被季时禹这个突如其来的大转变惊到了，错愕之下，他几乎脱口而出："你愿意让女工程师给你当领导？"

季时禹勾着唇，微眯着眼睛，以他招牌式的不正经的口吻回应："院长，你德高望重，怎么能搞性别歧视？"

会议结束以后，周继云才终于意识到为什么自己会觉得这位叫池怀音的女工程师那么眼熟，原来是"十分钟约会"的时候碰到过的那个女人。

他仔细回忆一下，当时季时禹就已经调戏过人家了，这会儿再把人安排过来当领导，简直是羊入虎口。

可怕，发春的季时禹好可怕。

周继云忍不住八卦，给赵一洋打电话。

赵一洋刚下课，才回到办公室就接到他的电话，本以为是出了什么事儿，没想到是周继云那小子打电话过来聊八卦，真是浪费公共资源的祖宗。

"干吗？"

"你知道吗赵哥，我们新来了个女领导，真的太厉害了。我长这么大，除了济公，就没再遇到过能把所有数据记得那么精确的人，真的一点儿错误都没有，简直比机器还机器。她和济公两个人都很变态，怪不得济公能看上人家。"

"啥？看上人家？"赵一洋有些不相信，"真的假的？我还以为他准备等他的初恋女朋友到天荒地老呢。"

"真的，他都愿意在那女人手下工作了，可见春心大动啊！"

"那人什么来头啊？"赵一洋摸摸下巴，"看来我要去看看了。"

"她叫池怀音，在日本索西公司和三泰都待过，据说是一流的电池专家，最可怕的是竟然和我一样大，真难以置信。"

"你再说一遍？"

"嗯？"周继云以为电话线路不好，赵一洋没听清，又重复道，"在日本索西公司和三泰都……"

"不是这句，前一句。"

周继云愣了一下："叫池怀音？"

赵一洋听到这个名字不知道该哭还是该笑，许久，他轻叹了一口气："看来真是要在初恋女朋友身上耗到天荒地老了。"

"啊？原来池工就是济公的初恋啊？"周继云发现这个秘密以后立刻领悟了万年单身汉济公为什么这么主动，"怪不得济公这种大男子主义都能在女人手下干活了，敢情是打着都在一个单位方便职场性骚扰的主意。"

阿嚏——正在和两位院长开会的季时禹明明坐在室内，却不知道哪里来了一股妖风，吹得他直打喷嚏。

如果当初知道要和季时禹共事，池怀音是不会接受这份工作的。

入职之前，池怀音接触的都是森城有色金属研究院的大领导，也没深想之后会和谁一起工作。

等到她发现是季时禹的时候，一切已经来不及了。

池怀音想，也许这是上天在对她进行考验吧，考验她是否真的放下那段过去了。

池怀音入职的事儿传到赵一洋的耳朵里以后，江甜第二天就来了。

当时池怀音在院里临时给她整理出来的办公室里办公。

两人猝不及防地再见，竟然都是一副相对无言的样子。

她们曾经形影不离，是上厕所都要一起的好姐妹，但是因为池怀音出国的事儿，已经好几年没有联系过了。其间，池怀音每年都给江甜写信、寄礼物，江甜从来没有回过信。

虽然事情已经过去两年，江甜还是耿耿于怀："当年到底为什么不告而别？"

过去这么久，曾经疼得撕心裂肺的事儿，如今也没有影响她继续好好生活。池怀音终于可以坦然地面对当年自己的懦弱和逃避了。

"因为分手了。"

"分手就可以连姐妹都瞒着，直接就走了？"

池怀音握紧了写字的钢笔，声音中带着几分内疚："怕你和赵一洋还想撮合，当时只想能快点走。"

"你知道我最生气的是什么吗？"江甜气坏了，越想越气，越气越激动，"我最生气的是你最伤心的时候却不给我机会，让我陪你。"

"对不起。"

办公室并不大，以前是 405 室放档案文件的地方，如今收拾出一小块地方，多放了一套办公桌椅和一把会客的椅子。

池怀音在角落里放了一小盆花，那花儿此刻安静地站在那里，在空气中散发着暗香，让人的心绪渐渐归于平静。

时过境迁，江甜以为自己会和池怀音大闹一场，然后绝交，可是如今看她仍孑然一身，只觉心疼。

女人在感情里总是伤得比较重。

"这次回来还走吗？"江甜的声音明显软了下去。

池怀音淡淡一笑："不走了，以后就在森城工作、找对象，过完这一辈子。"

江甜瞅了池怀音一眼，觉得两个人好像没有分开那么久，只是和住在宿舍里的时候一样，因为谁夜里没关灯、谁夜里最晚睡吵到别人而闹了别扭，一晚上就好了。

"你给我寄的衣服一点儿都不合身，日本的码号是不是和咱们不一样，这浪费了多少钱？"江甜明明说着抱怨的话，声音却有些哽咽。

池怀音眼眶也有些红。

"谁让你不回我的信。"

"还不让我生气啊？！"

两个人都有些感怀的时候，办公室的门突然被敲响了。

咚咚咚三下，池怀音还没来得及说话，门已经被人推开了。

季时禹穿着一件格子汗衫，搭配牛仔裤，明明是工科男最普通的穿着，在他身上却显得英姿飒爽。他大步跨进办公室，视线原本只锁定着池怀音，进来以后才发现江甜也在，很自然地打了招呼。

"怎么过来了？老赵来了吗？"

"他要上班。"江甜回答，"我请假过来看看怀音。"

想到池怀音和季时禹的关系，江甜都替他们尴尬，结果两个当事人好像没事人一样，不知道是真没事，还是能装。

池怀音从季时禹进来起紧皱的眉头就没有放松过。

"你又来干什么？"

季时禹一副吊儿郎当又理直气壮的样子。

"汇报工作。"

池怀音无语了，忍不住提醒他："你今天汇报第八次了。"

"是吗？"

池怀音忍无可忍："出去！"

季时禹被赶出去以后，江甜试探性地问了一句："你们真不可能了？我看他似乎没有放弃。"

池怀音低着头看着面前的实验报告，表情如常。

"和我无关了。"

"一会儿一起吃饭吗？"

"周末吧，我请你和赵一洋吃饭。"池怀音看了一眼时间，"今天要去看工厂的选址。"

池怀音走后，有很长一段时间季时禹都很颓废，颓废到什么地步呢？戒掉的烟又复吸了，每天都要喝酒，不喝得烂醉就睡不着。

他甚至有些感激当时二次充电电池在国内的技术空白。

因为他们是开垦的一代，所以一切研究条件都很艰苦，几乎没什么休息的时间，每天都泡在实验室里。

池怀音刚走的半年多，他因为太痛苦也曾经想过，也许重新开始一段感情是最快的治疗情伤的方式。

那时候季时禹一个同事的妹妹主动追求他，他没有拒绝，也没有答应，两个人一起吃过几次饭。

有一次季时禹喝醉了，那个同事通风报信，叫了他妹妹来照顾季时禹。

季时禹瘫在单位宿舍的铁架床上，整个人都有些放空。

当时时间已经很晚了，那个女孩给他倒了杯热水，拿了包准备走。

季时禹觉得这么晚了，一个女孩子出去不安全，就随口说了一句："这么晚还要走吗？"

季时禹话没说完，他本来是要说她可以到她哥那边将就一晚，可那姑娘误会了他的意思，直接打断了他。

"不行，虽然我喜欢你，但是那种事儿是很慎重的，不能这么不明不白就交代了。"

"嗯？"听到这里，季时禹才明白她在说什么。

他脑中突然就想到那个一点儿交代都没有，直接离开的女人。

他忍不住好奇起来："是吗？"

"当然了，每个女人都把那件事儿看得很重，尤其是第一次。"那姑娘单纯活泼，说话也大方，也许是因为没有邪念，所以说话也格外坦荡，"如果一个女人把第一次给了别人，只有两种可能。"

"哪两种？"

"第一，她很随便。"

"那第二呢？"

"她非常非常爱那个男人。"

池怀音走的时候季时禹没有哭过，喝多了也没有哭过，一个人的时候也没有哭过。男儿有泪不轻弹，尤其是像他这样的男人。

可是那一刻他的眼眶红了。

他翻了个身，掩盖着自己那一刻的狼狈，对那个姑娘说："你走吧，以后别来找我了，永远也别来了。"

也许再等下去池怀音也不会回来了，可他还是选择了等。

不管是院里让他去德国、去美国，还是北都总院过来多次挖墙脚，他都没有想过要离开森城。

他们在这里相爱过，她走了，他更不能走。

如果他们都不在了，那些回忆就没有人来守护了。

北疆的稀土开采公司和森城有色金属研究院一同注册了一家新公司，致力于电池的研发和生产，最近他们正在为工厂选址。

领导希望他们两个主要负责人一起去看看。

工厂初步选址在森城的宝田区，从院里过去要坐专线，一两个小时才能到。

那么长的路程，两个人却没有什么交流。

专线是去工厂区的，早晚上下班人多，工作时间整辆车都有些空荡。

夏天的中午，天气燠热，车厢仿佛被炙烤得发红的铁板，热得令人窒息。阳光透过车窗照射进来，在车厢里落满斑驳，明暗分隔。

池怀音习惯性地坐在窗边，此刻和胳膊都晒得发烫。

上车的时候两个人也没有商量，池怀音先落座了，季时禹倒也没有避嫌，整个车厢那么空，他非要挨着她坐。如今她卡在里面的位置上，也不好出去，直挺挺地在太阳下晒，她皮肤白，稍微一晒就开始泛红。

靠坐在座位上的季时禹单手支着额头，侧着身子看向她，目光慵懒。半晌，动了动嘴唇："你很紧张吗？"

池怀音被太阳晒得眼睛都有些睁不开："什么？"

季时禹的视线一动不动，嘴角微微勾起，声音温柔得如同恋人之间的低声絮语："你以前看到我就会脸红，那时候我总是在想，这世界上怎么会有这么胆小的女人？"

怀念完过去，季时禹敛起了笑意，表情正经了起来，直勾勾地盯着她。

"池怀音，我们之间的事儿还没有完。"

"……"池怀音没想到晒太阳晒狠了还能晒出这种误会，忍不住说，"你先起来再说话。"

季时禹有些疑惑地起身，让出了位置。池怀音如获大赦，赶紧从那个晒太阳浴的位置逃了出来，移到了车厢中间阴凉的地方。

车窗开着，热风也能稍微解热，快要中暑的池怀音终于缓了过来。

看向自作多情的某人，池怀音嫌弃地说道。

"你能心如止水地和我一起工作吗？"她顿了顿，领导架子十足，"不能，我就把你调岗。"

"……"

池怀音换了座位，季时禹才意识到她脸红的原因，原本还有些灿烂的心情瞬间黯淡了下去。

两人正严肃地对视，公交车就快到站了，售票员用尖细的嗓子喊了一声。

池怀音听到要到站了，也没有再理会季时禹，直接起身向车门走去。

季时禹跟在她身后大约两步的距离。

两人都有些心事重重。

公交车原本在等红绿灯，停得十分平稳。这会儿正好变灯，公交车突然启动，车开出去的那一刻，池怀音正在往车门走去，她的手还没抓住扶手，已经因为惯性猛地往后大退了两步。

季时禹在池怀音身后不远处，因为自重比较重，力气又不小，车发动的那一刻，他手疾眼快地抓住了往后摔过来的池怀音。

池怀音终于站定，只是好死不死地直接撞到季时禹怀里去了。

夏天的温度那么高，公交车厢里的温度更是不言而喻。

两个人都出了些汗，此刻抱在一起，更是黏腻不适。

两人都是多年没有和异性近距离接触，这种猝不及防的靠近，还是让荷尔蒙在那一刻激增了。

池怀音几乎本能地要逃开，却被季时禹一把抓住。

他紧握着她的胳膊，低着头，以那么近的距离看着她的眼睛。

"我就不相信你能真的心如止水。"季时禹的呼吸滚烫，喉结上下滚动。

顿了顿，他几乎一字一顿地说道："反正老子做不到。"

无赖之相，一如从前。

第九章
问自己

　　工厂的地址基本已经谈妥，就等着合约签下来了。

　　森城宝田区政策很好，有关部门为了打造工业区，规划建成了很多厂区。租用费用上有政策减免，虽然远，还是吸引了很多办厂的公司迁来此地。

　　北疆方面的负责人带着池怀音和季时禹大致参观了一下，说了一下规划。季时禹走在前面，听得很认真，他进入工作状态总是很快，比她更专业，很少会受其他事情影响。

　　池怀音跟在他们身后，只觉得胳膊上还有些烧灼感。

　　季时禹的手心滚烫，被他触过的皮肤仿佛还留有余温。

　　他说："池怀音，我愿意等，等到你能坐下来和我谈谈当年的事儿。"

　　池怀音却感觉很迷茫，当年还有什么事儿可以谈呢？

　　日子过得平淡，新成立的元路电池有限公司很顺利地进入了正轨，工作了一段时间，池怀音和季时禹倒也相安无事。

周末，因为池母的生日临近，池怀音去百货公司为自家老妈挑选一份生日礼物。

森城腾飞的经济还有一个表现形式，那就是如同雨后春笋一般冒出来的百货公司。

那时候能逛得起百货公司是一件很值得骄傲的事儿。虽然城市发展极快，投资机会颇多，吸引了很多背着梦想来掘金的人，但是更多的普通人对于生活的变化是很茫然的。

1995 年，森城的劳动人民对这个世界的认识是有限而朦胧的。

重回森城，池怀音其实没想过还能遇到钟笙。

第一，森城这么大；第二，她自己不乐意。

但命运的安排是很奇妙的。

池怀音在港城有名的金饰品牌柜台看着手镯，价格都相当贵。她刚回国，一只手镯的价格相当于她三个月的工资，买起来还是肉疼。她正在犹豫买哪一只，就听见耳边传来一个温柔的女声，在嘈杂的环境里显得很不真切。

"池怀音？"

池怀音没想过有一天能和钟笙坐下来聊天。

明明从来没有正面接触过，但是彼此都知道对方的存在，不仅知道，她们的关系还很微妙。

原本池怀音觉得自己是恨她的，可是真的看着她时，池怀音才发现时间久了真的没有什么不能释怀的。

坐在麦当劳里，钟笙几乎没有空儿停下来和她说话。

钟笙的儿子不过一岁多，刚会走路和说话，是需要人眼睛都不眨地看着的年龄。

她变了许多，不似从前那种不食人间烟火的气质，整个人都带着一种母性的光辉。

她们点的儿童餐上桌，钟笙的儿子才终于安静下来。

1995 年，麦当劳已经在森城开业几年了，依然生意火爆，人多得说什么话都有种能被别人掩盖住的安全感。

钟笙见儿子不再乱动，乖乖吃着鸡块，才终于有机会和池怀音说话。

"这好像是我们第一次说话？"

池怀音抬起头看着钟笙，钟笙的坦然和她的不自在形成了鲜明对比。

"是的。"

钟笙微微笑着，表情很温和："其实我一直很希望能和你见一面，解释一下当年的事儿。"

说起过去的疮疤，池怀音还是觉得胸口有微微的痛感。

"其实季时禹和我私下没有什么。"钟笙自嘲地笑着，"我想离婚的时候去找过他，当时我真的很卑鄙地希望一切都没有发生，季时禹肯帮帮我就好了。

"但是当时季时禹已经有你了，连和我吃顿饭都不肯。他的意思我懂了，一切都过去了。不能因为我很不幸，就要拉着别人一起不幸。

"杨园会去找他，我真的想不到，也阻止不了，他帮我可能只是看我可怜吧……"

想起当年的事儿，池怀音也有几分同情心，看了一眼钟笙身旁坐着的儿子，池怀音也有些吃不准。

"所以你离开那个人了？"

钟笙的表情有些黯然，她摸了摸儿子的脑袋，又展开了笑容："这是杨园的孩子，当时我提出离婚的时候才发现怀孕了。他跪在地上求我，给我写保证书，又将就过下去了。"

池怀音皱了皱眉，有些不解："那他后来……"

钟笙明白池怀音的欲言又止，反问道："狗能改掉吃屎的毛病吗？"

"……"

"不过好在我有儿子了，他不在乎我，却在乎孩子，每次他发疯，我就抱着孩子要跳楼，闹了几次他怕了，就再也没有发生过那种事儿了。"

听着钟笙平静甚至带着几分自嘲地讲述着，池怀音实在不知道该接什么。

倒是钟笙挺大方地和她说："不用同情我，我还好。"

池怀音看着钟笙，想了想，说："其实我和他已经分手了。"

"我知道，所以我才想帮他说几句话。"钟笙说，"他是个很好很好的人，别看他外表看着跟个小流氓一样，其实他的世界是很干净的。对一个人好的时候掏心掏肺，放手就真的放手，不会留恋。他对我早就放下了，后来也不过是出于同情心，帮我出个头。"

想到过往的那些爱与痛，池怀音已经不愿意再去细细回忆。

"我爱过他，我尽全力了。但是我们之间的问题不在你这里，他不会懂，也做不到。所以现在我放下了。"池怀音微微一笑，"我知道他是个好人，对我也很好，可是那种好不是我要的。"

池怀音要走的时候，钟笙语重心长又非常遗憾地说："人和人的关系出了问题，就和机器坏了一样，能修就先修。不要那么轻易就放弃，有些人错过了就不会再有了。"

池怀音能听出她是在说季时禹。

可是她和池怀音是不一样的。她是被季时禹爱过的人，而池怀音是爱过季时禹的人。

她们从来都不一样。

一个女孩子爱得卑微，最后多半是悲剧收场，就像池怀音的爸妈一样。

池父一辈子清廉正直，也不乱搞男女关系，当初那个爱慕池父的女学生搞得风风雨雨，但是池父也没有做出任何越轨的行为。他明明也和那个女学生心意相通，却还是保持着距离，因为责任压身，最后回归了家庭。

池母看上去赢了一切，实际上她却输得一塌糊涂。

留在池父身边又有什么意义？她要的那种爱他给不了，那么一切都没有意义了。这么多年，池母从来没有发自内心地笑过，这已经说明了一切。

当初很多人都劝过池怀音，告诉她如果真的放不下季时禹就该去沟通，可是有些东西是没有办法沟通的。

她该怎么沟通呢？去和他说"季时禹，我希望你爱我，像我爱你一样"？

这些话对季时禹来说就像无理取闹一样。

当年他们不就是这么分开的吗？

他和池父一样，认为对家庭照顾、对妻子忠诚就是爱了。她相信他可以做到，甚至能一辈子做到。

可是那不是她想要的。

她要的不是责任、习惯，而是天塌下来也要在一起的坚定。

——是爱情。

与其在他身边患得患失，一辈子欲壑难填，她宁可放弃他。

如果和一个没那么爱的男人在一起，至少不用那么辛苦。

她这样想。

元路电池的成功上路离不开多方配合，在电池业算是一个全新的尝试。

但是体制内的很多东西还是让季时禹感到无所适从。

时代发展，移动电话开始流行，也就是俗称"大哥大"的砖头手机，这种手机非常昂贵，一个动辄卖到数万元，在那时候可以算是身份的象征，而大哥大里的那块充电电池也变成了奢侈品，售价达到千元。这让研究电池的季时禹看到了其中巨大的利润空间。

虽然他和池怀音没有再谈过去感情的事儿，但他们在工作上倒是很合拍。

两个人都是专业上的领头人，钻研态度也很类似。

池怀音有时候也会和季时禹讲述日本高速发展的科技，这让季时禹坚信，手机会随着市场的成熟、科技的发展从奢侈品变成日常用品，而生产可再充电电池是一件大有可为的事情。

他作为总经理，有意改变元路电池的发展方向，但是事情的发展并没有那么顺利。

近来只要院长、领导过来开会，对季时禹的想法都是拒绝再拒绝的态度。

"我们不是商人，我们创办元路电池是为了节约国家资源，为国家创造更多利益。"院长一贯对季时禹喜爱有加，但是对于他想要做商业的想法是坚决反对的，"我们搞技术出身的人应该做的是利用能源、优化能源，把灰色的理论转化为绿色的实践。"

院长难得严厉地训斥季时禹："季时禹，你要记住，我们是科研人员，我不希望你在这里迷失了方向。"

他们开完会出来，其实算是有点不欢而散。

周继云见季时禹受挫，于是出言安慰他："济公，不是我说，我真的觉得你太认真了，就算元路电池是公司制，也总归是半公家的，我们在这个公司也就是做一下前期研发工作，后面我们都会回院里工作。院里的工作才是我们要干一辈子的，我们在这里再怎么发光发热，能获得的回报也很有限，不需要太急功近利的。"

现在的周继云就仿佛是当初的季时禹，对于未来的方向很迷茫，但对目前拥有的东西很知足，至于自己到底想要做什么其实不是很清楚。

季时禹突然想到，当年池怀音也问过自己毕业后想要做什么。

两年多过去，他才有了一些头绪。

也许男人真的比女人成熟得晚。

季时禹和周继云站在走廊里。季时禹想想有些心烦，刚从口袋里拿出烟盒，就看见池怀音走了过来，他下意识地把烟盒收了起来。

池怀音把季时禹叫到了办公室。

平时无论季时禹怎么耍赖，她也很少让他单独进她的办公室，这会儿居然主动叫他，他倒是很意外。

近来季时禹和领导们相处得不算愉快，院里领导也和池怀音打了几次电话，希望她能管住季时禹，打消他要改变元路电池发展方向的念头。

作为季时禹现在的领导，其实池怀音并没有那个气势可以真的镇住他。

池怀音了解季时禹的个性，他很大男子主义，也很固执，在专业领域的所有想法都是很霸道的。也正是因为他有这样的个性，所以他做任何事情都比别人更容易成功。

甚至连失败都不能让他放弃。

池怀音坐在自己的办公椅上，隔着一张有些掉漆的办公桌，季时禹站在她面前，居高临下地看着她，那目光压迫感十足。

池怀音看了他一眼，想了想，将抽屉里的一封信拿了出来。

那是厉言修给她的，是他一个日本的朋友寄回来的报纸。

"你怎么看？"池怀音问他。

季时禹双手插兜，低头随便扫了一眼全是日文的报纸，坦荡地回答："看不懂。"

池怀音这才想起季时禹没学过日语，她又拿回报纸，逐字逐句地翻译给季时禹听。

"因为电池污染问题，世界电池制造大国日本宣布立法，不允许再在国内生产和制造镍镉电池。"

他们都知道镍镉电池主要用于随身听、大哥大，是目前全球需求量最大的电池。作为镍镉电池生产基地，日本放弃镍镉电池的生产制造意味着整个国际形势都会跟着转变。

如果现在他们能进军镍镉电池领域，对中国的公司来说是千载难逢的机会。

池怀音收起了报纸，思索许久，才沉声问季时禹："如果我愿意帮你去说服领导，你确定能做到吗？"

和院长的几次不成功的谈判让季时禹思考了很多。

对于池怀音的提议他并没有响应，只是很平静地说："我现在连自主权都没有，如何继续做下去？国有体制这个问题是无法解决的。就算你现在说服了上面，确定了这个项目和以后的方向，之后还有很多不可预知的事情会发生。比如：出点什么问题，我被罢免了；或者真的让我做出来了，然后一纸调令把我们两都调走了，那么之后的一切就无法掌控了。"

池怀音没有深想这一层面，只是出于私心想成全他的野心。

他的想法远比领导们那些迂腐的计划更让一个电池人兴奋。

"所以你想下海？"想不受体制限制，下海是唯一的办法。

可是这个决定可大可小，如今季时禹已经爬到正科级，可谓前途无量，而下海如果没有成功，失败是很可怕的。

如果失败了，他连饭碗都丢了。

想到这种可能，池怀音皱起了眉头："这太冒险了，你什么都没有，凭什么下海？如果你失败了，你以后的日子怎么过？"

办公室里只有他们两个人，池怀音开着窗户通风，夏天丝丝微弱的热风吹动着池怀音养的花，枝叶摇摆，沙沙作响。

池怀音往后靠了靠，忧虑的表情全落在季时禹的眼睛里。

有那么一瞬间，他突然觉得眼前的女人看上去什么都变了，其实什么都没有变。

"池怀音，你这是在关心我吗？"

池怀音和季时禹的谈话几乎都是出于本能反应，她倒是没意识到自己的话那么容易让人误会，只能下意识地反驳："我只是关心工作，毕竟日本这次立法对于我们国家也确实是一个机会。"

季时禹对于池怀音的反驳不置可否，只是淡淡一笑。

他对于工作上的事情并没有表现出急躁的情绪，对于未来的生活，他的勇气和抗风险的能力都超过了池怀音。这是男人和女人的不同。

男人天生有野心，女人天生求安稳。

"池怀音，比起工作我更想和你谈些私事儿。"

"我们有什么可谈的？"池怀音微微低下头去，"你我都明白分开以后的那种过程，容易错把触景生情当作还有感情。其实人不可能一成不变，你也是，我也是。就算现在还能继续，也不过是把以前那种过程重复一次。我们不要再浪费彼此的时间了。"

"池怀音，很多东西我没法解释，只有时间能证明。"季时禹俯下身子，双手撑在池怀音的办公桌上，以一种近到池怀音会紧张的距离直勾勾地盯着她，不给她任何闪躲的机会。

"我只问你一句话，"他的表情带着几分运筹帷幄的自信，一字一顿地说，"如果一切从零开始，你愿不愿意跟我走？"

在某一瞬间，池怀音恍惚得好像把季时禹的话听成了另一个意思。

但是很快她的理智就恢复了。

她拒绝了季时禹的提议："我刚回国，没有那么大的野心，如果在元路我可以帮你，出了元路，你自求多福。"

池怀音原本以为季时禹要下海只是随便想一想，没想到他真的找到赵一洋谈起了创业一事。

研究生毕业以后，赵一洋在森城理工大当老师已经两年了，再熬不到一年就能获得分房资格，如今他被季时禹说动，如果确定要出体制创业，就去打辞职报告。

这事儿引得赵一洋和江甜大吵了一架。

江甜和赵一洋在一起这么多年，赵一洋从来没有对江甜说过一次重话，对她可谓言听计从，不是如此，江甜也不会选择一直等他。

如今眼看着要熬出头了，赵一洋如果辞职，江甜就觉得天要塌了。

"我有时候也恨我爸妈怎么当年不早点送我去上学，这样至少我能耗得起，现在我都二十七岁了，老姑娘中的老姑娘，让我分手我怎么甘心？我也没什么指望了，就希望分房下来以后能回海城求我爸妈谅解，让我们结婚。"

池怀音知道季时禹真要下海并没有那么容易，安慰江甜道："这事儿现在不可能这么快拍板的，创业哪有那么容易？就算森城满城都是黄金，也要捡得到才行。人员不够，资金没有，院里也不可能随便批准季时禹辞职的。"

"他有这个想法都该死！"江甜气愤极了，"季时禹这个搅屎棍，他凭什么这样？赵一洋也是个没主见的，人家要他干吗他就干吗！创业有什么用？当老师不好吗？"

　　池怀音知道江甜在气头上，拍了拍她的背脊："赵一洋是男人，有点血性也是正常的，他也是希望为你们创造更好的条件。"

　　江甜想到毕业后的经历就忍不住鼻酸："你不知道我这两年是怎么过来的。我爸妈说我要是不回海城就不见我了，他们都说我疯掉了，海城的好日子不要，要在森城讨饭。"江甜吸了吸鼻子，将眼眶中的眼泪都憋了回去，"我大姐二姐都没有嫁给外地人，她们看我日子过得不好，天天说服我爸妈，如今我爸妈才松了口，说如果我们在森城能稳定下来就让我们结婚。怀音，你不会懂，这分房对我实在太重要了。"

　　池怀音确实不懂，她是个完全的理想主义者。

　　"如果两个人相爱，也很坚定，父母总会谅解的。"

　　"不，我已经累了。"江甜难受极了，说话的声音都带着哽咽，"我以前觉得有爱情就可以战胜一切，可是我发现，最后是我被生活战胜了。"

　　"我年纪到了，等不起了，我不想再去对抗任何人，我只想要安稳。"

　　"……"

　　送江甜上了公交车，看到公交车开远，池怀音才一个人回家。

　　现实的生活比理想的世界残酷很多。

　　年轻的时候以为有爱就可以战胜任何事儿，最后发现，被战胜的只有我们自己。

　　季时禹也好，赵一洋也罢，他们是男人，心怀四方，不甘心在一个小小的铁饭碗里溺死，池怀音可以理解他们的野心；可是江甜也没有错，她看起来虽然外向活泼，其实骨子里和这个时代其他的女性没有什么区别：传统，没有野心，渴望安稳。

　　池怀音问自己，如果她是江甜，她会怎么选择？

　　她竟然发现自己会做一样的选择。

　　不管爱人是去攀高山还是去过荆棘，她都愿意陪伴。

　　她渴望的是《致橡树》那样的爱情，一起分担寒潮、风雷、霹雳，也共享雾霭、流岚、虹霓。

　　难怪她孑然一身，这世界总是容不下太纯粹的东西。

季时禹决定创业的时候就向院里打了辞职报告。

院里领导都很震惊，尤其是几次打击了季时禹的院长，他爱才心切，以为是自己话说重了，内疚不已，没有批准辞职，而是让季时禹先休息几天再谈。

季时禹趁着休息的几天找赵一洋聊了自己的思路，得到了赵一洋的支持，这让他的信心增长了许多。

创业需要人员、资金和设备，人员对季时禹来说不是特别艰难的事儿，他身边的这帮铁哥们儿基本上是一呼百应。

难的是资金。

他们几个都是工作没几年的，存款不多。家里如果知道他们辞掉了铁饭碗，不打断他们的腿就不错了，指望家里投钱，那几乎是不可能的。

当时森城的金融市场还没有那么成熟，那个年代也没有普及什么国外风险投资，迅速找资金的途径基本就两条：第一，银行；第二，国内的投资公司。

季时禹的第一反应自然是找银行。赵一洋对于起步资金有点没概念，他是纯正的工科技术男，对于季时禹的规划也有些没底。

"你觉得我们需要跟银行贷多少钱？日本的一条电池生产线都要几千万，我们怎么说也要贷款上千万吧？这怎么可能完成啊？"

季时禹面色凝重，冷静地说："最好能先贷来三百万，先用这三百万启动。"

赵一洋其实对于三百万能不能变出一条价值几千万的电池生产线心里是没谱的，但是这么多年，赵一洋习惯了跟着季时禹的步调，他能说出三百万，这一定是他经过深思熟虑算出的数字。

然而向银行贷款比他们想象的要艰难很多。银行系统也和体制内差不多，手续复杂，条条框框很多，还比体制内多了一些潜规则。这可难倒了搞技术的工科男，他们本就不善此道。

正当他们一筹莫展的时候，赵一洋突然提出了一个人。

——他们的室友陆浔。

陆浔学的是冶金专业，在学校里的时候每天都在做首饰，今天提炼这个金，明天提纯那个铁，什么钨金、白钨金戒指都做了一遍，就是一直没找到对象，也算是他们宿舍的一大笑柄了。

从学校毕业后，他没有听从分配，因为家里的关系到了北都，在当时北都还挺热门的汇合基金工作。

汇合基金主投传统产业，陆浔也只进去两年，没有什么做主权，但是听了季时禹的讲述以后，他建议季时禹和赵一洋到北都面谈。

去北都之前，季时禹考虑再三，还是决定到公司一趟，他想和池怀音谈一谈。

近来他被领导放了假，公司的事儿全是池怀音一个人负责。

季时禹下午 2 点多过来，池怀音不在办公室。他下生产线去找人，厂里除了工人，就只剩 405 室的几个科研员了。

季时禹皱着眉头抓住周继云。

"池怀音呢？"

周继云正在车间里看生产状况，冷不防被扯了一下，吓了一跳，回头看见季时禹，有些兴奋："济公？你来上班了？"

季时禹还没说话，他就热情地说："你是要找池工？"

季时禹点头。

"池工要去日本了，你不知道吗？她今天不来上班的。"

季时禹瞬间就感到头皮一阵发麻，表情倏地就变了。

"你说什么？她又要去日本？！"季时禹一把抓住周继云的衣领，双眼血红，一副要吃人的表情，"她人呢？"

周继云不知道季时禹怎么突然发了那么大的火，简直比天气还难以捉摸。

"都说要去日本了，肯定是回家收拾行李啊！"

季时禹想都没想就松开了周继云的衣领。

"喂！济公！"

看着季时禹疯了一样离开的背影，周继云诧异不已。

不过是抽调出个差,至于那么激动吗?又不是不回来了。

工厂从日本引进的生产机器出了些问题,在公司维修人员多次调试无果之后,日方生产厂家需要派人过来维修。

这中间的一些手续有些烦琐,需要派人过去,池怀音因为赴日工作过,背景适合,被领导选中,要去日本出差几天。

毕竟在日本工作生活了几年,池怀音没有任何犹豫,该准备准备,该带什么带什么。

池母对公司派一个年轻女孩独自出差非常不满,多次表示要和公司负责人谈话。

自从日本出了那几件事儿后,池母觉得日本简直是全世界最不安全的国家了。

她给池怀音准备的行李中带了很多乱七八糟的东西,什么压缩饼干、罐头之类的,池怀音简直惊到了。

"妈,带这些干吗啊?去那边也有人接待的。"

"这些你都随身带着,万一遇到什么天灾人祸,可以救你的。"说完池母又赶紧呸呸呸三声,"大吉大利,坏的不灵好的灵,肯定用不上,就随便带带。"

池怀音对池母的过度紧张也很无奈,只能趁她不注意偷偷把那些又重又没必要的东西拿出来。

池怀音准备完以后问池母:"我这次去日本,最后一天应该没什么事儿,你想要什么,我可以去买。"

池母摆摆手,对这些都没有兴趣:"我什么都不想要,你要是能带个对象回来我就开心了。"

"……"池母的套路真是防不胜防。

她看了一眼时间,随口对池怀音说:"我去做饭,一会儿你爸估计要回来,他没带钥匙,你给他开个门。"

"噢。"

池怀音刚在沙发上坐下,电视机都还没打开,家里的铁门就被捶得哐哐直响,把池怀音吓了一跳。

池父平日那么斯文，怎么这会儿敲个门跟造反的一样？

池怀音起身，她拉开门的那一刻，原本想要抱怨父亲的话都被门口冷不防出现的男人吓回去了。

"是你？！"池怀音太意外了，本能地问道，"你怎么知道我家在几楼？"

来人明显是一路跑着过来的，头发乱糟糟的，满头大汗，白衬衫都被浸得半湿，贴在身上，整个人狼狈得像落了水的狗。

他一双浓眉倒竖，平日黑白分明的眸子里血丝赤红。他喘着粗气，表情那样骇人，双手紧握成拳，站在门口，就那么盯着池怀音，一动不动。

他带着那么浓烈的恨意，带着简直要把池怀音吃了的表情。

池怀音终于注意到他的不对劲，动了动眉头。

"你怎么了？"

季时禹不知道自己是怎么冲到这里来的。

其实很久以前，他就通过单位登记的个人信息知道了池怀音家的地址。

但他从来没有来过，他知道池怀音和父母同住，他来打扰并不合适。

当他从周继云口中得知她不上班了，要回日本的时候，他的大脑像要爆炸一样地失控了。

坐在公交车上的时候，他只恨公交车不是飞机，不能直接停在池怀音家门口。

他下了车，一路跑过来，肺里全是森城夏天最热的空气，胀得胸口简直要炸开一般疼痛。

他就是不能理解，也不能接受。

这个女人怎么能这么狠心？

每一次都是说走就走，她没有心吗？

也不管池家有没有人，季时禹拉着池怀音就进了电梯，连她家里的门没关也不管了。

叮——电梯门关闭，四面的铁壁将两个人包裹在一个完全密闭的空间里。

那些斯文的招数季时禹学不来，也使不出。

这么久的时间，这么试探来试探去，他累了。

他不想再和她演什么绅士的等待了。他本来就是掠夺的性格。

他还是一如当年地粗鲁，一把将池怀音抱了起来，根本不给她喘息的机会，重重地将她抵在电梯冰凉的铁壁上。

两个人以那么近的距离对峙，池怀音知道敌不过季时禹的力气，甚至放弃了挣扎，只是用力地抵着后背，防止自己掉下去。

他滚烫的呼吸拂在池怀音的脖颈之处，池怀音觉得有些痒，又有些难受。

她身上穿着居家的清凉睡衣，此刻裙子上移，一大片白花花的大腿露了出来。

她也顾不得尴尬了，低头捶了季时禹一下："放我下来，你疯啦？！"

季时禹的一双眼里全是血丝，红得像哭过一样。

他死死地盯着池怀音，目光恨不得要喷出火来。许久，他的喉结上下滚动，撕心裂肺一般地质问着池怀音："日本这么好吗？还要回去？"

池怀音诧异极了，简直不知道季时禹又在发什么疯。

"什么？"

季时禹仰着头，一刻都不让池怀音喘息，咄咄逼人："这次你又要去多久？十年八载够不够？！"

池怀音终于意识到他在闹什么，瞬间安静下来。

电梯里只有他们二人，一番折腾之下，里面热得像蒸笼一样。

许久，池怀音低声回答："四天……"

狭窄的电梯里，空气令人窒息。

季时禹抱着池怀音的手没有放开，滚烫得仿佛烙铁烧灼在她冰凉的肌肤之上。

天气炎热，一番折腾过后两人身上都有汗意，抱在一起，那种黏腻的感觉更让池怀音感觉到异样，好像胸腔最柔软的地方跟着这种炎热一同融化了。

电梯门将里面和外面的世界完全隔开，电梯里成为完全私密的小空间，池怀音恍惚中觉得耳边似乎传来两个人的心跳声，频率都有些快。

"只去四天？"季时禹也有些蒙了，"出差？"

想到季时禹这一通不分青红皂白的脾气，池怀音实在哭笑不得："可以放我下来了吗？"

池怀音的话音刚落，就听见电梯里又响起一声提示音。

叮一声，电梯门开了。

池怀音一抬头就看见等着电梯下来的池父，他一只手拿着书和教案，另一只手拎着一根衣叉棍。她感觉自家爸爸好像拿了根打狗棒似的。

季时禹还抱着池怀音，忘了放开，是池怀音率先反应过来，重重地拍了几下他的肩膀，他才缓缓地把池怀音放下。

"伯父。"季时禹老实地向池父问好。池父理都不理。

池怀音尴尬地整理了一下裙摆，怯懦地抬头看了一眼池父，他虽然站着没动，也没有说话，可是他紧绷的面部表情已经出卖了他。

池怀音看了一眼池父手里的叉棍，再看看季时禹，也怕一会儿会起什么冲突，赶紧推了季时禹一把，压低声音说："赶紧走。"

季时禹犹豫了一会儿，从电梯里走了出来，与握紧了衣叉棍的池父擦肩而过。

池怀音胆战心惊地看着眼前的一幕，紧张极了。

池父进了电梯，先是别有深意地看了池怀音一眼，随后目光炯炯地盯着站在电梯外的季时禹，那眼神像是看着血海深仇之人一般。

半晌，他低头按下自家楼层。

"池怀音。"

见电梯门要关闭，季时禹向前跨了一步，还没走进电梯，池怀音就听见耳边传来池父低沉而压抑的声音。

"你想被我打断腿，你就跟进来。"

不过是去往十楼的电梯，池怀音却觉得好像升天一般艰难。

她站在池父身边，那种低气压让她全身上下的毛孔都像堵住了一样，整个人都透不过气了。

池父不开口，她也不敢说话，只能这么头皮发麻地站着。

回到家，池母早已守在门口，见池怀音回来，嘴里不住地抱怨："你怎么回事儿啊，下楼也不说一声？我在厨房里听也听不见，而且你这记性也太差了，出去也不关门的。"

池怀音有些心虚地偷看了池父一眼，讷讷地低下头去，也不敢说话了。

池父换好了拖鞋，池母已经接过他手里的书本教案，以及新买的衣叉棍。

"这根木头看起来很结实啊，是在我说的那个摊子买的吗？"

"那家没开摊，店里买的。"

池母对新叉棍十分满意，拿着就向阳台走去，还不住地念叨："这棍子真重，可别打到人，估计砸身上都疼。"

池父站在原地没动，意味深长地看了一眼池怀音，意有所指地说："家里要是再来乱七八糟的人，我就用叉棍打断他的狗腿。"

"爸，不是你想的那个样子。"池怀音的声音弱弱的。

"谁都可以，他绝对不行。"

池父坚定的口气已经表明了他的立场。

池怀音不敢回话，想到被自己父亲看到的一幕，脸上燥热，只得尴尬地低下头去："我回房了。"

池怀音从日本回来的第二天恰逢周末，就和江甜约好了去吃饭逛街。

她还没起床，就听见客厅里池母喜笑颜开地号了一声："音音，电话！"

池怀音趿拉着拖鞋出来接电话，见池母满面春风，心想肯定是哪个男生打电话来了，想了想，她接了起来。

"喂，我是池怀音。"

池怀音抬头看了池母一眼，见她没有要走的意思，不由得皱了皱眉。

带着电波杂音的听筒中传来温和的笑声。

池怀音一下就认出了这声音："言修？"

厉言修的声音如 4 月的天气，温和而有生机，淡淡的嗓音沁人心脾："从日本回来也不说和我打个电话？"

池怀音的手指勾着电话绳，有一下没一下地打着圈。

"本来准备明天找你吃个饭的。"

"别明天了，择日不如撞日，就今天吧。"

"今天约了朋友了。"池怀音抱歉地说，"说好了请我朋友吃饭来着。"

厉言修的态度一贯地温和："是我认识的朋友吗？要不一起吃饭？我请你们吃顿大餐。"

池怀音在日本的几年和厉言修实在太熟，生活中大事小事都是他陪着，他对任何人都很照顾，所以池怀音也没有怀疑什么，她对他完全没有男女之间那种防备。那时候吃饭、闲逛都是一大群人一起，她已经习惯这种生活，想来江甜也是个爱热闹的人，于是回复厉言修："等我一下，我问下我朋友，一会儿给你回话。"

厉言修家里算是最早一批做进口车生意的人。父母都是高级知识分子，从国企领导岗位下海，依着原来的社会关系和管理智慧，很快就把私家车生意做得风生水起。他们很早就有意识地将厉言修送出国深造，他十八岁以后都是在日本生活的。

这样开明的父母才能把厉言修教导得彬彬有礼，对人周到而温和，又不失幽默。

第一次和江甜一起吃饭，他是开着车过来的，丰田皇冠 3.0，是那个年代上街都会被围观的好车，一辆就要近四十万元，把江甜都惊到了，因为哪怕在海城，私家车也还没开始普及。

厉言修穿着一件普通的白衬衫，搭配西裤、皮鞋，看上去英俊潇洒。女孩和他说话的时候，他都会很礼貌地微微低头聆听，迁就女孩子的身高。

他全程发扬绅士风度，买东西的时候主动买双份，吃饭就主动让女士先点菜，轮到他做任何选择，都会温柔地询问她们的意见。

一顿饭下来，江甜已然沦陷。

厉言修去上厕所，她像充满了气的气球突然被放气一般，嘴里叽里呱啦地停不下来："我的妈呀，池怀音，你铁石心肠吗？你身边有这种完美的男人你还不动心？"

池怀音对厉言修的体贴已经习惯了，她喝了一口水，冷冷地看着江甜："言修一直是这样的人，他在任何一个圈子里都是很照顾别人的。"

"你当我傻啊？"江甜对池怀音的想法并不赞同，"要真是习惯照顾别人，怎么可能对我们俩这么小心翼翼？分明是对你有意思，连同我一起照顾，想加分。"

"你千万别再跟季时禹那根搅屎棍和好了！就这个哥哥了！"江甜想想今天的待遇就忍不住要双手捧心了，"这个哥哥，我要给他打一万分，总分一百。"

池怀音对江甜的花痴嗤之以鼻，正要说话，就看到厉言修回来了，池怀音赶紧掐了一把江甜的大腿，提醒她别再胡说八道了。

吃完饭，他们又逛了一下午街，天色渐晚，江甜要回单位了。

厉言修很体贴地将江甜先送回了单位，一路上三个人聊得好不畅快。厉言修是那种不会喧宾夺主抢话题的人，他与人聊天总是会先听别人说，然后很自然地进入话题，让人感觉很舒服。

江甜到单位以后没有急着走，而是趴在车窗上，意味深长地对池怀音说："你考虑考虑我说的，就这个了，明白？"

池怀音生怕她再胡说八道下去让大家都尴尬，赶紧推了推她："赶紧走，我们还要回家。"

"池怀音——你可不能让猪油蒙了心哇——"

江甜的单位在新开发区，距离比较远，厉言修还要开车回市里。

一路上，两人很自然地聊着天，厉言修淡淡地笑着，还是一贯的表情。

池怀音问他："你以后不打算回日本了？"

等着红绿灯之际，厉言修一只手扶着方向盘，身体微微侧着，看着池怀音。

"那你呢？"厉言修淡淡一笑，眼眸如水般温柔，"你还回日本吗？"

"我？"池怀音摇摇头，说到自己，连语气都变了，"我不去日本了，我准备落叶归根了。"

"嗯。"厉言修点头，"所以我也不准备去了。"

车厢里虽然不算拥挤，却总归是个比较封闭的空间。

厉言修说完这句话，池怀音面上有些僵，忍不住叫了他的全名。

"厉言修？"

对池怀音的尴尬，厉言修第一次没有一味体贴地谦让着她，而是流露出一种男性本能，尊重之中带着几分强势。

"怀音。"他靠着方向盘，眼眸一眨一眨，长长的睫毛带出温柔的影子。他说话的声音不紧不慢，带着诚恳："你心里打扫干净了吗？"

池怀音头皮到耳根都有些麻，她看着厉言修，却不知道能说什么。

"其实我从来没有放弃，我只是一直在等，等你放下过去。"厉言修微笑着，表情那样豁然，"人这一生不可能只遇到一段感情。结束一段感情，还会遇到别的会让你心动的人，只要是真诚地开始，也一样是很纯粹的爱。"

"怀音，太偏执会让你自己痛苦。"厉言修说，"到我心里来，以后我来保护你，我不会再让你受伤。"

回到市里的时候天色已经暗了，池怀音脑子里有些乱，也不知道和厉言修说什么。

她这样的反应似乎在厉言修意料之中，他没有逼迫她，下了车走到池怀音身边的时候，他只是温柔地揉了揉她的脑袋。

池母非常喜欢厉言修，私下也和厉言修的父母见过面，他们非常通情达理，连为人挑剔的池父都对厉言修的家庭十分满意。

如果不是池怀音固执地反对，她和厉言修也许已经结婚了。

池母劝她的时候也语重心长地说过："初恋毕竟是第一次，一定是痛苦而深刻的，但是大部分初恋都是用来错过的，不要钻进去就出不来了。"

池怀音和厉言修并排往小区里走，心绪纷杂。

她自己也说不上来对厉言修是什么感情。

她在日本的时候有很长一段时间都完全依赖厉言修，他总是会组织很多人一起活动，让她分心，不再纠结过去，是他帮助她从失恋的重伤之中走出来。他总是像个哥哥一样照顾她、包容她。

他温柔得让她感觉自己是有些卑鄙的，明知道他喜欢过自己，还是以这种方式折磨他。

她决定回国的时候其实是松了一口气的。

她总归是不愿意欠厉言修太多。

她可以和任何人结婚，过没有爱情的普通生活，却不能这么对待厉言修。

他是一个好男人。

两人刚走到楼下，黑暗中，一抹火星被掐灭，一道高大的黑影突然蹿了出来。

"池怀音。"

熟悉的男声几乎咬牙切齿地喊出这三个字。

季时禹在北都上了三次会，虽然有陆浔在其中极力鼓吹、周旋，但融资的计划还是失败了。汇合基金主投传统产业，对于电池这种新兴行业并没有完全的了解和把握。虽然季时禹用尽全力去和所有投资委员会的人解释，但是他们对于融资的额度还是颇有微词。

季时禹的团队目前虽然技术人员足够，但是大家都是用技术入股，现金十分匮乏，又没有实体资产，贷款和融资都是老大难。

北都的这次经历，对天之骄子一样的季时禹来说其实算是一记重击。

但是季时禹并不是那么容易被打倒的人，资金问题也不能动摇他想要做电池的决心。

他决定从头再来，拓宽思路，继续找资金。

回森城之后，他又和赵一洋聊了一下，两个人大概做了一些规划，倒也并不着急。

赵一洋看了一眼时间说："晚上一起吃饭吧？"

季时禹诧异："周末你不去找江甜？"

"甜甜今天约了池怀音。"赵一洋瞅了季时禹一眼，"你别跟我说你忘了池怀音昨天回国了。"

季时禹一算时间，果然四天已过，只怪自己近来太忙，都过得有些糊涂了。

他拍了拍赵一洋的肩膀，笑着说："江甜住开发区，你们今天是见不了面了，但是池怀音住市里，我和你还是不一样的。"

说着，他非常重色轻友地转身走人，毫不留恋。

这让赵一洋忍不住掬一把辛酸泪："什么兄弟情义，都是豆腐渣。"

季时禹天没黑就到了池怀音家楼下，因为不确定她到底还有多久回家，只能等。

他算着时间，心想池怀音应该会在晚饭之前回家，她一贯乖巧，周末没有重要的事儿都会陪父母吃饭。

他从还有天光等到天黑，池怀音家楼下都没有出现她的身影。

三个多小时，季时禹忍不住抽了几支烟。

太阳落山后，楼下花丛里的蚊子越来越多，季时禹蹲在一块石头上，蚊子围着他，算是饱餐了一顿。

一只吸饱了血的蚊子停在季时禹的胳膊上，大约是吃撑了，一动不动，季时禹啪的一声就把蚊子拍死了。

掸掉了支离破碎的蚊子，季时禹一抬头，池怀音终于回来了。

好巧不巧，她不是一个人回来的，她身边站着上次在饭店遇到的男人，两个人距离很近，那种暧昧的氛围看得季时禹直接丢掉了刚点燃没多久的烟。

池怀音发现季时禹的时候他刚从一块石头上站起来。

他穿着普通的汗衫和洗旧的布裤子，要不是五官生得出众，这一身衣服实在有些……路人。

也不知道他来了多久，总之，池怀音看到他的时候他就已经等在她家楼下，蹲在一块石头上了。

　　他起身走到池怀音身边，吊儿郎当的气质与厉言修稳重的模样真是天差地远。

　　他生得比厉言修高一些，由于长期运动，肩宽块大，倒是有些盛气凌人。

　　他站在池怀音身边，一副所有者姿态，居高临下，用下巴点了点厉言修的方向。

　　"不介绍一下？"

　　池怀音来回扫了二人一眼，眼下这状况她从来没有遇到过，没有什么应对的经验。

　　她咽了一口口水，转过脸来看着季时禹，开口介绍道："这是厉言修，从日本回来的汽车专家，汽车工程学博士，森城的宏诚汽车就是他们家的。"

　　季时禹听见池怀音把厉言修讲得很牛，天上有地上无，嘴角轻轻抽了一下。

　　"我是说，你不向这位大哥介绍一下我？"

　　池怀音疑惑地看了季时禹一眼，噢了一声，微笑着对厉言修说："这是我单位的同事季时禹。"

　　月光盈盈，眼前的方寸之地只有路灯清幽的一点儿光散落在地面上。树影斑驳，映在地上，随风摇曳。

　　三个人就这么以三足鼎立的样子站着，片刻，池怀音打破了这种尴尬的氛围，转过头对厉言修说："言修，我爸很久没见你了，一直问我你什么时候来家里陪他喝茶，你先上去好吗？"

　　厉言修不动声色地看了一眼季时禹，最后对池怀音笑了笑，一贯绅士地说："好。"

　　明知眼下的情况特殊，厉言修能做到不追问、不计较，听从安排上楼，给池怀音和季时禹充分的空间，让他们聊一聊，池怀音很感激厉言修的这份体贴。

　　厉言修走了，再回头看看一直"等说法"的季时禹，池怀音不由得轻叹了一口气。

回国以后，她已经尽量避免和季时禹见面，也将那段往事压在了心底，他却一而再、再而三地寻衅。

她避无可避，只能无奈地问他："季时禹，你到底想怎么样？为什么一直要这样纠缠？不累吗？"

季时禹的目光一动不动，幽深的眸子与她对视，里面包含着很多池怀音看不懂的感情。

身上的旧衫也不能掩盖他的仪表堂堂、凛然正气，还有那几分特有的朝气。

"因为我疯了。"他的话带着几分赌气和疯狂，在静谧的月夜里久久回荡。

池怀音心中微微刺痛，许久才回答："可是我已经醒了。"

季时禹的双手扶着池怀音的手臂，逼她与他对视。

"池怀音，你看着我的眼睛。"

池怀音看着他的眼睛，不过几秒，就有种不忍的情绪，又撇开头："不要这样了，我不想重蹈覆辙，我们性格原本就不合适。"

"怎么不合适？！"

池怀音也有些委屈，几乎控诉一般地看向他，问道："我最喜欢什么颜色？"

季时禹原本是要和她认真谈谈，她却突然问了个风马牛不相及的问题，他有些错愕，想到她最喜欢穿蓝色的裙子，回答道："蓝色？"

池怀音心中又是一阵痛："我最喜欢吃什么？"

"苹果？"

"我最想去哪里旅行？"

"海城。"

夜风轻轻刮过，带着几分夏日的炎热。

许久，池怀音才动了动嘴唇。

"我最喜欢白色，最喜欢吃巧克力，最想去巴黎，我一直想去看看巴黎铁塔。"池怀音说起这些，嘴角带了一丝自嘲的笑意，"因为你说我穿蓝色好看，所以我总是穿蓝色；你没有那么多闲钱，不可能总是买那些进口的东西给我，所以我说我最喜欢苹果；你没办法带我去巴黎，所以我说最想去海城，可是哪怕是海城，我们也没有去过……

"我愿意穿蓝色，蓝色也很好看；愿意一直吃你买的苹果，苹果也很甜；也愿意等待机会去海城，海城是江甜的家，还有导游……"池怀音抿了抿唇，忍着难堪说出口，"可我不能忍受你不知道我到底喜欢什么、想要什么，不能忍受你不知道我在迁就，不能忍受你不知道我做的一切都是因为我对你的感情。

"季时禹，放手吧，对你我都好。"

池怀音控诉的那些话季时禹都没有反驳，唯有这一句他坚定地回答了三个字。

"不可能。"

两个人不欢而散，池怀音固执地进了单元里，季时禹没有再无理地纠缠。池怀音和他说清楚以后，反而解开了他的心结，更加坚定了他继续等下去的决心。和池怀音说那些话的初衷背道而驰。

他只是对池怀音说："我从前太粗心，把你的好当作理所当然。我现在一无所有，也没有资格和你谈什么保证，但是我可以用生命发誓，和你在一起以后我心里没有过别的姑娘。你走后的两年里我没有一天觉得我们分开了，你可以笑我，可是我真的觉得，我们只是吵架了，你还是我的。

"你以前总是问我为什么和你在一起，是不是为了负责。我很困惑，我到现在仍然说不出来理由，可是我就是想要和你在一起。

"池怀音，我很抱歉，我很坏，做不到绅士地成全你。"季时禹还是一贯地霸道和无理，"你觉得我做得不好的，我会改，但是要我放手，对不起，做不到。"

池怀音走进单元的那一刻眼眶才终于忍不住红了。

有那么一瞬间，她真的很想扑进季时禹怀中痛哭一场，细数这么多年来她受过的委屈。

她不在乎季时禹没背景，也没什么钱，还来自小城市；她在乎的是他爱不爱她，能不能给她安全感。

她要的安全感是不管她怎么无理取闹，一转身他永远在身后。

那是他不可能做到的事儿。

厉言修还等在电梯口，见池怀音失魂落魄地走进来，他只是很体贴地拍了拍她的背，以示安抚。

他按下电梯钮，半晌，才淡淡地问了一句："是他吗？"

池怀音一直低着头，最后点了点头。

"是很强大的对手。"他轻轻一笑，"最强大的一点是他在你心里的痕迹。"

池怀音不愿再谈这些："我和他已经结束了。"

"曾经有一个人和我说，'对于年轻人而言，三年五年就可以是一生一世；过了三十岁，十年八年不过弹指之间'，怀音，你现在觉得痛苦的一切，都是因为年轻。等你再成长一些，你会发现，生活是生活，没有那么多感情用事。"

季时禹这几天都有些心不在焉，赵一洋以为他是因为资金跑得不顺利，安慰他道："这事儿急不来，总会想到办法的。"

赵一洋比季时禹辞职早，他虽然和江甜吵闹了一阵，最后还是获得了江甜的支持。

"我想问问你，为什么江甜那么烈性的姑娘能一直这么坚定地跟着你？"

赵一洋皱眉："你这说的什么话？当然是因为她爱我啊。"

"只是这样吗？"

"我也爱她啊，她就是我的命，离了她我就死了，你懂吗？"

听着赵一洋这么坦然地说出这些话，季时禹第一次没有觉得他很恶心，而是面带一副求知若渴的表情问他："你每天说这些肉麻的话，难道江甜不觉得恶心吗？"

赵一洋像看智障一样看着季时禹："你傻啊？哪有女孩子会觉得恶心的？就是要天天说、时时说，不然她怎么能知道我爱她？"

"爱是靠说的？"

"爱当然不是靠说说就够的，但是不说，那就是真傻了，说甜言蜜语不是最简单的能哄姑娘开心的办法吗？"

"……"

赵一洋拍了拍季时禹的肩膀，大概明白了季时禹最近为什么心事重重。

"追不回池姑娘啊？听江甜说，现在池姑娘身边有个很强大的追求者？"江甜把人夸得他都要吃醋了，自然也知晓了这男的有多优秀，他轻叹了一口气，很真诚地建议道，"我觉得吧，人家那么厉害，你还是早点放弃吧。"

"滚。"

"不过我觉得池姑娘对你还是有感情的，不然有那么强大的追求者，她都没动心，不是瞎了吗？"赵一洋说完又认真分析了一下，"不过我觉得那么好的男人不选，选你，也有点瞎啊。"

"我们还是来讨论资金吧。"季时禹实在不想再听赵一洋扯淡了。

赵一洋看了一眼时间，大概和他说了一下从陆浔那里打听来的消息。

"汇合基金拒绝了我们，基本上也代表了大部分基金会的态度。我们现在的劣势是没有任何可以抵押的东西，就算我们把团队组起来，基本上也都是穷光蛋，离三百万的距离和离月球的距离没差。"赵一洋说，"陆浔建议我们找一找有资金的个人。他给我们介绍了两个人，一个是宏诚汽车的老总，他好像投资了几个项目，对支持年轻人创业不是那么抗拒。"

"宏诚汽车？"季时禹忍不住皱眉，心想怎么这么巧，他说，"宏诚汽车的少东家就是追求池怀音的那个男的。"

"啊！真的假的？"赵一洋说，"那我去和甜甜说，让池怀音帮忙找宏诚汽车融资！资金到位了，才好发挥。我们家甜甜还等着我发财了带她过好日子呢！"

"你想死吗？"

"找情敌借钱才能证明你能屈能伸。"

季时禹想都没想就问："另一个人是谁？"

赵一洋撇撇嘴回答："一个叫苏祥正的人。这个人是你老乡，也是宜城人。十六岁就出了学校，顶职进了人行宜城分行，前几年创立了创融公司，之后一直在森城从事房地产的投资。你也知道的，这几年森城房地产多火热，他很有钱。"

赵一洋对这个苏祥正的了解不是很深，所以觉得比较棘手："我觉得有熟人好办事儿一点儿，还是找宏诚汽车的少东家吧？"

"能打听到苏祥正的家吗？"

季时禹虽然总是吊儿郎当的，骨子里的傲气还是在，他很果断地做出了选择。

季时禹第二次递交了辞职报告，院里领导终于意识到他是认真的了。

这个年代下海的人不少，有人成功，也有人最后灰溜溜地回到了原单位。

院里领导开会研究以后最终决定批准季时禹辞职。

就是季时禹这个人心有些黑，自己辞职，还带走了405室一半的科研员，其中响应最积极的就是季时禹森大的师弟周继云。

为此，院里领导一反常态，没有对季时禹说如果创业失败，还可以回单位的话。

等于季时禹这一辞职就没有回头路了。

季时禹辞职的事儿池怀音也听说了。新公司本来就需要人手，这一走一半人，两边的领导都是一个头两个大。池怀音近来都很忙，忙着招聘新的人员进来。

周末，池母做了宜城酱菜，让池怀音给表哥家里也送一坛去。

池怀音不得不起了个大早，坐车去表哥苏祥正家。

说起来，池母的家族里只有池怀音的大舅舅家里发展得最好，大舅舅原来是银行的，后来也安排表哥苏祥正进了银行，但是苏祥正不是那种安于稳定工作的人，没做几年就出来做房地产了。他的事业倒也发展得很好，迅速成了苏家最有钱的人。

大舅舅不喜欢池父，觉得池父对池母不好，多次劝池母离婚，池母不愿意，所以他对池母一直恨铁不成钢，两家人来往也不多，都是靠小辈来走动。

表哥家里住十七楼，那个房子可以看到海，在森城算是寸土寸金的好地方，是下海第一代成功的商人聚集最多的地方。

从电梯里出来，池怀音刚走出两步，就看到一个熟悉的身影。

——季时禹。

他难得穿得很正式，衬衫西裤，头发也新理过，看上去格外俊逸有神。

这楼里一层就一户人家，季时禹怎么会跑到她表哥家里来？

和她一样困惑的还有季时禹。他刚从苏祥正家里出来就碰到池怀音。

季时禹见她手上拎着一小坛酱菜，本能地要替她提，她缩了缩手："不用了，不重。"

季时禹知道池怀音固执，也没有坚持，只是皱眉问道："你怎么会到这里来？"

池怀音看了他一眼："这是我表哥家。"

这话一说出来，两人都有些尴尬。

季时禹是来拉融资的，费尽口舌，还是失败了，一出门碰到自己的初恋女朋友，又被告知自己刚刚死求活求的人是她表哥。

这世界真是小得有些残忍了。

两个人寒暄了几句，池怀音就要进屋了，她进门前看到季时禹进电梯的背影，竟然觉得有几分垂头丧气。

这是很少能在他身上看到的，他一贯做什么事儿都比别人成功，所以比谁都冷静、淡定。

苏祥正一早就接到池母的电话，知道表妹要来，早早就吩咐家里的保姆买好了菜，做了一大桌好吃的。

"就等着宜城酱菜了。"明明不是什么值钱的东西，表哥却跟对待宝贝一样，挖了一小盘，放在桌子的正中间。

兄妹俩坐上桌，池怀音见表嫂和侄子都不在，随口问了一句："嫂子和北北呢？"

苏祥正笑着说："去港城玩了。"

表嫂和侄子生活优越，经常四处旅游，池怀音也习惯了，就没有再问。

想到刚才在门口碰到季时禹，池怀音想了想，最后还是忍不住问出口。

"早上有个年轻男的来找你了？"

表哥夹着酱菜，随口问："早上？你说那个叫季……季……"

"季时禹。"

"对对对，季时禹。"表哥抬起头看她一眼，"你认识的？"

"同学、同事。"

"噢，这样啊。"苏祥正听说是认识的人，就打开了话匣子，"年轻人想创业，找我拉投资，口气还不小，要三百万，做电池。"

苏祥正考虑到风险问题，就拒绝了。

"你也是做电池的吧？电池值得投资吗？"

池怀音想到季时禹近来的状况，大约是不太乐观。他挖了405室不少科研员，又忽悠赵一洋辞了职，现在一大帮子兄弟就等着资金到位开张了，如果失败了，这些人要怎么看季时禹？

"日本立法关闭了本土镍镉电池的生产线，这势必会让镍镉电池生产格局发生改变，国际生产基地转移。对国内的电池企业来说，这确实是个黄金机会。因为镍镉电池主要用于大哥大，还有移动电脑，可反复充放电五百次以上，耐用、内阻小、可快速充电，又能负载大电流，所以日本放弃生产镍镉电池不代表镍镉电池没有市场了，相反会造成市场的大缺口，这时候如果哪个企业能补上供需缺口，前景肯定是很好的。"

表哥对这一行并不了解，季时禹说的他自然不敢全信，但是自家的表妹也是这行的专家，她都这么说了，他倒是生出了几分兴趣。

"你的意思是大有可为？"

池怀音放下筷子，很认真地说："大有可为。"

表哥虽然对这个行业产生了一些兴趣，却始终有些犹豫，毕竟三百万是很大的一笔钱。

"听说你现在在森城有色金属研究院下属的公司工作？"表哥问，"如果我投这个公司，你能不能替我去看着？"

"我？"池怀音原本只是觉得季时禹的想法确实大有可为，如果表哥可以投资，帮帮他也行，但是让她去和季时禹一起工作，那是两回事儿。

"我现在的工作挺好的。"

"那算了。"见池怀音拒绝，表哥说，"没有亲戚进去坐镇，这么多钱投进去我也不放心。"表哥想想，又说，"也不知道那个年轻人可不可靠，会不会瞎搞。"

池怀音本能地反驳表哥："他以前在学校里就是成绩最好的，对电池的研究非常深入。北都总院挖了他很多次，他在电池方面是数一数二的专家，肯定能做好的。"

表哥没想到平时温和的表妹居然也有这么激动的时候，有些诧异。

"你是喜欢那个小伙子吗？这么维护他？"

池怀音回到家还是十分懊恼，觉得自己在表哥家里的表现实在是差劲。

她那么激动地帮季时禹说话做什么？季时禹成功还是失败和她有什么关系？

虽然她极力解释自己和季时禹没什么关系，但是表哥依然是一副"大家都年轻过，都懂"的表情，池怀音真是有嘴也说不清。

通过曹教授的帮忙，池怀音重新把元路电池的队伍组织起来了，公司终于进入正轨，继续高速运转。

前阵子季时禹挖人，弄得公司非常缺人手，北疆和院里的领导都快急死了，毕竟他们投资了不少钱在这家公司，厂房也建好了，如果不能正常运转，损失还是很大的。

很多搞技术的人都不在乎钱，他们更看重前景，不得不说，季时禹画出来的蓝图比元路现在的保守发展方向要吸引人得多。

池怀音把人员重组以后，一直压在肩膀上的担子终于卸了下去。

季时禹挖人危机度过了，领导们对池怀音的能力都非常满意。

公司近来在研发新产品，池怀音工作比较忙，好不容易休息，江甜立刻约她出去了。

两人逛完街，原本准备一起去尝夜市新开的摊子，结果突然下起了大雨，瞬间哪里都去不了了，她们只能缩在屋檐下躲雨。

屋檐下还躲了几个人，大家都很焦急，却又无可奈何。屋檐外仿佛是被快进的世界，行人奔跑，自行车加速，车开得飞快，满地都是飞溅的泥水。

两人百无聊赖地聊着天，江甜抱怨她："你工资又高，干吗不买个BP机（寻呼机）？"

江甜和赵一洋为了方便联系，一人买了一台BP机，有什么事儿就呼一下。

其实池父和表哥都提出过送她一个大哥大移动手机，一个一斤多重，三四十厘米长，还有半尺长的天线，在当时其实炫耀的作用远大于通话的需求，最后被池怀音拒绝了。

池怀音也没什么人必须及时联系的，对此没什么兴趣："有什么事儿打公司电话就行了。"

"你要不在公司呢？"

"那就在家里。"

"……"江甜知道池怀音的生活有多单调无聊，忍不住还是劝了她一句，"你还是找个男人吧，再这样下去，我怕你出不了嫁就出家了。"

池怀音笑笑："那也得有合适的人才行啊。"

"那个厉言修还不够好？"

池怀音目光淡淡的："就是太好了，我配不上他。"

"唉，同人不同命，你看看你的追求者多么优质；再看看我的追求者，赵一洋算是害了我一辈子了。"

听到江甜这么说，池怀音忍不住笑了。虽然江甜一天到晚总说赵一洋这样不好那样不好，但她其实对赵一洋用情很深，不然也不会为了赵一洋一再妥协。

她刚说完，BP 机就响了，是赵一洋呼过来的，她立刻屁颠屁颠地拿着电话卡去找电话亭回话了。

外面下着很大的雨，江甜把购物袋都交给池怀音，自己奔到雨里找到了电话亭。

她的长头发都因为淋了雨贴在头皮上，身上的连衣裙也湿了一片，她打通电话的那一刻，脸上不自觉流露出来的幸福表情还是让池怀音十分感慨。

看着她一边打电话，一边像小姑娘一样绞着电话绳，池怀音知道那是爱情的模样。

打完电话，江甜又冒着雨回到屋檐下。

"赵一洋马上过来接我们，我们再等一下，一起吃完饭再回去。"

大约二十分钟后，赵一洋果然带着伞来接江甜了。

与此同时，他还带了一根"小尾巴"——季时禹。

这让池怀音非常尴尬。

见季时禹来了，江甜一脸不爽和嫌弃，她抽走赵一洋手上的雨伞，嚷嚷了一句："我和怀音一把伞，你们俩一把。"

她人还没走过来，已经被赵一洋一把抓走，伞一撑，他直接用蛮力搂着她进入雨幕之中，其间她多次回头，也听不见在说什么，全被淅沥的雨声掩盖了。

江甜和赵一洋走了，池怀音不得不一个人面对季时禹。

他手上拿着一把长柄黑伞，站在离她大约三步之遥的地方。

暖风夹杂着雨丝吹到池怀音的裙摆和脚上，从地上溅起来的污水在她身上落下一个一个印记，在她白皙的皮肤上格外显眼。

季时禹与池怀音并排站在屋檐下，他侧头看向池怀音，举了举自己手上的伞："你打伞，我跑过去。"

池怀音看一眼外面，雨越下越大，天空悄无声息地暗了下去，天宇变换，落地的雨滴飞溅出铿锵有力的水痕，再看一眼那些在雨中赶路的人，个个狼狈。

最后，她轻叹了一口气："一起撑吧。"

季时禹个子长得高，伞由他举着。

两人靠得并不近，他把伞向池怀音的方向倾斜，让池怀音不被雨丝淋到。

两人共撑一把伞，好像被强行锁进了一个世界。

外面是阴暗、下着大雨的天空，伞内却是平静无雨的晴空。

雨水从伞面淅淅沥沥滑下，成了笼罩在伞外的一层细薄的雨幕。街上各种各样的花伞组成一个伞与伞之间无声交流的小世界，让浮躁的人心渐渐沉静下来。

"还没吃饭？"季时禹微微低头，看向池怀音。

"嗯？"池怀音有些恍惚，"嗯。"

"赵一洋说一起吃了饭再回去。"

"噢。"

两人正不知道还能聊什么，一个急着赶路回家的男人骑着自行车从路边滑过，车轮轧过路边的积水，眼看着那些脏水就要溅到池怀音腿上，季时禹手疾眼快地将她拉到怀里，两人瞬间调了个方向。

"小心——"

剧情俗不可耐，却还是这么上演了。

季时禹单手抱住她的后腰，手上仍举着雨伞，不让她被雨淋湿。

她一抬头，正好与他四目相对。距离那么近，不管是他身上的气味，还是他的五官轮廓，甚至是他骨骼的每一寸起伏，都是印在她灵魂深处、永远不会忘记的熟悉感。

他温热的掌心贴着她略微冰凉的皮肤，两人都有些躁动。

池怀音本能地推开他，他怕她摔倒，稳稳地将她扶住。

伞下终于恢复平静，只是心跳声似乎越来越大，扑通、扑通、扑通。

伞下的晴朗天空中带了几分绯红的颜色。

四处都下着雨，赵一洋选了一家菜馆吃饭，里面已经坐满了人。

下午五六点正是吃饭的时间，四个人等了好一会儿才终于有人腾出了一张角落里的桌子。

季时禹和赵一洋最近仍然在跑资金，并且不是很顺利。

赵一洋起先只点了几瓶酒，没多久就喝光了，于是又叫了几瓶啤酒。

原本只是吃个便饭，到最后就那么喝上了。尤其是季时禹，他以前喝酒从来不会过量，今天这么安静地一瓶一瓶喝下去，在角落里的桌上竟显得格外落寞。

想来最近的不顺利对他也有些影响。

桌上的小菜季时禹几乎没怎么吃，他就着炒花生米喝了不少啤酒。池怀音看他一瓶一瓶地下肚，不由得皱了眉头。

也不知道过了多久，季时禹终于成功地把自己喝蒙了。

池怀音坐在他旁边，看到他白皙的脖颈儿上开始出现浅浅的酒疹，她知道他这是喝多了。

季时禹男性朋友多，经常有人找他喝酒，以前池怀音也跟着他去过几次，他喝多了就会起些酒疹。人人说他酒量好，不过是他酒品好，喝醉以后不怎么闹，实际上起了酒疹说明他不应该喝太多，身体受不了。那时候池怀音对这事儿是非常不满的，两人闹了些别扭，一来二去，季时禹就不怎么喝酒了。

如今再看见那些酒疹，池怀音还是有些担心，默默地把他面前没有开的啤酒都收了起来，放到她脚边。

赵一洋见季时禹这样，忍不住轻叹了一口气："最近老季不容易，一个搞工科的犟脾气，每天在外面求人借钱，还不顺利。如今森城能求的也求得差不多了，接下来得去找宏诚汽车了。"说着，他瞟了池怀音一眼，"宏诚汽车又特殊，一个大男人，哪拉得下这种脸？"

听完赵一洋的讲述，江甜更是气不打一处来："你还好意思说，这不是明摆着的事儿吗？你们一没背景二没钱，凭什么能创业成功？你还跟着他胡闹，你们就是活该！"

赵一洋听江甜这么说，也有些不高兴了："我这不是为了我们俩能过上好日子吗？一辈子当老师，能发什么财？难道要我一辈子在你家抬不起头？"

"你现在这样，还不如当老师！难道你现在这稳定工作都没有的情况在我家就可以抬得起头？！"

"……"

两个人都有些炮仗脾气，一点就要炸，但是真要他们分开，两个人是舍不得的，他们就是属于床头打架床尾和那种，池怀音已经习惯了，也懒得管他们。

她看了一眼昏昏沉沉地趴在桌上的季时禹，眉头微蹙，她倒了一杯温水，移到季时禹面前。

季时禹醉得有些迷糊，面上有些红，脖颈儿上也出了一些微红的酒疹，满身的酒气熏得蚊子都不敢近身。他动了动，本能地把钱包拿了出来，轻轻一推，推到了池怀音面前。

"怀音，去结账。"

他每个字都说得那么自然，好像他们从来没有分开过一样。

他这个习惯性的动作引得赵一洋和江甜都不吵架了，都愣愣地看向季时禹和池怀音。

池怀音有些尴尬，接也不是，不接也不是。

半晌，她还是将他的钱包拿了起来，把账结了，就和以前一样。

赵一洋和江甜小吵了一架，两个人都有些赌气，赵一洋扶着季时禹走出来，一路上还在和江甜口角。江甜那张嘴比刀还利，一发起脾气也不管还有没有旁人，就跟竹筒倒豆子一样好的坏的都一起说。

就算赵一洋平日再不正经，毕竟也是个男人，也要点面子，这会儿池怀音也在，他听到江甜那些乱七八糟翻旧账的话，也有些生气了。

到了出租屋，赵一洋一把将季时禹丢给池怀音。

"池怀音，你先帮我把季时禹扶进去。"赵一洋瞪着自家女朋友，拔高了嗓门，"老子要去振夫纲！"

辞职之后，季时禹和赵一洋都搬出了原来的单位宿舍，要创业了，能省一分是一分，也没什么钱给他们享受，租住的房子条件很一般。

小小一间房子，墙上都是水泥原色，糊过一层报纸，显得干净一些。

两张床一左一右靠着墙，中间一张长桌，上面都是杂志和专业书。

池怀音左右打量了一下，最后确定左边的那张床是季时禹的，因为右边的床头都是江甜的照片。

季时禹身高一米八五，一百五十斤，池怀音扛着他，吃力极了，每走一步都觉得脚下跟灌了铅一样。好不容易把他放上床，池怀音站在床边气喘吁吁。

季时禹的毛巾挂在床边的墙上，池怀音考虑到他刚才还吐过一次，拿了毛巾和搪瓷盆，准备去打点水给他简单擦一下。

她刚转身要出去，身后一阵窸窣的声音，她还没反应过来，就突然被抱住了。

一股浓重的酒气瞬间将她包围，刺鼻又醉人。滚烫的身体贴在身后，女人柔软的身体和男人肌肉紧实的身体紧紧嵌在一起，亲密无间。

季时禹紧紧地抱着池怀音的腰，那种触碰有些痒，她不自在地扭动，他却把手臂收得更紧了。

季时禹的头在池怀音颈间蹭蹭，亲密得有些过火。

池怀音缩了缩脖子，不自在地唤了一声："喂，季时禹。"

温柔而低缓的嗓音甜得像是将士将要上战场，家中妻子眷恋地叮嘱，像千足虫一下一下挠在季时禹心上。

季时禹更放不开手了。

"放开我。"池怀音手上还拿着搪瓷盆，语气已经严肃了几分，"我们已经分手很久了，你再趁酒醉耍流氓我就喊人了。"

池怀音的威吓对季时禹来说一点儿作用都没有。

此刻冲动已经攻占了他的理智，他的头埋在她带着茉莉花香的秀发之中，只觉得这种靠近太熟悉了，他不舍得放开。

他整个人像火球一样越燃越热烈，而池怀音是唯一能让他稍微冷却一些的冰，只有抱着她，那种持续灼心的感觉才能稍微舒缓下来。

许久，他带着几分酒醉的暗哑的声音淡淡发出："别走，池怀音，我没有你不行。"

第十章
两颗心

房间里只开着一盏昏黄的照明灯，将房内的陈设衬得更为陈旧。

贴在墙上的报纸泛黄，字和图片看起来都不甚清晰，带着岁月的痕迹。

池怀音的大脑轰的一下，完全无法思考了，喉间一哽，她轻咬着嘴唇，心里像有什么东西揪着一样，后背一阵汗意涔涔。

季时禹身上的酒气似乎也让她跟着一起醉了。

他沉默地把头埋在她的颈窝里，一时间两个人都没有说话。

季时禹见池怀音没有再反抗，就准备将她转过来，面对着他。

他还没动呢，房门突然就被推开了，赵一洋冒失地冲了进来，一见屋里的两个人都抱在一起了，立刻暗叫不好。

"不好意思，当我没来过。"

说着，他直接往后退了一步，临走还体贴地把门给带上了。

池怀音方才有些被这气氛影响，险些迷失，赵一洋这一闯瞬间让她清醒了过来。

她的理智让她不能容着季时禹再胡闹下去。

"放开我。"

季时禹依旧借酒装傻，紧紧抱着池怀音。

这次池怀音没有再姑息，先是猛地一脚踩在他脚上，他吃痛，立刻往后挪了一小下，然后池怀音又乘胜追击，一胳膊肘顶在他胸口上……

"学了一点儿防狼术，没想到第一次就用在你身上了。"

很晚的时候，赵一洋才终于把女孩们都安全送到家，他回来的时候，季时禹瘫在床上，如同咸鱼一条。

已经过去几个小时了，他的脚背和肋骨上还是隐隐作痛。

赵一洋大概听了听屋内发生的事儿，一直忍不住笑。季时禹是什么酒量，大家太清楚了，那么几瓶啤酒还不至于让他神志不清，多半是装给池怀音看的。

"不是做兄弟的说你，你是有些心急了。"

季时禹想到赵一洋这个狗头军师出的各种馊主意，一时也是气不打一处来。

"闭嘴。"

赵一洋倒了一杯水，凑近季时禹的床边压低声音问："话说，当年你们有没有那什么过？不是我说，女孩子比我们男的更看重那方面的事儿，你要占了这个先机，那真是有希望了。"

季时禹没动也没有说话，只是不动声色地等着赵一洋继续说下去。

"女孩子都希望有始有终，尤其是像池怀音这样的乖巧姑娘，多少有点精神洁癖。"赵一洋说完，话锋一转，"你别的不太行，但是这身材长相还是能看，打扮打扮，比池怀音那边那个追求者还俊俏一点儿。哪个姑娘不爱俊俏的？像池怀音这样的高干家庭，攀上了就不要放手。你想啊，你要是能和池姑娘和好，再有个孩子，以后你就父凭子贵，我们公司的融资就不用担心了啊！"

"……"听到这里，季时禹要是还能继续听下去，那也真是修行见长了。他一脚踢在赵一洋屁股上。

"滚！"

融资的事儿毫无头绪，所有的路都堵死了，新公司的团队开了几次会，要不要去找宏诚汽车融资，就等着季时禹做最后决定。季时禹一直压着这件事儿，他也有作为男人的自尊，这一步是他怎么都跨不出去的。

就在一切都停滞不前的时候，形势却峰回路转，他们终于收到了一个好消息。

苏祥正回心转意，同意给他们公司融资三百万，并且只有一个要求：让他表妹替他坐镇，且必须在公司担任要职。

大家都知道池怀音是苏祥正的表妹，再看看季时禹那一副老鼠掉进蜜罐里的模样，心想这要求真是太好满足了。

池怀音到他们公司来，季时禹多希望能给她整个公司的最高职位——老板娘。

苏祥正和他们的合同签订得很顺利，三百万的支票到了季时禹手上时，一帮扔掉了铁饭碗跟着他出来创业的兄弟喜极而泣。命运关闭了那么多扇窗户之后终于为他们打开了一扇门。

支票上那一连串的零，对他们来说是莫大的鼓舞和宽慰。

1995年9月，季时禹带领着一个九人的团队组建了长河电池——取自"大漠孤烟直，长河落日圆"的"长河"。

融资合同签订成功以后，苏祥正做东，请季时禹的核心团队和池怀音一起在森城当时最高档的饭店吃饭。

饭店位于森城国际大楼的顶层，可以俯瞰整个森城的风景。

苏祥正也不过比池怀音大七岁，如今不到三十三，事业有成，看上去十分稳重，说话做事没有一点儿浮躁之气，也不会因为他有钱，而面前这帮年轻人一无所有，就有成功人士的架子。

他主动举杯，对季时禹说："以后怀音替我在公司坐镇，也希望你们多多照顾她。"他笑笑说，"我这个表妹从出生开始就没吃过苦，我姑父学问高、成就高，就这么一个独生女，所以格外宠爱一些，如果以后她有任性的地方，请多多包涵。"

表哥的话说得客气，季时禹举着酒杯，也很客气地碰了碰杯。

"应该的。"

说着，他不动声色地瞟了池怀音一眼，她头都没抬，似乎对他们的话题并不感兴趣。

一巡酒过，季时禹去上厕所。

男女卫生间共用一个洗手台，繁复的欧式风格，洗手台面的大理石是整块的，严丝合缝，镜子的边框和水龙头都是纯铜的，看上去好不气派。洗手的时候，季时禹一抬头就看见在最靠近女卫生间的角落里洗着手的池怀音。

他无声地走了过去，打开了她旁边的水龙头。

"谢谢。"他的声音不大，带着几分粗犷。

池怀音给表哥打电话之前思考了很久，最后才终于下定决心。

季时禹身边一大帮需要他负责的人都在等着这笔融资。

她并不怀疑他最后会得到融资，她所了解的季时禹一直都是一个不达目的不罢休的人。

听说他已经开始考虑去向宏诚汽车拉投资，不知道为什么，她不希望他这样做。

潜意识里，她总是想要为他维护几分自尊。

两人在洗手台碰面，池怀音也没有逃避，毕竟以后在一个公司工作，抬头不见低头见，逃避也没有用。

池怀音想了想，说道："都是公事，我也是做电池的，明白这一块的前景。"

季时禹有些担心她的处境，又问道："元路那边放你出来了？"

池怀音的辞职过程也非常不顺利，但是她很坚持，领导们也拿她没办法。

"元路由副院长亲自接手了。"

季时禹点点头："那就好。"

卫生间的洗手台上有可挥发的玫瑰精油，暗香阵阵，引得人目眩神迷。

正当池怀音考虑要不要先走时，季时禹突然关闭了水龙头，水声戛然而止，他的声音在这宽敞幽静的空间里清晰地回荡。

"那天你去结账，有没有在我钱包里看到什么东西？"

池怀音抬头，疑惑地看了季时禹一眼，才想起他是说那天他喝醉了，把钱包递给她的事儿。池怀音有些吃不准他的用意，仔细回忆了一下那晚拿到他的钱包之后做的事儿，并没有过错之处。

"你不是怀疑我拿你的钱吧？"

季时禹没想到池怀音能乱想到这种程度，嘴角不自觉地抽了抽。

"怎么会？！"

池怀音皱了皱眉，看向他："除了钱，钱包里还能看到什么东西？"

季时禹无声地看了她一眼，心想，早知道该把那张照片放在更显眼一些的地方。

半晌，他无语地摇了摇头。

"没事。"

1995 年 9 月，季时禹带着满腔的热血投入了创业之中。

不过一个星期，他们就选好了公司的厂址，那是上沙镇的一处破旧的厂房，原本是国企的产业，因为经营不善已经搁置了几年，如今有人愿意大老远地跑过来租，领导自然是欣然接受的。

厂址是选好了，就是环境很恶劣。首先，上沙镇离森城有四五十公里远；其次，里面除了可以做生产车间的厂房外，只有一栋很破旧的办公小楼，一共就三层。

赵一洋想一想，说道："一层见客，二层办公，三层当宿舍。这么远的地方，住市里肯定不方便了。公司这帮单身汉估计没意见，就是池怀音有些不方便，人家是天之娇女，不知道她肯不肯住这里。"

他们在一起那么久，池怀音很少需要别人照顾，她细心又安静，都是她在照顾他，所以季时禹几乎本能地回答："她没有这么娇气。"

说完，他又自嘲地一笑，越回忆过去，他越发现池怀音的可贵。

她明明出身于高干家庭，却一点儿架子也没有，她在他面前表现得实在太好，让他甚至有些忽略了她有那么值得骄傲的资本。

季时禹看了一眼眼前残破的小楼："买点石灰粉和油漆，我们自己把墙面和窗框都刷一下。东西是旧的，人不是，精神不是。"

"……"

公司选好厂址以后，池怀音这是第一次过来看。

上沙镇离她家很远，她得倒三趟车才能过来。当初选厂址的时候，赵一洋大约是动了一些私心，基本上都是围绕着江甜单位的方向在选。

上沙镇毗邻江甜学校所在的经济开发区，镇上有一条乡镇公交线路，赵一洋坐车半小时就能去看望江甜。

这可苦了其余的人了，在这么远的地方上班，肯定只能住在厂里了。

别人好解决，池怀音是最困难的，季时禹的公司团队就有九个男人，她一个女孩，真是想想都不方便。

到了破旧的厂区，她一眼就看到了那栋三层的办公楼。

楼下，一群年轻的男人拎着石灰桶和油漆往楼里走去，一个个都是朝气蓬勃的样子，元气满满。

季时禹站在他们身后，头上戴着一个用报纸叠的帽子，看上去有些滑稽，身上穿着很旧的汗衫，大约是因为要干活，选了件平日不穿的，不怕弄脏。

原本他还对着别的小伙子指手画脚，一回头看见池怀音，他立刻摘掉了那顶报纸做的帽子。

隔着炽烈的阳光，他微微偏头，脸上带着和煦的笑意，抬起手对她勾了勾手指，慵懒至极，带着几分蛊惑似的。

"过来。"

三楼的宿舍是最先"装潢"好的,重新刷白的墙壁看上去很干净,让原本破旧的房子恢复了生机。

季时禹带着池怀音一路走到最里间,这是一层楼最大的一间房,带一个小小的厅,有一节是凸出来的,呈一个"L"形。

"厂区很远,你以后上班来回不方便,所以最好还是住厂里。"

池怀音到处看了看,点了点头:"嗯。"

"这一间是一层里最大的。"

池怀音往房里走去,刚刷过的窗户被打开了,她撑着窗台,探头向外看了看。

这厂区搁置了几年,已经完全不见当年的辉煌,到处都是没人管理的树木和花草,看上去倒是很原生态。

池怀音所在的这间房子楼下竟然有一丛开得茂盛的繁星花,花团锦簇,枝繁叶茂,这让池怀音的嘴角不自觉地流露出一丝淡淡的笑意。

季时禹脚步不重,踱步到她身后,一双手臂自池怀音腰侧穿过,撑在窗台上,虽然没有挨着池怀音,但是这暧昧的姿势仿佛他们抱在一起一样。

池怀音只欣赏着楼下的花圃,没注意到季时禹什么时候过来的。

"这间最好,最适合你。"

"为什么?"

季时禹拉近了两人的距离,那种温热的体温骤然靠近,好像要把池怀音煨化了似的。他淡淡一笑,用低沉而有磁性的声音轻轻地在池怀音耳边说:"看得到斜面那扇窗吗?"

池怀音所在的房间位于"L"形凸出的那一节,像一个展台一样,可以看见旁边的窗户,她往外凑了凑,见那扇窗也没什么特别,问道:"那扇窗户怎么了?"

季时禹温热的呼吸落在池怀音的耳郭上。

半晌,他不疾不徐地说道:"如果你住在这里,你一开窗,我就能看见你。以后我再也不会让你从我眼皮底下消失。"不等她说话,就听见季时禹继续说着，"池怀音，我比你想象的更在乎你。两年是我能承受的极限了。"

房内空空荡荡，池怀音的耳边是季时禹平缓的呼吸声。

她没有动，只觉得好像有一簇文火在慢慢烧灼着她心里好不容易竖起来的铜墙铁壁。

她的太阳穴突突地跳了几下。许久，她屏住了呼吸："防狼术，我可是学了一套。"

她的威胁终于让季时禹心有余悸地往后退了一步。

他本能地捂住还在隐隐作痛的肋骨。

池怀音冷冷地瞪了他一眼："说话就好好说，不要靠那么近。"

季时禹被鄙视了，他也不生气，只是淡淡一笑："你慢慢参观，一楼还要继续刷，我先下去了。"

季时禹走到门口，又突然转过头来："防狼术是用在坏人身上的，不是用在我身上的，你把我打坏了，就要守寡了。"

他说完，脸上就露出了招牌式的痞子笑容，也是讨打。

他走后，屋内终于归于平静。

池怀音轻舒了一口气，整个身体都放松了，心跳却没有，始终跳得很快，她也不知道自己在悸动什么。

从前他嘴拙，从来不说什么甜言蜜语，让她患得患失，总是胡思乱想；如今他每天说，又总觉得哪里不对劲。池怀音摸了摸自己起了一层的鸡皮疙瘩，浑身抽了抽，好像是有点恶心……

池怀音辞职，没敢告诉池父池母。因为这份工作是她自己找的，池父不主动去打听，就不太能知道她平时在干什么，表哥家里不喜欢池父，更不会主动联系，这才能让池怀音钻到空子。

池父近来带学生搞新的课题，也很忙，他听说池怀音要搬去员工宿舍，倒也没有怀疑，只是叮嘱："住单位宿舍以后，要注意作息，不要晚睡，每天要吃够三餐，多锻炼身体。"

池母则替池怀音收拾了一大堆东西：穿的衣服、鞋子，用的肥皂、洗发水，吃的零食、家里的酱菜……

池怀音看着那山一样的行李倒吸了一口凉气。

"妈，我每个周末都可以回家的。"

"不是说在厂区住吗？如果环境简陋，这些也不好买，带着吧。"
说着，她又叹了一口气，"虽然我总是催你找对象，但是心里又舍不得，
你这只是去住员工宿舍，我却觉得你好像要出嫁了。明明和你读大学的
时候一样，心里却觉得不一样似的。"

池怀音的妈妈是个善于表达情绪的人，池怀音已经习惯了她的多愁
善感，伸手抱了抱她："妈，你放心，我可以不出嫁，一直陪着您。"

"那不行，不出嫁像什么样子？"池母听她这么说，又赶紧推开她，
"我看厉言修就不错，上次给你爸爸送的茶叶他喜欢得不得了。"

见池怀音一脸抗拒，她赶紧又说："你单位男的多，多努努力，厉
言修你不喜欢，你自己谈一个总行了吧？"

听到池母又在催婚，池父脑中突然想到那天在电梯里碰到的一幕，
立刻板着脸说："别整天催催催，也不是人人都配当我的女婿！"

见池父意味深长地看向她，池怀音心想他这八成是又想到季时禹了，
赶紧老实地闭上了嘴。

她猜到池母会给她准备一大堆东西，怕父母会因为东西多要送她，
那不是露了馅儿？便提前和周继云、赵一洋打好了招呼，让他们帮忙来
拿一下行李。

她低头看了一眼时间，也差不多了。

她正想着这事儿，门铃就响了。

"应该是我同事过来帮忙了。"

池怀音穿着拖鞋，迈着小碎步跑过去开门。

门一拉开，就见季时禹斜倚着门框，一只手撑着身体，另一只手插
在兜里，一双勾魂摄魄的眸子正直勾勾地盯着她。

她的一只手还僵直地握着门把手，她看看眼前的不速之客，只觉得
耳边一片嗡鸣。

"怎么是你？"池怀音压低了声音。

季时禹的脸上倒是十分自在的表情："他们都没空儿。"接池怀音，谁敢有空儿？

池怀音正思考着怎么才能不让季时禹和池父见面，池父已经应声走到了门口，一看见季时禹，脸色立刻暗了下去。

季时禹像是看不懂池父的嫌弃一样，热情极了，伯父长伯父短，把池父喊得嘴角直抽。

"伯父，我来接怀音去单位的。"他一眼就看到了客厅里收好的包裹，恭谨地走过去拿，他走到池母身边，又是一阵主动，态度狗腿，"伯母，是我，小季，您还记得我吗？"

能不记得吗？这么多年池怀音就带过一个男朋友回家，他化成灰池母也能认出来。

池父池母都是一阵蒙，他们面面相觑，无声对视。

眼下这又是什么情况？

还是池父先冷静下来，他紧皱着眉头上下打量着季时禹，季时禹和当年在学校里的样子差不多，看上去混得没有多好，甚至有些落魄。池父不由得把他和厉言修做比较，一个是听到名字就会眉头舒展，一个是多看一眼就觉得内心烦闷。

"你们是同事？"池父问完又觉得多余，两个人都是森大的学生，在森城，这个领域最好的单位就是森城有色金属研究院，是同事也正常。

季时禹倒是有礼貌，仿佛上次被池父碰到的尴尬不存在一样，很自然地回答："是的。"

池父越看季时禹越觉得看不上，尤其是当年发生的事儿，季时禹为了一个已婚的女人在学校里打架，闹出轩然大波。要不是他出面，人家老公家里不会善罢甘休。季时禹对女儿造成的伤害，让她愿意去日本待两年，可见女儿心里的阴影有多深。

再看看自家女儿那一脸紧张的表情，分明还是维护这痞子的模样，池父更是气不打一处来。

池怀音这姑娘千好万好，就是没见过世面，对男人太死心眼。

池父瞥了季时禹一眼，冷嗤一声："你还喜欢跑步？"池父分明是不安好心，故意出季时禹的丑，好让他知难而退。

谁知季时禹却一点儿都不觉得尴尬，他笑眯眯地说："伯父放心，我现在都是穿着衣服跑的。"

池父被噎了，气得瞪着眼："不像样！"

池母面对这种情况倒是没有生气。她扫了季时禹一眼，又看向池怀音，担心地问道："你确定要搬去宿舍住吗？"

池怀音没想到事情会这样发展，也有些尴尬，讷讷地说："我本来是叫的别的同事，他们都没有时间，所以……"

池母摆了摆手，叹了一口气："孩子大了，是真的管不了了。"

季时禹原本想走长辈路线，早点把池怀音给追回来。想当年，池母对他可是喜爱有加。听江甜讲，池母一天到晚给池怀音安排相亲，对于他这个送上门的女婿，她应该不会拒绝才对。

结果没想到偷鸡不成蚀把米，池父池母的态度都很不好，看来长辈路线是失败了，不过这也让他发现了新的问题，那就是——长辈的反对也是大问题。

仔细想想，季时禹也有些后悔，原本眼看着池怀音对他的态度变好了，就因为他先斩后奏去了她家里接她，之后好几天她看到他连头都不抬，当他是空气。

他们俩这低气压，单位的同事也都发现了，但大家都不敢多问，只是默默围观。周继云一贯八卦，他见季时禹一直板着一张脸，每天出出进进，眼看着又要恢复"夜总会"的生活，他赶紧来关心一下。

"济公，你和池工吵架了？"

季时禹皱着眉，低头看着生产车间的图纸，头也不抬："做你的事儿。"

周继云趴在季时禹的办公桌前，一脸热情地献计："这女人啊，还是要哄，没事送点小东西什么的。再不行，找她的朋友帮你说说情，不说池工和赵工的女朋友是好姐妹吗？你可以找赵工的女朋友帮忙啊。"

"你很闲吗？"季时禹看了周继云一眼，笑里藏刀，"竟然还有空儿管我的私事了？"

"不敢不敢！"

下了班，季时禹最后一个上楼。

池怀音的房门关得紧紧的。听说她因为他住在旁边，还特意去换了一把铜锁，又大又结实，把他当成什么人了？

他垂头丧气地回了房间，还没坐定，赵一洋已经冒失地冲了进来。

"老季，"赵一洋火急火燎地说，"我这周五要请假啊。"

季时禹本就心情不好，听说赵一洋要请假，更加不悦。

"现在本来就缺人手，你还要请假？"

"江甜学校派江甜下乡，我要陪她去。"

季时禹一脸狐疑地看着赵一洋："下乡还要人陪？又不是什么好事儿。"

"下了乡晚上就不回了啊。"赵一洋神秘地一笑，"都是男人，就不要多问了。"

季时禹见赵一洋一脸期待，那种强烈的对比让季时禹心里不是滋味儿。

他沉默了一会儿，想到周继云的话，缓缓地说道："你要请假也行，让江甜给我帮个忙。"

虽然最后池父池母还是放行了，让池怀音搬到单位宿舍住，但是季时禹的出现还是如同一颗深水鱼雷一样投入原本平静的池家。谁也不知道什么时候会爆炸。

他做事情的方式实在很不成熟，甚至有些冲动，总是无形中给她惹很多麻烦。

她近来不理他了，生活倒是清净了许多。

周四，下午公司要开会，他要作为总负责人提出公司未来的发展方向。

20 世纪 90 年代，充电电池技术和设备几乎由日系厂商控制，为了保持技术上的优势，维系垄断地位，日本政府甚至禁止出口充电电池技术和设备，以求形成技术上的壁垒，阻止他国厂商后来居上。

在森城也不是没有电池厂商，甚至可以说不少，但大多是采用组装的方式，从日本购买电芯，然后进行简单的加工。

一般来讲，电池是由电芯、保护板、安全阀、铝壳或铁壳、外部壳体组成的。其中，电芯是储存电量的主体，也是电池技术的核心。

赵一洋和周继云都认为长河电池一开始的业务方向应该是二次充电电池的委托加工（OEM）市场。

"很简单地说，我们资金不够，虽然森城也有很多 OEM 工厂，但是我们都是搞技术出身的，我们可以提高技术，增加产量，提升竞争力。"周继云说。

赵一洋对此也很赞同："镍镉电池是必须上马的，但是买设备简直就是天方夜谭。我打听了一下，一条生产线的设备最起码要两千万，我们只有三百万的资金。"

"也许可以采用整合方式，我们生产一部分，外包一部分给别人，最后我们来整合。"

一直没有说话的池怀音听到这里，终于忍不住开了口："不行，必须自主生产，不然受制于人，风险太大。"

池怀音代表资方，她的意见一出，众人都安静了下来，一齐看向坐在上首的季时禹。

季时禹并没有坐得太挺直，大家在下面讨论得很激烈，他的表情却带着几分漫不经心。他一言不发地看着窗外，也不知道在想什么。

许久，他才回过头来，扫了众人一眼，明明什么都没说，却有种不怒自威的领导气势。

"电芯，一定要自己生产。"

他不紧不慢地说了这几个字，如在平静的湖水里投了一颗石头，瞬间激起涟漪阵阵。

"这怎么可能？"

"电芯生产技术是日本垄断的。"

"就算我们可以研究出来，设备呢？借三百万的资金都这么艰难，一两千万不是天方夜谭吗？"

"……"

在大家的担忧和反对声中，季时禹始终面色平静，似乎早就预料到大家会有这种反应。

池怀音沉默地看着他，没有先反对，只是等待着他继续说下去，也许是她太了解他，知道他从来不会打没有把握的仗，如果他说出了一个点，一定是有突破口的。

会议室里嘈杂的声音持续了许久，坐在上首的季时禹淡淡的视线扫过来，与池怀音对视。

像一种无形的默契，两个人都没有移开视线。

许久，季时禹笑了笑，拍了拍桌子，示意大家安静下来。

"如果我们能把电芯的生产步骤全部拆解呢？"季时禹的脸上是运筹帷幄的表情，"化整为零，再化零为整，以人力生产呢？"

"一套进口设备二十万美元，按六十个月折旧算，一个月是两万美元，两万美元可以请多少工人？人力战术难道还不能和机械生产比拼吗？"

池怀音怎么都没料到季时禹能想到这么"土"的办法。

在技术高速发展的时代，所有的人力生产都在向机器生产转移，他却在返璞归真，将原本该用机器生产的东西又回归到用人力生产。

季时禹侧着身子坐着，手指习惯性地敲击着桌面。

"核心的设备我们自己研发，组成一个人和机器组合的生产线。"他抬头看了池怀音一眼，"池工在索西和三泰都工作过，她操作过所有的核心设备，我相信这个方案是完全可行的。"

会议结束，整个公司的人都开始振奋起来，大家很快就开始各司其职，没有人在计较未来能得到什么，他们更多的是在证明着自己的价值。

如果他们最初辞职只是一股冲动，那么现在驱动他们继续前行的就是一腔的热血。

池怀音拿着笔记本和钢笔，脑中还在想着季时禹说那些话时的表情。

也许他原本就适合这样的角色。

池怀音刚要上楼，身后就传来一个尖细的女声。

"怀音。"

池怀音一回头，是江甜过来了。

厂区建在乡镇上，公司食堂为了方便，请了一个烧饭的阿姨，到开饭时间就会打铃，和一般的公司并没有两样。

赵一洋和季时禹还有点事儿要说，没到食堂来。

池怀音给江甜打了一份饭，两个人坐在桌边吃着。

"你们下午开会了？"江甜对季时禹意见挺大，说起他就没什么好话，"我觉得他有点黑心啊，把我们家赵一洋当牛用，他自从离开理工大，就忙得见不着人了。"

池怀音笑笑，安抚道："创业期是比较忙的。"

江甜握着筷子的手顿了顿，想到今天来的目的，她清了清嗓子说道："其实我觉得季时禹也还不错，家境虽然比不上你家，但也算过得去；学历嘛，也不用说了，虽然比不上你，但是也不错了；长相，勉强没有长歪，在外面招蜂引蝶还是够了。"

池怀音听到江甜居然开始说季时禹的好话，有些怀疑是不是自己听错了："甜甜，你是不是发烧了？"

江甜嘴角抽了抽，强忍着不爽，继续说道："我觉得吧，你可以考虑下季时禹，你看你们如今一起上班，各方面都合拍，就不要矫情了，给个考察期，他表现好就和好吧。"

池怀音忍不住笑了笑，还是有点不敢相信："你居然会帮他说话？

我没听错吧？"

江甜撇撇嘴，很认真地凑近池怀音："我觉得吧，考察期还是要有的，也不要太长了，一百年刚好。"

她话音刚落，坐得稳稳的凳子就被人踢了一脚。

她恼怒地回头，先看见不断向她使眼色的赵一洋，又看到赵一洋身边站着的一脸铁青的季时禹……

赵一洋最后还是得到假期了，去人力市场招人的重任最后由池怀音承担了。

池怀音也知道赵一洋和江甜不容易，年轻人谈恋爱，总是希望能多找些机会在一起，能成全就成全了。

开发区的人力市场名字叫得响亮，实际上就是一个个塑料棚搭建的空地，让用人单位和求职者可以有一个地方交谈。

为了压低人力机械生产线的成本，池怀音和季时禹的任务就是以最低的工资标准招募最多的工人。

森城作为经济特区，在人力资源上有一定优势，从全国各地蜂拥而至的人为了立足森城，对于工作类型是完全不挑的，但是他们也不傻，也会看看薪资标准。

那一年，南省的最低工资标准是七类工资，月标准一百六十元。

以这个工资标准招到最多的工人，这对两个从前搞技术的人来说也是一个老大难。如果赵一洋在，也许事情会好解决很多，毕竟他那张嘴还是很能说服人的。

池怀音拿着印着公司要求的传单穿行在求职者中间，见人就发一张。

一个小时下来，他们也招到了七八个女工，但是和他们招到一百多个人的目标还差得远。

和池怀音的不安不同，季时禹一直站在角落里观察。

到这里求职的多是十八到二十五岁的年轻人，国家颁布了禁止使用童工的法令以后，南省的用人环境也规范了很多。

这些求职的人多数上过初中，对未来有一定规划，他们想以七类工资招募工人还是有些艰难的，他们还需要想出新的策略来。

季时禹从台阶上下来，正准备去找池怀音，就看到德士龙华荣科技园的招募信息挂了出来。德士龙是森城最大的代工厂，他们每筹建一个科技园，就需要大量的工人，工资有保证，也非常稳定，是很多求职者的首选。

池怀音原本在发传单，一窝蜂地挤过去的求职者一下子把她冲入人流，她反着走，想要出去，结果被人撞倒，瘦弱的身躯又迅速被卷入人流……

季时禹怕池怀音被人踩踏，慌忙地赶了过去，他用力扒开人群找到池怀音的时候，她已经扭伤了脚，坐在地上动弹不得。

池怀音被人推倒，又扭伤了脚，坐在地上又狼狈又害怕。

蜂拥的人群将她密实地围住，她的视线瞬间低了一截，连头顶的光都被人挡住了，人们挤动的脚步声不绝于耳。池怀音的眼前全是腿和脚，不知道谁会不小心踩到自己，那种感觉让人不安极了。

她见到季时禹的那一刻，眼前的一片无光的黑暗才终于被劈开，季时禹站在光里，周身都被镀了一层温柔的淡黄色，好像英雄骤然降临一般。

池怀音只觉得心中的不安和害怕都被驱散了，眸中闪烁。

季时禹见她没有被人推搡、踩踏，稍微松了一口气，他想也没想就蹲在了池怀音面前。

"上来。"他的声音低沉，带着蛊惑人心的力量。

眼前混乱，池怀音没有时间再多问什么，她缓慢地爬上了季时禹的背脊。

季时禹比池怀音高很多，背脊很宽，池怀音的手臂圈着他的脖子，她紧紧地趴在他背上。

池怀音受伤了，招人的事儿只能先暂停，两人带着新招的七八个工人回了上沙镇。

　　她觉得有些沮丧，季时禹却和没事人一样。

　　回了宿舍，新来的工人由其他同事安排，季时禹拿了药油到了池怀音房里。

　　池怀音的房间里收拾得非常干净，和季时禹只用来睡觉完全不同，池怀音的房间到处都被她布置得很有情趣。房中摆了几盆花草，都是从厂区里移栽过来的，精致而有生机。

　　池怀音的脚踝已经肿成了大馒头，季时禹拿了张凳子坐在她面前。

　　她穿了一条过膝的裙子，将将露出一小截纤细而白皙的小腿。

　　她抱紧了自己的膝盖，迟迟没有伸腿，只是睁着一双水汪汪的大眼睛看着季时禹。

　　季时禹看了她一眼，强势地拉过她受伤的腿。他拿着药油在池怀音的伤处按揉，粗糙的手掌触碰到池怀音的皮肤，池怀音只觉一阵不自在的战栗。

　　为了缓解她的不自在，季时禹开始转移她的注意力。

　　"招人的事儿你不要有压力，本来我们也只是先过去探探路。"

　　池怀音的脚在他手里，药油抹上去油光水滑的，把脚搁在季时禹的大腿上时，每一次他有力的手指掠过她最敏感的小腿肚，她都觉得有些奇怪。

　　她努力不让自己胡思乱想，也跟着季时禹的话题去思考。

　　"也许我们可以包吃包住。"

　　季时禹手上的动作顿了顿："包吃包住？那是德士龙才能担得起的待遇。"

　　"上沙镇虽然挨着开发区，但是镇上的人还是以农民为主，他们的农产品没有什么销路，都是自给自足，我们完全可以低价购入。如果我们能包吃包住，工人赚的钱就可以攒下一大部分。和德士龙一样的待遇，工资低一点儿，也能招得到人的。"

　　季时禹觉得池怀音的方法可取，嗯了一声，然后抬起头看向她的眼睛，淡淡地说："你好好休息，不要再想别的了，脚养好了再下地。"

说着，他手法熟练地给她按了按："你以前摔过腿，这次又扭伤，不养好，我怕你一变天就脚疼。"

池怀音不喜欢和季时禹说起以前的事儿，一说起来总有种喉间沙哑的感觉。

她回想最近他做的一切，视线落在地上，许久才轻声说："你以后不要再做多余的事儿了，做你自己吧。"

季时禹手上的动作微顿："这么久了，我一直有一个问题想问你。"

"嗯？"

回想当初分开的时候，季时禹也觉得胸口钝痛。

"当初我给你留了字条，让你等我奔丧回来再谈，为什么你还是走了？你有那么恨我吗？"

池怀音错愕地抬起头看向季时禹，反问道："什么字条？"

那天晚上，池怀音做了一场很长也很荒谬的梦。

各种被她深藏心底的回忆纷至沓来，她无力招架。

原来当初季时禹是去奔丧了，所以许久没有消息，而她恰好拿下了签证，等待没有结果之后，她选择了去日本。

阴错阳差，他们就这么分开了。

她如今回想起来当初失恋的痛苦，那种伤心的感觉还很真实。

当年的她对感情的追求太纯粹和刚直，她甚至都没有给季时禹解释的机会。她突然就理解了季时禹一直以来和她认知上的差异，也许从他的角度来看，他确实没有什么过错。

可是如今一切伤害已经造成，很多事儿就算想要挽回，也难以宣之于口，再让她知道这些又有什么意义呢？

她辗转反侧，无法参透命运的深意。

池怀音的脚消肿还要几天，她不能下楼办公，和设备有关的图纸都是季时禹从她办公桌下面的柜子里拿上来给她的。

池怀音要她的尺子，季时禹下楼去找。

刚进办公室，电话铃就响了，季时禹接了起来。

电话那端的池母在季时禹喂了一声之后，就听出了季时禹的声音。

"音音呢？"

季时禹严阵以待，声音绷得有些紧，他怕池母担心，隐瞒了池怀音扭伤脚的消息，避重就轻地说："她去睡午觉了。"

"……"

听筒里一阵沉默，就在季时禹不知道该说什么的时候，池母突然说了一句："你有空儿的话到我家里来一趟吧。"

周末，池怀音没有回家，脚扭伤了，她怕爸妈看了担心，就谎称要加班，不回去了。

池父池母没有怀疑，她也松了一口气。

季时禹一大早就不在厂里了，去哪里也没打招呼，池怀音有几分失落。

最近她的脚扭伤了，都是季时禹亲自照顾，他不在，她竟然有些不习惯了。

季时禹换了一身拉投资的时候才会穿的正装去了池家，他原本以为是池父池母要找他麻烦，却不想家里只有池母一个人。

池家还是和以前差不多的风格，到处都是书，家里的书柜还是当年的那一套，并没有换新的，让季时禹恍惚有种还是当年的感觉。

一直以来，他对池母都很尊重。池母看上去市侩泼辣，其实内心比谁都通透，也不迂腐，是那个年代少有的思想开明的女性。

池怀音看起来柔弱，性格上却有很多特性都很像妈妈。

许久，池母终于从池怀音的房间里走出来，手上拿着一本厚厚的册子。

两人坐在椅子上，池母给季时禹倒了一杯茶，季时禹没有喝，只是说了一声谢谢。

池母也没有拐弯抹角，一贯爱笑的脸上此刻很严峻。

"音音从小在我们的保护之下长大，是个非常纯粹又简单的姑娘。"

她将那本厚厚的册子递给了季时禹，季时禹拿过来才发现那居然是一本日记。

"我们家搬家的时候音音把过去的东西都丢了，其中就有这本日记。她也许是想要彻底放下过去吧。"

季时禹随便翻开一页，池怀音娟秀的字迹出现在眼前，他无比熟悉，又无比心痛。

"认识你之前她的世界里只有学习，她一直循规蹈矩，她爸爸要她怎么样，她就怎么样，非常乖巧；认识你之后她变了很多，最明显的变化就是笑容变少了。"想到女儿曾经受过的伤害，池母就泪光闪闪，"她真的很认真地喜欢过你，所以我以一个母亲的身份请求你，如果你不喜欢她，就不要再给她希望，别再伤害她。她从小到大都特别懂事，连哭都要避开我们，怕我们担心。"

"男女关系里，如果是女人单方面喜欢男人，多半是没有好结果的。"池母目光暗了暗，片刻后才说，"请原谅我的自私，作为母亲我觉得你们并不合适。"

"……"

从市区坐车回上沙镇，厚厚的一本日记，季时禹全在车上看完了。

那是一种很卑鄙的行为，他以一种不道德的方式窥探了池怀音当年的少女心事。

那本日记记录了池怀音对他的很多看法，前半段充满了偏见，后半段满满都是爱，最后全是失望和痛苦。

他们分手以后，池怀音用钢笔把所有写着他名字的地方都涂成了黑色的方块。

他似乎都能看到一个在感情里受了伤的姑娘倔强地想要把伤害她的人从心头抹去的过程。

这是他认识的池怀音，对所有人都很好，永远为别人着想，永远牺牲自己成全别人，永远善解人意，甚至不懂为自己争取。

她从来不会哭，坚强得让人觉得她好像不会受伤一样。

池母的话，季时禹都没有听进去。

他心里只有一个声音：他想见她，疯了一样地想见她。

不管全世界怎么说他卑鄙无耻，他只想见她……

大半天了，季时禹都没有回来，也不知道他这是跑哪儿去了。池怀音开了几次窗，整个厂区的工人和科研员都在忙着自己的事儿。

虽然已经立秋，森城仍然有些热，池怀音腿脚不方便，稍微动一动就出一身汗。她想去午睡，又觉得身上黏腻得有些难受。

她跛着一条腿，想要下楼打点水，刚一拉开门，就被一声不吭地出现在门口的季时禹吓到了。

他直挺挺地站在门口，目光深沉，脸上带着很多池怀音读不懂的复杂情绪。

她手上还拎着空的开水瓶，见季时禹看上去有些奇怪，以为他是遇到什么事儿了，问道："怎么了？是不是出了什么事儿？"

季时禹死死地盯着她，目光一动不动，一言不发，池怀音被他盯得有些不自在，只能举起水瓶："你不说话我就去打水了。"

她还没动，已经被季时禹推进了房里。

季时禹随手关上了门，然后将池怀音抵在门板上。池怀音难受地扭动，衣料在门板上摩擦出沙沙的声音。她的手顶着他紧实的胸膛，他力道极大，将她圈在自己的怀抱范围之内，让她一动也不能动。

季时禹个子高，像一道阴影一样将池怀音完全笼罩在其中，那种亲密的距离让池怀音有些不自在。他滚烫的呼吸拂在她面上，她也跟着有些晕乎。

在荷尔蒙的作用之下，池怀音恍惚地看到他的喉结在上下滚动。

仅存的理智让池怀音挣扎着说出一句："你再耍流氓……我就……我就打你了……"

说着，她的右手就抬了起来，一副要打他的样子。

池怀音原本只是做做样子，想要吓唬一下季时禹，谁知季时禹借势就抓住了她的手。

粗糙的大手握住池怀音细腻的手掌。

她想也不想，啪的一声就打在了他的脸上。

力有相互作用，池怀音疼得发麻的手心告诉了她，这一巴掌打得有多重。

池怀音瞪大了眼睛，整个人都蒙了，本能地解释："我不是要打你……我……"

她下意识地要去抚摸被她打过的那张脸，手还没伸上去，就被季时禹握住。

还不等她反应，他已经用力地将她抱住，那样紧，紧得池怀音觉得自己仿佛要窒息了。

"你打过了，该我耍流氓了。"

他带着不容拒绝的气势，随后，霸道的一吻便落了下来，侵占了池怀音最后一丝呼吸……

好像时间停住了一般，池怀音觉得脑子里全空了。

前尘往事通通不可追，能被她紧紧抓在手心里的只剩下手里的一只水瓶。

她一只手死死地攥着空空的开水瓶，另一只手被季时禹紧紧地抓住，然后按在她耳边的门板上。

池怀音以仰视的姿势才能看清季时禹，他下颌到耳朵的线条流畅，骨骼硬朗，眉眼俊逸冷傲，在她面前永远是一副缺乏时间锤炼和沉淀的样子，可是在工作之中自然流露出的洞悉一切的气势又让人沉迷。

此刻，他的唇紧压着她的唇，眼前的一切都骤然靠近，视线里的一切都失去了焦距，只剩一片斑驳的色块。

在他强大的气息侵略之下，她终于闭上了眼睛。

门窗紧闭的房间不通风，此刻两个滚烫的身体贴在一起，更加燥热。黏腻的汗浸湿了彼此，皮肤的触碰不再单纯和干爽，带着几分混浊的意味。

季时禹的手穿过她的腰侧，慢慢滑向后背，滚烫的手心隔着薄薄的衣料贴着她冰凉的皮肤，正当池怀音有些分心时，那只手却突然用力一提，将池怀音拉进了他的怀中。

心脏紧贴着，扑通、扑通、扑通，两个人都有些迷离。

嘴唇摩擦，情势激烈，池怀音一个不注意，他的舌头就钻了进来，立刻开始攻略城池，曾经坚实的壁垒也轰然坍塌。

他的呼吸越来越粗重，空气中的氧气也越来越稀薄，池怀音能听见他越来越快的心跳，腰后的那只手也像有了意识一般，扯开了她连衣裙的腰带……

池怀音的面上、脖子上、耳郭上都染上了一层绯红。正当她有些恍惚时，紧贴的门板突然被人重重地捶了几下。

哐哐哐——周继云粗鲁地敲着门："池工，你下来看看设备的组装吧，有些地方我们看图纸不是很懂。"

池怀音已经睁开了眼睛，季时禹高挺的鼻子正好撞上她的鼻子，她挣扎着想推开他，却被他死死按住。

湿热的吻从池怀音唇边渐渐移向耳郭。

哐哐哐——又是一阵敲门声。

脆弱的门板被捶动，带动一片石灰粉落下，掉落在池怀音和季时禹的头顶上，白茫茫一小片。

池怀音已经彻底清醒了，她看到眼下这场面，瞬间脸面涨红。她睁大了眼睛瞪着他，示意他放开自己。

他的嘴却又从她的耳郭移向喉间，轻轻咬了一口，缱绻而温柔。

咚咚咚——"池工……"

周继云第三次敲门，季时禹终于停止了动作。

季时禹满眼通红，很明显是忍耐到了极点。明显的欲求不满让他看上去有些暴力，他抬起头，隔着脆弱的门板，冷硬的声音不高不低，他只说了一个字：

"滚——"

电芯的生产步骤很复杂，经过拆解之后，除了只有用机器生产才能提高产量的部分外，其余全部转换为人力生产。

季时禹采用了池怀音提出的包吃包住的招工方式，他和上沙镇的农民签订了采买合约，将成本控制在了可操作的范围之内，因此招到了足够的工人。

池怀音在季时禹买来的二手机器上进行了技术改造，她和季时禹就改装意见讨论了许久，季时禹虽然没有亲自操作过日本最先进的机器，但是一点就懂，很多解决机械上的问题的办法都是他想出来的。

最后改造出来的设备是用来生产核心零部件的，经过长河公司众人齐心协力地赶工，终于初步完成了。

池怀音个头小，瘦瘦弱弱的，还穿了条裙子，当扭伤了脚的她一瘸一拐地上去调试机器的时候，大家都觉得这画面像在闹着玩一样。

大家看着她戴上手套随便去捣鼓了几下，再回到开关旁边轻轻一推，机器就开始运转了，都不由得开始鼓掌。

池怀音看到设备可以正常运转了，忐忑了许久的心终于放下了。

她从车间最下面一层抬起头，看着楼上的大家，扫视一圈，最后与站在人群中间的季时禹目光相交，两人都没有回避，只是那么静静地对视着。

许久，池怀音终于露出了久违的笑容……

机器初步调试完毕，季时禹立刻趁热打铁，召集大家开会，进行第二轮加装。赵一洋要去拿资料，他以为自己是最后一个进的会议室，没想到周继云比他还晚。

周继云贼眉鼠眼地躲在他身后，一直牵着他的衣角。赵一洋觉得有些奇怪，回身问他："你干什么？疯了？"

周继云冷汗直冒："你挡着我就行了。"

他四处张望了几眼，看到季时禹被别人围住了，正在说话，不由得安心了几分。

谁能想到他去池工房里叫人，季时禹却在？

尤其是季时禹最后那一声压抑而愤怒的"滚"，周继云就是再傻也知道人家在房里干什么。

这池工也是，平时看着斯文、秀气，一副对季时禹爱搭不理的样子，怎么就让人轻易入了围门呢？再说了，在一起就大大方方介绍一下啊，他就不会搅了好事了，倒霉，真的倒霉。

季时禹坐在上首，正常地交代了一下任务，会议就很顺利地结束了。

整体都没有什么问题，唯一不顺眼的就是躲在角落里的周继云，他全程心不在焉，目光一直有意无意地落在池怀音身上。

季时禹用脚指头想也知道他脑子里想了些什么肮脏的东西，想到他在乌七八糟地揣测池怀音，季时禹就有些不爽。

他往后靠了靠，轻咳两声清了清嗓子。

"周继云，上机油的重任就交给你了。"

周继云正在神游，骤然反应过来，一脸蒙地看向季时禹："要我去上机油？我可是高级工程师！"

季时禹冷冷地瞪了他一眼，他立刻把后面的话都咽了下去，狗腿地接了一句："没有人比我更适合上机油，我是专业的。"

季时禹意有所指地瞟了他一眼，笑里藏刀地说："少说话，多做事，这是我们企业的信条。"

这话一出，周继云要是还敢传什么八卦，那可真是找死了……

经过两个月的努力，工厂的一切准备工作都已经就绪，厂里试生产的时候池怀音的脚还没有好利索。

大家几乎屏住了呼吸，等待着第一枚写着长河名字的镍镉电池产出。

季时禹坐镇，他双手撑着栏杆，看着生产线开始运作。与大家的紧张、焦虑、期待相比，他的表情过于平静，不悲不喜，仿佛老僧入定。

当那枚万众期待的电池试产成功时，厂里一帮搞科研的小伙子都忍不住喜极而泣。大家抱在一起庆祝，也不顾身上脏兮兮的。

欢呼声中，季时禹一言不发，只是不着痕迹地松了一口气。他微微侧头，看见站在一旁的池怀音，两人无声地对视，千言万语尽在不言中。

从辞职到现在没有一个人看好他，可公司还是创办了起来。从资金到设备，每一步都难于上青天，可没有一个人放弃和抱怨，一股韧性和信念支撑着大家坚持了下来。

对他们来说，创业是为了钱，却不仅是为了钱，更是对民族工业的一种期望。他们上了十几年的学，呕心沥血地研究着技术，等待的就是打破发达国家对技术的垄断。

在季时禹的"土"法之下，他们以一百万元的成本创建了一条可媲美日本厂商的生产线，其设备、人力、技术等的创建成本加起来需要一千多万元。租用设备也不是三百万元可以完成的。

可是他们做到了。

眼前的一幕让池怀音感到震撼。

就在她沉浸在这样的气氛之中时，她身边一直站着没动的男人突然低下头，将她拥入怀中。

大家都欢呼雀跃着，谁也没注意到二人的拥抱有什么特别之处。

季时禹紧紧地抱着池怀音的后背，一下一下温柔地摩挲，充满着感激，以及失而复得的珍惜。

他的脸紧贴着池怀音的耳郭，碎发被他蹭着，扎在她的脸上有些痒痒的。他的声音也有几分沙哑。

"谢谢。"

季时禹刚说完这两个字，旁边就有人把他拉开，分别与他们拥抱，原本站得最近的两个人最后被越分越远。

隔着人群，季时禹被簇拥着。

池怀音站在外围，看着他意气风发的样子，她的内心也如浪潮般澎湃着。

如果有人天生是要站在顶峰睥睨一切的，那么季时禹大约就是其中之一。

要说她到底为什么会被这样的男子吸引，可能就是因为他身上不服输的那一股牛劲儿，认准了就不会放手，就算是死路，也要一条路走到黑的精神。他对工作是这样，对感情也是。

工厂的一切生产工作准备就绪之后，能否接到订单就变成了头等大事。

长河电池生产出来的镍镉电池和日系厂商的产品几乎没有差别，品质优良，价格更是低廉很多，但是作为一个新兴的国内企业，他们和商业市场的壁垒并不在产品本身，而是在于人们的想法。

搞技术他们很在行，在搞销售、吹捧自己方面却显得有些木讷。

赵一洋能说会道，以前是众人眼中最不靠谱的人，如今他却成了公司的希望。销路打不开，他们生产再好的产品也没有用，所以赵一洋提出了一个全新的办法：在展销会上争取名额，主动推销自己。

他的狐朋狗友很多，作为一个工科男，却有各行各业的人脉。他当年开赌摊、小卖部，参加各种联谊活动，算是把森城高学历的人才都了解了个大概，如今这些人都成了社会的中坚力量，用起来还挺顺手。

展销会在森城国际中心举办，这次主要针对的企业是宝岛来的台企，赵一洋要求季时禹一起参加，并且上台演讲。稿子都已经写好了，就是季时禹一直没能确定去不去。

闽南语系与南省的方言本来就是有名的听不懂的语言，如今季时禹用蹩脚的普通话念得乱七八糟，赵一洋实在没办法，只能叫来池怀音治他。

季时禹本来对当"交际花"没有兴趣，并不想演讲。他认为赵一洋管理着市场部，这种事儿就应该由赵一洋负责，但是池怀音要来教他普通话，他还能光明正大地进她的闺房，他不学才是真傻了。

池怀音的房间收拾得很整齐，屋里一直有股淡淡的香气，与她身上的香味几乎一模一样。

屋内比较热，池怀音脱了外套，只穿着一件无袖裙衫坐在季时禹身边。

她白皙的手臂撑在桌上，袖口处比较宽松，露出一部分内衣的边缘，季时禹一眼扫到，立刻有些口干舌燥。

他的脑中不由得回想起很多年前的旖旎一夜，这样算起来，自己竟然已经单身那么久了。

池怀音拿着赵一洋写的演讲稿，一边念一边修改用词，耐心至极，毫无杂念："南省方言有入声，比如 p、t、k、m 等韵尾，这些是普通话里没有的，你要先改掉这一块。还有常用的语序和普通话的语序差别很大，你一定要避免用南省方言的语序……"池怀音一边讲一边疑惑，"我记得你以前到北都，和人家交流一点儿问题都没有，怎么在森城多待了几年，普通话都不会说了？"

季时禹根本没有听池怀音在说什么，他的视线只是直勾勾地盯着池怀音。

她的小半张脸背着光，隐在暗面，轮廓朦胧，一双眼睛尤为突出，在这种光影之下柔媚动人。她明明也没有做什么勾引人的举动，却让人忍不住想要亲一口。

她全身的皮肤都很白，是那种很冷的白，瞳孔之中带着点褐色，季时禹一直觉得她祖上也许有番邦血统。她跷着手指，握着笔在纸上敲了敲，微微撩动头发，瀑布般的黑发披散在左边，在桌面上卷曲着，那画面美得像一幅油画一样。他突然全身发紧，血液好像都涌向一处。

池怀音见季时禹一点儿反应都没有，不由得皱了皱眉。

她敲了敲桌子，说话声音不大，绵长而细腻，软糯戳心："你在听吗？不听我就不教了。"

季时禹的呼吸急促了几分。

他微微向池怀音的方向凑近，带着几分懒散，他直勾勾地看着她，嘴角带着一丝坏笑："没有奖励，学不好。"

池怀音皱眉："那你要怎么样？"

季时禹隔着桌子，侧着上半身直接凑了过去，在池怀音还没反应过来的时候，他已经吻在了她樱红的嘴唇上，那嘴唇柔软得让人想要全部吸进去。只是一吻，他觉得意犹未尽，但他了解池怀音的脾气，她看起来是只乖巧的猫，逼急了，爪子可尖利了。

季时禹终于做了从坐下来就一直想做的事儿，瞬间满足，他拿起那份写得很烂的稿子就开始念。

被占了便宜的池怀音听见季时禹字正腔圆地念着那份演讲稿，终于知道自己这是被他耍了。嘴唇上还留有季时禹的气息和余温，池怀音恼羞成怒。

"季时禹——"

大家都不知道季时禹是怎么惹了池怀音，总之池怀音就是不理季时禹了。

展销会结束之后，赵一洋去跟进几个公司的订单，季时禹的任务算是圆满完成了。

时间过得很快，转眼 1995 年的圣诞节就要来了。

这一年，森城的冬天并没有很冷，穿春天的衣衫就已经足够。

换季导致公司不少人都病倒了，感冒肆虐，一传二、二传三，反倒是看起来最瘦弱的池怀音没有被病毒打倒，每天奔波在车间和一线之间。

她一早到厂里，赵一洋出去跑业务了，他不在，周继云一个人要管好几个人的事儿。池怀音没看到季时禹，随口问了一句：

"他人呢？"

周继云忙得脚不沾地，头也没抬地回了一句："他说他发烧了，今天不过来了。"说完，他又补了一句，"我没空儿，池工你去看看吧。"

池怀音纠结了一阵，最后还是回了办公楼。

季时禹的宿舍就在池怀音旁边，她早上出门的时候确实看见他没开门，最近好多人感冒，难道他真的生病了？

她以前听池母说过，身强力壮的人一般不生病，一生病就比一般人更痛苦。

这种天气感冒已经够难受了，发烧要是没人管，估计更难受。

最后想了想，她还是上了楼。

她敲开了季时禹的门，他看上去精神不是太好，头发有些乱。

他给池怀音开了门，人又退了回去，躺回床上。

池怀音随手将自己手上的文件放在他的办公桌上，然后走到季时禹的床边。

"听说你发烧了？烧多久了？要不要去医院看看，我怕引起肺炎什么的。"

说着，她把冰凉的手放在了季时禹的额头上。

手心刚贴到他额头的皮肤上，他突然一拉，将她拉倒在床上。

池怀音骤然失去支撑，摔在季时禹的胸膛上，两人以一种极其暧昧的姿势上下抱在一处，池怀音脑子里嗡的一声就乱了。

她撑着季时禹的胸口，生气地捶了一下："放开我！你干吗？"

季时禹的脸上带着一副大反派阴谋得逞的表情，腻歪地说："不好意思，昏了头，扯错了，我本来是想扯被子的。"

说着，他的双手更用力地扶住了池怀音的腰。

衣服的摩擦很快让池怀音感觉到身下的异样，脸上瞬间爆红。

"季时禹你到底要不要脸？"她越想越不悦，"你不是发烧了吗？还乱来，想死吗？"

季时禹的眼睛直勾勾地盯着池怀音，表情很痞。他轻轻地动了动嘴唇，哑着声音说道："我普通话不好你知道的，我说的是我发骚了。"

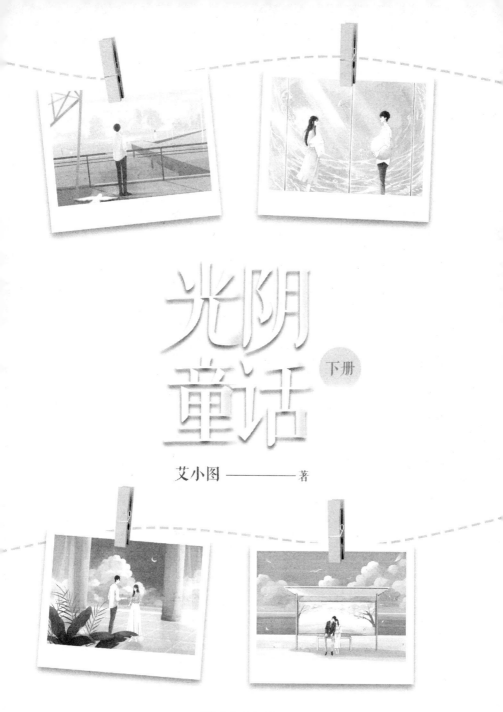

光阴童话

下册

艾小图 ————著

青岛出版社
QINGDAO PUBLISHING HOUSE

第十一章
新天地

季时禹紧紧地抱着池怀音。温热的体温和硬挺的胸膛让池怀音的心跳渐渐加速，从面颊到耳朵无一不红得像发烧了一样。

季时禹将她越抱越紧，他用骨节分明的手指一下一下地抚摸着她的头，最后轻轻解开她绑头发的发带，瀑布一般的长发温柔地散落在她的背上，滑落在他的胸前。他凑近了脸颊，紧贴着她暗香阵阵的长发，贪恋地深吸了一口气。

"别动。"面对她不安地扭动，他还是一如既往地霸道。

"干什么？"池怀音觉得他太反常了。

季时禹扶着她的肩膀，仿佛看不够一样细细地打量。半晌，他轻轻撩动她额前的碎发，让那张白皙的小脸显露出来。

"我要去福岛，一周。"季时禹的鼻音有些重，"让我抱一下。"

池怀音没有意识到自己的处境，只是本能地问："去福岛做什么？"

"谈合同。"

前阵子的展销会上来了很多宝岛的大企业。大陆探亲政策开放以后，宝岛的企业大量涌入。

这倒给大陆的新企业带来了很多机会，让他们能有更长时间进行谈判。

但是宝岛大多是大企业，听说赵一洋把主攻方向都放在了国内的小企业上，现在算是无心插柳柳成荫吗？

池怀音见他目光有些涣散，很明显，他没发烧也是感冒了，她不由得有些担心："你现在生病了，可以吗？"

季时禹抱着她，身体有些燥热，别有用心地回答："你要是肯，我生多大的病也可以。"

池怀音反应了几秒才明白他在说什么，想也不想地一掌打在季时禹的胸口上。

季时禹吃痛，嘴里抽着凉气，最后他终于放开了她，自顾自地抚摸着胸口。

池怀音已经从床上爬了起来。她回房拿了感冒药，又给季时禹倒了一杯温热的水。

"吃点药吧，不然病太重，合同都谈不了了。"

说完，她拿回自己的发带，又把头发绑好。

季时禹很快就吃完了药，连池怀音倒的水都喝光了。

他很认真地交代："我出去这一周不会拈花惹草。"

池怀音不屑地道："和我无关。"

季时禹不在乎池怀音说了什么，直接霸道地接了一句："所以你也不准。"

"……"

"上次那个什么汽车的男人，不准见他了。"

"神经病。"

　　在季时禹二十七年的人生里，他只离开过南省一次，就是和池怀音以及曹教授一起去北都。他经常看书、看杂志，知道这个世界变化很快，自己的水平还很落后。

　　福岛因为地理位置和文化独特，是宝岛企业家第一批投资的地方。这次找他们合作的是宝岛第一无绳电话公司"大新"旗下的子公司——东信科技。

　　东信的大老板刘总是一位四十岁上下的中年男人，他拖家带口地来到东信坐镇，因为两岸危机在福岛已经待了一段时间。

　　其实赵一洋接到东信电话的时候也有种不真实的感觉，毕竟他们是一家名不见经传的小厂，而"大新"已经是当时赫赫有名的大公司。

　　从森城过来的路上，赵一洋一直忐忑。

　　刘总比他们想象的要和善很多，他带着他们参观了东信，最后要在福岛的产业区开会。

　　他们进会议室的时候，会议室里还有一个小女孩，她一直安静地坐在长桌最远的角落里玩乐高。

　　刘总在开会之前先说了声抱歉，然后他操着一口不标准的普通话说："这是我小女儿，我老婆在接待别的客人，没人管她，请你们包涵一下。"

　　赵一洋和季时禹一起微笑着表示理解。

　　刘总要预订一批无绳电话的电池，赵一洋极力地推销着他们的产品。

　　一旁的季时禹却一直很沉默，只是安静地看着那个女孩玩乐高。小女孩长长的头发遮挡着面容，很沉静，也很乖巧，竟然有几分像池怀音。

　　那画面竟然让季时禹很向往。

　　如果当年他和池怀音不曾分开，也许他们的女儿也能玩乐高了。

　　赵一洋的谈判能力远远超过季时禹，舌灿莲花地介绍一番就将刘总说服了。刘总当下便让公司将合同打印了出来。

季时禹他们的生产线可以日产镍镉电池四千枚，整体成本比日产电池低百分之四十，这对一直依赖日企的宝岛企业来说无疑是捡到宝了，而对长河电池来说，能和"大新"的子公司合作也是一个超乎想象的高起点。

签完了合同，刘总温和地笑着，站起来和他们一一握手。

"季总、赵总，以后就辛苦你们了。"

赵一洋第一次被人称为"总"，面上的表情都管理不住了，他的嘴简直要咧飞出去了。

和赵一洋的不舍相比，季时禹只感到归心似箭。

为了节约开支，他们出差都是买火车坐票。坐了一天一夜的火车，两个人都是又疲惫又兴奋。赵一洋已经一周没有洗头洗澡了，身上都带着一股子馊味，却也掩饰不住合同谈成的成就感。

"能和大新的子公司合作，以后肯定不用愁了，下海果然遍地是黄金。"赵一洋越说越激动，"我们早点把这一批产品赶出来，刘总不是说了嘛，大新也在寻找新的电池货源，我们这次给东信做得好，大新的订单就来了，大新的需求量是东信的几十倍。"

季时禹谈成了合同，只觉得全身的肌肉都放松了，他靠在椅背上，已经不愿意再去回想和工作有关的事儿。

他手上把玩着烟盒，却没有想去抽烟的冲动。

他的脑子里只是想着，福岛下雨了，森城是不是也在下雨？

赵一洋也不管季时禹有没有在听，只是自顾自地说着："希望明年我能攒够钱在森城买房，买一套大房子。"说着说着，赵一洋的声音都有几分哽咽，"江甜跟着我吃苦了，以后我有钱了，一定要带她过好日子，像苏祥正的老婆孩子一样，让他们能到处旅行，想买什么就买什么，骑什么自行车，我要给他们买最好的小汽车。"

合同成功地签订，给了赵一洋无穷无尽的信心，他信誓旦旦地说：

"我一定要在森城活出个人样，让江甜的爸妈看看，江甜没有选错人！"

与赵一洋急于获得成功的欲望相比，季时禹并没有太着急，成功不会一蹴而就，他很明白这一点。

此时此刻，他没有去想太长远的东西。

他只想尽快回到森城，告诉池怀音，长河电池的第一单合同谈成了。

和池怀音在日本的工作环境相比，长河电池的厂房用"简陋"来形容还有点糟蹋"简陋"这个词。

池怀音在索西和三泰工作过，这两个公司一个以科技产品闻名，一个是电机行业的巨头。他们的电池生产线都位于宽大而现代化的厂房里，是全自动的流水线，工人进生产车间之前要先沐浴，洗净吹干，换上统一的净化服后才能进去操作先进的自动化设备。大部分的操作都是靠机械手来完成，一条电池生产线的工人不会超过二十人。

而因为季时禹拆解了生产步骤，所以长河电池的厂房里有很多条流水线，每一条约六十米长，密密麻麻地坐了四五十个工人。他们以人力代替机械手，在高温高压的环境下，用长河电池自己研发的特殊工具精准地完成电焊、检测、贴标工作。

公司的所有技术人员都有各自负责的区域，池怀音主要负责研发和设备。

一整天的工作结束了，池怀音一个人去食堂吃饭。工人太多，用大棚搭建的食堂里人声鼎沸，热得一点儿都不像冬天。

看着大家洋溢着单纯笑容的脸，池怀音内心感到安定和满足。

她抱着搪瓷碗回宿舍，楼下的一排水池边此刻一个人都没有，池怀音独自在水池前洗碗，水声哗哗的。

她专注地洗着碗，直到身边另一个水龙头被开启，她才下意识地抬起头。

厉言修微笑着用简陋的水龙头洗了个手，然后侧头看向池怀音，谈笑自若："池小姐，你换工作也不告诉我一下吗？"

池怀音的宿舍比其余人的条件要好一些，因为有一个单独的厅，可以用来见客。

池怀音找了半天才找到公司多发的一个杯子，她给厉言修倒了一杯水。

"公司刚起步，条件比较艰苦。"

厉言修到处打量了一下，内心也有些复杂。

从认识池怀音开始，她对他永远是这副没心没肺的样子。

他不叫上一大群人，她不会见他；他不找一大堆理由，她不会接受他的好意。

她总是想把他当大哥，却从来不问问他到底想不想当她的大哥。

池怀音家的人和厉言修都很熟，厉言修稍微一打听，就能对她的情况了如指掌。她也没什么可瞒的，只是这事儿池父池母还不知道，她也有些忐忑。

"你没有告诉我爸妈吧？"

厉言修听到这里，眉头稍微蹙了蹙："要不是我去研究院找你，我都不知道你已经换了工作。"

"当时比较急，就忘记了。"

厉言修若有似无地瞟了她一眼："听苏表哥说，他给这家公司投资了三百万？"

池怀音坐下，对厉言修也没什么防备："表哥希望我来帮他坐镇。"她说完，又解释了一句，"我是研究电池的，也有电池企业的管理经验，我相信我的判断，更相信电池市场。这笔投资肯定是能赚回来的。"

厉言修对于苏表哥的投资并不感兴趣，他知道这家公司的法人代表是谁，也知道这个人和池怀音的关系，这才是他在意的东西。

"是因为那个男人你才来这里的吗？"

她出身于高干家庭，有完美的履历、大好的前程，如果不是为了那个男人，她不用在这么艰苦的条件下工作和生活。

池怀音的手上握着自己的水杯，白开水的温热通过搪瓷外壁传到她手心里。

许久，她才说："我不知道。"

厉言修知道池怀音的性格，他再追问下去，她一定会有所察觉，然后把他越推越远。

他皱着眉看了她一眼，淡淡地说着："刚才出来太急，我带了很多东西过来，在车里，我去拿。"

池怀音放下水杯说："不用了。"

一想到季时禹，池怀音面对厉言修时就感到有些尴尬。

"是伯母要我带给你的。"

"……"

两个人一起从池怀音的宿舍下来，走到办公楼前的空地上。

除了自行车，空地上还停了一辆丰田皇冠，引得公司的很多技术员都趴在栏杆上围观。

在那个年代，汽车是奢侈品，好汽车更是难得一见。

厉言修从车里拿出一大包零食递给池怀音。

"在乡镇上工作，想必这些都买不到了。"厉言修怕她不接，又补了一句，"真的是伯母给我的，我哪有这么细心？"

池怀音对厉言修的话一贯深信不疑，以池母的个性，知道他要去单位看女儿，要他带零食也很合理，便直接收下了。

她微笑着对他说："周末我去拜访伯父伯母。老是让你看我，给我们家送东西，我去还个人情。"

厉言修不置可否地动了动嘴唇。

"嗯。"

"那个……言修，麻烦你一定要帮我保密……我爸妈要是知道我换工作，肯定会气死的。我准备等过段时间公司有起色了，再和他们说。"

"嗯。"

"你路上开慢点。"

厉言修的车离开了长河电池的厂区，池怀音才觉得松了一口气，拎着一大包零食往楼上走。

与此同时，厉言修开着车回了城。

他的手一直紧紧握着方向盘，眉头紧皱。

如果不是研究院的院长告诉他池怀音换了工作，他不知道多久才会知道这件事儿。

他一个人去选购了很多女孩子喜欢吃的东西，买了很多进口的生活用品去看她，结果得到的居然是这么个消息。

他平时工作忙，又代替父母出了一阵子差，再回森城时，一切掌控之中的东西竟然都失控了。

他不喜欢这种感觉。

他的视线落在前方，路灯一盏一盏地后移，光线并不强烈，却让他有种刺痛的感觉。

路口红灯亮起，高速行驶的车终于停了下来。

他疲惫地靠在方向盘上，许久，他慢慢揉了揉眉心。

火车一停，赵一洋就跑去见江甜了，火烧屁股似的，连再见都没和季时禹说。

季时禹拎着包一个人回了上沙镇，差点赶不上最后一班公交车。

经过几十个小时的舟车劳顿，季时禹终于回到厂里了。

刚到楼下，他就被周继云拉住了。

　　他上半身穿着外套，下半身穿着一条短裤，想必是出来上厕所的，一看到季时禹，他就跟竹筒倒豆子一样地说："老大，你有危机了，大嫂的追求者来了，开着一辆丰田皇冠，长得还贼帅，大嫂请这个人上楼坐了好几十分钟，这人临走还给大嫂送了好多吃的。"周继云说着，顿了顿，"刚才大嫂给我们分了好多。"

　　"……"季时禹归心似箭，就是想要回来见池怀音，谁知道这人还没见着，就被通知后院起火了。

　　这什么情况？

　　他抬起手上的包，一把将周继云推开。

　　"闪开。"

　　池怀音睡前把晒干的衣服收了回来，正坐在厅里叠着衣服。

　　身旁的收音机里播放着晚间的音乐节目，窗户紧闭，一点儿都不冷，房里的花草郁郁葱葱，一点儿都没有冬日的感觉。

　　池怀音跟着广播节目哼唱着邓丽君的旧曲，好不惬意。

　　嘭——随着一声粗鲁的声响，池怀音脆弱的房门被人推开了。

　　幸好她还没闩门，不然被这造反一样的力道一推，估计整扇门都要飞了。

　　池怀音惊愕地抬起头，一眼就看见满脸紧绷的季时禹，他严肃地站在门口。

　　池怀音放下衣服，站了起来，一脸不悦："你现在连门都不会敲了？"

　　季时禹没有回话，一眼就看到她放在桌上的已经分了一大半出去的零食袋。

　　季时禹一看到那东西，就觉得有一股子无名火在胸腔里烧了起来。

　　"这是什么？"

　　季时禹的口气带着几分质问。

　　池怀音见他一进来就要兴师问罪，大概猜到一定是公司的那些男技术员在他耳边嚼了舌根。谁说男人不八卦？男人八卦起来女人都害怕。

比起季时禹的怒火中烧，池怀音却觉得好像有天山冰泉水润过心田。

也不知怎么的，见他在乎，见他吃醋，她却觉得胸腔满满的。

她微微抬头看了他一眼，淡淡地回答："零食。"

季时禹双手叉着腰，大男子主义再一次显露出来。

"你怎么能随便拿别的男人送的零食？"

池怀音一脸不在乎的表情，她走过去将零食袋的口系了起来，转过脸来看着他："你不是也随便给别的女人送过零食吗？"

季时禹习惯了柔顺乖巧的池怀音，倒是没想到她辩驳起来比起那些旁的女人也毫不逊色。

他正要说话，池怀音已经把他推出门外，嘭的一声，她重重地关上了房门，还插上了门闩。

"喂，池怀音！"季时禹被气到了，不住地拍着房门，"我发现你长能耐了是不是？"

门内一片死寂。

"你信不信我把门拆了？"

门内依旧无人回应。

住得离季时禹不远的周继云倚着房门，手上还拿着池怀音分的花生，一边剥一边吃。

他嘴里含含糊糊地说着："追女人靠武力，那可是要坐牢的。"

门外的动静停歇，池怀音没有开灯，她只是给自己倒了一杯温开水，坐在窗前看着外面的月光。

和城市里霓虹灯闪烁的夜晚不同，上沙镇白天看上去落后的景象，到了夜间都隐匿在黑暗之中，只留下一派祥和的静谧。没有灯海，没有车河，月光不再是点缀，和星星共舞一曲悠扬的乐章。

老旧的路灯光线昏黄，斑驳的树影映入那杯温开水里，婆娑起舞，随风摇曳，像人的心事一样纷杂。通过视线所及的窗户能看见人影走动，池怀音一眼就能看见季时禹房间的那一扇。

许久，一整层的同事们都入睡了，所有窗户里的灯一盏一盏地熄灭了，池怀音也终于感觉到困意。杯中的水凉了，池怀音抿了一口就不喝了，把它放在窗台上。

她刚要上床睡觉，就听见那扇破旧的门被人敲了几下，很轻柔的力度，三四下就停止了。

池怀音猜到可能是季时禹，想到他最近粗鲁无礼的表现，她没有立即去开门。过了许久，她确定外面都没有声音了，才去拉开那扇紧闭的木门。

门外是空无一人的走廊，在黑夜中格外空荡。门口没人，她一低头，看到了摆在门口的小盒子和字条。

池怀音弯下腰将地上的东西都捡了起来。

季时禹去福岛出差，行程非常赶，但他还是抽空给池怀音挑了礼物。

那是一个漂亮、精致的八音盒，钢琴的样式，琴键上有一个女孩在跳舞，梦幻而少女。

池怀音甚至很难想象季时禹一个五大三粗的男人去礼品店挑八音盒的样子，那画面一定非常诙谐。

黑暗的房间里，池怀音打开了八音盒，悠扬的音乐轻柔地响起，少女在黑白的琴键上舞动，无与伦比。

轻柔的音韵像流转的时光，让池怀音觉得好像回到了学生时代一样。

仔细回想，她第一次见季时禹是在高中开学之前。

那时她刚被送回宜城一中，一中的建设不如森城的学校，厕所在操场的角落里，上完厕所出来，她就迷失了方向。

那时候季时禹在操场的角落里抽烟，一副流氓地痞的模样，任谁也无法把他和成绩第一这个设定联想到一起。

她不小心看到了他，诚惶诚恐，愣愣地站在旁边看着季时禹。

他见她傻乎乎的，于是把烟掐了，右手自然下垂，搁在大腿上。他没有一点儿慌张，只是微微皱眉，做出抬手的动作，黑暗的影子瞬间将池怀音笼罩在其中。

他说："再看把你眼睛挖出来。"

那模样着实把池怀音吓了一跳。

那时候命运没有告诉她，她的一生会和这个男人有这么深的牵连。

多年过去，当初一无是处的坏男孩渐渐变成了另一个人，虽然依旧没耐心、热血、冲动，却成了一个百人工厂的支柱和依靠。

绅士会自私，君子懂抽身，只有他这种大男子主义的粗人才会愚蠢地揽下责任就绝不后悔。

他不是一个完美的人，却能给大家这样的安全感。

所以即便他有很多很多缺点，大家依然以他为首。

池怀音拿起字条来看，上面季时禹的字迹熟得不能再熟。

铁画银钩，下笔有神。

——晓看天色暮看云。

他故意没有写完后面两句。

——行也思君，坐也思君。

池怀音将字条捧在胸口，久久不能平静。

清晨的阳光混着厂里的鸡鸣狗叫叫醒众人。

厂房里，工人们有条不紊地开始生产，有人见周继云一大早就上岗了，又在狼狈地攀爬，四处给机器上机油，忍不住问道："周继云怎么又在上机油？"

赵一洋清早回来上班，听了些故事，笑得前仰后合。

"死于话多。"

周继云本就怨气冲天，他对季时禹不敢造次，和赵一洋可是熟得不行，突然一块油抹布飞过来，在赵一洋的工作服上留下一道黑印子。

赵一洋一边笑一边跑："冤有头债有主，你对我撒什么气？！"

1996 年在繁忙的工作中就这么到来了。

没有节日，没有假期，长河电池的众人都毫无怨言地加着班。

东信的那一批货赶出来后就能过年放假，这是大家唯一的动力。

1 月底，东信的订单终于全部完成了，交货的那天，几乎所有的工程师、工人都站在厂门口，看着电池装箱、上货车。

看着那些印着"长河电池"的货箱被抬走，不少人甚至忍不住开始抹泪。

赵一洋左手搂着季时禹，右手边站着池怀音，不敢搂，只是拍了拍池怀音的肩膀。

"等着收支票了，哈哈哈哈哈哈哈哈！"

季时禹嫌弃地拍掉了赵一洋的"脏爪"："离我远点。"

赵一洋笑眯眯的，被嫌弃了也不生气，很认真地评价季时禹。

"长期欲求不满的人比较容易变态，我懂。"

季时禹阴森森地一笑，突然转过头来幽幽地说道："春节时间也不短，留在厂里开发新产品，还挺不错的。"

赵一洋要是听不懂这赤裸裸的威胁，那就是真傻了。

"我去催支票。"他嘿嘿一笑，脚底抹油，溜了。

货物装车结束，货车开走，围观的人也就散了。

马上要放假了，会计忙着结算和发工资，大家都忙得不可开交。

除了研发组。

所有工作都告一段落，实验室也关闭了，开年之后再奋进。

池怀音也有些感怀，她看着厂里辛辛苦苦生产的电池终于送走了，成就感也很大。她的嘴角带着一丝淡淡的笑意，准备回宿舍收拾行李，刚走两步，手臂却被人抓住。

天气越来越冷，池怀音穿着一件灯芯绒的厚外套，衣服被抓得有些皱。

池怀音回过头看向抓着她的季时禹，有些疑惑："还有事儿？"

季时禹微微低头，看向她，略显狭长的眸中带着几分温柔的期待。

他似笑非笑，声音依旧低沉，如微风低吟。

"你真的准备考察一百年？"他顿了顿，又说，"真要一百年，我也没意见，我就是希望向组织申请一下，我可不可以不要名分，直接过日子得了？"

"你也听到赵一洋说的了，长期欲求不满的人比较容易变态。"季时禹眨了眨眼，略带狡猾，"池小姐，这社会如此安定，你难道忍心让一个变态出去祸害别人吗？"

池怀音闷闷地抬起头看着他，半晌，在血液涌上脸颊之前，她打掉了季时禹的手。

"胡闹。"

看着池怀音害羞地跑开的样子，季时禹站在原地，许久都没有离开，只是贪婪地凝望着她离去的方向。

他突然就不急了。

好似行走在荒野里的人，流浪许久，终于找到了生路，却停顿了步伐，让疲惫而沉重的身体短暂休憩，看着路边绚丽绽放的繁花。

时光荏苒，容颜未老。

如果注定是这个人，那么晚一年两年，甚至十年八载，又有什么关系？

他还有一生的时间可以和她耗。

长河电池放假的前一天，厂里突然来了一行尊贵的客人。

生产线全部停了，工人走了大半，连工程师都有不少已经回乡。

原本人多如潮的长河电池如今只剩下几个人可以接待客人。

大新电子的老总却猝不及防地要过来参观。

赵一洋接到电话的时候一度觉得自己听错了，当他确认真的是大新电子老总的时候，几乎要喜极而泣。

东信科技的支票在年前就到了，兑完之后，全部计入了公账。

那笔钱对当时的他们来说还是很可观的，但是大家也都明白公司需要用这笔钱投入再生产，所以即便大家都囊中羞涩，也没有一个人闹着要分钱。

如今大新电子送上门，就是他们明年最大的希望，如果能接下大新电子的订单，那么长河电池未来可期。

大新电子是宝岛最大的无绳电话生产厂家，除了无绳电话，他们还生产随身听等科技产品。据杂志报道，他们每年至少需要三千万块电池。

三千万块电池是什么概念呢？就是这批订单足够让长河电池从一个名不见经传的小厂变成上沙镇产业园区的支柱了。

大新电子的老总来之前，季时禹和池怀音都想象了很久，这么大一个集团的老总会是什么样子呢？也许大腹便便，或者油滑多话。但是见到真人以后，他们发现和想象中真的完全不一样。

大新电子的齐总和季时禹他们一样，都是搞技术出身，踏实肯干，一点儿都不铺张，一行人坐着一辆大巴就到了上沙镇。

他低调得完全不像那么大的集团的老总。

齐总的长女叫齐莎，是从德国留学回来的专业技术人才，大方活泼，一点儿都没有豪门大小姐的架子。

她说着一口闽南普通话，模样利落，声音却很嗲，让人觉得有趣，不讨厌。

他们都很彬彬有礼，一一和长河电池的年轻人握手，一点儿都没有大集团领导的高姿态。

厂区已经没有什么工人了，但是所有的生产线已经收拾整齐。这是季时禹的规定，任何时候厂区都必须保持干净整洁。

齐总和齐莎一看到那一条一条密集的生产线就都笑了。

齐总扶了扶眼镜，笑着说："东信的老刘说你们是劳动密集型科技公司，我还不信，没想到居然是真的。"

季时禹跟在他身后，很恭谨地笑了笑。

齐总拍了拍季时禹的肩膀，一脸欣赏："后生可畏。"

齐总的胳膊撑在铁扶手上，看着空旷、破旧，却被收拾得朝气蓬勃的厂区，回过头来问季时禹："你知道我为什么来吗？"

季时禹没动，以往痞里痞气的模样全部收敛了起来，在地位不对等的大老板面前，他也没有什么自卑感，只是不卑不亢地回答："为了我的电池。"

齐总笑了笑："我们以前都是进口日本的电池，你觉得是什么吸引我们大老远跑到这里的？"

"品质。"

"错。"齐总微微眯眼，面容和善，"是低廉的价格。"

长河电池的生产成本比市场价格低百分之四十，这是他们最大的优势。

齐总起身站定："我们需要的是价格低廉，但是依然能保证高品质的电池。"

季时禹与齐总对视，最后挺直了肩背，目光坚定。

"谢谢齐总的信任。"

他们不需要再说什么，聪明人的交流已经到此结束。

齐总笑了，挑眉问道："东道主，不请我吃顿饭？"

上沙镇整体还没有发展起来，也没什么地方可以吃饭。

为了招待大新电子的人，季时禹吩咐食堂的阿姨屠鸡宰鸭，做了一大桌子的菜。

　　一直被挤在人群之外的池怀音终于因为季时禹强拉一把而坐到了他身边的位置上。

　　从坐下来开始，她就有种如坐针毡的感觉。

　　她是搞技术出身的，实在不懂这种商场上微妙的谈判语言。

　　聊电池，她能有说不完的话，说别的，她不擅长，也不插嘴。

　　与她的内敛相比，季时禹和赵一洋在桌上的表现则可圈可点。不管齐总说什么，他们总能巧妙地接下去，始终彬彬有礼，也不会显得谄媚狗腿。

　　池怀音坐在季时禹身边，安静而专注地听着大家说话，眼光时不时扫向大新电子的千金、那位叫齐莎的年轻姑娘。

　　听说她也是电化学专业出身，在德国留过学。

　　她非常热情外向，说话落落大方，一上桌就能吸引众人的注意力。她像一朵热烈开放的牡丹，雍容华贵，娇艳绚丽，而池怀音和她相比，就像一朵小小的茉莉，没有对比的时候倒也清丽脱俗，一有对比，就显得寡淡了。

　　齐莎的问题很多，句句都针对季时禹，一点儿也不闪躲，始终坦坦荡荡。

　　"镍镉电池有一个很大的缺点，我相信你应该清楚，这种应该被淘汰的东西，你们却在大量生产，有没有想过会有什么结果？"

　　季时禹对齐莎的提问并不回避，他拿起水杯喝了一口水，淡然地回应："你是说'记忆效应'吗？"

　　池怀音听到齐莎能一下子点出镍镉电池的致命缺点，心里不由得有些慌。

　　所谓记忆效应，是指人们在使用镍镉电池时，电量没有完全释放就直接充电的话，电池会自动"记忆"这个没有释放完毕的点，之后每当充电达到这个点时就会自动记忆为完成，这样电池的容量就降低了，也缩短了电池的寿命。

与池怀音的紧张相比，季时禹的表情就淡定多了。

"如果一块电池能用到天荒地老，我们的生意还怎么做下去？"季时禹笑笑，"现在有很多公司都在开发镍氢电池，这种电池没有记忆效应，但是价格是我们电池的几倍。我相信你们比我们更清楚这一点，可是你们依然决定来订我们的镍镉电池。

"镍镉电池未来也许会被淘汰，但是齐小姐，不是现在。"

季时禹的话音一落，坐在对面一直暗中观察的齐总就流露出欣赏的目光。

池怀音看向齐莎，她撩了撩自己卷曲的长发，精致的妆容之下，她的笑容美得大方得体。她没有再反驳季时禹，她认同了季时禹的话。

甚至这可能只是一个小小的试探。

池怀音注意到齐莎的眼睛一动不动地盯着季时禹，眼波流转，带着几分妩媚。

那分明是一个女人对一个男人有兴趣的眼神。

这眼神让池怀音心里有些没底。

她悄悄抬起头看向季时禹，他的侧脸线条优美，呼吸平缓，他与众人说话的时候，一种无形的领导气质就流露出来。

他虽然年轻，却有一种不会让人轻视的运筹帷幄的能力。

这是季时禹真正的样子，她一直知道的。

在环境简陋的食堂吃饭，大家也没有太拘谨，除了齐总都是年轻人，大家聊得也算火热。

长河的食堂里没有酒，阿姨给大家上了听装汽水，一罐一罐分发。大家分的都是可乐，只有池怀音的是雪碧，她喜欢喝雪碧，阿姨记得。

池怀音不是那种外向的女孩，她低低地垂着眸子，拿起自己面前的听装雪碧。

雪碧有些冰凉，池怀音握在手心里，觉得有些滑。

近来为了调试机器方便，池怀音把指甲全剪了，导致半天都没有抠开听装雪碧的拉环。

就在她皱着眉、一脸委屈的时候，她手心里的雪碧突然被身边的男人夺了过去。

他没有侧身，也没有回头，只是很本能地伸过来一只手，把她的雪碧拿了过去。

桌上的话题池怀音已经不去注意，她的视线只是落在他的手上。

四根修长的手指握住听装铝罐，食指微微弯曲，很轻易就勾住了拉环。

只听见一个听装罐放气的声音，季时禹已经单手将雪碧拉环拉开了。

冒着气泡的雪碧重新回到池怀音面前。

季时禹终于侧头看了她一眼，微微蹙眉，像教训自家小孩一样，低声严肃地说道："少喝汽水，不准再要了。"

池怀音爱喝碳酸饮料，自从雪碧进入她的生活，她一天就能喝下好几罐。

今天在季时禹的霸道规定之下，她果真只喝了一罐。

食堂的阿姨大多放假了，仅剩两个本地的还在这儿，人手不够，饭菜上得慢。平日公司的人吃饭，基本是上什么都立刻抢空，但是这会儿有客人，大家都很有礼貌，准备等菜全上齐了再开动。好在桌上人多，大家靠聊天打发时间，倒也不算难熬。

那之后，季时禹的目光和话题都没有再落在池怀音身上。

他什么都没有说，只是把一只手默默移到了桌下。

桌子不大不小，但是人太多，冬日衣服穿得又厚实，大家都坐得很近，也看不清他的小动作。

季时禹放在桌下的大手一直握着池怀音的手，放在他的大腿上，没有太用力，只是轻轻地握着，带着一种温存的安抚意味。

池怀音坐得笔直，后背有些僵，怕大家发现，她几次想要把自己的手收回来，但是每一次她稍微一动胳膊，那只带着薄茧的大手就会微微用力，将她制服。

最后，她只能整个人往前倾，肋骨几乎紧贴着桌沿，完全遮住自己的手。

池怀音本质上是个特别害羞的人，这种在大家注视之下的小动作几乎是她的死穴，可是当他握住她的手的那一刻，她却有了一种奇异的感觉，好像突然解开了沉积已久的结，也释放了心中暗藏的情感。

她环顾四周，大家都没有发现这异样，大约是衣服穿得多，人又坐得紧，互相有一点儿触碰没有什么稀奇，她渐渐也就放下心防了。

贴在一起的手心微微出汗，季时禹动了动手指，与她十指相扣，动作自然得好像回到了当初热恋的时候一样。

皮肤的触碰，好像直达灵魂深处。

像孤寂的飞鸟终于找到属于它的天空，展翅高飞，无痕地划过。

直到菜上齐，大家开始吃饭，池怀音要拿筷子，季时禹才终于把手放开。

她一直放在桌下的手终于解放了出来。

手心全是汗，池怀音拿起筷子的那一刻，有些心虚地看了一眼对面的人。

她看齐莎的时候，齐莎也刚好在看她。

没有躲闪，没有逃避，池怀音淡淡地抿唇，笑了笑。

那一刻，她不再自卑，不再不安，不再失落，好像突然有了无穷的力量和可以抵御一切的勇气。

过年之前，季时禹签下了年后的第一大单——和大新电子的电池订单。

大新电子是宝岛的著名企业，上市公司，为国际巨头代工生产通信产品，是德士龙的劲敌。他们一直以来的困扰都是电池的问题。

虽然他们进行了很深入的研究，也亲自去日本参观了设备和生产线，但是即使他们能自己生产电池，成本也和进口日本的差不多，最后他们不得不放弃这一块的投资。他们花钱都办不到的事儿，季时禹他们这群泥腿子科研员却办到了，他们造出了比市场价低百分之四十的电池，成功地打破了日本厂商的垄断。

齐总从不掩饰对季时禹的欣赏，签合同的那一天他以一个过来人的身份和季时禹讲述了一个自己受益终身的理论，叫作冰激凌哲学。

他说："卖冰激凌必须从冬天开始，因为冬天顾客少，会逼迫你想办法降低成本、改善服务。如果能在冬天的逆境中生存，就再也不会害怕夏天的竞争了。"

季时禹把这些话都深深地记在了心里，包括齐莎的提醒。

眼下公司的快速发展没有麻痹他的神经，他知道，在这个时代只有不停地奔跑，才不会被人超越。

大新电子和季时禹签订的是一千万枚电池的订单，这个数量需要长河扩大目前的生产线才能完成。

他们如果能顺利完成这次的订单，企业也能摆脱小作坊式工厂的头衔。

大新电子付钱非常爽快，齐总也是搞技术出身，知道他们创业艰难、资金短缺，他直接把定金付了一半，让他们能迅速开展生产。

会计在年底忙着对账，季时禹亲自去兑的支票。他带着池怀音一起坐在银行的木椅子上等待。人生第一次有机会走进贵宾室，他们都忍不住有些激动。

季时禹把大新的订单支票交给池怀音收着，那张支票的面额是池怀音长这么大见过的最大的数字。轻飘飘的一张支票却意味着那么大一笔钱。

两个人并排坐着，内心都十分感慨。从他们下海创业到如今初有成就，"长河电池"四个字对他们来说不再是一个空空的概念，而是一份大有可为的事业。

在这个最好的时代，在这个遍地是黄金的城市，他们终于找到了属于他们的方向。

季时禹整个人很放松地靠在木椅背上，长腿分得很开。

一直以来精神高度紧绷的男人又回到池怀音熟悉的那个小无赖的模样。

他双手插在衣兜里，视线微微转过来，落在池怀音身上，温柔得像冬日的阳光一样。

"池怀音，你知道吗？有时候我觉得这一切都像一场梦一样。"他轻轻地笑着，缓缓说道，"我记得我读书的时候，当时的想法只是毕业后找份稳定的工作，和你结婚，生个乖巧的女儿。"

他说完，自嘲地一笑："如今这些都没有实现。"

提起当初热恋的时候说的那些话，池怀音也忍不住有些感慨。

她微微垂下头，淡淡地说着："你应该感谢这些都没有实现，是这个时代让你有了更大的梦想。"

"不，如今我的梦想也没有改变。"季时禹摇了摇头，脸上带着几分被磨砺之后的沧桑，"我还是渴望稳定的生活，渴望做一个普通人，渴望家庭生活。"

他顿了顿，声音不大，却非常诚恳、真挚，每一个字都说得很清晰。

"我知道，我现在和你说什么都是空话，可是我能和你许诺的只有未来。"他抬起头，深深地凝视着池怀音，眸中饱含着深情，那是他作为一个男人最有力的承诺。

"池怀音，我发誓，我一定会让你过上最好的生活。"

季时禹的话仿佛一把小锤子，将池怀音心中建立的铜墙铁壁一下一下都敲碎了。

池怀音的双手紧紧抓住自己大腿上的衣料。

她鼻酸极了，眼眶也不由得跟着红了。

她抬起头，眼前尽是水雾朦胧，连季时禹的轮廓也变得模糊，她却还是极力辨认着他的模样。

那一瞬间，她觉得从前计较的一切都变得不再重要了。

时光不能回头，生命的距离有限，浪费是可耻的。

红尘醉人，俯仰笔笔离散；时长路远，很多事不能期。留下的都是真正始终如一的人。

季时禹是，池怀音也是。

1996 年的春节在 2 月 19 日这天，季时禹要坚守到 2 月 17 日才能回家。

池怀音虽然什么也没有说，但是也默默留在了厂里，陪着季时禹守到最后一天。令人惊讶的是，和池怀音一起留下的人竟然还有好几个。

一群热血的年轻人都这样恋恋不舍、小心翼翼地守护着他们单纯的梦想。

厂里已经全面停工，其实已经没事可做了，但是池怀音还是循着生物钟早早就起了床。她起来的时候员工宿舍的男士们都还没有起。

森城的冬天早晚和中午温差较大，池怀音刷个牙都要披个厚外套。

冰凉的水从水龙头里流出，池怀音连刷牙都觉得冰得牙龈好疼。

池怀音特别怕冷，她一边刷牙一边想，南方连雪都不下，尚且这么冷，北方人是怎么过的？

她正天马行空地胡思乱想，身边突然多了一个瑟瑟发抖的男人。

季时禹不知道是怎么想的，起来刷牙就只穿了一身睡觉穿的很单薄的长袖长裤，这会儿冻得直哆嗦。

他那狼狈的样子看上去哪儿还有平时"季总"的样子？完全幼稚得像个大男孩。

季时禹和她最大的共同点就是怕冷。

他一边发抖，一边坚持着打开了水龙头。

"这天气真是绝了，居然这么冷。"

池怀音手上顿了顿，顾不得嘴里的牙膏沫，无情地嘲笑他："是你绝了吧，大冬天的，穿一身单衣单裤就跑下楼刷牙。"

季时禹来回跺着脚，他见池怀音一脸冷静地刷着牙，坏心顿起，趁她不备，他突然就把她抱了起来，像无尾熊一样把池怀音紧紧圈住。

"好神奇，居然瞬间就不冷了。"

池怀音原本在刷牙，没想到季时禹会突然抱过来，左手拿着的漱口水泼了一半，有些淋在她手上，有些泼到了季时禹的胳膊上，浸湿了他的薄衫。

她光是手上被冰水淋过都觉得透心儿凉，浑身起了鸡皮疙瘩，真不知道季时禹是怎么忍着的，衣服都湿了，也不放手。

这只能说明男人真的是色到极点的动物，只要能占便宜，跳冰洞估计也是义无反顾。

池怀音嫌弃地用手肘顶了顶季时禹的胸膛，严肃地斥责他："放开我。"

她一激动还喷了不少牙膏沫到他脸上。

池怀音自己看着都觉得有点恶心，他倒是一点儿都不嫌弃，咧着一张嘴笑着，脸上是那么满足又十分珍惜的表情。

"马上要过年了，真想把你也一起打包带回家。"他低沉的声音温柔地响起。

池怀音被他说得面上有些红，她有些别扭，带着一嘴牙膏沫含混地说道："春节又不长，也就十天。"

"一日不见如隔三秋，十天就是三十年了。"

池怀音被他说得忍不住笑出声，又用手肘顶了他一下。

"别闹了。"

大家都没有起床，两人在楼下亲热，也没有人发现。

季时禹像吃错了药一样，抱了许久才舍得把池怀音放开。

两人并排站在水池边刷牙，池怀音怕他又做出什么不得体的事儿，赶紧漱完口准备上楼。

她刚拿着自己的牙刷和漱口杯要走，就被季时禹拦腰抱住。

两人你抱我挡，跟麻花一样扭在一处，眼里心里都只能看见彼此，以至于身后来了一对不速之客也没有发现……

池怀音发誓，那是她人生中最害怕最紧张的时刻。

1996年2月15日，她扔了铁饭碗，下海跟着季时禹创业的事儿终于暴露了。

也不知道池父池母是怎么知道这个消息的，他们一声不吭就直接到上沙镇来了，当场捉了个现行。

最难堪的是他们来的时候季时禹正抱着池怀音，饶是再没脸没皮的人，被父母撞见这种场面也会感到尴尬。

更何况池父有多讨厌季时禹，她是最清楚的。

池家家教严格，池父可以容忍她的一切任性和叛逆，但是有一件事儿是绝对忍不了的，那就是撒谎。

池怀音为了季时禹在池父面前撒了多少弥天大谎，池父就有多厌恶这个人。

他岿然如山地坐在池怀音平时看书坐的椅子上，面色铁青，连看都懒得看季时禹一眼。

此刻，对池父来说，季时禹就是罪大恶极、拐骗他姑娘的臭流氓。

池父什么话都没有说，只是罚池怀音跪下。池怀音跪在他面前，始终紧咬着嘴唇，挺直背脊，一声不吭，倔强得令人心疼。

这是池怀音长这么大以来，池父对她做出的最严厉的惩罚。也不管此刻有没有外人，他要好好教育一下池怀音。

池父是知识分子，他从来不迷信"棍棒之下出孝子"，可是那一刻他气到完全失去了理智。他脸上涨红，眼珠都要瞪出眼眶了，胸前一直上下起伏，整个人都在发抖。

"池怀音，你现在大了，翅膀硬了，换工作都可以不跟父母说了，是不是？"池父说这话的时候掷地有声，几乎是咬着牙一个字一个字挤出来的。

池怀音仰着头看着他，紧皱着眉头，认真地回答："我是成年人，可以为我自己的人生负责。"

"你说什么？池怀音，你再给我说一遍！"

池怀音紧握着拳头，再一次冷静地说道："我是成年人，可以为自己的人生负责。"

池怀音从小到大都很听话，这么顶撞池父，可以说是绝无仅有。哪怕是当初在学校里的时候池父反对他们在一起，池怀音最多也只是不吃饭，无声地抵抗。

几年过去，她在这个男人的蛊惑之下变得更坏，更不听话，已经会顶嘴了。

池父气得胸腔钝痛，也顾不得什么理智和风度了，他从椅子上倏地起身，拿起了池怀音放在门口的木叉棍。

池母意识到池父要打池怀音，赶紧上去拦，却被池父用力推开。

"滚开！我今天就要打死这个不孝女！谁拦我就连谁一起打！"

话语间满是愤怒。

池父一贯儒雅、有风度，严肃归严肃，却从来没有动过手。

他有多疼爱池怀音，别人不知道，池母却是清清楚楚。

看着他拿着叉棍要打池怀音，池母的眼泪一下子就流了下来。

"孩子大了，有自己的想法，你打她又有什么用？！"

打在女儿的身上，还不是疼在父母的心上？

叉棍落在池怀音身上的前一秒，一直站在旁边一言不发的季时禹想也不想就跑过来一把抱住了池怀音，他以自己的背脊硬生生地挨了池父盛怒之下的一棍。

　　那一下敲得很重，池怀音甚至能听见木棍拍打皮肉发出来的那种闷闷的声音，季时禹整个人都抖了一下。

　　季时禹不过来护着还好，他越护池父越生气，一棍下去后，又打了第二棍、第三棍……

　　池怀音的头顶在了季时禹的胸膛之上，他用一种全包围的姿势将池怀音护在胸怀之内，不让池怀音受到一点儿伤害。

　　池怀音想要挣脱，想要让池父不要打了，但是季时禹把她抱得太紧了，她几乎动弹不得。她眼前一片漆黑，连呼吸都像被困住一样，难受极了。

　　池父一边打一边像被针扎了心一样痛。

　　"你给我让开！"

　　池父一把要拉开季时禹，但是季时禹年轻，又人高马大，始终抱紧池怀音，他不放手，池父怎么可能拉得开？

　　季时禹被打了好几棍，身上都不知道是哪里在疼，抑或是疼得麻木了，那一刻他抱紧了池怀音，一动不动。

　　"伯父伯母，"哪怕是在那么混乱的时候，他依然有礼貌地喊着池父池母，"我是真心喜欢怀音，怀音是为了我才辞职的，都是我的错，和她无关。"

　　"我只有这么一个女儿，如珠如宝，养到这么大，为了你她像看仇人一样看我。"池父痛心极了，想到池怀音自从认识了这个男人之后所做的一切让他失望的事儿，声音都带了几分哽咽。他声嘶力竭地质问着季时禹，"你是谁？你有什么？你带她过的是什么日子？你凭什么喜欢她？给我滚开！"

　　池父气极了，又一棍打在季时禹的肩膀上，季时禹疼得发出一声压抑的闷哼。

　　池怀音的眼泪终于被逼了出来，自己挨打都能承受的她却受不了季时禹挨打，那一下一下惊心动魄的声音终于让她的忍耐到了极限。

池怀音哭着向池父求饶："够了，爸爸，你不要打他了，我知道错了，我知道错了……"

见池怀音哭了，季时禹心痛如绞，他抱着池怀音，强忍着身体的痛，对池父池母保证道："我和大新电子的订单合同已经签成了，只要全部交货，我就能拿到分红，我今年拿了钱就在森城买房，娶怀音。

"我发誓我以后一定拿命护着她，对她好，不让她受委屈。如果我做不到，我一定不再纠缠她！"

池父居高临下地看着不屈不挠的两个人，气得胸腔剧烈疼痛。

他扔了棍子，跌坐在椅子上长吁短叹："管不了，管不了。"

池母见池父脸色不对，赶紧过来拍拍池父的胸脯，给他顺气。

许久，池父的脸色才恢复如常。

季时禹挨了池父一顿打，却已经顾不得身上哪里有伤。池父扔了棍子以后，他第一反应不是看自己，而是去看池怀音细瘦的手臂上不小心被擦破的一小块伤。

他用手揉了揉池怀音的手臂，心疼地问："疼吗？"

池怀音担忧地看着他，摇了摇头，一脸心疼和抱歉。

两人旁若无人地对视着，似乎天塌下来也不能把他们分开。

看着两个孩子如胶似漆的样子，池母紧皱着眉头。良久，她轻叹了一口气。

也许这就是命，打都打不散。

池父脾气硬，说走就走，根本不给池怀音机会解释。

池母两头为难，最后只能跟着池父走了。

公交车摇摇晃晃，池父坐在座位上，背脊全程僵直着，几乎一动不动。

他眼眶红了，鼻尖也红了，却没有流眼泪，那种强忍的情绪让池母担心。

临近春节，在森城打工的人都回家了，原本拥挤的城市变得空荡，公交车上也没什么人。

池母坐在池父身边，沉默许久，还是出言劝解。

"女儿大了，有自己的想法，人都有逆反心理，你越反对她越是要和他在一起，还不如不要表态，让她自己去体会。"

池父本就生气，听池母这样说，立刻愤怒地转过头来，也顾不上什么风度，指责池母道："要不是你惯着她，让她和一个混混在一起，她能被教得这么不听话吗？放任她这样下去，能体会到什么？能有幸福吗？"

性子泼辣的池母在被池父这样质问之后，破天荒地没有和他对骂。

车厢摇晃，车窗外的街景不断地迅速后退。

许久，池母态度平静地说道："只有你一个人把这个女儿当成这段婚姻的全部吗？"她自嘲地一笑，眼底全是沉积的悲伤，"我承认我惯着她，因为她是我这辈子唯一的依靠。"

"池书彦，你知道幸福是什么吗？"池母抿唇，淡淡地说着，"一个女人的幸福不是有多少钱，能过上多富足的生活，而是这辈子能遇到一个真心爱自己的丈夫。能让两个人相伴一生的应该是爱，不然就只剩痛苦了。"

不给池父任何说话的机会，池母眼神坚定。

"如果这个男孩子能做到他许的诺言，我同意他们在一起。"

池父池母走后，屋内终于归于平静。

池怀音紧闭着房门，但是想必这一场闹剧也有不少同事看到，好在大家都是彬彬有礼的知识分子，都知情达理，没有人去提这份难堪。

池怀音找了半天才找到一瓶紫药水，但是季时禹身上也没有皮开肉绽，就是到处都青青紫紫，全涂紫药水，那也太难看了。

池怀音拿着紫药水，又着急又委屈，眼眶瞬间就红了。

季时禹见她要哭了，他一副满不在乎的表情，笑了笑："比起刷化粪池，岳父大人这次下手算轻的了。"他动了动胳膊和肩背，大大咧咧地说，"我真的不疼，你看，我好得很。"

他越是这么说，池怀音越是吸鼻子。

季时禹无奈了，心疼地捧着池怀音的脸，两人四目相对，季时禹的目光透露着温柔和珍惜。

"喂，池怀音，你是水做的吗？"

池怀音仰了仰头，让那些要流出来的眼泪都憋回去。

"你是不是傻？"池怀音撇着嘴看着季时禹，"充什么英雄？"

季时禹揉了揉肩膀，忍着疼痛，笑得龇牙咧嘴的："我倒觉得这打挨得值，不挨打都不知道你这么心疼我，你当时哭成那样，是不是特怕我被你爸打坏了？"

池怀音面上微红，嘴硬地回答："我是怕我爸把你打坏了要去坐牢。"

她最后找男同事要了一瓶白酒，也不管有没有用，用布团蘸酒，揉在季时禹的伤处。

季时禹裸着上半身，坐得笔直。池怀音的力道不重，一下一下地按在他的皮肤上，让人生出一丝无名的战栗。

池怀音刚一走近，季时禹想都不想直接一把将她抱住。

他坐在椅子上，池怀音站着，他将人抱在怀里，将脸贴在她胸前。半晌，他的胳膊越收越紧，那力道似乎要把她拆吃入腹、缠绵至死一般。

他上身没有穿衣服，赤裸的皮肤贴着池怀音，炽热的温度透过衣料烧灼着池怀音的皮肤。他一开始的动作孟浪，却没有更进一步的举动。

他只是温柔地在池怀音的胸口蹭了蹭，那种失而复得的感觉尤为明显。

他埋着头，没有动。池怀音只能看到他头顶的旋儿，他头发生得浓密，那旋儿也格外规整。

季时禹的声音低哑，自她胸口处传来："池怀音，你知道吗？因为你，我总是觉得我比这世上所有的男人都更幸运。"

安静的房间里温度渐渐升高，池怀音感觉自己的心跳比之前快了一些，她有些羞赧，伸手想要将季时禹推开，但是他力气太大，怎么推也推不开。

两人的呼吸都有些粗重，年轻的荷尔蒙交融，许久才平静下来。

季时禹终于恋恋不舍地放开了池怀音。

池怀音得了自由，轻咳了两声，赶紧转过身去收白酒和用过的布团，面上有些潮红："揉完了，衣服穿起来吧。"

季时禹没有动，双手撑在桌上，笑眯眯地看着她害羞和紧张的样子。

"以后你要多习惯我，哪有做妻子的一见到自己的丈夫就脸红的？"季时禹说到这里，突然坏坏地一笑，"不过也不怕，以后我们俩'坦诚'多了，你也就习惯了。"

池怀音知道他又开始耍流氓了，她秀气地瞥了他一眼，没好气地说："还没说你，都在胡说八道什么？我有说要嫁给你吗？"

季时禹对这一点倒是一点儿都不着急了："我在你爸妈面前都立下生死状了，容不得你不嫁。"

"犯浑。"

放假前的最后一天池怀音去买了一台文字寻呼机。办理入网的时候池怀音发现寻呼机的年费已经变得很便宜了，办理的人也很多，多是些年轻人，他们拿到寻呼机就迫不及待地别在腰间。

办业务的小姐给了池怀音一张纸，将她的呼机号码写在她的名字旁边。

2月17日，季时禹要坐火车回宜城，池怀音来送行。

森城火车站的春运人流很可怕，大家大包小包地挤在站台上，等待着火车进站。人本来就多，当时买站台票就能进去送行，所以更是挤得水泄不通。

两人站在站台上话别，身边像他们一样的人还有很多。有年轻的情侣，有三世同堂的家庭，也有朋友、同事……

与别人或浓烈或悲伤的话别气氛不同，季时禹和池怀音的对话显得太平常。

季时禹嘴角带着一丝笑意，右边眉毛微微挑动，叮嘱道："过年不要和岳父大人吵架。"

虽然不知道最后池父是怎么想通的，但是他总归是想通了。只要季时禹说到做到，对池怀音好，他也就不反对了，但是他也不支持。这些话都是池母打电话来转达的，池父还在置气，不肯跟池怀音说话，但是池怀音想，父女间总归没有隔夜仇，回家哄哄就好了。

池怀音皱眉："我不会吵架。"

季时禹低头看着池怀音，她的眼角眉梢，甚至脸上哪里长了一颗斑，他都想事无巨细地全部记住。想了一圈，他又交代道："也不准和那个叫厉言修的见面。"

池怀音见他又显露出不讲道理的一面，也不觉得讨厌，反而觉得有几分甜蜜，她掩嘴轻笑："他会到我家里拜年。"

"不准接待他。"

"我控制不了我爸妈。"

季时禹想想池家的状况，除了担心，也做不了什么。

他个子高，远超过南省人的平均身高，在人群中鹤立鸡群。他俯视着池怀音，一双黑白分明的眸子里只看得到她一个人。

许久，他恋恋不舍地伸手捏了捏池怀音的脸蛋："今年岳母大人怎么不带你回老家了？"

"1月初我爸升校长的时候回去看过我奶奶了。"

"岳父大人不孝顺，怎么不多回去看几次老人家？见一面少一面。"

季时禹哪里在乎池父池母孝不孝顺？只是埋怨池怀音不能跟他回老家而已。

"少胡说八道了。"

两人正说着话，火车的汽笛声响起，回宜城的火车进站了，大家开始登车。

季时禹轻轻吻了一下池怀音的额头，依依不舍地拎着行李上了车。

他往车里走，池怀音就跟着他的方向往后走。

他每经过一个车窗，就探头出来对池怀音说："回去吧。"

池怀音一直没有回去。

直到他走到自己的位置，池怀音还站在车窗外。他赶紧向上拉开了车窗，探头出来。

火车停靠十分钟，两人隔着火车的车窗深情而缱绻地对望。

池怀音的眼眶有些红。

火车站台上没有什么遮挡物，穿堂风很大，把池怀音的发型吹得有些乱。

季时禹伸出手来，给池怀音理了理碎发。

"别送了，这里冷。"

池怀音没有说话，许久，她拿出包里的钢笔，低着头，一笔一画很认真地在季时禹的手心里写着字。

季时禹觉得手心痒痒的，钢笔笔尖像在挠痒痒一样从手心划过，留下一排数字——竟然是呼机的号码。

火车的汽笛再次响起，乘务员开始关闭每一扇车门，送行的人抹着泪往后退，池怀音也跟着众人后退。

季时禹低头看着手心里写着的数字。

"回森城了告诉我。"

耳边是池怀音娇嗔温柔的声音。

那一刻，好像有一把火在他心头燃烧……

1996年的春节假期很短暂，和往年没有什么不同。

开年开市，森城又恢复了人满为患的情况。新一年，进森城打工的人数又创造了新的历史纪录。

季时禹从宜城老家带了很多特产，还有季时禹妈妈制作的一些家常吃食，一回森城，他就先到池家登门拜访了一次。

虽然池父全程用报纸遮着脸，几乎完全和他没有交流，但是好在他们还是让季时禹在家里吃了一顿午饭。

池母虽说不如以前对他那么热情，但礼节还是有的。

季时禹对这待遇已经很满意了，毕竟以前发生了些不愉快的事儿，他们对他有意见也可以理解。至于别的，且看以后了。

开年后，长河电池就开始进行有条不紊的扩张计划。增加生产线，扩招工人和高学历技术人员成了开年的首要任务。

大家都回归岗位了，只有赵一洋年前说要和江甜去旅行，开年以后两个人一起玩消失，这都上班十几天了，既没有电话，也没有一封信，责任心完全被狗吃了。

季时禹把他的呼机都呼爆了，他愣是一个电话都不回，把季时禹气得不轻。

池怀音一贯温和宽容，她和江甜也失联了，想必是两个人年轻，玩心重，便帮赵一洋说了两句话："现在也没有什么特别紧急的任务给他，多给他几天假期吧。"

"……"

因为赵一洋不在，大新电子要过来看生产状况的时候，季时禹不得不亲自接待，原本他以为齐总会一起过来，没想到大新只派了齐莎一个人过来视察。

大新要在森城建一个分部，已经划定了一个工业园，面积是长河厂区的几十倍，看来是下了决心要在森城大干一场。

齐莎被父亲派到森城长期坐镇，虽然是个女孩，但是她非常有魄力，要长期离家也没什么抱怨，野心都写在脸上，和男人似的。

齐总总是说齐莎生错了性别，要是个男孩，大新电子就不愁了。

20 世纪 90 年代，女企业家还是比较少见的，社会上主要的上层资源都掌握在男人手上，尤其是在宝岛，越是有钱的大企业家越是有男尊女卑的思想。

齐总年纪已经不小了，在齐莎二十岁的时候，愣是又拼了个儿子出来，当然不是和齐莎的母亲生的。

如今那个弟弟不过七八岁，还不成气候，这也是齐总最着急的地方。

齐莎没有带随行人员，自己坐公交车过来，完全没有上市公司千金的娇气性子。

她步伐轻快，跟着季时禹在长河的厂区打转，面带微笑地与季时禹聊着天。

"看你们扩大了生产线，是准备一直做镍镉电池吗？"

季时禹跟在她身旁，保持着不远不近的安全距离，彬彬有礼地回答："我们的生产线要转型做镍氢电池是比较容易的，主要问题还是控制成本。"

齐莎笑了笑，脸上满是自信："有兴趣研究锂电池吗？"

听到齐莎提到"锂电池"，季时禹愣了一下。半晌，他说道："齐小姐是个走得很快的女人。"

两人从厂区向办公楼走去，路过季时禹做主给厂区修建的小型运动场，有篮球场和乒乓球台等场地。

厂里的年轻男士工作之余就在篮球场上挥洒汗水。

齐莎穿着小高跟鞋走过，刚一抬头，一个篮球就失控地向她的方向砸了过来。

季时禹长期运动，几乎是本能地走了过去，接下了那个篮球。

他肌肉紧实的手臂一用力更是纹理分明，带着男性特有的荷尔蒙气息。

他轻轻拍了几下篮球，然后站在线外，稍微瞄准，一个三分球就投进了篮筐。

阳光温和，映照得季时禹五官分明，气质干净，虽然穿着最普通的蓝色工作服，依旧掩盖不了他英气逼人的长相，还带着几分年轻人的意气风发。

齐莎还沉浸在方才的飞来横祸之中，半晌才反应过来，胸脯上下起伏，好在她一贯有风度，很快就恢复了正常。

她再看向季时禹时，眼中多了几分欣赏和感激，说话的声音也不由得软了几分："季总还会打篮球？"

季时禹没意识到齐莎有什么变化，只是礼貌地微微一笑，回答道："以前读书的时候是篮球队的。"

两人走着，季时禹一抬头，突然看见不远处的办公楼顶层有一个和他一样穿着蓝色工作服的女人正在扶着栏杆，目光幽幽地看向他们的方向。

那些长了多年的树木在春天抽了芽，渐渐有了绿意，交叠的树枝遮挡住了池怀音的身体，只留下那双眼睛，直勾勾地看着他们。

季时禹心里咯噔一跳，这才意识到自己似乎和齐莎走得太近了。

他赶紧往旁边退了一步。

齐莎见季时禹突然做出这么奇怪的动作，不由得顺着他的目光往楼上看去，她一眼就看见了池怀音，心下瞬间了然，之后，便有几分难言的失落。

　　"那位女工程师是季总的女朋友？"齐莎笑笑，"看不出来季总还挺惧内？"

　　"不瞒你说，我现在恨不得退得离你八丈远。"季时禹挑眉，毫不掩饰对池怀音的迁就，"千辛万苦才追回来的女朋友，她一哭我就受不了。"

第十二章

东方宝藏

　　为了增大产量，早日交货，季时禹改变了工人的薪酬制度，不再固定每月发多少工资，而是"按件计酬"，做得多，就拿得多，以此激励工人们提高产量。

　　于是厂里的产量一下子提高了三四倍，也吸引了更多公司的目光。

　　一时间要来厂里谈合作的公司变多了，赵一洋不在，季时禹经常忙得饭都吃不上。

　　一连好几周，池怀音因为分了一部分赵一洋的活，连家都不能回。直到换季，季时禹见天气越来越热，她还一直穿着皮靴，才强行放了她的假，让她回了家。

　　周末池父不在家，据说是德国的专家团队到森大交流学习，他作为校长要全程接待。池父当上校长以后就忙碌了很多，平时要带硕博学生，课虽然不多，却举足轻重；他时不时还要出差，不是到这里交流，就是到那里学习。

今年开年他又因为突出的成就在院士评选中被提名，三轮评选已经顺利通过两轮，基本上是十拿九稳了。

池父的工作代表了科研人员走的一条主流之路，把一生献给了科研事业。

正因为池父的一辈子是这么稳妥地走过来的，所以他对于季时禹的选择是非常不赞同的。以季时禹和池怀音的学历、在专业领域的能力，顺着池父的人生轨迹走下去是没什么问题的，可季时禹偏偏要下海，还哄骗了池怀音跟着他一起。

虽然池父和季时禹都提倡"科技兴国"，但池父却对季时禹所谓的"民族工业"嗤之以鼻，认为他只是贪婪、为了发财，还以光环粉饰。总之，一老一小真的不是很对付，都靠池母和池怀音在其中斡旋。

前阵子池父看中了澎田一个新楼盘，毗邻市中心，他拿了许多传单回家。池母见池怀音回家了，将传单和资料都拿给她看。

池怀音对季时禹的经济状况心中有数，虽然长河电池现在的盈利状况很不错，但是公司必须预留资金继续运转，能分到每个股东手上的分红并不多。季时禹是公司的第一股东，其次便是池怀音的表哥，他以资金入股，剩下的都是技术股。池怀音算过，季时禹和她的分红加在一起也只能勉强在开发区买一套两房公寓，想买市中心的楼盘基本上就是天方夜谭。

她放下传单笑眯眯地说："这小区虽然好，但是离单位太远了。我和时禹看中了挨着上沙镇的开发区，住那里上班近。"

其实他们哪里看过？货没交，钱没有，不过是开发区房子便宜，池怀音便这样搪塞。

池母瞥了池怀音一眼，意味深长地说："就猜到你会这么说。你爸说了，只要他拿二十万，其余的我们拿积蓄补，再卖掉森大那套老房子给你们凑。"她顿了顿，"那孩子二十八，你也二十六了，该结婚了。"

虽然池父没有再说反对的话，但是他一直以来对季时禹的态度都不好。池怀音怎么都没想到，原来在她不知道的时候池父已经妥协到这种地步。她的眼眶忍不住就红了。

"对不起……"想到她一直这么任性，甚至会和父母顶撞，她的声音带着几分颤抖，"其实我们住在厂里也可以的，现在买不起，以后总可以的。"

"不是我们要为难他，我们只是希望你们能有一个保障，能过稳定的生活。你们放弃了好工作，以后也没有分房资格了，总不能一辈子住在厂里，上沙镇连个学校都没有，以后你们有孩子了，总不能和农民的孩子一样，动不动就不读书了，对吧？"池母轻叹了一口气，"其实你爸爸也是心疼你，对你动了手之后好几天都没睡好觉，一到夜里就长吁短叹。"

池怀音听池母这么说也有些难过，池父一辈子都很顽固、严厉，几次妥协都是因为池怀音，作为女儿，池怀音真的对不起他们。

"十五万应该可以。"池怀音有些羞愧，"如果没分够，他说他爸妈可以给凑一些。"

池母看着自己的女儿，又心疼又无奈。半响，她语重心长地说："只要他真心待你，你爸不会真的反对，但是如果他完全不为你着想，你爸肯定不会同意。"

"他不会！"

见池怀音急着为季时禹辩驳，池母也就不再说什么了。

她把菜拎过来择，一边择一边和池怀音聊天："你爸就是臭脾气，你也知道，他不知道多疼你。当年生你的时候，我们家的大学问家没出息，紧张了，让他在手术单上签字，他连'剖腹'都不会写了，来了个'同意切腹'，把整个医院的人都笑惨了。"回忆起过去，池母的脸上难得地带了几分柔情，"其实在你之后我还怀过一个。你奶奶重男轻女，当时一定要我再生一个孙子，我怀那个孩子的时候和你爸爸吵架，不小心摔了一跤，孩子保不住，医生说拿掉那个孩子就不能再生了……"池母说到这里，声音带着几分哽咽，"那时候你还小，你爸抱着你和医生说，他已经有了世界上最宝贝的孩子，以后没有就没有了吧……"

池母从来没有和池怀音说过这些，在池怀音的印象中家里总是无休无止地争吵。她一直以为自己不是因为爱而诞生的孩子，可是如今看来，不论是怎样的结合，朝夕相处、同床共枕的两个人总归是有几分羁绊的。

就像这么多年，池父不管脾气多臭，只要是池母坚持的事儿，他最终都会妥协，池母单纯地认为是她的泼辣战胜了池父也许并不准确。

池母择完最后一截菜根，感慨地说："我这一辈子已经过成这样了，我不希望你走我的老路。结婚一定要找一个他爱你超过你爱他的男人，不然一辈子会好累好累。"

"我们不是真的要逼他做不可能的事儿，只是做父母的总还是想要他拿出一点儿态度，要和你过一辈子的态度，你懂吗？"

池母说完这句话的时候池怀音已经泪眼模糊。

作为父母，他们是满分还要再往上的水平；作为女儿，她连及格都不够资格。

"按件计酬"的鼓励制度让长河电池实现了大量增产，为了控制合格率，长河制定了严格的检测机制，除了鼓励，也有惩罚，如果低于合格率太多，也会扣除一部分工资。这让工人的生产工作完成得又快又好。

按进度，他们半年左右就可以交货了。

公司的发展越来越顺利，整个团队也是精神振奋、干劲儿十足。

就在一切有条不紊地进行着的时候，一直没音信的赵一洋终于回到了长河。

他下午4点到达森城，到长河厂区的时候正好是晚饭时间。大家都在食堂抢饭，只有季时禹还在看新订单的合同，他坐在办公室里，连饭也顾不上吃。

赵一洋手上还拎着一个空箱子，风尘仆仆，脸上带着几分疲惫的表情。他没有了以往的朝气，好像一夜沧桑，眼神中透露着几分痛苦。

他进屋的时候难得地记得随手关门，在季时禹还在错愕的时候，他已经寻了把椅子坐下。

季时禹的笔帽顶着合同页面，他逐字逐句地查看着用词，头也不抬，只是微微皱了皱眉："你最好是能给我解释清楚，为什么这么久不来上班。"

季时禹的办公室里收拾得很整齐：文件都以日期分类归档，放在了柜子里；笔都放置在手工的笔筒里；墙壁的角落里还放置了几盆移植的花木，和以前简陋的环境完全不同。

眼看着森城要开始变热，用心布置的人还用旧床单给季时禹身后的窗户做了窗帘，能挡住刺眼的阳光。

不过是一个办公室，已经能看到满满的用心和爱意。

赵一洋看着眼前的一切，心里有些难过，他在回森城的火车上一直琢磨的那些卑鄙的想法终于还是放下了。

年前他曾亲眼看到池怀音的爸爸是怎么痛打了季时禹的，也知道季时禹立下的军令状。他和自己没有区别，他们都需要钱。

如果让他先来帮助自己，那根本是不公平的。

赵一洋恋恋不舍地看了一眼季时禹办公室后面的那一幅字，那是他们刚下海的时候找森城一个著名的书法家写的。

——长河电池。

这四个字承载着所有人的梦想。

半晌，他用有些沙哑的声音对季时禹说："老季，我是来辞职的。"

季时禹和赵一洋是多少年的兄弟，任何时候和他说话都是完全放松的状态。他来了，季时禹头都不用抬，可以继续做自己的事儿。

这是多年的默契和绝不会互相计较的信任。

所以当赵一洋说要辞职的时候，季时禹脸上原本带着几分戏谑的表情完全定住了。他手上的钢笔帽也不小心往前戳了一下，把原本平整的合同戳出一个光溜溜的印子。

季时禹有些怀疑自己听错了，他皱着眉头，抬起头看向赵一洋："你说什么？"

赵一洋的样子有些狼狈，整个人瘦了很多，头发也是许久没剪的样子，双眼布满了血丝，胡子拉碴。良久，他又重复了一遍："我是来辞职的。"

再听一遍，季时禹终于确定自己没有听错。

"为什么？"

赵一洋的表情有些痛苦，考虑了一阵，他开始摸自己口袋里的烟，摸了半天，才想起来烟已经抽完了，他又慌忙地放下自己无处安放的双手。

"江甜怀孕了，她爸妈说，不结婚就带她去打胎。"

赵一洋低下头去："她爸妈已经不错了，接受了我没钱没背景没房，要求也不高，只要我去海城找个稳定的工作就行了。"

赵一洋的声音有几分无奈："我在森城也没有什么能证明自己的方式了。"他顿了顿，带着几分不甘心地说道，"我能等，孩子不能等。"

季时禹对赵一洋的情况也清楚。江甜家是海城人，他们家本来就有些排外，对江甜找了个外地的很不满，这个外地人还要把女儿拐到外地生活，自然是摆高了姿态，一直在给赵一洋施压。

当初赵一洋再等一年就能得到理工大的分房资格，原本按计划今年年底或者明年年初赵一洋就能有住房了，也就完成了江甜父母的要求。

是他鼓动赵一洋辞了职，让赵一洋失去了分房资格。

如今赵一洋陷入这种局面，季时禹如果不闻不问，他还能算是个人吗？

"她爸妈有没有说别的方案？能留在森城的？"

赵一洋目光纠结，半晌，他才说："还是那句话，在森城有个家。但是这不可能完成了，大新的尾款最早要下半年才能到手。我算过了，把尾款加上，我们俩的分红加起来只能买一套。只算我的分红还远着呢。"

季时禹听到这里心里蓦地一沉。

公司的财务状况和每个股东能分的钱都是一笔明账。

房屋贷款在那时还不普及，只有极少数银行可以做，且审核严格，以他们公司目前的资质基本上是申请不下来的。赵一洋对此很着急，所以比谁都努力开拓公司的业务。

如今事情发展到这般田地，慢慢来已经不可能了，只能求季时禹给他凑钱。

可是季时禹这头一样是泥菩萨过江。

池怀音的父母已经够宽容了，只要他凑出十五万，就为他们买一套毗邻市中心、价值五十万的房产。

他年底能有大约十万分红，父母为他准备了五万，勉强可以完成池怀音父母的要求。

他能怎么做？

一头是兄弟，一头是未来的妻子。

季时禹的表情有些沉重，他的目光和赵一洋一起落在了墙上的"长河电池"四个字上。

他正陷入沉思，办公室的门突然被推开了。

池怀音手上抱着一碗堆得满满的饭菜走了进来，脚步声很轻，带着几分少女的娇羞。

她走过的那一刻周身好像有繁花盛开，季时禹恍惚中才意识到原来没有什么繁花，那繁花是她的笑容。

为了工作方便，她每天都把长发扎成马尾，脸上不施粉黛，看上去却依然漂亮，每每有陌生的业务员过来，总会忍不住多看她两眼。

她属于那种越看越耐看的女孩。

人人都说他能找到池怀音真是上辈子烧了高香。

池怀音把饭菜放在桌上，随手整了整季时禹放乱了的文件，嘴里自然地嘱咐："工作也不能不吃饭，给你抢到了最后一个鸡翅膀，先吃饭。"

等她回身才发现椅子上还坐着沉默不语的赵一洋。

她的表情依旧温和："你回来了？甜甜呢？没过来？"

办公室里的两个男人都没有回话。

季时禹抬起头，目光复杂地看向池怀音，心中五味杂陈。

江甜的父母也不是不讲道理的人，江甜未婚怀了孕，要是在别的家庭，以长辈那种比较保守的想法，估计打都要把人打死了，但是江甜的父母几乎没有说什么重话，对江甜是这样，对赵一洋也是。江甜的姐姐们都心疼江甜，觉得他们实在太胡闹了，之前还能帮着说说话，如今为了孩子，也只能同意了父母的决定。

他们回海城生活，让江甜能在父母和姐姐们的眼皮底下生活，什么事儿都有个照应。如果一个男人能为江甜放弃一切到海城生活，这种诚意基本上也不需要质疑了。

从江家的角度来讲，这个要求确实不过分。

可是从赵一洋的角度来说，也许去海城找个工作并不困难，难的是要放弃眼看着已经有起色的事业。他从体制内辞职，丢掉了铁饭碗，辛辛苦苦，好不容易有了一点儿苗头，要他放手，他又何尝愿意？

可如今孩子是大事，他回森城之前有个自私的想法：希望能从季时禹手里借到钱。

他一路都在心理建设，生出各种侥幸的想法，可是真的看到季时禹，那些话都说不出口了，尤其是看到池怀音的时候，他的内心感到了自责，也很唾弃自己的卑鄙。

赵一洋看了季时禹一眼，苦涩地一笑："你们聊，我先出去了。"说完，他不放心地又对季时禹说了一句意有所指的话，"老季，我已经做了决定了，你就不要再做多余的事儿了，我知道你也有很大的压力。"

说着，他扫了池怀音一眼："好好对池怀音，你俩结婚的时候也给我发张喜帖，多远我也回来。"

赵一洋回来的第七天，工厂刚好又交了一批货给大新，所有人都沉浸在一派喜气洋洋的气氛之中，只有赵一洋和季时禹两个人显得心事重重。

周四下午，季时禹突然把在实验室的池怀音叫走了。

长河电池的老旧厂区只有东边、南边和西边被利用起来了，北面有一间四五十平方米的小仓库，因为年久失修，比较脏旧，一直只被用来堆杂物。

池怀音除了最初参观厂区的时候来过杂物间，之后已经许久没有来过了。

要不是季时禹叫她来，她都没有发现里面已经被清空，破瓦都修好了，该补的地方都用水泥补好了。

池怀音本能地去推那扇重新刷了漆的门。这门一推开，里面更让池怀音很惊喜：墙面重新粉了石灰，虽然简陋，但是收拾得很整齐，有厨房、客厅、卧室，功能倒是齐全。

"什么时候叫人修的？"

季时禹跟在她身后，也往屋里走去。

"我修的。"

池怀音笑了："你修这里干吗？整得像要住家一样。"

说着，她拉开了用来隔开卧室和客厅的布帘。

红色的木床旁边放着同色的五斗柜，上面放着一张合影，是很多年前他们路过照相馆时突发奇想去拍的那一张。

两人和好以后，季时禹曾把相片拿出来给池怀音看过，没想到他又去洗了一张。

这还不是全部，最让池怀音意外的是卧室的床正对的那一面白墙上有一幅画，画很大，几乎铺满了大半的墙面。

——巴黎铁塔。

"你说你最想去巴黎，想看巴黎铁塔，我现在没有条件，但我保证，以后我有钱了一定带你去看看真的巴黎铁塔。"

池怀音的眼眶有些干涩，不一会儿，一股温热的湿润就涌了上来，瞬间模糊了她的视线。

细瘦的手指抚摸着墙上的画，顺着巴黎铁塔的线条，横着、竖着、斜着，明明画得并不精致，可池怀音还是觉得心里像被煨热了一般。

她不在乎是不是真的有机会去看巴黎铁塔，她在乎的是他认真记住了她说的每一句话。

池怀音转过身子，抹了抹眼角，吸了吸鼻子："又不是过生日，弄这些干什么？"

"你觉得这里怎么样？"

季时禹站在池怀音身后，表情带着几分试探和担心。

池怀音虽说不上冰雪聪明，察言观色的能力还是不错的，听到季时禹这话，她算是证实了这几天的怀疑。

虽然她没有问，但是毕竟是在一起那么久的人，一举一动哪儿有异常，她都是第一时间就可以察觉到。

"是不是出了什么事儿？"池怀音拿起了五斗柜上的合影，来回摩挲着，头也没抬，语气平静。

季时禹看了池怀音一眼，眼神有些复杂，他沉默了一会儿，还是说了出来。

"今年先不买房，行吗？"

池怀音很冷静地问："是不是赵一洋出事儿了？"

"江甜怀孕了。"季时禹有些纠结地说，"他们如果想继续留在森城就需要我那一笔分红。"

江甜和赵一洋的情况，池怀音心里是最清楚的。

江甜其实对森城并没有多深的感情，她是为了赵一洋才死活要留在森城的。她对房子也不执着，可是父母一辈的态度摆在那里，让宝贝女儿跟着一个工作不稳定的穷光蛋在森城打游击战，哪家的父母能受得了？

江甜的父母受不了，池怀音的父母也受不了。

池怀音沉默了许久，季时禹站在她身旁，像个等待审判的犯人。这一周他心里背负了太多压力。

想了许久，池怀音最后说道："你欠我的实在太多了，这辈子你要是不还给我，你就完蛋了。"

这句话如同春风吹过刚经历寒冬的萧条世界，让所有枯萎的植物都复生了，让冰冻的河流融化了，让阴冷的天气晴朗了……

池怀音话音刚落，人已经被季时禹紧紧抱住。

"对不起……"

季时禹的侧脸紧紧地贴着池怀音的耳朵，他那么紧地箍住池怀音的后背。天气越来越热，两个人抱在一起其实并不舒服，但是他怎么都不肯放开。

池怀音知道他也难受。半晌，她伸手抱住季时禹的腰，轻叹了一口气，安慰道："救急不救穷，他们比我们需要这笔钱。江甜是我最好的朋友，这些也是我该做的。"她努力让自己的语气轻快一些，"再说了，这也是为了长河好，赵一洋的谈判能力很棒，肯定能为我们接更多订单。"

"对不起……"

季时禹一直抱着池怀音。许久，他都说不出一句完整的话，只是几度声音哽咽，池怀音都能听到他压抑的气音。

她又伸手拍了拍季时禹的后背："他们应该会在海城结婚吧？以前

江甜说过，请酒肯定要回海城。也挺好，我们俩一直说要去海城，终于能去一次了。"

"对不起……"

"以后你一定要带我去看看真的巴黎铁塔，你画得好丑。"

"对不起……"

"你要是再说对不起，我就要生气了。"

季时禹抱紧了池怀音，眼眶微红。

无论是作为长河的决策人，还是作为赵一洋的兄弟，他都问心无愧，唯独对池怀音有愧于心。以前听赵一洋说要在森城活出个人样，要给江甜买最好的东西，季时禹还觉得俗气，如今换了他，却找不到别的话来说，只是傻傻地向池怀音承诺："等我赚了钱，我给你买最大的房子、最好的车、最漂亮的衣服，给你买进口的巧克力，带你去巴黎、瑞士，去所有你想去的地方……"

池怀音吸了吸鼻子，回抱着他。

"好。"

大新的订单还没有全部交货，尾款还没能拿到，但赵一洋的孩子等不了，季时禹预支了自己和赵一洋的分红，抽调了一部分厂里的流动资金，让赵一洋在江甜单位所在的开发区买了一套九十平方米的两居室，总价十三万元。

有了这套房子，江甜的父母终于松口了，让他们回到森城继续工作和生活。

赵一洋去签合同的那天异常激动，恨不得要给季时禹和池怀音下跪，被季时禹一顿暴捶。

看赵一洋这么高兴，想到江甜又能回森城生活了，池怀音知道她的牺牲是有意义的。

钱还能赚，房子总会有的，可最真挚的感情如果消失了，就不会再有了。

不管是赵一洋和季时禹的兄弟情，还是池怀音和江甜的姐妹情，池怀音认为那才是他们会受益终身的东西。

季时禹家里汇过来的五万没有用完，他先斩后奏，给池怀音买了一样奢侈品——手机。

年初池怀音买 BP 机办理入网的时候已经感觉到 BP 机市场开始有下滑趋势了。随着诺记、摩特等企业开始大力发展手机业务，手机开始渐渐在人们的生活中普及。年初 BP 机的入网费降低了很多，池怀音因此省了很多钱，还暗暗高兴了好一阵。

没多久，她就拥有了人生中的第一部手机——诺记 8110。和大哥大不同，手机小巧了很多，但唯一的共同点就是昂贵。

这部手机机身是全黑的，屏幕周围有一圈银灰色设计，滑盖保护键盘，看上去倒是很秀气。那时候诺记的开机画面还不是交握的两只手，而是一大一小两只手在对手指。售价嘛，八千元。

池怀音收到那部手机的时候拒绝了好几次，她逼着季时禹去退，季时禹不肯。

池怀音有些生气："太贵了，疯了啊？"

"这是我目前能给你的全部了。"季时禹看着池怀音，视线一动不动，语气坚定，"我不能让你什么都比不上别人，太贵的我买不起，一般贵的我好歹要给你买一样。"

他说这话的时候表情有些孩子气，但是池怀音知道，不管她怎么反对，他决定了的事儿就不会改变。她推不掉，就把礼物收下了。

池怀音握着那部手机，抬起头深深地望了季时禹一眼，心中暗暗有些感动。

"我听说过一个说法，一个男人有十块钱，给一个女人花一块钱，那不是爱。如果一个男人只有一块钱，他为一个女人花光了这一块钱……"池怀音故意卖关子，顿了顿，然后接着说道，"嗯……我觉得这也不是爱，是没有规划。"

　　说着，她拿着手机在季时禹头上敲了一下："本来就没钱了，还欠着公司的，你还不省着点花。"

　　季时禹坐在椅子上，池怀音走过来打他，他顺势就抱住了池怀音，把头埋在她的腹部，良久，他温存地蹭了蹭。

　　"靠攒钱是发不了财的，我努力赚，让你做上市公司的老板娘。"

　　池怀音笑了笑，点了点他的头顶："你梦倒是做得贪心。"

　　"我最贪心的梦还没说。"

　　"什么？"

　　"我最贪心的梦是希望你身体健康、长命百岁、平安喜乐，陪我走完这一生。"

　　池怀音鼻子有些酸，她用双手温柔地抱着季时禹的后脑勺儿，淡笑着说："我会身体健康、长命百岁、平安喜乐，会一直陪着你。"

　　"等我们老了，我一定努力比你多活一年，让你走在我前面。"季时禹说，"我不会留你一个人在这个世界上，那种感觉太孤单了。"

　　"好。"

　　说完这些，季时禹想到欠公司的钱，还有池怀音父母那边还没交代，他轻轻喟叹："你爸妈那边找一天去交代一下吧。"

　　想到自己家还有"两座大山"，他们知道了这事儿还不知道要怎么爆发，池怀音摇头："别交代了，你脸皮厚，靠混吧。"

　　"年底买不上房子，你爸妈总会知道的。"

　　"到时候再说，还有大半年的时间，先过大半年平静日子吧。"

　　赵一洋和江甜结婚的时候，池怀音和季时禹终于完成了学生时代的计划，去了一次海城。

　　1996年，海城的发展已经很好了，江甜安排他们在附近的招待所住，来了一些长河电池的同事，还有江甜原来的同学、朋友，大家都按照安排分开住了。

江甜家住在老区，早上起床后，季时禹带着池怀音去了外滩。两人从外白德桥一路走下去，各种典型的文艺复兴时期风格的建筑矗立在江畔。两人慢慢散着步，感受着那些老式建筑的前世今生。

和森城的城市建设风格完全不同，海城在民国时期就向世界开放了，使得这座城市更为国际化，也兼容了更多不同的文化。

逛完以后，两人去了百货公司，想买些礼物带回去送给池父池母。观光电梯将他们带到高处，放眼望去能看到许多工地，海城发展迅速，很多地方要拆建高楼大厦。

恰逢顶楼有服装品牌在推广，有身材高挑的模特在走秀，让人忍不住驻足；擦肩而过的海城美女聊着美容话题，相约一起去做指甲；等待着的男士们则在激动地讨论着即将到来的海城车展……

他们买好了礼物，回去的路上，池怀音问季时禹："你为什么一直不说话？"

季时禹一只手上拎着礼物，另一只手牵着池怀音，很认真地思考过后反问："你觉得海城和森城有什么不同？"

"海城更洋气。"

季时禹笑了："如果森城的关键词是'奋斗'，那么海城的关键词是'享受'。"

"嗯？"

"手机这么贵，而在这里，走在街上，大部分人手上都有一部；小汽车如此天价，这里的街头巷尾来往的都是私家车；别的城市里的人还在为生计奋斗，这里已经开始有大量的娱乐活动来丰富人们的生活。"季时禹别过头来看着池怀音，眼中带着几分担忧，"来了这里，我才突然发现这个时代发展得这样快。我们想要不被时代淘汰，就必须走在时代的前面。"

池怀音看着季时禹，又好气又好笑："所以你逛了半天就在想这些？"

季时禹摇了摇头，补充道："我还想到镍镉电池应该很快就会被淘汰，甚至镍氢电池也是，等我们研发出来可能也撑不了多久。"

池怀音无语地看向季时禹："季时禹，你懂不懂什么叫出来旅行？"

"……"

他们在海城的最后一天要参加赵一洋和江甜的喜宴。江甜家里条件不错，也好面子，给女儿女婿包了一家饭店请客。

当时江甜的小肚子已经微微隆起，好在衣服宽松，倒也遮得住。

江甜如海藻一般的长发被盘成一个看上去有些老气的发髻，头上别着玫瑰，穿了一身红裙子。两人胸前都别着一朵胸花，分别写着"新郎"和"新娘"的字样。

江甜家的亲戚朋友很多，都说着海城方言，来自森城的只有一桌，显得有些拘谨，但在大家的起哄声中，喜宴进行得还是很顺利的。

饭店里装潢富丽，水晶吊灯璀璨得像星空一般，现场还有一些彩灯在摇曳，很是华丽。

赵一洋在台上泣不成声，他拿起话筒给宾客致谢的时候特别提到了季时禹和池怀音。

"除了感谢爸妈谅解、包容，我和甜甜能走到今天，还要感谢我们的朋友季时禹、池怀音，感谢他们对我们的照顾和成全，我们一定会好好过日子，不辜负所有人对我们的帮助……"

掌声如雷，大家举杯敬酒，觥筹交错。开宴坐席，每个人脸上都洋溢着笑容，嘈杂的声音掩盖了季时禹和池怀音的说话声。

季时禹愧疚地看向池怀音，无比坚定地说："以后我一定会给你一场更盛大的婚礼。"

池怀音笑笑，握住季时禹的手："其实我不在乎这些的。"

"我在乎。"

"所有的仪式都只是一个仪式而已，不能代表什么，真正的感情不需要那些仪式。"池怀音声音不大，却温柔有力，"发自内心的爱更能感动我。"

季时禹看着她，眸中带着几分坚定和坦然："发自内心的爱也有，仪式也要有，在我心里，你配得上这世界上所有的好东西。"

池怀音摇了摇头："你最近是不是买了书学习怎么说甜言蜜语？越来越油嘴滑舌了。"

"我都是真心的。"

"好吧好吧，我真心地接受。"

他们从海城回来后，长河团队就进入了更加高强度的工作状态。

除了鼓励工人，他们还希望能从技术层面增加电池的产量，以此争取到更多订单，迅速打入资本市场。

好几天都蹲在实验室、每天才睡三四个小时的周继云终于忍无可忍，在中午吃饭的时候半开玩笑地说道："我好长时间不回家，我妈打电话过来问我还娶不娶媳妇，是不是准备出家了？"

赵一洋虽然每天回家，但也累得眼下青黑，他敲了敲周继云的碗，笑着说道："媳妇这事儿急不来，以后总有机会找的。"

"我想知道以后是多久以后，这辈子还有没有希望？"

赵一洋结了婚，又马上要当爹了，脸上自然是喜气洋洋，站着说话腰不太疼："我们把长河做成大公司，以后姑娘们一听你是'长河电池'的员工，自然就拥上来了。"

周继云喊了一声，双手拈着筷子，像打快板一样用力一敲，说道："如果有姑娘喜欢的人在长河电池工作，还是工程师，恭喜，不用追，她已经成功了百分之九十九了，剩下的百分之一，她只需要确定她喜欢的人是不是喜欢女的。"他顿了顿，认真道，"不要谢我，找工作还是要到长河。"

一直坐着吃饭一声不吭的季时禹终于忍不住皱了皱眉，淡淡地吐出一个字。

"滚。"

森城的 7 月，炎热的夏天已经来临。

车间里几十台电扇同时扇着，吊扇太高，也没有多凉快，也就有些换换气的作用。工人们穿着统一的工作服，戴着手套，在燠热的环境里作业。

在众人的努力之下，电池的产量再次增加，大新的订单提前三个月交货。那笔欠着公司的房款终于还上了，不管是季时禹还是赵一洋都松了一口气。

高质量、价格低廉的电池让长河电池很快就在行业中闯出名堂。大新的订单是业内的一颗定心丸，让一直观望的公司都向长河下了订单。

长河和大新的合作结束之后，齐莎给季时禹打了几次电话，邀请季时禹参观大新的森城新厂区。季时禹工作忙，推了几次，最后终于抽了一天时间和赵一洋一起去了大新的新厂区。

大新电子的森城新厂区规模很大，因为有充足的资金投入，整体的规划和建设自然不同于长河。设备先进，管理严格，俨然是大企业的做派。

齐莎没有穿工作服，短袖衬衫搭配黑色西裤，脚上穿着一双方跟小皮鞋，看上去很正式，又带着几分俏皮。她每每要靠近季时禹时，赵一洋都会"恰好"走到季时禹身边，把齐莎要站的地方占住，整个一火眼金睛的黑猫警长。

齐莎去办公室拿手机，这里只剩下季时禹和赵一洋，季时禹终于忍不住对赵一洋说："你一直跳来跳去的，干什么，蚂蚱吗？一点儿都不稳重。"

赵一洋皱了皱鼻子，一脸洞察一切的表情："这女的绝对对你有兴趣。"

季时禹无语地瞪着他："你是个男人，能不能不要像个女人一样，一天到晚就在八卦儿女情长？"

赵一洋喊了一声："那不一样，我这是替池怀音看着。滴水之恩，当涌泉相报。池怀音是我的大恩人，我不能让她受伤害。"

季时禹紧皱着眉头，一时气不打一处来："你都在胡说八道什么？"

"这女的每次和你说话都会侧着身子，看你的眼神又是欣赏又是崇拜，你千万不要被这种攻势给腐蚀了。"说完，赵一洋轻叹了一口气，"也就池怀音大方，还让你过来参观。"

"那是因为她脑子里没有你这些肮脏的想法！"

两人正说得有些激动，齐莎就回来了。

一瞬间两人都露出很虚伪的笑容。

齐莎没有注意到什么异常，将手机握在手里，她和池怀音用的是同一款手机，所以季时禹下意识地多看了一眼。

齐莎见季时禹看自己的手机，笑着拿起来晃了晃，说道："BP机必然会被淘汰，手机以后肯定会成为生活中最重要的通信工具。"她认真分析道，"镍镉电池的记忆效应对电池损耗大，以后肯定会被淘汰。镍氢电池没有记忆效应，没什么污染，又被称为'绿色电池'，但是造价是镍镉电池的几倍，而且已经被用在很多领域了，现在去研发，等生产出来，也许已经被别的电池淘汰了。"

齐莎抿唇一笑，五官艳丽，眼眸勾人："锂电池最大的优点是能量密度更高，可以做得更轻便，却不会降低电量。"

"季总，你有没有想过，也许未来这个世界会进入一个高速发展的科技时代，我现在手上握着的手机有这么大，电池就占了二分之一的体积，如果我们能把电池缩小，手机可以做到多小？多薄？"

从大新的厂区回单位，两人坐在摇摇晃晃的公共汽车上，季时禹和赵一洋的心情都有些起伏。

赵一洋难得正经地和季时禹聊着公司的前景。

"长河现在的发展势头很好，镍镉电池至少在三年内是不可能被淘汰的，三年后，我们必然要转型，你有什么想法吗？"

"我同意齐莎的想法，锂电池以后会成为主流。"

"为什么？"赵一洋虽然平时看着像小痞子，但也是专业人士，知道锂电池的各种缺陷，"20世纪70年代，英国化学家Whittingham成功研制了新型锂电池，加拿大的Moli Energy公司成为第一个吃螃蟹的公司。当时锂电池曾火爆过一阵，但是不到半年，锂电池起火爆炸的新闻一个接一个地出现，Moli召回了所有的锂电池。之后，Moli公司就一蹶不振了，最后被日本的公司收购。锂电池有严重的安全隐患，我们贸然跟随大新，可能连长河都要赔进去。"

季时禹的手肘搁在玻璃车窗上，脸上没有任何急切的表情。

"我没有说我要跟随大新。"

"那齐莎提出和我们合作开发锂电池的事儿……"

"她为什么要和我们合作开发？大新有钱，有设备，还提出合作，只说明一个问题，她开发不出来。"季时禹看向窗外，运筹帷幄地用手指敲击着窗沿，"我们拥有全国一流的研发团队，为什么要合作？我们可以自己研发。"

赵一洋没想到季时禹有这么大的野心，目瞪口呆地看着季时禹。许久，赵一洋又问道："那齐莎邀请你一起去日本索西参观，你还一口答应？"

"大新出钱，为什么不去？"

"季时禹，你变了，以前你可是很讨厌被人说是小白脸的，如今你竟然如此自如地运用你的小白脸优势了。"

"滚蛋！"

季时禹去大新参观，池怀音也是知道的，因为赵一洋也一起去，她倒也很放心。

周末，池父去北都参加院士授予仪式，表哥要到家里吃饭，池母打电话让池怀音也回去。

巧合的是，表哥来了没多久，厉言修也来了。

池母在厨房里做饭，表哥和厉言修很熟，两人聊得不亦乐乎。

表哥对生意上的事儿更感兴趣，一直在问厉言修关于宏诚汽车的事儿。

"听说你们自主研发的汽车已经在进行碰撞测试了？"

厉言修回国后果断地改革了宏诚汽车，从以前的纯进口买卖汽车转型为自主研发汽车，创立了他们自己的汽车品牌。

他有在日本工作多年的背景、博士学位和专业技术，即使众人都不看好，他还是坚持要造汽车。他认为只是倒买倒卖的话一辈子也不可能突破宏诚汽车目前的格局。

这一年他忙得脚不沾地，每天都在承受着股东们的质疑，现在终于让宏诚第一辆自主研发的汽车进入了碰撞试验，一时间也算是轰动了森城。

对此厉言修倒是淡定，始终不卑不亢，没什么骄傲的表情："进行四次碰撞试验之后就可以投产了。"

表哥笑笑："现在跟投还有希望吗？"

"随时欢迎。"厉言修的表情依旧温和，"这只是第一个系列的产品，我相信以后还会有很多。"

这时池怀音从厨房端了一盘菜进来，有些烫，她走得很快。厉言修原本还在和表哥说话，一见池怀音那龇牙咧嘴的表情，话也顾不上说了，赶紧从座位上起来，将池怀音手里的盘子接了过去。他用下巴点了点，示意池怀音将盘垫拿过来。池怀音放好盘垫，厉言修才不紧不慢地将盘子放好。

池怀音有些惊奇地看着他："不烫吗？"

厉言修的表情始终很平和："烫，但是能忍。"他总不能让她挨烫。

池怀音笑了笑："言修果然比我等普通人厉害。"

厉言修看着池怀音又走回厨房，目光始终落在她的背影上，许久许久。

表哥看着厉言修的眼神，不由得笑了笑。

"我一直以为你会是我妹夫，想着以后我们两家能强强联手。"表哥想到那个到他家里拉融资的小伙子，心想缘分这事儿真是没什么道理，那毛头小子除了有几分冲劲儿，哪里能比得上厉言修？偏偏自家表妹就是喜欢。虽然遗憾，他话还是说得很漂亮，他拍了拍厉言修的肩膀："做不了妹夫，以后我们当兄弟。"

厉言修不置可否地笑笑，也没说什么。

池母和池怀音一同出来了，这个话题便自然地停止了。

众人上桌，聊天说话不亦乐乎，谁也没有注意到厉言修的目光暗了暗。

池怀音对厉言修没什么防备。和季时禹和好以后，她很坦然地将这个决定告知了厉言修，也最后一次郑重地拒绝了他。

厉言修的表现也很大方，他很温柔地揉了揉她的头发，像个大哥一样包容，胸怀似海："只要你幸福，我尊重你的决定。以后你就把我当大哥，我把你当小妹，不要因此不自在。"

渐入夜幕的城市灯海璀璨，路上来往的汽车打开车灯，一道一道的灯光，瞬间闪过。

表哥要回家陪老婆儿子，厉言修开车送池怀音回去。

宽敞的车厢里有股淡淡的花香，那是池怀音身上的味道。曾经，这股淡淡的茉莉花香离他很近很近。

厉言修一只手扶着方向盘，他淡淡地瞟了池怀音一眼，声音依旧温和："你还是用的花王茉莉？"

池怀音笑笑："这么多年，习惯了。"

厉言修也笑了："你刚到日本那年，我过生日，你就送了我这款洗发水,你可真是懒到极点了。"

池怀音有些不好意思地笑了笑:"当时我还在语言学校里学日语,没有工作,没什么钱,其实那洗发水还是我买一瓶送一瓶才送你的。"

厉言修笑了笑,故意用有些委屈的声音说:"每年你生日我都会想很久,然后认真准备礼物。"

"嘿,"池怀音不好意思地挠了挠头,"毕竟你是地主家的儿子嘛……"

厉言修摇了摇头:"你啊,小没良心的。"

两人正聊着天,池怀音的手机就响了。

她看了一眼屏幕上的数字,表情突然就变得柔和起来。

她低着头看着自己的膝盖,目光仿佛有温度一般让人沉溺。她淡笑着接着电话,一绺碎发掉下来,她随手别到耳后。

厉言修看了她一眼,自然知道那是谁的电话。

"我在路上了。"

"厉言修送我回来的。"

"他有车啊,又顺路。"

"好吧好吧,知道了。"

"你吃饭了吗?不要告诉我你一直饿着,胃不要了?"

"……"

那种自然到极点的温柔絮语,厉言修听来只觉得刺耳。

原来一个女人用心还是不用心,那模样是完全不同的。

开到长河电池的厂区,厉言修的车灯远远就照见一个穿着衬衫的男人站在楼下等候。

他的表情并没有很焦急,很淡然地站在那里,视线只落在池怀音身上。

他手上拿着手电筒,手电筒微弱的光自然敌不过汽车的车灯,很快,那一束光就被融了进去。

池怀音透过车窗看见不远处的男人，之后看都没有再看厉言修，她迅速地说着道别的话。

"谢谢你送我回来，路上小心。"

厉言修坐在驾驶座上，双手紧握着方向盘，看着池怀音像一只归巢的倦鸟一般投入那个男人的怀抱之中。

那个男人远远地看了厉言修一眼，两人的视线于空中交会，带着几分挑衅。

他一只手搂着池怀音的肩膀，没有再多看厉言修，转过身，向那栋老旧的楼走去。

手电筒的那束光为他们指引着前路。

两个人头挨着头，也不知道在聊什么，但是厉言修一眼就看出池怀音在那个男人面前和在他面前的不同。

地上两人的影子被光源拉得长长的，紧紧地靠在一起，那么亲密。

许久，厉言修没有发动汽车，只是握紧了方向盘。

夏天的夜晚微风习习，带着上沙镇上特有的虫鸣声和树木花草的清新气味温柔地拂过人的脸庞，像恋人之间亲昵的爱抚。

食堂阿姨养的狗听见响动，有一声没一声地吠着。厉言修的车开走了，那狗的叫声才停止。

为了省钱，厂里到点儿就熄灯，以一种军事化的方式管理员工，谁也没有特权。此刻，除了季时禹的手电筒的光线，四周都是黑的，可以看到微弱的月光。

两人轻快的脚步声几乎同步，季时禹搂着池怀音一步一步走着，问道："他怎么会突然去你家？"

池怀音对此没多想什么，很寻常地回答："我们两家有交往，我不回家，他也是经常去的。"

季时禹沉默了片刻："我感觉他似乎还没有放弃。"

"别胡说了，看我们这样还不放弃，那得多难受。"

季时禹回头看着池怀音，嘴角微微勾起。半晌，他刮了一下池怀音的鼻子："小招蜂引蝶的。"

明明是抱怨的话，他却说得宠溺十足。

一个多小时后，厉言修终于到家了。

离海港不远的高层，一百八十度无敌海景的房子只有他一个人住。

他十几岁就去了日本，一直都很独立。很多人说他对谁都好，这样会很累。其实在认识池怀音之前他从来没有觉得累过。

因为他对别人好，别人相应地就会喜欢他这个人，给他一个很好的评价。

这让他产生了一种错觉，那就是人心是可以控制的，哪怕是一块石头，放在火里烤久了，也会变得很烫。

厉言修打开冰箱，找到里面冰的几罐啤酒，拿出来就开始喝。

他打开电话答录机，里面播放着秘书兴奋的声音。

"只要最后一次撞击试验成功，我们就能开产品发布会了。

"之前您去谈的增资的事儿，几家都给我们回应了，尤其是尚氏，他们说要增资十倍。

"对了，太太要您这周一定回家，她给您安排了相亲，她说这次这个您一定会喜欢的。"

"……"

厉言修平静地听完了，表情没有任何变化，只是瘫坐在沙发上。

屋内很安静，楼层高的房子，风吹过窗户会有点呼呼的声音，只有这点声音能提示他时间没有静止。

啤酒不醉人，只会让人身体发冷，哪怕是在这样的夏天。

他的脑中突然想起几年前他还在日本的时候，曾过过那么惬意的一段时光。

当时池怀音也在日本，在人群中，她永远都待在安静的角落里。做一个所有人都认可的人其实是一件很累的事儿，只有和她在一起时，厉言修不用过度伪装，不需要讨好，这种状态让他感觉到很舒适。

和他以前谈过的那个女朋友不一样，池怀音看起来柔弱，其实非常独立，而且细心，永远把别人放在自己前面。

能把每个朋友的生日记下来，永远第一个提醒这个日子到来的是池怀音。

聚餐结束，会陪他一起收拾的是池怀音。

他生病了，能第一个发现的人一定是池怀音……

他第一次看到她哭是在一次聚餐结束的时候，从来不喝酒的池怀音在一个朋友死命劝酒之下喝多了。那天聚餐的所有人都醉得人仰马翻的，厉言修一个一个送大家回家，最后回来看池怀音的时候她已经靠在墙角睡着了。

厉言修把她抱到他的房间里休息，她许是喝醉了，不识人，突然就抱住了他的脖子。

那是他认识她以来和她最亲近的接触。她醉糊涂了，抱着他的脖子就开始哭，眼泪洇湿了他胸前的衣服。她隐忍的小声啜泣让他的胸口像被绞着一般地难受。

也是那一天他才知道，她来日本是为了逃避一段失败的感情。

那一刻他在想什么？他在想，这一辈子他绝对不会让她再这样哭了。

但是那个时候他不懂，能让女人轻易哭出来的男人，同时也是能让她轻易笑出来的人。

放弃吗？祝福她吗？

厉言修捏扁了喝光的啤酒铝罐。

大新是日本索西的大客户，大新提出去参观，索西自然是欢迎的。

和齐莎、池怀音不同，季时禹是第一次出国。

事实上，细数一下季时禹的人生经历，可以用一个"土"字来形容。

与一般人不同的是，季时禹从来不逃避自己的"土"，甚至还经常自我调侃，说他是泥腿子傍上了大小姐，不知道多少人羡慕。

日本的现代化程度非常高，是季时禹看书看报了解之后仍然想象不到的程度。

当飞机降落在日本陆地上的时候，他就开始观察这个国度。

现代化的设备在这里随处可见，汽车的普及程度让季时禹瞠目结舌，最有趣的是日本的垃圾桶都有多个颜色，用不同的字样标注着分类，尤其是电池，还有专门回收的小格子。

季时禹问池怀音："你来读书的时候，他们也是这样一边生产，一边回收吗？这样成本不会很高吗？"

池怀音笑笑："对啊。1993 年日本就开始回收废电池了，镍镉电池之类的二次电池回收率已经很高了。废弃的二次电池解剖焙烧之后再进行分离，回收有用的金属和化合物。这种方式其实很值得借鉴。"

这时候，一直没说话的齐莎也插了一句嘴："这也是我希望和你们合作研发锂电池的原因之一，日本关闭了镍镉电池生产线，却允许锂电池生产，就是因为锂电池对环境更加有利。"

安顿好一切以后，三人一起到达了索西总部。

日本的索西公司早在几年前就提交了锂电池的专利，并且已经投产，是目前世界上最大的锂电池供货商。他们同时还生产设备，大大方方地提供给想要研发生产锂电池的公司，这也体现了日本人对于自己技术水平的自信。

齐莎希望先去参观锂电池的生产线，但是设备车间下午就会关闭，因为时间有限，所以三人分开参观。

齐莎和季时禹带着一个翻译先去了锂电池生产线，池怀音对设备更了解，就先去车间看设备。

季时禹和池怀音的那种默契让齐莎有一瞬间感觉到自己是一个多余的人，但她也不是那种儿女情长的性格，很快就从方才的恍惚中抽离出来了。

季时禹一句日语都听不懂，全靠翻译在其中转达。这翻译是大新日本分部派来的，平时主要是谈生意合作，季时禹说起一些专业词汇，翻译的眉心都皱得紧紧的，看那样子就知道他会翻译出一些理解上的差异。

季时禹在生产线旁大概转了一圈，便对齐莎说："就到这里吧，趁车间没关闭，去看看设备吧。"

坐着索西厂区内部的员工车，他们被送到陈列设备的车间。

季时禹对于这种时速很低、四周开放的车感到很疑惑："这车是以什么为动力？"

齐莎笑了笑，回答："电动力，一般都是在高尔夫球场用的车。"

高尔夫是高端运动，季时禹也不懂，他四处看了看，点了点头："倒是有趣。"

他们到达的时候，季时禹发现设备厂区办公室的楼下有一家小杂货铺，这家店的招牌上写着7-ELEVEn。齐莎介绍说这是便利店，和国内那些叫便利店的普通商店不同，这样的店在国外很多是二十四小时营业的。

齐莎见季时禹要进去，有些诧异地问了一句："你去干吗？"

季时禹笑笑："进商店里当然是买东西。"

便利店不大，却陈列着琳琅满目的商品，整体装修风格非常明亮，让人进去以后分不清是白天还是黑夜。店里卖的产品很齐全，什么品类都有，确实很便利。季时禹围着货架转了一圈，认真地从货架上挑选了三种巧克力。

他一句日文都不会，和店员靠比画和写数字完成了买卖。

感谢阿拉伯数字的发明，它让"世界贸易"变得如此容易。

从便利店出来，季时禹将那三块巧克力揣进了裤兜。

齐莎看到这一幕觉得有些好笑。

"你喜欢吃这个？"

"我女朋友喜欢。"

季时禹坦然地笑着，表情温和。

齐莎的心里有一瞬间感到了几分酸涩。

池怀音怀里揣着长河电池的简单介绍，三四张纸，是她自己写的日文介绍，搭配了一些长河的产品图片。她讲着一口流利的日语，与生产设备的负责人聊得很投机，随后，那人笑意温和地带她去陈列设备的车间参观。

池怀音看着那些器械，心底也有几分激动。

她笑着用日语说道："要购置一条生产线的话，这些大家伙运回中国只能走海运了，要等很久吧？"

一直在和池怀音说话的负责人听到这里，才意识到她是中国人，他笑笑说："原来你是中国人，日语说得真好。"

"我在日本工作过两年。"

"厉害。"

带领池怀音参观的负责人在得知她是中国人之后，虽然语气还是很恭敬，但是态度上的傲慢还是能通过他微妙的表情看出来。

池怀音对这个负责人突然的态度转变虽然有些不悦，但是生意是生意，她还是很恭敬地询问着。

"锂电池生产线的价格大概是多少呢？"

长河是肯定买不起生产线的，池怀音问这个不过是探探底，想摸清楚日企锂电池的开发成本。

那个负责人对池怀音微微一笑，伸出一根手指。

"一千万美元？"

那人听池怀音这么说，眼底流露出一丝轻蔑，那根伸出的手指摇了摇："不，是一亿美元。"

当时人民币和美元的汇率是一比八点几，所以一亿美元意味着什么呢？意味着长河电池的经济实力还不够从日企生产线买回一颗螺丝。

池怀音在日本工作过，又有参与创立长河电池的经验，知道这个负责人根本是在漫天要价。一条生产线的价格不可能到这个数。

一直很恭谦的池怀音终于感觉到了严重的冒犯，脸上堆着的笑容也渐渐消失了。

她用日语不卑不亢地说："一条生产线的价格怎么可能到一亿美元？"

那个负责人见她有脾气地质问起来，露出微笑，他明明笑着，却带着十足的轻视："我们不强求你们买，但是价格就在这里，买得了的自然会买。"

"作为一个大集团，定价这么儿戏对品牌有利吗？"

那人笑笑："如你所见，我们的品牌发展得很好。因为我们有最先进的技术，垄断的东西总是比较贵。"

池怀音自认是个没有脾气的人，可是被人这么欺负到头上，哪怕是她，也忍不了。

"原来你们的电池是用这么昂贵的生产线生产出来的，如此高的成本，一旦技术壁垒被打破，很容易就被取代了。"

"我们很欢迎技术切磋。"

她刚准备还击，下意识地往前走了一步，扬了扬手，夹在手臂内侧的几张宣传页就一页一页掉了下来，飘得最远的一张掉到了刚上楼梯的地方。

一直跟着他们的工作人员看到眼前的一幕，不约而同地笑了起来。

那种笑声让池怀音觉得全身的火气都燃了起来。

那不是对她一个人的歧视，而是对一个民族的歧视。那种感觉让她非常非常不舒服。

正当她寻思要不要低头去把那几张宣传页捡起来时，楼梯处突然出现一道熟悉的人影。

季时禹身上还是穿着那一身极其寻常的衬衫西裤，脚上那双皮鞋还是为了来日本特别去新购置的。

他踏着楼梯一步一步向池怀音走来，看见地上散落的宣传页，他低着身子一张一张地捡起来，头顶的旋儿时隐时现。

池怀音觉得这一切好像一个慢镜头，将季时禹的每一个动作都特写了一番。她的视线一直落在他的手上，白皙、有力道，手背上的青筋和手臂上的肌肉显示着这个男人的强大。

他用手整了整公司的宣传页，然后低头看了一眼，脸上露出一丝淡淡的笑意。

他走到池怀音身边，将那些宣传页交给她。

他的身高在这群人之中鹤立鸡群，不说话自有一番天然的气势。

认识池怀音那么久，他一眼就能看出她脸上的表情不对，一阵青一阵白，很明显是气到一定程度了。

他的声音温和而低沉，脸上始终带着一丝礼貌的笑意。他问池怀音："发生什么事儿了？"

池怀音并不是会吵架的人，但是被人鄙视的那种气愤还是让她握紧了拳头。不得不说，看到季时禹出现，一种油然而生的安全感让她突然自信了许多。

"他们说，一条锂电池生产线的生产设备要一亿美元。"

季时禹是干技术出身的，长河电池如今发展迅速，关于成本控制他心里最有数。一亿美元，完全是天方夜谭，狮子大开口。

他嘴角微微一勾，右边比左边高，带着几分熟悉的痞气。

他说："你告诉他们我们不买了。"

"啊？"池怀音有些意外，"可是……"

"你翻译吧。"

池怀音看着季时禹的眼睛，那双黑白分明的眸子里带着她熟悉的泰然自若，他的笑给了她无穷的勇气。

　　她微笑着翻译了这句话，然后一旁的人都笑了笑，分明是带着几分洞察一切的瞧不起。

　　不说长河的实力，就是整个中国电池行业的企业联合起来，买一亿美元的生产线都只是一个笑话。

　　哪怕是宝岛的大新，也不敢随便拿这么多钱冒险，毕竟那时候的锂电池还是日本企业垄断的。

　　那人用看上去很礼貌的态度说着傲慢无礼的话。

　　"恕我直言，锂电池技术门槛很高，你们中国人是不可能生产出锂电池的。"

　　池怀音在翻译这些话的时候双拳几乎是握紧的。

　　季时禹看得出池怀音的气愤，和她相比，对于别人的鄙夷，他倒是没有任何情绪的变化，只是淡淡地说道："能不能做得出来是靠实力，不是靠一张嘴。"

　　他突然伸手，搂紧了池怀音的肩膀，轻轻一笑，不再依赖池怀音的翻译，而是用最简单的众人都能听懂的英文说道："So, you should say sorry to my wife（所以，你应该向我的妻子道歉）。"

　　离开设备陈列车间，齐莎还要和大新分公司的人开会，池怀音带着季时禹到了海边。

　　日本是一个填海造路的国家，在弹丸一般的国土之上打造了这样一个现代化的国度。日本人说话的音调没有大起大落，听上去很温和，而且日本人有礼貌是世界闻名的。

　　在日本受到这样的对待是季时禹和池怀音都没有想到的。

　　两个人脱了鞋，直接踩在沙滩之上，沿着美丽的海岸线一路走着。季时禹拎着两人的鞋，一路都很沉默。

　　池怀音微微抬眸偷瞟了季时禹一眼，只见他的侧影在夕阳的映照下，被镀了一圈金黄色的光芒，她的视线落在他如山峦一般高挺的鼻子上，然后是紧抿的嘴唇，他沉思的模样让他的表情看上去有几分严肃，也不知道他在想什么，周身的气场是冷峻之中透着几分深沉，仿佛一夜之间变成熟了，他身上的那些孩子气全部退去了。

"还在想那几个傲慢的负责人吗？"池怀音温和地问道。

季时禹低头，对池怀音淡淡一笑，随即摇摇头："不，我只是在好好感受日本。"

池怀音有些怀疑自己是不是听错了："感受日本？"

"无关历史，我来了日本才感觉到这个国家真的不错。"

"嗯？"

"这里是技术人的天堂，所有不可思议的想法、不敢尝试的一切，在这里都可以实现。"季时禹笑笑，"到了这里我才真的感觉到伟人说的那句话是对的，落后就要挨打。"

看着季时禹认真的表情，池怀音也受到几分感染。对比中国和日本，我们还落后很多，但是畅想未来，她仍然满怀期待。

"这个时代给了我们这样的机会，也给了我们这样的责任。挨过打，爬起来，继续负重前行，这是我们该做的。"

他们离开海边，坐巴士回住宿的地方，池怀音有些累了，刚要靠着季时禹睡觉，季时禹突然想起了什么，从裤子口袋里拿出三块巧克力。

"听说日本的巧克力很好吃，给你的。"

"嗯？"

池怀音有些涣散的目光落在季时禹手上的巧克力上，她瞬间就清醒了过来。

她想到这一整天发生的一切，再看着那几块巧克力，觉得天大的委屈都被抚慰了，鼻子有些酸酸的，她问他："你什么时候买的？"

他拿着那几块巧克力，嘴角的笑意越来越深，有些抱歉地看向池怀音。

"都被体温焐化了，不能吃了。"

他刚要收回手，池怀音一把抓住了他的手腕，将那三块巧克力抓到了手上。

果然如季时禹所说，全都焐化了，抓在手心有种软软黏黏的感觉，可是池怀音还是收下了。

"回去用冰箱冰一冰，再冻回去就可以吃了。"

看池怀音一脸满足的表情，季时禹内心有些愧疚。

他抬手抱紧了池怀音的肩膀，声音有些喑哑："你可以不用这么懂事，这么容易满足。在我面前你可以娇气，可以任性，可以霸道，我不要你再受任何委屈。"

池怀音靠着他的肩膀，心里很甜蜜。

"好。"她仰着头笑着，看着季时禹，"我以后一定努力做一个野蛮女孩，让你满意。"

季时禹宠溺地刮了刮池怀音的鼻子。

"傻。"

研发锂电池是季时禹还在森城有色金属研究院的时候就研究过的课题，他前后研究了一两年，从技术层面来讲，时机已经算是成熟了，手工组装一些，他完全可以完成，但是要量化生产，还是一个难题。

从日本回国以后，季时禹开始积极组织研发锂电池的团队，最紧要的还是生产线的问题。

大家都知道季时禹在日本受到的挫折，内心都憋着一股劲儿，虽然没有明说，但是所有人内心都只有一个目标：他们要生产出最好的锂电池，打破日本企业的垄断。

公司的会议室内，一人一杯茶，大家坐在拼在一起的长桌四周，对于锂电池的生产没有什么头绪。

周继云跟着季时禹研究了一年的锂电池，对于锂电池的生产技术难度心中有数。

"我们的镍镉电池生产线大体可以拼凑出一条锂电池生产线,所有能兼容的可以直接用镍镉电池的生产设备。"周继云皱了皱眉,也有些为难,"不能兼容的那些设备我们是买不起的。"

季时禹坐在上首,表情沉着,没有任何纠结,淡淡地说着:"不能兼容的就用人工和夹具来替代。"

在日本参观的时候,季时禹注意到日本的生产线都是处于无尘真空生产车间中,这样才能生产出高质量、无偏差的锂电池,而长河破旧的生产车间连空调都没有,更别说什么无尘真空生产车间了,离了那几台破旧的吊扇,工人们就要热中暑在里面了。

如何解决这个问题呢?

"关于无尘真空的问题,你们有没有什么好办法可以解决?"

赵一洋说:"有没有可能改造我们的厂区?"

"改造的花费,卖掉长河都不够。"

"封窗和穿防护服呢?"

"那夏天就不生产吗?森城天气热的日子远比冷的日子多。"

在众人你一言我一语的争执声之中,季时禹轻轻地拍了拍桌子,引起众人注意。

"有没有可能把无尘真空的仪器做小?大型的无尘真空生产车间没有上亿的资金是建不成的,但是如果把仪器做小,一个工人一台,只需要保证一小部分体积的无尘真空环境,这就简单很多了。"

池怀音觉得季时禹说得有些抽象,她想了想,举例子问道:"是像刚出生的孩子待的温箱那样吗?"

季时禹顿了顿,回答:"差不多这个意思,一人一台,相比改造一个大空间,生产和使用这种小的仪器更节约成本。"

两人说完这话,众人先是沉默了几秒,随即都振奋了起来。

这是个技术团队,一个想法出来,有的人开始画图,有的人开始分析技术层面的可能性，整个会议开得热火朝天。

要做锂电池需要两个条件：第一，技术；第二，资金。

技术层面的问题解决之后，要投产就必须有资金。

第一年的分红送到池怀音表哥手上之后，表哥非常满意，当时就表示过，如果长河需要扩大规模可以找他谈，所以季时禹第一时间还是找到了苏祥正。

长河的注册资金是五百万元，出资三百万的苏祥正占股百分之六十，季时禹作为除了投资人以外的第一大股东，以技术和少量资金入股，占股百分之十五，赵一洋百分之八，周继云和池怀音百分之五，剩下的是给其他员工的技术股份，百分之零点五到百分之三不等。

大新的订单完成以后，长河第一年的年盈利超过计划百分之三百，所以当初注册资金的缺口早就用分红资金填补进去了。虽然他们没有拿到太多的现金，但是长河是赚了钱的，直接表现是季时禹送到苏祥正家里的那张支票。

所以这一次的增资，苏祥正答应得非常爽快。

周五，苏祥正到宏诚汽车谈投资的事宜，厉言修刚从生产车间回到办公室，工作服都没有换，身上还带着点机油，他脱了工作服，挂在办公室门后的挂钩上。

秘书很快就送了茶水进来，两人坐在沙发上，气氛和谐。

"表哥，我记得你喜欢喝茶的，对吧？"厉言修一直跟着池怀音喊苏祥正表哥，这一层关系让他们的合作谈得很顺利。

苏祥正笑笑："你这里的茶叶好，我每次都要来讨一口。"

"哪里哪里，行家面前，我哪敢班门弄斧？"

两人说完宏诚汽车的投资事宜，便随性地聊着天。

厉言修端起已经有些冷掉的茶抿了一口，这种苏祥正喜欢的茶有些苦，厉言修并不喜欢，他也品不出那种回甘，但还是面无表情地喝下了。

"听说表哥最近又给长河电池增资了？"

苏祥正笑笑：“增了一千五百五十万，怀音那个男朋友说要用来研发锂电池，那是什么东西我也不懂，我看他搞得还挺好的，能赚钱就行。”

厉言修笑了笑：“那是。”

想到打听来的一些情况，厉言修放下茶杯，轻抿嘴唇，略带笑意地说道：“听说那个人人品还不错，他朋友要在森城买房子，缺十几万，他把钱都借出去了，应该是个可以信赖的人，比我更适合怀音。”

和厉言修见完面的第二天，苏祥正就到池家送礼去了。姑父评上了院士，理应上门祝贺，父亲不来，只有他来。

苏祥正对自己那位严肃的姑父虽然不是太喜欢，但是也算能相处。自家父亲对姑姑这位高级知识分子丈夫是一万个瞧不上。两人一见面，说话都是夹枪带棒的，最后只能保持安全距离，当不认识算了。

池父被授予院士名誉，开始拿国家级别的津贴，池母比谁都高兴，她做了一大桌子菜，一直在和苏祥正喋喋不休地说着池父的成就，如数家珍，眼角眉梢都透露着骄傲。

最后是池父被吹得面上有些挂不住，生硬地转了话题。

“阿正，你觉得印象花园这个楼盘怎么样？”

苏祥正低头吃着饭，被问到自己熟悉的房地产领域，他咽下食物，认真回答道：“很好啊，我几个朋友在那附近有地的，都卖出了很高的价格，那边的房价以后肯定会飞涨。下半年开始卖，估计几个月就抢光了。”

“那就好。”

苏祥正有些好奇地问道：“姑父，你们要买印象花园吗？”

池父表情平和：“怀音他们要结婚，我让那个臭小子买印象花园。”

“您说季时禹？”苏祥正笑笑说，“那他可能还要等两年了。他把钱借给朋友买房了，为了增资，他把手里的股权都放在我这里做了股权质押，一两年内肯定拿不出那么多现金。"

苏祥正没有注意到池父池母冷下去的表情，一边夹菜一边夸奖着季时禹："不过小伙子是真的有潜力，敢想敢做，又很聪明，如今手机普及得这么快，真的给他搞出点名堂来，以后也是我们怀音享福……"

因为池怀音表哥的爽快增资，长河很快就有资金投入锂电池生产线的构建。

季时禹没有钱跟着增资，为了保持占股比例，他以自己的股权做了质押，以自己之后的分红来补上表哥投入的资金，如果他的决策不能赚到那么多钱，他的股权都会转给表哥。

这是一个很冒险也很大胆的决定，但是季时禹还是有这个胆子赌，这是他对锂电池的信心，也是他对长河的信心。

厂里研究的无尘真空厢式设备终于顺利改造完成。这种厢式生产不需要改造长河的生产线环境，工人只要戴着手套在无尘真空厢里生产就可以，开创了锂电池常温生产的先河。

周末，池母给池怀音打电话，要池怀音和季时禹一起回去吃饭。池怀音对此很惊喜，一直以来，池父池母对季时禹都是爱搭不理，态度比较冷漠，今天居然会主动让季时禹上门吃饭，也算是破冰一角，值得庆祝。

周六，池怀音反复检查着季时禹的衣着，又特意挑选了很多池父池母喜欢吃的水果，将季时禹打造成一个礼貌上门的乖巧"女婿"。

然而他们不知道的是，等着他们的不是普通的家宴，而是一场鸿门宴。

池母做了些家常菜，一家人坐在一起，气氛却有些低气压。

池父面色严峻，面前的筷子，他一下都没有摸。

池父将一张印象花园的宣传页递到季时禹和池怀音面前，语气中满含压抑:"你们看看宣传页,这小区下周开盘,我带你们去订房。"

池怀音瞥了一眼宣传页,面上带着笑:"年底买啊,我们订单的分红到了就能买了。"

季时禹一直低着头,听见一贯听话诚实的池怀音对自己的父母撒谎,他胸前一阵憋闷。

沉默许久,季时禹抬起头很诚恳地看向池父:"分红已经发了,被我挪作他用了。可能还需要半年左右,我才能拿到下一笔分红。"

池怀音没想到季时禹会直接说实话,桌下,她用力踩了季时禹一脚,示意他不要说话了。

"爸妈,没有的事儿,我们真的有钱。"

池父双手握成拳,面部肌肉都因为用力而变得紧张。

额头上暴出的青筋能显示出池父此刻有多生气。

但他还是压制着自己的怒气,许久,他几乎从牙齿缝儿里挤出了一句:"季先生,请你离开,我们有些家事要处理。"

眼看着池父要爆发,池母赶紧过来拉住他:"老池,你别生气,你心脏也不好。"

季时禹看着池父动了怒,赶紧说道:"伯父,请您再相信我最后一次,您可以问表哥,长河真的在赚钱,但是新公司需要资金不停地投产,要有收益至少要两三年的时间,作为决策人,我不可能自私地先拿资金解决个人问题。"

"季先生,请你遵守诺言。"

"……"

池父年纪大了,心脏不是很好,气到了极点,却连对池怀音发脾气的力气都没有了。

池母伺候池父吃过了药,他就回房睡了。

这次池父是下了决心了,他不再允许池怀音去长河上班,也不允许池怀音再接触季时禹。

季时禹勾画的伟大蓝图都与池父池母无关，作为父母，他们要的只是自己的女儿过着稳定而幸福的生活。

那种充满着不确定性的未来前景再好，也需要时间去证明和等待。

他们不愿意再让宝贝女儿拿一辈子去赌博。

池母伺候池父睡下，又去了池怀音的房间，整个人都很疲惫。

她一推开门，就看见池怀音在收拾衣服。池怀音直接从柜子里将衣服拿出来往行李箱里放，态度是那么坚决。

池母老了，也累了。她自然知道池怀音收拾行李是要干什么。

她沉默地看着池怀音，许久，她问："你知不知道，今天你要是迈出这个家门可能就回不来了？"

池怀音手上捏着自己的衣服，眼眶中含着眼泪。

"爸爸太固执了，房子能代表什么？他当初和你结婚的时候也没有房子，穷酸教书匠一个，如今还不是过得很好？

"长河真的发展得很好，我也有股份在里面，我每天在那里工作，我最知道未来是什么样子。"

关于那个电池厂的未来，池母不懂，看着长大成人的女儿，池母轻叹了一口气。

"你确定你以后不会后悔吗？"

池怀音目光笃定地与池母对视，很认真地回答："也许会，可是如果我这时候离开他，我以后会更后悔。"

"妈妈，请你原谅我的自私，我还年轻，我想赌一次。"

季时禹垂头丧气地回到上沙镇，天已经黑透了。天气有些闷热，明明是盛夏时节，天上却看不见月亮，也没有一颗星星，一切都暗淡得好像季时禹此刻的心情。

他已经许久不抽烟了，此刻却还是忍不住买了一包。

坐在长河电池招牌旁边的一块大石头上，他落拓得像个流浪汉一样。

热风阵阵，吹得他心烦气躁，为了见池父池母，他穿了一件很正式的衬衫，这会儿整个后背都是汗，黏腻得难受。

做大长河到底对不对？如果以失去池怀音为前提，继续做长河到底还有没有意义？

他用力地吸了一口香烟，吸得太急，那种刺激的烟草味道吸入肺里，他忍不住开始咳嗽。

烟草的苦涩味道占据了他的整个胸腔。

咳嗽之后，他整个眼眶都红了。

火星明明灭灭，许久，当他准备摁灭香烟回宿舍的时候，厂门口不远处站着一道熟悉到有些不真实的身影。

他抬起头，在烟草燃烧的烟圈里看着那人，他的眼睛眨了好久，才确定自己不是在做梦。

池怀音拎着笨重的行李箱，歪着脑袋站在离季时禹不远的地方。

她的脸上是一贯温柔的笑容。

此时此刻，她身上又带着几分赌徒的勇气。

天幕短暂地被乌云遮蔽，风一阵阵刮过。

微弱的月光终于从厚厚的云层中透了出来。

那皎洁的光芒为池怀音瘦小的身影镀上了一层梦幻的光彩。

两个一无所有、赌掉一切的年轻人就那么安静地对望着。

池怀音歪着脑袋凝视着季时禹，她的眼眶中明明含着泪，眼角却始终带着一点儿弯曲的弧度。

许久，季时禹丢掉了手中的烟。

"你知道的，我现在一无所有，你跟着我要吃苦的。"

池怀音咧着嘴唇笑，冒着傻气。

"我不怕吃苦，你在哪儿，我去哪儿。

"我知道这世界上有很多好男人，但是我觉得他们再好都比不上你。"

很久很久以后，很多人问季时禹为什么会对池怀音死心塌地。

他只是沉默，然后回味。

因为他没办法带问这个问题的人回到 1996 年，让他看看那个义无反顾地回到自己身边的女人多么有魅力。

第十三章

信念

比起季时禹和池怀音的儿女情长，他们还有更重要的事情要做。

——生产中国人自己的锂电池。

锂电池的投产没有想象中那么容易，拆解锂电池的生产步骤还有很多地方需要克服。比如一块很大的极片需要裁剪，如果在日本，他们有分切机，直接用机器生产，精准，速度也快，长河买不起昂贵的分切机，最后是季时禹想出来的办法。

"用中国最普通的裁纸刀，以长宽相等的挡板作为夹具来分切极片。"

他提出这个想法的时候，大家心里都在打鼓，这到底能不能行？

赵一洋看到工人们开始以这种方式操作时都忍不住自嘲地笑了："要是有人来参观一下我们的生产线，还以为我们闹着玩呢，跟在学校里做手工似的。"

　　季时禹对此倒是并不在意："能达到目的的都是好办法。"

　　经过几个月夜以继日地调整测试，长河的锂电池生产线终于开始生产了。

　　机械和人工操作混杂在一起的声音在长河响起时，所有忙了几个月的工程师都忍不住眼眶泛红。

　　赵一洋明明笑着，眼角却有些湿润："日本一条生产线的设备，成本要一亿美元，再加上两百个工人的人力成本，一个电池的总成本要七八元，我们的土办法能把一个电池的成本降到两元，我就不相信这样物美价廉的电池不能抢占市场。"

　　在众人都松了一口气的时候，季时禹却始终表情紧绷，即便他们有物美价廉的电池，他依然不敢松懈。

　　他看了一眼生产车间，确认都没有问题了，最后对赵一洋说："老赵，跟我到办公室来。"

　　季时禹随手给赵一洋倒了一杯水，赵一洋大大咧咧地躺在季时禹办公室那张破旧的沙发上，表情惬意。

　　"只要我们把生产锂电池的消息放出去，我们的那些合作方估计就会上门了，躺着赚钱的感觉肯定很好。"

　　季时禹喝了一口水，没有接赵一洋的话，而是问他："江甜多久生？"

　　"医生说年底。"

　　季时禹的表情很寻常，他轻轻地勾了勾唇："那你这段时间就多辛苦辛苦了。"

　　"嗯？"

　　"靠我们的那些老客户、小客户，想要迅速打开市场是比较难的。你知道'羊群效应'吧，我们现在要抓领头羊。"

　　"领头羊？"

　　季时禹的办公室里挂着一幅手机广告的月历，他把已经使用到10

月的月历又翻回了1月，敲了敲月历上的 logo（标志），那是当时销量第一的品牌诺记的标志。

"我们必须定位大企业，诺记，就以它为目标吧。"

诺记是一家总部设在欧洲的北美企业，是索西集团最大的客户。

季时禹这个目标定得有多离谱呢？

整个长河电池和诺记唯一的联系就是池怀音有一部诺记的翻盖手机，除此之外，赵一洋找不到任何和诺记有关的痕迹。可尽管季时禹定下了这么个不可能完成的任务，赵一洋还是要努力去完成。

没有诺记任何商务合作的渠道，他就亲自去诺记森城总部的大楼蹲守，每天都去预约，一开始人家理都不理，后来也许是被他的执着打动，终于抽了五分钟见了赵一洋一面。

那一面诺记就用礼节周全的态度打击了赵一洋。

诺记的手机能做到全球销量第一，是因为他们有着严格的质量管理体系和工序体系，对于长河这种"来路不明"的货源，人家连看都懒得看。

赵一洋完不成任务，回来以后很沮丧地和季时禹说："诺记的检测项目特别多，听说他们的手机有高空跌落测试、按键寿命测试、扭曲测试、潮湿环境测试、高温测试、水溅测试；检测标准也很高，比如手机出现裂纹，会用五万倍显微镜进行分析，还要用 X 射线来检查不同类型的缺陷。我们还要继续跟进吗？"

对此季时禹只对他说了两个字："继续。"

不管任务多么艰难，季时禹下了死命令，赵一洋拼了命也要完成。

1996年的圣诞节就要来临了，诺记是北美企业，要放很长的"年假"，如果还没有回应，就要等到来年了。

赵一洋最近急得像热锅上的蚂蚁，几乎每天要睡在诺记的大楼里了。

功夫不负有心人，诺记的负责人终于被赵一洋打动，同意把长河电池生产的锂电池送到集团进行检测。

赵一洋送检验样品去诺记那一天，江甜突然发作，赵一洋不在厂里，池怀音和季时禹火急火燎地和江母一起把江甜送到了医院。

森城妇幼没有床位，只能在走道里给江甜加了一个床位，她还没有达到进产房的指标，只能继续等待。江甜痛得打滚，满头满身的大汗，嘴里不停在骂："赵一洋，你再不来，老娘杀了你！赵一洋你个畜生！老娘再也不生孩子啦！"

江甜骂骂咧咧的声音在走廊里回荡，连护士都被她逗乐了。

江甜被推进产房之后赵一洋才匆匆赶到。

他因为跑得太快，头发被吹得乱七八糟，外套纽扣开了，里面的衬衫纽扣也开了，露出的脖颈儿上汗涔涔的；他的双眼血红，鼻头也红了，整个人看上去有些蒙。

江甜生得很快，从进产房到孩子生下来不到半小时。

赵一洋当爸爸了，有了个浑身皱巴巴的女儿。

当医生把孩子递给赵一洋看的时候，他一把抱住孩子开始痛哭，谁劝都劝不住。

季时禹和池怀音自然知道他这一天的不容易。

赵一洋蹲守了一个多月，诺记终于在圣诞节之前为他们打开了大门。他不负众望，为长河电池带来了新的希望。

季时禹看着此情此景也很动容，他拍了拍赵一洋的肩膀："当爹的人了，坚强点。"

赵一洋抹了抹眼角："我这是高兴的，你懂啥？"

孩子被洗净，做完了检查以后才被送进病房。赵一洋太兴奋了，时不时就要抱着孩子逗一逗，要不是江母在一旁阻止，他怕是要抱着孩子满层楼地炫耀。

他抱着女儿一会儿做鬼脸，一会儿做笑脸，整个精神状态看着都不正常了。

"老季老季，"他用肩膀顶了顶季时禹，"要不你给我女儿取个名字吧？好歹也是我们的恩人。"

季时禹低头看了一眼孩子，摸了摸下巴，很认真地考虑过后说道："要不就叫赵慕江吧，多甜蜜。"

赵一洋一脸嫌弃地看着季时禹："什么鬼名字，算了，我自己取吧。"

季时禹被嫌弃了，脸上有些挂不住："老子不是你恩人吗？"

"那你也不能挟恩图报，给我女儿取这么难听的名字。"

"哪里难听了？"

"哪里不难听？"

1997 年 1 月底，诺记终于给了回话。

他们的产品通过了诺记的重重检测，诺记的采购经理有意向和他们达成合作，但是诺记对长河的底细不了解，要求到长河的厂区考察。

几天后，诺记的采购经理亲自去了长河的厂区。

长河劳动密集型的生产线让采购经理吓了一跳。

他问季时禹："这样生产确定不会出质量问题吗？人工生产不如机器稳定、精准，能确保产品的合格率吗？"

季时禹对此非常自信："我们有一套比机器生产更严格的测试体系，质检也很严格，我们的退货率在全中国可以说是最低的。"

"那如果我们要根据不同型号的手机改变电池的形状，或者要增加订单，你们能完成吗？"

季时禹笑笑："如你所见，我们的生产步骤里手工操作更多，这世界上什么最灵活，难道不是人的手吗？"

采购经理的笑容让季时禹吃下了定心丸。

这单生意大约是成了。

季时禹要去诺记签合同的那天横生了一些枝节。

众所周知，诺记是和索西长期合作的，也是索西最大的客户。

虽然诺记只是试水，先与长河电池签订了三十万枚电池的订单，但是大家都心知肚明，如果长河的电池适配良好，之后诺记自然会和他们长期合作。

被一个名不见经传的小公司抢了生意，索西自然不肯善罢甘休。

他们为了独占诺记，向诺记抛出了降价的橄榄枝，虽然价格还是比长河高，但是索西毕竟是长期合作的公司，诺记也有些摇摆。

最后诺记向季时禹提出，他们想要再继续实验对比产品。

对此季时禹倒是没有慌张，他只是淡淡地说道："如果要实验比对，我倒希望我们两家公司能一起见证这场比拼。"

电池的测评一般都是公司私下做的，像这样把两家供货商的产品公开放在一张桌上等待实验的事儿，在整个业内恐怕都是闻所未闻的。

在诺记的检测实验室里面的都是他们的专业检测人员，外面是平日用来开会的地方，这会儿坐满了人。

上首是诺记的采购和实验负责人；左边是长河的代表，季时禹、池怀音、赵一洋；右边则是索西的代表，挤挤攘攘坐了十几号人，连他们的设备研发负责人都来了。

那个态度傲慢的日本人在看到季时禹和池怀音的时候明显愣了一下。

现场的气氛有些紧张，但没有到剑拔弩张的地步，大家只是静静地等着电池的测试结果。

充电一分钟、三分钟、五分钟，反复三次，然后放电。待机的放电，通话的放电，等待的时间是漫长的。

众人不得不开始聊天。

日方还是一贯彬彬有礼，态度中的傲慢却难以掩饰。

他们的翻译说道："我方负责人说，没想到在这里又碰到你们，我们公司用了近十年才生产出质量最好的锂电池，你们用半年时间就生产出了锂电池，厉害。"

他嘴上说着厉害，却故意在这种时候强调他们只研究了"半年"，其心可诛。

季时禹没有丝毫的慌张，他略显狭长的眸子微微一眯，嘴角微动，池怀音知道那是他厌恶的表情。

他抬头看向对面的团队，一双深潭一般深邃的眸子在实验室的明亮灯光之下甚是迷人。

"因为简单。"季时禹笑笑，"中国人的聪明你们应该是最了解的，你们学了我们多少东西？"

日方对季时禹的态度很不爽，立刻反击："你说的那是几百几千年前的事儿了，如今我们已经跑赢你们多少年了？"

"我们跑了几百几千年，现在稍事休息而已，不到终点，最后谁赢怎么说得准？"

桌上的气氛正有些紧张的时候，实验室里开始了最后一项通话测试。

充电时间相同，通话过程中谁家电池的电先耗尽，该电池的性能自然就弱一些。

日方的代表对于这样的测试信心十足，他们已经测试很多次了，自然知道自家的电池性能有多好。

相比起来，长河电池根基尚浅，池怀音和赵一洋都有些紧张，虽然没有表现出来，却一直紧紧攥着拳头。

四十八分钟过去，两家的电池都开始电量报警。

五十五分钟过去，两家的电池开始二次电量报警。

六十三分钟过去，两家电池的能量灯同时熄灭。

池怀音和赵一洋终于松了一口气。

站在池怀音身边的季时禹像一座山一样一动不动地站在那里，似乎没什么表情，也完全不紧张。

池怀音悄悄将手心的汗蹭到裤缝儿上，和季时禹比，她的道行果然还是差了一些。

这个结果让索西的人大为意外。

他们原本以为在电量测试之后，他们的产品优势会很明显，没想到长河电池用半年开发出来的产品竟然能做到和他们一样的程度。

一直坐在上首的诺记负责人对这个结果非常满意。

他手边放着两个用红布盖着的小盒子。

此刻他收敛了脸上的笑意，很公正地说道："对比产品的性能，你们两家为我们提供的产品的质量是差不多的。"

说着，他一块一块地揭开了面前的红布。

"这是你们给出的价格。"他看了一眼索西的人，"索西，一枚电池的报价是八美元。"说着，他顿了顿，再看了一眼长河的价格，淡淡地一笑。

"长河电池，四美元。"

和诺记的合同签订完毕，三个人一起从诺记的大楼里走出来。

冬日的太阳晒得人暖洋洋的，池怀音伸了个懒腰，始终觉得这一切就像一场梦一样。

他们公司没有配车，三个人站在诺记大楼前的公交车站旁等车。

赵一洋还在回味刚才发生的一切。

"老季，你真的太厉害了！你回击他们的话真的说得太给力了！"

当价格揭开的那一刻，之前鄙视过他们的日方负责人几乎拍着桌子跳了起来。

"怎么可能，四美元？四美元的锂电池哪里还有一丁点儿利润？！"

"这世界上没有不可能的事儿。"

季时禹也跟着站了起来，脸上始终带着他的招牌式痞笑。

"感谢你们让我们认清了一个事实。日系企业的设备我们确实买不起。"他抿唇，语气始终不卑不亢，"我赞同你的话，锂电池的门槛确实很高，但是我们中国人也还是能迈进来。"

1月是最冷的时候，寒风凛冽，但是签成了合同，他们的胸口都是一腔滚烫，不仅仅是为了长河，更是因为他们用过硬的技术和产品打了日企一个耳光。

这种感觉实在太解气了。

赵一洋叽里呱啦半天。半晌，他很高兴地说："我要去买几瓶可乐，你们等我一会儿。"

赵一洋一走，就只剩池怀音和季时禹两个人站在车站里。

"今天真的很解气。"池怀音心里也很高兴，"你也真的很厉害，你都不知道，我和赵一洋两个人都紧张死了，他那个大黑脸那会儿都吓得惨白惨白的。"

她还要继续说话，站在她身后的季时禹突然低下头来，毫无征兆地把头埋在她的颈间。

季时禹比池怀音高出二十多厘米，重量自是不用多说，池怀音用尽了力气才将他撑住。

"怎么了？"池怀音以为季时禹哪里不舒服，"是不是不舒服？要不要去医院看看？"

她刚要回头，就被季时禹按住，力道不重，却很霸道。

"别动。"

"嗯？"

季时禹的声音不大，疲惫中带着沙哑："让我靠一下。"

季时禹紧紧靠着池怀音，整张脸埋在她的肩颈之上，好像一台需要充电的机器，一动不动地粘着池怀音，冬日里唯一那点露在外面的皮肤相互贴合，温暖入心。

池怀音被他孩子气的举动逗乐了，轻笑出声："还以为你一点儿都不紧张呢。"

季时禹的声音从她耳畔传来，带着几分疲惫。

"其实我并没有把握。"

"嗯？"

"我们的电池是不是能达到索西的水平，我没有把握。"想到最后的结果，季时禹闷声笑着，竟然带着几分惊喜，"原来索西也不过如此。"

"是啊，我和赵一洋也吓死了。"

许久没有动的季时禹终于动了动脑袋，将脸露了出来，然后他伸出胳膊，以一种温存而缠绵的姿势抱住了池怀音。

"希望有一天，长河能成为全世界市场占有率第一的企业。"

池怀音没有嘲笑季时禹的梦想，从内心来说，她也盼望着这一天的来临。

中国制造不再是一个粗制滥造的笑话，而是全世界都认可的标签。

这是他们作为技术人唯一的目标。

池怀音笑了，抬手握住季时禹的手。

"所以，季总，你可要加油了。"

长河锂电池生产线的日产量很大，诺记那一批电池很快就生产完成了。

诺记对产品的质量很放心，又和长河签订了一千万枚锂电池的合同。长河靠着低廉的价格和过硬的产品质量成功地将诺记从索西手上抢了过来。

合同签订成功的那天恰逢季时禹的生日。

大家要出去喝酒聚餐的时候都闹着让季时禹拿出身份证。

"济公是不是真的今天过生日？该不会是为了蹭聚餐吧！"

"济公，身份证拿出来看看。"

"好不容易聚餐一顿，还要给老大庆祝生日！没天理啊！"

大家用筷子敲着桌子，让季时禹拿身份证出来看，季时禹被闹得没办法，只能把证件掏了出来，然后众人又开始研究季时禹身份证上的照片，那是他学生时代的样子。

"济公以前长得怪好看的，主要是又嫩又秀气，怪不得池总能看上。"

"要不是济公长了张好脸，我们就没有池总这么好的领导了。"

"……"

长河的团队一贯没有什么领导下属之分，尤其是季时禹，他常年在实验室和车间打转，完全不像一个老总，有时候他要出去谈事儿，一换上西装，大家就开始调侃："人靠衣装马靠鞍，济公穿了西装还真的有几分大老板的样子了。"

和对季时禹的调侃对比，他们对团队里唯一的女性——池怀音，则是非常拥护。

也许是工科女孩实在太少了，能有一个一直在领域里坚守，并且没有爬墙，在内部就消化了，大家自然是爱护得紧。

再加上池怀音话少，平时吃苦耐劳，对于大家在专业上的困惑从来都是知无不言，言无不尽，俨然已经成了长河的"小公主"。

大家喊池怀音"池总"，却喊真正的决策者季时禹"老季""济公"，可见这地位差异有多大。

都是一帮男人，哪里记得什么生日？整张桌上只有池怀音一个人给季时禹准备了礼物。礼尚往来，她也给季时禹买了一部手机。

她有些不好意思地从包里拿出了早就准备好的生日礼物，轻轻地将包装好的盒子推到季时禹面前，也许是因为太多人看着她，她有些紧张，一时也想不出祝福的话，嘴一瓢，一句话脱口而出。

"福如东海，寿比南山。"

话音一落，众人都开始爆笑。

池怀音意识到自己闹了笑话，面上微红，她起身说道："我……我去上厕所。"

说着她就跑了出去。

赵一洋晋级奶爸以后就忙得焦头烂额了，好不容易不用回家陪妻女，像放了鸭子一样胡来，他突然捧起了季时禹的脸："我给你的礼物是一个香吻。"

他作势要亲下去，被季时禹直击正面，一把推开。

"滚。"

季时禹看了一眼池怀音出去时经过的门，对众人警告道："你们给我老实点，再调侃嫂子，我揍人了。"

池怀音脸皮薄，被大家调侃了，一定又是一番自我反省，怎么一到季时禹身上老是说错话？

季时禹知道她的毛病，跟着出了小店，走入后巷。

狭窄的小巷子周围门户紧闭，时间已经不早了，路上已经没有什么食客了。巷子里堆着几个垃圾桶，没什么章法地胡乱摆放着。地上有一摊水，风轻轻吹过，月光安静地洒下来，把那一摊水映得波光点点。

头顶的电线都交缠在一起，好像随时要掉下来一样，几步之遥的地方有一个不知谁家挂出来的灯泡，充当着小巷的路灯。

季时禹刚走出几步，就看见面朝着大树站着的池怀音，她一个人对着那棵树，时不时拍拍自己的脑袋，傻得冒泡的样子让季时禹心中一阵柔软。

不等池怀音发现季时禹，他已经上去一把将她锁入怀中。

季时禹身上带着淡淡的酒气，池怀音倏地被抱住，有些蒙，整张脸埋在他胸前，挣了半天才钻出来，得以与他对视。

　　季时禹个子太高，他抱着池怀音的时候，池怀音不自觉就踮了脚，她这乍一抬头仿佛索吻一样，她意识到这一点，面上立刻爆红。两人的脸贴得那么近，不偷香窃玉就不是季时禹了，就在池怀音抬起头的瞬间，季时禹想也不想，低头就在她柔软的嘴唇上浅啄了一下。

　　池怀音双手攀在季时禹的肩膀上，口鼻间都是男人特有的气息，那种滚烫的体温仿佛烧灼着她的身体。

　　冬日穿得多，衣料摩擦发出窸窣的声音，季时禹略显愉悦的声音在她耳畔低低地响起。

　　"我今天真的很高兴。"

　　他看似平稳的呼吸带着几分急促，心跳也比平时激烈些许。

　　"两年了，我终于做出了一点儿名堂。"季时禹笑了，"对你，对你家里也算有交代了。

　　"很抱歉，今年过年让你有家都不能回。"

　　想到家里的状况，池怀音也忍不住有点难过："我爸脾气比较固执，他也不是一定要找你要什么物质保证，只是希望你在任何时候都把我放在第一位。"

　　"我觉得他老人家做得对。"季时禹抱紧了池怀音，"你值得拥有这世上所有的好东西。"

　　季时禹低头，缱绻地盯着池怀音，笑着问她："你知道我今年的生日愿望是什么吗？"

　　"嗯？"

　　"赵一洋都有女儿了，不知道我什么时候有这个福气。"

　　池怀音面上微红："傻。"

　　池怀音娇嗔的一声"傻"立刻勾得季时禹心猿意马。

　　他收紧了双臂，支撑着池怀音踮得更高，然后想都不想，低头就吻住了池怀音的嘴唇。

　　两人都紧闭着眼睛，吸吮着柔软而甜蜜的唇瓣，淡淡的酒气在两人口腔之中传递。

季时禹吻到激动之处，将池怀音往墙上推，池怀音一后退，不小心撞到了一个空的垃圾桶，发出嘭的一声响。

这一声立刻惊动了两人，原本还吻得难舍难分的两个人不得不分开。

池怀音的粉拳捶在季时禹身上："你能不能不要总是这么野蛮？"

季时禹笑笑，他放开池怀音，去把那个空垃圾桶放好。

这不动还好，一动他才发现，几个错叠的垃圾桶遮挡之处居然躲了一个人，那人都快缩成一团了，就差在这里练缩骨功了。

"周继云——"

季时禹的声音简直冒着火！

周继云见季时禹的表情是真的发怒了，赶紧高举双手从垃圾桶中间站了起来，右手上还夹着燃烧着的香烟。

"上有天，下有地，我真的只是出来抽烟的。"

说着，他非常委屈地说："我一个大活人蹲在这里，你们居然都看不见。本来我是想抽完烟吓吓嫂子，谁知道你也跑出来了。"周继云忍不住控诉道，"正常人谁会在垃圾桶旁边亲热？"

季时禹一把将池怀音拉到身后，池怀音怎么也想不到这小巷里居然还有人，她想到刚才发生的一切整个人都不好了。

她直接掀起了季时禹的衣服，将头藏进了季时禹的外套里，一动不动，只希望此刻能长成一棵蘑菇，就不用面对这一切了。

周继云一脸无奈，他本来想着抽完烟跳出来吓吓池怀音，结果季时禹一过来就……

他也是怕被发现以后会很尴尬，已经很努力地把自己藏在几个垃圾桶后面了，有几个垃圾桶还有点潲水味，他们离得远些，还闻不到那么大的味道，他整个人是靠着那些潲水的，简直要被熏晕过去了。

有他这么善解人意的朋友和下属吗？

周继云手上的烟快烧尽了，他往后退了一步，看着季时禹。半晌，他弱弱地壮起了狗胆。

"明天要我上机油吗？要是让我上机油，我就不走了。"

季时禹终于忍无可忍，声音都拔高了几分："快滚！！！"

那之后，有好几个月的时间池怀音都无法面对周继云。

过了好久，池怀音觉得这事儿周继云应该忘得差不多了，才恢复了和他的正常沟通。

其余的人都被季时禹抽调去干别的了，整个实验室里只剩下周继云和池怀音两个人。

见季时禹不在，周继云赶紧把板凳拖到池怀音身边，特别认真地说："池总，你到底喜欢济公什么啊？"

池怀音手上端着锂盐和有机溶液组成的电解液，动作微微一滞："怎么了？"

"他心眼儿真的太小了，都是年轻人，亲热亲热都是可以理解的，我又不是故意的，他给我穿小鞋穿了多久了？"

"……"

"池总，你得给我吹吹枕边风，让他别针对我了，我容易吗？我一个没对象的人看了那些不该看的，会长鸡眼好吗？"

"是……针眼吧？"

"不重要！池总，听说他特别羡慕老赵家里有个千金，听我一句劝，你一定要努力，多用点偏方，拼死也要给他生个儿子！还要超级不听话的那种！气死他！"

"……"

长期和这些不正经的人混在一起，也难怪连池怀音这样的姑娘的脸皮也越来越厚了。

长河电池也慢慢走上了正轨。从 1995 年成立到现在，长河的纯利润已经超过五千万元，锂电池的利润占了整个公司利润的百分之八十以上。

因为规模迅速扩大，公司已经进行了四轮融资和增资，季时禹从表哥那里解套了自己的股份，又将收益投入股份，成了长河名副其实的第一股东和决策人，也从一个名不见经传的小喽啰变成了森城崛起速度最快的青年企业家。

池母想念女儿，给池怀音打了好几次电话，就是池父那一边比较难搞，他对于池怀音离家出走的事儿还是难以释怀。

虽然季时禹终于可以兑现当初的承诺了，但是如今横在中间的大山又高了几分，只能慢慢来了。

6 月，森城的富商联合会赞助举办了一次青年企业家大会，季时禹第一次受到了邀请。

公司接到电话后，赵一洋飞奔到车间，而季时禹当时正在检修机器，他穿着一身工作服，身上都是黑色的机油。

"老季，快别修了！"赵一洋把池怀音喊过来，"你们俩赶紧去逛商场买衣服，我们要发了！"

高尔夫球这项高端的运动是 1994 年才由富商引进的，这几年森城的发展虽然迅速，但是也没到普及全民高尔夫的地步。

得知青年企业家峰会在高尔夫球俱乐部举行，饶是见过世面的池怀音也有些忐忑。

和池怀音的忐忑不安相比，季时禹的表现实在太淡定，他明明也是土包子一个，却走到哪里都不会露怯。

池怀音想，可能脸皮厚的人真的比较容易成功吧？

上午 10 点，大会准点举行，一众青年企业家都穿着西服出席，大家的表情都很严肃、庄重，只有季时禹坐在其中有些格格不入，稍显漫不经心。

说来也巧，季时禹身边坐着的不是别人，正是厉言修。

以厉言修的家底来说，他应该不屑于参加这种青年企业家大会才是。

这两年他的国产汽车以低廉的价格在国内大放异彩。虽然他觊觎池怀音这事儿让季时禹不爽，但是坦白讲，他的能力是让季时禹很佩服的。

大会之后，主办方给大家安排了休息、换衣服的地方，下午会方提供了高尔夫球场让大家娱乐和交谈。

对于这种企业家大会，发言那些环节基本上都是走个过场，最重要的是后面的交流，大家都是商人，自然要多寻求合作。

这也是季时禹不太愿意参加，可赵一洋一定要他来的原因。

和别的游刃有余的老总相比，季时禹是搞技术出身的，对混交际圈并不擅长。

大家坐在高尔夫球车上，别人在互相介绍自己，聊着高端的运动，循序渐进地插入生意的话题，只有季时禹坐在离司机最近的位置，和司机聊着高尔夫球车。

"这车可以开多久？时速如何？充电需要多长时间？"

到达果岭，其余的人分散而去，季时禹倒是和那个司机相谈甚欢，他让季时禹一会儿来试试车。

站在厉言修身旁的一个三十来岁的企业家忍不住笑道："听说这位季总只用了两年就发家致富了，看来财富有了，品位还没追上。"

大家看季时禹走来，也无声地跟着一起笑。

迅速崛起的季时禹在森城也算小有名气，之前也有一些人想要和他合作，他连人都不见，现场自然有一些没有分得这一杯羹的人看季时禹有些不顺眼。

那人话里的意思不过是嘲笑季时禹是暴发户，土。

其实那个年代暴发户很多，许多家里有地产的森城人都是一夜暴富。

现场很多经过财富堆积进入上流社会的人，原本也不过是个泥腿子。

在厉言修看来，在座的所有人和季时禹又有什么分别？

看看现场的人，厉言修温和地一笑，都懒得和他们交谈。

大家换好了打高尔夫球的服装，由球童带着走入果岭。

那天天气很好，虽然是夏天，但是没有出太阳，阴天。虽然有些热，但是众人依然热情高涨。

运动自然要有点竞技的彩头才有趣。

那个嘲笑季时禹的人见季时禹走了过来，故意说："要不我们赌点好玩的，一会儿分组以后赌个球，谁输了就在晚宴的时候表演跳舞怎么样？"

旁人听到那人这么说，立刻大笑："太坏了，都是一帮大老爷们儿，跳舞不丢人啊？"

说完，那人故意对季时禹说："季总，他闹着玩的，不参加也没事。"

球童是球会派来的，季时禹的球童去上厕所了，他自己背着打球的工具，看上去有些格格不入。

他原本没有注意到大家在说什么，视线始终落在停车点那边。池怀音在下一辆车上，她刚到，正在向他的方向走来，季时禹脸上终于有了一点儿笑意。

池怀音穿了一身白色的运动装，头上戴着一顶帽子，看上去青春洋溢，大方得体。

她刚走到季时禹身边，就听见一个不怀好意的男人问："怎么样，大家赌不赌？"

池怀音见大家都笑盈盈的，她看了季时禹一眼，低声问道："要赌什么？"

"今天输球的人在晚宴上表演跳舞。"有人替季时禹回答了池怀音。

池怀音没想到这些看上去道貌岸然的男人会说出这么无聊的赌注，

他们明知季时禹不会打高尔夫，故意要让他出丑，她想到这些一时也有些气愤，正要说话，却被季时禹拦住了。

季时禹低头看她，两人无声地对视，他的眸中带着运筹帷幄的自信。

围观的人很多，他的眼睛淡淡地扫过提出赌注的人。

眼中带着一丝冷意，嘴角微动，他慢条斯理地说道："好。"

虽然池怀音担心得不行，季时禹却始终泰然自若。

"我和你赌。"季时禹笑着点了点那个提出要赌球的男人。

那人经常打高尔夫，水平常年保持在九十杆以下，算是个小高手，自然不怕和季时禹比赛，他不怀好意地说："那就承让了。"

四人一组，围观的人的注意力都在季时禹和那个男人身上。

站在一旁的池怀音虽然一直没有说话，心中的紧张却显露了出来。她微微皱着眉看着季时禹，不知道他打算如何应对。

季时禹见池怀音一声不吭，嘴角扬起淡淡的笑容，他拍了拍池怀音的肩膀，带着一副很轻松的表情说道："别担心，输了我们一起去跳开场舞，我舞跳得还不错。"

球童已经打开球包，季时禹低着头开始挑选球杆。

五杆洞一般用 1 号木开杆。众人看着季时禹像买菜一样挑选着球杆，半晌，他笑笑说："这么多棍子吗？还以为一根就够了。这个 1 号木头杆最大，应该可以打很远吧，我就用 1 号了。"

虽然他选对了球杆，但他话音刚落，旁边的人还是偷笑起来。找个最大的杆来抢，也亏他想得出来。

迎着一缕温热的风站在发球台上，季时禹先用手挡了挡光线，看了一下远方，然后试探性地挥动着球杆，连球都碰不到。

围观的人中有人忍不住发出低低的窃笑声。

就在大家都不看好季时禹的时候，他面上戏谑的表情突然一转，姿势刚摆好，一杆就挥了出去，球沿着抛物线飞向落球点，直接落到了三百四十码。

这一下，刚才还一直在嘲笑季时禹的人的脸一下子就僵住了。

长杆对于力量型选手来说是最好发挥的，季时禹个子高，看着也健壮，虽然具备了打好高尔夫的先决条件，但是他这一杆挥出去，是个会打球的人就能看得出来他分明就不是新手啊。

那位老总一开始还志得意满，这会儿看到季时禹这一杆漂亮的发球，笑容瞬间定格在脸上，但是他好歹也是经历过商场沉浮的，很快就淡定下来。

他高尔夫打得不错，一般情况都是赢球的那一个。

发球好也没什么用，对于高尔夫这项运动，最后是十八个洞打下来杆数最少的才算赢。

"季总，客气了，打得这么好，怪不得要跟我赌。"

季时禹笑笑，没有说话。

他们漫步在绿茵茵的球道上，球道两旁的植物在绿茵之中盛放，郁郁葱葱。

那位老总越打到后面，额头上的汗越多。

最后他以发挥正常的水准结束了比赛，成绩是八十九杆，而季时禹明明是漫不经心的模样，却打出了八十四杆的成绩，毫无悬念地赢了这场赌局。

那个主动挑衅的老总一脸炭色，许久都说不出一句话来。

季时禹笑笑，看了那人一眼，用那人的话反击了他，语气始终不卑不亢。

"承让。"

说着，他走到池怀音的身边。

他赢了球，池怀音一直悬着的心终于回归原位。她也跟着有些激动，却还要努力装镇定。

云层渐渐散去，一丝阳光透露出来，一片绿茵球道便明亮了起来。

季时禹穿着一身运动装，他年轻的脸上带着几分意气风发，看上去俊逸非常。

他微微偏头看向池怀音，喉结滚动，那几分性感撩拨着池怀音的心弦。

"可惜了，我更想和你跳开场舞。"

池怀音笑了："可是我还是一样，跳舞会踩你的脚。"

那天的晚宴，季时禹最终还是没有让那位老总跳独舞。

在大家的起哄声中，那个人尴尬至极，当他硬着头皮要进舞池的时候，季时禹却站出来为他解了围。

和那些已经功成名就的企业家相比，他根基尚浅，可是整体气度不输任何人。

他笑着说道："算了算了，齐总没有带舞伴，一个大男人跳尴尬。这次就饶了你了，下次有舞伴的时候必须跳舞。"

那人没想到自己在故意挑衅侮辱季时禹之后，季时禹还能站出来为他解围，眼中不由得流露出惭愧。

人群散去，季时禹拍了拍那人的肩膀，也没说什么，转身离去。

这段社交场上的小插曲却落入很多人眼中。

长河电池从一个名不见经传的小厂变成年度黑马，长河电池的决策人季时禹因为这一场乌龙事件进入很多人的视线。

厉言修沉默地围观了这场大戏，他转了转手上的红酒杯，视线清冷地落在季时禹离开的背影上，许久，他将手上的酒一饮而尽。

那天晚上，在回厂里的路上，池怀音还是有些难以压抑的兴奋。

"你怎么会打高尔夫球的？"

季时禹的手随意地撑在池怀音背后的椅背上，表情闲适："谈事儿的老板有些喜欢在这种场合谈，再加上我想去研究一下高尔夫球车，就花钱去入了个球会。赵一洋也去了，他说钱都花了，干脆再花点钱学下球，也许以后用得上。"季时禹笑笑，"没想到还真的用得上。"

"所以你们经常出去也不全是去谈生意，还去打球了？"

"老板们喜欢一边打球一边谈，我们也是作陪的。"

池怀音也忍不住笑了："真是歪打正着了，解气。"

季时禹见池怀音高兴得像个孩子一样，眼中流露出几分宠溺，他摸了摸她的头发。

池怀音突然想起季时禹刚才说的话，笑容一收："对了，你刚说你对高尔夫球车感兴趣？"

"嗯。"季时禹笑笑，"你没发现高尔夫球车是纯电动的吗？"

"你想研发蓄电池？"因为汽车里的充电蓄电池和小型高端电子设备里的二次充电电池是不一样的，池怀音也有些为难了，"汽车里的电池大多是铅酸电池，厂里的设备什么的又要重新调换了吧？"

"没那么快。"季时禹敲了敲太阳穴，"我还只是想想而已。"

池父近来感冒了许久，每天咳嗽，偏偏性格又固执，不肯让池怀音回家看他。池母通过电话告诉了池怀音，池怀音也挺着急的，却不知道怎么才能回家。表哥不喜欢池父，她不好开口，想来想去，最后只能求助于厉言修。

周末，池怀音从上沙镇进了市里，她和厉言修约在闹市见面。

厉言修的工作其实很忙，他们投产的汽车销量很好，所以他一直在全国各地到处跑。

池怀音喝了杯水，将从农民那里弄来的各种止咳食补土方递给了厉言修。

"麻烦把这些给我妈，之前我感冒咳嗽，就是吃这些吃好的，挺有用的。"

厉言修接过看起来有些脏的袋子，也没有什么嫌弃的表情，只是随手放在身旁的椅子上。

他单手撑在桌上，目光平静地看着池怀音，脸上始终带着一丝笑意："上次在企业家大会上都没机会和你好好聊聊。"

池怀音心里坦荡，倒也没觉得有什么："人太多了，都顾不上了。"

厉言修的眼眸中闪过一丝黯然，很快又恢复正常："听说你们的长河电池发展得很好？"

说起他们用心经营的事业，池怀音的眼中不由得放出一丝光彩。

"一群人坚持到今天总算是熬出头来了。"池怀音笑笑，"当然和宏诚汽车还是比不了。"

说起宏诚汽车这一两年的大放异彩，池怀音也有几分崇拜："说起来，言修你怎么这么厉害？做什么都能成功，到底有没有你办不成的事儿啊？"

厉言修抬起头，淡淡地扫了池怀音一眼。

"哪有人总能心想事成？一定有怎么努力都办不到的事儿。"

他话中的意味深长，池怀音没有听懂，只是她看到厉言修，就想到季时禹说的蓄电池一事，随口便问了一句："对了，你们车里的蓄电池是和哪家厂家合作的啊？"

厉言修报了一个外企的名字，池怀音点了点头："果然所有和技术有关的都是国外走在前面。"

"长河也做铅酸电池吗？"

池怀音摆手："不可能说做就做，也许吧。"

厉言修笑了："如果能有国企做出汽车的发动机、蓄电池，让汽车完全国产化，大概就能做到在全民中普及小汽车了吧？"

对于未来的畅想，池怀音始终信心满满："一定会有这一天的。"

池怀音是 8 月的生日，季时禹好不容易休息，立刻找了由头出来。

他想偷偷给池怀音选一份生日礼物。

但他没想到会在市里最热闹的商圈里碰到钟笙。

多年不见，季时禹都有种恍如隔世的感觉。

钟笙变了很多，不再是当初那个表面高傲内心自卑的少女，而是彻底蜕变成为一名成熟的少妇，一个孩子的母亲。

她热情地和季时禹打招呼，一脸惊喜地看着季时禹说："老同学，好久不见啊。"

麦当劳在森城开了几年了，季时禹从来没吃过。他对自己的衣食住行其实很不在意，基本上过得很粗糙，对什么流行都不感兴趣。

他沉默地看着钟笙关怀备至地照顾着孩子，心里竟然生出几分感慨。

他的少年心事全都是关于这个落魄却又骄傲的女孩的。她生在一个重男轻女的家庭，却一直倔强地渴望改变命运。她努力和命运抗争的样子让他心疼，他在十几岁的时候一直以为钟笙会是自己未来的妻子。

可是命运真的很奇妙，池怀音的出现将他当初想象的一切都推翻了。

如今再见钟笙，他心中竟然没有一丝波澜，甚至连尴尬的感觉都没有。

钟笙给孩子买了儿童餐，小孩乖巧地吃着薯条、鸡块，让两个大人可以有空闲说话。

钟笙脸上带着几分笑意："上次我在电视上看到你，还吓了一跳呢。"

青年企业家大会的盛况在地方电视台播出了，季时禹有发言，被剪了一段出来。

"例行公事。"

钟笙抬眸看了他一眼，然后抿唇："上次也是在这家麦当劳，我和池怀音一起吃了顿饭。"

"哦？"

"当时我替你解释了很多，但她的态度还是很坚决，不知道她现在在哪里工作。"

季时禹笑了，他往后靠了靠，单手搭在椅背上。

"在我身边。"

"是吗？"钟笙的表情有些意外，她见季时禹一脸温柔的表情，半晌，她轻轻喟叹，"看来注定要在一起的人，兜兜转转还是会回到原点的。"

"嗯。"

钟笙给儿子擦了擦手，喂他喝了一口饮料，又问季时禹："话说，你一个大忙人怎么会出来逛街？"

"她生日要到了。"

"哎呀，真的太感人了。"钟笙撇撇嘴，"真是同人不同命啊。"

季时禹的表情如常："不知道能送什么，感觉没有她喜欢的。"

钟笙想了想，很认真地说："女人能喜欢什么？能和喜欢的人一起生活，这一辈子做什么都是心甘情愿的。"

从麦当劳出来，吃饱喝足的孩子不肯自己走了，一定要钟笙抱。钟笙一手抱着孩子，另一只手还要拎买的大包小包的东西，走一步都很吃力。

季时禹走在离她两步远的地方，看了她一眼，半晌，他皱了皱眉："我帮你拎吧。"

钟笙也有点不好意思，抱歉地一笑："那你帮我拿到停车场吧，我开了车过来。"

"嗯。"

池怀音拒绝了好几次，不想让厉言修送她回去，但是厉言修很坚持，连拉带拽地把她拽到停车场。

"这里到长河太远了，我坐车回去就行了。"还没走进停车场，池怀音还在坚持。

季时禹是一个大醋缸，上次厉言修送了她，小脾气闹了好几天，这次又让他送，季时禹还不把厂里都淹了？

"反正都要开车，也没多远，走吧。"

池怀音知道拗不过厉言修，她想了想，说："那我先打个电话。"

说着，她拿出手机，走到另一个角落拨通了季时禹的电话。

刚到地下，手机的信号不是太好，有些杂音，但是她还是能大概听清。

"你在哪里呢？"池怀音问。

"市里。"季时禹那边的环境也有些嘈杂的样子，一直刺刺刺的，有杂音。

一听季时禹在市里，池怀音不由得松了一口气。如果他在市里，厉言修送她，碰不到的话就不会生气了吧？

她的语气轻松了许多："你在市里干吗？"

"碰到了一个老同学。"季时禹的语气很温柔，"你呢？回家了吗？"

"回了。真巧，我也碰到了一个老朋友。"

"那你和朋友吃顿饭，聊一聊再回厂里吧。"

"你也是，好好招呼一下老同学。"

"好。"

"……"

池怀音挂断了电话，脸上的表情放松了许多。

她走到厉言修身边，两人一起走向了地下停车场。

"你一会儿把我送到上沙镇的路口就行了，我自己走进去哈。"

厉言修笑了："怕男朋友吃醋？"

池怀音脸上的表情有些不好意思："他性格比较霸道。"

厉言修抿了抿唇，没有说话。

两人刚到停车场，正好碰到一辆黑色的越野车要出去。

路不宽，厉言修拉着池怀音往后退，怕那辆车蹭到她。

那辆车比一般的轿车要高，这会儿开得很小心，缓慢地通过那条窄窄的车道。

池怀音和厉言修因为这特殊的情况，站得有些近。

那辆车过去后，池怀音才往旁边站了一步，她抬起头，向厉言修道谢："谢谢。"

她掸了掸自己的后背，因为靠到别人的车门，沾染了一些灰尘。

"池怀音。"

一个语调很熟悉，语气却有些不熟悉的男人从齿缝儿中叫出了池怀音的名字。

池怀音下意识地抬起头，一眼就看见季时禹那张明显山雨欲来的脸。

想到自己和厉言修在一块儿，她刚要心虚，再一看眼前的季时禹，他手里拎着大包小包，身边站着抱着孩子的钟笙，两人也没站多远，不知道的还以为他们是一家三口呢。

她心里顿时也生起了一股气。

季时禹死死地瞪着池怀音，看都不看厉言修，只是冷冷地问："老朋友？！"

池怀音仰起了下巴，也回瞪季时禹："老同学？！"

季时禹见池怀音还犟嘴，更生气了："能一样？！"

池怀音看着季时禹那副模样，也不爽了："我看一样得很！"

第十四章
爱过的罪

两人就这么对峙着，旁若无人。

停车场里空气憋闷，灰尘在空中飘浮，眼前的一切看着都有种灰蒙蒙的感觉。

站在季时禹身边的钟笙有些尴尬，赶紧出来解围："我和季时禹是在路上碰到的，他看我抱着孩子不方便，顺便帮我提一下的。"

池怀音不是那种不讲道理的人，可是面前站着的钟笙不是别人，是她这辈子最难以释怀的人，不管什么理由，看到钟笙和季时禹在一起，就有种眼睛里被针扎了一般的感觉，那种少女时期的委屈感又冒了出来。

她冷冷地瞧了季时禹一眼，声音中再没有平时的善解人意："我和言修倒是约好的。"

话音一落，她就看到季时禹眼中的火气瞬间就蹿了起来。

他的眼中看不到别人，只是死死盯着池怀音，漆黑的瞳孔里映着池怀音小小的身影。他的一张脸绷得紧紧的，面部的每一条纹理看着都很不自然，池怀音怀疑他随时要吃人。

停车场出口的车道并不宽，不时地就有车要出去，他们四个人这么堵在路口，要出去的司机都等得有些焦急，有些没耐心的司机已经按响了尖锐的喇叭。

见此情形，季时禹空出来的一只手啪地抓住池怀音的手腕，粗鲁又霸道，一点儿都没有知识分子的斯文。

池怀音瞪着他，心想，他近两年表现出来的什么成熟稳重，这一刻倒是通通被撕碎了，仿佛时光倒流，他还是当年那个小痞子，是她最熟悉、最习惯的样子。

季时禹抓着池怀音还没走，就看见厉言修往前走了一步，挡在他们前面。

厉言修在一旁已经看了许久，脸上一贯的温和消失了，取而代之的是一种复杂的表情。他始终沉默地看着眼前发生的一切，直到不能忍受下去了。

"我开车送你们回去。"厉言修的表情也有些严肃，他尽量克制着情绪。

"不用。"季时禹的眼神冷漠，拒绝的语气很是坚决，"我个子高，这车太小，还是算了，我们有更宽敞的车坐。"

说完，他竟然无耻地把钟笙的那些购物袋全递到了厉言修手上，夹枪带棒地说："你一贯有绅士风度，麻烦送一下这位女士。"

说着，他想都不想，跟拽牛一样把池怀音给拽走了。

池怀音也是快被季时禹气死了。

天气闷热，车里没有空调，她坐在摇摇晃晃的公交车上，脑子里还在回想着季时禹的话，什么"我们有更宽敞的车坐"？

池怀音心想：这人的脸皮到底可以厚到什么地步？

　　不是上下班的点，车上人不多，坐得也很分散，天气热，让人有些昏昏欲睡的感觉。大家都没有注意到池怀音和季时禹的异样。

　　一股低气压在两人之间流转，季时禹蛮牛一样地将池怀音推到公交车最后一排最里面的位置坐下，然后他像一堵墙一样直接挨着池怀音坐下，池怀音被他控制在一张小小的座椅之上，不论她怎么反对、挣扎，季时禹都不肯放她出来。

　　池怀音也试图反抗了，她用力推着季时禹，但是他的吨位在那儿，池怀音九十斤的体重怎么是他的对手？她又是推又是打，最后手疼的还是她。

　　毒辣的夏日阳光透过车窗照射进来，投在池怀音白皙的前胸和面颊上，瞬间就带红了一片。

　　池怀音折腾累了，也泄气了，她用双手环抱住前胸，往后用力一坐。

　　"你到底要怎么样啊你？"

　　季时禹见池怀音终于不挣扎了，往后一靠，用余光瞥了池怀音一眼，冷冷的声音从口中逸出："坐好。"

　　"准你去见前心上人，不准我见朋友？"

　　季时禹见池怀音语气不悦，微微蹙眉。

　　"我这边的，别人都结婚有孩子了；你那边的，到现在还在伺机而动，能一样？"

　　"别人怎么伺机而动了？我们现在就是朋友。"

　　季时禹不善于和女人吵架，他太了解池怀音了，她看着聪明乖巧、善解人意，可一涉及感情的事儿，也和别的女人没有差别。胡搅蛮缠起来，越是高智商的女人越是有一套一套的歪理，他脑子堵住了才会和她争辩。

　　"你再闹，我就体罚了。"他的声音严肃了几分。

　　"怎么，你还敢打我不成？"

　　季时禹轻轻扫了池怀音一眼，眼睛微眯："我从来不打女人，但是我有很多让女人害怕的方法。"

池怀音越听越觉得这句话耳熟，突然想起很多年前她被他逼到楼梯角落，被恐吓解了扣子的事儿，现在看看这大庭广众的，她还是别招惹他了。

季时禹这个人如今看着道貌岸然，骨子里无疑还是个臭流氓。

回到厂里，季时禹抓着池怀音，原本想要找个清静的地方好好谈谈，结果他们刚一出现在厂区，几个管设备的工程师就火急火燎地跑了过来。

"池总池总，赶紧去看看，涂刷机怎么不动了？我们弄了半天了，那机器是日本仪器改装的，上面有好多日文，看不懂。"

池怀音的手还被季时禹紧紧抓着，眼下大家都等着她，季时禹也没有松手。

几个人见此情景都有些胆怯，本来以为两人手牵着手是约会回来的，应该是心情很好，结果这会儿再一看，分明是吵架的样子，低气压都快蔓延到他们这边了。

"要不……我们还是自己继续琢磨吧。"识时务者为俊杰，谁这会儿触季时禹的霉头，周继云的下场整个厂里谁不知道？

大家正要逃走，池怀音的手却被松开了。

季时禹皱着眉头看着她，交代道："回来以后第一时间找我。"

池怀音冷冷地瞪了他一眼，嗤了一声。

厂里的设备都是池怀音在管的，一帮大老爷们儿见池怀音一脸不快，也收起了平日的嬉皮笑脸，很认真地劝导着："池总，小两口的，有什么不愉快，一会儿也就过了。济公也不容易，你多包容包容。"

池怀音回过头来，瞥了一眼说话的人。

那人也是聪明人，立刻转了风向："但是男人都是贱骨头，给点颜色就要开染坊，千万不要轻易就原谅，要让他知道错了才行！"

池怀音听完这话，脸上瞬间缓和了几分。

默默围观的人看向那个说话的小伙子，心想：这样的人要是在古代，绝对是个两面三刀的深宫老太监啊！

　　她虽然穿了工作服，但是去重启机器时还是沾了不少设备上的灰和机油。

　　池怀音脱掉手上的白线工作手套，左右嗅了嗅，那一身难闻的混合气味让她有些自我嫌弃。

　　她回到宿舍的时候下意识地看了季时禹的房间一眼。大门敞开，里面却没人，不知道他去了哪里。他一贯很忙，对整个厂子来说，他就跟心脏一样重要，什么都靠他决策，想必又是到哪里开会去了。

　　她回房里收拾了一下，把干净的衣裳、毛巾和肥皂一起放进了脸盆里，然后抱着脸盆往仓库改的那个一房一厅走去。

　　季时禹当时收拾那间房子是打算先在里面结婚，他还花钱在里面装了一台电热水器，想要靠那点破东西先稳住池怀音的爸妈。后来事情闹出来，池怀音的爸妈激烈反对，那些玩意儿也用不上了。倒是那台热水器十分便利，池怀音再也不用自己烧水了，也不用去提水，洗澡的问题得到了很好的解决。

　　热水器的电插上，要先烧水，池怀音把脸盆放在浴室里，里面太热，她等不了，就出来坐在床上。

　　这张床上只有最简单的用品，因为池怀音时不时会过来做个卫生，所以倒是很整洁。她坐在床沿上，一眼就看到床边五斗柜上的那张合影。

　　她看到照片上的季时禹笑得露出了一排白牙，瞬间就积了一肚子不悦，伸手就把那张合影给翻了下去。

　　水烧好了，池怀音进去洗澡。

　　十几分钟后，池怀音出来时才发现季时禹不知道什么时候过来了。

　　他坐在床沿上，见池怀音出来，抬起头看了她一眼，两人的视线于空气中交会，他微微眯了眯眼眸，眼神中的情愫变得炙热了几分。

　　池怀音拿着毛巾在擦头发，没有注意到季时禹的眼神有什么不同。

　　她也不说话，看都不看季时禹。

"不是让你忙完回来第一时间找我吗？"季时禹说。

池怀音的头发不再滴水，她收起了毛巾，转头要回浴室里将她的东西都拿出来。

她刚一转身，就被季时禹一把拦住。

他两步跨到她面前，像一朵乌云一样将她面前的光完全笼罩住。

池怀音皱眉："你这是在干什么？要吵架？"

"我说了，你再闹就体罚。"

池怀音瞪了他一眼。

"神经。"

池怀音怒气冲冲地吐出的两个字，在季时禹听来却似乎带着几分娇嗔。空气中飘散着让人疯狂的香味，季时禹喉结滚过，突然就抱住了池怀音还微微带着水渍的身体。

他猝不及防地接近，让池怀音不得不盯着眼前的男人。他的脸庞棱角分明，线条冷硬。他像一头雄狮，呼吸粗重，气势逼人。

他一把将池怀音抱起来，压到床上。

两人的身体紧贴在一起，彼此感受着完全不同的身体线条。

季时禹很霸道，甚至有些不近人情。隔着薄薄的衣衫，两人都能感觉到对方心跳的加速。

"放开我。"池怀音每次闹脾气都被季时禹用武力镇压，她实在恨透了这个男人永远简单粗暴的方式，"我真的生气了！"

季时禹一只手钳住池怀音的下巴，逼迫她与他对视。

"谁准你和那个叫厉言修的约好了见面？你想气死我？"

"那你还帮钟笙拎东西呢。"

"别人带孩子拿不了，我助人为乐。"季时禹皱着眉想了想，说，"以后我看到她就躲十丈远，够不够？"

"关我什么事儿？"池怀音话是这么说，心里却有一点儿甜。

"你叫那个人什么？言修？你什么时候变得这么惜字如金了？全名

都不会叫了？"

"一直都这么叫的。"池怀音意识到风向被季时禹带偏了，推了推他，"放开我，你怎么这么野蛮？"

"我还有更野蛮的没对你使过。"

他说着，炙热的吻便铺天盖地地落了下来。

刚刚洗过的头发还是湿的，有的沾在她脸上，有的纠缠着季时禹的皮肤。那些水渍透过池怀音的衣料贴上皮肤，最后又被皮肤的火热传染，那种又黏又腻又热的感觉让池怀音忍不住扭动着身体。

"放……嗯……"池怀音用力挣扎，身上的男人咬着她的唇瓣，吞没了她的气息。

他粗糙的手通过她宽松的衣服下摆钻了进去，在池怀音细腻的皮肤上摩挲。

那种久违的亲昵让两个人都忍不住战栗。

池怀音的皮肤上瞬间起了一身的鸡皮疙瘩，季时禹的动作突然就温柔了下来，他一下一下撩动着池怀音，原本狂热的吻也放缓了，一下一下，在她的鼻尖、耳郭间轻啄。

池怀音的手抵着季时禹的前胸，她的胸前剧烈起伏，她大声地喘息、控诉着："凭什么你做错了事还要耍流氓？"

季时禹低头吻住池怀音的嘴唇，一下一下，像在作画一般在她的唇瓣上勾画着轮廓。

"凭我心里只有你池怀音一个人。"

道劲的手掌锁住了她的手腕，薄而有力的嘴唇从她的嘴唇一路往下吻着。与她滚烫的身体相比，他的指尖略显冰凉，他的抚摸像一帖良药，将她身上的鸡皮疙瘩都抚平了。许久，他的喉间发出一声满足的粗喘。

他们的衣衫轻薄，很快都被除去，池怀音羞耻地用手抵着与她一样去除了遮蔽的男人。

她有些委屈地说："我们不是说好了结婚前不做越轨的事儿，不学赵一洋他们，闹出亲戚朋友议论的丢脸的事儿吗？"

一直以来他们都很守礼，当年那次酒后的荒唐之后他们都是发乎情、止乎礼，尤其是知道赵一洋他们未婚先孕后，季时禹还大为感慨，说一定不能学他们那样，要堂堂正正地获得池怀音父母的认可，走正常人的步骤，结婚生孩子。

结果他如今又打了自己的脸。

箭在弦上，不发的那是柳下惠，季时禹从来都做不到。

他试探性地往前动了动，发现池怀音虽然有些发抖，却分明为他准备好了，脸上便露出一丝坏笑。

"那是因为我珍惜你，才能答应这种愚蠢的事儿。"

"所以你现在不珍惜我了，是不是？"池怀音的声音竟然带了几分哭腔。

季时禹低头吻了吻她，凑在她耳边，以一种撩拨心弦的沙哑嗓音轻声说着："我现在更珍惜你了，所以才想和你融为一体。"

他说着将那一处火热埋进温暖之中，那种骤然的满足，让两人都有些失控。

"嗯……"倏然地交融让身体的感受被放大，理智散去，整个人都有些蒙。

两人都是久旷之身，陌生又熟悉的情潮作用之下，季时禹过了许久才开始动。

狂风暴雨，风和日丽，雷电交加，各种不同的天气交错上演……

骤雨初歇，池怀音累得全身好像散架了一样，躺在床上一动不动。

季时禹把玩着她还没有干透又湿了几次的长发，一下一下，百无聊赖的模样。

他得了便宜，自是心满意足，搂着池怀音，他突发奇想地说道："我决定放弃正道了，早点怀个孩子，你爸妈不接受也得接受。"

池怀音被他气死了，翻了个身，想脱离他的怀抱，却又被他抱了回来，锁在怀里，也是不嫌热。

"你还真说得出口。"池怀音忍不住啐他。

季时禹笑笑："我不仅说得出口，还下得去手。"

他说着，罪恶的五指山又要往下移，被池怀音狠狠蹬了一脚。

"你是不是忘记我的防狼术了？"

"好好。"季时禹搂着池怀音，一脸得到了全世界的幸福表情，"我不动了。"

"你有脸吗？"

被池怀音揶揄了，他不以为耻，反以为荣，很认真地狡辩道："都快三十了，加今天，就两次，再不努力补作业，说出去确实没什么脸。"

"季时禹——"

赵一洋又是一夜没有睡好，自家女儿中途醒了好几次，他和江甜就是你蹬我一脚，我蹬你一脚，谁在家里没地位谁起来弄。

基本上都是赵一洋起来。

他早上一到厂里，组里的人就围过来抱怨。

"赵工，你知道吗，昨天夜里，我们宿舍有两间房都是大门敞开，没人回来的。"

赵一洋一头雾水："什么玩意儿？"

周继云也进来掺和："老季和池总两个人一夜没回来睡，大门都没关。"

赵一洋对此很是震惊："真的假的？我还以为老季是和尚呢，活生生一大姑娘在身边这么些年，居然不动。"

"喊，他肯定是得手了。"

"唉，老板没人性，自己吃肉，下属就拼命加班，吃斋。"

"长河电池，血汗工厂！"

池怀音回去换了身衣服，就按时回岗位上干活了，有时候她还是会有些精神恍惚，脑中总是不断回忆着。

季时禹抱着她，一寸一寸地吻着她的皮肤，两个人都仿佛找到了归宿。

他是个不会说情话的人，从来没有对她说过"我爱你"，他看电影时看到那些外国佬不断地抱着女主说"我爱你"，都会嫌肉麻。

夜里，她累到一动不动，他以为她睡着了，他抱着她，无比珍惜地拨弄着她耳边的碎发，低声而笨拙地说着："怀音，我爱你。"

池怀音背对着他，依然没有动，她假装睡着了，眼眶中却积起了水汽……

他最大男子主义，却还肯别别扭扭地对她解释。

"我没办法把发生的事情抹去，我学生时代没接触过别人，就钟笙一个，我也确实喜欢过她。她嫁人之前我就已经不打算再等了，我和她说明白了，后来她嫁人了，做出了选择，我就放弃了。

"和你在一起，我心里已经扫得空空的了。我的心思也不是你想的那么龌龊，外头愿意和我睡觉的女孩很多，每一个都去睡，睡了还要负责，我这辈子要后宫佳丽三千人了。"

他说到这里，池怀音忍不住啐了一句："你以为你是谁，一呼百应呢？"

"你敢说你不是看上我长得俊俏？"

"呸。"

"你要我解释为什么是你，我解释不出来，我只知道你是我这辈子遇到的最美好的姑娘。我一想到这辈子是和你走下去，就觉得这人生很有意思。我要是让你走了，我就是个大傻子。"

"你本来……也是大傻子。"

季时禹见池怀音态度有所缓和，笑着承诺道："以后钟笙就是要去跳海我也不围观，你不喜欢我接触谁，我就不接触。"

他怕尴尬，不等池怀音说话就直接接了下去："你以后也不准见对你别有用心的苍蝇，一定要见的话我必须在场。"

"怎么喜欢我的就是苍蝇了？你说话怎么这么难听？"

"哼。"

池怀音觉得，那一刻自己心中存了许久许久的不安和疑惑好像都飘散了。

爱是什么呢？爱不就是此生此世，此时此刻？

是她在他心里，这就够了。

季时禹原本有意研发新的产业方向，为稳妥起见，他决定暂时按兵不动。

虽然整个亚洲的经济状况堪忧，但是长河电池却没有受到太大的影响。在亚洲企业纷纷涨价的前提下，长河电池的价格优势就变得更为明显了。

一时间订单多到需要两千个工人同时上岗，上沙镇的厂房规模根本达不到这样的要求。

季时禹的个人资产也随着长河的壮大而壮大。

季时禹踏实的做事风格，以及大气的性格，让很多人愿意和他做生意。

在他有意扩大厂区规模的时候，有一家铅酸电池厂的负责人找到了季时禹，想要把厂子卖给他。

赵一洋得知此事后非常反对，他把一份汽车杂志拿给季时禹看，指着其中的一篇文章说："你看，你想的东西已经有人在你前面想到了。国外的科技发展比我们早几十年，我们现在去研究这些完全是做无用功。"

季时禹低头一看，那是一篇关于通达新车 EV1 的介绍，标题是《不是在充电，就是在去充电的路上：1997 款通达 EV1》。

见季时禹只是看了一眼，赵一洋说道："这是通达出的一款划时代的产品，插电电动汽车，主打零排放，整体设计和意识都非常超前。可惜的是这款产品用的是铅酸电池，受电池性能的限制，续航里程严重不足，连基本的代步需求都不能满足，就算换成镍氢电池也不能挽回局面，居高不下的成本让这款电动汽车沦为笑柄，最终夭折。"

"通达这样的国际企业都搞不出来，我们怎么可能搞得出来？"

见赵一洋一副苦大仇深、忧国忧民的样子，季时禹忍不住笑了笑："我现在还只是在考虑铅酸电池，你别害怕。"

"你以为我不知道，你搞铅酸电池，最后还是想搞汽车。"赵一洋皱着眉头想了想，"你该不会是要和你那个情敌厉言修打擂台，才要搞汽车吧？我的妈呀，池怀音看着温温柔柔，居然还是个祸国妖姬啊？"

季时禹嫌弃地看向他："放什么狗屁？滚出去。"

"别买那个破厂啊，要是真的能搞出铅酸电池，他卖什么厂啊？！"

"滚出去！"

虽然不停地阻止季时禹，但是赵一洋跟了季时禹这么多年，也清楚他的性格，牛也没他倔，他想做的事情没有谁能劝阻得了。

就算明知会失败，他也一定要亲自尝试，等真的失败了，他才会相信这个结果，自信心也是没谁了。

赵一洋最后还是跟着季时禹去看了那个破电池厂，厂子建在离上沙镇十公里外的下沙镇。

赵一洋一路都在碎碎念："你看看这名字，下沙镇，溪山电池厂，又要'下'，又要'西山'，没有一样吉利的，有时候我们做生意的还是要注意一下，这个厂买不得啊。"

季时禹低头看了一眼手机，理都没有理赵一洋，把他当成在一旁嗡嗡的苍蝇。

他们到了溪山电池厂，接待他们的是厂长，一个失败的经营者。

他一看到季时禹就开始生硬地拍马屁。

"季总真的是年轻有为，感谢季总百忙之中抽空过来。"

说着，溪山电池厂仅剩的十几个工人就走了出来，他们站在路两边围观季时禹和赵一洋，眼中透露着渴望，还有受到工厂长期不赢利打击的一种特殊的萎靡。

赵一洋被他们瞅得毛毛的，他凑到季时禹身边，低声说："要不要紧啊？这个厂看着奇奇怪怪的，感觉跟丐帮似的。我看报表，经营状况很可怕，看这样子应该是真的了。"

季时禹没有说话，只是很仔细地参观着溪山电池厂。

那个经营失败的厂长对溪山电池厂应该是很有感情，竹筒倒豆子一样地说着自己的情况："这个厂原来是国营企业，我爸的单位，1992年破产改制以后他承包下来了，只经营了三年，他就走了，之后就是我接手。我哥哥在泰国做生意，搞金融赚了大钱，本来说要给我投资，我借钱买了新设备，结果泰国今年遇到金融危机，他也破产了。现在资金链断了，我只能把厂卖掉。"

季时禹看了一眼车间里的设备，转过头问他："你们的产品主要是什么销路？"

"我们是给电动自行车做铅酸电池的，也没什么固定合作的厂家，国产的电池厂也没什么大销路，可能还是电池的性能不行。我本来想着等我哥哥的投资到位，我就去矿冶学院挖几个专家的。"

说到这里，赵一洋不屑地哂了一声："我们森大不比矿冶学院好？"

季时禹瞥了赵一洋一眼，赵一洋立刻喀喀地咳嗽两声："不是鄙视你本科母校，我这是为了森大的荣誉说的。"

那人见季时禹似乎很有兴趣的样子，立刻趁热打铁："这个厂的产权很清晰，地是镇政府的，我们只有经营权，我爸当年也不傻，签了一百年，所以还是很划算的。我唯一有个请求，如果季总愿意收购溪山，这里还有十几个工人，是溪山电池的老员工，当初我爸接下来的时候就一直用着他们，希望你们也能继续用，他们都是很能干的员工，做电池也有十几年的经验了。"

那人口若悬河，一直在说服季时禹，季时禹转了一大圈，大概了解了情况以后问了一句："你这个厂打算卖多少？"

那人看了季时禹和赵一洋一眼，弱弱地问了一句："五千万？"

赵一洋听到这个数字，嘴角一抽，声音都拔高了几度："开玩笑呢？！五千万买你这破厂？那还不如去投资房地产！"

那人有些害怕，赶紧咽了一口口水。

"那……八百万？"

"……"

敢情他是先乱开个价，看看有没有冤大头接手？

这么开价，到底他脑子有没有问题？

见季时禹还不说话，他也有些急了："我欠了五百多万的外债，全用来买设备和原料了，这个厂怎么也得卖八百万，再低是真的不行了。季总，你相信我，铅酸电池是真的有市场，要不是资金链断了，我一定会继续研发下去。现在的汽车蓄电池都是铅酸电池。汽车的启动电池是放在发动机旁边的，连电动自行车的电池也要被固定在一个高密闭性的环境里，几百安的电流瞬间释放，热量是潜在危险。铅酸电池的安全性是最高的，正负极材料是铅的化合物，电解液是硫酸溶液，两者都不易燃。"

那人看着不靠谱，说起专业领域的问题倒是句句都在点子上，连不看好这个厂的赵一洋也沉默了。

锂电池确实好，在目前的市场里，锂电池具有最高的能量密度，能做得很小，但是只适用于电子产品。锂电池的负极材料是石墨，碳材料的一种；电解液是酯类溶剂，酯类溶剂不仅易燃，还有极强的挥发性，一旦大量放热容易引起燃烧和爆炸。所以现在燃油汽车的蓄电池都是以铅酸电池为主。

季时禹微微眯了眯眸子，尚在考虑，手机就突然响了起来，他把铃声开到最大，在空旷破败的厂区里格外刺耳。

他接完电话，再回到人群里时脸色已经变了。

"怎么了？"见季时禹脸色大变，赵一洋也跟着紧张了起来。

"我现在要去市里一趟，这事儿回头再谈。"

"怎么了？"

"池怀音的妈妈晕倒了，在医院里抢救。"

"……"

池怀音自认是一个还算理智、有担当的人，但当她接到池父的电话，知道妈妈突然晕倒，被送到医院抢救的时候，整个人还是慌了。

那一刻她六神无主，唯一能想到的就是给季时禹打电话。

池怀音到的时候，池父在抢救室门口的椅子上坐着。

她从来没有见过自己的父亲这个样子，印象里他一直是个严肃、古板，甚至有些冷血的男人。他好像从来没有在乎过池母，两个人的相处模式很畸形，永远都是池母指着他的鼻子骂，他却一声不吭。

可是他又很让着池母，但凡池母真要坚持的事情他总是会妥协。

那时候池怀音一直以为，因为他是知识分子，不屑于和泼妇吵架，所以才会一再忍让。

可是如今看来，似乎有很多事情并不是表面看上去的样子。

比如此刻他安静地坐在那里，一声不吭，双眼空洞，好像一下子老了十几岁。头上夹杂的白发让他的身影显得格外孤寂。

他不知道在想什么，连池怀音来了也没有发现，只是双目呆滞地望着抢救室门口的那盏有"抢救中"字样的红灯。

时间一分一秒地过去，抢救室里的医生出来了，面色严峻地对他们父女二人说："脑血栓，我们不确定能不能把人救回来，你们做好心理准备。"

说完，一直直挺挺地站着的池父竟然脚下发软，差点跌了下去。

"爸爸，"池怀音的声音带着哭腔，她却还是努力做出坚强的样子，"你没事吧爸爸？你撑住啊！"

池父眼神涣散地看了一眼医生，又看了一眼池怀音，问了一句："怎么可能呢？她一直身体都很好的，连感冒都很少得。"

季时禹火急火燎地赶到的时候一眼就看到了抢救室外并排坐着的父女俩，两个人都是丢了三魂七魄的样子。

池怀音看到季时禹来了，眼泪一下子就涌了出来。

季时禹赶紧上去把人扶住。

"怎么回事儿？"季时禹是此刻唯一脑子还清醒的人。

"医生说是脑血栓。"

季时禹扶池怀音坐下，用手一下一下抚摸着她的后背："不怕，伯母福大命大，不会有事的。"

池怀音越说越害怕，靠着季时禹的肩膀就哭了。

那种悲伤的情绪在空气中弥漫，坐在一起的三个人心情都有些沉重。

抢救了一天一夜，其间医生下了三次病危通知。

要不是季时禹及时赶过来，池家的两父女可能已经垮掉了。

他们牵挂着池母，根本没有办法思考，医生给了缴费单，都是季时禹一人在来回跑。

第二天的9点多，池母终于被抢救了回来，人也清醒了过来。

池母还需要住院继续观察，她被转入病房之后，医院的医生过来会诊，会诊结束，池父下意识就要进去，被正好出来的医生拦住。

"病人说她只想见女儿一个人。"

池怀音见到池母的那一刻整个人都崩溃了，崩溃之后又感到一种失而复得的庆幸。

池母面色惨白，一脸病容，看上去完全没有了平日泼辣的模样。

她见到池怀音时还强撑着表情对池怀音一笑，第一句话就是："我没事。"

她已经清醒了，因为送医及时，没有出现类似中风的状况，整个人倒是还算正常。

池怀音两步走过去，握住妈妈的手，蹲在病床旁，眼泪吧嗒吧嗒地掉。

池母没什么力气，她勉强抬起手来，放在池怀音头上。

"别哭啊，傻孩子，妈没事了。"

池母的安慰让池怀音哭得更伤心了。

"对不起妈妈，对不起，这么久不回来看你们，我太自私了。"

"不怪你，是你爸固执，不是你的错。"

"是我的错，是我自私、不孝。"

冰凉的液体顺着塑料管进入池母的身体，她的精力慢慢在恢复。

她睁着一双眼睛看着天花板，许久，她缓慢地说着："怀音，如果我和你爸爸离婚，你会难过吗？"

"妈……"池怀音没想到她清醒以后第一件事居然是说这个，也有些愣住了。

"人在快死的时候才会认真地审视自己的一生。"池母的语气很平静，"我不恨任何人，我的人生过成这样都是我自己的错。从前我没有勇气去纠正这个错误，如今我都死过一次了，还有什么不能面对的？"

病房里窗明几净，红色的木窗框也被擦得很干净。窗户开了一个小缝儿，一点儿风吹进来，撩动浅蓝色的窗帘，时起时伏，像人心一样，有些浮躁。

那种浓烈的消毒水气味让池怀音有些不习惯，她不愿再继续这个话题："妈，你累了，你先好好休息，有什么事儿等你彻底清醒了再说。"

池母笑笑："傻孩子，妈知道自己在说什么。"她顿了顿，轻叹了一口气，疲惫的眼眸中带着几分历经人生的沧桑。她有些干裂的嘴唇动了动："其实当初我就不该去德国，是我太任性了。"

池怀音吸了吸鼻子，她想到池母抢救的时候池父整个人垮掉的样子，小心翼翼地问道："你问过我爸吗？"

"还用问吗？"池母自嘲地笑笑，"我这个坏女人终于肯给他自由了，他熬出头了。"

最近池怀音实在是焦头烂额，连长河的工作都快顾不上了。

因为池母要离婚，家里已经完全乱套了。

出院以后，池母就收拾东西离开了池家，一大把年纪又出去找房子、搬家。

很神奇的是，池怀音觉得一个年过五旬的老太太做不到的事儿，她都做得游刃有余。

池怀音也曾很俗气地劝过她："少年夫妻老来伴，大家不都是这样吗？"

可是池母表现出了前所未有的坚决，问什么也不回答，说什么也听不进去。总之，看她油盐不进的态度，池怀音也不得不放弃了。

和池母离开之后如同重生一般的生活相比，池父则像是一夜间从天堂掉到了地狱。在这个家里生活了那么久，他从来没有下过厨房，没有做过卫生，不知道家里的卫生纸放在哪里，要喝水，他找个杯子都要半个小时。

虽然他不说，但是池怀音也看得出来，离开了池母，池父颓废了很多。

"爸，到底怎么回事儿啊？"池怀音也有些无奈了，"最近出了什么事儿？我妈怎么突然就要离婚？"

不仅池怀音不懂，其实池父也是不懂的。

想了很久，池父皱着眉头，自言自语地呢喃："难道是因为那个德国专家团？"

自从女儿离家出走和季时禹跑了以后，池母的生活就失去了全部的重心。

池父因为女儿的出走和她吵了好几次，说她的宠爱没有原则，所以才导致了这一切的发生。

两个人的关系也有些紧张。

有一天池父没有带治疗心脏病的药，池母给他送到单位，然后就碰到了从德国过来访问的学者团。好死不死，其中一个女专家正是池父当年的女学生。

池父原本以为回去以后她会和他闹，这一辈子都是这么过来的，他也做好了心理准备，结果她什么都没说，那几天就这么平静地度过了。

在他快要忘记这事儿的时候，她却突然提出要离婚，回马枪也不是这样使的。

这么大年纪了，一辈子都要走到头了，居然要离婚？池父想一想都觉得心脏疼。

池怀音听到池父自言自语，本能地问了一句："什么专家团？"

池父脾气也不好，他看着池怀音，想到女儿也不听话，不愿再多说什么，又想到这一段时间事事都不顺心，最后他气急败坏地冷哼了一声。

"她要离婚就离，真当我怕她了！你要离家出走你就走，你们母女俩都是一个样，早点把我气死，你们都解脱了！"

池父去上班，学校里的一些老同事也听说了池母搬了家、要离婚的事儿。

平素这些老家伙都是劝他早点离婚，如今却说："都是五十几岁的人了，离什么婚？一辈子都要过完了，现在离婚有啥意义？"

"虽然你这个老伴性格泼辣，但你也忍了大半辈子了。她比你小好几岁，以后你老了，还要靠她照顾。"

池父听人这么说，心里极其不舒服。

这些人是他认识的知识分子吗？为什么说出来的话都让人这么不舒服？

他自己都没有意识到，他以前也和他们一样。

池母退休工资不高，池怀音担心她的生活费不够，于是和季时禹一起去了她租的房子，想给她送钱，结果发现她过得风生水起，每天都去参加老年活动。

至于经济情况，那就更不用担心了，这么多年，池父就只负责拿钱回家，家里的钱都是她管理的，银行的利率她比谁都清楚，什么股票什么基金，她都跟着投一点儿，苏祥正那边的小投资她也跟一波……

这十几年下来她也为自己存了个小金库。

这让池怀音不得不怀疑："妈，你是不是早就计划好了要走？"

池母还是特别爱看电视，和在家里时一样，她津津有味地看着那些香港的电视剧，头也不抬："怎么会？这事儿是没有计划的，我突然就想到了。"

池怀音坐在池母身边，季时禹在厨房里给她们倒开水和切水果，池怀音趁此机会和母亲说着贴己话。

"到底为什么啊？"池怀音始终不解，"一起生活了这么多年，难道你对爸爸真的没有感情了吗？"

池怀音话中的"感情"两个字让池母握着遥控器的手顿了顿。

她抬起头看着自己的宝贝疙瘩，鼻头有些酸。

她脑子里突然就想到最后一次和那个老男人吵架的场景，他气急败坏地怪她，怪她没有原则地宠女儿，才让女儿那么叛逆。

她的宠爱当然没有原则，不论是对女儿，还是对这个丈夫。

那天，他治疗心脏病的药没有带，她怕有问题，决定把药送到学校去。

其实她已经很多年没有去过森城大学了，上一次大约还是池怀音读大学的时候。她的内心对大学这个地方有点抵触，原因有两点：第一，她没有读过大学，她对于自己的文化程度不够这件事一直感到自卑，和自己的丈夫没有共同语言是她一生的痛，所以她不愿面对这种高等学府，它仿佛时时在提醒着她关于她和丈夫的距离；第二，她曾经为了去德国大闹过森大，里面那些老教授、老教师都知道当年那件事，她自己也觉得不光彩，总是下意识想要逃避。

本来她就心事重重，一找到他的办公室，她看到里面站了好多人，据说是一个德国来的专家团，真是好巧，其中还有一个是老熟人。

——丈夫的女学生，当年和丈夫闹出绯闻的女人。

回到家，池母好一阵子夜里都睡不好，委屈、难受、绝望像潮水一般将这段不如意的婚姻淹没。她不愿被溺毙，所以选择了自救。

池母眼神慈祥地看着池怀音，最后摸了摸她的脑袋，为她整理着鬓发："很多事情积累了太久，已经没有办法去解决了。"她瞥了一眼还在厨房切水果的季时禹，心里倒是很感慨："其实我对这个孩子没什么意见，我能看出来他喜欢你，虽然浑了点，倒是一片真心。妈妈希望你因为相爱和一个人组建家庭，而不是一厢情愿。"

"妈妈……"

"妈这辈子算是没有这个福气了，但是我一定要保护我的女儿，直到我死的那一刻。"池母声音有些哽咽，"别怪你爸爸，他和我一样，都是最最希望你幸福的人。"

池怀音想到池父最近的状态，小心翼翼地试探道："你要不要和爸爸谈谈，他最近状况不好，看得出来他还是在乎你的。"

"……"

在乎吗？也许吧。

他们这段婚姻已经走过了三十年，风风雨雨，闹出了许多事情，虽然跌跌撞撞，但他们总归是一起生活了这么多年。

只是她始终觉得委屈。

他们之间的交往都是她主动的，当初他回宜城看他母亲，她一眼就看上了他，之后她不顾女孩的矜持，总是到他们家帮忙，给他母亲洗了一年的衣服，硬是让他母亲把她包办成了他的妻子。

那时候她不懂什么感情、什么门当户对，就是怀着一个普通少女的心情嫁给了心上人，那种幸福感让她忽略了一件事：他是人，是个男人，他也有他的想法和决定。

连新婚之夜也是她主动的，他一动不动地坐在床沿，气愤又木讷，她主动抱住了他。

而他多半是因为年轻，经不起诱惑。

之后，他们倒是像正常的新婚夫妻一样相处过一阵子。

那时候他们都还年轻，她不过二十二岁，也爱美，头发留得很长，长相又好看，买个菜都能被那种蹬着自行车的小痞子看上，人家扯她的辫子，大约是见她像个未婚的小姑娘，便吹着口哨问她："姑娘，处对象了没有？"

她那时也害羞，刚要跑开，就见到他骑车过来接她，他看见了这一幕。

她跑向他，他却一脸的不悦，他对她说："别人结婚了都剪短头发，或者盘起来，只有你留这么长的辫子，也不知道给谁看。"

她意识到他对她的不满，便想要开始改变，甚至刻意讨好他。

她认为他们的差距主要是她没有读够书，所以和他没有共同语言，于是她也想学习他学的东西，但是他学的东西太难了，她打开书本，都跟看天书一样。

她动了他的书，他以为她偷翻他的东西，气急败坏地和她吵架。她有些理亏，之后便很少进他的书房了。

他每天没事就在家里看书，没人和她说话，她就拼命在家里打扫。他受不了了，对她发脾气："你别整天在家里打扫了，你又不是用人，再说了，我妈又不在，你勤快给谁看？！"

那之后，她的性格就开始改变了，她从一个活泼可爱的小姑娘变成了他口里的泼妇。

她剪掉了不讨他喜欢的辫子，每天看没营养的杂志，不再和他说话。

两个人的交流只剩下生理上的。她是他的妻子，他也不会在外面乱来。

这段婚姻原本是维持不下去的，她每天看到他就在想，要不还是离婚吧，她能为他做的可能只有给他自由了。

然后老天就给了她一个孩子。

那次他们吵架吵得要死要活的时候，她突然吐了他一身，他也慌了，不敢再和她吵架了，他把她送到医院，才知道她怀孕了。

这个孩子的到来让他特别高兴，他每天回家看到她就会笑。

他那时候很郑重地对她说："要是男孩，就叫怀远；要是女孩，就叫怀音。"

她一直觉得人和人之间是有感应的。

这段婚姻能走下来，是因为他们之间也曾发生过几件好的事情。

第一件是她生完池怀音的那天，她还在产房里，晕晕乎乎的，一睁开眼睛，发现他没有去看女儿，而是在她身边傻站着，见她醒了，他面上便露出松了一口气的表情。

那天有几个产妇都是刚生完，只有她的丈夫在身边。

她很虚弱地问他："女儿呢？"

这一提醒，才让他想起还有一个孩子，然后他火急火燎地塞了一个红鸡蛋给她，红色的颜料染了她一手，让她无奈极了。

他除了做学问，在任何方面都笨手笨脚。

"医生说生完孩子会很饿，你先吃个鸡蛋。我去看完孩子就给你买碗面条。"

第二件是她怀第二个孩子时没有生下来，她大出血，差点死掉，医生说她身体不好，以后最好不要再怀孕，怕有生命危险，那之后他就去结扎了。

他们只有这么一个女儿，他便把这个女儿当成宝贝。

如果没有那个女人，也许他们的关系不会走到极端。

那个女人是他的学生，长相没有池母一半漂亮，但是比池母年轻许多，属于清瘦型。她们最大的不同就是那个女人能和他讨论学术上的东西，而池母不行。

那个女学生喜欢他，学校里很多人都能看出那姑娘的心思，池母以为他会避嫌，但是他照常和那个姑娘来往。在那个男女风气很保守的年代，他们的事儿被一些长舌妇传说，各种各样不堪的版本传进池母的耳朵，池母终于坐不住了。

学校要派他们去德国，池母去学校大闹，弄得学校里的同事都对他指指点点。他很生气，他们在家里吵架吵得邻居都来敲门了。

她始终挺着胸膛，理直气壮地说："我不跟着去，你就爬到别的女人床上去了！"

他也很生气，忍不住吼道："你把我当成什么人了？！"

那个女人后来留在了德国。那几年他们都是很正常地来往，他确实没有做出任何越界的事儿，但是因为池母大闹学校这件事，他们夫妻俩的关系也算是走到头了。

他们同床共枕，却渐行渐远。两个人都只是把女儿池怀音当作这段婚姻唯一的慰藉。

她这一生最后悔的事儿就是跟他去德国。

她做的事儿丢了他的脸，才把他推远了。

或者，他们从来没有走近过，一切都不过是她的一厢情愿。

关于池怀音的疑惑，池母没有回答太多，很多事情太久远了，说出来也失去了意义。

"没有缘分两个人不会走到一起。"池母笑着，眼眸中却带了几分苦涩，"但是缘分不够，也走不完这一生。"

从池母租住的地方离开，两个人又去看池父。

池父虽然爱发脾气，很固执，但是内心真的特别脆弱。

离了池母，他就跟离了秤的砣一样，只是一块笨重的铁。

得知他们从池母那里回来，他却又不肯放下身段多问，只是摆着架子说着："她要是后悔，让她亲自来和我说。"

池怀音听见自家父亲居然还有这种自信，也是很尴尬，只能转移话题："您吃了没有？"

她一脚踢在季时禹的小腿肚子上："去做饭先。"

季时禹知道他们父女俩要说话，沉默地离开。池怀音这才开始询问最近到底发生了什么事。

池父的嘴一贯严，根本撬不出什么。

不过池怀音话里提到的池母随口的几句话倒是提醒了池父一些事。

比如关于他们这段婚姻里的几次风波。

最初和她结婚，池父是非常不情愿的。

首先，他并不喜欢太漂亮的女人，长相漂亮的女人大多脑袋空空，而且这一类女人多艳俗，又招蜂引蝶。

其次，她没有什么文化，初中都没有毕业，他是大学生，研究生在读，还是大学里的教员，两个人没什么共同语言。

但是母亲做主直接把她接进了门，他只能接受。

　　他刚娶她那一段时间，总有人羡慕他，她是十里八乡最漂亮的一个姑娘，当初市长的秘书都瞧上了她，她却一心只喜欢他。

　　他得承认，她看他的目光让他有优越感。

　　她心灵手巧，什么都会做，结婚后，她每天都变着花样做饭。一天他下班去接她，正好看到几个社会小青年在调戏她，还扯她的辫子，他看到就觉得胸口堵得慌，不爽到了极点。后来他接了她也不说话，等她说话时他就打断她，语气冷硬地说："别人结婚了都剪短头发，或者盘起来，只有你留这么长的辫子，也不知道给谁看。"

　　那之后她就把头发给剪了。他看到她短短的头发有些后悔，觉得自己话说重了，却又不知道该怎么道歉。

　　夜里睡觉的时候，他忍不住摸了摸她的短发："短头发也挺好看的。"

　　他听到她吸了吸鼻子，大约是又偷偷哭了。

　　因为教育背景和生活习惯不同，他们也会有些口角。他是有文化的知识分子，由于工作关系，他每天在家都有做不完的事儿、看不完的书。她没事就在家里不停地打扫，他看了就有些受不了，让她不要一直打扫了。

　　可是他话总是说不好，说着说着就要去刺她一句。

　　其实他明明是看她太辛苦了，不想让她再这样累。

　　他想和她平等地相处，而不是她一味地去讨好他。

　　而她总是觉得他嫌弃她。

　　两个人越吵越激烈，到后来他也放弃了想要维持这段婚姻的想法。

　　他们磕磕绊绊过了十几年，两个孩子的到来让他们的关系得到修复，虽然只留住了池怀音一个，但彼此总归是有了割不断的联系。

　　那个女学生出现时，他并没有觉得有多特别。

女学生跟他热情表白的时候，他脑子里突然想到，池母这一辈子从来没有跟他说过喜欢他，为什么他就能感觉到那么深刻的感情呢？

他成天在实验室里，对于外界的传言并不关心，她为了那个女学生和他吵架，胡搅蛮缠，他也气得要命，却又吵不过她，她学问不行，歪理倒是多，能把他说得哑口无言，他后来就干脆不理她了。

继续我行我素地生活。

其实他们夫妻关系降到最冰点也确实和去德国之前发生的事儿有关系。

他很生气，觉得她不信任他，甚至侮辱了他的人格，他不会允许自己做出背叛婚姻这样没有责任心的事儿。而她把他想得那么不堪，他很生气。

哪怕这段婚姻不是他想要的，他也很尽心尽力地去做一个好丈夫、好爸爸，但她就是不依不饶，他真的从来没见过这么泼辣的女人。

最可恨的是，以前她还特别主动，从德国回来以后就不主动了，还冷冰冰地对他，虽然她还是照顾他，但是和以前不一样了。

他浑身都觉得不自在，却又不知道能说什么。两个人的关系也越来越差。

所以不仅是她，连他也觉得当初真的不该去德国。她对于那个女学生的事儿一直很在意，可她不问，他主动去解释也很奇怪。

于是两人就这么在一起别扭地生活了十年。

她进抢救室的时候，他在想，只要她能好好地出来，他一定和她说说道道这辈子到底是谁的错。

谁知道她一出来就要离婚。

他气得心脏病都要犯了。

"伺候"池父吃完饭，他们从池家出来的时候外面的天都有些黑了，季时禹累了一天，忍不住摇了摇头，轻叹了一口气："你们家闹家变，我鞍前马后的跟个男保姆似的，累死了。"

池怀音抬手捏了捏季时禹的手臂："辛苦你了，等我爸妈和好了就好了。"

"你还想要他们和好啊？都闹成这样了。"

虽然说父母这辈子总是吵架，池怀音也一度觉得他们分开也许会比较好，但是这次池母抢救的事儿突然点醒了她，也许他们之间不是她想象中那样剑拔弩张。

如果池父真的一点儿都不爱池母，又怎么会在池母生死未卜的时候紧张成那样呢？

"我感觉我妈对我爸也不是真的没感情了，可能是遇到什么事儿了。"池怀音想到之前和他们对话中的线索，"等我弄明白德国专家团到底是怎么回事儿，也许就能找到症结了。"

对于池怀音的这个想法，季时禹并不赞同。

"其实我觉得我们不需要做什么事儿，让一切顺其自然会更好。"

"嗯？"

"我觉得吧，伯母这辈子挺辛苦的，她现在过得快活不好吗？"季时禹想了想，说道，"你看她现在每天多舒服，也不用伺候你那个老顽固爸爸，有什么不开心的？干吗一定要和你爸爸和好？人到晚年更要肆意地生活！不能自私地把人家又推回火坑啊。"

"……"

季时禹被池父痛打过，做不到以德报怨，他认真地说道："而且你想啊，你爸妈不和好，你爸爸自己都焦头烂额的，就没空儿反对我们俩了，一旦他顺心了，又要来找我们的麻烦了。"

"……"

季时禹讲得滔滔不绝的，他回头看着池怀音，见她一动不动，一脸菜色，他有些困惑："你怎么了？干吗一直对我眨眼睛？"

池怀音瞪大了眼睛。半晌，她小心翼翼地对季时禹身后的人说道："爸爸，你怎么又下楼了……"

池父铁青着一张脸，一言不发地看向季时禹，手上握着季时禹落在厨房的手机。

季时禹终于理解了池怀音一直对他使眼色的原因。

天还没黑透，天气也很闷热，季时禹却有种后背发凉的感觉。

那一刻他几乎脱口而出："爸爸，你听我解释……"

第十五章
心中的太阳

季时禹没想到池父会突然下楼，他看到池父拿着自己的手机，再摸一摸自己空空如也的口袋，才恍然想起自己把手机给落下了。

他一着急，甚至连"爸爸"都喊出来了，池父被他喊得嘴角都抽了抽。

这事儿被池怀音笑了很久，每次她提起来就笑得前仰后合的。

当然，还有另一件事池怀音也惦记了很久……

"我爸把你叫上楼，到底和你说了什么啊？"

季时禹这张嘴始终很严："没什么。"

"连我你都瞒啊？"

季时禹一把按住池怀音越凑越近的小脑袋瓜，皱了皱眉："这是男人之间的秘密。"

"喊。"

池怀音走了，季时禹才停下了手上的笔，回想着那天发生的事儿。

池父面色严峻，叫他上楼。他当下以一种视死如归的心情跟了上去。

一进门，他就看见池家那根叉棍就放在沙发旁边，于是主动拿起了那根叉棍。

池父错愕地抬起头看着他："怎么，你还要和我打架啊？"

季时禹赶紧否认："伯父，我是递给您，用来打我的。今天您再怎么打我，我也不走了，我就是要娶怀音。她孝顺，一定要得到您的同意，那我就在这里等，等到您同意。"

"荒谬！"池父没想到季时禹使出先发制人的一招，他皱着眉一脸嫌弃地看着他，"没有哪一点像样的。"

池父坐在沙发上，沉默了许久，最后妥协道："我这个女儿从小就没吃过什么苦，看到她跟着你过这么辛苦的生活，我这个做父亲的很难受。

"但是她喜欢你，我反对也没有用。"池父瞥了季时禹一眼，"我们并不是注重物质的家庭，不是看中你的房子和钱，而是希望你事事都能最先想到她，让她能安稳地生活。

"我和她妈妈都老了，没办法照顾她一辈子，请你……"说这话的时候，池父的声音有些哽咽，停顿了好几秒，他才说出下一句，"请你一定要善待我的女儿。"

最后的最后，他只是对季时禹挥了挥手，然后疲惫地捏了捏眉心，说道："等你准备好了就来家里拿户口本吧。"

他原本以为池父会一直反对他们，没想到这次家变却让池父改变了很多，也不知道怎么就突然想通了。

季时禹原本都做好了长期抗战的准备，却没想到最后居然这么轻松就通关了，他至今都觉得挺不可思议的。

他突然就理解了池怀音为什么会是这样的性格。

不管是她的父亲还是母亲，都是全心全意地疼爱着她，视她如掌上明珠，让她的眼睛只看得到这世上所有正面的、阳光的一切。

他想，从今以后他也会像池父池母那样疼爱她、保护她，让她永远做他记忆中那个最美好的姑娘。

季时禹最近为了工作马不停蹄。

那家赵一洋看不上的溪山铅酸电池厂却突然成了香饽饽。

最主要的原因是当时风头最盛的新锐汽车公司——宏诚汽车也参与了溪山铅酸电池厂的竞争。宏诚汽车是南省地区第一家轿车生产企业，拥有为数不多的"7"字头牌照。当时全国一共也就几家汽车制造厂，宏诚汽车是获得资格的企业之一。

连赵一洋都很意外，宏诚汽车资本雄厚，一直都是用进口的蓄电池，怎么会突然将目光转向国内的电池厂了？

原本对溪山电池厂不感兴趣的赵一洋也突然意识到，汽车里的蓄电池也许真的会有大市场，于是他开始紧密地跟进对溪山电池厂的收购。

因为宏诚汽车参与了竞争，收购溪山电池厂的价格一下子就翻了四倍，这让赵一洋有些望而却步。

"池怀音的那个追求者厉言修似乎对溪山电池志在必得。我现在才知道，原来那个看着挺不靠谱的人借了那么多钱也是为了搞研究，他们想要研发阀控式蓄电池。现在汽车里的普通蓄电池最麻烦的一点是需要定期维护，而阀控式蓄电池可以做到免维护，这样会大大延长蓄电池的寿命。"

其实铅酸电池的历史已经有一百多年了，在世界上也已经作为汽车的启动电池被普遍使用，只是受技术限制，还是有很多不足需要去克服。

随着汽车越来越普及，赵一洋隐隐能预测到未来这一块会拥有非常广阔的市场。

"现在宏诚开到多少了？"

赵一洋觉得那个价位让他们略显被动："两千八百万了，说实话，不容乐观。"

宏诚汽车为了拿下溪山电池厂，之后又加了一次价，直接把收购价格抬到了三千五百万，这让长河电池不得不遗憾地退出这场竞争。

然而一切峰回路转了。

那个看上去不太靠谱的溪山电池厂的决策人最后却决定把溪山电池厂卖给季时禹。

看到合同，季时禹才终于记住了他的名字——何冬。

签约那一天何冬还喝了一点儿小酒，醉醺醺的，看起来真的不像一个正常人。

他满脸通红，满眼也通红。

他对于长河拟订的合同的最终定款版本也没有认真地看，只是一再和季时禹说："季总，你应该也知道，宏诚汽车的厉总给我开了三千多万，说实话，我真的是用了全部的决心才能拒绝这么多金钱的诱惑。"

他无比眷恋地看着这家越来越破败的工厂，声音沙哑地说："我最后决定以一千万的价格卖给你，是因为你不是一个商人，你是一个技术人。"

他顿了顿，说："其实那次青年企业家大会我也在场，我花了很多钱才能参加，因为我想要找人买我的厂，然后我就看到你赌赢了一个刚上市的公司的老总，我本来以为你会竭尽所能地羞辱那个人，结果最后要跳舞的时候，却是你站出来为那个人解了围。

"那时候我就想，一个这么大气的人以后一定会有一番大成就的。"

说着说着，他又是一顿痛哭，哭就算了，还打酒嗝，可真是把一起来的赵一洋给恶心死了。赵一洋实在怀疑，宏诚汽车要买这个厂的事儿是不是根本就是这个臭酒鬼编出来传出去的，让他们上套的陷阱。

"季总，我想给溪山电池厂一个好的未来。"臭酒鬼站起来握住季时禹的手，"今后，请你一定要好好对待厂里的这些工人，研发出最好的铅酸电池。"

"……"

"你好好看看合同行吗？"赵一洋听到这里，终于忍无可忍了，"季总为你保留了百分之二十的股份，他说这是给你的技术股份，希望你毫无保留地做贡献，研发出最先进的电池。"

那人醉眼蒙眬地看着赵一洋和季时禹，对于这个峰回路转的结局有些蒙。

半晌，他张了张嘴。

"嗝——"

一个难闻的酒嗝打了出来，现场的人几乎要逃走了……

和长河电池收购成功的喜悦相比，宏诚汽车的气氛就压抑多了。

当秘书得知那个溪山电池厂的瞎眼厂长居然以不到宏诚汽车收购价三分之一的价格将厂子卖给长河那帮泥腿子的时候，也忍不住有了一些脾气。

"真的不知道那个季时禹是有什么魔力，居然让所有人都跑到他那里去了。"

厉言修的秘书对季时禹倒是非常熟悉。厉言修刚回国的时候这个秘书就跟在厉言修身边，那时候厉言修经常让他订花送给池怀音，结果那个女人不识抬举，每次都把花退回来，后来他才知道，原来她是喜欢那个叫季时禹的男人。

这事儿对厉言修的打击应该也挺大的，虽然他什么都没说，但是作为秘书，他能感觉到厉言修情绪上的微妙变化。

自从池怀音和季时禹和好以后，厉言修的性格就沉闷了很多，没人的时候他大多是一言不发，再不像以前那么亲和。

厉言修一个人扛着这么大一个公司，作为整个南省第一个吃螃蟹的人，他研发投产了南省第一辆国产汽车，迅速上位，甚至超越了他父母打拼多年的成就。

秘书想了想，安慰道："其实那个厂收购以后也不见得能赢利，也不是说他想研究阀控式蓄电池就能研究出来的。"

厉言修手上握着玻璃茶杯，他轻轻抿了一口凉水，依旧没有说话。

"我们目前进口的蓄电池质量好、稳定性高，抢占市场也没有问题。就让他们去研发，看看能不能研发出来。"

秘书有些赌气，他刚说完这句话，就听见砰的一声巨响。

厉言修将手里的玻璃杯砸向了地面。

碎玻璃碴飞了满地，把秘书都吓了一跳。

"厉总……"

"合作。"

"什么？"

厉言修的眸子微微一眯："在商言商，我们需要价格更便宜的蓄电池来降低我们的成本，让宏诚汽车在汽车市场里有更强的竞争力。"

"和长河电池合作？"秘书看了一眼地上的碎片，"您确定吗？那个季时禹，他是池怀音的……"

厉言修的表情没有什么变化："去跟进一下，和长河电池的合作必须成功。"

长河自从收购了溪山电池厂，订单就激增。

能从宏诚汽车手上抢到东西，这已经足以让长河在商场上出一把风头。

原先看不上溪山电池厂的赵一洋也忍不住调侃："看来这个'西山'是别人的'西山'。"

金融风暴之后，整个市场都低迷了很多，长河电池却在这逆境之中捡到了机会，让整个长河的士气都大涨。

虽说金融风暴没有刮到内地，但是因为汇率的波动，随着资本市场出现地震，很多产业也跟着震荡。

比如森城的房地产业，原本涨得很快的房价在这一年竟然降了不少。池怀音的表哥苏祥正是投资房地产发家的，他来开股东大会的时候一直拍着季时禹的肩膀说："今年真是老弟救了我一把，不然我手上这些房地产项目亏得我真是想去跳楼了。"

苏祥正的话倒是给了季时禹一些提示。

他抽空去看了看房子。

池怀音爸妈看中的印象花园已经清盘，他去看了森城海港码头附近的新楼盘。

这里的房子地段好、风景好、价格贵，属于标准的富人住宅，一套要上百万元。

他做事情的风格还是那么果断，他从看房到决定签合同全程没有超过半小时。

房地产公司提供的购房合同是标准合同，也没什么特别的，季时禹签字的时候，那个机灵的售楼姑娘认真地看了看他填的信息，身份证号下面是一个三个字的名字。

——池怀音。

那个姑娘立刻找准了机会夸奖道："池总，您的名字真是秀气啊。"

季时禹笑笑，也没有怪罪，只是淡淡地解释道："我姓季。"

"哎？"

"这是送给我妻子的新婚礼物。"

上百万的礼物……

眼前这个男人看上去也没有多大年纪，长相出众，谈吐不凡，能有这样的手笔，那个售楼姑娘也忍不住羡慕了。

"季总的老婆真是幸福啊……"

从交资料到拿钥匙，中间耽误了一周多。

他拿到新房钥匙的那一天，正好赶上了溪山电池厂办交接。

虽然想象中的铅酸电池的未来很美好，但是真的接手了，他还是觉得责任重大，毕竟也没有谁能保证一定能研发出适应市场、价格低廉的好电池。

赵一洋定了新的厂牌，溪山电池厂正式更名为"长河电池厂溪山分部"。

季时禹作为总决策人亲自揭牌。

不得不说，原溪山电池的老员工真的是那个年代的人，一个个仪式感都特别重。当季时禹把红色的布拉下来的时候，好多人都哭了。

季时禹站在临时搭的舞台上，用厂里破旧的扩音设备发言。

那画面是真的有点诙谐，季时禹穿了一身很正式的西服，手里却拿着一个大喇叭，一点儿都没有大老板的样子。

"这次收购也要感谢何总的信任，今后长河会全力推动厂里的发展。以后大家就是长河的一分子，我只对大家说一点，我们是一个大家庭，一荣俱荣，一损俱损，今后你们做任何事情，都要记住你们就是长河的脸面……"

季时禹真的不是一个会发言的老总，辞藻匮乏，语言直接，但是很奇怪，每次他在台上演讲，总是能把底下的气氛带得热血沸腾。

不过是一番讲话，他就收获了不少人心，获得了更多的支持。

交接结束，池怀音也跟着忙了一整天，她累极了，偷了个懒，趴在长河班车的椅背上就睡着了。

季时禹上车的时候，司机和长河的团队都还没有回来，大家都还在收拾。

池怀音睡得很浅，季时禹一坐下，她就睁开了蒙眬的睡眼。

"忙完了？"她的声音小小的，非常疲惫。

"还没有。"

"你也偷懒？"池怀音揉了揉眼睛。

"嗯。"

见池怀音那么累，季时禹心疼地摸了摸她微红的脸蛋。

"今天累到了吧？"

池怀音睨了他一眼："自从进了长河电池，哪一天不是这么累？周继云说得对，长河电池，血汗工厂。"

季时禹见她在他面前越来越放得开，各种自然地表达自己的不满，内心一阵温热。

他抿唇一笑，握住了池怀音的手，他在她白皙的手心里摩挲了许久，最后从口袋里拿出了一把钥匙，轻轻放在了她手上。

"这是什么？"池怀音看了季时禹一眼，然后突然想到了什么，问道，"你该不会是要把溪山分部交给我吧？"

季时禹笑了："溪山分部太贵了，交不起。"

"那这把钥匙？"

"礼物。"

池怀音搞不懂季时禹又在卖什么关子，抬起头看向他："到底是什么啊？"

季时禹微微眯着眼睛，温柔地看着眼前的女人。

和学生时代那个羞涩内敛的少女相比，她成熟了很多，也蜕变了很多。

他很庆幸一直陪伴着自己走到今天的人是她。

"是一个家。"

空空的班车里只有季时禹和池怀音两个人。

他们坐在倒数第二排，你看着我，我看着你。半晌，都忍不住笑了起来。

笑眼中含着水汽。

池怀音喜欢季时禹的用词，他用了"一个家"，而不是"一套房子"。

这份昂贵到让池怀音震惊的礼物被他说得那么轻描淡写，好像价格只是一个没有太大意义的数字，还不如实验室里的数据让他重视。

或许他走到今天，这么努力地工作赚钱，也不是为了在金钱的世界里得到怎样的满足，在这一点上池怀音也是一样。

其实对池怀音来说，她并不在乎住在哪里、吃什么、用什么……

她更想要和季时禹一起努力，亲手打造一个属于他们的王国。

季时禹摸了摸池怀音的脑袋，眉宇之间似乎都带着温柔的笑意。

池怀音微微垂下视线，凝视着他胸口处发亮的纽扣。

"以后买这么贵的东西好歹跟我商量一下。"

季时禹伸手搂住池怀音的肩膀，让她靠向他胸前。

她的耳朵紧贴着他的心脏，温热的体温之下是他沉稳的心跳，扑通、扑通，与她的心跳频率一致。

季时禹一下一下地抚摸着池怀音的小手，那小手因为长期工作，与设备打交道，多了好多伤口，虽然已经痊愈，但是一条一道的，比旁边的皮肤略白，在她无瑕的皮肤上十分突兀。

季时禹抬起她的手吻了吻，许久，他才用略带沙哑的声音说道："很抱歉，让你这么辛苦，今后也许还会更加辛苦。"

池怀音被他说得鼻子也有些酸涩，笑着他的傻气："谁不是一样辛苦？你也辛苦。"

"别人辛苦我没什么感觉，我辛苦是应该的，只有你辛苦，我很内疚。"

"傻。"

池怀音缓缓地仰起头看了他一眼，长长的睫毛忽闪着，像有蝴蝶在上面停歇。她的眼睛很亮，仿佛流光溢彩都在这扇眨巴着的"小窗"里。

"其实我也没有你说的那么好，我也很贪心。"池怀音微微扬起嘴角，"我想要的，是在不确定的未来里你永远都会像现在这样牵着我的手。

　　"我想要你依赖我就和我依赖你一样，我想要你永远不要在我面前逞强。

　　"季时禹，真正的爱情应该是风雨同舟，是相依为命，我没在怕的，你又担心什么？"

　　在季时禹的印象中，池怀音不是一个能言善辩的女人。

　　可是此刻，她的几句话却能把他说得震撼无比。

　　也许她从来都比他更有勇气。

　　他将她的脑袋抱紧，下巴搁在她的头顶。良久，他只说出了一句。

　　"喂，池怀音，你能不能不要总是这么好，给我点表现的机会好吗？"

　　池怀音把头埋在他的胸口，半晌，她扑哧一笑。

　　"那把刚才的话都洗掉，再来一次。"

　　"不必。"

　　"嗯？"

　　"池怀音……我爱你。"

　　池怀音手上握着那把钥匙，将它紧紧收入手心。

　　"好。"

　　"好什么好，这是什么回答？"

　　"噢。"

　　"噢什么噢？"

　　"嗯。"

　　"……"

　　万恶的工科女一点儿都不解风情。

　　长河接下溪山电池厂之后，如何能尽快让厂子正常运转起来成为长河团队如今最棘手的问题。

　　没有喝醉的何冬脑子倒还挺清醒，他有一套自己的想法。

"铅酸电池能发展一百多年，说明它有一定的不可取代性。现在不管是电动自行车还是汽车，都在普及，已经成为人们生活中的代步工具。铅酸电池作为最主要的蓄电池，至少十几年内都有很大的市场。"

对此周继云并不是很赞同，他跟着季时禹多年，也是技术迷，天天看相关的杂志。

"日本为什么立法不准在国内生产镍镉电池？因为镍镉电池对环境不利。这其实是一个信号，未来电池的发展一定也会和环境挂钩。铅电池对环境的破坏太可怕了，一旦有一个新的产品能取代铅电池，铅电池一定会很快被淘汰。长河发了一笔镍镉电池的财以后迅速转型，也是为了追随国际市场。"

何冬翻了个白眼，不服气地问："那你倒是说说，现在有什么可以在动力电池这一块取代铅酸电池？"

赵一洋想了想，问了一句："磷酸铁锂电池？"

电池的命名都是根据正极材料定的，磷酸铁锂电池，顾名思义，就是以磷酸铁锂作为正极材料的锂离子电池。

"这种电池的寿命是铅电池的两三倍，耐高温性能好，容量大，重量轻，而且环保。"

赵一洋刚说完就被季时禹否决了。

"成本太高，这是美国的研发专利，越不过他们。如果要生产磷酸铁锂电池就要付高额的专利费用；而且磷酸铁锂制备时的烧结，使氧化铁有被还原成单质铁的可能性，单质铁有可能会引起电池短路，这是电池的大忌；还有零摄氏度以下基本不能使用，也就只能在森城不下雪的地方用了，不利于全球推广。"

"嘿嘿嘿……"

季时禹为何冬说了话，他腰杆都直了起来。

"那污染问题怎么解决？"

在他们吵得不可开交的时候，池怀音终于忍不住插了一句嘴："如果我们自己回收呢？"

"回收？"

"我们自己建立一个回收系统，一边生产新的，一边回收旧的，能再利用的我们继续用。短期内看起来很费钱，但是如果把循环体系做起来，又能解决环保的问题，还能降低成本，不是吗？"

"……"

几个男人坐在不同的地方，大家的目光一齐落在池怀音的身上。

许久，池怀音都有些不自在了，她摸了摸自己的脸："我脸上没有脏东西吧？"

何冬最先忍不住感慨："我要向池工道歉，我进长河的时候曾经觉得有女人在团队里有些儿戏，但是考虑到池工是老板娘，我一直不敢说。是我狗眼看人低了。这想法真的太棒了！又省钱又能解决问题，你真是奸商中的典范！"

赵一洋笑笑："你懂个什么？池总比老季厉害多了。"

周继云也跟着说："废话，池总是我们长河真正的大 boss（老板），专业能力过硬。所以我们平时都不敢让季总吃多了，一有休息时间就拉他打篮球，怕他长胖了、变老了、变丑了，勾不住池总。我们长河离不开池总，池总的光芒照大地！"

"……"

大家你一言我一语地夸着池怀音，连带着狂踩季时禹，季时禹忍无可忍地乜了他们几个一眼："办法有了，还不快滚去工作？"

见季时禹冷了脸，他们一个个溜得比兔子还快。

池怀音笑着整理着自己的东西，也准备去工作，却被季时禹叫住。

会议室里也没人了，季时禹突然走了过来。

他眸中带着几分混浊，她太熟悉这种眼神了，脸上瞬间一红。

"干吗？"池怀音看了一眼会议室的门，虽然紧闭着，但是很明显没有锁，万一有人进来，那不是丢死人了？

季时禹站在她身边，握住她的手，也不顾她反对，直接将衣服的下摆从腰带里扯了出来，将她的手放了进去。

池怀音的手有些冰凉，此刻贴在季时禹滚烫的肌肤上。他的腰腹紧实，一块一块坚硬的肌肉纹理清晰，由于长期运动，他身上一点儿赘肉都没有。

池怀音身上立刻起了一身鸡皮疙瘩。

这动作太羞耻了，她下意识地要把手往回抽，却被季时禹按住。

她忍不住嗔骂："毛病，快放手。"

季时禹默默拉近了池怀音，温柔的呼吸扫在池怀音光洁的额头上。

他的呼吸带着几分粗重，那种粗犷的嗓音撩人至极。

"池总，你看看这个素质勾不勾得住你？"

池怀音就知道他不安好心，她抬起秀气的眼眸瞪了他一下："耍流氓？"

"我就想问问池总，怎么能让自己的男人连续一个礼拜独守空房？"

季时禹买的新房子尚在装修，全程都是池母在照看，他们都很放心。

在季时禹臭不要脸的软磨硬泡之下，池怀音搬到仓库改的平房里和他一起住了，这还没甜蜜几天，池怀音就被工作给淹没了。最近一周她都很忙，因为最新的订单有一批电池是特殊形状，所以要生产新的模具，她已经在车间和实验室里待了快一周了。

"别闹了。"池怀音抬头看了一眼会议室的时钟，"大家还等着我呢。"

最近长河总厂区和溪山分部都出现了人手不够的状况，一个人恨不得分成两半，她哪有空儿想别的？

"你今天晚上回不回来？"

季时禹那一副"怨夫"姿态把池怀音逗乐了。

"不回去还不是在干正事？"

"我是正事。"季时禹说，"你什么时候来干？"

"……"池怀音对他的粗俗实在无可奈何了，敷衍道，"知道了，今天晚上我不加班了。"她说完撇了撇嘴，"你要是不想一个人睡，不会过来陪我们？你要是来了，我们也省力很多，最近我们组真是累得够呛。"

"那不行。"季时禹说，"有些事在实验室里做不了。"

不等池怀音说话，他又说："但是想想，在实验室里做应该也很不错。"

"季时禹！"

第二天，一贯衣着简单的池怀音突然戴了一条围巾来上班，一整天都有些心情不好。

和池怀音的气急败坏相比，季时禹恨不得横着走，心情愉悦到简直要长出尾巴了。

大家用脚指头想也能知道发生了什么。

年轻人啊，就是血气方刚。

时间转眼就进入 1998 年。

冬天来临，新房的装修停了一段时间。池母说冬天装修墙皮很容易开裂，准备开春再继续。

池怀音和季时禹工作忙，也没时间去管。

长河本部主要生产锂离子电池，因为抽调了团队去溪山分部，所以又新招了好几个工程师，全靠池怀音一个人培训。

而季时禹则带着团队在全力研发铅酸电池。

不久，对于阀控式铅酸电池的研究终于初见成果，开始了实验的过程。

好不容易没那么忙了，池父又来添乱了。

池父感冒了，不知道他怎么想的，明明感冒了，还一直发烧，就是不肯去医院，最后终于如愿以偿，熬成了肺炎，他被同事强行送到医院，一去就被医生通知要住院。

池怀音带着季时禹一起去医院看池父。

池父躺在病床上，一脸期待地看着他们两个人进来，又忍不住往外看了好几眼，最后确定只有他们两个人，他的脸上瞬间流露出了失落的表情。

"就你们两个？"池父问。

池怀音拿起了开水壶，给池父已经凉掉的水杯里添了些热水。

她抬头看了自家老爸一眼，说道："你问我妈啊？我给她打过电话了。"说到这里，池怀音轻叹了一口气，有些为难地说着，"她说……您不是她的丈夫了，就不来伺候了。"

池父的嘴角抽了抽，鼻子都要气歪了。

他突然一掀被子，也不知道是和谁赌气，翻过身背对着他们，连后脑勺儿都写满了不高兴。

池怀音对自己父母目前的状态也有些无奈，像哄小孩一样说道："要不我再给我妈打打电话？"

池父一听她还要打电话，恨不得从床上跳起来："你敢！"

池怀音叹气："这我就不能不说您了，哪有这么死要面子的？明明不想离婚，我妈说要离，您还真的上赶着去领了证。这不是自作孽吗？"

"我什么时候说想要她来看我了？！"池校长说到激动之处，就开始一阵咳嗽，他咳得满脸涨红，肺都要咳出来了。

"好好好，不看不看。"池怀音也是无奈了，"您别生气。"

从医院出来，池怀音头痛无比。

季时禹却一直笑，真把池怀音气死了。

"你笑什么？有什么好笑的？"

季时禹清了清嗓子，眼眉狡猾地动了动："没什么。"

池怀音瞪着他："还不说实话？"

季时禹又忍不住笑了笑："你不觉得咱爸很可爱吗？"

"可爱？"

"他这次住院摆明是自己给作出来的啊。硬把自己从感冒熬成肺炎，他也很努力啊。"

"他干吗这样啊，本来就离婚了一个人住，住院没人照顾不是更可怜？"

季时禹敲了敲池怀音的额头："傻啊，这不是苦肉计吗？"

"那怎么办？我妈好像完全没什么感觉。"池怀音的脸都要愁成苦瓜了。

"多推一推吧。"季时禹说，"周末我带咱爸去看看咱妈，咱妈心软，看到咱爸服软，估计就不会那么坚决了。"

池怀音对这个馊主意有些担心："能行吗？"

"死马当活马先医着。"

和池父离婚之后茕茕孑立、形影相吊的日子相比，池母的生活实在过得多姿多彩。

五十出头的俏老太太离婚之后才终于过上了该有的生活。

她不用再伺候池家的老顽固，把每天的时间都安排得满满的。

她报名了当时南省第一个老年大学，每天上课，学着自己感兴趣的东西。

她下了课就去跳舞，和其他老年人一起活动。

她还挺时髦，跳的是交际舞，每天在广场上都有一堆老头子围着她，完全像一只受欢迎的"老蝴蝶"。

她泼辣的性格虽然总是被池父诟病，却很被别的老头子喜欢。

那个时代的人都活得太压抑了，偶尔出现一个像池母这样脾气火暴的女人，可不就招人喜欢吗？

周末，季时禹果然"骗"池父出了门，他刚买了车，虽然驾照几年前就拿到了，但是实操机会少，技术比较生疏，开得不快。

这一路都是开往池母出租屋的方向，池父在森城住了几十年，怎么会发现不了季时禹开的方向和他说的目的地不一样？可他还不是半推半就？

池父这个人看着顽固，有个优点倒是很明显，那就是有台阶来了，就赶紧健步如飞地下。

这也许就是他和池母虽然有诸多误会，却还能一起生活这么多年的原因吧？

到了池母住的小区，池父才故作迷惘地说："我们这是不是走错了路？"

季时禹也不回答，心想已经快到池母住的楼层了，先去见池母吧。

两人刚从楼道走出来，就看见池母家门口围了好几个人。

空旷而宽敞的走廊里，说话都有回声。

几个看上去精神矍铄的老头将俏老太包围了起来，每个人都帮池母拿了点东西，跟年轻人追求姑娘似的，还给池母送回家来了。

这场面可不得了了，季时禹能感觉到一旁的池父眼睛里都快冒出火来了。

池母年轻的时候就长得漂亮，老了也不差，看上去一点儿都不像五十出头，一根白头发都没有，皱纹也没几条，一头顺滑的短发为她添了几分利落和大气。

池母拿他们没办法，她站在门口，半天都没开门，一样一样收回了自己的东西。

"你们赶紧回去吧，我都到了，不用送了。"

"不请我们进去喝口水啊？"

池母笑笑，泼辣地回答："那不行，我一个独居老太太，传出去难听。"

其中一个老男人知道池母的性格，也不坚持，只是赶紧趁机问："你独居啊，你老伴呢？"

季时禹一回头，就看见池父一声不吭地看着池母，那双和池怀音很像的眼睛里分明写满了期待。

透过那些人，季时禹看见池母抿唇笑了笑，无比自然地回答了两个字："走了。"

季时禹脸上的笑意瞬间僵住。

池父这个人最爱面子，居然被他这个毛头小子见证了自己"去世"的全过程。

这可真是……

季时禹懊恼地捶了一下自己的脑袋，心想，自己可真是多管闲事，本来还想在池父面前多表现，加加分，现在可好，偷鸡不成，还踩了一脚鸡屎。

估计他在池父那里已经上了应该被杀人灭口的名单了……

季时禹赶紧背过身去，假装没有看见楼道里的那群人，他轻轻咳嗽两声，小心翼翼地对池父说："爸，我什么都没听见，你放心吧。"

池父："……"

池母没有注意到他们，她把那帮老苍蝇赶走以后就开门进去了。

这一边的池父嘴唇紧闭，面上也看不出什么表情，但是眼神严肃又冷峻。

季时禹偷瞟了池父一眼，许久，他试探性地说道："我觉得，也许您可以考虑去学跳舞，我听说岳母很喜欢跳舞，很多人都争当岳母的舞伴，您熟人熟事的，努力竞争一下，机会还是比较大的。"

"……"

时间过得很快，一转眼就5月了。

赵一洋夫妇和季时禹他们抱怨好久没有一起吃饭了，于是休息日的时候，季时禹和池怀音一起去了赵家玩。

季时禹开着车，池怀音坐在副驾上，一副心事重重的样子。

"怎么了？"季时禹问。

"我爸最近也不知道是怎么了，居然去学跳舞了。"池怀音对于池父这个变化实在感到诧异，毕竟池父这一生刻板严肃，除了学术上的研究，从没见他对什么东西感兴趣，池怀音有些担心，"该不是离了婚就性情大变了吧？"

她无奈地说："我怎么觉得我爸妈现在完全是两个叛逆的老人呢？"

季时禹的视线落在路面上，他平稳地握着方向盘，想到池父，他突然觉得这老头还挺有趣。半晌，他笑了笑，对池怀音说："你啊，就别管这事儿了。"

"为什么？"

"他也没几年就要退休了，有点爱好也好。"季时禹一本正经地胡说八道，"说不定就跳成老年舞王了。"

"……"

赵一洋的女儿不到一岁，已经能让人搀扶着走几步了，也会说单字，让她喊"叔叔"，她就喊成"酥"。

平时在单位里总是黑着一张脸的季时禹对赵一洋的孩子倒是表现出了前所未有的喜爱，从看到小孩开始，季时禹就一直在一旁逗着孩子，也顾不上和人家夫妻俩说话。

江甜带孩子已经带得很有怨气了，季时禹愿意和孩子玩，她也乐得清闲，于是拉着池怀音说话。

"你们那房子装好了吗？"

"装好了。"

"准备在哪个大酒店办啊？"

池怀音说起自己的人生大事倒有些茫然："最近半年实在太忙了，团队在研发铅酸电池，哪有空儿？"

江甜看了池怀音一眼，觉得她身上透露出来的那种恬淡、质朴的气质还和学生时代差不多。

想到这么多年以来发生的事儿，江甜也有些感慨。

"一转眼这么多年过去了。"江甜笑笑说，"感觉时间过得好快，去年小宝还在我肚子里，今年她都快会走了。"

池怀音也笑了："是啊，我真的觉得每次看她都不一样。"

"说实话，你就这么跟着季时禹倒是让我挺意外的。"

"嗯？"

江甜想到池怀音这一路的经历也有些心疼："我一直都觉得季时禹配不上你。"江甜撇撇嘴，"说真的，要不是他给我们先买了房子，让我们先结了婚，我这拿人手软，肯定反对到底。"

池怀音没想到江甜还这么不平，有些哭笑不得："他也没有那么差吧？"

"怎么不差呢？天天让我们家赵一洋加班，赚了钱也不说多分点，又投进厂里做这做那，完全搞不懂他想怎么样。"

池怀音笑笑："长河如果能成为大集团，眼前得到的只是小利益。他也是想要寻求更大的发展。"

"喊，不说工作，他在感情的事儿上也不合格啊。他在学生时代死心眼地喜欢那个钟什么的，后来和你在一块儿，也不会心疼人，本来你们分手后我还希望你能找个好男人过日子，结果他又死缠烂打，把你追回来了。"

江甜说着说着就激动起来，细长的手指点在池怀音的额头上："你啊，就是被那张小白脸给骗了，男人长得那么好看做什么，还招蜂引蝶的。你看我就找了个丑男，放心。"

江甜刚说完，她嘴里的"丑男"就一脸炭色地抱着女儿走了过来。

"你说谁丑男？"

江甜过去接过自家女儿，看都没有看赵一洋一眼："丑男自己心里没数啊？"

赵一洋真是要被江甜给气死了，虽说他不是校草级别，可长相也绝对算不上丑，学生时代也算是一个清秀少年，他和季时禹一起打篮球的时候，也还是有些小姑娘围观的。就是自家爱人整个审美都有点问题，天天攻击他。

"你给我说说，我哪里丑了？"

江甜低头看了宝贝女儿一眼，冷嗤了一声："女儿眉毛、鼻子、脸形都像我，多好看，可惜，就是一双眼睛遗传了你的单眼皮。"

"单眼皮怎么了？"

"……"

眼见着两人要掐起来，池怀音拉着季时禹就走，怕战火烧到自己身上。

回去的路上，两人聊着天，池怀音突然想起江甜的话，于是当笑话一样说给季时禹听。

季时禹没想到自己不知道的时候又被江甜一顿批判，还都是些陈芝麻烂谷子的事儿。半晌，他只挤出一句："她怎么不从盘古开天辟地说起呢？"

想到赵一洋夫妻，季时禹就忍不住感慨："夫妻俩都挺莫名其妙的，生的女儿倒真是可爱啊。"他说，"赵一洋那长相倒是也没拖太多后腿。"

"人家赵一洋长得挺好看的，就你和江甜成天挤对人家。"

"以后我们一定要好好地照顾我们的女儿。你想想，她要是长得太好看了，估计学生时代有好多臭小子要惦记。"

"孩子都没有呢，你都想那么远了？"

"这叫未雨绸缪。"季时禹一脸认真，"不行，我得多赚点钱，以后给我女儿请个保镖。"

"神经了。"

季时禹和何冬带着技术人员驻厂研发攻关，在实验室里埋头苦干，经过八个多月的研发和测试，他们终于突破了技术瓶颈，研发出了"阀控式铅酸电池"。

电池是研发出来了，销路又成了问题。

长河是做电子产品的电池发展起来的，在镍镉电池和锂电池的市场里名气很大，但是对于研究铅酸电池，他们又回到了蹒跚学步的时候。

就在长河团队的人都很犹豫的时候，溪山分部却来了一个不速之客——厉言修。

当初他们和厉言修的宏诚汽车一起抢溪山电池厂，最后长河电池意外地收购了溪山电池厂，厉言修虽然没有表示什么，但是眼看着要到手的东西没得到，谁能舒服？

所以厉言修来的时候是季时禹亲自接待的。

其实两人也因为池怀音见了好几次了，彼此虽然很礼貌地握手、做自我介绍，但是无形中迸发的火星还是能让人看出两人之间隐隐的敌意。

情敌见面，分外眼红，这才符合常理。

厉言修穿着一身西装，锃亮的皮鞋踩在溪山分部有些残破的地面上，染了一些灰。

季时禹穿着一身很普通的工作服，身上的汗衫还是穿了好几年的，领口都被洗得有些变形了，可是他没有丝毫的自卑感，在西装革履的厉言修面前也没有矮一头的感觉。

他一直负手而立，和厉言修说着话。

"你会来谈合作，我确实很意外。"

厉言修的态度很平静，没有带太多的个人情绪："很久以前有个长辈对我说过四个字，'时不我待'，所以我做事情一直都很快。机会就像河流里的鱼，看着很多，如果不赶紧抓，下一刻谁知道会溜去哪里？"

季时禹笑了笑，他倒是很赞同厉言修的观点。

全国都在用1984年森城建成的那栋国贸大厦来形容森城的发展速度。

它只用了几个月的时间就拔地而起，迅速成为森城的地标，可不就像森城在整个中国的地位一样？

"现在的森城被人称为'创业热土'，你我都算在这热土上找到了一片天地了。"厉言修微微低着头说道，"现在这个机会无论对我还是对你来说，都是很重要的。"

厉言修意有所指地说了这些话，季时禹没有回答什么。

许久，他与厉言修握手，淡淡地回答："容我考虑一下。"

对于要不要和宏诚汽车做生意，长河电池的众人持有不同的观点，主要的分歧在于季时禹和其他人的立场不同。

情敌抛来的橄榄枝，季时禹自然有诸多顾虑，不愿意接受。

但是赵一洋觉得这是一个好机会。

"我们拥有成本比较低的汽车蓄电池，他们的国产汽车要在进口汽车市场里打出一片天来，我们的电池对他们来说其实很关键，可以为他们降低不少成本。简单地说，现在我们成了主动方，合作起来多有面子？情敌的钱不赚是不是傻？"

赵一洋的话这么直白地说出来，池怀音也有些不好意思了。

"哪有什么情敌？厉言修那么优秀，不会在我这里纠结的。"

周继云偷瞟了季时禹一眼，又作死地说了一句："季总不自信吧，怕和他们做生意的话，以后你经常要和厉言修打交道。毕竟这世上有一句话不是说得好吗：'只要锄头挥得好，哪有墙脚挖不倒？'"

季时禹："……"

池怀音："……"

不和他们扯淡，季时禹认真地分析道："森城之所以能发展得这么迅速，我认为最大的原因还是靠近港城，尤其是港城回归以后，我们身处离港城最近的城市，能得到很多的合作、发展机会。"

"这几年发展得最快的是罗河区，不仅是因为国贸大厦在那里，更重要的原因是罗河口岸是通往港城的重要口岸。"季时禹皱着眉头，仿佛并没有带着任何私心，"我认为，我们现在发展的策略应该是挺进港城，以港城为跳板向全世界辐射。"

见大家都不说话，季时禹顿了顿："我知道你们更多的是看到眼前的利益，我们和宏诚汽车合作短期内确实可以赚到一笔钱，但是从长远来看，我们应该和港城建立密切的联系，因为在港城驻扎着几个全世界最大的投资集团的分部。长河电池最后的目的是什么？"

季时禹用钢笔敲了敲桌面，发出咚咚两声。

"是上市。"

虽然整个团队都赞成接下宏诚汽车的订单，但是最后的决策人是季时禹，他不肯点头，谁也没法去签这个订单。

至于季时禹说的去港城寻求发展合作，可真是难为了赵一洋，他跑断了腿也没什么进展。

就在大家都有些没有头绪的时候，港城却出了一件大事。

大家都担心的事儿还是发生了。

1998年6月，索罗斯以及支持他的国际对冲基金巨头携两千亿港币资产，开始做空港股港币。

索罗斯拆借港币的同时，借机做空恒指期货，在他三次小试牛刀之后，恒指已经从1997年8月的17000点跌到了1998年7月的8000点。

8月，索罗斯进行最后一击，要打垮港城的外汇储备系统。

那时港城的最高行政长官临危不乱，立下生死状："保不住港城，我以死谢罪。"

在大家都人心惶惶、自身难保的时候，港城哪还有什么资本公司愿意投资长河？

一时之间，溪山分部的铅酸电池生产线陷入停摆状态。

季时禹还不发声，赵一洋气得和他拍着桌子大吵。

他指着季时禹的鼻子发脾气:"老季,这事儿我真的不得不骂你了!溪山分部招了几百个工人,要花多少钱养活,你心里没数吗?再这样下去,本部的利润都要贴进溪山分部了!现在阀控式铅酸电池也研究出来了,不投产的话算怎么回事儿?你不是森城有色金属研究院的工程师了,不是研究个什么东西发发论文就可以了,我们有大几千号人要养活,你脑子清醒一点儿行不行?"

赵一洋背着手,焦急地在季时禹的办公桌前转来转去。

"这三个月宏诚汽车的销量又创新高,他们的电池需求量只会越来越大,为什么不合作?"

季时禹攥紧了钢笔:"金融危机总会过去。"

"幸好当时没有港城的公司和我们合作。融资是多大的事儿,股权稀释对我们有什么好处?遇到这么可怕的金融危机,别说投资了,厂都要被人卖掉救急了!"

赵一洋说的一切季时禹都比他更清楚,作为长河的决策人,季时禹比任何人都在乎长河的未来。

为什么不和厉言修合作?

没有任何理由,只是一种直觉。

季时禹按了按自己的眉心:"出去,我要想一想。"

赵一洋都这样了,季时禹还不肯点头,他气得恨不得把季时禹的办公桌都掀了。

赵一洋刚走,池怀音就进来了。

季时禹背对着办公桌,透过墙后那扇小窗看着窗外,也没有动,不知道他在想什么。

池怀音走过去的时候季时禹正闭目养神,阳光透过百叶窗进入办公室内,落在他起伏的五官之上,光影一条一道,像一幅画一样静谧。

池怀音双手扶着季时禹的肩膀,半晌,她开始一下一下地按着。

港城发生金融危机以来,他没有一天睡得好。

他也知道现在停摆的溪山分部是个大问题。

整个南省只有宏诚汽车一家汽车公司拥有国家许可的生产资质，他们别无选择。除非得到港城资本企业的融资，一跃而起，就能和国际企业做生意了。

如今的港城金融危机自然是逼着季时禹必须和厉言修做生意。

可这原本就是季时禹不愿意的事儿。

池怀音给季时禹按摩着肩膀，最后她的手被季时禹握住了。

他没有睁开眼睛，声音中带着疲惫："你也觉得我该签吗？"

池怀音温柔地笑了笑。

"你的顾虑我可以理解，但是合作是双方的事儿，他是找我们订购电池，怎么说也是我们赚，不会出任何问题。"

她摸了摸季时禹的耳朵："你有时候很大胆，怎么有时候又变得很胆小了呢？"

季时禹缓缓地睁开眼睛，许久，他一字一顿地说道："从前我一无所有，怎么闯都不害怕，大不了从头再来。

"可是如今我拥有了这么多，突然就变得害怕失去了。"

他回过头淡淡地问池怀音："那个姓厉的是个谦谦君子，对吧？"

池怀音听到他问这个问题，几乎本能地回答："当然。"

季时禹乜了池怀音一眼，酸溜溜地说："回答得倒是快。"

池怀音睁着一双无辜的眼睛看着他。

"你钓鱼执法啊？"

港城的金融风暴愈演愈烈，这场风暴让很多人从天堂跌向了地狱。每个礼拜都有一个人跳楼，被各家媒体报道。

犹豫了很久，季时禹还是点头同意了和厉言修的合作。

他们签订合同之后，厉言修向长河订购了不少铅酸电池，作为汽车的启动蓄电池。

为了表示友好，厉言修邀请季时禹和池怀音参加了一场宏诚的周年晚宴。

宏诚汽车财大气粗，将晚宴定在了一家高档的高尔夫会所里，会所建在森城郊区的一个旅游风景区内，提供私人运动休闲、度假居住场所，球会也是私人制的，一切都很高端奢华。虽然池怀音也跟着季时禹谈过几次生意，到过这种场合，但她还是不太适应。

以前江甜总说要带她多出来享受，这样她们在上流富太太圈才能有一席之地，但是仔细想想，这样的圈子远不如长河的生产车间让池怀音自在。

季时禹在球场上遇到了熟人，他过去打招呼，将她留在原处，她刚要寻个地方坐下，厉言修就走了过来。

茵茵草地，阳光温和，厉言修穿着一身简单的运动装，看上去沉稳又利落。

"怎么就你一个人？"厉言修的声音还是一贯温和。

池怀音笑笑："他遇到熟人了。"

两人一起往回走，在放在阳伞之下的藤椅上坐下，手边很快就有人端上了冷饮。

厉言修的目光幽深，静静地看着远处："这两年过得好吗？"

"就那样，工作忙。"

厉言修嘴唇紧闭，许久，他的嘴角轻轻勾起，以一种认真中带着调侃、调侃中带着认真的口吻说道："让你当初不选我，我财大气粗，你要是跟着我，早就当上富太太了。"

池怀音也笑了："多的是人抢破头，我还是继续培养我们家的潜力股吧。"

厉言修扫了池怀音一眼，不置可否，他的眼眸中带着淡淡的笑意，仿佛真的只是在开玩笑。

"对了，你们的铅酸电池能尽快交货吗？"

"什么？"池怀音没想到厉言修这么快转移话题，想了想才回答，"尽力吧。我们还在测试。"

"之前不是做完了？"

"这次是更高级别的测试。"池怀音说到专业领域就滔滔不绝，"铅酸电池可以说是安全性最高的电池了，过充起火什么的几乎不会发生，最大的问题就是电池本身了。蓄电池内部会存有电能，尤其是铅酸电池，出厂都是充满的状态，如果震动过度，引起电极短路，可能会起火。你也知道的，铅酸电池燃烧以后会产生很多剧毒物质，比如三氧化二铅、四氧化三铅、氧化铅之类的。季时禹这个人做事最谨慎，他要求我们继续测试。"

池怀音见厉言修一直不说话，觉得有些抱歉，因为她说了一堆和电池有关的很枯燥的东西："你是搞机械的，对这些不感兴趣吧？"

"不会。"

"反正你放心，我们长河一定会给你生产最好的电池。毕竟我们是这么多年的朋友了。"池怀音笑笑，"季时禹真的是搞技术的人里最有良心的了，明明产品都已经通过检测了，他却说汽车以后会越来越普及，所以他要求我们把短路的可能性降到最低，给你们生产最安全的电池。"

"……"

两人正说着话，季时禹和熟人叙完旧，就径直向他们的方向走过来。

走到池怀音身边，他本能地将旁边的藤椅挪到了池怀音和厉言修中间，用身体将二人隔开。

池怀音对他幼稚的举动也是很无语了。

她悄悄用手指掐了掐他的后背，示意他不要做出失礼的举动。

谁知他竟然反手将她的手抓住，然后拉过来放在他的腿上，任凭池怀音怎么反抗他都不放开，最后她只能尴尬地任他牵着。

这个小动作恰巧落入厉言修的眼中。

他低头瞟了一眼两人交握在一起的手，目光微微暗了暗，很快就恢复了刚才的笑意。

厉言修还有事儿要和季时禹谈，两人便很随意地约了一场球。

开球之前，厉言修笑笑，说："打球不赌点什么不好玩。"

季时禹看了厉言修一眼，问道："厉总想赌什么？"

厉言修想了想，说道："今晚我要跳开场舞，还没有舞伴。"

季时禹接了一句："如果我输了，我陪厉总跳。"

"季总真幽默，明知道我要说什么，还装傻。"他回过头看了一眼，"要是我赢了，希望你把怀音借给我一支舞的时间。"

季时禹抬起头，目光坚定地看向厉言修。

"抱歉，怕是要让你失望了，有关怀音的，我都不会输。"

厉言修也是男人，在比赛这方面也带着几分血性。

"比了才知道。"

两人一边打球一边聊着生意上的事儿。

厉言修对于这一批铅酸电池也很重视。

"听说铅酸电池是污染最大的，继续进行技术开发，最后有没有可能淘汰铅酸电池？"

季时禹动作标准地挥杆，球沿着一个抛物线就飞跃进洞了，拉近了和厉言修的杆数的差距。

"铅酸电池至少还有十年的市场。"季时禹说，"一块废旧的铅酸电池经过多道工序可以分解成再生铅、硫酸钠和聚丙烯塑料，这些物质完全可以再进入生产线。我们现在采用的是闭环生产链，不会淘汰。"

"你的意思是说，只要是你们的电池，你们就会一直回收？"

季时禹笑笑："事实上我们还在回收其他品牌的铅酸电池，这一块目前还是空白，我们是第一家这么操作的公司。"

"……"

厉言修的球技确实高超，他前面发挥得几乎和专业的选手一样。

他和季时禹不一样，他前期很容易领先，这会严重打击对手的自信，扰乱对手的节奏。

季时禹则和厉言修相反，他一开始就算开得不好，越到后面发挥就会越超常，属于耐力型选手。

从最开始的落后到最后一个球进洞，季时禹已经完全追上来了，还领先了厉言修一杆。

季时禹赢了。

比赛结束，厉言修仍旧大方，一副谦虚温润的公子模样，和季时禹倒是完全不一样。

"唉。"厉言修撩了撩额头上的头发，"看来还是得在员工面前求人了。"

季时禹也笑了："厉总说笑了，你这身份一呼百应。"

晚宴结束后，舞会环节到来。

厉言修邀请他手下的一个部门经理跳了开场舞。

他风度翩翩，舞技超群，那位穿着火红裙子的部门经理身材窈窕，脚步轻盈。

舞池装修复古，像 20 世纪英国贵族的聚会，奢华又厚重。

他们在舞池中间翩翩起舞，缓缓地踏着优雅的舞步。

周围是穿着华丽的衣服等待开场舞结束、舞会开始的人们。

池怀音从前就不爱跳舞，如今对这种场合更是不习惯。

美妙的灯光效果像闪烁的霓虹，不远处的香槟塔闪着诱人的光芒，她正要向酒的方向走去，就被季时禹拉了回来。

如雷的掌声经久不息，开场舞结束，舞曲变换，男人们邀请自己的舞伴进入舞池。

池怀音的反应慢了半拍，等她意识到的时候已经看到季时禹一手放在背后，另一只手向她伸了过来，他半蹲着，以邀请的姿势请她跳舞。

周围的人一对一对滑入舞池，没有人注意到他们。

头顶暧昧的灯光流转着，好像童话的场景。

季时禹的五官好像带着柔光，连笑容都像是一汪清泉，流入池怀音的心中。

他说："公主殿下，不知道我有没有这个运气可以请你跳一支舞？"

池怀音笑了，她将手放在了他的手心里。

"好。"

衣香鬓影、纸醉金迷的世界，好像都和他们无关。季时禹抱着池怀音，她的脑袋靠在他胸前。

两个人都沉浸在这个只属于他们的安静世界里。

然而原本感人的气氛被季时禹的一句话破坏了。

他假装失望地叹了一口气："早知道还不如输给厉言修。"

"嗯？"

季时禹低头看向池怀音。

"没想到我们这是一位踩脚公主。"季时禹说，"厉言修真的该感谢我，我救了他，不然这会儿他的脚都要保不住了。"

他说着，池怀音又跳错了步子，高跟鞋一脚踩在季时禹的脚尖上。

"啊……"季时禹倒抽了一口凉气，"轻点啊。"

池怀音一贯不会跳舞，学生时代也是。

听着季时禹这揶揄的话，她只觉得时光好像还停留在过去，他们还是当年的样子。

池怀音撇了撇嘴，俏皮地回答："踩多了，麻木了就好了。"

"是这样吗，踩脚公主？"

"怎么，有意见？"池怀音瞪了季时禹一眼，"说起来还是你不好，当初你可是我的老师，你没教我怎么能怪我？"

"嗯……"季时禹收紧了放在池怀音腰上的手，"一辈子那么长，我总能把你教会的。"

开场舞之后，厉言修一个人走到酒塔旁拿了一杯红酒。

舞池中的人形形色色，他却能一眼就将池怀音认出来。

不知道那个男人说了什么，她的眼睛都要笑成一条缝儿了。

两个人在舞池里面纯粹是混的，舞不成姿，脚步没有一步在点上的。

可是他们那种旁若无人的模样还是让厉言修觉得有些刺眼。

人们说得不到的才是最好的。

厉言修突然很认可这句话。

他明明已经不想要她，可还是忍不住去关注她。

也许他是真的很讨厌被人抢东西，不管是溪山电池厂，还是池怀音。

他举起酒杯，一饮而尽。

因为宏诚汽车的订单量很大，所以长河加大了废旧电池的回收力度。

当时铅酸电池的回收还是一块空白，而长河电池有一套完善的分解回收生产链，所以他们决定用回收再造来节约成本。

订单还在生产中，就迎来了森城的车展。宏诚汽车很重视这一次车展，因为他们这一次带来了一款尚在研发之中的概念车。他们不再只专注于轿车市场，也开始研发休旅车。

车展的第四天是宏诚汽车的专场，厉言修除了介绍自己公司的主打车款外，还特意留了一个现场测试性能的环节，这个环节将概念车作为主推车款，以期得到大量订单，可以投产。

每年的车展都会得到很好的推广。不管是汽车的销售公司，还是关注汽车的普通民众，他们都会到车展来凑凑热闹。每年车展的交易额都很高，所以各家汽车生产厂家都很重视这个活动。

宏诚汽车对这次的车展也非常重视，因为和他们竞争的各家合资企业都比他们的起点高，他们靠不断地降低成本才在市场中拥有一定占有率。

在宏诚的大型发布会上，厉言修也会介绍一下长河的铅酸电池。

这对长河来说也是一个很好的机会，所以长河的主要研发团队几乎都来了。

赵一洋和周继云最近都打算买车，他们一到车展就跟老鼠掉进了蜜罐里一样，对着那些车一阵"哇""哦""牛啊"，一惊一乍，神经病似的。

季时禹和何冬坐在发布会台下的礼宾区，季时禹看何冬一脸紧张，忍不住笑了："你怎么紧张成这样？"

何冬深吸了一口气，搓了搓手："为了研发阀控式铅酸电池，我这两年几乎失去了一切。"他又无限感慨地说，"季总，你不懂我对这电池的感情。"

"如果溪山能成功，对我来说真的是莫大的安慰，不是为了钱。"何冬说，"是为了证明我可以。"

池怀音原本和季时禹约好了这一天去领结婚证，但是宏诚汽车的车展也被定在这一天，个人的事儿只能放一边，季时禹先去办公司的大事儿。

池怀音马上要迎来二十八岁生日了。在那个年代，对女孩来说这确实是很大的年龄了。

池父池母要提前为她过生日，她便没去车展。

池怀音对推后一天结婚没什么意见，池母却颇有微词："你们俩早晚有一天要忙死，我这辈子什么时候可以抱上外孙子？"

池父近来经常跑到池母住的地方找存在感，从一开始池母要用扫把把他扫出去，到后来愿意让他进门喝杯茶，池父真的付出了不少努力。

其实他也没怎么努力，就是放下了一辈子的自尊，把自己当作一坨麻木的肉，任凭池母怎么骂怎么羞辱都不走就是了。

见池母埋怨女儿，池父忍不住帮着说了几句："我们国家现在就靠他们这一辈科技兴国了，忙点可以理解，季时禹的爸妈都没急呢，你倒是……"

池父话没说完就被池母一个眼神扫过来，他立刻把后面的话都吞了回去，转了话锋，说道："你倒是把我想说的话都给说了，你对孩子果然关心，真是慈母中的典范。"

"……"池怀音看着父亲小媳妇一样的姿态，只觉得这天变得有些快。

池怀音正要说话，手机就响了起来。

她看了一眼屏幕上赵一洋的名字，有些诧异。

赵一洋怎么会突然给她打电话？他不是和季时禹他们一起去参加宏诚的发布会了吗？

屋内电视声开得很大，池怀音拿着手机走到阳台上去接。

燠热的风扫过，池怀音的皮肤上有一层薄薄的汗。

她接起了电话，声音平静而温和："喂？"

电话那端的人还没说话，周围传来的声音已经要震破池怀音的耳膜，像是她在什么灾难现场一样，又是警铃，又是人们的呼喊声，嘈杂到不行。

这一下把池怀音吓坏了："是不是季时禹出了什么事儿？"

赵一洋在很吵闹的现场拔高了嗓门说话。

"池怀音，你赶紧到车展来。"赵一洋整个人焦急到不行，"宏诚的概念车在演示的时候起火了！"

宏诚汽车原本是靠进口汽车买卖发的家，是森城第一个拥有进口汽车买卖资质的民营企业。

在1995年厉言修回国之前，宏诚汽车已经开了好几家分公司，在森城是有名的企业，家族财富也已经积累得很多了，他们算是改革开放之后第一代富起来的家族。

厉言修提出要研发汽车的时候，父母其实非常不理解，因为当时宏诚汽车的品牌在森城已经是第一了。

研发汽车并不是一件可以轻轻松松白手起家的事儿，需要大量的资金和技术支持。

厉言修是学机械专业汽车工程方向的，在日本工作多年，是专业内的博士，他有一定野心。

厉言修用了一个多月的时间收集了大量资料来说服父母，之后靠着父母的帮助才得到了所有股东的许可，开始研发汽车。

站在发布会上的时候，厉言修觉得自己比第一款车上线接受市场检验的时候更为紧张。

原因是，他们的这一款概念新车的发动机是他主持研发的。

要知道，放眼整个中国，还没有任何一家公司可以自主生产汽车的发动机。

当初他提出要研发发动机的时候遭到了股东的一致反对。

"……"

"首先，研发发动机需要大量的资金，并且风险巨大，我们现在靠进口发动机一样可以生产汽车，为什么一定要研发发动机？"

"整体来讲我们落后国外太多年了，发动机内部的所有组成部分都涉及知识产权问题，正向研发？这简直是天方夜谭。"

"投入这么大去研发发动机，那是不可能的。"

"我们要大力发展民族汽车工业，脱离了发动机怎么发展？想要真正地让宏诚汽车走出中国，走向世界，我们就不能依赖国外的核心技术。"

股东们对于这个想法很赞同，但是现实的问题依然无法解决。

"一九七×年的时候，韩国也曾经逆向起步，主要逆向日本三泰。他们也生产出了自己的发动机，但是事实上他们并没有真的突破技术壁垒，甚至一度搞起了贴牌代工。一直到现在也没有车企可以超过欧美企业和日企。"

"你再不服输，别人领先我们几十年也是事实。"

厉言修在股东大会上以一己之力说服着每个股东。

"这个世界上最简单的赚钱方法是干体力活，可有听说谁是靠干体力活发财的吗？

"就因为中国都没有人去挑战，所以谁第一个研发出来，钱就到谁的口袋里。

"我现在能做出除了发动机以外的所有零部件，请你们再相信我一次，我会研发出宏诚的发动机，生产出宏诚的汽车，让大家赚到钱，让宏诚汽车走向世界。"

他们用了一整年的时间研发发动机，最后终于通过逆向研发让第一台带有宏诚标签的发动机下了生产线，并且被安在了宏诚的最新款休旅车里。

股东们很谨慎，不允许贸然投产，所以他们才想到这个折中的处理方式：通过概念车的发布吸引有兴趣的公司来订货。

厉言修为这款车取名为 Mountain，他希望这是他攀上的高峰。

厉言修身后的背板上印着宏诚汽车的 logo，他们还把概念车的图册放大，放在了上面。

他说话的时候甚至能感觉到自己的声音在话筒之中有一丝不易察觉的颤抖。

"各位领导、媒体朋友、男士们、女士们，感谢大家抽空来参加我们的概念车'Mountain'的发布会……"

宏诚汽车比长河电池的根基深，他们的发布会上来的媒体和公司非常多，这对长河来说也是一个极好的宣传机会。

当时，大约百分之九十五的燃油汽车的启动电池都是铅酸电池。长河的一整套闭合生产链在全国都属首创，如果他们能通过宏诚汽车这笔订单走向全国，继而走向世界，那么融资的机会自然会更多。

收购了溪山电池厂，季时禹也感觉到了压力，毕竟这家铅酸电池厂一直是亏损状态，他们之后又投入了不少资金搞研发，这么久以来，多是靠长河本部的盈利在支撑，再不能正常运转，长河本部都要受到严重影响了。

何冬说，他为了铅酸电池几乎牺牲了一切，后来季时禹才知道，何冬原本有个幸福的家庭，有个可爱的儿子。当时他的妻子希望他放弃溪山电池厂，他不肯，依然四处举债支撑铅酸电池的研发，最后资金链断裂了。除了经营上的失败，他的妻子也因此对他彻底失望，带着孩子离开了他。

他为了铅酸电池失去了一切，他太需要被证明了。

他想要向所有人证明他的选择是对的。

台上的厉言修还在介绍着他们的概念车，许久，他终于介绍到这次的电池也是国内企业长河电池自主研发的。

他们这台休旅车最大的特点就是完全国产化，是中国技术、中国制造的标志性产品。

现场紧挨着一处展示厅，厅内全部经过特殊处理，专门用来现场演示。

无论是直道、转弯，还是洼地、泥泞的道路，概念车都走得如履平地，完全超过了普通轿车的性能。

最后一项是上坡和转速测试。

驾驶员驾驶着概念车顺利经过了颠簸、爬坡部分，一切都很顺利，车也行驶得很稳。最后，汽车被开回展厅，驾驶员空踩油门，向现场的人展示着发动机的性能。

嗡——嗡——

发动机的声音很有力，现场的人也被一番演示勾得慷慨激昂，仿佛那已经不是发动机的声音，而是中国制造的声音。

宏诚汽车的工作人员见大家都热血沸腾，自然是满意极了。他和解说员一起微笑着走向汽车，正准备去讲解车上的安全装置，现场突然乱了起来。

"你们看，车是不是起火了？"

"真的啊，引擎盖怎么在冒火？"

"怎么回事儿？这才演示了点小儿科的东西就自燃了？！"

这突如其来的变故让一直坐在台下的何冬和季时禹都有些惊愕。

"怎么回事儿？"何冬整个人都有些慌张。

季时禹皱着眉，也跟着众人一起站了起来。

引擎盖里的火很快就烧了起来，黑烟滚滚，空气中全是刺鼻的气味。

季时禹是做电池研发的，很清楚那是铅酸电池燃烧的味道，因为它甚至能盖过机油燃烧的气味，现场的黑烟也是因为有毒物质在燃烧。

周围的议论声越来越大。

"宏诚以前的汽车没出过这种事儿，这次这辆车只有两样东西是全新的：发动机和电池，肯定是哪个有问题。"

"宏诚的汽车能在一两年内发展得这么快，技术应该是可以的吧，那个电池好像是个新企业生产的。"

"怎么还没灭火？越烧越大了，快跑！"

何冬突然站起来，冲入人群，疯了一样地拦住那些议论着长河电池的人。

"不是电池的问题，绝对不是电池的问题！铅酸电池是最安全、性能最稳定的蓄电池，根本就不易燃。电池是经过检测的，不可能有问题的……"

不断离场的人一个一个被何冬拦住，他整个人已经有些失去理智。

他想要向所有人解释绝对不是长河电池的问题。

这些人只要走出了发布会现场，会有什么样的谣言传出来，他们都很清楚。

季时禹抓住何冬，用力按住他的肩膀："你在做什么？！"

"他们说是电池引起的自燃，怎么可能？！"

"他们也说发动机也可能有问题。"季时禹紧皱着眉毛，"冷静点，等灭火以后我们亲自去检查。"

比起何冬的慌乱，季时禹则冷静得多。

季时禹目光笃定，语气坚定："我对长河的产品有信心，不可能有问题。"

说完，他反问何冬："难道你没有信心吗？"

何冬握紧了拳头。

"我有！"

几个小时过去，发生自燃事故的会场已经完全关闭了。

赵一洋和何冬都被拦在门外，只有宏诚汽车的负责人可以进去处理现场，运走发生自燃事故的汽车。

赵一洋整个人都要炸了，他对何冬大声吼着："这批电池都是你检测的！到底是怎么回事儿？！"

何冬的眉心全是沟壑，表情也十分紧绷。

"不可能是电池的问题。"

赵一洋很生气地说："到现在空气里还有这么刺鼻的气味，我们都是专业人士，你不要说你闻不出来这是什么！"

"电池是紧挨着发动机的，你怎么知道不是发动机先自燃的？"

"你最好是能保证绝对不是电池的质量问题。"

赵一洋痛苦地向后撸了一把头发："我多努力才有今天，长河走到现在容易吗？我说不买这个破厂，你非要买！你知不知道今天来了多少媒体？！"

赵一洋一瞬间泄气极了："如果真是电池的问题，我们投进去的钱就血本无归了，你为了搞什么闭合生产链，质押了我们俩的股权贷款，你知不知道失败了会有什么后果？"

"我们俩破产、欠债，甚至去坐牢，没什么大不了，我们本来就是一穷二白的穷光蛋。"赵一洋的声音有些颤抖，"可是江甜和池怀音是无辜的。你有没有想过，如果我们失败了，她们未来要过什么样的生活？"

等池怀音赶到现场的时候，她远远就看到赵一洋和季时禹在激烈地争吵什么。

但是等她走近，两个人都很默契地不再吵架了。

池怀音跑得满身都是汗，她走到他们中间，气喘吁吁地问道："到底怎么回事儿？"

季时禹的表情有些疲惫，他微微低头看了池怀音一眼。

那一眼带了太多复杂的情绪，可是最后他只是强扯着嘴角笑了笑。

"没什么，汽车自燃了，原因不明。"

之后一个礼拜的时间，宏诚汽车和长河电池都处于风口浪尖之上。

铅酸电池生产线自然是停摆了，这种负面的影响是可怕的，连长河本部的锂电池生产都受到了影响。

原本在谈的订单几乎全部被撤回，已经发货的电池也遭受了前所未有的退货潮。

长河电池的团队都处在胆战心惊的状态中，大家都在等待最终的检测结果。

和长河电池一样紧张的还有宏诚汽车。

宏诚汽车这次研发发动机投入了太多资金，他们集团的规模大、股东多，背后的资本公司也很多，关系盘根错节。

当初厉言修立下军令状，说一定会造出中国人的发动机，如今还只是概念车，就发生了自燃……

检测结果很快就出来了，是发动机先自燃，然后引起了紧挨着发动机的蓄电池的自燃，才造成现场的黑烟滚滚。

宏诚汽车的核心团队对这个结果都感到不能接受。

"如果是发动机的问题，我们投入的所有资金和心力就全部白费了。"

厉言修的秘书也有些难以置信："我们要不要再找一家机构鉴定一下？"

"宏诚汽车刚有起色，这事儿要是公布出去，后果简直不敢想。"

众人你一言我一语，厉言修的脑子全乱了。

那一刻他失去了一贯的冷静自持。他只是不断地想着，如果这事儿传出去了，那么后果是不是他和宏诚汽车可以承受的？

结果是，不是。

在最混沌的一刻，池怀音的话突然在他脑中一闪而过。

"蓄电池内部会存有电能，尤其是铅酸电池，出厂都是充满的状态，如果震动过度，引起电极短路，可能会起火。你也知道的，铅酸电池燃烧以后会产生很多剧毒物质，三氧化二铅、四氧化三铅、氧化铅之类的……"

厉言修冷冷地扫了众人一眼，最后捏紧了拳头，很快就做出了选择。

"蓄电池震动过度，引起电极短路，可能会起火。"

大家听到厉言修这么说，都很震惊地望着他。

"厉总！"

"按我说的做！"

没有任何预兆，宏诚汽车直接开了说明发布会，详细说明了发布会的事故，并且公布了鉴定结果：自燃是电池电极短路造成的。

厉言修在发布会上的模样，像一根刺一样扎进了池怀音的眼睛里。

她在电视上看到厉言修一板一眼地念着报告的时候，只觉得这个男人也许是她从来都不认识的。

他以一种很严谨的方式介绍了铅酸电池的弊端，和当初池怀音说的话竟是一字不差，讽刺，实在讽刺。

池怀音赶到厉言修家的时候，他许久才来开门。

隔着门框，两人就这么猝不及防地面面相觑。

厉言修前一天才开了发布会，整个人一脸病容，看上去十分憔悴，见到池怀音的那一刻，他的眼神有一瞬间的逃避。

"怀音，你来了？"他的声音依旧温和。

池怀音冷冷地抬起头看着他。

"你想不到我会来吗？"

厉言修沉默了一刻，径直走到了屋内："进来吧。"

"不必。"

池怀音站在门口一动不动，只是死死盯着他，一字一顿地问："我就来问你一句，到底是发动机的问题，还是电池的问题？"

一秒、两秒、三秒，厉言修终于回答："是电池。"

认识多年，池怀音太熟悉厉言修了。

他在她面前从来都是一个坦荡的君子，在原则性的事情上不会说谎话。如果是他不能说实话的事情，他便会沉默。

就像这一刻，他本能地迟疑了。

一路上所有的猜测在那一刻都得到了没有答案的答案，池怀音觉得好像被一盆冷水从头淋到脚。

"厉言修，我到现在才发现我从来都不认识真正的你。"

厉言修见她连进门都不肯，怒气也一下上来了。

他两步走到门口，一把抓住池怀音的手臂。

"要是你，你会怎么选择？你以为我是一个人吗？"

"你不是一个人。"池怀音冷笑，"你是冷血动物。"

那一刻池怀音更确定了一句话：绅士会自私，君子懂抽身。

厉言修看起来风度翩翩，可是他在关键时刻的选择，也一样是自私又卑鄙的。

池怀音想要用力甩开厉言修的手，却被他更为用力地拉近。

"你知道冷血动物什么样吗？冷血动物会在乎你的感受吗？"厉言修冷笑，"我对你太尊重、太好了，才会让你忘乎所以。"

一直以来，厉言修都在人群中扮演着好好先生的角色，优秀的人品、良好的家世、温和的性格，所以池怀音对他几乎毫无防备，甚至大部分时间都对他感到抱歉。

可是眼前这个人，她觉得那么陌生，好像从来不认识一样。

"这是真正的我，你很失望吗，池怀音？"厉言修冷冷一笑，"你觉得季时禹又有多好？你以为换了他，他就会把生的机会留给我？"

啪——

池怀音反手就一巴掌扇在了厉言修脸上。

那一巴掌几乎用尽了她全部的力气，也彻底打破了她和厉言修多年建立起来的信任。

池怀音的声音冷得如同淬了毒，她连看他一眼都感觉到恶心。

"你不配说他的名字。"

厉言修想不到的是，看上去那么柔弱的一个女人也有如此烈性的一面。

她始终固执地站在他家门外，连进去都不肯。有一条无形的界限在他们二人之间出现了。

池怀音直视着他的眼睛，那种刺骨的冷意好像通过视线的交会将他的心脏都冻住了。

"像你说的，不仅我们背后有整个长河团队，你背后也有很多股东，我不恨你自保，"池怀音往后退了一步，"我恨的是你辜负了我对你的信任。很可笑，你对长河最致命的一击居然是我递给你的'武器'。"

池怀音自嘲地一笑。

"虽然做不了夫妻，我一直觉得我们可以成为最好的朋友。"

厉言修被打了一巴掌，本就不平，此刻的情绪也被她这句话调动起来，他激动地说："男女之间哪有什么纯友谊？！难道你以为我对你这么好是为了做你的朋友吗？池怀音，你能不能不要这么天真？"

"嗯。"池怀音被他驳斥了，却始终冷静极了，"谢谢你让我认清了，男女之间真的没有纯友谊。"

"池怀音！"

"也许你比他更适合在这个商场上生存，关键时刻，你能做出对自己最有利的选择。我很佩服你作为一个商人的品质，可是对于你作为一个人的品质，我很不齿。"

池怀音一根一根掰着厉言修的手指，大退几步，彻底挣脱了他的钳制。

"我记得你刚从三泰辞职的时候对我说，总有一天你会制造出完全自产的汽车，让那些看笑话的人看看，中国人是无所不能的……

"厉言修，梦也会迷失，希望你醒来的那天不会后悔。"

1993年，她独自一人去了日本。

那时候她还在语言学校里学习，她的同学因为功课没通过被老师要求补课，于是那个同学拜托她帮忙顶一天的兼职。

池怀音没有做过任何收银的工作，她穿上同学的工作服，站在便利店里，整个人紧张得连日文都不会说了。

她看到一个男人走了进来，下意识就说了一句："你好。"

而那个男人听见她说中文，先是愣了一下，随即笑笑，也用中文回答："你好啊。"

那时候他的笑容温暖又单纯，那才是她认识的厉言修。

宏诚汽车开了发布会以后，长河几乎彻底停摆了。

宏诚汽车大大方方地给出了鉴定报告，还是第三方鉴定的，显得十分"公正"。

"长河电池短路自燃"一时成了热门新闻，很多已经渐渐接受了长河电池的公司都放弃了国产电池，继续选择进口产品。支持民族工业是一回事儿，可是不能为了支持民族工业让公司一起沦陷。

长河电池一时陷入舆论风暴的正中心，整个公司都处于一种窒息的氛围里。

长河电池多次提出重新鉴定，都被有关方面拒绝。那辆车是宏诚的，他们不主动要求长河去鉴定，长河就根本不知道那辆自燃的车在哪里。

何冬几乎被这个消息击垮了："他们根本是找我们出来背黑锅！虽然你出于谨慎，说怕电极短路造成自燃，但是事实上，我们测试那么多次，从来没有出现电极短路过。就走了那么点路，怎么可能？！"

赵一洋跑断了腿，却依然毫无头绪，也全无进展："那个所谓的第三方鉴定机构肯定是被收买了，滴水不漏，根本查不出什么东西。与其现在去纠结自燃事故，不如好好想想怎么挽救长河。"

一直不说话的周继云看了众人一眼，淡淡地说道："怎么挽救？你们俩把百分之九十五的股权都质押贷款了，也没有和我们商量，现在这笔贷款全部打水漂了。你们俩是最大的股东，等你们失去决策权了，我们还能怎么挽救？也许很快长河就不属于我们了。"

"……"

眼看着气氛越来越紧张，坐在正中的季时禹终于敲了敲桌子。

"出去工作。"

本来说要开会，周继云还拿了纸和本子，这会儿气得把东西都扔了。

"工作什么？退货多到卖不完，订单都没了，合作过的公司都不接我们的电话，名气倒是大了很多，每天都在上电视和报纸，会自燃的电池，哈哈哈，有趣吗？"

"周继云……"

赵一洋正要走过去，就被季时禹拦住了。

"质押股权是我的决定，赵一洋不过是被我说服的。"

何冬也出来道歉："是我，是我一直鼓吹铅酸电池有大市场。"

从前嘻嘻哈哈的周继云眼眶通红，他低下头，许久，捡起了自己的笔和本子，声音小了许多，可是在安静的会议室里却仍然听得字字清晰。

"师哥，当初你拉我下海的时候对我说，外面的世界大有可为，你想去闯荡一下，问我愿不愿意跟你一起去闯世界。"

周继云从来没有叫过季时禹"师哥"，他一直以来都是没大没小的，这会儿他突然换了称呼，让众人都很吃惊。

"你知道吗，其实我对闯世界根本没有兴趣，我在哪里都一样。我是因为崇拜你才来到这里，才成为长河电池的一员。"周继云的声音有些哽咽，"长河是我待过的最好的地方，我不想看到……长河从这个世界上消失。"

那场没有头绪的会议散了，大家心情沉重地回到各自的岗位上。

赵一洋有一份解约合同要找季时禹签字盖章，到处找都找不到他，许久，终于在生产线上看到了他。

那里有一台废弃的机器，它是长河购置的第一台机器，是用来配合手工生产的，后来技术几经改革，这台机器因为太落后了，无法改装继续使用，就被废弃了。

但是季时禹一直不准他们卖掉，他说这台机器是长河的精神。

那台机器一直被放在第一车间，现在那个车间只被用来做分拣。最近没有生意，没有工人在里面作业。

季时禹的身影显得格外孤独。

赵一洋站在不远处，许久都没有上前去打扰他，他就那么看着季时禹围绕着那台机器从左走到右，又从右走到左……

长河不能从这个世界上消失。

——那一刻赵一洋只有这一个念头。

赵一洋满身疲惫地回到家的时候，江甜已经下班了，此刻她正在给孩子调动画片。

桌上是做好的饭菜，并没有多宽敞的房子被江甜收拾得很温馨。

见赵一洋回来，江甜将他丢在沙发上的皮包拿了起来，挂在墙上，又把他随便脱在玄关的皮鞋收在了鞋架上。

她转身进厨房洗手，给他盛饭，然后又给他拿了一双干净的筷子。

赵一洋默默看着江甜做的这一切，眼眶有些酸涩，以往他每天意气风发地回家，都没有意识到妻子做了这么多事儿。

赵一洋想想都觉得对不起江甜。

江甜虽然家庭不是多么显赫，在海城也绝对算得上是中等偏上的家庭了。如果不是嫁给他，她也许会和大多数海城姑娘一样嫁给本地人，过着也许不是多富有，但是安稳幸福的生活。

当年江甜毕业后被原籍要回去，为了留在森城工作，她骑着自行车顶着三伏天太阳，一所学校一所学校地找工作。

她原本不太会骑自行车，刚开始的几天老是连人带车地摔倒，膝盖上、手肘上都是伤口。那时候赵一洋很不忍心，她却很坚强地笑笑说："你以后要是敢变心，我就阉了你，让你当太监。"

　　他们也曾分开过几次，吵架吵到不可开交，彼此都把伤害对方的话说到最狠的地步，想着这辈子都不要再回头才好，可是走不出两步他们就都会回头。

　　江甜未婚就有了孩子，这事儿让她的家人在亲戚朋友面前抬不起头，虽然后来他们还是结了婚，但是大家对江甜的鄙视没有因为最后的结果而消散。

　　直到过年的时候，赵一洋带着票子去拜年，每家都发了不小的红包，那些人才终于认可江甜嫁对了。

　　江甜曾经也是父母的宝贝，姐姐们最疼爱的小妹，长得漂亮，学问也好。大家都觉得她值得拥有最好的男人。

　　她却看上了一穷二白的他。

　　如今生活好不容易有了改善，他根本说不出口。

　　吃过了饭，赵一洋自己收拾了桌子，把锅碗都洗了。

　　他坐在沙发上，旁边坐着江甜和女儿。

　　江甜的表情看上去很平静。

　　赵一洋想了许久才缓缓说道："这房子……"

　　他还没说完，江甜就打断了他："现在森城房价涨了不少，拿去卖了，应该也值一些钱。"

　　赵一洋没想到江甜什么都知道，内心更觉得愧疚。

　　"我会好好工作，以后赚钱给你们母女买更大的房子。"赵一洋说，"买别墅，买最好的别墅。"

　　江甜看上去很豁达，她笑了笑说："那你要说话算话。"

　　"我保证。"

　　池怀音从厉言修家离开，坐着公交车回厂里。

　　等她到的时候天都黑了。

　　最近长河整个生产线都处于半停工状态，不断退货的情况让众人的意志都受到严重打击。

没有收入，无法维持生计，很多工人都辞职了。人事部门和财务部门都忙得快乱套了。

池怀音和季时禹原本准备结婚后搬进新房，结果还没欢喜地搬家就先出了事儿。

池怀音回到他们住的改装仓库，屋里灯也没开，一切都静悄悄的。她走到床边，才听到有虚弱的呼吸声，再一看才发现季时禹发烧了。

一整天都没有吃饭，他下班以后就疲惫地躺在床上，一动不动，整个人烫得像个火球。

池怀音回来，他听见声响，微微睁开眼睛看了她一眼，随即又疲惫地闭上。

"怎么会发烧的？"池怀音摸了摸他的额头，又从药箱里找到温度计，塞进他腋下，"老实点，看看多少度。"

池怀音打湿了毛巾，将冷毛巾放在他的额头上。

"最近有点变天，你穿得太少了。"池怀音见他一直不说话，忍不住叹了一口气，"你吃了没有？听他们说你最近老是忙得一天只吃一顿饭？"

季时禹开口，连说话喷出的热气都很烫："我没事，不饿。"

他伸手要去拿掉毛巾，被池怀音用力拍了一下手背。

"别动。"

季时禹乖乖放下了自己的手。

"你去哪里了？"季时禹的声音不大，带着疲惫。

池怀音没有说话，心里有些难受。

"去找厉言修了。"

"你去求他了？"季时禹的眼眸瞬间暗了许多，他看着池怀音，许久才说，"我们现在做什么都来不及了，解释也是没有意义的，事情已经发生了，就算不是我们电池的问题，他们也不会相信，去找厉言修也没有用。"

"我知道。"池怀音说，"我不会求他。"

"那你去找他做什么？"

"发泄了一下不满。"

不用再多说什么，季时禹大概也能猜到，她找上门去对厉言修来说肯定不会是什么好事儿了。

池怀音拿出温度计来看："三十八度，怪不得这么烫。"

说着，她重新浸润了毛巾，又放回了季时禹的额头上。

"今天我妈打电话给我了，问我什么时候去领结婚证，这一耽误就是大半个月了，我就说明天去。材料她都准备好了，直接去拿就行了。"

季时禹闭着眼睛，没有说话。

池怀音推了他一把："你有没有听到我说话？"

屋内的灯光并没有多明亮，昏黄的光线将两人的脸都镀上了一层黄色的光。

季时禹许久才睁开了眼睛，一双好看而狭长的眸子里带着几分复杂。

"暂时不去了。"

池怀音皱了皱眉："你知道你在说什么吗？"

季时禹倏地拿掉了额头上的毛巾，从床上坐了起来。

"下周，你搬到新房子里去住。"

"你什么意思？"

季时禹微微撇开头，声音带着几分暗哑："我可能会破产、负债，不能连累你。我不能和你结婚。"

池怀音看了一眼被他丢在一旁的毛巾，忍着胸口的憋闷问道："你是不是发烧都烧糊涂了？"

季时禹却死死盯着她："我很清醒。"

"你再说一遍？"池怀音捡起床上的冷毛巾，啪的一声甩到了季时禹的身上，"姓季的，你是不是以为我没有脾气？

"事不过三，你一次一次把我推开，行，这次我走远一点儿，以后你求我我也不会回来。"

说完，她猛地起身，拿起自己的行李包就开始收拾衣柜里的衣服。

气愤之下，池怀音的动作都格外粗鲁，她胡乱地把四季的衣服往行李包里塞。

此刻她的气愤大于伤心。

她生气的原因不是季时禹不肯和她结婚了，而是他在最困难的时候选择自己一个人去扛。

不管他是破产还是欠债，这都不影响他这个人在她心里的样子。

不论贫穷、富贵，还是疾病、灾难，她都愿意一起扛。

可他居然把她推开了。

池怀音气极了，她用力去拉行李包的拉链，却因为塞得太满，半天都拉不上。她又粗鲁地要把衣服扯出来，手刚抓住衣服，身体突然就被一颗滚烫的浑球儿给抱住了。

他用长长的手臂将她固定在怀抱里，不准她再动，更不准她继续收拾行李。

那种别扭又霸道的姿态让池怀音更生气了。

"干什么？赶紧放手。"

"别走。"季时禹生着病，说话的声音很低沉，像是被什么东西压住了喉咙一般。

"不是你让我走的吗？"

季时禹不说话，滚烫的呼吸喷在池怀音耳后。

许久，他在池怀音的颈窝里蹭了蹭，才闷声闷气地说："理智告诉我应该这么做。"

不等池怀音说话，季时禹又说："可是看到你要走，我不想理智了。"

一句话把原本要发火的池怀音说得心头一软。

"那还结婚吗？"

"嗯。"

明知季时禹之后会万难缠身，她却仿佛把那一切都当作不存在一样。

她是真的不怕。

她被他钳制在怀抱中，一动都不能动，语气却已经上扬了很多。

"我告诉你季时禹，就算真的不结了，也只能是我不要你了，明白吗？"

第十六章
今天有我

季时禹病没好全就不得不投入工作了。积压的事情太多了，根本没有给他喘息的机会。

季时禹和赵一洋质押了几乎全部的股权用来建造闭合生产链，钱都用在回收旧电池上了。他想要打造的"绿色企业"确实大有可为，但是这是建立在没有丑闻的基础上。

几天不见赵一洋，季时禹原本以为他是被打击狠了，不愿意面对现在长河的困境，于是也默默批准了他的假期。

谁知道他下午突然风风火火地来了厂里，什么也没说就给季时禹递了一本存折。

上面足足有三百万。

"这是什么？"季时禹放下笔，抬起头看着赵一洋。

"我们家的全部积蓄。"

季时禹狐疑地看向他："我们质押股权的时候你已经拿了不少出来了，怎么可能还有这么多？"季时禹沉默了片刻，最后突然意识到钱的来源，眸中有几分火气，"你是不是把房子卖了？"

"房子以后还可以再买，长河失去了就没有了。"

季时禹没想到赵一洋会做出这么破釜沉舟的事儿，捏着笔的手握得很紧很紧，手背上青筋凸起。他气不打一处来，声音都不自觉地拔高了好几度："你是不是疯了？！"

赵一洋的额头上还有些汗，他伸出手很粗鲁地擦掉了。

"我不是为了还人情。"他眼眶有些红，"长河是我们所有人的心血。"

那天开会，周继云在桌上说的话不仅是他的心里话，也触动了赵一洋的内心。

回想从学生时代至今，他已经习惯了听季时禹的话，不管他对于季时禹的决定怎么不满，仍然会不自觉地去执行。

所以每次不管他怎么上蹿下跳地反对季时禹，只要季时禹坚持，他都会跟着季时禹拼上身家性命，没有为什么，他就是信任季时禹。

这次他从一开始就不赞成收购溪山电池厂，因为铅酸电池不是他们熟悉的领域，他们一直在做电子产品的生意，贸然跨领域确实有很大的风险。但是季时禹坚持要收购，他同意了，季时禹说要质押股权，他也照做了。

他唯一一次和季时禹发火是因为他们收购了溪山电池厂以后一直不赢利，他们可以等，公司不能等了。

偏偏这一次匆匆的选择就把整个公司逼上了绝境。

"以前在学校的时候你说整栋楼没有小卖部，大家要走到食堂才能买到东西，我们宿舍要是开个小卖部肯定能赚钱，我就开了；打篮球的时候，只要我拿到篮球突破不出去，就会把球传给你，因为我觉得你一定可以得分；当年我在理工大教书，你说要我辞职跟你一起搞电池，我二话不说就辞了职，我相信你的判断。

"我怎么落魄都无所谓，要不是跟着你，我也许一辈子都只是一个很平庸的教师，按部就班地考职称、发论文。

"但是你不一样，我觉得如果大家都是鸟，你就是注定会飞得最高的那只。

"我知道这笔钱做不了什么，但是至少能顶住这一季度的利息，拖延三个月，让你有时间可以调整策略。"

"……"

季时禹的视线始终落在存折上，那数字好像不是三百万，而是三百亿一样，是他还不起的数字……

季时禹最终还是没有用赵一洋那三百万去还银行的利息，杯水车薪，根本坚持不了多久。

三个月的时间不足以让他力挽狂澜，长河电池每况愈下，季时禹必须做出选择。

经过深思熟虑之后，他决定放弃长河电池，这半年的纯盈利额已经从几千万元降到六十几万元，甚至不足以还贷款的利息。

持续借债还钱是没有意义的，那也不过是走上溪山电池厂的老路。

没有销路的研发是没有意义的，不如放弃，至少能及时止损，还能保住一些股东的利益。

想要接手长河的公司倒是不少，这个曾经创造了黑马神话的电池企业倒是也经历了一番被收购的争抢，最后以一个还算合理的价格被大新电子成功收购。

许久不见的齐莎代表父亲出席了收购签约的仪式。

在场的所有人都没怎么说话，齐莎能看出长河众人的不舍。

签约完毕，之后的步骤就由法务去对接。

齐莎放下笔看了季时禹一眼。

"我听说了你的事儿。"她微微一笑，没有任何讥讽的意思，"其实你的资金链断掉可以考虑融资的。"

"他们提出的条件和收购没有差别，那还不如以合理的价格接受收购。"

季时禹对齐莎弯了弯嘴角，礼貌地表达着感激："最后被你们公司收购，我倒是很放心，至少长河应该会被善待。"

"其实我父亲不赞成收购长河，是我据理力争的。"齐莎笑笑，"你可能不知道，我们家族发生了很多变故。"

"嗯？"

"你应该知道吧？我们虽然在宝岛生活，其实祖上是福城人。福城人重男丁，我母亲生了我以后就没有再生育了。算命先生说我父亲'一生无子'，他不相信，后来他找了个年轻女人为他生了个儿子。他说算命的都是骗钱的，这个儿子就是证明。结果就在今年，那个孩子在海边游泳溺水身亡了。"

说起来，齐莎口中的"那个孩子"也是她同父异母的弟弟，她对他却没有一丁点儿感情，可见当初这个孩子的降生对她的伤害有多大。

"他不得不信命了。"齐莎的眼眸中闪过一丝失落，"现在大新是我在做主了，老年丧子对他打击很大。"

"希望大新在你手上越来越好。"季时禹低头看了一眼已经合上的合同，"也希望你善待长河。"

齐莎打扮入时，长相出众，不管怎么看都是会被追捧的样子，至今却依旧孑然一身，她的梦想不是过一个女人平淡的一生。

"我非常欣赏你的脑子。"齐莎说，"哪怕你现在这么落魄，我依然不愿意得罪你，不知道为什么，我总觉得你还会成功的。"

"你太看得起我了。"

齐莎站了起来，与季时禹握手。

"希望下一次见面时我能把大新经营得比我父亲更好，向我父亲证明女子不如男是个误解，而你也能重新回到巅峰。"

运转了半年时间，长河易主。

季时禹的及时止损保住了大部分股东的利益，不至于让大家亏损得太厉害。

原来的长河团队该散的都散了，唯一保留的是溪山分部，因为整体保留的话完全没法经营下去，收购都没人要。最后分部由季时禹自己接手下来，准备继续经营。

遣散团队那天很多人都哭了，季时禹也感觉很难受，可是很多事情不破不立，他只能这么选择。

和季时禹的艰难和落魄相比，宏诚汽车就风光多了。

自燃事件过去半年多，他们公司自主生产的汽车经过调整之后再次上线，因为从发动机到所有零部件全部是自主研发，所以价位创历史新低，首批生产的三千辆微型轿车一经上市便销售一空。

1998 年 12 月 27 日，季时禹和池怀音结为夫妻，没有婚礼，没有喜宴，一切都进行得静悄悄的。

新婚礼物是一盒进口巧克力，池怀音因为舍不得，一直没有吃。

唯一的仪式感，是这一天是他们当初确定在一起的日子。

季时禹是个仪式感很重的人，是他选定的这一天。

没有什么庆祝的仪式，他们上午拿完结婚证，下午还要赶回溪山分部收拾烂摊子。

路上，季时禹开着那辆唯一保住的"奢侈品"——轿车，一路沉默无语。

车窗外是迅速发展的城市风景，高楼大厦像雨后春笋，拔地而起，和 20 世纪 80 年代季时禹刚来森城读书的时候已经不可同日而语。

森城自 1978 年建城至今，迅速成为国内超一线的城市，以非常迅猛的速度跟上了北都和海城。

三十而立，季时禹在这一年完成了自己的人生大事，娶了池怀音，却是在这么落魄的时候。

如果要季时禹回忆这一生最对不起的人是谁，他大概只能想到池怀音一个人的名字。

"以后会很艰难，你会害怕吗？"

坐在副驾上的池怀音伸手过去，握住了季时禹的右手，用力捏了捏，仿佛给了他无穷的力量。

"我不怕。"她的语气是那么坚定。

长河电池易主之后，本部厂区自然挂上了大新的招牌。

原本的旧招牌被运到了溪山分部，季时禹却没有将招牌挂起来。

大家也不知道他到底准备怎么办。

季时禹和池怀音一同回到厂区，溪山分部厂区本来就老旧，当初投入的钱全都用来购置机器和建立绿色生产线了，没有太多钱修缮，如今遭逢变故，看着那种萧条的景象还是让人觉得感慨。

开车进入厂区，季时禹一路开到了仓库。

池怀音说："我就知道你会来看仓库。"

季时禹无奈地笑笑："没办法，我不知道我们到底收购了多少废旧的电池，要来看看，心里有数。"

池怀音看了他一眼，眼底闪过一丝狡黠的表情。

季时禹停好了车，拿着钥匙去开仓库的大门。

他一边拧着钥匙，一边抱怨："之前还是太抠门儿了，锁都生锈了，应该换一把好的。"

话一说完，锁开了，他用力推开了仓库的大门。

原本黑漆漆的仓库，因为大门打开了，阳光投射进去，将季时禹眼前的一切都从黑暗带向了光明。

本应空无一人的仓库此刻却站满了人。

溪山最初的那十几个员工都穿着整齐的工作服，赵一洋、周继云和何冬，还有长河最初的几个工程师都在人群中间，他们在季时禹的对面站着。

大家都是一副要给季时禹惊喜的样子。

季时禹看着他们身后堆积如山的废弃电池，再看看众人一脸坚定的表情，眼眶忍不住红了又红。

长河电池没了，他没有强迫任何人跟着他继续战斗。

当初下海的时候，大家都还年轻，如今多年过去，很多人都已经拖家带口，生活压力很大。这是风险极大的创业，他不能再拖累别人。

可是此刻他看着当初的团队竟然还是齐齐整整的，真是心口酸涩到不知道能说什么。

"怎么能回收这么多电池？"他单手扶额，不愿意让大家看到他此刻的表情，自我埋怨道，"我当时可能真是有点忘乎所以了。"

赵一洋向前走了一步，代表众人对季时禹说道："老季，我们都还年轻，不怕失败。"

"大不了全都从头再来！"

没有婚礼，没有喜宴，大家在厂里为季时禹和池怀音办了一场很简单的流水席。江甜和厂里的工人当大厨，累了一个下午。没有婚纱，没有鲜花，只有堆积如山、毫不值钱的废弃电池。

明明是很艰苦的环境，大家的脸上却都带着真心的笑容，所有的祝福都很真挚，竟然比在大酒店里办婚礼更为感人。

赵一洋在酒桌上最赖皮，自然不会放过季时禹，他一杯一杯地给季时禹灌下去，并且一副展开报复的小人姿态："当初老子结婚你没客气，给老子灌了半瓶，今天老子就是来报仇的。"

周继云和何冬，一个未婚的，一个离婚的，都不敢上去助威。

这时候周继云的脑子还是很清醒的："我还没有女朋友，我不自作孽，老季最记仇，回头我结婚的时候他肯定不会放过我。"

　　赵一洋捶了周继云一拳："你这辈子能不能结婚都不知道，想那么远干吗？！先喝！"

　　"不要！"

　　"难道你以为你现在不灌，以后老季就能放过你？！"

　　大家闹得厉害，季时禹都一一应付，好不容易把祖宗们送走了。

　　半瓶白酒下肚，季时禹竟然一句话都说不出。

　　池怀音坐在他身边，她和平时看着没什么两样，却又比任何时候看上去都漂亮。

　　又黑又长的头发被她扎成马尾，一身灰色的夹克、黑色的裤子，衬得她肤白胜雪。

　　"你是不是一开始就知道他们搞了这些？合起来一起逗我呢？"

　　池怀音笑得像只小狐狸："谁让你这个人这么死板，我们还担心你今天不会回厂里了。"

　　季时禹目不转睛地看着池怀音。

　　从今往后她不再是一个普通的女人，而是他的妻子，是和他荣辱与共的女人，是要和他共度这一生的女人。

　　他安静地看着她，许久，他的声音带着几分喑哑："谢谢你。"

　　谢谢你让我见识到这个世界是这么美好。

　　池怀音咬了咬嘴唇。

　　"今天我们正式结婚了，我其实有一件礼物准备给你的。"

　　她从包里拿出两张存折递给了季时禹。

　　其中一张上的数字是三百多万，他见过，那是赵一洋的存折。而另一张上面有一百五十几万。

　　季时禹震惊地抬起头看着池怀音。

　　"你也把房子卖掉了？"

池怀音见他脸上的笑容凝固了，缩了缩脖子。

"我知道你可能会怪我，但是我觉得应该这么做。"她从脖子里捞出了一条项链，银质的项链上面挂着一把钥匙，"那房子的买家换了锁，这把钥匙我就保留了。"

"你送给我的家，我已经得到了，所以我不觉得遗憾。"

丝丝凉风刮过，季时禹觉得酒精慢慢在身体里挥发。

有一瞬间他觉得眼前有些模糊，下一刻，一切却又变得格外清晰。

池怀音的眉眼像烙印一般一寸一寸地刻进他心里了。

他微微垂眸，许久，他动了动嘴唇："其实我也准备了一份礼物送给你。"

季时禹环视四周，唇角勾起浅浅的弧度，黑白分明的眸子好像蒙上了一层柔柔的光，他看着她，仿佛她是这世界上最珍贵的珠宝。

"我为这里改了名字。"

"嗯？"

"这里以后叫……槐荫。"

他的声音在空旷而嘈杂的环境里回响，让池怀音的心也跟着沉静下来了。

那声音好像清晨的阳光，无人的森林，*潺潺的流水*，温柔的第一缕风，将她包围。

那么美好。

"季太太，以后请多包容。"

关于公司变更名字为"槐荫"电池这件事，说起来还有些有趣。

当初季时禹决定收购溪山电池厂的时候是准备改名字的，那时大家都想出了各种各样奇怪的名字。

赵一洋说要叫"东山"，寓意"东山再起"，比什么"日落西山"

好得多；周继云取的名字是"启程"，也很不错。总之都是寓意特别好的。

何冬是个没啥文艺细胞的粗人，他想了半天，想出一个"大力"，被众人一顿吐槽。

最后季时禹给出一个方案。

——槐荫。

一开始大家还没意识到谐音，都不理解为什么，再多看两眼，懂了，然后就开始揶揄季时禹："老季，不带你这样的，你要向池怀音表白可以私下表白，别恶心我们。"

大家的嘲笑何冬有些不懂。

"怎么就是向池怀音表白？因为'荫'字同'音'？"

周继云狐疑地看了何冬一眼："槐荫两个字都同音啊。"

"怀音？"何冬看了一眼季时禹写的两个字，"这不是'鬼荫'吗？"

众人："你小学毕业了吗？"

为了预防还会出现这么没文化的人，当时季时禹没有改名字。

溪山分部脱离了长河以后，季时禹才去变更了公司的名字。

他没什么可以送给池怀音的礼物，仅此一样了。

季时禹给大家印了新名片之后，大家对他又是一顿冷嘲热讽。

周继云说："这以后我们要是发了财、上了市啥的，结果你和池怀音离婚了，多尴尬？"

赵一洋赶紧往后退了一步，单手往周继云的方向做了个"请"的动作。

季时禹上去就是一脚："我去你的！"

槐荫电池目前唯一能研发的只有铅酸电池，因为他们有机器、人员和大量原料。

启动资金不多，这还是池怀音的表哥因为亲戚关系，以"结婚礼物"的形式留了一部分资金在季时禹的公司。

不得不说，他这一路走来遇到的都是好人，这也让季时禹有了无限的信心。

他们总有一天可以东山再起。

在最艰难的时候季时禹放下了当初的那点面子和成见，他带着周继云回去找了森城有色金属研究院的院长，研究院每年都有不同的项目，季时禹想找他们寻求合作。

院长对于季时禹和周继云混成这样也有些唏嘘，关于他们这几年的事儿他也听说了一些。当年院长也曾对季时禹有些恨铁不成钢，但他是个惜才的人，也知道季时禹这条大鱼不甘心在小池塘里游弋。

如今他们找上门来，院长以长辈的身份教训着季时禹："当年你们是国内第一批真正把二次充电电池研究出名堂的人，尤其是季时禹，你要辞职，还带了那么多人走，你还有点人性吗你？"

季时禹谦逊地笑笑："院长教训得是。"

"我了解你，你肯定是看上了北都总院在森城新开的那家公司，但是你来晚了，那家公司已经和别的公司合作了。"院长顿了顿，"不过我倒是有一个机会给你。"

"今年 CIBF（China International Battery Fair，中国电池技术交流协会）要把展览会办在森城，我们是协办单位，我可以推荐你们入会，给你们争取一个展位。全国各地的电池采购商都会来，能不能把握住机会就看你们自己了。"

"谢谢院长。"

其实早在长河创办之初，他们就向 CIBF 递过申请，只是当年长河是个名不见经传的公司，被拒之后就没有再追加资料。那时候 CIBF 也不过刚创办几年，展览会也没有那么大的规模。后来随着各种电子通信工具的流行，电池成了一块大蛋糕，每两年举行一次的展览会也变得紧俏起来。尤其是今年在森城举办的话，确实是一个大好的机会。

展览会上会探讨电池的最新发展情况，展示和发布全球电池界最新的技术理论和产业的发展情况。很多专家、学者、企业都会出席。

当然这些都不是最吸引季时禹的，最吸引季时禹的是现场的信息交流和产品交易的机会。

中国国际电池展览会在国贸大厦举行，因为是第一次在森城举行，所以吸引了很多高新科技企业的关注，现场可谓盛况空前。

槐荫是还没有打出名堂的公司，虽然现场来了不少选购方，却没有什么人光顾他们在角落的展位。在展位上守了一个上午，没有成交一笔订单，槐荫的团队都有些沮丧。宣传册发了不少，但还是有不少人能认出槐荫的前身正是"自燃电池"的生产厂家——长河电池溪山分部。

他们的铅酸电池大部分的原材料都是从旧电池上提取的，产量越高，成本就会越低，所以他们希望得到大量的订单，但是很显然这并不是一件容易的事情。

说来也巧，那天到现场的采购方也有宏诚汽车的人。

厉言修和季时禹一样，任何事情都亲力亲为。他带着公司的团队一家一家地参观，前呼后拥，好不风光。

宏诚汽车的新系列产品，三千辆微型轿车销售一空的消息也引起了业内的关注，他们的小轿车能达到这种销售效果，以后他们自然会需要大量的电池。

所以包围着他们的企业很多，个个都很谄媚。

这事儿让何冬非常不爽，看着厉言修风光无限的样子，他忍不住嘀咕："调整了半年才上市，绝对是发动机的问题，价位那么低，利润空间肯定很小，看他们能笑到什么时候。"

季时禹抬头，远远地看了厉言修一眼，面上也没有透露出什么情绪。

"好好工作。"

　　季时禹去上厕所，好巧不巧就碰到了厉言修，他正好从厕所出来，两人无声地擦肩而过。

　　等季时禹从厕所出来，厉言修竟然还没有走。

　　两人以不远不近的距离伫立，对视。

　　他面无表情，径直地从厉言修身边走过的时候被厉言修叫住了。

　　"聊聊。"

　　两个人站在厕所走廊的尽头，安全出口大门的前面。他们都穿了一身西装，看上去英俊又有气质。

　　汽车自燃事件发生之后，这是他们的第一次正面交锋。

　　季时禹看看厉言修一副斯文的模样，心想，要打架的话厉言修肯定不是他的对手。

　　很奇怪，两人没有想象中的剑拔弩张，也没发生什么激烈的口角，只是这么静静地站着。

　　季时禹第一次认真打量着厉言修，他依然是池怀音形容的谦谦君子，皮肤白皙，眉眼温和，身上没有任何戾气，只是怎么看都多了几分虚伪。

　　两人头顶的灯坏了一盏，那里又是走廊的尽头，光线不是那么好，厉言修突然从口袋里拿了一包烟出来，他握着硬质的烟盒，食指轻轻一敲，掉出了半根烟，然后他将烟盒对着季时禹："来一根？"

　　季时禹没觉得和厉言修有这么熟，他抿唇拒绝："几年前就答应老婆戒烟了。"

　　厉言修眸中黯淡，他抬起头看了季时禹一眼："不必特意提醒我她已经是你老婆了。"

　　季时禹笑笑，脸上没有一丝尴尬的表情："我没有必要提醒你，我只是在说事实。"

厉言修不愿与他打嘴仗，于是收起了烟盒。

"如果你们需要合作的话，也许我可以提供机会给你们。"厉言修说，"我们的新系列会大量投产，需要大量的铅酸电池。"

季时禹没想到厉言修会提出这样的建议，实在匪夷所思。季时禹认真地打量着他，从他的表情来看，似乎不是说笑的。

空气中凝结着几分尴尬，厉言修看着季时禹的眼神里明显带着几分抱歉。

季时禹突然就明白了他这么做的目的。

那场意外到底是怎么回事儿，大家都心中有数。

但是对季时禹而言，这种廉价的弥补他根本不屑。

季时禹似笑非笑："如果你是为了弥补，我们更需要钱，你直接给钱不是更好？"

厉言修沉默了片刻，他居然很认真地考虑着季时禹的建议。

"你们需要多少？"

季时禹嘴角扬起，眼眸微微眯着，一脸痞子的表情。

"二百五十亿。"

厉言修听到这里，终于意识到季时禹是在耍他，表情一暗。

"不识抬举。"

那天晚上季时禹回到厂里，池怀音听说厉言修也去展览会了，有些担心地问季时禹："厉言修没有找你说什么吧？"

季时禹不习惯穿西装，一般不是必要场合他很少穿很正式的服装。他一边解着西装外套的纽扣，一边回答着："还真找了。"

"啊？他找你说什么了？"

季时禹想起来就觉得又恶心又好笑，于是他大致和池怀音说了一下今天在国贸大厦展览会现场发生的事儿。

池怀音听了以后也有些震惊："万一他同意给你二百五十亿，你还真拿啊？"

"当然了。"

池怀音不屑地看着季时禹："你怎么这么不要脸？"

季时禹笑笑："脸能值二百五十亿？"

"事实上你的脸不值二百五十亿。"

被池怀音揶揄了，季时禹也不生气。他往床边走了两步，刚准备把西装外套脱掉，站在对面的池怀音就瞪大眼睛跟了过来。

"你要换衣服了啊？"

季时禹手上还拿着西装外套，他有些愕然："怎么了？这衣服有问题啊？"

池怀音有些不好意思地看了他一眼。

"好久没有看你穿西服了，还怪好看的。"

她的眼中带着几分女人对男人的崇拜和喜爱，那是最能撩动季时禹的眼神。

大约是意识到季时禹的眼神越来越混浊，池怀音怕自己引火烧身，立刻解释道："我是说我觉得你平时穿得太随便了。"

"嗯。"

原溪山电池厂的几栋宿舍楼已经很旧了，他们是自己拎着油漆桶重新粉刷的，居住环境说不上好，和季时禹买的那套海景公寓自然没法比，但是两个人生活在这里倒也没有感觉到不舒服，也许真像歌里唱的吧——"有情饮水饱"。

屋内的光线并没有多明亮，灯泡不知道是出了什么问题，有一块的光亮有些暗暗的红色，正好落在季时禹的发丝上，看上去竟然有几分狂野的错觉。

季时禹本来脱掉了西装，听到池怀音这么说，他立刻把西装又穿了回去。

他用手勾住池怀音的下巴，迫使她看着他。

两人呼吸相融，那种暧昧的接近让池怀音的耳根都红了。

池怀音因为他的动作骤然与他接近，视线里只剩下他放大的五官。

狭长又带着坏坏的笑意的眸子里面仿佛有细碎的星光，照亮了池怀音的世界。他的嘴角微微扬起，声音带着明显的勾引意味："你啊，多年过去，色胆是越来越大了。"

他引导着她一颗一颗地解着他衣服上的纽扣，动作撩人又暧昧。

她的手触到他滚烫的皮肤，也不知道是怎么了，她全身的鸡皮疙瘩都跟着起来了。

明明也做过那么多次亲密的事儿了，他却总是能把池怀音引得面红心跳。

这么多年，他们只有对方，她却始终如同一只菜鸟，任何时候都是被他收拾得妥妥帖帖的那一个。怎么他在这方面就这么无师自通，难道男人真的天生在这件事上就是主导的那一个？

他微微低下头，凑近池怀音的耳畔，低声而缓慢地说："我穿西装是不是特别好看？"

不等池怀音回答什么，他已经一把将她抱上了床，动作有些粗鲁，却又记得用手挡着她的脑袋，不让她撞到坚硬的床头。

他那双罪恶的手上下游走，像鱼一样滑不溜丢，池怀音抓都抓不住。他说的话也是坏到不能再坏的那种。

"让我看看我们家宝贝准备好了没有？"他一个字一个字地停顿，像一根羽毛在她的心脏之上轻轻地挠着，令她浑身发软。

池怀音的呼吸越来越粗重，她却努力让自己镇定，拒绝用声音为他制造一丁点儿愉悦。

感觉到她的反抗，他却是毫不在意的样子。

"我们家宝贝喜欢西装，那我就不脱了。"

池怀音实在受不了这个男人在床上的黄话连篇，每次他都要说得她恨不得羞愤地自尽，她真的不懂，这是男人的通病，还是季时禹一个人的病？

终于，她忍不住嗔骂：

"季时禹，你能闭嘴吗……"

1999 年春节，池怀音第一次不在爸妈身边过年，而是跟着季时禹回了宜城。

奶奶在世的时候，她每年都回宜城，奶奶去世后她就很少回了。

季家对于池怀音这个新媳妇也是竭尽所能地疼爱，不仅在当地的饭店里大摆筵席，还逢人就发喜糖，可见他们对池怀音的喜爱。

季家亲戚多，池怀音收了不少红包，宜城之行非常愉快。

回森城后，江甜约池怀音去逛街，池怀音才猛然意识到她似乎已经很久很久没有添过新衣服了。

江甜结婚生女以后，整个人变了很多。当年读书的时候，她的钱都花在臭美和买各种新奇的东西上面了，如今逛商场，她说是给自己买东西，却不自觉地在看赵一洋和女儿小宝的东西。

看了许久，江甜才恍悟过来她是来买自己的衣服的，她不由得自嘲地笑笑："我以前最讨厌那种拖家带口的大妈，没想到我也会变成这样。"

"我倒觉得挺幸福的，走到哪里都有人可以牵挂。"

江甜笑了笑，嘴上说着"谁牵挂了"，表情却不自觉地流露出那种幸福感。

"不是我说，上辈子杀人造孽，这辈子老公创业。"江甜不满地哼了一声，"赵一洋跟电池睡觉的时间都快比和我在一起的时间多了。"

"最近这段时间确实比较忙。"

"哪段时间不忙？"江甜虽然在抱怨，却一直挺理解他们的工作，"要是当初我也学电化学就好了，能和你们一起工作。"

池怀音笑笑："太苦了，你受不了的。"

　　江甜抱怨完，将话题引到池怀音身上："对了，你们准备什么时候要孩子？"她意味深长地看了池怀音一眼，"不是还没计划吧？"

　　池怀音有些不好意思，没有正面回答："再说吧。"

　　"你们最好能生一对龙凤胎，现在计划生育这么严格，想儿女双全，只有一次得俩了。"

　　"季时禹喜欢女儿，像你们家一样就行了。"

　　"生两个好啊。"江甜说，"我本来就想要一次生俩，我名字都取好了，一个叫'大富'，一个叫'大贵'。赵一洋不让我用，现在我就把这俩好名字送给你了！我的好姐妹！"

　　大富大贵……

　　池怀音挠了挠头："你们还是自己留着吧……"

　　一直到那次展览会结束，槐荫电池都没有做成一单生意。

　　季时禹却一点儿都不着急。

　　看着厂里堆积如山的回收铅酸电池，大家都有些发愁。

　　赵一洋躺在办公室的木头沙发上看着电池杂志，周继云捧着季时禹的电脑在那儿捣鼓，也不知道是在干什么，表情都很荡漾。

　　何冬最近颇受相亲之苦，他痛苦地拉了张凳子坐到周继云身边。

　　"玩什么呢？怎么表情这么淫荡？"

　　"上网啊。"

　　"网有什么好上的？"何冬看了一眼灰色的对话框，"这是啥？"

　　周继云看都没有看何冬一眼："这是 OICQ，一种聊天工具，可以上网交友。"

　　"靠谱吗？"

　　周继云嘿嘿一笑："靠谱啊，你看我现在聊的这个，'春风吻过'，是个二十四岁的姑娘，在北都工作；还有这个，'蓝眼睛'，在森城读大学，这个真的不错，身高一米六六，才十九岁；还有还有……"

周继云竹筒倒豆子般说了一通之后，何冬提出了一个疑问。

"你怎么知道这些人说的是真的呢？隔了一根网线，万一对面是个五大三粗的汉子，还跟你撒娇，叫你哥哥，难道不恶心吗？"

周继云说："我刚有网恋的苗头，你这样真的好吗？"

何冬笑笑："你这么年轻，干吗不在现实中谈一个，搞什么网恋？"

"你懂什么？我这是跟上潮流。"

屋里正聊得火热，季时禹就满面春风地进来了，一看就是昨天晚上过得很满足的那种。大家都老实地放下了手上的事儿，坐到了椅子和沙发上。

近来季时禹连加班之后的夜宵都不吃了，啤酒不沾，谁在他身边抽根烟，他那嫌弃的表情跟人家在他面前吃了屎一样。

大家对于季时禹现在阴阳怪气的举动很是不满，多亏了赵一洋安抚众人："老季这是要孩子呢，理解一下。种马的生活过一阵子，十个月后就是做牛做马了。在这点上，我是过来人，这辈子就这点事儿比他强了！"

季时禹："……"

季时禹走到电脑桌前，见电脑桌面上又是恶心死人的聊天记录，他瞪了周继云一眼："你能不用我的电脑聊天吗？"

周继云嘀咕："一共也没几台电脑，其余的都被限制使用，只有这台……"

"行了行了，回头给你配一台，行吧？"

"季总真是英明神武。"

何冬和赵一洋一起鄙视他："马屁精。"

"废话少说，言归正传。"季时禹坐下，和大家开着小会，"我们不能继续这样坐以待毙，必须主动出击，为我们的铅酸电池谋求出路。"

"怎么谋求？"

"我们不能一直瞄准汽车行业，汽车行业的市场还是比较小，我们的电池用途很广，也许我们可以把姿态放低一些。"

"怎么放低？"

"也许我们可以生产制造适配电动汽车、电动自行车的铅酸电池。"

"这……"

季时禹的这个决定立刻让在座的三个人都有些犹豫。

"这不是放低姿态吧，怎么有种直接跪下的感觉……"

"像穿着一身西装，突然被告知是去挑粪。"

何冬听不下去了，他忍不住反驳："电动汽车和电动自行车现在市场多大，怎么就被你们说得这么不堪呢？"说完，他又顿了顿，"汽车电池这一块真的没戏了吗？怎么说呢，这一块的利润还是大一些吧……"

赵一洋和周继云忍不住向何冬投去白眼："话糙理不糙，表达的意思明明是一样的。"

"我这个……"

季时禹微微皱眉，抿了抿唇，神色带了几分忧虑。半晌，他打断了三个人的嘴仗，很直白地问："难道你们以为还有汽车敢用我们的电池吗？"

一句话把他们三个人问得哑口无言。

不等他们反对，季时禹已经拍板了。

"就这么定了。赵一洋，接下来我们改变销售方向。"季时禹又看了另外两个人一眼，"你们就继续搞研究，原来的溪山电池厂本来也是做电动自行车蓄电池的，这也算是返璞归真了。"

赵一洋对于季时禹的很多决定都是不能理解的，但是他总是习惯了去执行，并且他是个执行力很强的人。

季时禹说要转型做电动汽车和电动自行车的蓄电池，赵一洋就立刻找到了突破口，为槐荫电池报名了第二届全国电动自行车里程大赛。

为了进一步延长电池的使用寿命，提高电池的续航里程，团队对电池又进行了多次改进，被带去参加比赛的电池是槐荫团队经过多次测试，在最好的一批电池里选出来的。

早春时节，桂城还有点点冬意，赵一洋裹着厚厚的外套，里面穿着参赛的统一服装。他一边在比赛现场守候，一边不住地和旁边的池怀音抱怨："季时禹到底是真出差，还是故意要出差？"

池怀音看着他不满的样子，笑了笑："是真的有事儿要去北都，他说会尽快赶过来。"

"说要做电动自行车蓄电池的是他，不来比赛的也是他，他是不是不想当志愿者，故意的？"

因为是绿色能源比赛，所以基本上所有的现场人员都是志愿者，不用给钱。参赛的公司要用协会的赛车手，所以协会就要相应地派出一名志愿者维护现场，要穿统一的服装。

周继云以未婚嫌丢人为由直接拒绝，何冬在比赛前几天故意把自己弄感冒了。最后只剩下季时禹和赵一洋，结果季时禹又正好要出差。

哪有这么巧的？

池怀音看着赵一洋腿上贴得紧紧的志愿者衣服，深绿一条浅绿一条，实在像一只青蛙，她真的忍耐到极点才能做到不笑。

她拍了拍赵一洋的肩膀："天将降大任于斯人也。加油，赵一洋！"

赵一洋："……"

桂城南郊至洋朔的公路上彩旗飘飘，人声鼎沸。

第二届全国电动自行车里程赛将在半小时之后举行，三十九名身穿竞赛服的赛车手已经全部准备好了，他们随参赛车辆到达里程赛点桂城十一中门口，按照抽签之后的序号排列，他们身上全是深绿浅绿相结合的参赛服，看起来非常壮观。

在场的各单位领导和数百名围观群众都站在赛道之外，跟着那些赛车手一起慷慨激昂。

志愿者的服装有点薄，赵一洋站在一侧，他一边拿着两根小旗子维持治安，一边和池怀音讲解。

"这次的竞赛非常严格，里程赛组委会事先就做出了科学而明确的规定：第一，所有参赛的电动自行车都是一个厂家生产的，只有电池是指定品牌的，现场抽签，然后装入电池盒加封；第二，全部卸去传动链条，就是不准用脚蹬，必须靠电动行驶；第三，统一标准载重七十五公斤，赛车手体重不足七十五公斤的，组委会配载后达到标准重量；第四，欠压保护都调试核定为三十一点五伏，以免参赛者通过电池深放电延长行驶里程。"

池怀音皱着眉看着现场紧张的赛况："我们要怎么样才能胜出？"

"第一是跑得最远的。"

"第一什么奖励？"

赵一洋笑笑："老季说了，我们奔着特等奖来的。"

"特等奖？"

"行驶完七十公里，特等奖。"

"这么远吗？"池怀音问，"为了适应电动自行车的体积，我们做了那么多改变。"

赵一洋耸了耸肩："谁知道，看呗。"

他态度之轻松，仿佛不是来比赛的。

中国电动自行车协会理事长一声令下，三十九辆电动自行车立刻像离弦的箭一般飞驰出去。

池怀音看着代表槐荫电池的7号跑得又快又稳，心里不住地祈祷着。

续航时间长一些，再长一些……

搭乘大赛组织准备的大巴，他们一路跟着参赛的电动自行车，那些电动自行车慢慢地有了差距，有的电池性能比较差，行驶十几二十公里，电力就已经开始不足了。

而 7 号电动自行车的赛车手表情轻松,车始终很稳,电力也很足。

他背后的小旗子上的"槐荫"两个字让池怀音的心都揪到了一处。

大巴先行驶到了七十公里处,那是特等奖的位置。

池怀音下车的时候其实有一瞬间有些没有信心。

赵一洋跟在她身后下车,两人都是一下车就看到了在终点站着的那个熟悉的身影。

来人风尘仆仆,大约是刚下火车就赶到了赛场。

那一身他最不喜欢的西装他都没有换,表情严肃地站在终点线之后,静静伫立着,像一尊造型优美的雕像,若不是他眉头深锁,大约会更好看。

赵一洋比池怀音更快地走到季时禹身边,他气势汹汹地捶了季时禹一拳。

"老子就知道你是不想当志愿者。"

季时禹乜了赵一洋一眼,表情没什么变化,眉头轻动:"我觉得这身青蛙一样的衣服更衬你的肤色。"

"季时禹,×××。"

赵一洋脏话一出,季时禹立刻捂住池怀音的耳朵。

池怀音站在两人身边看戏,本来是跟着一起嘲笑着赵一洋的穿着,这会儿冷不防被季时禹捂住了耳朵,她眨巴着一双黑白分明的大眼睛看向季时禹,一脸不解。

只见季时禹一本正经地对赵一洋说:"以后不准在我老婆面前说脏话,污了她耳朵。"

赵一洋嫌弃地看了季时禹一眼,忍无可忍:"哕……"

赵一洋是现场的志愿者,不能一直跟他们插科打诨,他要过去维护治安。

看着他挥舞着小旗子,穿得跟只青蛙一样上蹿下跳,那画面实在是有趣。

池怀音回过头看了季时禹一眼，见他领口有些歪，她自然地伸手理了理："不是说今天可能赶不回来？"

季时禹低头，瞳孔里映着池怀音的影子。

"想你了。"

池怀音嫌弃地看向季时禹："肉麻死了。"

对于比赛的事儿池怀音还是有些担心，她问季时禹："七十公里，有把握吗？"

季时禹低头淡淡一笑，不置可否。

池怀音知道公司对这场比赛的期待很高，正准备问点别的，围观的人群突然沸腾了起来，毫无征兆，那声音震耳欲聋。

原本坐在路边无聊地拔草的人都站了起来，向赛道围了过去。

池怀音被这突然的变化吓到了。

她个子不高，人也不够壮，挤了半天挤不进去，跳起来也被人墙挡得严严实实，最后只得又跑回季时禹身边。

"什么情况啊？"

季时禹始终站在原地，表情泰然自若，好像所有的一切都在他的意料之中。

池怀音有些疑惑，她问个子比较高的季时禹："你能看到吗？发生什么事儿了？"

初春的风撩人，好像万物都在那一刻复苏了。世界从冬天的灰棕变成了五彩缤纷的样子。

季时禹的嘴角勾起浅浅的弧度。

半晌，他摸了摸池怀音的头发。

他的声音温柔而坚定。

"我的槐荫来了。"

就在池怀音还在愣怔的时候，人群突然散开，为缓缓开过来的电动自行车让出了一条赛道。

七十公里已经到了，那辆电动自行车还没有停下来，它一口气跑了一百公里以上，让其他的赛车都望尘莫及。

当7号回到七十公里的终点线时，所有人终于看清了它的电池的生产厂家。

扬着槐荫电池旗帜的电动自行车就那么停在那里，像个低调而全能的英雄。赛车手满脸喜色，低头在龙头上蹭了蹭，那一幕让池怀音感动极了。

在桂城的公路上，槐荫电池用实力展示了中国科技的风采，即便很多年后，那一幕依然留在池怀音的脑海里，挥之不去。

一个名不见经传的品牌夺得了冠军，现场骚动了好一阵。

穿着一身青蛙一样的志愿者服装的赵一洋几乎当场喜极而泣。

他对每个人大声说道："我们是槐荫电池，槐荫电池，中国第一！"

很多人和他握手、拥抱……

池怀音站在人群中间，她觉得现场好像一壶沸腾的水，而她虽然只是其中很普通的一滴，却也在努力滚动、沸腾，表达着自己的热情。

比赛并没有太多奖励，不过是给了他们几万元，最重要的是槐荫电池在行业内打出了名堂。

季时禹上台领奖的时候，很多人都认出了他是长河电池的创始人。

台下立刻出现了不和谐的议论声。

"这不是长河的老总吗？"

"听说长河破产了，公司都卖了。"

"他们不是研究电子产品的电池吗？搞电动自行车的电池能行吗？"

"之前听说他们的电池会自燃，是真的吗？"

"这次比赛是不是搞了什么花招儿啊？正常情况下怎么可能跑一百公里以上？"

很多参赛方不甘失败，也质疑槐荫电池的实力，要求检测电池。

季时禹对此没有任何不满和被冒犯的不悦，面对主办方的征询，他大方地让人拆下电池，让主办方将电池带回研究机构进行检测。

他坦荡的举动让主办方和电池协会的人都非常满意。

电池检测结果需要几天的时间才能出来，季时禹他们要先回森城。

连夜的火车，他们只买了坐票。

季时禹还在和对他们有兴趣的合作方聊着天，赵一洋太兴奋了，也不知道跑到哪里去了，季时禹让池怀音去找。

池怀音打赵一洋的手机打了半天，最后她是循着手机铃找到他的，她找到他的时候，他正在和一个五十几岁的老先生聊着天。

"你兜痛力真锝好强欸，港缺用在电动单车里有滴太材细用欸。"（你们这个动力真的很强啊，感觉用在电动自行车里有点大材小用了。）

赵一洋在学生时代为了泡妞掌握了很多"外语"，面对各种方言都信手拈来："奈欸奈欸，行运罢了。（哪里哪里，运气好罢了。）"

"你兜有外国研发团队吗？（你们有外国研发团队吗？）"

"涯兜人全南省团队。（我们全是南省团队。）"

好不容易等赵一洋聊完了，池怀音忍不住问他："你们这又说的是哪里的方言啊？"

"客家话。"

"你可真厉害，什么人都聊，一个老伯都能聊，他也不会是我们的客户。"

赵一洋摆了摆手："No No No，销售不是在已有的市场里不停地推广，而是打开未知的市场，没有人对我们是没用的，哪怕是刚才的老伯，也许他自己或者他的儿女买电动自行车的时候，一想到这次比赛的结果，会优先选择用我们的电池的电动自行车，这也是市场啊。"

在回森城的火车上，赵一洋太高兴了，还买了几罐啤酒。

原本已经戒酒的季时禹和池怀音也跟着喝了几罐。

赵一洋一连辛苦了几天，喝了一罐就睡着了，一脸疲惫。

池怀音和季时禹却睡不着。

赵一洋睡着以后，池怀音和季时禹才终于有机会低声说几句贴己话。

季时禹脱了自己的外套披在池怀音身上："你也睡会儿吧。"

"你呢，不睡吗？"

季时禹摸了摸池怀音的脑袋："睡不着。"

"担心检测结果吗？"池怀音说，"你每次都表现得超淡定，搞得我都看不懂你了，你到底会不会有怕的事儿？"

季时禹笑了笑，没有回答。

他的眸中带着几分疲惫，却又含着无言的倔强。

"我也会觉得压力大，肩上背负着太多人的未来。"

池怀音坐直了一些，对季时禹拍了拍自己的肩膀："要不你靠着我吧。"

季时禹被池怀音高耸着肩膀的样子逗乐了，他按着她的脑袋，让她靠在他的胸前。

"你不是经常说吗，我是大男子主义，所以这辈子只能你靠着我。"

池怀音靠在季时禹的胸口，听着他沉稳的心跳，安静地享受着这一刻的宁静。

绿皮火车的车轮与铁轨接触发出机械摩擦的声音，窗外的世界已经进入黑夜，偶尔闪过的路灯，远处的森林和村庄，一切都是静悄悄的。

"其实卖掉长河的时候，我曾经想过要不要放弃。"季时禹的声音不大不小，刚好是池怀音可以听见的程度。

　　发生了那么大的变故，他从来没有和池怀音谈过他的想法，此次漫长的火车旅行终于让他有了倾诉的欲望。

　　作为季时禹的妻子，池怀音也经常会感到没有成就感，她不需要他太强大，他依赖她也是可以的。

　　"怎么说呢，这种努力奋斗的感觉就像一场复仇一样。"季时禹自嘲地笑了，"为过去那个渺小而失败的我复仇。

　　"卖掉长河很多人都觉得遗憾，但是我没有那么遗憾。几年前我什么都不懂，一无所有，如今的我一定会比以前做得更好。"

　　季时禹握着池怀音白皙的手，温柔地把玩："有时候我真的觉得我是个很幸福的人，感谢上天让你们都在我身边。"

　　说着，他低头吻了吻池怀音的手背，动作轻柔，像对待一件珍贵的瓷器一样。

　　池怀音眼眶微红，她刚要说话，就听见对面本该"睡着"的赵一洋轻轻咳了两声。

　　他试探性地问："我现在睁开眼睛不会看到不该看的吧？"

　　季时禹、池怀音："……"

　　"兄弟，啤酒真的利尿，我的膀胱要爆炸了，对不住了。"

　　"……"

　　看着赵一洋逃命一样地离开座位的背影，池怀音突然懂了季时禹的那种幸福感。

　　这么多年了，所有的人都在他身边，也是因为他真的值得吧？

　　也许他自己都发现不了，他真的是个很有魅力的人。

　　至少在她心里是这样。

　　他们回到森城没几天，槐荫电池就迎来了两个好消息。

　　第一，经过检测，他们拿去参加电动自行车里程大赛的电池没有任何问题，确实是因为产品过硬，那辆电动自行车才能跑到一百公里以上。

举办方将这个结果挂在官方网站上好几天，槐荫也因此出尽了风头；第二，国内当时最大的电动自行车企业——菱动，向槐荫下了订单。

季时禹接到电话的时候，槐荫团队所有的人都激动得跳起了舞。

菱动的总裁到槐荫电池来参观的时候，池怀音才发现那个看上去沉稳又朴实的总裁竟然就是当初在比赛结束以后和赵一洋用客家话聊了许久的老伯。

谁说这世界上的事情不奇妙呢？

1999 年，铅酸电池的市场主要还掌握在美国企业手里，其次是迅速赶超的韩国、日本。已经有一百多年历史的铅酸电池主要是被用作汽车的启动电源。

因为中国特殊的市场环境，摩托车、电动汽车和电动自行车以较低廉的价格迅速成为人们优先选择的代步工具。

季时禹在签下菱动的订单之后，对所有的人进行了一次谈话。

"目前来说，在铅酸电池这一块我们还是追在别人身后的小弟，但是铅酸电池的起步门槛低，更适合我们目前的情况。从铅酸电池的前景来说，它肯定不会是我们最后的目标。但是目前我们厂里堆积了很多废旧电池，我们必须迅速生产，如何从美国企业手上抢夺市场，从电动自行车到汽车，我们必须有一定的规划。

"大家准备好，马上会有硬仗要打！"

第一批菱动的订单很快就生产完毕。菱动的老总是做实业发家的，对产品的质检非常严格，连他都对槐荫的产品赞不绝口，这为槐荫品牌的树立添了不少砖瓦。

这也给每个槐荫人的心里打了一剂强心针。

1999 年，北都时间 5 月 8 日。

电视上突然报道了一则突发的新闻。

我国驻南联盟大使馆遭到北约轰炸机的轰炸，当场炸死三名中国记者，炸伤数十人，造成大使馆建筑的严重损毁。

中国驻南联盟大使馆遭到轰炸之后，中国民众群情激愤，全国多地爆发了大规模的反美示威活动。很多大学生到美国和其他北约国家大使馆前举行了示威游行。

在这举国气愤和悲痛的时候，赵一洋却狠狠地利用了这一次的机会。

他一口气从美国企业家手上抢了不少已经和他们合作多年的国营企业、合资企业的订单，一下子将厂里的库存都卖光了，当初他们构思的闭合生产链终于开始正常运转。

几个月的时间，槐荫电池就成功地运转起来，开始赢利。

厂里的人力和器械都需要升级，这就需要一些资金投入，订单的回款速度没那么快。

最近季时禹和赵一洋都在为了资金跑银行。

周末，池怀音的爸爸出了点小状况，被弄到医院里了。

家人的事儿才能改变季时禹近来疯狂的工作状态。

明明是去医院探病，在池怀音看来，却像是给季时禹的假期一样。

他近来实在太累了，作为妻子，她也很心疼。

但是现在对槐荫来说又是极佳的机遇，她不能因为自私就让季时禹置公司于不顾，只能尽可能地在生活上照顾他。

池怀音的爸爸跳舞扭伤了脚，脚肿得像馒头似的，他却不肯去看医生，还每天坚持去练舞，那种对池母……哦不，对舞蹈的热爱，真是令人感动不已。

池怀音到了医院，看到池父的脚腕又红又肿，很是无奈，她忍不住说教：“爸，您都这把年纪了，怎么还这么不懂事呢？”

季时禹坐在病床旁削苹果，看着池父那狼狈的样子，他努力憋笑。

池父不好意思地喀喀两声，对池怀音说：“你是来看我的，不是来教训我的。"说着，他用手指了指水壶，"你去打壶水来。"

池怀音一走，季时禹手上的苹果刚好削完，他递给池父，池父没接，对季时禹说："你吃，你吃。"

季时禹知道池父支走池怀音一定是事出有因，于是也没客气，他吃着苹果轻声问道："爸，你是不是遇到什么问题了？"说着，他又看了看空空如也的高干病房，"妈没来看您啊？"

"她说下午来的。"

季时禹看看池父的脚腕，又是一阵憋笑："脚扭伤了就休息，那么疼，还忍着去练什么舞？"

池父有点不好意思，低声说："你妈报名了大赛，我好不容易跳赢了那帮老苍蝇，成了她的舞伴，我要是不能跳了，肯定有人乘虚而入。"

季时禹啃了一口苹果，很认真地说："我觉得妈应该不会。"

毕竟和别人一直没练，去了也不会赢，还不如放弃比赛。

池父听到季时禹这么说，立刻双眼放光："你也觉得她还是对我有感情吧？"

"您能这么想，心态也是很好了。"

池父一个栗暴要敲到女婿头上，被他灵巧地躲开了。

"你说我不能跳舞了，你妈那边我还能怎么做？"

"妈不是还报了书法班吗？您去一趟，就说愿意去当客座教授，我保证，未来半年您天天能看到妈，她写得不好，您就留堂。"

池父被季时禹一点拨，豁然开朗，满脸笑意："你小子！"说着，他脸上的笑容突然凝固，"你就是这么把我女儿赖走的吧？！臭小子！"

"爸……"季时禹一脸正经，"我已经是您的女婿了，不要对我有敌意。"

池父冷哼了一声，转了话题，说道："对了，听说你们为了那个破厂最近在跑贷款？"

季时禹手里的苹果吃得差不多了，他轻叹了一口气："对啊，钱来得不容易。"

池父看了季时禹一眼："要不我把房子卖了给你们增资吧？"

季时禹虽然不可能要池父卖房子的钱，但是池父这么说，他还是很感动，眼眶都红了。

"爸爸……"

池父认真思索了一下，说道："这样我就没有房子住了，怀音她妈应该会收留我去她那里住吧？"

季时禹的笑容瞬间凝固。

"爸爸。"

第十七章
因为有你有我

池怀音拿着水壶走到开水房的时候正好遇到池母带着饭盒来了医院。

不锈钢的饭盒被一块朴实的布包裹起来，看上去颇有池母的风格。

她从医院的电梯里出来，一眼就看到了池怀音和她手中的开水壶。

她接过水壶，将饭盒递给池怀音："我去打吧，那个水龙头有点问题，水漏得到处都是，别烫着了。"

水龙头会漏水，何尝不会烫到池母？可是作为母亲，她习惯了一切危险的事儿都由她来做，避免伤害到自己的孩子。

池怀音站在池母身后，看着她熟练地将水壶的壶嘴套在水龙头上，然后开始放水。

她一边等开水接满，一边和池怀音说话。

"最近都没怎么回家了，很忙吗？"

　　池怀音挠了挠头："美国轰炸了中国驻南大使馆，现在国内很多企业对美国企业都很抵触，公司把握住了这次机会，从美国企业家手里抢了不少订单，确实比较忙。"

　　听着开水流到水壶里的声音，池母不用看壶嘴就能准确判断出水位，及时关上了水龙头。

　　"你工作上的事儿我都听不懂，不过我有件事要提醒你。"

　　"嗯？"

　　"要注意身体。"

　　明明是很平常的五个字，却惹得池怀音红了眼眶。

　　"我知道。"

　　拎着水壶和饭盒，母女二人往病房走去。

　　池怀音看了一眼池母，离婚后她整个人的气色都好了很多，或许是因为一辈子都在忽略池母的池父突然对她上了心，她整个人看上去容光焕发。

　　她那么漂亮，一点儿都不像五十几岁的人。

　　池怀音试探性地说："看您肯来医院照顾爸爸，那是不是……"

　　"别试探了，我和他的事情我们自己会解决。"

　　她还是一贯地果决和利落，根本不给池怀音为池父说情的机会。

　　池怀音笑笑："妈，您真的越来越强势了，都不让我说话了。"

　　池母白了池怀音一眼："你一开口就是帮他说话，你说你怎么不帮我说话？"

　　"您怎么知道我在爸爸那里没帮您说话？"

　　"哼。"

　　在医院待了一下午，季时禹和池怀音要走了。

临走前，季时禹看了池父一眼，故意扬声说："妈，您回家吗？我们正好送您回去。"

池父见季时禹这么拆台，眼睛瞪得像要裂开一样。他的脚肿得和猪蹄似的，还恨不得跳起来拿拖鞋打季时禹。

季时禹赶紧往池怀音身后躲了一步。

最后是池母阻止了两人孩子气的举动。

她按住了池父的手。

"我不走。"

池父看了池母一眼，什么脾气都没了，立刻心满意足地躺回了床上。

池父住的高干病房只有他一个人，整个病房环境很好，窗帘是浅蓝色的，窗台上还有一盆花，是池母抱来的。

孩子一走，池母就开始收拾，她把病房收拾得和家里一样温馨。

他回过头看着她忙碌的背影，眼睛突然有些酸涩。

这一生她总是安静地照顾着他，好像从来没有听她喊过累。

"我的脚伤了，不能参加跳舞比赛了。"

宽敞而安静的病房里，池父的声音清晰而沉稳地落在池母耳朵里，她手上的动作顿了顿。

"没关系。"

池父想了想，说道："我听女婿说他们准备要孩子了，你什么时候搬回家里来？你不回来，我一个人照顾不了他们的孩子。"

池母没有回头，淡淡地说："送我那儿去，我一个人照顾得过来。"

"……"池父顿了顿，"我的意思是要你搬回来。"

"为什么？"

池父听池母问得这么冷冰冰的，有些委屈地说："都过了一辈子了，还真的到老了就掰了？你知道我的脾气，你逼我我才去离婚的，我心里根本不是这么想的。"

池母放下抹布，拿了把椅子坐在窗前，也没有看池父。许久，她轻叹了一口气。

"其实我也没想好要怎么样，只是觉得这一辈子过得很累。"

"哪里累？我这辈子哪一点对不起你了？"池父说起这些也有些激动，"当初结婚确实不是我的主意，你也知道的，但是你还是嫁进来了。之后我一直很努力地当一个好丈夫、好爸爸。你天天找我吵架，我从来没有说过要离婚。"

谈起这一生，池父突然安静了几秒，随后说道："都是你在说离婚。"

她必须承认，她太容易被他激怒了。

他大部分时间都不还嘴，听她发脾气、骂他，始终是一脸置身事外的表情。只有她每次说要离婚时，她才能看到他的眉头动一动。

她发现这个秘密以后就经常拿离婚说事。最初她也害怕说多了就成真了，可是说了很多次他都不接招以后，她就肆无忌惮了。

有时候她也会想，为什么他那么不喜欢她却不离婚呢？想来想去，她只能想到他的社会地位不允许他离婚。

他是一个学者、教授，如果有作风问题，在那个年代也是很致命的。

这辈子说了多少次离婚呢？其实池母自己也不记得了。

但是第一次她记得很清楚。

那年冬天他被派去北方开发金属矿，临走的那天两个人大吵一架，她没有去送他，他也没有给她留话。

他是去矿区工作，环境非常恶劣，听说那里连个拍电报的地方都没有。

一连三个月，他们没有任何联系。

他也没有给她写信，仿佛她不是他的妻子。

很多学生来家里，问她池老师什么时候回来，她每天都说不一样的时间，因为她根本不清楚。

最后她累了，她决定结束这段不幸福的婚姻。

她登上去北方的火车的那天，是一个三九天，天气实在太冷，寒风凛冽，跟刀片刮脸似的，她觉得面上有些疼，眼睛干干的，浑身上下都觉得不舒服。她中途转车，最难受的还是拉着行李箱的那只手，没有戴手套，好像已经有些失去知觉了。

她轻叹了一口气，努力地挤进了进站的队伍。临近春节，大家都带着大包小包坐火车，中国人真多，只有在这一刻她才有这样的感慨。

在那之前，她从来没有去过那么远的地方，会是什么情形她也完全不知道，火车进站，她不想挤，一直走在队伍的最后。等她上火车后才明白大家到底在抢什么。行李架的空间非常有限，她一进车厢就看见有人在为行李架的位置吵架，嘈杂中，她缩着身子找到了自己的位置。

坐了三十几个小时的火车，下车的时候，她被北方冰天雪地的世界惊到了。

好冷，空气吸到鼻子里，鼻尖都会结冰，可是又好美，白茫茫的一片，像童话里的世界一样。

南省从来不下雪，她没见过这么大的雪。

她艰难地找到他工作的矿区，简陋的住所破得不能再破，据说还是需要保密的。

她看到那个环境就觉得有些搞笑，谁想来这里？

她自报家门，一个老工程师把她带到他的宿舍门口。她有些走神，只是安静地观察着环境：灰黑色的地板看上去脏脏旧旧；整个宿舍的走廊里每隔五六米才有一盏灯，非常昏暗；宿舍的门是几十年前常用的那种黄色木门，脱了漆，看上去十分破旧。

"我记得小池今天休息，难道是出去了？"老工程师敲了半天门，没人应，他正疑惑着，破旧的木门吱呀一声就开了。

她下意识地抬头，他熟悉又陌生的模样就出现在她眼前，头发有些凌乱，脸上还有浅浅的睡痕，一双略带迷蒙的眼睛里尽是红色的血丝。他大约是随便搭了一件军大衣挡寒，非常入乡随俗的样子，与过去在学校时的"学者"形象很不符合。

不到十平方米的宿舍里现在只有他们两个人。她眼前只有三样东西：一张宽大的摆满了东西的桌子；一个非常古旧的掉漆的柜子；一张掀了被，略显凌乱的床。

他随手将她的行李包放在了墙角，双手环着胸，很是冷静："刚下的火车？"

她下意识地点了点头。

他皱了皱眉，说："有什么话等会儿再说，先去洗洗，里面有热水。"说着，他指了指房间的内侧，一扇推拉门后面有一个狭窄的厕所，虽然很是破旧，但对坐了三十多个小时火车的她来说，也算是福音了。

她确实想去洗澡，可是他在这儿，她哪里敢动？转念一想，还没离婚，他就是她的丈夫，也没什么好顾忌的。

她拿了换洗的衣服进了厕所。这宿舍虽简陋，倒也暖和。热水淋下来，她只觉得全身的细胞都放松了。

洗完澡，屋内热气蒸腾，她的头发还湿着，就晕晕乎乎地出了厕所，她一拉开推拉门，就看见了一声不吭地靠在门口的他。

此刻有些迟钝的她歪着脑袋呆呆地看了他一眼。他扯了扯自己的衣领，抿了抿嘴唇，问她："怎么说都不说一声就来了？"

她的手揪着毛巾，半晌，她才为自己解释："我不是来烦你的。"

她深吸了一口气，很郑重地说："我来是想给你自由的。"

"自由？"

"我知道你不喜欢我，所以我想，我给你自由……我们离婚吧。"

她的话说完，就一直屏住呼吸看着他，她的心跳得那么快，像一个等待审判的犯人。

许久，他的眉头微微皱了起来，突然答非所问地说："那你呢，你不喜欢我吗？"

她回想这一生，他似乎一直是这么狡猾。

他把所有的主动权都掌握在自己手上，是多么自私的一个人啊。

那次她本来要去离婚的，结果他的一句问话就把她绕蒙了，最后他们不仅没有离婚，她回到森城后还发现自己怀孕了。

他高兴得跟什么似的，好像很期待孩子的降生，这让她误会了，她想他也许也是有一点儿喜欢她的。

于是，之后的几十年她再没有离开过这个老男人。

她想，也许自己真的上辈子欠了他的吧。

此刻，他躺在病床上，像个受了委屈的人，一脸控诉地看着她。

她甚至都有些怀疑了，难道这一生是她对不起他吗？

"我有时候真的不懂，你到底在跟我闹什么？这一辈子你就没有一天消停的。"

她的视线始终落在窗外，她有太多事儿都记不清了，只是那种难受的感觉一直如影随形。

"我一直想问你，如果当年我没有跟去德国，是不是就会有不一样的结果？"

"什么结果？"

"我不去，你也许就不会回来了。"

"放屁！"

一辈子没有说过脏话的池父听到她这么说，情绪激动地说着他从来不会说的粗话。

这两个字终于让她回过头来。

"我知道你，你其实是喜欢那个女学生的。"

池父见她还去翻好几十年前的账，也有些生气："我什么时候说过喜欢那个女学生？"

"当年好多人都这么说。"

"学校里也调查了，你不信，你要我怎么说？"

"我知道你没有做什么，可是你心里……"

"我心里只把她当学生，我当初就说得一清二楚了。"

她咽了咽口水，许久，她轻叹了一口气。

"算了算了，都一把年纪、半身入土了，追究这些有什么意义？"

"我觉得很有意义。"池父突然挣扎着从床上坐了起来，"我说怎么从德国回来以后你就不正常，敢情你是这么想我的。你怎么一天到晚疑心我心里有别的人？"

池母的眼眶有些红。年纪到了，很多话也说不出口。

他也许心里没有别人，可是心里也没有她。

这结果多让人沮丧。

"你怎么不说话了？"池父依然咄咄逼人，"这些话我也憋了几十年了，今天一口气说完得了。"

"说什么呢？"

"说说为什么几十年都过了，现在却不愿意过了。"

这一辈子，他们吵架的时候都是她咄咄逼人，这一次两个人的角色好像反过来了。

"在没有感情的婚姻里过了一辈子，累了。"

"怎么就没有感情了？"池父越说越气，"没有感情能过一辈子吗？"

"我说的不是亲情，是夫妻间的感情。"

"你怎么就知道我对你没有夫妻间的感情？！"

离开医院，池怀音还是心有余悸，她忍不住抱怨季时禹："你今天是不是吃多了，干吗去招惹我爸？欠又棍打了？"

季时禹开着车，一脸高深莫测的表情。

"不这么说咱妈肯定不会留下。"

"留下又有什么意义？感觉我妈态度挺坚决的。"

季时禹回头看了池怀音一眼，无声地笑了笑，什么都没有再说。

池怀音和池母进病房前，池父突然感慨万千地对季时禹说："我这辈子比较失败，人到老年，妻子提出离婚。你别学我，要好好对我的女儿，过好这一生。"

季时禹问池父："为什么您和妈吵了一辈子，到现在才闹着分开呢？如果没有感情，不是应该早就分开了吗？"

池父听到季时禹这么问，立刻皱了眉，想也不想地回答："没有感情能过一生吗？"说完，他又觉得一把年纪了，谈这些有点不好意思，于是又补了一句，"可能是性格不合适吧。"

"什么样的性格叫合适呢？世界上哪有完美契合的夫妻？"季时禹笑笑，"您有没有想过妈的心结到底是什么？"

"心结？"

"也许就是那一句，没有感情能过这一生吗？您从来没有对她说过吧？"

池怀音看着季时禹的表情，立刻发现了端倪："你是不是又和我爸谋划了什么？你可别给我爸出什么馊主意了，你让他去跳舞，他脚都扭伤了。"

"长辈的事儿我哪里管得了？"

池怀音有些不相信季时禹："你确定你没有给我爸再出馊主

意吧？"

"长辈的事儿我管不了，小辈的事儿我得管啊。"等红绿灯的时候，季时禹踩着刹车，看着红灯读秒。突然，他看向池怀音的方向，眉毛微挑，笑得有些狡黠，"他们还不和好，我们有孩子了谁带？"

"你这么算计我爸，让他知道了他能饶了你吗？"

"过了今天，他疼我这个女婿都来不及，怎么会怪我呢？"

为了迅速抢占市场，打出名堂，季时禹又提出了一个新的回收策略——以旧换新。

这个策略提出以后，连池怀音都有些担心。

季时禹洗漱完进来睡觉，池怀音忍不住问："你确定要以旧换新吗？把旧电池的价格折现一部分确实很冒险啊。"

季时禹掀开被子，还没躺下去，就看到凑到眼前的池怀音那张白皙的小脸严肃地对着他，他一时真不知道该哭还是该笑。

"在单位里你跟我讲工作，回家了还要讲？"季时禹用手指点在池怀音的额头上，把她推开，"以后我们家要立规矩，在家不准说工作。"

"可是我真的很担心啊。"池怀音说，"赵一洋他们肯定也担心，只是不敢忤逆你的淫威而已。"

季时禹将枕头挪上来了一些，整个人靠了上去。

"我就知道你们会这样。"他轻叹了一口气说道，"你考虑一下，电动车的蓄电池能用多久？哪怕是美企的产品，最多也就两年。所以买了电动车的用户每两年就要更换蓄电池，这是必然的。这不是一个一次性的市场，而是循环的。我们现在以旧换新，虽然少赚了那么一点儿钱，但是这会让消费者优先选择我们，无形之中扩大了市场。"

"可是目前没有公司这么做，我们这么做必然要花很多的钱，如果以后这种回收、以旧换新的模式成了大趋势，别人只需要坐享其成。我们何不等别人先投资，然后我们来坐享其成呢？"

"如今电动车在以一种惊人的速度普及，这意味着什么？水满则溢，未来电动车一定会和摩托车一样被限制甚至禁止。"季时禹笑笑，"就像竞技比赛一样残酷，人们总是只记得冠军，难道亚军不努力吗？所以怀音，我们的目标就是第一。"

池怀音听季时禹说完，没有再提问，而是开始认真思索他说的话。

季时禹不准她再想工作，强行将她拉进怀中，掀起被子，将二人盖住。

"睡觉。"他的声音已经透露出他不想再谈工作了。

池怀音还没有困意，她想了想，不放心，又要问问题："那……"

她的问题还没问出来，季时禹直接用一个吻封住了她的嘴。

柔软的被子是她亲自晒的，里面还带着点阳光的气味，盖在两人身上，将被子里和被子外隔绝成完全不同的世界。

季时禹用手稳稳地扶着池怀音的脸颊，强迫她接受着这带着侵略性的吻。

唇舌辗转，气息纠缠。

许久，池怀音觉得快要窒息的时候，他才把她放开。

他微微侧头，问她："还有问题要问吗？"

池怀音终于获得了新鲜空气，胸口上下起伏，大口喘息。此刻，她的大脑已经一片空白了，连自己要问什么都忘记了，只是呆呆傻傻地看着季时禹，看着他放大的五官，看着他略坏的笑意。

"我……"池怀音终于清醒了几分，她想到季时禹做的事儿，忍不住嗔骂，"你也太赖了！"

季时禹的嘴角微微勾起："能怎么办？找了个工科女当老婆，只能这么治了。"

"我认真和你说工作，需要怎么治？"

　　"哪个男人到了床上还想工作？"季时禹欺身上来，"你记住，男人在床上只会想一件事。"

　　"……"

　　第二天，关于"以旧换新"策略的一些细节，赵一洋和季时禹沟通得不是很顺畅。季时禹还要忙别的，就让他先出去了。

　　遇到了问题，赵一洋的第一反应不是找季时禹继续沟通，而是实施迂回政策，找池怀音去吹枕边风。

　　这事儿赵一洋做了好多次了，季时禹这个人牛脾气，谁的话都不听，只有池怀音能让他的态度软点。

　　赵一洋找了半天，终于找到了正在生产线巡视的池怀音，于是他立刻一脸谄媚地走过去。

　　"池总。"

　　见赵一洋表情狗腿，池怀音皱了皱眉："又有什么事儿要来麻烦我？"

　　"池总神机妙算，嘿嘿。"赵一洋也不拐弯抹角了，开门见山地说，"事情是这样，关于以旧换新那个事儿，还有一些细节上的问题，你今晚回家以后和……"

　　"不。"

　　不等赵一洋说完请求，池怀音已经果断地拒绝了。

　　"池总，我还没说完呢。"赵一洋有些委屈了。

　　"我说不。"

　　赵一洋没想到一贯温柔善良好说话的池怀音会拒绝得这么彻底，他突然有些忐忑："池总……我最近没得罪你吧？"

　　"没有。"

　　池怀音说完，就到别的区巡视去了，真是挥挥衣袖，不带走一片云彩。

池怀音那一关走不通，赵一洋只好硬着头皮继续去找季时禹沟通。

"老季，你说句实话，我最近没有得罪池怀音吧？"

季时禹头也不抬地看着电脑，处理着邮件。

"为什么这么问？"

"我本来想找她帮忙，让她和你说说，结果她想都不想就拒绝了。"

不用他形容，季时禹就可以想象出池怀音的表情，于是忍不住扑哧一声笑了出来。

"笑什么？"

"没事。"

赵一洋狐疑地看了季时禹一眼："难道是你们吵架了？"

"我们好得很。"

赵一洋太不理解了，毕竟以池怀音在大家印象中的样子，她确实不该那么坚决地拒绝他啊？

"到底是出什么事儿了？"

季时禹轻咳了两声，清了清嗓子。

"我们家立了新规矩，以后不准在家里谈工作。"

赵一洋听到这里松了一口气："我说呢，我也没做什么事儿招惹她啊。"说着，他叽里呱啦地抱怨着池怀音对他多么冷淡，多么没耐心，多么不近人情。

看赵一洋这反应，就可以想象池怀音有多坚决。

果然那一晚之后，她还是知道怕的，大约是怕他再用那么暴力的方式"折腾"她。

季时禹摸了摸下巴，很认真地回味之后，居然还有点想让她继续在家谈工作……

1999 年，赵一洋弄丢了很重要的一单，客户是当时北方的第一汽车制造厂商——吉祥汽车。

原本采用进口电池的吉祥汽车，开始考虑国产电池，但是送检产品的检测结果都不理想。

从质量和性能上来说，国产的汽车蓄电池还是差了别人一大截。

赵一洋抓住了这次机会，成功和对方的采购搭上了关系，不想还没送产品给他们检测，吉祥汽车的高层又改变了主意。

不得不说，这事儿对赵一洋的打击挺大的。

他知道季时禹最终还是希望向汽车蓄电池方向转型，可是国内的汽车制造厂本来就不多，要么就是完全的国营企业，要么就是和国外长期合作，很难去撬动那种关系。

如今好不容易有了一个突破口，却功亏一篑，这让赵一洋非常不甘心。

赵一洋找那个采购经理聊了几次，起初经理还认真地和赵一洋解释公司策略的调整，到后来被赵一洋缠久了，也有些不耐烦了，于是他直截了当地对赵一洋说："老总决定不选国产电池，我也做不了主啊！"

"……"

为了得到吉祥汽车的订单，赵一洋多方打听，得知他们老总最近要到森城去出差，于是他又匆忙地赶回了森城。

他不想就这么放弃，他还想再搏一搏。

季时禹其实不太喜欢用岳父的关系，并不是季时禹清高，他只是希望他的家庭关系能简单一些。所以一般池父说要带他去吃饭，给他引见哪个人，他都会找理由推辞。

　　这次北方过来的企业家代表团到森城访问，其中一站就是森城大学，池父作为校长，自然是亲自接待。

　　虽然池父和季时禹平时看上去有些不对付，但心里还是认可了这个吃苦耐劳的女婿。

　　在举办和企业家们的私宴前，他还特别嘱咐季时禹和池怀音一同出席。

　　季时禹和池怀音都穿了很正式的服装，很早就到了指定的酒店。

　　那帮北方的企业家都住在这家酒店，所以池父决定在此举办私宴。

　　他们虽然都是各个领域很厉害的人物，待人却很谦和。池父不遗余力地给季时禹牵线搭桥，季时禹的表现也可圈可点。

　　私宴结束，池怀音先替池父送几个企业家出去，季时禹还在后面尽着地主之谊。

　　突然，高档的酒店里传来一阵与幽静的环境很不符合的骚动的声音……

　　那些企业家的年龄都比池怀音大一些，他们对池怀音也很爱护，说是池怀音送他们，其实也不过是陪着他们走到电梯。

　　她往前走着，就听见电梯旁边的安全通道里传来争执的声音。

　　她好奇地往安全通道看了一眼，就看到一个熟悉的身影——赵一洋。

　　他和刚才酒桌上的一个人正在说话，那人明显不耐烦了，推了赵一洋一把："你居然还敢跟到这里来？！"

　　赵一洋微微一笑，脸皮倒是很厚："我真是来这里吃饭的，碰巧。"

　　"别骗我了，哪有这么巧的？！"那人一脸嫌弃，"为什么你还不肯放弃？我已经告诉你了，老总不愿意要国产电池。我们到这里是要转道去东南亚的日企加工厂，你都看到了，老总有别的选择了！"

　　赵一洋非常执着，哪怕被人推了，也不肯放弃："我希望您能向老总引见一下我，我没有逼您使用我们的电池，我就希望至少能送上去检测，如果我们真的不行，那么我就放弃，心服口服。"

　　"不必。"

　　"刘经理！"

　　"不要再跟着我了！"说着，那个人一抬头看到了池怀音，"正好，小池，帮我报警，这里有个疯子！一个没什么实力的破厂也敢这么死缠烂打！"

　　季时禹循着骚动的声音赶到人群中间的时候，赵一洋和池怀音已经和别人起了一些争执。

　　虽然他们努力克制着情绪，但是不难看出他们都被激怒了，只是在尽力保持修养而已。

　　季时禹身后跟着的是吉祥汽车的老总，而和池怀音、赵一洋起了些冲突的正是吉祥汽车的采购经理。

　　季时禹刚才还在想要怎么留下那个老总的联系方式，没想到这会儿却弄得这么难堪。

　　"发生什么事儿了？"季时禹看了赵一洋一眼，有些疑惑，"你怎么在这儿？"

　　吉祥那位采购经理很生气，但是还是保持着风度，他走到老总身边，在老总耳边说了几句话。

　　赵一洋和池怀音还在气头上，两个人都不说话。

　　"该说的我已经和您公司的人都说明了。"那位采购经理的态度有些傲慢，说着，他转头对季时禹说，"我说刚才在饭桌上听到季总自我介绍，怎么会觉得槐荫这个名字这么耳熟，原来你们是一家的。

　　"我希望季总不要强人所难，选择应该是双方的，不是强求的。"

赵一洋听到这人这么说，立刻拔高了嗓音："老季……我没有强求，我只是希望能送一批产品给他们试用，争取一个送检的机会而已。"

"我们已经决定不选择国产电池了。"

围观的老总们都很有风度，也没有人说话，只是静静地看着眼前的一幕，现场说不上多剑拔弩张，但是气氛是有些紧张的。

赵一洋多方打听，只听说吉祥的老总会在这里参加饭局，却不知道是这么大型的饭局。

这下真是偷鸡不成蚀把米。

赵一洋也有些懊恼，心想，就算对那个采购经理再生气，吉祥这个订单也不能就这么放弃，否则太遗憾了。

一直没有说话的季时禹终于从大家你来我往的言语中听明白发生了什么事儿。

他静静地伫立着，看了一眼四周，在大家质疑的目光中，他先是对吉祥汽车的老总微微颔首。

"很抱歉，我不知道我们公司的人跟到了这里，我为他唐突的行为道歉。"他又继续说道，"但是也希望您能理解一个年轻人对事业的梦想，他所做的一切不是为了他个人，而是为了我们公司。"

原本一直没有说话的那位老总听到这里，淡淡地笑了笑。

"没事。"

季时禹见他的态度并不是那么抗拒，于是不卑不亢地说道："如果可以，希望您能给我们一次机会，我们不求最终被采用，只希望你们可以先试用和检测性能。"

季时禹面对的是一个财富比他多十倍、地位也比他高出不止十个档的人，他却没有丝毫的怯懦和犹豫，只是很平静地说着："我看过您的访谈，您说您最大的愿望是看到中国民族工业的兴起。"季时禹顿了顿，

"中国的民族工业正在兴起，可是现在最瞧不起我们的民族工业的恰好是我们的同胞，这岂不是很讽刺？

"今年美国轰炸了我国驻南大使馆，他们说是误炸，我们就只能接受这个说法，因为我们的 GDP 是别人的零头，落后就要挨打。

"只有中国人才能帮中国人站起来。"

季时禹的一番话说得并没有多煽情，可是在场的人的内心都感到几分震撼。

也因为他这一番话，这件事峰回路转了。

吉祥汽车的老总同意试用槐荫的电池。

一个多月之后，吉祥汽车给槐荫电池回了话。

——他们决定采购槐荫的铅酸电池。

1999 年 12 月底，季时禹代表槐荫电池去北都谈条款。原本这些只需要用邮件沟通就可以，但是那一年爆发了一件"大"事。

整个世界突然陷入"千年虫"的恐慌之中。

这事儿说起来也和电脑的发明有关系。

20 世纪 40 年代，电脑被发明出来，由于技术人员从来没有考虑过千年的问题，所以电脑一直是以两位数标记年份，一旦进入 2000 年，虚拟世界可能就会倒退一百年，而不是前进一年，这会带来很多不可预知的系统 bug（漏洞）。

那时候大量运用电脑的行业都非常担心这条"千年虫"，报纸也大肆宣扬。

以之后的技术来看，这条"虫"就是一个笑话，但是在那一年确实造成了股市震荡。最有趣的是银行隔三岔五地停业，技术员在 ATM 机上做着各种测试，预防人们在千禧年 0 点的时候取钱，取款机会多吐钱出来。

因为不放心用邮件交流，最后季时禹只能在寒冬腊月的时候去往北都。

他一贯怕冷，这是熟悉他的人都知道的事情。

为了御寒，他还带了个暖被窝的人一起。

池怀音对此十分不满，因为她怕冷也是全世界都知道的事儿。

池怀音坐了许久的火车，整个人已经很疲惫，她不喜欢参加枯燥的会议，季时禹就没有强迫她，只让她在酒店里休息。

因为恰逢千禧之夜，他承诺开完会就回来带池怀音出去玩。

一千年才有一次的机会，哪怕他不爱凑热闹，也愿意陪她去见证一下这个特殊的时刻。

他一个人去了吉祥汽车在北都的总部大楼，那里没有吉祥的生产厂区，只有用于商务办公的大厦。这栋气派又新颖的建筑位于北都中心的商务区域，再往前就是金融街了。

整栋大厦的管理非常现代化，季时禹有预约，全程由老总的秘书带领，一路到达这栋大厦的顶楼。

吉祥的老总——曾总没有在会议室见季时禹，而是选择在他的办公室里招待季时禹，是的，招待。

曾总亲手泡了功夫茶，一旁的桌面上放着一份合约。

见季时禹进来，他的表情悠闲而温和，他对季时禹招了招手："过来坐。"

季时禹坐在曾总对面，对曾总这种招待老友的方式有些忐忑。

"曾总。"

曾总见他有些拘束，笑笑说："你的合约我们法务已经准备好了。"他用下巴朝一旁的桌子的方向点了点，"你看一看有什么需要改的。"

本来说是要谈条款，怎么吉祥汽车直接就拟好了？季时禹将信将疑地拿起合同来看，没有任何条款上的陷阱，这是一份干净到让他有些意外的合同。

"这……"

曾总笑笑："我说过，我最希望看到的是我们民族工业的兴起。"

季时禹握着合同，半晌，他才后知后觉地回答："感谢曾总。"

曾总又冲泡了一遍茶具，才将两人的茶杯满上。

淡淡的茶香氤氲，整个办公室的气氛突然安静了。

曾总的表情平静而感慨。

"你知道吗，早些年我去参加国际规模协会的会议，中国的企业基本上都没有资格参加，就算偶尔有一两个能去的，也没有人搭理。其实我们中国的自行车是全球产量第一的，我们的棉花产量也是第一，但是这有什么用？老外都不屑一顾。

"我们中国人不笨也不懒，不应该是这个样子。"

季时禹没想到曾总会这么认真地和他聊天，想了想才说："当年我下海，也是希望能用科技报国。听起来有些可笑，但是我当时确实是这么想的。"

曾总点了点头，看向季时禹的眼神里充满了欣赏。

"你知道为什么我愿意给你们机会吗？"

"为什么？"

"因为我查了你们的背景，你们做过镍镉电池、镍氢电池、锂电池、铅酸电池。从电子产品的电池做到了汽车领域。"曾总说，"我看到了你的野心。"

作为一个大公司的老总，一个成功人士，曾总在和一个小公司合作的时候，也会亲自了解合作方的情况。看，这世界上哪有随随便便的成功？

季时禹毫不掩饰自己的野心，笑笑说："创业，必须有野心。"

"你对汽车行业的未来有什么看法？"

季时禹看了一眼曾总，思考了很久才认真说道："也许未来有一天，中国的企业会成为全球产量第一的汽车制造商，但是新的问题也会跟着出现。我们没有那么多油，也没有那么多环境资源来消化大量的汽车尾气。新能源才是机会。"

池怀音睡了一觉，时间差不多到了，她洗了脸，换了厚实的衣服，给季时禹发了一条短信，便出门去往跨年夜人最多的广场。

那时候满世界都是"世界末日"的言论，但是这并不影响人们正常的生活。

北都的大学众多，街上都是年轻学生的面孔。三三两两的朋友，成双成对的情侣，每张脸上都洋溢着青春的笑容。

池怀音突然觉得自己好像也跟着年轻了几岁。她穿着一件黑色的羽绒服，头上戴着一顶帽子，手上戴着厚厚的手套。

站在最靠近广场的汽车站旁，她没有再往广场走，但是凭着漫天的彩灯和远处热闹的声音，不难想象那边是一派多么火热的场面。

夜里，她站在车站的路灯下等了一个小时，季时禹没有出现。

就在她准备再给季时禹发一条短信问一问时，她发现原本还有最后一格电的手机居然没电了。

果然，这就是锂电池的弊端，遇冷会亏电。

池怀音笑了，心想，自己是个研究电池的人，居然没想到这个。

这时，一辆公交车到站，车厢里满满当当的人几乎下空了，池怀音抬头看着一个一个下来的人。

终于，季时禹跟着最后一个人一起下了车，他脸上有些焦急，一下车，看到穿着笨重的池怀音乖巧地站在汽车站旁，整个人都松了一口气。

"你的手机怎么关机了？"

池怀音吐了吐舌头："没电了。"

"曾总一直和我聊事儿，聊晚了，刚结束。"

季时禹瞥了池怀音一眼，递上了一根冰棍："以后出门前一定要检查，手机不准没电。"

"你也太霸道了，还不准手机没电啊？"池怀音看着他手上的冰棍，觉得有些好笑，"你在哪里买的？拿了这么久？"

"我发现北方的冰棍都是直接卖的，天气太冷，冰块都不需要。"季时禹笑笑，"一路就这么拿着，居然都没有化。"

池怀音撕开了冰棍外的塑料袋，在冰天雪地的北方室外吃冰棍，真是透心儿凉，再看看季时禹，他微微低头，深沉幽暗的瞳眸因为她的笑容也有了一丝飞扬的神采。

她突然觉得这冰棍也是润心田的。

两人往广场走去，越走近人越多。

季时禹揣着池怀音的手，放在他的长大衣的口袋里。他的长大衣之下是去公司谈事穿的西装。整个人看上去挺拔又有气质，只是有些单薄。

"你冷不冷啊？"池怀音说着就要抽回自己的手，"要不你戴我的手套吧？"

季时禹用力地按住池怀音的手，没有动。

"不冷。"

池怀音见他的表情还算正常，也没有坚持。她踮起脚看了看前方已经显山露水的广场，被那人山人海的场面吓到了。

"好可怕，这么多人。"池怀音说，"要不不去了吧？去了也看不到了。"

"你不是说想在广场上倒数吗？"

"算了吧，人太多了。"池怀音说，"反正每年都可以跨年。"

"不一样。"

"嗯？"

季时禹漫不经心地转过头来，整个人散发出一种慵懒的温暖。

"这是一千年一次的跨年。"他看着池怀音的眼睛，"我不会再让你的生活里有遗憾了。"

他牵着她的手步伐坚定地向人群中走去。

她跟着他，被他拖着走，目光始终落在他的背影上，那么宽的肩膀，那么挺拔的背脊。

那一刻，她觉得那也许是这世界上最可靠的后背。

12 月 31 日 23 点 57 分。

所有人都准备就绪。

广场上的人多到人和人都站得很近，被随意一推，就要靠到陌生人身上，但是这并不影响大家对于告别 1999、迎接 2000 的热情。

挤在人群里，季时禹像一堵人墙般将她护在怀抱中。她微微往后靠，整个人倚着他的胸膛。

很奇怪，明明已经是夫妻，她却还是会为这个男人心跳加速。

季时禹和池怀音一起看着广场上的屏幕。

光点组成的字已经开始了最后的倒数。

所有人都跟着屏幕上的数字大声喊着。

"……"

"60、59……"

他们的耳边、眼前是沸腾的人声和不断跳动的人群，一眼扫过去，人海的波浪起起伏伏，那场面甚是壮观。

池怀音正准备跟着倒数，季时禹突然扶住了她的肩膀，将她转了过来，与他面对面。

他伸手捧住池怀音的脸，强迫她与他对视，姿态霸道。

"看着我。"

他黑曜石一般的眼睛又黑又亮，仿佛有吸附力一样吸住了池怀音的目光。池怀音本能地看着他，没有丝毫的犹豫。

"嗯？"

季时禹抿唇笑着，笑得有些不羁。

"我是季时禹。"

"嗯？"

"如果一会儿末日来了，"他的声音低沉而有磁性，"下一个千年，等我去找你。"

"季时禹……"

"3、2、1！"

最后的倒数结束。

季时禹俯身吻在池怀音的嘴唇之上，带着北都的凉气和一点儿冰棍的冰糖甜味……

在一片欢呼声中，许多恋人都印下了千禧之吻。

混在人群之中，季时禹和池怀音也没有那么显眼了。

广场的广播中播放着热情的歌曲，每个人脸上都带着笑容。

季时禹放开了池怀音，池怀音还搂着他的腰。

两个人就这么沉默地对视着。

"末日没有来。"

季时禹笑笑说。

池怀音看着他，觉得他的笑容有些傻气。

"地球哪有那么容易就毁灭了？"

灯光将他俊朗的五官绘制成了一幅明暗分明的画卷，以高挺的鼻梁为界，一半明亮，一半隐匿。

他沉吟片刻，缓缓说道："末日没来，你是不是该给我生个孩子了？"

北都冬天的夜晚有多冷呢？池怀音不记得天气预报播报的温度了，但是应该是很冷的吧？可是她为什么一点儿寒冷的感觉都没有了？

人群摩肩接踵，她挤在其中，距离那么近，池怀音觉得旁边的人说话的声音几乎要冲破她的耳膜了。

她所有的注意力都集中在季时禹的脸上。

他微微低着头，专注地看着她，让她全身都微微发热。

见池怀音不言不语，季时禹勾起她的下巴。

"喂，池怀音。"

池怀音笑了。

"噢。"

这回答依旧很不浪漫。两人默契地对视了一眼。

千言万语尽在不言中。

开年后，因为吉祥汽车的订单量大，有人提出引进新的机器，扩大生产线，被季时禹拒绝了。

他依旧选择了用人力来替代机器，以降低成本。

森城这几年发展很快，人力费用变高，槐荫电池的资金不太够，无法在人才市场请那么多工人，在如何扩大生产线这件事上，大家都有不同的意见。

一贯不会质疑季时禹的周继云也忍不住提问："如今都是科技打头，机器越来越升级，劳动密集型模式必然会被淘汰。尤其是在森城这种飞速发展的城市，以后劳动力必然会越来越贵，我们跟不上科技的发展，以后必然会被淘汰。"

季时禹坐在电脑前工作，听到周继云的话，探头出来，他先是思索了几秒，然后用笔戳了戳太阳穴。

"我始终认为，未来的能源会有全新的发展趋势。铅酸电池也许不会被迅速淘汰，但是未来的限制一定会变多。你我都知道，铅酸电池的污染摆在那里，我们的绿色闭合生产链在几十年内也许能满足整体的生产环保要求，但是长远来说，这种模式不可能延续下去。如果盲目投入大量资金去扩大铅酸电池的生产线，一旦未来我们要转型，那么这笔投资是不划算的。"

周继云笑笑："老季，有时候我在想，为什么你总是会想那么长远的事儿？几十年内有市场就够了，至少我们槐荫电池得到了利益啊。可现在的人力问题不需要几十年，三年内就会暴露出来了。"

季时禹淡淡一笑："因为三年后槐荫电池一定会转型。"

资金不足，他们请不起太多青年工人，而便宜的童工槐荫也是绝不敢用的。

这可愁坏了人力资源的人，他们绞尽脑汁，最后想了一个让人意料不到的办法，并且得到了季时禹的首肯。

在槐荫厂区车间内，看着整齐地坐在地上的农民们，周继云和赵一洋都被吓了一跳。只有草根出身的何冬相对淡定一点儿。

"什么情况啊？"赵一洋一下子看到这么多中老年农民，实在有些说不出话来。

池怀音大概听说了一些情况，缓缓说道："听说是有一天厂里来了几个农民，是下面村子里的，都是四十几岁，他们听说我们这里招工，问请不请他们，一下子给了人力资源部的人启发，这些农民大多大字不识一个，也没有技术，工资水平会低很多。"

赵一洋被这个想法惊到了："你也说了，他们大字不识一个，也没有技术，这难度也太高了吧？"

"我们以前招的年轻人也一样没有技术，都是我们培训出来的。"

"好歹这些年轻人大多读了个小学、初中，有一定学习能力。"赵一洋说，"现在这感觉就像要我去教我爸爸用电脑一样，也太难了。"

在这一点上，周继云也是赞同的："这任务未免太艰难了。"

池怀音拍了拍赵一洋和周继云的肩膀："辛苦了。"

赵一洋、周继云："你什么意思？难道就我们俩来培训？"

"要不再加上季时禹？"

"我还觉得你们夫妻档最合适呢！"

何冬跳出来解围："多教几次就会了。"

"那你去！"

"当我没说。"

就像他们一开始分析的那样，这些四五十岁的中老年农民从来没有学习过文化知识，在培训的难度上远远超过那些有一定学习经历，而且年轻的工人。

周继云、赵一洋和何冬连续三天都在教同样的操作步骤，但是依然有很多人做得一塌糊涂。

周继云和赵一洋忍不住开始质疑这个解决方式了。

"我真觉得这事儿没法搞。"

周继云说："照这个速度，要培训一年吧？"

何冬累得话都不想说，瘫在椅子上一动不动。

池怀音其实也有些担心，但是毕竟是自己的丈夫做出的决定，她也不能说什么，只能默默地给大家一人泡了一杯胖大海。

"季时禹呢？"

"刚还看他在楼下。"

池怀音为季时禹也泡了一杯胖大海，然后下楼去找他，走了许久，她终于找到了季时禹。

他没有放弃，也没有休息，还在继续指导着那些除了农活没有干过其他事情的农民。

他低着头指导着别人拼装和焊接，同样的动作，教了一遍、两遍、三遍……

她手上握着给他泡好的胖大海，杯子还带着温度。她站在不远的位置，就那么看着他。

人群中，他的气质与旁人都不一样，他认真而专注，手背在背后，视线一直落在别人干活的手上，悉心指导着。

大约是听见了池怀音的脚步声，他直起身子，目光缓缓地转向池怀音的方向。

一双亮若星辰的眼睛就那么看着她，随后，他轻轻勾起了嘴角……

那一笑好像能让她度过一切劫难，让她有了满满的安全感。

这就是季时禹，不服输、不放弃，做的永远比说的多。

所以，他总是能成为团队的凝聚力。

吉祥汽车的订单肯定了槐荫汽车的能力，绿色闭合生产链的生产方式开始被很多国内铅酸电池厂商效仿。

以旧换新、回收电池的策略一时横扫了整个市场，那一年森城兴起了回收热。

季时禹也在短短一年的时间内将槐荫电池的净利润从做电动自行车时的五百万元推到了四千万元，远远超过了当年长河电池的发展速度。

槐荫电池以极其可怕的速度占据了国内铅酸电池的市场，厂区也跟着扩张了好几次。

季时禹是搞技术出身的，他极其鼓励技术创新，在槐荫电池内部创立了一项绝无仅有的"科研奖金"，只要有人能成功拿下一个专利知识产权，就能得到上万的奖金，这在当时的森城也是很诱人的数目了。

因为季时禹每一次做出的果断决定，槐荫一路披荆斩棘，以极快的速度进入了人们的视线。

到2000年年底，公司的生产线已经生产了五百万个汽车铅酸电池。

这意味着什么？意味着当时一半以上的汽车生产商都放弃了外企的电池，转投入槐荫的怀抱。

中国的民族工业真正开始走入国际市场。

这一年，季时禹在更好的地段买了房，也换了车，只是夫妻俩依然住在厂里。

他们周末没有回家，周一调出了休息时间，赶着回了一次家。

池怀音太累了，躺在副驾上闭目养神。

"爸妈这周又给我打电话了。"

季时禹专心地开着车："你爸妈还是我爸妈？"

"你爸妈。"

季时禹笑笑："不是让你别接了吗？"

池怀音睁开了眼睛，白了季时禹一眼："要不是每次你都不接，他们不会每次都打给我的。"

"每次都在问有了没，也是不知道烦。"季时禹意味深长地扫了池怀音一眼，"只有你能证明我是很努力的。"

池怀音："……"

季时禹开入主干道，路上堵得一塌糊涂，车都停在马路上，像个停车场似的。

"怎么周一也堵车？"

季时禹看了看远处，只看到浓烟滚滚："好像是起了火，我下车看看。"

季时禹解开了安全带，跟着堵在路上不能动的暴躁司机们一起往前走。

远处的浓烟越来越烈，不时还伴随着爆炸声。

马路上的秩序彻底乱掉了，声音嘈杂，人越来越多。

交警过来疏导交通，让消防车可以开进来。

季时禹没一会儿就回来了。

"什么情况？"

季时禹系上了安全带，看了看后视镜，按照交警的指示开始倒车，他一边开着车，一边随口回答："微型汽车自燃。"

池怀音有些奇怪："这天气还没开始热，也能自燃？"

"宏诚的微型汽车，半年，第三起了。"

池怀音听见"宏诚汽车"四个字皱了皱眉。

他们回到池家吃饭。

池母做好了菜，坐在沙发上看电视，池父一个一个摆着盘，分着碗筷，还把大家的杯子里倒上了饮料。

自从池怀音的父母复了婚，池父就跟变了个人似的，一下子从丈夫中的恶魔变成了丈夫中的楷模。

这让季时禹都忍不住小声感慨："咱妈真是驭夫有术。"

池怀音笑着去盛饭："回头我要好好跟我妈取取经。"

"老婆……"

一家人坐在一起吃饭，电视的新闻频道播报了突发新闻。

就是方才他们堵在路上看到的那场事故，宏诚汽车的微型汽车自燃，司机弃车逃命，幸好扑救及时，没有造成太大的损失。

主播以严肃的口吻播报着整个事故的过程，画面有些触目惊心，消防车的水柱不住地冲在汽车上，黑烟滚滚的画面看上去让人有些揪心。

虽然宏诚汽车的标志被打上了马赛克，但是他们设计的独特外形和颜色，通过烧过之后的残骸也能大概认出来。这已经是宏诚汽车半年内发生的第三起自燃事故了。

池家的父母都对汽车不熟悉，只是认真地评价道："汽车这东西也太不安全了，这么冷也能自燃。你们以后还是少开车吧。"

季时禹和池怀音互看了一眼，没有说话，闷声吃菜。

池怀音心里暗暗有种预感，宏诚汽车也许要爆发大地震了。

池父吃饭慢，喜欢慢慢品，尤其是女儿女婿回家的时候，他最爱与他们聊天。

他品着小酒，表情虽然严肃，但眼神中还是透露着惬意。

"听说你一直在鼓励科技创新，是有转型的想法吗？"

季时禹手上的筷子顿了顿，然后他认真地回答："电池的蛋糕就这么大，以我们目前的发展速度，很快就会摸到这个行业的天花板。"

"那你打算做什么？"

"还没有打算，"季时禹对此也有些发愁，"家电做不了，现在已经产能过剩；手机这东西虽然热门，但是各地上马的公司实在太多了，而且手机牌照争夺得又激烈；以现在经济高速发展的情况来说，做房地产确实是个很好的时机，但是我是搞技术、做工业的，我更希望我以后做的事儿像我做电池一样，是能掌握核心技术的行业，让中国的技术真正地站在世界舞台上和别人比拼。"

季时禹进行了一番有理有据的分析，池父听完，微笑着点了点头。

"不容易，在商场上拼了这些年，还留有我们技术人的风骨。"

季时禹笑笑。

池父说："我倒是有一个转型的方向推荐给你。"

池父是院士，也是领域内的大家，他在全国都很知名，所以能得到他的指导是很难得的一件事。

季时禹的表情很谦卑："愿闻其详。"

池父放下筷子，很认真地回答。

"转型当爸爸。"池父微微一笑，笑得很假，"让我们早点当上外公外婆。"

季时禹："……"

第十八章
光辉岁月

大约是他们夫妻俩都有些"高龄"，没有孩子这件事大家都很担心。

有半年时间，季时禹都在被担心、同情、帮助的压力下生活。

各种偏方、中药、奇奇怪怪的办法都被用到了季时禹身上，他真的应接不暇。

一直到池怀音有了，他的高压状态才解除。

不过之后又有新的状况了。

大家都开始邀功，池母说是偏方管用，季家父母说是补肾有方，赵一洋说是他们的"房中秘术"奏效了……

季时禹给每个人都送了礼物感谢，虽然有孩子是夫妻俩的事儿，和他们每个人都无关，但是对于他们的关心，他还是感觉到很温暖。

说起来，他们发现怀孕也是一个巧合。

这半年来，槐荫电池的净利润不断增长，公司需要大量资金扩大规模，也因此引起了资本市场的注意。

想要寻求合作的公司来了一拨又一拨，季时禹几乎每天都要接待不一样的资本方。

其中最有诚意的是来自华尔街的天盛，他们三顾茅庐，想要收购槐荫超过一半的股份，并且开出了非常有诚意的价格。

他们准备在收购成功之后开启槐荫的上市之路，这对季时禹来说确实非常具有诱惑力。

天盛的中方代表用标准的普通话对季时禹说："我们公司来第三次了，自然是很有诚意的，我们也充分尊重你们的决定，如果你们还有顾虑，可以向我方提出来，尤其是价钱方面，我们会酌情向总公司上报。"

季时禹始终没有表态，他带着他们参观了槐荫的厂区，经过一年多的升级和整修，厂区已经实现了标准化生产流程，确实是管理有方。

天盛的中方代表说完工作，突然问了一个私人话题："听说季总曾经卖掉了创立的第一家公司，那家公司并入大新之后，迅速为大新抢占了锂电池的市场，成了亚洲市场占有量第二的公司。你是因为这个才不愿意出售一部分股权吗？"

季时禹过往的经历都是透明的，人人都可以打听，所以他对于别人提出这个问题也不会感到被冒犯和意外，只是笑了笑说道："我是搞技术出身的，不是一个称职的商人。其实赚的钱到了一定数目，对我来说就是一个数字。卖掉公司，我觉得遗憾，但是没有后悔。当时以我的财力不足以支撑下去，被大企业收购是对公司最好的选择。公司能成为亚洲市场占有量第二的企业，我也感到很骄傲。"

"呵呵。"那人笑了笑，"季总真是个很豁达的人。"

两人往回走，刚走出两步，季时禹眼尖，一眼就看到了池怀音。

最近他工作很忙，经常加班，每天他回去的时候池怀音就已经睡了。

夫妻俩也有好几天没有好好说话了。

他很礼貌地和那人说:"失陪一下。"

他两步跑到池怀音身边,走近了才发现池怀音的面色有些不好。

"怎么了?生病了?"季时禹有些紧张地问。

池怀音回过头看了看等着季时禹的十几个人,有些不好意思地说:"工作的时候不要过来和我说话。你把客户这么晾着,多不像话。"

季时禹站在池怀音身边,手肘撑在池怀音身后的铁栏杆上,表情自然:"于公,我和我们公司的工程师说两句话,合理;于私,我的妻子脸色不好,我作为丈夫过来问问,合情。"

池怀音知道自己拗不过他,她近来确实有些不对劲,每天一工作就想睡觉,一吃饭就想吐。季时禹工作忙,她又不想影响他,只能自己扛着。

她扶额,撩了撩头发,声音不大:"我没事,可能换季有点感冒。"

季时禹摸了摸她的头发:"我带你去医院看看。"

说着,他也不管有没有人看着他们,牵着池怀音的手径直走向天盛的团队,大大方方地介绍:"这是我爱人,池怀音,我们公司的高工。"

天盛的代表没想到槐荫集团还有这么年轻的女工程师,他的嘴角流露出一丝敬佩的笑意:"没想到这行还有女工程师。"

季时禹也笑了:"不瞒你说,这么多年我们也就这么一个。"

"怪不得季总赶紧拐回家了。"

听那人打趣,季时禹也开玩笑道:"是她拐了我,她不知道多黏我。"他回过头谈笑自若地看向池怀音,"是不是?"

池怀音整个人有些晕乎,胃里一直翻滚,也不知道是怎么了,一直犯恶心,明明只喝了一杯水而已,怎么就一直恶心呢?

她看到饭菜恶心,闻到机油恶心,季时禹凑近,也……恶心。

季时禹和那人开玩笑的时候,池怀音已经很不舒服了。

他笑着说:"她不知道多黏我。"

然后他突然凑近，那股熟悉的味道又让她……

"哕……"

池怀音终于忍无可忍……

他们一路开到医院，季时禹的表情有些不爽。

他们排队看医生的时候，季时禹旁敲侧击地说："在外还是要给我一点儿面子，毕竟我是个男人。"

池怀音晕晕乎乎的，有些委屈："我怎么不给你面子了？"

"我说你喜欢我，黏我，你就吐了，至于反应这么激烈吗？"

池怀音哭笑不得："我真不是故意的。"

门诊的医生在问了几个问题以后就给池怀音指路妇产科了。

这下两个智商高、情商低，又没有什么经验的年轻人终于意识到池怀音最近的不正常是因为什么了。

池怀音做了一系列的检查，季时禹拿着那一份有红加号的检验结果，整个人高兴得像个孩子一样。

妇产科的医生见识过各式各样的夫妻，很是淡定，笑了笑说："恭喜你们。"

季时禹的表情一下子就亮了起来，一双黑白分明的眼睛里仿佛有星光一般，光彩熠熠。

他一把抱住池怀音，也不管池怀音吐在他身上的没有清理干净的呕吐物多恶心。

他刚要说话，突然又想到了什么，表情一下子就变了，他又把池怀音放开。

"哎，我怎么觉得这个孩子不太喜欢我呢？看到自己的爸爸，应该是很激动才对，他怎么看我一眼就让你吐呢？"

池怀音笑了笑，故意撩逗季时禹道："可能因为不是你的吧？"

"池怀音……"

池怀音怀孕后，季时禹就不准她到厂里去了。

池怀音毕业后这么多年，已经习惯了每天都在忙忙碌碌，这么冷不防闲下来还有点不习惯，她每天没事就去找江甜，江甜是老师，每天5点多就下班了。

两个闺密每天就一起织毛衣，池怀音做梦都想不到有一天自己会过上这样的生活。

江甜从当年十指不沾阳春水的大姑娘变成了家务能手，没有她不会的东西。她把女儿也带得特别好，孩子长得漂亮，又能说会道，时常把池怀音逗得哈哈大笑。

池怀音还没有显怀，江甜就给她传授了很多孕期注意事项。

末了她嘱咐道："前三个月最危险，那事绝对不行。分被子都不太管用，最好是分房。"

池怀音被她说得老脸一红："他也没这么没分寸。"

江甜想了想，说道："那也是，像赵一洋这种人也是少有。"

江甜家的小宝安静地坐在桌边画画，池怀音摸了摸自己的肚子，感慨极了："希望是个女儿，和你女儿一样我就满足了。"

"我倒希望是个儿子。"

"为什么？"

江甜笑着说："这样我以后可以教我的女儿去玩弄季时禹的儿子。"

"……"池怀音无语，"季时禹的儿子也是我的儿子。"

江甜左右为难地说："怎么办，那季时禹每天把赵一洋关在单位加班的仇难道就没法报了吗？"

"……"

池怀音坐在沙发上看电视，一会儿，她听见门锁发出咔嗒的声音，还有熟悉的脚步声、呼吸声，以及一声熟悉的呼喊。

"怀音，我回来了。"

家里收拾得很整齐，漂亮的装潢超越了森城大部分家庭。这几年他们的生活起起伏伏，现在终于归于平静。

随着季时禹的身家不断翻倍，两个人的生活条件也跟着越来越好。

人们对他们、对槐荫电池的看法也发生了翻天覆地的改变。

但是对他们俩来说，好像改变了很多，也好像什么都没有改变。

季时禹一回头就看到饭桌上大盒小盒的吃食，问道："爸妈过来了？"

池怀音嗯了一声："爸妈怕你照顾不好我。"

季时禹看了一眼时间，有些抱歉地说："今天回来晚了点。还是请个保姆吧，我怕你不能按时吃饭。"

说着，他走到池怀音身边："饿着孩子是小事，饿着你可怎么办？"

季时禹一靠过来，他身上那股子熟悉的男性气息立刻勾得她胃酸上涌。

"走开，快走开！"

季时禹脸色一变，老实地坐到旁边的沙发上去了，等池怀音一阵干呕之后，他才递上一杯水。

"好点了吗？"

池怀音用手顺了顺气，一贯温和的她也有些脾气了："你明知道我一闻你身上的味就想吐，你还靠过来。"

"你自己听听你说的话，你觉得像话吗？"季时禹越想越生气，"我听说人家害喜有闻到肉味要吐的，有闻到奶味要吐的，就是没听过闻到自己爱人的味道要吐的。我是臭虫吗？"

池怀音对此也是很无奈了："可能这孩子真的和你不对付吧。"

季时禹："这话说得像话吗？"

因为池怀音特殊的害喜状况，近来季时禹都是睡在地上的。

池怀音见他又在地上铺棉被，也有些心疼。

"你还是去客房睡吧，我真的没事。"

季时禹从柜子里抱出自己的被子："不行。"

"都冬天了，睡地上也难受啊。"

"我身体好。"

说着，季时禹就钻进了被窝里，也不顾池怀音的反对。

照顾孕妇是件很不容易的事儿。

半夜，季时禹睡得迷迷糊糊的，突然感觉到屁股被人踢了一脚，他几乎条件反射地弹了起来。

近来池怀音大约是白天睡多了，夜里老是折腾，有时候要喝汽水，有时候要吃鸡蛋，每天都用层出不穷的方法折磨季时禹。

人说怀孕的女人是十个月的皇后。

池怀音不一样，她从怀孕第一天起就直接登基当女皇了。

季时禹打了个哈欠，往后撸了撸自己有些乱的头发。

"说吧，又想要什么？"

没有开灯的房间里，池怀音抱着被子坐在柔软的床上，看上去楚楚可怜。

一双亮晶晶的眼睛在黑暗中格外勾人。

真奇怪，不管是工作时还是怀孕后，都不能磨灭池怀音身上那股子清淡的少女气质。任何时候，季时禹面对她，都觉得她还是当年那个固执地向他表白的小姑娘。

他原本还有些瞌睡被吵醒的不悦，这会儿看到她的脸，什么不悦都没了。

"怎么了？"季时禹心软了，声音也跟着软了几分，他几乎像哄孩子一样温柔地问道，"做梦了？"

池怀音咬着嘴唇，摇了摇头。

"那怎么突然醒了？"

"季时禹，你爱我吗？"

自从池怀音怀孕以来,她一天要问十次他爱不爱她,他已经练就了一身保命技能,以极快的速度回答:"爱,我以生命起誓。"

池怀音满意地点了点头。

"那我要什么你都会满足我吗?"

季时禹信誓旦旦:"上九天揽月,下五洋捉鳖。"

"那我要是饿了你会管我吗?"

她说了一大通,总算是说到重点了,季时禹松了一口气,见她那么严肃,他还以为是出什么事儿了呢,原来是又饿了。

"想吃什么?"季时禹站了起来,一脸宠溺,"我去做。"

池怀音撇了撇嘴,有些遗憾地说:"可是这东西家里没有。"

"没事,那我去买。"

"真的吗?"池怀音的眼神亮晶晶的。

"嗯。"季时禹见她这么孩子气,笑了笑,"说吧,要什么我去买。"

池怀音仰着头看向季时禹。

说起吃的她表情都变了,口水恨不得都要流出来了。

"我想吃火车上的盒饭,就蓉城那一段的,有辣豆豉的那种。"

季时禹:"……"

公司少了池怀音坐镇,大家只好把她的工作分了分,原本就忙,之后更是忙得连抱怨的时间都没有了。

在槐荫电池蒸蒸日上的时候,宏诚汽车却每况愈下。

几个月的时间宏诚汽车又出了两起自燃事故,这接二连三的事故终于让宏诚汽车陷入舆论的旋涡。宏诚汽车不得不做出了一个艰难的决定,要召回同批次的所有微型汽车。

大家都在嘲讽这款汽车的名字,"Mountain",果然是越不过去的山。

一万六千辆汽车,这是什么概念?

这意味着,这次事件已经足以让宏诚汽车的经营陷入困境。

午休时间,何冬拿着报纸来到了季时禹的办公室。

他将报纸递给季时禹，语气欢快，完全是大仇得报的感觉："老季，你看，真是苍天饶过谁。"

季时禹接过那份报纸，沉默地看着上面的致歉声明。

"针对近半年关于宏诚汽车 Mountain 的车辆问题，我们高度重视。我们对相关 Mountain 车辆发动机自燃问题给车主造成的不便及困扰再次表示诚挚的歉意。针对上述缺陷问题，宏诚汽车日前已向相关部门备案了召回计划，于 9 月 30 日正式开始实施，并于今日起开设'专属通道'，为相关车主提供咨询……"

报纸上的铅字每一个他都认识，明明对他来说是个大快人心的消息，但是他并没有想象中那么高兴，甚至是很平静，似乎这些都与他无关了。

何冬在原地打着转，语气兴奋极了："现在他们公司内部肯定震荡得厉害，听说厉言修在到处找资金。他的车会自燃，根本就是发动机有问题，当初他们推了半年才上这款车，肯定就是知道发动机有问题，所以赶紧改进了，可惜他的功夫还不到家，只要有问题，时间久了就会暴露出来！"

宏诚汽车的事情愈演愈烈，召回计划颁布以后，大家对他们都有点墙倒众人推的意思。

报纸杂志的经济版面都开始对宏诚汽车进行各种各样的批判，用词之犀利，仿佛和当初写文章歌颂宏诚汽车的不是一样的人。

很多媒体都对宏诚汽车的过去进行了挖坟式的发掘，将当年长河电池背黑锅的事情旧事重提。

长河电池多年的冤屈终于洗清，虽然长河电池已经不复存在，但是长河人还是因此喜极而泣。

大家高兴地庆祝的时候，季时禹却一直很沉默。

赵一洋过来搂着季时禹的肩膀："老季，你怎么不说话，难道你不开心？”

季时禹推开了赵一洋的手臂，走到人群中间。

他说话的表情严肃，声音低沉浑厚："大家对这件事有什么看法？"

何冬最先发言："多行不义必自毙。"

赵一洋拍了拍何冬的肩膀："太直接了。"

周继云笑笑："这事儿就说明在这个世上正义也许会迟到，但是不会不到。"

季时禹没什么表情，扫了众人一眼。

"我倒觉得这件事应该是一个警钟。"

"为什么？"

季时禹走到中间，手上还握着钢笔，许久，他在办公室用来开会的白板上敲了敲。

"去年电池协会的展会上，厉言修一进来，所有人都簇拥过去，想要寻求合作。他的微型汽车惊艳了全国，那么多汽车杂志都做了专题报道，说他代表的是中国真正的民族工业，他的微型汽车是中国技术兴起的标志；还对他个人大肆表扬，说他从日本回来，师夷长技以制夷。"季时禹细数着厉言修当初的风光，他的目光沉了沉，表情十分紧绷，"然后他现在是什么下场？"

季时禹没有再说下去，但是大家心中都有数。

所有人都落井下石，市场质疑、媒体奚落、合作方毁约，产品召回、资金紧张……

"是他自己的问题，谁让他当初诬赖我们。"

季时禹抿了抿唇。

"他自己确实有问题，但是也暴露出了一些问题，值得我们注意。"季时禹微微皱眉，"我们要更加严格地检测我们的产品，任何新的科研成果一定要确保百分之百没问题，才能量产。

"水能载舟亦能覆舟，我们不能出错，因为没有人会原谅我们的错误。市场是残酷的，要永远保持清醒，不要被短期的荣誉迷惑。

"希望我们槐荫人都能记住，产品才是我们唯一的名片。"

2000 年年底，季时禹又不得不去了北都。

他真的太讨厌冬天去北方了。

虽然暖气确实让室内很暖和，但是那种干燥让他一个南方人实在有些不适应。

吉祥汽车如今和槐荫电池建立了非常稳定的合作关系，这次吉祥汽车要出新款产品，对季时禹也没有防备，大方地叫他来开会，让他充分了解他们对电池的新需求。

他们约好了下午 3 点开会，季时禹下午 2 点就到了。吉祥的老总还在机场，季时禹不想劳烦别人招待他，便自己找了把椅子坐下。

刚一坐下他就碰到了一个意想不到的人——厉言修。

厉言修从高管的办公室里出来，整个人看上去有些丧气，大约是碰壁而归。

不知道为什么，季时禹觉得他此刻沉默皱眉的样子很是眼熟。

也许是让他想起了当年的自己吧。

厉言修一出来，大约也是没有想到季时禹会在这里，先是愣怔，随即恢复了常态。他挺直了肩背，一言不发地从季时禹身边走过。

季时禹刚低下头准备看手机，那个本应离开的人又走了回来。

一双穿着西裤的腿进入他的视线，他本能地抬起头。

"聊聊。"厉言修说。

这场跨世纪的对话让季时禹很有熟悉感。

一年多前，他们也曾经这样对话过，只是当时厉言修如日中天、意气风发，他落魄潦倒、郁郁寡欢。

不过一年多的时间，情况就发生了翻天覆地的变化。

还是没有人的消防通道，说话都有回音。

厉言修这次没有给季时禹递烟，只是自顾自地掏出烟盒，一根一根地抽着。

明明两个人也不是朋友，厉言修却好像很熟稔一样地和季时禹说着话。

"当初你是不是这么过来的？"

不知道为什么，季时禹并没有讥讽他的想法，只是平静地回应："比你还难。"季时禹回忆起过往，明明是那么艰难的过程，可当一切过去之后，那些艰难好像只成为一个记号，不痛不痒。

"没有大公司的人肯见我，我跑资金的时候，多待一会儿都有保安来把我赶走。"

季时禹以一种很寻常的语气讲述着自己在创业过程中遭到的冷遇，听上去似乎都没有那么艰难了。

厉言修掐灭了香烟，视线落在地上。

"当初，她说你和我是完全不一样的人。"厉言修笑笑，"看来真的是这样。"

季时禹低头看了一眼时间，情绪没有任何波澜，也不想和他闲聊了："抱歉，我要去开会了。"

季时禹拉开消防通道的大门，还没走出去，就突然听到身后传来厉言修低低的声音。

"当年的事儿，很抱歉。"

季时禹没有回头，只是挥了挥手。

"商场上没有什么抱歉。"他顿了顿，"我尊重你的选择，但是我鄙视你的选择。"

关于那次和厉言修的对话，季时禹回到森城以后对池怀音绝口不提。

他可不想再提醒自己的老婆还有这么个前情敌存在。

他对厉言修这个人没有什么很大的意见。

他当初卖掉长河的时候也许还对厉言修有些仇恨，但是不破不立，如果长河没有走到尽头，也不会有如今槐荫的崛起。

万事冥冥中都是自有安排。

季时禹从北都回来没多久就过年了。

池怀音身子不便，季家爸妈就从宜城赶到森城来过年。

婆妈二人谈到池怀音生了以后谁来照顾月子的事儿，都是据理力争。

最后是池父从中调解，决定两人一起照顾。

怀孕不足九个月，预产期还不到，池怀音就发作了。

当时季时禹正在公司接待港城来的重要客人，池怀音知道这次的会面对季时禹很重要，死活不肯让爸妈给他打电话。

等季时禹谈完了事情，大家告诉他池怀音的消息时，池怀音已经生了。

季时禹知道大家没有及时通知他时，气得差点把茶杯都摔了。

等他赶到医院的时候，池怀音已经被从产房转到病房了，整个人看上去还有些浮肿和虚弱。

见季时禹跨进病房，池怀音也不知道怎么了，突然就红了眼眶。

她一个人进去生孩子的时候没有哭；生完孩子精疲力竭，看到那团皱巴巴的小肉团的时候她没哭；可是此刻看到季时禹风尘仆仆地赶来的样子时她却哭了。

她突然觉得自己怀个孕好像确实多愁善感了很多，不知不觉就有种文科生的感性了。

见她要哭，池母立刻说道："别哭别哭，月子里哭伤眼睛。"

池怀音赶紧使劲吸了吸鼻子，用力把眼泪也一起吸了回去。

季时禹走进病房，他没有问孩子，也没有理长辈，只是径直走到池怀音床边。

　　他握着池怀音的手，眉头皱了皱："疼吗？"

　　"生的时候疼，现在想起来好像有点麻木。"

　　"为什么不给我打电话？"

　　池怀音看了他一眼："今天你不是要接待港城来的投资人吗？"

　　听她这么说，季时禹忍不住有些生气："这些能有我的老婆孩子重要吗？"

　　池怀音静静地看了他一眼："不重要吗？"

　　季时禹看着她的眼神很坚定，语气很笃定："不重要。"

　　夫妻俩说着贴己话，大约是太肉麻，长辈们听不下去，默默地退出病房。

　　季时禹刚来的时候紧张极了，这会儿见池怀音一切安好，终于放下心来，寻了凳子坐在病床前。

　　这都好半天过去了，他终于想起了孩子。

　　"女儿呢？"

　　池怀音见他开口就是女儿女儿的，哭笑不得："不好意思，没有女儿，是个男孩。"

　　季时禹原本期待的小火苗瞬间熄灭，他似乎有些难以接受："怎么会？不是说尖肚子儿子，圆肚子女儿吗？你肚子那么圆……还有酸儿辣女，你怀孕后不是一直喜欢吃辣的吗？那个火车上有辣豆豉的盒饭你知道多难买吗……"

　　季时禹想想还是不相信："不可能，是不是医院抱错了？"

　　季时禹一直在那儿自言自语地分析，池怀音实在听不下去了。半晌，她淡淡地说道："季时禹，接受现实吧。"

　　季家的小公子出生了，这可把两家的老人高兴坏了。

　　四个老家伙摩拳擦掌，就等着有孩子可以照顾，就是只有这么一个，分不了两半，只能轮流照顾。

季时禹和池怀音作为父母，倒是有点插不上手了。

出院的那天，池怀音收拾着病房里的东西。她也就住了一周不到，各方朋友、同事、下属都过来送了礼物，东西都快堆成山了。

季时禹去办出院手续了，长辈们去抱孩子，留下她一个一个地收拾。

突然，在一堆乱七八糟的营养品里，池怀音的视线被其中一份包装风格很不一样的礼物吸引了。

一个方方正正的盒子被包裹得很精美，还扎了一个蝴蝶结。

这是池怀音之前没有见过的礼物。

难道是谁送的礼物她忘了拆？

她走过去拿起那个长方形的盒子，拉开蝴蝶结，揭开一看，里面竟然是一本相册。

扉页上贴了一个标签，那么漂亮的一本相册竟然被人贴了一个文件档案用的那种红框标签，看上去实在太不和谐了。

红框标签上写着字，那字体池怀音实在太熟悉了。

可不就是出自季时禹之手？

铁画银钩，下笔有力，就四个字。

——赠予我妻。

季时禹居然送了一本相册给她。

一个工科出身、浑身散发着大男子主义的臭男人能做出这么酸溜溜的事儿，也真是难为他了。

池怀音一边笑，一边翻开相册。

里面有好多照片，有两个人的，有一个人的，有很多人的。

他们都不是那种爱拍照的人，也难为他了，能收集这么多。

池怀音一页一页地看着那些照片，回味着那些珍贵的回忆。

最后一页是当年他们的第一张合影。

背景是假得不能再假的故宫照片，两个人并排坐着，笑得那样开怀，比他们手边那一束花还要灿烂。

照片下面是季时禹写下的三行字。

岁月不老，光阴无恙。

我青春的模样是爱你的样子。

谢谢你的出现，这就是最美的童话。

池怀音的眼前瞬间被水汽笼罩，一切都变得模糊起来，只剩一个个色块和光点。

门口传来季时禹沉稳的脚步声，他站在门口，两人隔着几米的距离静静地对视。

很快，季时禹的耳朵可疑地红了，他十分尴尬地移开视线。

"手续办完了，可以出院了。"

池怀音吸了吸鼻子，拍了拍那本相册："不准备解释几句？"

季时禹一辈子没做过这么肉麻的事儿，有些抗拒，他急赤白脸地说："看完就收起来，这辈子就不要拿出来了。"

池怀音自然知道季时禹是什么德行，一点儿文艺细胞都没有，感情上也非常粗糙。他能做到这个地步，简直是太难得了。

池怀音原本还有几分想哭，结果瞬间就被他逗乐了。她合上了相册，故意说道："我以后要经常看，你这辈子都没跟我说过这么感人的话。"

季时禹听她这么说也急了："我要是死在你前面，你务必把这东西烧了给我陪葬。"

"那怎么行？我准备把这东西当传家宝了。"

季时禹："……"

2003 年，已经改名为槐荫集团的槐荫电池在港城如期上市。

一个经营五年多的公司能以这么快的速度上市，很多人都很吃惊。

2000 年到 2001 年，东南亚和港城的金融危机让很多风险资本蜂拥进入槐荫集团。槐荫经营得宜，公司的财务状况良好，现金越来越充沛。

早在 2001 年，赵一洋就提出过开启上市的计划，但是一直渴望上市的季时禹并没有急着去吸引更多的资金或者上市。

有了长河的经验，他不再盲目地去追逐、赶超，而是更多地去寻求一种稳妥的发展。

对于这个决定，他只说了两点：第一，他是工科出身，对金融资本市场认识不足；第二，槐荫还不够壮大，他认为做到历年的利润可以用于公司积累发展的时候才是上市的最佳时期。

之后的三年槐荫集团开辟了更多的业务，重新开始做锂电池，并且进行了改良，让技术发展越来越快的手机有了更长续航时间的电池。他们还开始研发可供汽车使用的锂电池——三元锂电池和磷酸铁锂电池，虽然都处于试验阶段，但是在整个行业来说都是非常超前的。

槐荫集团的营业收入也从四点二亿元涨到十二亿元。

槐荫的迅速发展也吸引了很多"资本家"的注意力。当年被季时禹拒绝的天盛又来了，这一次他们是来游说季时禹上市的。

经过深思熟虑，季时禹考虑到上市能很好地激励管理层，也算是对当初他们一起创业时他给出的承诺的一种兑现。

在槐荫上市之前，天盛的相关负责人只对季时禹说了一句话："锻炼身体，保护嗓子，不要穿工作服。"

因为上市需要募集资金，季时禹要去说服那些基金经理认购槐荫的股票，所以天盛为季时禹准备了十几场路演。

天盛的负责人知道季时禹的性格，季时禹是那种去参加商务大会，别人提到他，他都会说一句"我不认识季时禹"的人。

不善言谈，不爱着急，工科男的各种特点都在他身上完美地展现出来了，所以天盛的负责人也很担心他的路演会表现得不好。

十五天的时间，槐荫团队在全球十二个城市进行了路演，会见了近八百个基金经理。

槐荫团队的工作人员都感到很疲惫。一样的内容说几十遍，却还要继续重复，因为虽然问的是一样的问题，但问问题的人不同。

巴黎那场路演结束时，已经到了深夜。

槐荫团队所有人都要去休息了，季时禹却没有回酒店，他们第二天要去伦敦，在巴黎的时间只有这几个小时了。

赵一洋累得嗓子都有些哑了，见他还要出去，皱着眉问了一句："你不会是要去乱搞吧？"赵一洋虽然累，在原则性问题上却丝毫不让步，"我答应了池怀音要好好看着你，毕竟你现在是十亿总裁了，她怕有太多母苍蝇来叮你。"

季时禹懒得和他胡扯，冷冷地瞥了他一眼："滚。"

池怀音推开能看到海的窗户，阵阵海风迎面吹动池怀音的头发。

季慕池小朋友坐在沙发上看动画片，十分安静。

他很少像其他孩童那样调皮和胡闹，大部分时间都很安静。这个孩子实在太好带了，池怀音甚至觉得他有些内向。

自从有了孩子，池怀音就将自己的生活重心从槐荫转向家庭了。

公司需要季时禹，他是最关键的决策者，而她是他的妻子，在这种情况下，她必须选择为了家庭牺牲一部分事业。

季时禹从一个名不见经传的创业者变成十亿总裁，其中有太多的传奇，想要采访他的人多到推不完，外界对于他的个人生活也有诸多猜测。

季时禹很少接受访谈，偶尔有人问及他的生活，他也只是简单地介绍他的妻子是他的高中同学，两人育有一个儿子。

关于池怀音的身份，他一直保护得很好。

这次上市的路演，池怀音没有跟着去，他们的家庭比较特殊，季时禹经常加班和出差，她不能再让儿子也缺少了母亲的陪伴。

可能因为季时禹太忙了，儿子跟他有点不亲，但是父子二人都性格古怪，池怀音也没有主动去做什么。

平时季时禹回家了，这个小子爱理不理的，但是季时禹送他的玩具、陪他画的画，他都小心珍藏。池怀音去收拾，给他挪了位置他都要发脾气。

他明明喜欢自己的爸爸，却总是要和爸爸对着干，池怀音把这种叛逆解读成孩子希望引起爸爸的注意。一个三岁的小鬼也没什么好纠正的，长大了就好了，池怀音想。

孩子看电视看得睡着了，池怀音刚准备把他抱回房里，手机就响了。

她拿着手机走到阳台上，看着屏幕上一长串的乱号，不用问也知道是谁打来的。

海风带着点咸腥的气息，让人心得到抚慰。

"喂。"池怀音的声音不大，听上去十分温和。

电话那端的男人还没说话，先轻轻一笑，带着一丝性感的气音。

"池小姐，这里是东一区，巴黎。"

池怀音也笑了，立刻回答："季先生，这里是东八区，中国。"

时差六个多小时。

"我觉得你没来路演会后悔的。"季时禹的嗓音流转、勾人，"巴黎真美，你看不到了。"

池怀音抿唇轻笑，淡淡说道："你的儿子今天为你画了一幅画。"

"什么？！"季时禹的声音立刻不淡定了，"给我收好，我回来后看。"

池怀音回敬："你儿子的画真可爱，可惜你看不到了，我要藏起来让你看不到。"

"……"季时禹觉得自家小妻子似乎越来越调皮，胆子也越来越大了。

一定是他太宠她了，快无法无天了。

"其实巴黎也就那样。"

宠坏了能怎么办？只能继续宠了，季时禹轻轻叹息。

"你什么时候回来？"

"月底吧。"

池怀音的声音低了几分，声调也拉长了几分："那还要很久呢。"

季时禹笑了："想我了？"

池怀音认真思考以后说道："这感觉也挺奇怪的，你平时工作忙，总是很晚回家，你的存在就像厕所里的一块瓷砖，平时也不会注意，但是要是缺了一块，还挺明显的。"

"……"季时禹沉默了几秒，"就算是瓷砖，就不能是客厅的？一定要是厕所的？"

"季时禹，这不是重点，重点是我突然觉得你在我的生命中还挺重要的。"

"……"季时禹原本还有几分不爽，池怀音说完，那点不爽立刻烟消云散了。

这个女人嘴巴越来越甜，总是能知道怎么说话他会高兴。

他要是有尾巴都恨不得要摇几下。

"算你有良心。"

"路演累吗？"池怀音问。季时禹这几年的工作强度大，她最担心的就是他的身体了，"听赵一洋说你有时候晚上都不睡觉？"

"有点睡不着。"季时禹说，"见了太多人了，一天最多的时候开十场会议。从早餐到消夜全都和基金经理们在一起吃，一个问题解释十遍。"

"当总裁累吗？"

池怀音平时看着很理性，也很强大，只有在季时禹面前才会时常露出孩子气的一面，她的问题能让季时禹的脑子短暂休息。他开始很认真地思考，然后回答："累，但是有成就感。现在经济形势不好，港城那么多民营企业的利润都是负增长，我们公司毛利那么高，所以大家的问题都很尖锐，虽然回答起来很累，但是仔细考虑一下，在这么差的形势下，他们愿意抽空见我们，说明我们是有希望的。"

"他们一般都问你什么呢？"

"投资人基本也就围绕两个问题：第一，赚没赚钱？赚了多少钱？第二，投资了以后能分多少钱？"季时禹笑笑，"大家都不是慈善家，谁投资不是为了赚钱？"

池怀音也笑了笑："赚大钱还是很辛苦的。"

"赚小钱也没有很轻松。"

"嗯……"

季时禹顿了顿，反问池怀音："那你呢，当总裁夫人累吗？"

"怎么会累？"池怀音咯咯地笑着，"以前看电视剧，总是看到有钱人有各种不为人知的烦恼，我们有钱以后我才发现，哎呀，都是假的，有钱人根本没有烦恼。"

季时禹被她的说法逗乐，轻轻笑了笑。

"傻瓜。"

1889 年，古斯塔夫·埃菲尔先生为巴黎送上了一份大礼——埃菲尔铁塔。

快到整点了，听说埃菲尔铁塔的灯光在整点的时候会有不同，季时禹也没什么急切的事儿，就驻足塞纳河边，看着埃菲尔铁塔。

夜晚的埃菲尔铁塔实在太美了，塔身上的几千盏灯发出黄色的光芒，像无数颗星星坠落人间。

走在路上的情侣、游客、行人脚步都很缓慢，这里的生活节奏没有那么快，人们全身上下的细胞都好像得到了放松。

巴黎，连这座城市的名字都像情人的呢喃一般撩人。

整点到来，铁塔通体开始亮起白色的闪光，那么夺目，美得令人窒息。

季时禹的瞳孔里映着那璀璨的风景，他感到震撼至极。他用手握着手机，迎面的风吹来，许久许久，他突然说道："我很后悔，后悔没有坚持带你来。"

"有那么美吗？"他的话勾得池怀音都有些心痒痒了。

"也许没有那么美，就是想带你来看看。"季时禹顿了顿，突然认真地说道，"仔细想一想，人的一生真的好短暂，我想带你走遍全世界，不知道时间够不够。"

"傻，我们怎么可能走遍全世界？"

人年轻的时候都希望可以有机会走遍全世界，然后遇到一个人，停下不羁的脚步，两个人一起妥协于世俗的生活，努力工作，养育孩子，一生就这么过下去，老了以后不会感觉到诧异，也不会遗憾，因为当初两个人结合在一起是因为爱情。

跨国的电话线路并没有多好，不知是风声还是电波的干扰，带着些杂音，嗞嗞嗞的，好像有电流在耳边爆开。

池怀音觉得这声音让她心头痒痒的。

许久，她听见季时禹说："池怀音，你知道吗？我从来不让自己停下来，因为我想做到最好，想把全世界最好的东西都给你。"

说完，他淡淡一笑："我真的不是个感性的人，可是我总是忘不掉你当年拎着一袋衣服来找我的情景。

"说了你可能觉得我恶心，但是我常常在想，我这条命只要你要，随时都可以拿去。"

最后一场路演结束后，他们回到了港城。槐荫团队大获成功，面向散户的百分之十的公售部分完成了三倍超额认购，面向机构投资者的配额获得六倍认购，发行价达到 H 股第一。

季时禹回到森城的时候，有媒体形容他为"英雄归来"。

国际路演让季时禹重新认识了槐荫集团。

槐荫集团的经济价值比他想象的更高。

各大机构投资者的认购是对槐荫集团的业绩的认可，也是对槐荫集团前景的认可。

　　上市的意义是重大的，这让槐荫集团管理层士气大涨，也成为槐荫集团的里程碑。

　　晚上坐着最后一班船从港城回到森城，团队的工作人员都累得不行，赵一洋还在打趣："我们都上市了，居然还是坐船回家，就不能坐直升机吗？"

　　他话音刚落，大家都开始揶揄他，气氛好不热烈，一如当年他们刚创业时的模样。

　　1995年下海，至今八年了，季时禹终于完成了当年对所有人的承诺，回首当初的一切，他只觉得一切的艰辛都不再重要了。

　　季时禹拿出手机看了一眼时间，又看了看短信箱里唯一的那一条短信。

　　"我要你的命有什么用？留你一条狗命，再照顾我和儿子一百年。"

　　那些文字好像自带舒缓的音乐，季时禹的嘴角不自觉就勾起浅浅的弧度。

　　周围声音嘈杂，唯有他的内心是宁静的。

　　真想让这船开快些，再快些，他第一次感觉到如此归心似箭。

　　当年结婚的时候，他大言不惭地说要给池怀音一个家，如今看来，不是他给她，而是她给了他一个家。

　　她曾是槐荫的高级工程师，槐荫所有产品的研发过程中都有她的智慧和汗水，她默默为槐荫集团发光发热，却不求出名。为了成全他的事业，她将自己的生活重心转移到了家庭生活里，让他不用再为家庭琐事担心。

　　他加班不管加到多晚，池怀音总会为他留一盏灯。

　　他很少会感觉到累，任何时候都好像能量满满，现在想一想，大约是因为池怀音的存在吧。

　　她是他的阳光、空气和水，他靠着她进行光合作用才能生存。

　　走出码头，大家都各自回家了了。

　　季时禹的配车停在外面，一般他回城都是秘书过来接，方便交代事情。季时禹一边朝着车走过去，一边低着头给池怀音打电话，打了一个过去，却没有人接，再看时间，已经快11点了，季时禹想，大约是哄孩子睡觉了吧。

坐上后座，季时禹头也没有抬，用手机查看着电邮。

车平稳地开着，开了好几分钟，驾驶座上的人才发出喀喀两声，引起了季时禹的关注。

季时禹低着头淡淡地说道："冯秘书，你感冒了？声音都变了。"说着，他抬起头来。

车厢里没有灯，只有车窗外的路灯一盏一盏地晃过，间歇的光终于让季时禹发现，驾驶座上的哪里是他的秘书，分明就是池怀音。

季时禹终于放下了手机，歪着头看着那个假装专注地开车的女人，整个人都放松了下来。

"要和冯秘书抢工作？"

池怀音听到季时禹这么说，调侃道："不行啊？池秘书也很不错啊！江甜说了，你现在发财了，我不能当家庭主妇，得继续干活，不然和你差距太大，没多久你就会被别人勾走了。"

以前季时禹最讨厌江甜和池怀音胡说八道，但是这会儿他很感激江甜。如果能让自家越来越冷漠的老婆开始黏他、在乎他，他很乐意被"恶意揣测"。

"你还会怕这个？"季时禹都有些惊喜了。

池怀音笑了两声，然后回答道："怎么可能？你还真信？"

季时禹的笑容瞬间凝固。

池怀音继续说着："我想过了，你要是被人勾走了，我就按法律规定分走你一半的身家，然后带着孩子改嫁，你给孩子取的名字也很好，嫁给谁都能随便改，张慕池、李慕池，你看，一点儿都不影响的。"

"……"季时禹后悔说起这个话题，他皱着眉，语气瞬间霸道了起来，"你这辈子也没有机会改嫁，明白？"

池怀音通过后视镜看了一眼季时禹越来越铁青的脸色，调笑道："你怕分我钱，还是怕你儿子改姓？"

"闭嘴。"

池怀音撇嘴："不过男人有钱了确实会变坏，听江甜说，给你们融资的那个天盛的中国区副总和秘书乱搞，抛弃了发妻。"

季时禹皱眉："你以前从来不关心这些八卦。"

"担心啊，你也有秘书啊。"

季时禹无语极了："冯秘书是男人！"

"万一呢……"池怀音说，"听说也有一些小三是男的。"

季时禹："……"

他们回到家时已经快 12 点了，池怀音本能地走进浴室放水，她刚调好水温，转身准备去给季时禹拿换洗的衣服，浴室的门就被季时禹关上了。

池怀音要往外走，被季时禹拦腰抱到胸前。

池怀音笑着抬起头看着他："干吗？"

季时禹一脸认真思索的表情，淡淡地说道："男人有钱了还是应该学坏一点儿。"

"所以呢？"

"所以我也要乱搞。"

"嗯？"

"第一步，睡秘书。"

"当你的秘书，还要提供这种服务啊？"

"现在知道怕了？来不及了。"

说着，他直接将人扛了起来，丢进了放了一半水的浴缸。

水花四溅，打湿了两人的衣服。

浓烈的想念经过多日的分离化作急切的需要，好像每一个毛孔都在呼唤着对方的名字一般。

热气氤氲，透亮的玻璃蒙上了一层朦胧的水汽。两个交叠在一起的身体，以及水声掩盖之下的喘息声，将宁静的夜晚修饰得那样热烈……

2003 年，中国兴起了"造车热"。

汽车行业因为丰厚的利润在制造业中异军突起，吸引了很多公司都要进来分一杯羹。

做手机的、生产空调的、烟草业的都纷纷转型，开始造汽车。

一直渴望做汽车行业的季时禹却始终按兵不动。

对此，赵一洋倒是有些不解。

"我们从股市募集了那么多资金，你没有想过开辟新产业吗？你以前不是一直想做汽车行业吗？"赵一洋说，"前阵子美德空调收购了融城的双马汽车，拿到了越野车和拖拉机的生产牌照。我和你提过双马，它很值得收购，你为什么不考虑？"

五年时间，他们从只有一间破旧厂房的公司发展成拥有高新产业园区的港城上市企业，季时禹的办公室也从最初窗户都坏掉的屋子换到了窗明几净的总裁办公室。

他做决定很快，却不会盲目投资。对于发展多元化产业，季时禹并没有想象中那么焦急。

"汽车行业至今已经发展一百年了，是一个传统产业，这代表什么？就像一百多岁的铅酸电池一样，传统产业就代表了低科技。比起越来越高级的手机电脑，生产汽车的技术相对简单很多，我们不需要着急，而是应该等待机会。"

季时禹口中的那个机会很快就来了。

宏诚汽车因为经营出现困境，正在寻求买家。

宏诚汽车拥有轿车的生产牌照，是最符合季时禹的想法的入场券。

听说季时禹要去参与收购宏诚汽车的竞争，何冬都惊到了。

"宏诚那些人当初是怎么害我们的？你发疯了，去收购它？"

赵一洋对此倒是并不反对："我倒觉得就是收购它才解气。"

周继云对于季时禹的这个决定有些不解，很平静地问了一句："为什么？"

季时禹猜到了他们会问为什么，很平静地解释道：

"第一，宏诚汽车拥有轿车牌照。

"第二，公司是厉言修亲自创办的，有先进的工艺，德国设计的涂装生产线，西班牙的全数控冲压生产线，日本设计制造的车身冲压模具和焊接生产线，以及整车检测线，这些都符合国际标准，有年产五万辆的生产实力。

"第三，他们完全自主开发了微型汽车 Mountain，拥有两百多名工程师，人才是财富。"

最后，没有人再质疑季时禹，槐荫集团很快便参与了宏诚汽车的收购之争。

当时对宏诚汽车感兴趣的一共有三家公司，都是上市公司，另外两家都是汽车和汽车相关行业的大公司，比槐荫集团更有"财力"。

但是这些都不是重点，重点是厉言修和季时禹的一些私人恩怨。

到宏诚汽车去洽谈的时候，赵一洋心里始终对于收购的事儿没什么底。

被宏诚的接待人员安排在会议室里等待，赵一洋始终紧皱着眉头。

"讲真的老季，我真的不是质疑你，我只是有点好奇。"他扫视四周，压低了声音说道，"你到底是不是想要羞辱厉言修，所以故意要收购他的公司？"

赵一洋看了季时禹一眼，很认真地说："我想了很久，真的觉得你这一招太高了。对厉言修最大的羞辱是什么？不是生意失败，不是情敌发财，也不是情敌娶了自己的心上人，而是除了自己生意失败、情敌发财、娶了自己的心上人，情敌还要砸钱买自己的公司。羞辱，真的羞辱。"

赵一洋一番言之凿凿的分析成功逗乐了季时禹，季时禹挑了挑眉，什么也没解释，只是反问道："你看我的收购标底了吗？"

"看了啊……"

"我开出了二点七亿。"季时禹说；"毋庸置疑，我肯定是这三家公司里开价最高的。"

"所以？"

"为了羞辱情敌，给情敌送二点七亿？到底是羞辱他还是羞辱我自己？"

赵一洋瞪大了眼睛："所以你真的是为了汽车？可是为了汽车也能收购双马啊，怎么双马你就不要，非要宏诚？"

"宏诚有轿车牌照，而且发改委每年会发布几期生产企业和产品目录，榜上有名的才能生产，这有多重要，不需要多说。微型汽车领域现在在国内缺少领头羊，这是我们的机会。"季时禹目光幽远，"要么不做，要做就要做最好的。"

"……"

赵一洋还准备说话，会议室的门就被推开了。

厉言修和宏诚的管理层一同进来，赵一洋赶紧闭上了嘴。

之前和他们已经洽谈过一次，为了表示诚意，槐荫的人二次上门。

季时禹全程没怎么发言，倒是赵一洋吹牛吹得很卖力。

关于两家公司的底细，彼此都很熟悉了。

收购是双向选择，其实对于能不能成功收购宏诚汽车，季时禹也没有太大的把握。

会议结束，大家退出会议室，厉言修却突然叫住了季时禹。

"私下说几句？"

季时禹看了厉言修一眼，然后示意赵一洋出去。

偌大的会议室里只剩厉言修和季时禹两个人。

毕竟这里是厉言修的地盘，他看上去还算自在。

　　不管公司发展得如何，他身上都没什么落魄的感觉，穿着一身名牌，气质淡然，一切都很得体。反观季时禹这个来收购的，一身的国产西装，出门前衣服有点皱了，池怀音要给他熨一下再走，他没时间，便作罢了，看上去实在不如人家精致。

　　厉言修站起身来，一扇一扇地拉开了会议室的百叶窗，让阳光透进来，整个会议室都明亮起来。

　　做完这一切，厉言修没有回过头来，他只是看着窗外，看着脚下越来越发达的森城。

　　当年也算很气派的宏诚汽车总部，如今在森城只是很破旧的一栋楼而已。

　　这个城市发展得那么快，原地踏步就已经是落后了。

　　"可以问问你为什么要收购宏诚吗？"

　　季时禹没有顺着厉言修的话说，只是很认真地看了他一眼，说道："我可以问你一个问题吗？"

　　厉言修安静了几秒，随即抿唇。

　　"问。"

　　"你为什么一直没有结婚，是不是还在觊觎我的妻子？"

　　原本微妙的气氛因为季时禹提出的这个问题突然就轻松了起来。

　　厉言修淡淡一笑："是又如何，不是又如何？"

　　"如果不是，那是最好。如果是，我劝你早点打消这个念头。她已经是我的妻子，为我生儿育女了。"

　　"疯子。"

　　被厉言修骂了，季时禹才收起了脸上最后一丝不太正经的表情。

　　"你的顾虑是不是和我的顾虑差不多？"季时禹说，"你不会因为男女私情影响商场上的决定，我更不会。

　　"我想收购宏诚汽车是因为我想生产汽车，是因为宏诚汽车适合槐荫集团。和你本人没有什么关系。"

季时禹勾了勾嘴角，淡淡一笑。

"恕我直言，你不值得我花二点七亿报复。"

一轮激烈的角逐之后，厉言修跌破众人眼镜地选择了槐荫集团。

季时禹自己事后想想整个谈判的过程。他确实没有说过任何的漂亮话，只是很寻常，甚至有些傲慢地表达着他对宏诚汽车的意向。

厉言修最后却选择了季时禹，这让季时禹感到有些意外。

在签约之前，槐荫财务部门的人对季时禹的这个决定感到担心。

集团刚上市不足一年，当初在他们顺利地募资18亿港元、优良的业绩和因为高额的分红承诺受到各大基金的追捧之后，股价的走势一路十分稳健。

这个收购的消息一旦被传出去，会导致什么样的结果，其实大家有些不敢想象。

因为根据季时禹的分析，宏诚汽车也许有许多优势值得槐荫集团去收购。但是从金融的角度来看，宏诚汽车可以算是一家劣质的企业。

就在2002年，宏诚汽车的净利润已经降低到不足70万元，虽然拥有几百个员工、各种先进的仪器和200多名工程师组成的团队，但是资源的使用率不足40%，还有2.2亿的债务和近6000万元的关联企业贷款的担保。

槐荫集团的主营业务和汽车制造业的关系不大，宏诚汽车作为他们开拓市场的敲门砖的能力也不足。而季时禹却给出2.7亿的收购价格，收购的市盈率高出宏诚汽车利润的400多倍。一般的收购市盈率也就高出利润15—30倍。因此，季时禹的这个决定，对国外的资本市场来说，简直是天方夜谭。

在签约之前，季时禹听了赵一洋的建议，约见了天盛基金的亚洲区负责人。天盛基金众筹持有槐荫集团的股票，如果他们开始大量地减持股票，这会对槐荫集团造成很大的影响。

为稳定军心，季时禹选择了提前与他们见面。

天盛整个团队的人对于季时禹准备收购宏诚汽车的决定表示不解。

"你没有做过汽车，也没有任何技术的基础。据我们所知，宏诚汽车的负责人是专业的汽车工程博士。他没能保住宏诚汽车。你做这么大风险的决定，有没有想过这会有什么后果？"

季时禹知道天盛基金的人一定会反对。他作为一个汽车业起步晚的小弟，始终很谦逊。

"事实上，我收购宏诚汽车，是做好了我们需要五年甚至十年才能盈利的准备。在未来的三四年里，槐荫集团会继续靠电池业来保证高盈利。但是我也必须告诉你们，电池制造业在三四年后，会到达行业的天花板。槐荫集团也需要另谋产业进行开拓。这几年，服装、玩具、手机、家电行业遭到国外的反倾销投诉，只有汽车业受到国家的保护。这说明，在至少未来的十几二十年里，汽车业会是高增长的行业。"

对于未来，季时禹始终信心十足，像当初路演时打动一众基金经理一样，铿锵有力地说道："我 1995 年放弃铁饭碗辞职，从一个搞科研的学者变成一个商人，将长河经营成槐荫集团，如今公司上市。我是最爱这份事业的人，不会拿自己的心血冒险，希望你们相信我。无利可图的事儿，我不会做。"

槐荫集团紧锣密鼓地进行着收购宏诚汽车的计划，担心股价被影响，在收购成功之前，除了打了多年交道的天盛基金，没有向外公布这个消息。

大家称最近的一段时间是暴风雨前的宁静。

收购的消息一旦被公布。股价会不会大跌、会跌多少，那是一个未知数。

比起槐荫集团内部的紧张气氛，季时禹实在太淡定了。

周一要签约，季时禹周日没有留在公司，而是很早就回家了。

池怀音觉得最近槐荫集团一定是有大动作，不然季时禹最近不会一直处于一个很紧绷的状态。虽然他不说，但是作为多年的爱人，她还是能感觉到那种不同。

季时禹回家前，给池怀音打了电话，池怀音又多炒了几个菜。

季时禹回到家。家里还是一如平时，安静，却又让人感觉到温暖。

季慕池小朋友在玩乐高，玩得那么专注，连爸爸回来了也没发现。电视里虽然在放着动画片，但是季慕池似乎对这些需要动脑子的游戏更感兴趣。

季时禹换了鞋，走进屋内。季慕池小朋友听见响声，抬头看了一眼自己的爸爸。季时禹也低头看着自己的儿子。

他突然对季慕池拍了拍手，然后张开双臂，示意季慕池过来抱抱。

季慕池嫌弃地看了一眼自己的爸爸，犹豫了几秒，然后不情不愿地走到季时禹的怀里。

季时禹生得高大健硕。季慕池小小的一个人，被他抱在怀里，才显示出一个孩子的模样。

"怎么每次我抱你，你都是一副不情愿的样子？"

季慕池不说话，傲气地哼了一声。

"臭小子，你对你爸我，这是什么态度？"

季时禹还没说下去，池怀音就从厨房里走了出来，她手上还端了两盘菜。

季时禹要去接盘子，准备把孩子放到地上。结果季慕池却用手臂圈紧了季时禹的脖子，锁死了，季时禹想放季慕池也放不下去。

"喂，小子。"季时禹感到有些诧异。

池怀音看着这一幕，无声地和儿子对视了一眼，随即笑了笑："慕池想要你抱他。"

季时禹低头看着自己的儿子，季慕池不好意思地移开了视线，可是耳根可疑地红了。

季时禹对这个答案自然是感到无比欣喜，对儿子一会儿抱一会儿啃，高兴得不得了。他得意扬扬地说："你看到没，池怀音，亲生的孩子就是不一样。"

看着别扭又幼稚的父子俩，池怀音无奈地摇了摇头。

电视里放着很寻常的新闻，没有人在看。持续的背景音组成了生活的片段、温馨的乐章。

不管他在外多累多辛苦，回到家就觉得全身上下的细胞放松了。

季慕池很乖地拿着勺子吃着蒸鸡蛋，吃饭的习惯很好，一点儿不让人操心。季时禹看着自己的妻子和孩子，只觉眼前的画面像一股暖意涌入胸口。

池怀音见季时禹一直看着自己，筷子在碗里挑了挑，寻常地问道："你是不是出了什么事儿？"

季时禹看着她，沉默了几秒才问道："如果有一天我的生意失败，我们过不了这种富足的生活，要回去当普通人，你会怎么办？"

池怀音没想到季时禹会问这个问题，先是一愣，随即反问道："你知道我为什么没有请保姆吗？"

"嗯？"

"因为我最想过的就是普通人的生活。"池怀音低着头，餐厅的灯光落在她的脸上，纤长的睫毛投影在她的眼窝之中，静谧极了。她许久才抬起头，看着季时禹："我自己带孩子，自己做饭，自己收拾屋子。也许这个家比较大，我们住处的地理位置比别人的好，但是我所维持的就是普通人的生活。"

季时禹没想到自己一直以来的生活环境，其中还有这些内情。

他一时百感交集，看着池怀音，好像有千言万语想说，却又一句话说不出。

池怀音小心翼翼地看着季时禹，许久，才小声地问道："所以，槐荫集团要破产了吗？"

"……"季时禹原本酝酿的感动瞬间就消散了。

签约仪式是在槐荫的厂区里完成的。

槐荫集团的管理层几乎都到场了，作为大股东之一的池怀音也必须到场。其实这也不过是个形式，大家心照不宣。

人们在办公楼里宣读条款，签约。她带着孩子在厂区的篮球场上玩。

天气很好。阳光的温度并不灼人，也不刺眼，一切刚刚好。不足三岁的季慕池玩着比他的头还大很多的篮球，玩得并不利索。厂里新来的工程师和好几个年轻的小伙子陪他玩，倒是不亦乐乎。

她低头看了一眼时间，再抬头，就看到厉言修一个人朝着她的方向走了过来。

两个人的视线于空中相会，她微微地皱了皱眉。

想了想，池怀音起身，准备抱起孩子离开，被厉言修叫住。

"怀音。"

她很久没有这样心平气和地和厉言修坐在一起说话。

公共的篮球场外，两个人像两个学生一样坐在一起，视线落在球场上，心思却没有落在场上打球的人上。

微风过，撩动池怀音的碎发，她伸手捋了捋头发。

"我要走了，再也不会回来了。"厉言修说，清冷的声音缓缓地响起。

池怀音回过头看了他一眼，嘴唇动了动，却没有发出声。

厉言修淡淡地笑了笑，表情有些苦涩："刚才签约的时候，我突然想起了你说的话。你说你永远记得当年的我。真神奇，我自己是怎么忘记当年的自己的？"

池怀音微微地低头看了一眼自己的脚尖，许久才说："宏诚是你的心血，能到今天的规模，至少某些部分是成功的。"

"也许，宏诚真是毁在我的手上了。"经历了那么多事情，厉言修想通了很多很多的事情，"你说，我现在找回当初的我，这还来得及吗？"

厉言修的声音落定，周围只有风扫过花树的沙沙声。

池怀音眨了眨眼睛，没有说话。

厉言修自己回答了这个问题。

"来不及了。"

池怀音太专注和厉言修说话，连孩子不见了也没发现，回过神来后，就有些慌了，也顾不上和厉言修说话。

她站起来往篮球场看了一圈，再回过身，刚要去找孩子，就发现季慕池不知道什么时候已经走到他们的身后。

季慕池绷着一张脸站在厉言修的身后，不等他们说任何话，已经握紧粉粉的拳头，捶在厉言修的腿上。

池怀音没想到自家的孩子会做出这么没有礼貌的事儿，吓了一跳，赶紧把季慕池拎了过来，将季慕池拎到她的身边。

"你怎么回事，怎么随便打人？"池怀音有些生气，没想到自家一贯乖巧的孩子会做出这种事儿。

季慕池小胳膊小腿的在挣扎，嚷嚷道："坏叔叔！坏叔叔！坏叔叔要勾走妈妈！我要把坏叔叔打走！"

季慕池的话震惊到了池怀音，她皱着眉头训斥他："胡说八道！这是谁教你的？"

不远处，一道她熟悉到不用描摹的人影走近。

他一步一步地走，那副痞里痞气的模样实在让人难以忽视。

池怀音的眉头微微地皱起，嘴唇紧抿，她抓着儿子的手没有放开季慕池。

季时禹走到池怀音身边，伸手圈住池怀音的肩膀，宣示着"主权"。

"是我。"他说。

厉言修卖掉了宏诚汽车所有的股份后，离开了中国，去了日本。这次他走了，就不会再回来了。

关于最后的那一场乌龙，他没有将这件事情放在心里。

提起这事儿，池怀音就要替季时禹感到害臊。

"人家就是随便和我聊聊天。你利用儿子去捶人家，真是成熟极了。"说完，池怀音冷笑两声。

季时禹对此倒是满不在乎，对于"大醋缸"这事儿不以为耻反以为荣："你应该觉得庆幸，这世界上有如此在乎你的男人。"

"喊。"

"再说了，我怎么知道他是和你随便聊聊，还是拿了我的钱来挖我的老婆。"

"我已经结婚生孩子了，哪儿还有人等着我要带我走哇？难道你以为我是天仙吗？"

季时禹认真地看了池怀音一眼，随即反问："你不是吗？"

池怀音哽了很久，觉得滑稽又有点儿小暗爽："好吧。"

果然，女人是被夸出来的。

厉言修走的那天，森城里下了雷暴雨，他的航班延误了。

那天季时禹没有去厂里，陪池怀音和孩子看电视。厉言修打电话来的时候，季时禹立刻显出一副黑猫警长的状态，一双眼睛目光炯炯地看着池怀音。

其实池怀音也有些不解。厉言修为什么会打电话给她？

"喂。"

电话那头的厉言修轻声地一笑，然后轻快地说道："今天下了很大的雨，好像把一切洗掉了。也许，我可以重新开始了。"

池怀音看了季时禹一眼，想了想，没带什么情绪地说道："恭喜你。"

厉言修大约也是料到了池怀音会是这个反应，也没有多说什么："以后你如果还去日本，一定要找我，我一定招待你。"

"好。"

站在一旁的季时禹听不到厉言修在电话里说什么，听见池怀音说了一声"好"，眉头一皱。他用单手叉腰，一脸不耐烦的表情对池怀音比了比手势，示意她把手机给他。

然后池怀音就真把手机给季时禹了。

"他要你来接。"

季时禹："……"

关于厉言修在电话里说了什么，池怀音一直感到很好奇。但是她问季时禹，季时禹什么也不说。季时禹被问烦了，就很不耐烦地说一句："他就说了句废话。"

池怀音对于季时禹的隐瞒感到很不爽。但是他不说，她也不好去问厉言修，毕竟这不方便。于是这事儿就成为一个梗，也不是多重要，就是让人好奇，没有答案久了，还挺吊人胃口的。

其实厉言修真没有说什么。

临走之前，厉言修只是对季时禹说："你一定要好好地对她，她是个好女人。"

这不是废话是什么？

收购的消息被传出去的那一天里，国外很多看好槐荫集团的基金公司，将槐荫集团的股票评级从"买入"改为"卖出"。槐荫的几大主要的投资者也在之后的几天里连续地减持股票，这引发了槐荫集团的股市大震动。收购成功的第二天，股价一天里跌了4元，跌幅超过20%，几天的时间里，槐荫集团的市值蒸发了好几亿。

那几天，季时禹的手机几乎处于时刻发热的状态。

一些原本支持季时禹的基金经理在股价大跌以后用言语警告季时禹，表达对季时禹贸然收购宏诚汽车的抗议。

"我们要继续抛你的股票，将它抛死为止"

面对外界的质疑、金融市场的震荡，公司财务部的人每天在高压的状态下工作。大家看着槐荫集团的股价那么可怕的跌法，很紧张公司的未来。相比他们，季时禹表现得倒是还算从容。对于外界的不看好、资本市场里股票被抛售，季时禹对谁的承诺都是"股价会回来的"。他说这个话的底气，就是来自最大的资本方天盛基金的按兵不动。天盛基金按兵不动。这至少说明，他们愿意给季时禹时间了。这对季时禹来说就是机会。

收购宏诚汽车成功后，公司最高的管理层开了会。关于公司收购宏诚汽车之后的规划，季时禹提出了一个非常大胆的方向——电动汽车。

季时禹站在偌大的会议室里，操控着电脑和投影仪，还是一贯的做事风格，不爱说废话，一切用数据说话。

"节能汽车代表着世界汽车发展的趋势。尤其是在中国。1993年开始，中国成为石油进口的大国。2000年时进口量是7000万吨，明年进口量就能超过1亿吨。汽车的尾气问题在未来一定会成为环境污染最大的问题之一。

"电动车，顾名思义，以电能为动力的汽车，一般采用高效率的充电电池或燃料电池为动力源。电动汽车不需要用内燃机，因此，电动汽车的电动机相当于传统汽车的发动机，蓄电池相当于原来的油箱。电能是二次能源，可以来自风能、水能、核能、热能和太阳能。

"电动车是真正零排放的汽车，未来一定会取代能源汽车。"

季时禹的话音未落，会议桌上的众人已经开始蠢蠢欲动。看出大家的疑惑，季时禹始终泰然自若。

"我知道，很多人认为电动车的技术难关不可逾越。很多人觉得现在去发展电动汽车纯属浪费时间和精力。但我觉得，中国在燃油汽车的设计、制造方面确实和世界先进的水平相差甚远。但是电动车应用高新技术。中国发展关键技术，是和技术发达的国家处在同一个起跑线上。大家在起步的阶段，我们现在入场，这不是很适合吗？

"人们第一次看到IBM的巨型机柜时，不相信计算机会越变越小，也不相信它最后会存储世界级别的信息。

"第四次工业革命——新能源。"

虽然会上季时禹说得慷慨激昂的，但是会后，关于能不能真研发出新能源汽车，大家还处于自我怀疑的状态。

赵一洋在会上没有提出异议，只是觉得蓝图确实很美好，但是结果谁知道呢，宏诚汽车不就是这么垮的嘛！

"老季，我就觉得好奇呀，你到底是为什么这么看好电动车，这玩意儿要多少年才能被造出来？"

季时禹在会上讲得口干舌燥的，这会儿终于休息，给自己倒了一杯水。

"我做好5—10年才有结果的准备吧。"

赵一洋几乎要跳起来："何必呀，你为什么要这么干呢？"

"做什么要走在最前面，我们做电池也是如此。"

"你确定我们做新能源汽车有优势吗？"赵一洋对此也有点儿没自信。

"中国有发展锂离子电动汽车的资源优势。世界上锂的存量有一半在中国，青海、西藏蕴藏了大量的锂。我们又是稀土资源的大国，稀土合金在全球的产量第一，电极就是用稀土材料做的。"季时禹顿了顿，笑了笑说，"最后是电池。现在电池的产量，日本排第一，中国排第二。"

关于新能源汽车的未来，季时禹一反常态，不再是谦虚向前的态度，而是自信至极，甚有些自负。他对槐荫集团的实力毫不怀疑。

"一洋，你想象过吗？有一天，电动汽车的时代来临了。引领时代的不是美国人、德国人，而是我们中国人！"

2003年年底，国内的汽车市场已经竞争得非常激烈。

经过两年的研发，槐荫汽车造出了第一辆纯电力的汽车。

还没有用上公司规划的营销策略，纯电力的汽车就被经销商集体拒绝了。

几乎所有人回同一句话："这么粗糙的汽车，即使节能，又怎么会有消费者买它呢？"

季时禹当时在上城出差，连夜回到厂里。众人围着那辆被众多经销商拒绝的汽车，一言不发。

何冬觉得，这款车他们用了这么多的心力研发不上市有些太可惜了。

在众人沉默的时候，他壮着胆子发言："现在汽车市场里都是低价高配的策略。我们可以把我们生产的新能源汽车分为ABC三等，先将最低等级的汽车推入市场，这样可以挽回研发的成本。"

季时禹紧皱着眉头看着研发团队，再看看那辆车。出人意料地，他随手举起放在车间的千斤顶，直接把所有的玻璃砸碎了。

哐哐哐……

重重的四下。

所有人吓蒙了："季总——"

"我希望你们永远记住一个道理：我们槐荫集团不管高价还是低价的噱头，永远只做最高质量的 A 等品。你们不要有侥幸的心理。所有不够好的产品上市后，断的是自己的路。"

2008 年，槐荫集团在代表了森城时代的国贸大厦里举办了震惊全国的新能源汽车的发布会。

槐荫集团的第一辆外形优美、性能超强的新能源汽车 1227，正式和全国的消费者见面。

现场来了很多媒体。这些媒体有经济相关的，也有能源相关的。最关注新能源汽车的自然是汽车行业内的人。

发布会上，季时禹已经完全退去了当年的青涩，轻装上阵，拿到话筒就能侃侃而谈。

国贸大厦经过多次装潢和一次大整修，内部窗明几净，十分现代化，像森城这座城市，也像我们的国家。

我们的国家曾经落后到挨打，如今走在世界的前列。

太阳能转化成电能，环抱式灯点亮了整个会场，灯光那么璀璨。

节能时代，果然如季时禹预测的那样，迅速地到来。

池怀音抱着儿子坐在台下，混在一群汽车和业内人士中间，看上去实在不是很起眼。

季时禹站在台上。那么宽阔的舞台上只有他一个人。

池怀音必须承认，两个人认识二十几年，他真的越老越有味道。

他拿下了固定在话筒架上的话筒，很自然地在台上踱步，没有演讲稿，如数家珍地介绍着他们的新能源汽车。

"最近很多基金经理和媒体朋友给我打电话，问我公司是不是要垮了。他们不能念旧情了，要抛售我们的股票。"季时禹的语速很慢，脸上始终带着笑意，他说："我很抱歉地通知大家，我们的新能源汽车来晚了，但是这次它是真的来了，请大家再持一段时间我们的股票，我们的股价真的会涨。"

季时禹一开完玩笑，台下的人笑了起来。

"作为金属，铁比镍、钴更便宜，废电池无污染，铁电池充电循环的次数可以达到 4000 次以上。新能源汽车的持续里程大于 60 万公里，被扔到火里不会爆炸，充满电可以跑 300 公里以上……"

介绍完了 1227 的性能和特色，进入媒体提问的环节，面对各种各样的问题，季时禹从善如流地应对。

有个森报的记者问 1227 这个名字的来历。一直被高强度地轰炸，不停地回答问题的季时禹突然笑了笑。

他娓娓而谈："我们的第一辆新能源汽车，是在去年的 12 月 27 日正式地下了生产线，所以被命名 1227。"

"也很巧合，这一天是我和我妻子的恋爱、结婚的纪念日。"季时禹说着，突然抬起头，坦然地看着所有的记者说道，"很多媒体采访我，挖掘我的私生活。我在此第一次，也是最后一次介绍我的妻子。

"我的妻子，池怀音，槐荫集团的高级工程师，中国锂电池的研究工作者和先驱，铅酸电池绿色闭合生产链的提出者之一，新能源汽车技术的提出者之一，为了我和家庭，退居幕后。"

一直过着低调生活的池怀音，冷不防地被这么提到名字，稍微感到有些意外，下意识地抬起头看向季时禹。

两个人隔着远远的距离，隔着那么多的话筒和摄像机，视线相交。

也不知道为什么，池怀音突然就觉得有些不好意思地撇开了视线。

季时禹不介绍还好，一介绍，所有人好奇了起来。他们叽叽喳喳地开始询问。

"季总，那您的夫人是不是也在现场？"

季时禹见池怀音有些羞涩的表情，眼眸中多了几分宠溺的柔情。

"她在。"他回答得很轻。

记者们听到这个答案，兴奋极了。

"请问夫人坐在哪一区，您可以透露吗？"

季时禹勾了勾嘴唇，淡淡地吐出了五个字。

"在我的心里。"

原本还心怀感动的池怀音，彻底地笑场了。

季时禹回首这起起伏伏的一生，写传记的记者可以为他的故事写出很多精彩的篇章。

1995 年他创业，长河电池。

1998 年因为铅酸电池的自燃丑闻，他不得不卖掉了长河电池。同年，他将卖不掉的原长河电池的溪山分部改名为槐荫电池，重新出发。

1999 年，生产电动自行车的电池和吉祥汽车的启动蓄电池，槐荫电池迅速成为当年的黑马。

2003 年，槐荫电池在港城上市，同年的年底收购宏诚汽车。

因为第一次研究新能源汽车失败，公司的资金不足，季时禹选择了新的股权金主，承诺了十亿的业绩。这是一份让整个公司心惊胆战的对赌协议。

2004 年，槐荫集团请了专门的汽车设计师，改良了汽车粗糙的外形。

2005 年，集团的研发团队经过努力，找到了最节能环保的电池材料。

2007 年，槐荫集团的新能源汽车的撞击试验成功。

2008 年，槐荫集团召开新能源汽车 1227 的新闻发布会，宣布它正式上市。

2009 年，季时禹以 370 亿的净资产，在富豪榜上从前一年的 104 位飙升至第一位。

但是对季时禹而言，他的一生里没有什么值得他骄傲的东西。

唯一被烙上心头的只有池怀音一个人。

他们相识于他低微之时，相守于他高位之际。

很多人说他们是工科眷侣、新能源夫妻，但是在他们眼中，他们不过是最寻常的夫妻。

他们心动、相爱、相守，一起度过这漫长的时光。

此生不渝，此爱未旧。

光阴童话，并不是这光阴里的一切过往都是童话，而是光阴老去，仍心怀童话。

番外

光阴童话

　　林妙妙又被老大派来跟发布会。

　　森城日报是省属单位。林妙妙虽然是新手，也能跟着老记者坐第二排。

　　说真的，这一年多里，林妙妙一直在纠结到底要不要继续当记者。当初她学新闻、立誓要跑社会新闻、为群众发声的壮志凌云，已经被经济版各种各样浮华的演讲消磨得差不多了。

　　发布会还没开始，现场已经坐满了人，女性记者居多。因为今天的大佬——季时禹，是个圈内有名的大帅哥，并且是越老越有味道的那种。

　　林妙妙撇嘴，看了一眼舞台上的背板，季时禹的名字是最大的。她从来没有见过季时禹本人。他实在太低调了，完全不是一个称职的富豪。他大部分时间是在生产线上，完全工程师的做派。

林妙妙用单手托腮，好奇地问她的师父周姐——一个很有趣的熟女。

"为什么大家喊马总马爸爸，喊季时禹就喊季老公呢？明明年纪也差得不是太远。"

"说季不说爸，文明你我他。"

"666……"

两个人闲聊间，林妙妙斜前方的位置来了人。

林妙妙本来以为第一排的位置应该是领导坐的，没想到居然看到的是一个三四十岁的女人。女人带着一个初中生模样的男孩。

初中生全程臭脸，似乎并不想来的样子。他旁边的女人大约是他的妈妈。女人偏头看了他一眼："你耐心点儿。"

"我真不知道你喜欢他什么，感觉他这个人完全没什么优点。脾气差，他满嘴跑火车，我举双手支持你出轨。"

女人笑着，眼睛里带着细碎的光芒，抬手敲了敲初中生的前额："我不准你这么说你爸。"

初中生看了一眼自己的妈妈，叛逆地喊了一声，不再回应什么。

林妙妙也不知道为什么，从前排的女人出现，眼睛就没有离开过女人。这并不是因为女人有多美，而是她身上散发着一种气质。她与世无争，却又非常独特，林妙妙说不上来这是一种什么样的感觉。

女人的手上拿着今天发布会的宣传折页。折页里面介绍了今天到场的各位大佬。她低着头很认真地看着，表情专注，仿佛真的对那些官方而枯燥的内容很有兴趣。一绺碎发掉下来，挡住了她的侧颜，长长的睫毛上下忽闪。

林妙妙正看得出神，发布会开始了，穿着西服、有些油腻的主持人公式化地开场，紧接着领导发言。林妙妙的录音笔开着，她飞快地敲键盘。那是她的职业本能，她几乎不过脑子也能记录下别人的发言。

林妙妙也不知道过了多久，一阵如雷的掌声后，发布会的现场突然进入一片沉寂。

这种持续的安静终于让林妙妙恢复了思考的能力，她本能地抬起头。随着一声一声沉稳的脚步声，一个高大挺拔的男人走到了话筒前。他比主持人高了近半头，上台后，先调整了话筒的高度，才站定抬头。

林妙妙后知后觉地想起，这个男人便是今天的主角——季时禹。

森城的初春已经回暖，他仅穿着一件白衬衫，搭配黑色的西裤和皮鞋。衬衫的款式简洁，袖口也不过是那种很普通的贝母袖扣。要不是大约被主办方抓去刻意地打理了一下发型，他看上去一点儿不像今天的主角。

林妙妙低头看了一眼方才记录的内容：

季时禹，槐荫集团的创始人，2009 年曾以 370 亿的净资产，在富豪榜上从前一年的 104 位飙升至第一位。槐荫集团，一家在香港上市的大陆高新技术的民营企业，横跨 IT 和汽车制造业两大产业。槐荫新能源汽车，现在中国市场占有量最大的新能源汽车。这次百万校友资智回森时，季时禹捐赠了十个亿给母校的工学院，鼓励科研创新。

比照这样的背景，眼前的这个男人，看上去未免太年轻了些。

他站在台上，没有怯场，也没有过度张扬，一开口，便娓娓道来，让人浸润其中。这搭配他的低音，竟然让林妙妙跟着有些失神了。

"大家好，我是季时禹。"他介绍简短，没什么废话，"很抱歉，我从来不觉得我是个成功的人。所以我没有经验，只有故事。"

他这句话的话音刚落，现场就爆发了雷鸣般的掌声。

现场群情振奋，他却显得十分淡然。比起一个企业家，他因为气质更接近一个科研工作者。

他以精练的语言讲述着他的创业历程，"科技""环保""创新""新能源"，成就了槐荫集团。他说着轻描淡写的句子，背后是怎样的艰难，没有经历过的人不会懂。大家也不过是跟着他感到震撼。

当他把现场的人讲得抓紧双手的时候，却突然换了个轻松的表情。

"公司写的发言稿我终于讲完了，早知道不创业了，还得把自己的经历背下来。说实话，要不是发言稿提醒，我不知道原来自己这么厉害。"

台下的人跟着笑了起来。

"我听说现在已经是 00 后的天下，希望大家放松点儿。大家要像 00 后一样有活力。"他笑着说，"其实我也是 00 后……"

不等大家"喊"他，他紧跟着说："00 后的爸爸。"

台下又是一阵哄笑声。

"今天我能站在这里，要感谢我的母校森城大学。1992 年，我从森城大学毕业，感谢森大的培养。没有森大的学术精神，不会有那么多学子成就梦想。所以今天，我捐出十亿给森大，希望森大将我们的校训继续发扬光大——爱国爱民，民主科学。"

"……"

没有稿子，他讲得反而更为自然、真情流露，铿锵道来的模样那般飞扬，足轻戎马，搴旗斩将。

大家跟着热血沸腾起来……

发布会结束，礼堂外聚集的记者在等待，据说季时禹之后要和领导们会面，还要等许久。

和记者们一起等在门口的，还有刚才坐在林妙妙斜前方的母子。他们那么不起眼地站在人群中，衣着很普通。要不是林妙妙坐在他们的身后，都不敢相信这个叛逆的孩子是季时禹的儿子，而那个清丽温柔的女人竟然是季时禹的妻子。

那个初中生依旧叛逆不耐烦："慢死了。"

那个女人的手上握着宣传折页，她打开的正是贴着季时禹介绍的那一页。

初中生看了一眼自己的妈妈，突然低声地问道："你当初到底看上他什么了？连个像样的表白都没有。"

女人内敛地一笑，眸中尽是缱绻。

"你出生的时候，他送了我一本相册。相册的第一页上写了三行字。"

"嗯？"

女人的眼光落向远处，她仿佛回味着最珍贵的记忆：

"岁月不老，光阴无恙。

"我青春的模样，是爱你的样子。

"谢谢你的出现，这就是最美的童话。"

没多久，那对母子被人接走，留下林妙妙独自愣怔。

身边的女记者在议论季时禹最后的那段深情的告白。这经济版的故事简直要跨越到娱乐版，哦不，情感版。

方才在礼堂里，季时禹感谢完母校，在喝彩和掌声中，抿着唇，嘴角带着一丝淡淡的笑意，视线慢慢地转到林妙妙的方向。

林妙妙愣怔了两秒，才发现他是看林妙妙的方向没错，他却是看林妙妙斜前方的那个女人。

那个一直看着台上，眼神专注的女人。

他的声音低沉而撼动人心，一声一声，仿佛耳边的乐章。

"最后，我想要感谢——我的妻子。"

他的语速不快，似乎每一个字他都在细细地咀嚼："她嫁给我的时候，没有婚礼，没有婚纱照，就这样跟了我。她生孩子的时候，槐荫汽车的生产线出了问题。我要去坐镇处理，也不在她的身边……自从认识了我，她一直在付出。我记不清她一个人受了多少委屈。那么多她需要我的时候，我缺席了。"

"我的朋友总是说：'季时禹呀，你何德何能找到这样的老婆呀。'"说着，他自嘲地一笑，"而她的朋友总是劝她不要在垃圾堆里找老公。"

台下原本感动的人又被他的话逗乐了，林妙妙的眼眶刚刚有些湿润，她又将泪硬生生地憋了回去。

"2001 年，我将公司的名字从长河正式改为槐荫，那一年她嫁给我。我没有什么可以给她的，就用她名字的谐音创办了槐荫集团。"

他顿了顿，说每一个字都笃定有力："今天，我正式将这份礼物送给她。"

他笑了笑，看向台下。眼里的光芒那样闪耀，好像时光回溯，那样灿烂，那样多情，那样年轻。

他拔高了嗓音，对着话筒，那样坚定地说着：

"池怀音，我现在一无所有了，你可别想甩掉我。"

岁月不老，光阴无恙。

我青春的模样，是爱你的样子。

谢谢你的出现，这就是最美的童话。